Das Buch

Als die wunderschöne Aurora Kimberly, Erbin der Karibikinsel St. Timothy, von der arrangierten Hochzeit zwischen ihr und Valerian Hawkesworth, dem Herzog von Farminster, erfährt, ist sie hellauf empört. Wegen der Hochzeit mit einem Unbekannten soll sie ihr geliebtes Inselidyll verlassen und in das nasskalte England reisen? Niemals! Nur eine Ehe aus Liebe kommt für die warmherzige, aber zeitweilig dickköpfige Aurora in Betracht. Ihre Stiefschwester Calandra Kimberly-Spencer hingegen würde nur zu gern das luxuriöse Leben einer Herzogin von Farminster führen. Sie willigt ein, mit Aurora zu tauschen und den gut aussehenden Herzog zu heiraten. Doch bei einem Besuch in England muss Aurora feststellen, dass Calandra den Herzog nicht glücklich machen kann. Und je besser Aurora Valerian Hawkesworth kennen lernt, desto mehr scheint ihr Herz eine andere Sprache zu sprechen, als einst ihr Verstand ...

Hätte der vor langer Zeit geschlossene Vertrag zwischen Auroras und Valerians Eltern doch mehr Glück bedeutet als die Scharade der beiden Schwester?

Die Autorin

Bertrice Small ist in New York geboren und lebt mit Mann, Sohn und Katzen in Southold im Staat New York. Sie schreibt seit 1978 sehr erfolgreich historische Liebesromane.

Von der Autorin erschienen ebenfalls im W. Heyne Verlag:

Geliebte Sklavin (01/13102)

Geliebte Jasmine (01/13228)

In den Wirren des Herzens (01/13356)

BERTRICE SMALL

PARADIES DER SEHNSUCHT

Roman

Aus dem Amerikanischen
von Marion Koppelmann

WILHELM HEYNE VERLAG
MÜNCHEN

HEYNE ALLGEMEINE REIHE
Nr. 01/13472

Die Originalausgabe
DECEIVED
erschien 1998 bei Kensington Books

Umwelthinweis:
Dieses Buch wurde auf
chlor- und säurefreiem Papier gedruckt.

Redaktion: Birgit Groll

Deutsche Erstausgabe 12/2001

Printed in Danmark 2001
Umschlagillustration: Pino Daeni/Agentur Schlück
Umschlaggestaltung: Nele Schütz Design, München
Satz: (3605) IBV Satz- und Datentechnik GmbH, Berlin
Druck und Bindung: Nørhaven, Viborg

ISBN: 3-53-19595-7

http://www.heyne.de

Für den jüngsten Mann in meinem Leben,
meinen Enkel Chandler David Small.

Prolog

England, 1760

»Sie ist mir versprochen?« Fassungslos blickte Valerian Hawkesworth, der Herzog von Farminster, seine Großmutter an. »Was um alles in der Welt meint Ihr damit, Großmama?«

Die erst kürzlich verwitwete Herzogin von Farminster sah ihrem einzigen Enkel tief in die blauen Augen und wiederholte das zuvor Gesagte. »Als du noch ein kleiner Junge warst, Valerian, hat man dich mit der Tochter eines Freundes deines Vaters – einem entfernten Verwandten – verlobt. Die Hochzeit soll stattfinden, sobald das Mädchen sein siebzehntes Lebensjahr erreicht. In drei Wochen wirst du nach St. Timothy segeln und deinen Anspruch auf die Hand des Mädchens geltend machen. Eine Zuckerrohrplantage auf den Westindischen Inseln ist als Mitgift schließlich nicht zu verachten. Außerdem wird es für dich höchste Zeit, für den Fortbestand unseres Geschlechts zu sorgen.«

»*Ich* soll eine Frau aus den Kolonien heiraten?«, fragte der Herzog verächtlich, woraufhin seine Großmutter ihm tadelnd erwiderte: »Jetzt tu doch nicht so hochnäsig! Gewiss ist die Kleine genauso gut erzogen wie die dummen Gänschen, mit denen du dich sonst abgibst. Und was ihr an Umgangsformen noch fehlen mag, um in unseren Kreisen zu bestehen, bringe ich ihr schon bei. Sie wird dir eine großartige Herzogin sein, mein lieber Junge, und sich zweifellos sehr viel leichter ins Landleben einfinden als manch andere. Da sie bisher auf einer einsamen Insel gewohnt hat, fällt es ihr gewiss nicht schwer, sich damit zu begnügen, auf unserem Landsitz in Herefordshire zu bleiben und dir einige Söhne und Töchter zu schenken.«

»Warum erfahre ich eigentlich erst jetzt von dieser Vereinbarung?«, fragte der Herzog seine Großmutter, während er darüber nachdachte, dass eine Reise zu den Westindischen Inseln mehrere Wochen in Anspruch nehmen würde. Dann wäre er auch noch gezwungen, eine Weile dort zu bleiben, bevor er das Mädchen heiraten und die Rückreise nach England antreten konnte. Alles in allem würde er wahrscheinlich drei oder vier Monate von zu Hause fort sein. Dadurch verpasste er die Jagdsaison. »Höllenfeuer und Verdammnis!«, fluchte er nun leise vor sich hin, woraufhin ein Lächeln den Mund der alten Dame umspielte.

Aber gleich darauf wurde sie wieder ernst und fuhr fort: »Dein Vater hat dieses Arrangement getroffen, lange bevor er mit deiner Mutter und Schwester ums Leben kam. Außer ihm wusste nur noch dein Großvater davon. Aber er schob die Angelegenheit von sich und erzählte mir erst kurz vor seinem Tod von dieser Abmachung. Damals kamen wir überein, dass es längst überfällig sei, dich zu verheiraten.«

Fragend zog der Herzog eine Augenbraue hoch, aber seine Großmutter ließ sich nicht beirren. »Und es schien uns das Beste, an dieser Vereinbarung festzuhalten. Ich habe deinen zukünftigen Schwiegervater Robert Kimberly vor einigen Wochen davon in Kenntnis gesetzt, dass du Ende März bei ihm eintriffst, um deine Braut zu ehelichen.«

Der Herzog seufzte, als seine Großmutter ihm eine in Leder gebundene Dokumentenmappe reichte, in der sich eine Abschrift der Heiratsvereinbarung befand. Er überflog das mit einer gut leserlichen Schrift bedeckte Pergament. Dem Papier war tatsächlich zu entnehmen, dass er mit der am sechsten April des Jahres 1743 geborenen Mistress Charlotte Kimberly verlobt war. Das Mädchen würde in wenigen Wochen seinen siebzehnten Geburtstag feiern, der in dem Dokument als ihrer beider Hochzeitstag festgesetzt worden war.

Stirnrunzelnd heftete Valerian Hawkesworth nun den Blick auf seine Großmutter. »Wie sieht sie aus?«

Die alte Dame schüttelte den Kopf. »Das kann ich dir leider nicht sagen, mein lieber Junge. Auch ich habe das Mädchen noch nie zu Gesicht bekommen. Doch ich bin sicher, dass es besonders liebreizend ist«, fuhr sie beschwichtigend fort, als sie den aufrührerischen Blick ihres Enkels sah. »Robert Kimberly und seine zweite Frau Emily sind auf ihrer Hochzeitsreise hierher gekommen. Soweit ich mich entsinne, war Emily ein sehr hübsches Mädchen und Robert ein stattlicher Mann. Ihr Nachwuchs ist sicherlich nicht unansehnlich, Valerian.«

»Mh.«

»Kurz bevor sie England wieder verließen, entdeckte Emily, dass sie guter Hoffnung war, woraufhin dein Vater und ihr Gatte dieses Eheversprechen aufsetzten. Natürlich wusste man zum damaligen Zeitpunkt noch nicht, ob Mistress Kimberly mit einem Mädchen oder Jungen niederkommen würde. Aber die beiden Männer beschlossen, dass Roberts erstgeborene Tochter deine Gattin werden solle. Wenn du genau hinsiehst, Valerian, wirst du feststellen, dass dein Vater den Namen des Mädchens nachgetragen hat. Der Rest des Dokuments ist in einer ganz anderen Handschrift gehalten.

Zwei Jahre nach der Geburt ihrer Tochter starb Mistress Kimberly im Kindbett. Auch das Kind, ein Sohn, fand dabei den Tod. Deine Eltern, mein lieber Valerian, und deine Schwester kamen kurz darauf bei jenem Schiffsunglück ums Leben. Die ganze Angelegenheit geriet in Vergessenheit, bis mir dein Großvater wenige Monate vor seinem Tod davon erzählte. Er bat mich, dafür Sorge zu tragen, dass unser Teil der Vereinbarung eingehalten wird.«

Erneut seufzte der Herzog, aber seine Großmutter ging nicht darauf ein und erzählte weiter. »Obgleich Robert Kimberly schließlich wieder heiratete, bekam er keine weiteren leiblichen Kinder. Dadurch wird seine Tochter

Charlotte eines Tages Alleinerbin der Insel sein. Du kannst also wirklich keinen Einwand gegen diese Liaison vorbringen, Valerian, zumal dein Herz nicht anderweitig gebunden ist.«

»Das stimmt«, musste Valerian wohl oder übel zugeben, doch dann fiel ihm ein: »Ihr erwähntet, Großmama, dass dieses Mädchen und ich weitläufig verwandt seien. Inwiefern?«

»Wenn ich mich recht entsinne ...«, setzte die alte Dame an, hielt dann aber inne und gab schließlich zu bedenken: »Eigentlich müsste ich die Familienbibel zu Rate ziehen, um ganz sicher zu gehen ... Aber ich will dir erzählen, was ich noch weiß.

Dein Urahn, der erste Herzog von Farminster, erhielt seinen Herzogstitel anlässlich der Wiedereinsetzung von König Charles. Der Herzog ist mit dem König aufgewachsen und ihm ins Exil gefolgt. Die beiden waren einander durch Freundschaft, Loyalität und den merkwürdigen Zufall verbunden, am gleichen Tag geboren zu sein. Der Herzog von Farminster hatte einen jüngeren Bruder und zwei jüngere Schwestern. Als er ins Exil ging – damals noch als Graf von Farminster – ließ er seine Geschwister zurück. Sein Bruder sollte sich um die Ländereien kümmern, und die beiden Mädchen wurden verheiratet; das ältere ehelichte einen Kimberly, das jüngere einen Meredith. Beide Männer waren König Charles treu ergeben und blieben in England, um sich für die Wiedereinsetzung ihres Königs stark zu machen. Als es so weit war, wurden die Schwager deines Urahns vom König entlohnt und erhielten die Insel St. Timothy als Anerkennung ihrer Dienste. Daraufhin wanderten sie aus, um Zuckerrohr anzubauen. Der letzte Kimberly ... Robert ... ah, jetzt erinnere ich mich ... also dein zukünftiger Schwiegervater ... heiratete in zweiter Ehe die letzte Meredith: Emily. Ihrer beider Tochter wird eines Tages Erbin der Insel sein und ist dir zur Frau versprochen.«

»Emily Kimberly ist also im Kindbett gestorben, und Robert hat wieder geheiratet«, stellte Valerian fest. »Was wisst Ihr noch, Großmama?«

»Nichts mehr, mein lieber Junge. Alles Weitere erfährst du auf St. Timothy.«

»Vielleicht ist das Mädchen auch tot«, gab der Herzog zu bedenken.

Doch seine Großmutter machte ihm diese Hoffnung sogleich zunichte. »Dann hätte man uns davon unterrichtet.«

»Nicht unbedingt«, wandte der Herzog ein. »Schließlich wäre diese Allianz beinahe in Vergessenheit geraten, hätte sich Großvater nicht kurz vor seinem Tod daran erinnert.«

»Das ist wohl richtig. Aber bedenke, Valerian, ein Herzog mag die unbedeutende, wenn auch vermögende Tochter eines Pflanzers auf den Kolonien vergessen. Doch die Familie dieses Mädchens wird sich mit Sicherheit daran erinnern, dass ihre Tochter einem Herzog versprochen wurde und damit eines Tages die Möglichkeit hat, Herzogin zu werden. Nein, Valerian, du kannst deinem Schicksal nicht entrinnen. In drei Wochen wirst du mit der *Royal George* in See stechen. Man erwartet dich auf St. Timothy.«

»Wie kam es, dass mein Vater freundschaftliche Beziehungen zu diesem Robert Kimberly unterhielt? Sicherlich haben die Familien ihren Kontakt über all die Jahre nicht aufrechterhalten.«

»Doch, bis zu einem gewissen Grad schon.«

Überrascht blickte Valerian seine Großmutter an, die auch sogleich fortfuhr: »Robert Kimberly ging als junger Mann nach Oxford, wo er das erste Mal mit deinem Vater zusammentraf. Die beiden teilten zwei Jahre eine Unterkunft, bis Robert nach St. Timothy zurückkehrte, um seine erste Frau zu ehelichen: Caroline Meredith, Emilys ältere Schwester. Die Ehe blieb kinderlos. Als Caroline starb, heiratete Robert Emily, die ihm eine Tochter – deine

Verlobte – gebar. Von der dritten Gemahlin Roberts weiß ich nichts.

So, und jetzt hör auf, dich zu grämen, lieber Junge. Du brauchst ja nicht länger auf St. Timothy zu bleiben, als die Hochzeitsvorbereitungen nun einmal dauern.« Beruhigend tätschelte die alte Herzogin ihrem Enkel den Arm. »Versichere die Familie des Mädchens einfach, dass ihre Tochter als deine Herzogin ein wundervolles Leben haben wird, und dann kehrst du nach England zurück, um für Nachwuchs zu sorgen. Du hast dich lange genug ausgetobt, Valerian. Jetzt ist es an der Zeit, deine Pflicht als Herzog von Farminster zu tun. Ich erwarte meinen ersten Urenkel innerhalb eines Jahres«, fügte sie noch hinzu, und ihr Enkel lachte laut.

»Ich werde mein Bestes tun, Großmama«, versprach er dann, »aber damit es funktioniert, sollte meine Braut schon hübsch sein.«

»Das ist sie bestimmt, Valerian.«

»Dieses Mädchen mag hübsch sein, aber sie kann Euch bestimmt nicht das Wasser reichen, Großmama«, erklärte Valerian augenzwinkernd und sah lächelnd zu seiner Großmutter hinunter.

»Schmeichler!«, tat Mary Rose Hawkesworth das Kompliment ab, erwiderte aber Valerians Lächeln. In ihrer Jugend hatte sie als große Schönheit gegolten und war für ihr Alter immer noch äußerst attraktiv. Sie verfügte über die gleichen dunkelblauen Augen wie ihr Enkel und hatte einen rosigmilchigen Teint, der hervorragend mit dem ehemals blonden und jetzt schlohweißen Haar harmonierte.

»Und was tue ich, wenn sie doch nicht hübsch sein sollte, Großmama?«

»Ach, mein Junge, nachts sind alle Katzen grau, und wenn du sie schön streichelst, schnurren sie auch brav«, entgegnete die alte Dame unverhofft direkt und amüsierte sich dann über den verwunderten Gesichtsausdruck ihres Enkels.

Erster Teil:
St. Timothy-Plantage, 1760

1. Kapitel

»Ich habe erst soeben vom Ableben Eures Gatten erfahren, Mistress Kimberly. Darf ich Euch und Eurer Familie mein aufrichtiges Beileid aussprechen?«

»Ihr dürft, Kapitän Young, Ihr dürft«, hauchte Oralia Kimberly, deren braune Augen sich schon wieder mit Tränen zu füllen drohten. »Aber sagt mir doch, was führt Euch nach St. Timothy? Ich habe Euch nicht mehr gesehen, seitdem Robert und ich vor zwei Jahren – oder waren es drei? – unsere letzte Reise nach Jamaika antraten.«

»Es ist drei Jahre her, Ma'am«, entgegnete der Kapitän, erinnerte sich dann an den eigentlichen Grund seines Kommens und überreichte Oralia Kimberly einen Brief. »Man hat mir dieses Schreiben in Plymouth anvertraut, Mistress Kimberly. Es ist an Euren verstorbenen Gatten gerichtet und trägt ein ungemein beeindruckendes Wappen – wenn ich mir die Freiheit erlauben darf, das anzumerken.«

»Aber ja, Kapitän, und Ihr habt Recht.« Ein Lächeln umspielte Oralia Kimberlys Lippen. Barnabas Young war zwar berüchtigt für seine Klatschsucht, aber nur durch Leute wie ihn erfuhr sie überhaupt, was jenseits ihrer Insel vor sich ging. »Die Handschrift sagt mir gar nichts«, stellte sie nun fest und fügte gleich darauf hinzu: »Ich glaube, ich lasse Aurora den Brief öffnen, als Erbin ihres Vaters.«

»Ich hoffe, er hat Missy Calandra und Master George auch ein bisschen etwas hinterlassen«, sagte der Kapitän, der eindeutig darauf spekulierte, auf diese Weise weitere Neuigkeiten zu erfahren.

»Oh, aber natürlich«, versicherte ihm Oralia. »Robert hat sich meinen Kindern gegenüber sehr großzügig erwiesen, auch wenn sie nicht sein eigen Fleisch und Blut waren. Calandra, etwa, bekommt eine Apanage von fünftausend Pfund im Jahr und erhält vorab eine Summe von tausend Pfund aus dem Nachlass. Und selbstverständlich hat es George noch besser getroffen, Kapitän Young. Immerhin ist er der junge Mann der Familie«, erklärte Oralia und dachte: *So, da hat der alte, geschwätzige Seebär etwas zu erzählen, wenn er mit seinem Schiff von Insel zu Insel schippert, und meine Kinder kommen als gute Partie ins Gespräch.*

Oralia und Robert waren so zufrieden mit ihrem Familienleben gewesen, dass sie gar nicht über die Zukunft ihres Sohnes und ihrer beiden Töchter nachgedacht hatten. Aber nun, verwitwet, die Kinder ohne väterlichen Beistand, musste Oralia Kimberly nach vorn sehen. Aurora war zwar nicht ihr leibliches Kind, aber sie hatte das Mädchen in ihre Obhut genommen, als es drei Jahre alt gewesen war und betrachtete es mittlerweile als ihre eigene Tochter. Und Aurora erinnerte sich bestimmt nicht mehr an ihre leibliche Mutter.

»Werdet Ihr zum Dinner bleiben und bei uns übernachten?«, fragte Oralia nun den Kapitän, da es die Höflichkeit gebat.

»Vielen Dank für die Einladung, Mistress Kimberly, aber es ist ja noch nicht einmal Mittag. Ich muss noch einige Inseln anlaufen, bevor ich in Jamaika meine Ladung aufnehme und wieder gen England segele. Ich hoffe, die Reise noch einige Male machen zu können, bevor in diesen Gewässern die stürmische Jahreszeit anbricht.« Er tippte sich an die Kapitänsmütze und verbeugte sich leicht. »Den Brief habt Ihr Ma'am, ich muss nun weiter. Schönen Tag noch!«

»Euch auch, Kapitän, und vielen Dank.« Oralia Kimberly sah dem Seemann noch eine Weile nach, wie er die Hügelstraße hinab dem Hafen zustrebte. Dort unten in der Bucht von St. Timothy lag sein großmastiges Schiff vor Anker und bewegte sich sacht auf den Wellen. Schließlich wandte Oralia ihre Aufmerksamkeit wieder dem Schreiben zu, das ihr der Kapitän überbracht hatte. Es trug in der Tat ein äußerst beeindruckendes Wappen, welches sich auch auf der Rückseite im Siegel wiederfand, das Oralia nun brach.

Es war nur eine Ausflucht gewesen, mit dem Lesen der Mitteilung auf Aurora warten zu wollen, damit Oralia den Brief nicht in Gegenwart des Kapitäns öffnen musste. Denn bei seiner Neugierde wäre es ihr sicher schwer gefallen, den Inhalt des Schreibens für sich zu behalten.

Nun ließ sie den Blick über die Zeilen gleiten und rief schließlich entsetzt aus: »Gütiger Gott!«, bevor sie auf einen Sessel sank und sich mit dem Pergamentpapier Luft zufächelte. »Oh, Robert, warum hast du mir bloß nichts davon erzählt?«, sagte sie dann, als wäre ihr geliebter Gatte noch am Leben.

In diesem Augenblick betrat ihr Sohn George das luftige Frühstückszimmer. »Na, Mama, schimpfst du schon wieder mit Papa?«, neckte er sie liebevoll und nahm den breitkrempigen Hut ab, den er gegen die bereits um diese Uhrzeit heftige Sonneneinstrahlung getragen hatte. »Ich glaube nicht, dass er dich noch hören kann.«

Wortlos reichte Oralia Kimberly ihrem Sohn den Brief.

Nachdem er das Schreiben gelesen hatte, fluchte er leise vor sich hin. »Weiß Aurora schon davon, Mama?«

Seine Mutter schüttelte den Kopf. »Ich erinnere mich, dass Robert mir gegenüber einmal erwähnt hat, er habe für sie eine Heirat arrangiert. Aber das ist Jahre her, und er hat nie wieder davon gesprochen. Wenn ich ehrlich sein soll, war es mir auch entfallen.« Oralia senkte den Kopf, sah ihren Sohn aber gleich darauf freudestrahlend an. »Oh, George, stell dir doch einmal vor: Aurora wird Herzogin!«

Doch George teilte die Begeisterung seiner Mutter darüber nicht und brach stattdessen in schallendes Gelächter aus.

»Aber, George!« Entrüstet sah Oralia Kimberly ihren Sohn an, der sich das Lachen schließlich nur mühsam verbeißen konnte.

»Nun, Mama, du wirst schon zugeben müssen, dass das Ganze etwas sehr Erheiterndes hat. Ich will unbedingt dabei sein, wenn du Aurora die Neuigkeit überbringst, dass ihr zukünftiger Gemahl sich bereits auf hoher See befindet, um in ihre weit geöffneten Arme zu segeln, dort vor Anker zu gehen und ihr unschuldiges Mädchenherz im Sturm zu erobern.« Wieder schüttelte sich George vor Lachen und konnte sich diesmal auch nicht so schnell beruhigen.

»George, du bist einfach unmöglich! Verstehst du denn gar nicht, welche Auswirkung dieses Arrangement für uns alle hat? Aurora wird Herzogin von Farminster. Die Insel ist ihre Mitgift. Was wird denn dann aus uns, und besonders aus dir?«

George Spencer-Kimberly zuckte die Achseln. »Ich bezweifle doch stark, dass der Herzog uns von hier vertreibt, nur weil er durch eine Heirat mit Aurora in den Besitz der Insel gelangt, Mama. Ich bin sicher, dass er mir auch weiterhin die Aufsehertätigkeit der Plantage überlässt. Außerdem habe ich noch die großzügige Summe, die Papa mir hinterlassen hat, von der jährlichen Apanage ganz zu schweigen. Und du kannst sicherlich auch bleiben. Unser Verwandter in spe schickt seine hübsche Schwiegermutter wohl kaum packen.«

»Wie immer hast du Recht«, erklärte Oralia schon viel gelassener und lächelte sogar bei der Vorstellung, dass Calandra Aurora nach England begleiten und ebenfalls einen adligen Gemahl finden konnte, wenn sie dort in die Gesellschaft eingeführt wurde.

Dies äußerte sie auch gleich ihrem Sohn gegenüber und fügte dann noch hinzu: »Natürlich darf sie nicht auch auf einen Herzog hoffen. Aber ein nicht ganz so vermögender Graf wäre sicher entzückt, ein Mädchen zu ehelichen, das eine jährliche Pension von fünftausend Pfund erhält. Auch wenn ich sehr ungehalten darüber bin, dass Robert – Gott habe ihn selig! – mir nichts von dieser Heiratsvereinbarung erzählt hat, ist sie für uns letztendlich doch ein Glücksfall. Meinst du nicht auch, George?«

»Nur, wenn Aurora sich nicht querstellt.«

»Warum sollte sie das tun? Kein Mädchen, das klar bei Verstand ist, würde einem Herzog einen Korb geben.«

»Aurora schon«, entgegnete der junge Mann seiner Mutter, bevor er sich zu ihr setzte. »Du und Papa habt die beiden Mädchen ganz schön verzogen. Cally sieht entzückend aus und kann sehr charmant sein, aber im Grunde ist sie eine eitle, geldgierige kleine Hexe. Und was Aurora betrifft: Sie ist mit Sicherheit das starrköpfigste Mädchen der Welt. Wenn ihr diese Heirat nicht passt, geht sie sie auch nicht ein. Gott helfe dem Mann, der eines Tages das Schicksal herausfordert, und Aurora vor den Traualtar führt. Ohnehin glaube ich, dass sie nur heiraten wird, wenn sie es selbst für richtig hält, Mama. Aurora ist kein Mädchen, das schüchtern abwartet, bis irgendjemand um ihre Hand anhält.«

»Oh, George, was sollen wir bloß tun?« Wieder standen Oralia Tränen in den Augen. »Der Herzog kommt doch den ganzen weiten Weg von England hierher, um deine Stiefschwester zur Frau zu nehmen. Es wäre ein Skandal, wenn sie ihn nun zurückwiese, besonders nachdem Robert das alles arrangiert hat.«

»Mit welchem Schiff ist er gleich wieder unterwegs?«

»Mit der *Royal George*. Sie soll am zehnten Februar von Plymouth aus in See gestochen sein.«

»Dabei handelt es sich um ein sehr elegantes, wendiges Passagierschiff, das kaum Fracht an Bord hat«, stellte George fest. »Es wird sicherlich spätestens am neunten März hier einlaufen, vorausgesetzt, es gerät in kein Unwetter. Aber da sie südwärts segeln, müssen sie um diese Jahreszeit wohl nichts befürchten, und die Reise wird glatt verlaufen. Nachdem der Kapitän hier Station gemacht hat, um den Herzog von Bord zu lassen, segelt er gewiss weiter nach Barbados, St. Kitts und Tobago.«

»Wie lange wird der Herzog wohl bei uns bleiben?«, überlegte Oralia nun laut, bevor sie sich die Frage selbst beantwortete. »Wahrscheinlich will er so schnell wie möglich nach England zurückkehren. Das bedeutet, uns bleibt nicht viel Zeit, um die Hochzeit vorzubereiten und Auroras Aussteuer und Callys Besitztümer zusammenzupacken. Mein Gott, George, das ist einfach unmöglich!«

George belächelte die Bedenken seiner Mutter und fragte: »Wann willst du Aurora davon erzählen, Mama?«

»Sofort, George!« Oralias hübsches Gesicht hatte einen entschiedenen Ausdruck angenommen. »Deine Stiefschwester muss auf der Stelle davon erfahren, damit sie sich an den Gedanken gewöhnen kann. Sicherlich wird ihr diese Neuigkeit zunächst einen Schrecken einjagen. Aber wenn alles besprochen und in die Wege geleitet ist, erkennt sie bestimmt, dass ihr Vater mit diesem Arrangement nur ihr Bestes wollte. Du hast gewiss Recht damit, George, dass Aurora ziemlich starrköpfig sein kann, aber sie ist auch ein sehr intelligentes Mädchen und wird schon vernünftig sein. Bestimmt will sie ihren Vater nicht enttäuschen, selbst wenn er nun nicht mehr unter uns weilt.«

»Ich kann nur beten und hoffen, dass du Recht hast, Mama«, antwortete George, der die Zuversicht seiner Mutter nicht teilte.

Ja, Aurora war blitzgescheit, und genau darin lag seiner Meinung nach das Problem. Ein einfaches, gehorsames Mädchen würde einige Tränen vergießen, wenn man ihm erzählte, dass es einen Fremden heiraten und seine Familie verlassen sollte. Aber dann würde es sich in sein Schicksal fügen. Selbst Calandra, seine jüngere Schwester, die auch nicht einfach war, würde erkennen, welche Vorteile sich aus einer derart arrangierten Ehe ergaben. Mit Freuden würde sie einen Herzog zum Manne nehmen, aber Aurora nicht. Sie würde die Situation abwägen und selbst entscheiden, was für sie und ihre Familie das Beste war.

Und was war dann mit der getroffenen Vereinbarung?, überlegte George, bevor er seiner Mutter zunickte und davoneilte, um sich frisch zu machen, da es bald Zeit zum Mittagessen war.

Auf dem Flur des ersten Stocks begegnete er Calandra.

»Sally hat mir erzählt, Kapitän Young sei heute Morgen hier gewesen«, sagte sie. »Stimmt das, George?«

Ihr Bruder nickte. »Er hat einen Brief gebracht, Cally.«

»Von wo denn? Von England? Und von wem? Was steht drin?« Calandra Spencer-Kimberly war ein besonders hübsches Mädchen und gewohnt, Antworten auf ihre Fragen zu bekommen.

»Ich habe absolut keine Ahnung«, log ihr Bruder deshalb, der seiner Mutter nicht vorgreifen wollte. »Ich glaube, Mama, beabsichtigt, uns beim Essen davon zu erzählen.«

»Dann muss es ja etwas ganz Wichtiges sein, George«, stellte Calandra fest.

»Ich will mich rasch frisch machen. Draußen auf den Feldern ist es verdammt heiß, und du solltest dich auch besser anziehen, Schwesterchen. Oder willst du nicht wissen, welche Neuigkeiten Mama für uns hat? Wo ist eigentlich Aurora?«

»Schwimmen mit Martha«, erklärte Calandra in einem Ton, der ihr Missfallen darüber zum Ausdruck brachte, noch bevor sie fortfuhr: »Ich finde es anstößig, dass Aurora nach wie vor nackt im Meer badet. Das ist doch nur etwas für kleine Kinder. Sie wissen es schließlich nicht besser. Ich verstehe gar nicht, was Aurora daran findet! Ich habe mich immer so klebrig gefühlt, nachdem ich im Salzwasser geschwommen bin.«

»Du hast doch nur ein bisschen herumgeplantscht, Cally«, neckte George sie nun, »und Schwimmen nie wirklich gemocht so wie Aurora und ich. Nun, wenn Martha bei ihr ist, wird sie sicherlich rechtzeitig zum Essen zurück sein und sich Mamas Neuigkeiten anhören können.«

Daraufhin verschwanden Bruder und Schwester jeweils in ihrem Zimmer, um sich kurze Zeit später im Speisezimmer des Hauses wiederzutreffen, wo ihre Mutter und Stiefschwester sie bereits erwarteten.

»Wie kannst du an einem derart heißen Tag nur so frisch aussehen?«, murrte Calandra, als sie Aurora beim Hereinkommen maß.

Aurora Kimberly lachte. »Weil ich den Morgen damit verbracht habe, mich nackend im Meer zu vergnügen, Cally. Es war ganz herrlich, und du solltest mich das nächste Mal lieber begleiten, anstatt bis kurz vor zwölf im Bett zu liegen.«

»Meine Haut ist viel zu zart, um sie der sengenden Sonne auszusetzen«, entgegnete Calandra. »Du weißt doch, dass ich dann immer ganz rot werde und aussehe wie gekochter Hummer.«

Wieder musste ihre Stiefschwester lachen. »Du brauchst ja nicht so lange draußen zu bleiben wie ich, Cally. Nur ein kurzes Bad im Meer zur Abkühlung, und dann wieder hinein in die Kleider. Du könntest auch spät nachmittags schwimmen gehen, wenn die Sonne nicht mehr so hoch steht, oder ganz früh morgens, kurz vor Sonnenaufgang.«

Nun war es an Calandra, zu lachen. »Du weißt doch, dass ich nicht so eine Wasserratte bin wie du. Unabhängig davon, würde ich vor Scham im Erdboden versinken, wenn mich jemand dabei sähe. Eines Tages wird dich irgend so ein gottloser Pirat beim Baden im Meer entdecken und mitnehmen. Du solltest lieber vorsichtig sein, Aurora.«

»Da, wo ich bade, kommt bestimmt kein Piratenschiff hin«, erwiderte Aurora gelassen, »und dort sieht mich auch sonst niemand, Cally. Stimmt doch, George? Du weißt ja, wo meine kleine Bucht ist, nicht wahr?«

»Ja, da bist du sicher«, pflichtete ihr ihr Stiefbruder bei, bevor alle an dem schönen Mahagonitisch Platz nahmen – Oralia am Kopfende, ihr Sohn zu ihrer Rechten und ihre Töchter zu ihrer Linken. Ein Diener schöpfte klare Schildkrötensuppe in die Teller.

Der Stirnseite des Tisches gegenüber standen die französischen Türen zur Veranda weit offen, und die zarten Musselinvorhänge wehten in der sanften Brise. Jenseits der Veranda erstreckte sich die ruhige blaugrüne See.

Nachdem Calandra rasch ihre Suppe gelöffelt hatte, fragte sie neugierig: »Von wem war der Brief, den du heute bekommen hast, Mama?«

Oralia überraschte die Frage ihrer Tochter nicht. Calandras Kammerzofe Tilly hatte zweifellos beobachtet, wie Kapitän [illegible] bei ihr vorgesprochen hatte. Dass [illegible] Calandra auf dem Flur begegnete war, konnte Oralia ja nicht wissen. »Der Brief war nicht an mich, sondern an deinen Vater gerichtet«, erklärte sie nun, bemüht, die Stimme ruhig zu halten. »Es scheint so, als habe euer Vater vor vielen Jahren in England mit einem alten Freund ein Abkommen getroffen, dass dessen Sohn eines Tages Aurora zur Frau nehmen soll.«

»Wie bitte?«, fuhr Aurora auf, aber ihre Stiefmutter ließ sich nicht beirren.

»Der junge Mann befindet sich bereits auf dem Weg hierher und wird in wenigen Wochen mit der *Royal George* bei uns eintreffen.«

»Am besten bleibt er gleich auf dem Schiff!«, sagte Aurora nun wütend.

»Aurora, das ist nicht irgendein junger Mann, der ein Auskommen sucht und dich heiraten will, weil du eine reiche Erbin bist. Bei ihm handelt es sich um Valerian Hawkesworth, den Herzog von Farminster. Er ist sehr reich und genau der Mann, den die Erbin einer Zuckerrohrplantage heiraten sollte.«

»Mein Gott, Aurora!« Mit großen Augen sah Calandra

ihre Stiefschwester an, bevor sie nicht ohne Neid feststellte: »Du wirst Herzogin!«

»Nein, das werde ich nicht, Cally!« Aurora blieb stur, und ihre Stiefmutter schaltete sich wieder ein.

»Aurora, ich verstehe ja, dass das für dich sehr überraschend kommt. Es war äußerst unbedacht von deinem Vater, uns nichts von diesem Arrangement zu erzählen, zumal er jetzt nicht mehr unter uns weilt.«

»Papas Pferd hat ihn abgeworfen, Mama«, erinnerte Aurora sie da. »Das hat er wohl kaum vorhersehen können.«

»Nein, wohl nicht, aber aus der Heiratsvereinbarung geht hervor, dass du mit siebzehn die Ehe eingehen sollst, und am sechsten April ist dein Geburtstag. Da hätte dein Vater vorher doch wirklich etwas sagen können. Ich weiß nicht, wann er es dir hat erzählen wollen, meine Liebe. Aber er weilt jetzt nun einmal nicht mehr unter uns, und der Herzog befindet sich auf dem Weg hierher, um dich zur Frau zu nehmen. So, nun weißt du Bescheid, Aurora, und wir werden auch einige Tage nicht mehr darüber sprechen, damit du dich an den Gedanken gewöhnen kannst.« Oralia lächelte in die Runde und wandte sich dann an ihren Diener: »Du kannst den Kapaun jetzt auftragen, Hermes.«

»Ich werde mich niemals an diese Idee gewöhnen, Mama«, widersprach ihr da Aurora. »Ich habe nämlich keineswegs vor, einen englischen Herzog zu heiraten, den ich noch nie gesehen habe und wahrscheinlich auch kein bisschen mögen werde. Außerdem müsste ich dann die ganze Zeit in England leben und womöglich bei Hofe erscheinen, um diesem deutschen König zu huldigen. Ich hasse Deutsche, Mama! Kannst du dich noch an den Aufseher erinnern, den wir mal hatten? Das war doch ein schrecklicher Mensch!«

»Man kann doch nicht ein ganzes Volk wegen eines einzelnen Mannes verurteilen, Aurora! Ich dachte eigentlich, ich hätte dich eines Besseren belehrt. Abgesehen davon, ist der König ein alter Mann und wird wahrscheinlich nicht mehr lange leben. Sein Enkel, Prinz George, soll nett und wohlerzogen sein. Ein richtiger Engländer eben. Wenn er einmal König ist, wird er sich mit jungen Menschen umgeben und Hof halten, wie es sich geziemt. Es wird dir dort gefallen, meine Liebe.«

»Nein«, widersprach Aurora und klang sehr bestimmend.

»Wir reden in ein paar Tagen noch einmal darüber, mein Kind.«

»Nein, Mama, wir sprechen jetzt darüber! Ich werde keinen Fremden heiraten und mit ihm in ein Land gehen, das für sein nasskaltes Klima bekannt ist, um dort ein Leben zu führen, das ich jetzt schon verabscheue.«

»Das wäre mir einerlei«, sagte Calandra. »Wenn ich dadurch Herzogin werden könnte und bei Hofe vorgelassen würde, würde ich sogar den Teufel höchstpersönlich heiraten! Du bist wirklich töricht, Aurora. Papa hat dir diese wunderbare Zukunftsaussicht ermöglicht, und du zeigst dich so undankbar. Wenn er mich einem Herzog versprochen hätte, würde ich keine Sekunde zögern!«

»Aber Cally! Würdest du wirklich einen Mann heiraten, den du vorher noch nie zu Gesicht bekommen hast – einen völlig Fremden? Ich glaube, du bist hier die Törichte!«

»Heiraten werden immer arrangiert«, widersprach Calandra ihrer Stiefschwester, lenkte dann aber ein: »Also gut, du hast diesen Mann noch nie gesehen. Doch es wird sich bei ihm wohl kaum um ein Ungeheuer handeln! Und du darfst nicht vergessen: Auch er kennt dich nicht. Ich bin sicher, dass er sich während der langen Tage auf See überlegt, ob du wirklich das Mädchen bist, das er zu seiner Herzogin machen möchte. Aber er wird seiner Pflicht nachkommen, weil sein Vater diese Heiratsvereinbarung getroffen hat.«

»Für seine Bemühungen bekommt er immerhin eine Zuckerrohrplantage und diese Insel.«

»Und du die Würden einer Herzogin!«, entgegnete Calandra.

»Ich will sie nicht«, erwiderte Aurora gereizt.

»Du dummes Ding! Du bist wirklich total verzogen!«, fuhr Calandra ihre Stiefschwester nun an. »Ich wünschte, mir würde diese Möglichkeit gegeben.«

»Willst du den Herzog tatsächlich haben, Cally? Ich schenke ihn dir. Meinetwegen heirate *du* diesen Valerian Hawkesworth!«

»Aber, Aurora, das ist doch völlig unmöglich!«, warf nun ihre Stiefmutter ein.

»Warum denn?« Aufgebracht strich sich Aurora eine Haarsträhne aus dem Gesicht. »Hast du diese Heiratsvereinbarung gesehen, die Papa arrangiert hat, Mama? Was steht denn da genau drin?«

»Das kann ich dir auch nicht sagen, mein Kind.«

»George, geh in Papas Bibliothek und sieh in der Metallkassette auf seinem Schreibtisch nach! Ich verwette eine Jahresernte Zuckerrohr, dass du die Vereinbarung darin findest. Und bring sie dann sofort her«, befahl Aurora ihrem Stiefbruder, bevor sie ihre Stiefmutter auf eine Art und Weise ansah, die die arme Frau völlig durcheinander brachte. »Wir werden ja sehen, ob es nicht doch eine Möglichkeit gibt, mich aus der Affäre zu ziehen. Dieser Herzog hat vielleicht Nerven! All die Jahre hat er sich kein einziges Mal gemeldet und bildet sich jetzt ein, er könnte mal eben hier vorbeikommen und mich heiraten!«

Calandra kicherte. »*Ich* könnte eine Jahresernte darauf verwetten, dass der Herzog entsetzt ist, wenn er feststellt, was du für ein Mädchen bist, Aurora. So weit man mir erzählt hat, mögen Männer es nicht, wenn eine Frau ihnen die Meinung sagt. Du wirst deine Umgangsformen wohl ändern müssen.«

»Pah!«, antwortete Aurora verächtlich. »Der Mann, der mich heiratet, wird mich schon so nehmen müssen, wie ich bin. Ich lasse mich nicht verformen wie eine Wachsfigur. Davon abgesehen, Cally, woher willst du überhaupt wissen, was ein Mann sich von einer Frau erhofft? Du hast St. Timothy doch nicht verlassen, seitdem du damals anlässlich der Hochzeit unserer Eltern hergekommen bist. Auch wenn du auf Jamaika geboren wurdest, weißt du nicht mehr von Männern als ich!«

»Du hast Recht, wir sind beide total rückständig und vereinsamt«, jammerte Calandra. »Ich verstehe überhaupt nicht, warum Papa darauf bestanden hat, dass wir erst mit siebzehn eine Ballsaison in England miterleben dürfen. Er hat uns ja nicht einmal Jamaika besuchen lassen. Wenn wir endlich unter die Leute kommen, denken die anderen bestimmt, wir seien Wilde.« Betrübt schob sie den Teller von sich. »Mir ist der Appetit vergangen, Mama.«

In diesem Augenblick kam George zurück und wedelte mit einem Blatt Papier. »Du hattest Recht, Aurora«, sagte er und gab ihr das Schriftstück, bevor er wieder Platz nahm. »Es war in Papas Metallkassette. Hat eigentlich seit seinem Tod niemand die Kassette durchgesehen? Das Ding ist voll gestopft mit irgendwelchen Unterlagen.«

Oralia und Calandra schüttelten den Kopf, während Aurora das Schreiben öffnete und aufmerksam durchlas. Plötzlich erhellten sich ihre Züge und sie lachte leise, bevor sie ausrief: »Da ist sie, die Lösung meines Problems, Mama! Nach dem Vertrag hier ist diesem Valerian Hawkesworth eine *Charlotte* Kimberly versprochen. Zwar bin ich auf den Namen Charlotte Aurora getauft, aber Callys erster Name ist ebenfalls Charlotte. Du weißt doch noch, Mama, dass Papa und du nach eurer Hochzeit beschlossen habt, Calandra und mich bei unserem zweiten Vornamen zu nennen, um keine zu bevorzugen und Eifersüchteleien von vornherein zu vermeiden. Hier ist nicht ausdrücklich die Rede von einer *Charlotte Aurora* Kimberly, sondern nur von einer *Charlotte* Kimberly. Wenn Cally den Herzog also heiraten möchte, steht dem nichts im Wege. Da er mich nie zuvor gesehen hat, bemerkt er den Unterschied bestimmt nicht.«

»Nein, nein, Aurora, so etwas dürfen wir nicht tun!«, widersprach Oralia.

»Wieso nicht, Mama?«

»Nun, ganz einfach«, erklärte ihre Stiefmutter und hoffte, Aurora eine logisch klingende Antwort zu geben. »Der Herzog erwartet, die Erbin von St. Timothy zu heiraten, und nicht ein Mädchen mit fünftausend Pfund Apanage im Jahr und einigen Juwelen. Calandras Mitgift wäre für einen Herzog von Farminster einfach nicht ausreichend.«

»Mama«, kam Aurora ihr nun mit einem ebenso logischen Einwand, »wenn dieser Herzog den ganzen weiten Weg von England hierher kommt, um eine Charlotte Kimberly zu heiraten, dann tut er das, weil er ein bestimmtes Ziel verfolgt. Er wird sicher nicht einfach so nach England zurückkehren, wenn er erfährt, dass Charlotte Kimberly ihn nicht heiraten will. Dabei geht es gar nicht um mich. Wie auch? Er kennt mich ja überhaupt nicht.

Die Insel und die Plantage sind der Anreiz für diesen Mann, herzukommen. Er wird sich nicht damit zufrieden geben, mit leeren Händen zurückzukehren. Also muss man ihm eine Charlotte Kimberly zur Frau geben. Cally will einen Herzog zum Gatten. Ich weiß nicht, was ich will, aber ich weiß, was ich *nicht* will: gegen meinen Willen vor den Traualtar geschleppt werden. Ich kann doch Callys Apanage von Papa bekommen. Zudem hätte ich gerne noch etwas: das Haus der Merediths bei den Feldern auf der anderen Seite der Insel, das der Familie meiner Mutter gehört hat. Cally kann dann die Charlotte Kimberly für den Herzog sein, und am Tag ihrer Hochzeit wird die Insel und die Plantage ihrem Gatten überschrieben. Der Herzog bekommt die Insel und Cally ihren Herzog. Das ist die perfekte Lösung unseres Problems, und alle sind glücklich.«

»Du bist wirklich clever, Aurora«, musste ihre Stiefmutter zugeben, »aber was, wenn der Herzog von dem Täuschungsmanöver erfährt? Angenommen, ich würde deinem Vorschlag zustimmen, könnte man das Ganze dann nicht als Betrug ansehen? Nein, nein, so etwas kann ich nicht befürworten. Es wäre unredlich!«

»Dann musst du leider die Möglichkeit in Betracht ziehen, dass der Herzog trotz allem verlangt, St. Timothy überschrieben zu bekommen, und wir danach ohne Besitz dastehen und nicht einmal mehr ein Dach über dem Kopf haben. Immerhin hält der Herzog seinen Teil der Vereinbarung ein, indem er herkommt, um eine Charlotte Kimberly zu heiraten. Glaubst du denn wirklich, dass er uns in unserem Heim belässt, sich höflich verneigt und zurückzieht, wenn die Braut nicht mitspielt? Unsinn, Mama! Er wird tödlich beleidigt sein. Womöglich muss sich George noch mit ihm duellieren, damit die Ehre des Herzogs wiederhergestellt ist. Auch danach wird er Wiedergutmachung für die peinliche Situation fordern, in die wir ihn gebracht haben. Aber das ist dann nicht mehr meine Schuld, Mama. Ich habe dir eine vernünftige Lösung aufgezeigt.«

»Ach Kind, das geht doch nicht!«

»Willst du denn Cally diese Chance verwehren? Sie würde eine wunderbare Herzogin abgeben, mit ihren klassischen Gesichtszügen, der hellen Haut und dem rabenschwarzen Haar.«

Während Oralia Kimberly sich nachdenklich auf die Lippe biss, schüttelte George bewundernd den Kopf, ob der teuflischen Cleverness seiner Stiefschwester, und sah dann zu Calandra hinüber, die gespannt den Atem anhielt.

»Sag ja, Mama!«, flüsterte sie schließlich beinahe und klang richtig verzweifelt.

Aber Oralia Kimberly ließ sich nicht beirren. »Nein«, sagte sie, »so etwas kann ich nicht zulassen. Sei vernünftig, Aurora! Dein Vater hat diese Heirat bereits vor deiner Geburt in die Wege geleitet. Wenn er noch am Leben wäre, würden wir dieses Gespräch überhaupt nicht führen, und ich beabsichtige auch nicht, weiter über das Thema zu reden.« Mit diesen Worten erhob sie sich und eilte aus dem Esszimmer.

»Ich will aber Herzogin werden!«, jammerte Calandra, und Aurora versicherte ihr: »Das wirst du auch, verlass dich darauf.«

»Aber ihr habt doch gehört, was Mama gesagt hat!«, warf George ein.

»Mama wird ihre Meinung schon noch ändern, das verspreche ich euch.« Aurora grinste schelmisch. »Sie wird wohl kaum eine andere Wahl haben, wenn das Schiff des Herzogs in den Hafen einläuft und ich mich immer noch weigere, ihn zu heiraten. Wenn es erst einmal so weit ist, wird Mamas Beharrlichkeit zusammenbrechen, zumal sie sich bis dahin mit Sicherheit Gedanken über meinen Vorschlag gemacht hat, George. Egal, wie aufrichtig und tugendhaft sie ist, wird sie doch nicht umhinkönnen, sich vorzustellen, wie bezaubernd Cally mit den Juwelen einer Herzogin aussieht. Außerdem würde Mama es genießen, Jamaika zu besuchen und mit *ihrer* Tochter, der Herzogin von Farminster, anzugeben.« Aurora lachte und stand dann ebenfalls auf. »Wir sollten uns wirklich schon einmal Gedanken über dein Hochzeitskleid machen, Cally.«

Auch Calandra schob ihren Stuhl zurück. »Glaubst du wirklich, dass wir Mama überzeugen können, Aurora?«

»Überlass das nur mir, kleine Schwester.«

»Nenn mich nicht so, Aurora! Wir werden dieses Jahr beide siebzehn.«

»Aber ich habe am sechsten April Geburtstag und du am ersten Juni. Dadurch bin ich die Ältere, wenn auch nur um zwei Monate«, erklärte Aurora und knuffte ihre Stiefschwester freundschaftlich in die Seite.

»Ach, du!«, kicherte Calandra. »Was glaubst du, wie der Herzog sein wird, Aurora?«

»Zweifellos äußerst arrogant und hochnäsig«, kam sofort die Antwort. »Kein einziges Mal in meinem ganzen

Leben hat er mir geschrieben, und Papa hat bestimmt auch keinen Brief von ihm bekommen.«

»Wer weiß?«, gab George zu bedenken. »Ich habe euch ja schon gesagt, dass ich nicht glaube, dass irgendjemand seit Vaters Tod einen Blick in die Kassette geworfen hat. Mama bestimmt nicht. Womöglich wusste der Herzog auch nichts von dieser Heiratsvereinbarung. Vielleicht sind in Papas Kassette noch weitere Briefe, die uns darüber Aufschluss geben. Und wer weiß, was wir darin noch alles finden werden! Wollen wir nicht nachsehen gehen?«

»Ja, ja!«, riefen seine Schwestern einstimmig, und die drei verließen das Esszimmer, um das schöne holzgetäfelte Büro ihres verstorbenen Vaters aufzusuchen.

Dort ließen sie sich auf dem Boden nieder und stellten die Kassette in ihre Mitte. George Kimberly öffnete sie und entnahm ihr ein Bündel Briefe. Nachdem er die Schleife gelöst hatte, öffnete er den zuunterst liegenden Brief und las ihn aufmerksam durch.

Schließlich sagte er: »Das ist der erste Brief von einem gewissen James Hawkesworth. Anscheinend ist er der dritte Herzog von Farminster. In diesem Schreiben setzt er Papa davon in Kenntnis, dass sein Sohn Charles zusammen mit seiner Frau und seiner Tochter bei einem Schiffsunglück ums Leben kamen. Sein Enkel Valerian sei nicht bei ihnen gewesen, schreibt er weiter, und obgleich der Junge durch den Verlust erschüttert sei, würde er sich davon erholen. James Hawkesworth erklärt noch, er sei froh, dass sein Sohn dieses Arrangement zwischen den beiden Familien getroffen hat. Außerdem wolle er, nun, nachdem sein Sohn leider verstorben ist, dafür Sorge tragen, dass die zwischen den beiden Familien eingegangene Vereinbarung eingehalten wird, wenn Klein Charlotte erwachsen ist. Er fragt nach dir, Aurora.«

»Wie rührend«, bemerkte Aurora spöttisch, und Calandra stellte fest: »Ich finde, er hört sich an wie ein netter alter Mann.«

»Nun wissen wir also«, sagte Aurora, »dass die Eltern und die Schwester von Valerian Hawkesworth ertrunken sind und er von seinem Großvater aufgezogen wurde.«

»Und von seiner Großmutter«, berichtigte George sie, denn er hatte unterdessen auch einige andere Briefe überflogen. »James Hawkesworth erwähnt eine Gattin. Er hat Papa zweimal im Jahr geschrieben, im Juni und im Dezember. Dem Wortlaut der Briefe nach zu urteilen, hat Papa ihm geantwortet und Neuigkeiten über uns berichtet und wie du aufwächst, Aurora.«

»Bezieht sich der alte Herzog auf mich eigentlich als Aurora?«

»Um diese Frage zu beantworten, muss ich die Briefe zuvor richtig lesen«, entgegnete George, »aber so weit ich das bisher beurteilen kann, wohl nicht.«

»Was schreibt er von seinem Enkel?« Auroras türkisfarbene Augen blickten nachdenklich, und sie hatte die Stirn leicht in Falten gelegt.

»Nich viel. Warte, hier steht etwas! In dem letztjährigen Brief vom Juni. Von Dezember gibt es keinen.«

»Wahrscheinlich ist der alte Mann inzwischen verstorben«, überlegte Aurora laut, bevor sie ihren Stiefbruder ungeduldig aufforderte: »Los, George, sag uns jetzt endlich, was in dem Junibrief steht!«

»Er ist nicht sehr lang und die Schrift ganz zittrig. Anscheinend hat der Herzog die Briefe selbst aufgesetzt und keinen Sekretär damit beauftragt. Er schreibt:

»Mein lieber Robert,

seit einigen Monaten fühle ich mich nicht ganz wohl. Man könnte fast meinen, dass das Begehen des siebzigsten Geburtstags einem gesundheitlich eine Menge abverlangt. Aber sei's drum ... Meinen Berechnungen zufolge müsste die kleine Charlotte gerade ihren sechzehnten Geburtstag gefeiert haben. Der Vertrag zwischen unseren Familien schreibt fest, dass die Hochzeit Eurer Tochter und meines Enkelsohnes nächstes Jahr an

Charlottes siebzehntem Geburtstag stattfinden soll. Valerian ist zu einem feinen jungen Mann herangewachsen, wie man ihn sich besser nicht wünschen könnte. Ich werde ihm schon bald von dem Arrangement erzählen, das mein Sohn und Ihr vor all den Jahren getroffen habt. Valerian wird nächstes Frühjahr zu Euch kommen, um Eure Tochter zur Frau und danach mit sich nach England zu nehmen. Aber natürlich werden wir zuvor noch einmal korrespondieren. Meine treu sorgende Gattin schickt Euch und Eurer Familie liebe Grüße, und ich verbleibe wie immer, Euer James Hawkesworth, der dritte Herzog von Farminster.«

George legte den Brief beiseite. »Siehst du, Aurora, dein Herzog wusste auch nichts von dem Hochzeitsarrangement. Man hat ihn da genauso im Ungewissen gelassen wie dich.«

»Kam danach kein Brief mehr?«, fragte Aurora, und George antwortete: »Nur der, den Mama heute Morgen erhalten hat.«

»Wo ist er?«, wollte Aurora wissen, als Calandra, die aufgesprungen war, auch schon rief: »Hier, auf Papas Schreibtisch! Mama hat ihn dahin gelegt. Macht der Gewohnheit.« Mit ihren haselnussbraunen Augen überflog Calandra nun rasch den Brief, bevor sie ihn laut vorlas.

»An Robert Kimberly.

Mit Trauer im Herzen muss ich Euch mitteilen, dass mein Gemahl letzten November von uns gegangen ist. Sein Erbe, unser Enkel Valerian, hat seine Nachfolge als vierter Herzog von Farminster angetreten. Der Heiratsvereinbarung zwischen unseren Familien entnehme ich, dass der Zeitpunkt der Eheschließung von Charlotte und Valerian näher rückt. Mein Enkelsohn wird am zehnten Februar von Plymouth aus mit der Royal George *in See stechen. Wir freuen uns schon darauf, Charlotte in unserer Familie begrüßen zu dürfen. Ich werde mein Bestes tun, damit sie sich hier wohl fühlt. Und bitte versi-*

chert ihr, dass ich mich persönlich darum kümmern werde, sie in den Pflichten einer Herzogin zu unterweisen. Selbstverständlich seid auch Ihr und Eure Familie auf Hawkes Hill Hall immer herzlich willkommen. Damit verbleibe ich, Eure Mary Rose Hawkesworth, Witwe des dritten Herzogs von Farminster.«

»Oh«, seufzte Calandra, »hört sich das nicht alles ganz großartig an? Ich frage mich, was wohl zu den Pflichten einer Herzogin zählen mag. Glaubst du, ich werde ihnen nachkommen können, Aurora?«

»Bestimmt, du musst dich wahrscheinlich nur ein bisschen besser benehmen«, versicherte Aurora ihrer Stiefschwester lächelnd. »Aber du bist ja, was das Erlernen von Umgangsformen und Etikette angeht, immer schon ganz besonders aufnahmefähig gewesen, Cally. Mir braucht man mit so einem Unsinn gar nicht erst zu kommen.«

Unterdessen hatte George auch noch die anderen Briefe des Herzogs durchgesehen und sagte nun: »Nirgendwo wird erwähnt, dass man dich inzwischen Aurora nennt, meine clevere kleine Schwester. In sämtlichen Briefen ist von der Braut lediglich als Charlotte die Rede.«

»Aber«, gab Calandra zu bedenken, »was machen wir, wenn Papa Aurora in seinen Briefen so genannt hat?«

»Da dieser Valerian Hawkesworth keine Ahnung von den Heiratsplänen seiner Familie hatte«, sagte Aurora bedächtig, »ist es unwahrscheinlich, dass er Vaters Briefe an seinen Großvater je zu Gesicht bekommen hat. Ich frage mich, ob der alte Herzog die Korrespondenz überhaupt aufgehoben hat, da auch seine Witwe über die Situation nicht allzu gut unterrichtet zu sein scheint.«

»Aber Papa hat die Briefe des Herzogs doch auch aufgehoben«, sagte Calandra nun.

»Ja«, stimmte Aurora ihr zu, »aber es war ja auch in Papas Interesse, sie aufzubewahren, für den Fall, dass die Familie Hawkesworth das Eheversprechen lieber vergisst, weil es ihr passender erscheint, ihren Erben an eine noch wohlhabendere Erbin zu verheiraten. Die Briefe des Herzogs hätten Papa vor Gericht als Beweismaterial dienen können, wäre er der Meinung gewesen, dass man die Ehre der Kimberlys beschmutzt hätte. Du erinnerst dich doch noch, wie stolz er auf seine Familie war.«

»Wir haben keinerlei Hinweis, dass der Herzog weiß, dass ihm eine Charlotte Aurora versprochen wurde«, sagte George nun. »Ich denke, wir können es wagen, Cally mit ihm zu vermählen. Wie sollte er auch herausfinden, dass die Bräute vertauscht wurden?«

»Und falls doch«, sagte nun Aurora, »können wir nur hoffen, dass er Cally bis dahin lieb gewonnen und sie ihm einen Erben geboren hat. Abgesehen davon, wird ihm ohnehin die Plantage von St. Timothy gehören. Welchen Schaden sollte er also durch unsere kleine Finte nehmen?« Sie lächelte ihrem Stiefbruder zu. »Ich bin so froh, dass du in dieser Sache meiner Meinung bist, George.«

»Ich weiß nicht, ob ich tatsächlich mit dir darin übereinstimme, Aurora. Aber ich weiß, dass man dich, wenn du dir erst einmal etwas in den Kopf gesetzt hast, nicht leicht umstimmen kann. Ich glaube allerdings, dass deine Entscheidung vorschnell ist, weil du Angst vor einer so plötzlichen Veränderung in deinem Leben hast. Papa wird schon seine Gründe gehabt haben, warum du diese Ehe eingehen sollst. Aber wenn du den Herzog partout nicht heiraten willst, werde ich dafür sorgen, dass unsere Familie durch deine Dummheit nicht in Gefahr gerät. Der Herzog bekommt eine Charlotte Kimberly, die er vor den Traualtar führen kann, auch wenn es nicht die richtige Charlotte Kimberly ist.«

»Papa wäre sehr stolz auf dich, George«, erklärte Aurora. »Er hat immer gesagt, er wünschte, er sei dein richtiger Vater und nicht nur dein Stiefvater. Er hat dich und Cally genauso lieb gehabt wie mich. Deshalb hat er euch auch an Kindes statt angenommen und seinen Namen gegeben sowie den eures verstorbenen Vaters behalten lassen. Ich wünschte, George, er hätte dir und nicht mir St. Timothy hinterlassen. Dann hätte sich jetzt nichts geändert.«

George ergriff Auroras Hand. »Ich mag Papas Namen tragen, kleine Schwester, aber ich bin nicht von seinem Fleisch und Blut. Das ließ ihn diese Entscheidung treffen. Wie du schon gesagt hast, war er stolz auf seine Familie. Auch für mich hat er weiß Gott mehr als genug gesorgt und in seinem Letzten Willen verfügt, dass ich als Leiter und Aufseher von St. Timothy eingesetzt werden muss. Ich bin gut darin, Aurora! Und es gibt keinen Grund, warum sich der Herzog über Vaters Wunsch hinwegsetzen sollte. Solange die Plantage Gewinn abwirft, hat er keinen Grund zur Klage, oder?«

Calandra setzte sich wieder zu ihren Geschwistern und lehnte den Kopf an Georges Schulter. Die drei waren fast ihr Leben lang zusammen gewesen und einander liebevoll zugetan. Oralias und Robert Kimberlys anfängliche Sorge, dass ihre Kinder nicht miteinander auskommen würden, war in den ersten Minuten ihres Zusammentreffens zerstreut worden. Aurora hatte sich sofort von der Hand ihres Kindermädchens losgerissen, um ihre neue Stiefmutter und ihre Geschwister willkommen zu heißen. Die Begrüßung war so herzlich ausgefallen, dass die Umstehenden davon ausgehen mussten, das Kind begrüßte seine leibliche Mutter und Geschwister, die nur eine Weile von zu Hause fort gewesen waren. Auch danach hatte es niemals Eifersüchteleien zwischen Aurora und ihren neuen Geschwistern gegeben.

»Dann wären wir uns also einig«, sagte Aurora. »Cally heiratet den Herzog und bringt die Plantage als Mitgift mit in die Ehe. Ich bekomme Callys Apanage von Papa und das Haus der Familie meiner Mutter. George behält, was Papa ihm hinterlassen hat, und bleibt Geschäftsführer der Plantage.«

»Bist du dir auch ganz sicher, Aurora, dass du das

willst?«, fragte George jetzt noch einmal. »Wenn Cally dem Herzog erst einmal als seine Braut vorgestellt wurde, gibt es kein Zurück mehr. Das ist dir doch klar?«

Aurora nickte. »Ich will einen Mann heiraten, der mich liebt, George, und nicht einen, der durch ein Eheversprechen dazu gezwungen ist, mich zur Frau zu nehmen. Ich weiß, dass mich manche deswegen für eine Närrin halten mögen. Aber das ist mir egal. Ich gehe mit Cally und dem Herzog nach England und werde ja sehen, ob ich dort nicht einen Gentleman finde, der mich liebt. Und wenn nicht, kehre ich in mein Haus auf St. Timothy zurück.«

»So sei es denn«, sagte George Spencer-Kimberly »Dann ist es also beschlossene Sache. Ich kann nur hoffen, dass der Herzog uns niemals auf die Schliche kommt.«

»Was ist mit Mama?«, fragte Cally nun. »Sie hat gesagt, sie mache da nicht mit.«

»Zerbrich dir darüber mal nicht den Kopf, Cally«, beruhigte sie George. »Aurora hat ganz Recht. Wenn der Herzog hier erst einmal vor Anker geht, bleibt Mama gar nichts anderes übrig, als sich uns anzuschließen. Denn wenn nicht, riskiert sie alles. Es widerstrebt mir, ihr Kummer zu bereiten, aber wenn Aurora den Herzog nicht haben will, dann ist unsere Entscheidung der beste Weg, um die Interessen der Familie zu schützen.«

Die Geschwister fassten sich bei den Händen.

»Zusammen«, sagte George, »für immer«, fügte Calandra hinzu, und Aurora ergänzte: »Wie ein Mann!« Damit besiegelten sie den Treueschwur, den sie sich als Kinder ausgedacht und auch später immer wieder verwendet hatten, wenn sie etwas zusammen ausheckten.

»Dann ist es also abgemacht«, sagte Cally nun mit glänzenden Augen.

»Ja«, pflichtete Aurora ihr bei.

»Und du wirst die Braut des Herzogs sein, Cally«, sagte George und lachte leise. »Da kann sich die Londoner Gesellschaft ja auf etwas gefasst machen!«

»Ich werde eine wundervolle Herzogin abgeben«, widersprach ihm Calandra, »und all die herrlichen Kleider und Juwelen tragen, die ich immer haben wollte, und jede Nacht mit den gut aussehendsten Gentlemen durchtanzen!«

»Zuvor wirst du dem Herzog allerdings einen Erben schenken müssen«, erinnerte sie da ihr Bruder an ihre zukünftigen Pflichten. »Ein Kind ist deine Versicherung, Schwesterchen, falls Valerian Hawkesworth jemals herausfinden sollte, dass du nicht die bist, die du zu sein vorgibst.«

»Unsinn, George! Es ist völlig unerheblich, wenn er es eines Tages herausfindet. Dann gehört ihm St. Timothy ja trotzdem. Ich habe noch genug Zeit, um Kinder zu bekommen, und in irgendeinem Herrenhaus auf dem Land eingesperrt zu sein, das genauso weitab von allem liegt wie unser Zuhause hier auf der Insel. Das entspricht nicht meiner Vorstellung des Lebens einer Herzogin. Jede Frau kann Kinder bekommen. Ich will nach London und den König sehen! Aber habt keine Angst. Ich bringe meinen Herzog schon dazu, dass er sich wahnsinnig in mich verliebt. Dann kann ich tun und lassen, was ich will. Weil er sonst Angst haben muss, dass ich ihn mit Liebesentzug bestrafe.« Sie kicherte. »Oh, ich kann's kaum erwarten, endlich Herzogin zu sein!«

»Was für ein herzloses freches Ding du doch bist.« Aurora lachte. »Solche Reden schwingst du besser nicht in Mamas Gegenwart, sonst bekommt sie bestimmt ganz furchtbar Migräne.«

»Ich mag Mama wirklich sehr«, gestand Calandra nun ein, »aber es wird ganz wundervoll sein, wenn sie mir nicht mehr die ganze Zeit vorschreibt, was ich zu tun und zu lassen habe.«

»Dafür kommandiert dich dann die Witwe des verstorbenen Herzog von Farminster herum«, neckte sie ihr Bruder.

»Ein Grund mehr, in London zu bleiben«, entgegnete Calandra.

Die drei lachten, während sich draußen vor dem Büro ein plötzlicher Nachmittagssturm erhob und vom Meer her warme Regentropfen gegen die Fensterscheiben trieb.

2. Kapitel

Der Herzog von Farminster stand an der Reling, während die *Royal George* St. Timothy umfuhr. Die einzige Bucht zum Anlanden lag auf der der Handelsroute abgewandten Seite der Insel. Während der vergangenen Tage waren sie zwischen zahlreichen Westindischen Inseln hindurchgesegelt, und Valerian hatte alle möglichen Landschaftsformationen zu Gesicht bekommen. Viele der Inseln waren gebirgig, einige flach. Diese hier schien von einem breiten Landstreifen umgeben, in dessen Mitte sich quer über die Insel ein hügeliger Bergrücken zog. Die Zuckerrohrstauden waren meterhoch und standen voll im Saft, und Valerian war sehr beeindruckt.

»Sie sind gerade bei der Ernte«, sagte der Kapitän, der sich zu Valerian an die Reling gesellt hatte. »Die Insel ist etwa halb so groß wie Barbados, aber kleiner als Grenada. Wisst Ihr sonst irgendetwas darüber, Euer Gnaden?«

»Herzlich wenig«, antwortete Valerian Hawkesworth, »nur, dass die beiden Familien, denen die Insel von König Charles als Schenkung überlassen wurde, mit meiner verschwägert waren. Meine Braut und ihr Vater sind die letzten Nachkommen.«

»Die Familien blieben also mit England in Verbindung. Das machen nicht viele, müsst Ihr wissen. Den meisten ist die Gesellschaft ihresgleichen auf den Inseln genug«, erklärte der Kapitän, wobei ganz deutlich wurde, dass er nicht damit einverstanden war.

»Nein, unsere Linien sind in Verbindung geblieben. Mein Vater und Mr. Kimberly haben zusammen in Oxford studiert. Dadurch kam letztlich auch das Arrangement zwischen mir und Miss Kimberly zu Stande. Gibt es auf der Insel ein Städtchen, Kapitän Conway?«

»Nein, Euer Gnaden.« Der Seemann schüttelte den Kopf. »St. Timothy war immer nur im Besitz der Kimberlys und der Merediths. Auf der Insel wird ausschließlich Zuckerrohr angebaut. Abgesehen davon, wer will schon freiwillig hierher, und womit sollte ein Mann auf einer solchen Insel seinen Lebensunterhalt verdienen? Mit Ausnahme der Familie und einiger weniger Leibeigener, gibt es dort nur Schwarze.«

Der Herzog nickte und sah dann wieder über die blaugrüne See hinaus auf die Insel. Sie war wunderschön. Aber warf sie auch Gewinn ab, und war diese Charlotte Kimberly wirklich eine gute Partie? Seine Großmutter ging davon aus, dass die Familie des Mädchens über ein ansehnliches Vermögen verfügte. Aber war dem wirklich so? Das Auskommen sämtlicher Inselbewohner hing von einer guten Zuckerrohrernte ab. Valerian wollte so bald wie möglich mit Mr. Kimberly darüber sprechen und sich auf jeden Fall die Bücher ansehen. Wenn die Plantage nicht ausreichend Gewinn abwarf, musste die Möglichkeit einer Mitgift in bar erörtert werden.

Mittlerweile lief das Schiff in die Bucht ein. Valerian konnte schon die Anlegestege und Lagerhäuser am Ufer erkennen und fragte den Kapitän: »Verschiffen sie ihren Zucker direkt von hier nach England?«

»Nein, zunächst nach Barbados und von dort aus nach England. Die Frachtschiffkapitäne haben keine Zeit, an einer so kleinen Insel anzulegen. Das gilt übrigens für die meisten Westindischen Inseln. Aber St. Timothy verfügt trotzdem über eine ausgezeichnete Lage, Euer Gnaden. Von hieraus lässt sich die Ware viel besser verschiffen, als von den Plantagen auf Jamaika aus, weil die Passatwinde hier einen günstigeren Einfluss haben.«

»Ich sehe schon, da gibt es noch viel, was ich lernen muss«, entgegnete der Herzog.

»Habt Ihr denn vor, hier zu bleiben, Euer Gnaden?«, fragte der Kapitän und dachte, dass das mächtig ungewöhnlich wäre, es sei denn, der Herzog hatte jemanden ermordet und musste England eine Weile fernbleiben.

»Nein, aber wenn diese Plantage durch die Hochzeit in meinen Besitz übergeht, Sir, sollte ich schon wissen, wie sie geführt wird. Ich möchte Miss Kimberlys Mitgift nicht leichtfertig aufs Spiel setzen. Auch mein Gestüt und meine Manufakturen führe ich Gewinn bringend, und bestimmt werde ich nicht zulassen, dass man die Plantage in den Ruin treibt.«

Interessant, dachte der Kapitän, ein Milord, der sich damit abgab, Geld zu verdienen. Laut sagte er daraufhin: »Dann werdet Ihr keine Schwierigkeiten haben, Euer Gnaden. St. Timothy wird von Mr. Kimberly selbst geführt, und sein Stiefsohn Mr. George Spencer-Kimberly hilft ihm dabei. Der junge Mann ist ein feiner Kerl, dessen seid versichert.« Der Kapitän verbeugte sich vor dem Herzog. »Ihr werdet mich entschuldigen, Euer Gnaden. Ich muss unser Anlanden überwachen.«

Der Herzog nickte, woraufhin der Kapitän geschäftig davoneilte.

Miss Kimberly hatte also einen Stiefbruder, der die Plantage zu führen half. Nun gut, wenn er sich tatsächlich als aufrechter junger Mann erwies und Interesse hatte, auf St. Timothy zu bleiben, sollte es keine bösen Überraschungen geben, wenn Robert Kimberly eines Tages abtrat und die Plantage seiner Tochter hinterließ. *Ich frage mich nur,* überlegte Valerian nun, *welche Art von Einkommen Kimberly meiner Braut zugedacht hat, bevor sie ihr Erbe antreten kann.*

Doch dann wurde seine Aufmerksamkeit von dem großen Haus auf dem hohen Hügel in Anspruch genommen, das ganz in weiß gehalten war und nach vorn hin offen zu sein schien. Eine derartige Bauweise hatte Valerian noch nie gesehen. Bestimmt wäre es interessant, es aus der Nähe zu betrachten, dachte er, als ein dumpfer Kanonenschlag ihn zusammenzucken ließ.

»Kein Grund zur Sorge, Euer Gnaden«, beruhigte ihn

sein Kabinensteward, der in diesem Augenblick zu ihm gekommen war. »Das war nur unsere kleine Kanone, die Eure zukünftigen Verwandten über unsere Ankunft in Kenntnis setzt. Obwohl die junge Dame uns sicher schon von ihrem Fenster aus beobachtet hat«, fügte er noch hinzu und lachte leise in sich hinein.

»Sie sind da!«, kreischte Calandra aufgeregt. »Habt ihr den Ankunftssalut gehört? Seht doch nur, da unten im Hafen! Die *Royal George* segelt gerade herein. Oh, ich glaube, ich werde ohnmächtig! Mein Herzog ist da! Endlich!« Mit diesen Worten sank sie auf einen Stuhl und fächelte sich mit ihrem Taschentuch Luft zu.

»Was heißt denn hier *dein* Herzog?«, fragte ihre Mutter. »Es ist Auroras!«

»Aber, Mama, das haben wir doch schon besprochen!«

»Ich lasse mich von euch doch nicht einschüchtern«, entgegnete Oralia Kimberly, ließ aber eine gewisse Schärfe in der Stimme vermissen. »Das könnt ihr doch nicht machen! Es ist unehrenhaft und falsch!« Dann wandte sie sich Hilfe suchend an ihren Sohn. »George, sag doch auch mal etwas!«

»Es tut mir Leid, Mama, aber wir haben in den letzten vier Wochen wirklich oft darüber diskutiert. Cally heiratet den Herzog. Das ist die einzige Möglichkeit. Wenn du versuchen solltest, ihm die Wahrheit zu sagen, behaupte ich einfach, dass Papas Tod dich dermaßen durcheinander gebracht hat, dass du deine Stieftochter nicht mehr von deiner leiblichen Tochter unterscheiden kannst. Dann sperren wir dich weg, bis der Herzog und Cally verheiratet und auf dem Weg nach England sind. Und jetzt muss ich hinunter zum Hafen, um unseren Gast zu begrüßen.« Daraufhin ließ er seine Mutter einfach stehen.

»Du bist so grausam, George!«, rief Oralia ihm noch nach, wusste aber, dass das sinnlos war. Die drei jungen Leute hatten unter sich ausgemacht, wie sie vorgehen wollten, und würden ihr Vorhaben durchführen. Sollte sie sich da einmischen, war George durchaus in der Lage, seine Drohung wahr zu machen. Und selbst wenn der Herzog ihr, Oralia, Glauben schenkte, stand zu befürchten, Aurora würde ihm ins Gesicht sagen, dass sie ihn nicht heiraten wollte. Was würde denn dann aus ihnen werden?

Oralia seufzte, und Aurora blickte zu Calandra hinüber, als wollte sie sagen: Siehst du, ich habe doch gleich gewusst, dass wir gewinnen. »Komm, Schwesterchen«, sagte sie dann tatsächlich, »du kannst den Herzog doch nicht so begrüßen. Wir müssen uns beeilen. Entschuldigst du uns bitte, Mama?«

Oralia bedeutete ihnen, sich zu entfernen. Sie brauchte Zeit, um ihre Fassung wieder zu erlangen. Auch wenn sich ihre Kinder wegen des Täuschungsmanövers anscheinend keinerlei Sorgen machten, war sie darüber doch sehr beunruhigt. Wenn bloß Robert nicht gestorben wäre, dachte sie zum tausendsten Mal in den vergangenen acht Wochen. Aber Robert war tot, und sie hatte keine andere Wahl, als sich dem Wunsch ihrer Kinder zu beugen. Vielleicht hatten sie ja auch Recht. Was war denn so schlimm an ihrem Vorhaben? Wäre es nicht viel grausamer, Aurora in eine Ehe zu zwingen, besonders, da Calandra so bereitwillig ihren Platz einnehmen wollte?

Nachdenklich biss sich Oralia auf die Lippe. Aber nein, die Kinder waren im Unrecht! Doch sie konnte im Augenblick nichts daran ändern. Was Robert wohl von all dem halten würde?

Oralia erschauderte bei dem Gedanken. Sie wusste genau, was ihr verstorbener Gatte dazu gesagt hätte, aber er war nun einmal nicht mehr, und sie musste mit dieser unmöglichen Situation allein klarkommen. Es war ihr immer schon schwer gefallen, sich bei ihren drei Kindern durchzusetzen. Das hatte Robert besser gekonnt. Doch nun war er von ihr gegangen, und es blieb ihr nichts anderes übrig, als die Kinder gewähren zu lassen.

Ich werde nicht weinen, dachte Oralia verzweifelt und hielt sich vor Augen, dass Calandra immerhin Herzogin sein würde.

Unterdessen überschlugen sich die beiden Mädchen im ersten Stock beinahe, um sich für die Ankunft des Herzogs von Farminster fertig zu machen. Calandra nahm ein Bad hinter der Spanischen Wand. In der Luft hing schwer der Duft ihres Lieblingsbadesalzes – einer Mischung aus Rosen und Gardenien. Derweil legte Calandras Kammerzofe Sally unter Auroras Aufsicht die Kleider für ihre junge Herrin zurecht. Als Aurora endlich zufrieden mit der Auswahl war, zog sie sich in ihr eigenes Zimmer zurück, um sich ebenfalls umzukleiden.

»Ihr seid eine Närrin, Mistress Aurora«, wurde sie von ihrer Kammerzofe Martha empfangen, »und Euer Vater wäre sehr aufgebracht, wenn er wüsste, was Ihr da tut. Aber es ist immer noch Zeit, es Euch anders zu überlegen. Ein Mann bleibt ein Mann. Auch wenn der eine zunächst besser erscheinen mag als der andere, sind sie am Ende doch alle gleich. Lasst Euch das von mir gesagt sein, Miss.«

»Martha, jetzt schelte mich doch nicht. Ich will im Augenblick einfach niemanden heiraten. Auch wenn dieser Herzog bereit wäre, ein oder zwei Jahre zu warten, wüsste ich danach immer noch nicht, was ich täte, wenn ich ihn nicht mag. Nein, so ist es wirklich das Beste – für mich, für Cally, für alle.«

»Und wenn Ihr ihn doch mögt?«, wandte Martha ein.

»Ich hoffe, dass ich ihn als Schwager gut leiden kann und als Freund.«

Missbilligend schürzte die Dienerin die Lippen.

»Nun, da er der Gatte meiner Schwester wird, kann es darüber hinaus nichts geben, Martha. Das verstehst du doch sicher.«

»Mh.«

Martha war kurz nach Auroras Geburt als Leibeigene

nach St. Timothy gekommen. Da sie keine kriminelle Vergangenheit hatte und sich auch einigermaßen benehmen konnte, hatte Emily Kimberly sie gekauft, damit sich Martha um ihr Neugeborenes kümmerte. Marthas einziges Vergehen bestand darin, arm zu sein. Deshalb war sie vom englischen Gesetz bestraft worden. Nach dem Tod ihrer Eltern hatte der Grundeigentümer sie aus dem Cottage vertrieben, das sie mit ihrer Familie bewohnt hatte. Der örtliche Vikar hatte ihr damals vorgeschlagen, sich für sieben Jahre in Übersee zu verdingen und sich dadurch die Chance auf ein besseres Leben in der Neuen Welt zu eröffnen. Martha hatte seinen Rat befolgt und sich dem Bruder des Vikars anvertraut. Er war ein anständiger Mensch gewesen und hatte sich bemüht, die Leibeigenen in guten Familien unterzubringen, wo sie nicht misshandelt wurden. Nach Ablauf ihrer Dienstjahre war Martha als freie Frau bei den Kimberlys geblieben und seitdem Auroras Kammerzofe.

»Ich habe Euch ein frisches Kleid herausgelegt«, sagte sie nun spitz zu ihrer jungen Herrin.

»Jetzt sei doch nicht böse mit mir, Martha!« Aurora nahm ihr ehemaliges Kindermädchen und ihre jetzige Zofe in die Arme. »So ist es wirklich das Beste.«

Aber Martha machte sich los. »Ihr braucht gar nicht zu denken, dass Ihr mich um den Finger wickeln könnt wie Mistress Oralia und Master George, weil Euch das bei mir nämlich nicht gelingt. Wenn Euer Vater noch hier wäre, müsstet Ihr auch tun, was er sagt. Da gäbe es überhaupt kein Vertun. Und nun, wascht Euch! Ich habe die Waschschüssel ins Ankleidezimmer gestellt und auch das hübsche blaugraue Baumwollkleid herausgelegt, so wie Ihr gesagt habt. Aber ich finde, dass es trotz des langen Spitzenbesatzes an den Ärmeln zu einfach ist. Ich weiß gar nicht, warum Ihr das bei der ersten Begegnung mit dem Herzog unbedingt tragen wollt.«

»Weil ich Calandra nicht ausstechen will«, sagte Aurora. »Heute soll seine ganze Aufmerksamkeit ihr gehören.«

»Dann ratet Ihr Miss Cally am besten, nicht so viel zu kichern«, stellte Martha säuerlich fest. »Dabei hört sie sich nämlich an wie ein kleines Dummchen vom Land, nicht dass sie Euch darin viel nachstehen würde.«

Aurora unterdrückte ein Lachen und betrat das Ankleidezimmer. Das der Tür gegenüberliegende Fenster ging auf die Bucht. Die *Royal George* segelte gerade langsam auf die Anlegestelle zu. Die Bucht war sehr tief, sodass die Schiffe ganz nah ans Ufer herankommen konnten, was das Besondere bei St. Timothy war. Bei den anderen Inseln mussten die Schiffe mitten im Hafen vor Anker gehen. Passagiere oder Fracht wurden dann auf einem Boot hin- und hertransportiert.

Aurora schlüpfte rasch aus ihrem Kleid und rieb sich mit einem Schwamm ab, den sie zuvor in das parfümierte Wasser der Waschschüssel getaucht hatte. Sie trocknete sich ab, zog das blaugraue Kleid mit dem weiten, weiß abgesetzten Ausschnitt an und ließ die züchtigen Röcke über ihre gestärkten Unterröcke fallen. Die Rüschen- und Spitzenbordüren an den Dreiviertelärmeln umspielten effektvoll ihre Handgelenke.

»Komm und schnür mich, Martha!«, rief Aurora dann und warf einen Blick in den Spiegel. Ihre Haut hatte einen leicht goldrosa Schimmer, durch den die türkisfarbenen Augen und das goldbraune Haar noch besser zur Geltung kamen. Auch wenn Aurora sich meist vor der Sonne in Acht nahm, war sie darin nicht so fanatisch wie Calandra, die außerordentlich stolz auf ihre vornehme Blässe war und alles dafür tat. So ging sie etwa niemals ohne breitkrempigen Hut hinaus, hielt die Arme immer bedeckt und trug trotz der Hitze Spitzenhandschuhe. Aurora musste allerdings zugeben, dass Calandras helle Haut, die haselnussbraunen Augen und das schwarze Haar sie zu einer außergewöhnlichen Erscheinung machten.

»Jetzt kommt schon, Miss«, unterbrach Martha da Auroras Gedankengänge, »setzt Euch, damit ich Euch ordentlich frisieren kann.«

Ordentlich hieß bei Martha, Auroras Haar in einen kleinen eleganten Knoten im Nacken festzustecken und an den Schläfen jeweils ein Ringellöckchen zu brennen. Calandra bevorzugte einen Knoten und eine einzige lange Locke links. Sie war überzeugt, dass ihre linke Gesichtshälfte ihre Schokoladenseite sei und man die Aufmerksamkeit darauf lenken musste.

Calandra ist ein liebes Mädchen, aber furchtbar eitel, dachte Aurora nun, *genauso wie ich mir eine Herzogin immer vorgestellt habe.* Ihr Blick wanderte wieder zum Fenster, und sie wünschte, sie hätte ein Fernrohr, um zu beobachten, wie George den Herzog begrüßte.

George Spencer-Kimberly wartete, bis die *Royal George* vertäut war. Als man die Laufplanke schließlich herabließ, eilte er sofort aufs Schiff.

»Kapitän Conway! Wie schön Euch wieder zu sehen. Gehe ich recht in der Annahme, dass Ihr uns einen Passagier mitgebracht habt?« Georges Blick wanderte zu dem groß gewachsenen Herrn neben dem Kapitän. Der Mann war etwas älter als er selbst, hatte schwarzes Haar, schwarze – nein – dunkelblaue Augen, ein streng geschnittenes Gesicht und eine muskulöse Statur. Nicht ganz das, was man sich von einem englischen Herzog erwarten würde, dachte George, der mit einem viel schwächlicheren Typ gerechnet hatte. Einen Augenblick überlegte er nun noch einmal, ob es tatsächlich klug war, diesem Mann das kleine Täuschungsmanöver vorzuspielen. Aber es war ohnehin zu spät, um noch etwas daran zu ändern.

»Aye, Mr. Kimberly«, begrüßte ihn nun der Kapitän. »Hier habe ich Euren Passagier, Sir. Ich hatte eigentlich Euren Vater erwartet.«

»Mein Vater ist ganz unerwartet am Tag nach Weihnachten von uns gegangen«, entgegnete George. »Er wurde von einem Gewitter überrascht und der Blitz schlug ganz in der Nähe seines Pferdes ein. Das Tier bäumte sich auf und warf Papa ab. Er war sofort tot.«

»Bei meiner Seele!«, rief der Kapitän. »Was für eine Tragödie!« Dann sagte er, sich an seine Pflicht erinnernd: »Mr. Kimberly, darf ich Euch Euer Gnaden, den Herzog von Farminster, vorstellen. Euer Gnaden, Mr. George Spencer-Kimberly.«

Die beiden Männer schüttelten einander die Hand, und der Herzog musterte George unauffällig. Er war nicht ganz so groß wie er selbst. Ein wenig untersetzt, aber gut aussehend, mit blauen Augen und braunem Haar. Er verfügte über einen festen Händedruck und leicht schwielige Hände, war also kein Müßiggänger.

»Mr. Kimberly, erlaubt mir«, sagte der Herzog nun höflich, »Euch mein Beileid auszusprechen. Hätte ich von diesem schrecklichen Verlust gewusst, hätte ich meine Reise hierher sicherlich verschoben.«

»Ihr wart bereits unterwegs, Euer Gnaden, als uns der Brief Eurer Großmutter erreichte, in dem wir erstmalig von der Vereinbarung zwischen unseren Familien erfuhren«, entgegnete George und fuhr mit einem humorigen Blinzeln fort: »Wir hätten Euch also gar nicht aufhalten können, selbst wenn wir es gewollt hätten.«

Der Herzog lachte. Ihm gefiel Georges Humor.

»Wusstest Ihr denn von, äh, Eurer Verpflichtung meiner Schwester gegenüber?«

»Nein, Sir, auch ich wurde völlig unvorbereitet mit dieser Situation konfrontiert.«

George nickte grinsend. »Es steht ein Einspänner für Euren Diener und Euer Gepäck bereit. Euch habe ich noch ein Pferd mitgebracht, Sir. Wir können uns weiter unterhalten, während wir zum Haus hinaufreiten.«

»Einverstanden!« Der Herzog wandte sich seinem Diener zu, um ihm Instruktionen zu geben, als habe der Mann nicht längst gehört, was George gesagt hatte. Danach fuhr der Herzog zu Kapitän Conway gewandt fort: »Ihr werdet doch auf Eurer Rückreise nach England wie besprochen hier vor Anker gehen und mich und meine Braut an Bord nehmen?«

»Aye, Sir«, antwortete der Kapitän. »Es wird in etwa zweieinhalb Wochen so weit sein. Sollte es eine Verzögerung geben, schicke ich Euch Nachricht.«

Als George und der Herzog von Bord gingen, konnte George nicht umhin, festzustellen: »Ihr habt ja nicht gerade vor, lange auf St. Timothy zu bleiben. Mama wird das sehr bekümmern.«

»Die *Royal George* und ihr Schwesterschiff die *Queen Caroline* sind die besten Passagierschiffe unserer Tage, Mr. Kimberly. Ich wünsche nicht, dass Charlottes Hochzeitsreise an Bequemlichkeit zu wünschen übrig lässt. Wenn wir die Chance nicht wahrnehmen, jetzt nach England zurückzusegeln, werden wir mehrere Monate warten müssen, bis die *Royal George* wieder in diese Gewässer kommt. Und ich glaube, dann hätten wir es hier mit der stürmischen Jahreszeit zu tun. Ich möchte Eurer Mutter keineswegs Kummer bereiten, aber ich halte es für das Beste, wenn meine Braut und ich hier so bald wie möglich abreisen.« Mit diesen Worten schwang sich der Herzog in den Sattel und nahm die Zügel in die Hand.

»Ich glaube«, sagte George, der ebenfalls aufgesessen war, »ich sollte Euch zunächst erklären, dass meine Stiefschwester von uns nicht Charlotte genannt, sondern mit ihrem zweiten Vornamen Calandra angeredet wird.«

»Wieso denn das?«

»Als unsere Mutter unseren Stiefvater heiratete, waren sowohl Cally als auch Mutters leibliche Tochter erst knapp drei Jahre alt, beide aber auf den Namen Charlotte getauft. Unsere Eltern beschlossen, die Mädchen zukünftig mit ihrem zweiten Vornamen – Calandra und Aurora – anzusprechen. Deshalb lautet in dem Heiratsvertrag – zumindest in der Abschrift, über die wir verfügen – der Name der Braut nur auf Charlotte.« Nachdem George geendet hatte, wartete er gespannt auf den Kommentar des Herzogs.

»Also heißt meine Braut eigentlich Calandra!«, entgegnete der Herzog schließlich ungerührt. »Ein eleganter Name. Ist sie auch ein elegantes Mädchen, Mr. Kimberly?«

»Meine Stiefschwester ist ganz bestimmt ein attraktives Mädchen, und ich nehme an, dass sie mit den entsprechenden Kleidern und der entsprechenden Frisur eines Tages auch elegant sein wird. Aber im Augenblick ist sie einfach nur ein unschuldiges Mädchen von der Insel, Euer Gnaden.«

»Ihr solltet mich Valerian nennen und ich Euch George, Sir«, antwortete der Herzog nun. »Und wie sieht Eure leibliche Schwester aus?«

»Sie ist ein hübsches Ding«, sagte George, »hat aber ihren eigenen Kopf.« Er lachte leise.

Die Pferde trabten vom Hafen aus den staubigen Feldweg zum Haus auf dem Hügel hinauf. Nun konnte der Herzog das Gebäude besser erkennen. Bei der scheinbar offenen Fassade handelte es sich in Wirklichkeit um eine sehr geräumige Veranda. Die Fenster des Erdgeschosses reichten bis zum Boden. Alle Fenster des Hauses verfügten rechts und links über schwere Holzläden; zweifellos, um sie gegen die heftigen Stürme zu schützen, von denen Kapitän Conway ihm erzählt hatte.

Beidseitig des Feldwegs war die Vegetation so üppig und grün, wie Valerian es noch nie gesehen hatte. Schlingpflanzen mit leuchtend farbigen Blüten erregten seine Aufmerksamkeit. In den Bäumen saßen scharlachrote, grünblaue und gelbgoldene Vögel einer besonders exotischen Art. Und es war angenehm warm, wie es Valerian bisher noch nirgends erlebt hatte. Selbst der Wind, der beständig zu wehen schien, war sanfter, roch süßlich und trug nur ein wenig Feuchtigkeit vom Meer heran.

»Ist Euer Geschäftsführer und Aufseher verlässlich?«, fragte Valerian seinen zukünftigen Schwager, nachdem sie eine Weile geritten waren. »Und wie seid Ihr seit dem Tod Eures Stiefvaters zurechtgekommen?«

»Mein Vater«, antwortete George, »hat St. Timothy selbst geführt. Er hielt nichts von Männern, die anderen ihre Geschäfte überlassen, um selbst das süße Leben zu genießen. Ich war fünfeinhalb, als ich von Jamaika hierher kam. An meinem sechsten Geburtstag nahm mich mein Vater das erste Mal mit hinaus auf die Felder, um seine Runde zu machen. Danach habe ich ihn jeden Tag begleitet. Nun bin ich neunzehn. Ich führe die Bücher der Plantage, seitdem ich mit sechzehn meine Ausbildung abgeschlossen habe. Mein Vater wollte, dass ich St. Timothy irgendwann selbstständig leite. Durch seinen Tod ging das Eigentum der Insel allerdings in Callys Besitz über, und nach Eurer Heirat mit ihr wird es an Euch fallen, Valerian. Aber wenn Ihr lieber Euren eigenen Mann herbringt, um die Plantage zu leiten, versichere ich Euch hiermit, dass er meine vollste Unterstützung haben wird. Mein Wort darauf.«

»Ich denke nicht, dass es nötig sein wird, einen Fremden damit zu betrauen«, antwortete der Herzog. »Ich werde ohnehin niemals selbst hier leben, George, weil meine Wurzeln in England sind. Aber ich stimme mit Eurem Vater darin überein, dass Ihr in meiner Abwesenheit die Plantage leiten solltet, wenn es Euch genehm ist. Die Plantage wird irgendwann einmal in den Besitz eines der Kinder übergehen, die aus meiner Verbindung mit Calandra entspringen.

Vielleicht hat ein zweitgeborener Sohn Interesse daran. Calandra und ich werden viel ruhiger sein, wenn wir wissen, dass St. Timothy bis dahin in guten Händen ist. Nachdem ich mir die Bücher angesehen habe, handeln wir eine faire Entlohnung für Eure Dienste aus, George. Schließlich wollt Ihr Euch eines Tages auch eine Frau nehmen und sie versorgen können. Glaubt Ihr, Ihr könntet Euch mit diesem Arrangement abfinden?«

»Aye, Valerian!«, rief George freudig und dachte: *Das entwickelt sich ja ganz gut, und Mama wird entzückt sein, zu hören, dass sich an ihrem gewohnten Leben nichts ändert.* »Da ist noch eine Sache, die Ihr wissen solltet«, fuhr George nun fort. »Das alte Haus der Merediths bei den Feldern auf der anderen Seite der Insel fiel Papa durch die Ehe mit seiner zweiten Frau, Emily Meredith, zu. Papa hat es Aurora zusammen mit einer Apanage vermacht. Es gehört nur der Grund und Boden dazu, auf dem es steht. Aber Papa dachte, Aurora hätte sicher gerne ihr eigenes Heim, wenn sie eines Tages heiratet. Ihr Erbe, das Haus und die jährliche Apanage machen sie zu einer guten Partie für einen ehrbaren jungen Mann aus guter Familie. Mama würde es begrüßen, wenn Aurora mit Euch und Cally nach England reisen könnte.«

Eine Schwägerin auf Männersuche? Valerian Hawkesworth runzelte die Stirn. Er wollte keine derartige Belastung auf seiner Hochzeitsreise und sagte ausweichend: »Ich werde mit Eurer Frau Mutter darüber reden. Selbstverständlich ist Miss Spencer-Kimberly auf Hawkes Hill immer willkommen.«

Sie erreichten das Haus, und zwei junge Männer eilten herbei, um ihnen die Pferde abzunehmen.

»Sind Eure Diener denn nicht schwarz?«, fragte der Herzog erstaunt.

»Unsere Hausdiener sind Leibeigene. Mama ist es lieber so. Nur wenige verlassen uns, wenn ihre Dienstzeit vorüber ist. Auf den Feldern und im Zuckerhaus arbeiten Sklaven. Ich habe auch einige zu Vorarbeitern ausgebildet oder sie mit denen im Büro anfallenden Tätigkeiten vertraut gemacht. Sie gehen mir gerne zur Hand und sind alle sehr vertrauenswürdig. Wir misshandeln unsere Leute auch nicht, wie so viele andere Pflanzer. Mein Vater hätte die Sklaven gerne befreit. Aber da das nicht möglich war, weil er es sich bei der großen Plantage nicht leisten konnte, tat er das nahe Liegendste, und behandelte sie wenigstens gut.«

»Ich verstehe«, sagte der Herzog und klopfte sich den Staub von Kniebundhose und Mantel.

»Kommt ins Haus, Valerian«, sagte George und wies ihm den Weg.

Die Empfangshalle verfügte über eine hohe Decke, wodurch der Raum schön kühl blieb. Sämtliche Holzarbeiten hatte man, genauso wie die Wände, in weiß gehalten. Es sah alles sehr einladend aus.

Valerian folgte George in einen hellen Raum mit gelbweiß gestreifter Tapete. Die Möbel waren aufwendig geschnitzt und bestanden aus Mahagoni, die Stühle und Sofas aus Rohrgeflecht. An den breiten Fenstern hingen keine Vorhänge, nur ziehharmonikaartig gefaltete Läden, ebenfalls aus Mahagoni. Auf dem hellen Pinienholzboden lag ein großer blaubeiger Orientteppich von feinster Qualität.

Drei Damen erwarteten sie. Die ältere, in schwarze, mit weißer Spitze abgesetzte Seide gekleidet, erhob sich lächelnd.

»Valerian, darf ich Euch meine Mutter Oralia Kimberly vorstellen?«, fragte George nun höflich und sagte dann an seine Mutter gewandt: »Mama, der Herzog von Farminster.«

Oralia reichte ihm die Hand zum Kuss. »Willkommen auf St. Timothy, Euer Gnaden.« Dann wies sie auf Aurora und Calandra. »Meine Töchter.«

Mit seinen dunkelblauen Augen maß Valerian rasch die beiden Mädchen. Das eine trug ein einfaches blaugraues Kleid und sah ihn beinahe herausfordernd an. Das andere war in ein weißes mit Rosenknospen bedrucktes Seidenkleid gewandet und hielt den Blick gesenkt. Es errötete, als seine Mutter es zu sich heranzog und mit den Worten vorstellte: »Das ist die Euch Versprochene, Euer Gnaden, meine Stieftochter Charlotte Calandra Kimberly.« Dann drängte sie das Mädchen: »Heiß den Herzog willkommen, mein Kind. Er kommt dafür von sehr weit her.«

Gehorsam blickte Calandra auf, und als sie den Mann ansah, der bald ihr Gatte werden sollte, formte ihr fein geschwungener Mund ein winziges »Oh!« der Begeisterung. Der Herzog war hinreißend gut aussehend! Sie reichte ihm die Hand, fragte mit leiser Stimme: »Habt Ihr eine gute Reise gehabt, Sir? Auch ich heiße Euch herzlichst auf St. Timothy willkommen«, und knickste.

Valerian nahm Calandras kleine feine Hand in seine, hob sie langsam an die Lippen, sah Calandra tief in die Augen und gab ihr einen Handkuss. »Euer Bruder erzählte mir, Ihr würdet bei Eurem zweiten Vornamen genannt, Miss Kimberly. Calandra, Herzogin von Farminster, klingt gut, findet Ihr nicht auch?« Daraufhin lächelte er sie so freundlich an, dass Calandra glaubte, gleich in Ohnmacht zu fallen.

Aber gerade noch rechtzeitig wurde sie von Aurora gezwickt, woraufhin sie tief durchatmete und, wie sie hoffte, unbeschwert erklärte: »Wenn Ihr das sagt, Euer Gnaden ... Seitdem ich von der Heiratsvereinbarung erfuhr, habe ich nicht einmal gewagt, daran zu denken, wie ich nach einer Vermählung mit Euch heißen würde. Es kam alles so überraschend.«

»Für mich auch«, entgegnete der Herzog, »aber nun, da ich mich in Eurer erlauchten Gesellschaft befinde, bin ich nicht mehr überrascht, sondern einfach nur überwältigt von der Schönheit meiner zukünftigen Gattin.«

»Oh«, brachte Calandra nur hervor, nachdem ihr das Kichern im Halse stecken geblieben war, weil ihre Stiefschwester sie vorsorglich noch einmal gekniffen hatte.

»Darf ich Euch nun meine Aurora vorstellen, Euer Gnaden?« Oralia nutzte die vorübergehende Sprachlosigkeit Calandras, um auch ihre eigentliche Stieftochter mit dem Herzog bekannt zu machen.

»Sir, ich kann mich dem Willkommensgruß meiner Schwester nur anschließen«, erklärte Aurora und sah den Herzog ganz unbefangen an. »Ich hoffe, es gefällt Euch auf St. Timothy.«

Der Herzog gab auch Aurora einen Handkuss und erwiderte: »Habt Dank, Miss Spencer-Kimberly. Hätte man mich entscheiden lassen, ob ich Euch oder Eure Schwester zur Frau nehmen sollte, hätte ich vor einer schweren Wahl gestanden.«

»Dann können wir uns ja glücklich schätzen, Sir, dass Euch die Wahl schon abgenommen wurde. So ist es doch für alle Beteiligten viel besser, nicht wahr?«

»Ihr seid äußerst schlagfertig, Miss Spencer-Kimberly.«

»Ja, in der Tat, Sir, das bin ich«, gab Aurora völlig unbeeindruckt zurück und dachte: *Arroganter Bastard! Es war richtig, ihm Cally unterzuschieben. Sie wird ihm die bessere Gattin sein.*

»Kommt und setzt Euch zu mir, Euer Gnaden«, nahm nun Oralia die Situation schnell wieder in die Hand, bevor sie ihr noch entglitt. »Hattet Ihr eine angenehme Reise?« Dann wandte sie sich an George: »Bitte Hermes, uns ein paar Erfrischungen zu bringen.«

George tat wie ihm geheißen war, und Oralia erklärte dem Herzog lächelnd: »Wir bereiten hier mit unserem eigenen Rum und Fruchtsaft ein wunderbares Getränk.« Sie bedeutete dem Herzog, sich neben sie aufs Sofa zu setzen und gab Calandra mit einem Nicken zu verstehen, neben ihm Platz zu nehmen.

Das junge Mädchen zitterte vor Aufregung, und Aurora beugte sich zu ihr hinunter und raunte ihr zu: »Beruhige dich, Cally. Schließlich ist er auch nur ein Mann. Und versuch um Gottes willen, das Gekichere zu unterlassen.«

Calandra, die den Blick nicht vom Herzog abwenden konnte, nickte. *Er war so gut aussehend!* Sie hätte eine Jahresernte Zuckerrohr verwettet, dass es Aurora jetzt Leid tat, mit ihr getauscht zu haben. Dieser Mann würde natürlich auf Kinder bestehen, aber dafür war später noch Zeit genug. Jetzt wollte sie sich erst einmal auf die angenehmen Seiten einer Verbindung mit ihm konzentrieren. Sie war sehr erstaunt, dass ihr das Glück in dieser Beziehung so hold gewesen war. Und zum ersten Mal in ihrem Leben bedauerte sie Aurora, die so einfach einen Herzog aufgegeben hatte.

Hermes brachte auf einem silbernen Tablett Limonade für die Mädchen und Rum-Früchte-Cocktail für die anderen.

Als man dem Herzog sein Glas reichte, stellt er erstaunt fest, dass das Getränk gekühlt war. »Wie ist denn das möglich?«

Begierig, sich in die Unterhaltung des Herzogs und ihrer Mutter einzumischen, erklärte Calandra atemlos: »Am Küchengebäude fließt ein Fluss entlang, in dem wir Rum, Fruchtsaft, Milch und Sahne in Krügen aufbewahren, um sie frisch zu halten. St. Timothy ist eine sehr gut geführte Plantage.«

»Das habe ich schon bemerkt, Miss Kimberly. Vielleicht reitet Ihr morgen mit mir aus, um mir den Besitz zu zeigen?«, fragte er hoffnungsvoll, aber auf Calandras hübschem Gesicht zeichnete sich Bestürzung ab.

»Ich kann nicht besonders gut reiten, Sir.«

»George und Aurora werden Euch die Insel zeigen«, sagte Oralia schnell. »Calandra muss sich vor der Sonne in Acht nehmen, weil ihre Haut viel zu zart ist. Bei meinen leiblichen Kindern ist das ganz anders.«

»In England hat die Sonne nicht so viel Kraft«, entgegnete der Herzog und fuhr zu Calandra gewandt fort: »Ich werde Euch das Reiten schon noch beibringen, und dann gehen wir gemeinsam auf die Jagd. Würde Euch das gefallen?«

»Oh, ja!«, rief Calandra und tat begeistert, während sie im Stillen dachte: *Lieber will ich sterben, als auf dem Rücken eines garstigen Pferdes übers englische Land geschaukelt zu werden.*

Aurora, die die Unterhaltung verfolgt hatte, musste sich schwer zusammennehmen, um nicht laut zu lachen. Calandra hatte immer schon Angst vor Pferden gehabt, und Reiten war für sie eine echte Qual. Sie hasste es. Nun, das würde der Herzog noch früh genug erfahren. Doch Aurora bezweifelte, dass er darüber allzu enttäuscht wäre, denn auf lange Sicht wäre ihm Calandra eine hervorragende Gattin: eine angenehme Gesellschafterin und gute Zuchtstute. Mehr wollte er ja nicht. Da waren alle Männer gleich. Zumindest hatte ihr Vater das immer gesagt, und wenn das in Oralias Gegenwart geschehen war, hatte sie ganz betrübt dreingesehen.

Papa und ihre Stiefmutter hatten zwei Söhne verloren, bevor der Doktor, der damals noch in ihren Diensten stand, erklärt hatte, dass eine weitere Schwangerschaft Oralias Tod bedeuten würde. Kurz darauf war der Arzt nach England zurückgekehrt, allerdings nicht, ohne zuvor einen der Leibeigenen und einen Sklaven so weit in sein Können eingewiesen zu haben, dass die beiden den Bewohnern von St. Timothy zukünftig behilflich sein konnten.

»Aurora ist eine hervorragende Reiterin«, hörte Aurora nun ihre Mutter sagen. »Ich hätte gerne, dass sie Euch und Calandra nach England begleitet, sodass auch sie in die Gesellschaft eingeführt werden kann und vielleicht selbst einen Gatten findet. Sie verfügt über eine ordentliche Apanage und ist, wie Ihr seht, ein hübsches junges Mädchen. Außerdem könnte sie Calandra so Gesellschaft leisten und trösten. Meine Tochter hat die Insel noch nie verlassen, müsst Ihr wissen, und fürchtet sich womöglich ein wenig in der Fremde, Euer Gnaden.«

»Nennt mich doch Valerian, Ma'am«, sagte der Herzog und fuhr fort: »Selbstverständlich ist Miss Aurora auf Hawkes Hill mehr als willkommen, und meine Großmutter wird sicherlich entzückt sein, sie persönlich in die Gesellschaft einzuführen. Aber es wäre mir lieber, wenn Eure

Tochter das nächste Schiff nimmt. Schließlich ist die Rückkehr nach England für Calandra und mich auch unsere Hochzeitsreise. Ihr werdet verstehen, dass ich diese Zeit lieber ganz allein mit meiner Braut verbringen möchte. Ich will auch nicht, dass Calandra sich fürchtet, aber wir brauchen einfach Zeit, um uns besser kennen zu lernen.«

»Könnt Ihr das nicht die nächsten Monate hier auf St. Timothy tun?«, fragte Oralia nun. »Wir lassen Euch sicherlich genügend Freiraum, Valerian.«

George, der befürchtete, der Herzog könnte dann womöglich hinter ihr Geheimnis kommen, blickte mit hochgezogener Augenbraue zu Aurora hinüber, während er auf Valerians Antwort wartete.

»Ich beabsichtige, mehr oder weniger umgehend nach England zurückzukehren, Ma'am«, erklärte dieser nun. »Die *Royal George* ist das modernste Passagierschiff, das zwischen England und den Westindischen Inseln verkehrt. Wenn wir bei ihrer Fahrt gen Osten nicht an Bord gehen, müssen wir mehrere Monate warten. Bis dahin hat hier die stürmische Jahreszeit begonnen. Ich denke, jetzt ist es für eine Reise nach England am günstigsten, und ich möchte, dass Calandras Überfahrt angenehm verläuft. In zweieinhalb Wochen wird die *Royal George* noch einmal vor St. Timothy anlegen, um uns an Bord zu nehmen. Ich habe mir erlaubt, Kapitän Conway zu bitten, den anglikanischen Geistlichen von Barbados gleich mitzubringen. Er wird Calandra und mich am Tag unserer Abreise hier im Haus vermählen. Dann vertraue ich auf Euch, dass Ihr den Priester nach Barbados zurückbringt, während wir nach England segeln.«

»Ach, du meine Güte!« Die Worte des Herzogs hatten Oralia sichtlich bekümmert.

Aber Calandra dachte bewundernd: *Wie er alles in die Hand nimmt!*

»Mir ist durchaus bewusst, Ma'am, dass das ein Schock für Euch ist. Aber Ihr müsst wissen, dass ich bis kurz nach dem Tode meines Großvaters letzten Herbst nichts von dieser Heirat wusste. Ich will die Jagdsaison nicht verpassen. Wenn Calandra und ich zurückkehren, fängt in England gerade der Sommer an. Dort ist es dann zwar nicht annähernd so warm wie hier, aber trotzdem wird sich Calandra so viel leichter an das Klima gewöhnen als im Winter. Außerdem gibt es mir die Gelegenheit, Calandra in die Gesellschaft einzuführen. Der Thronfolger, der Prince of Wales, ist ein feiner Kerl, und ich habe läuten hören, dass er bald heiratet. Es wird viele Festlichkeiten geben, und bis Calandra das erste Mal guter Hoffnung ist, wird sie viel Spaß haben.«

»Sie hat gar keine Garderobe für königliche Empfänge«, warf Oralia ein. »Wir hatten ja nicht einmal Zeit, ihr ein Brautkleid vorzubereiten.«

»In St. Timothy weiß man ohnehin nicht, was derzeit Mode ist«, antwortete der Herzog. »Ich lasse ihr in London eine ganz neue Garderobe schneidern, und auch eine für Miss Spencer-Kimberly, die fertig sein wird, wenn sie einen Monat später nachkommt.«

Mit großen Augen sah Oralia den zukünftigen Gatten ihrer Tochter an, und er tätschelte ihr tröstend die Hand. »Ihr braucht Euch nicht zu grämen, Ma'am. Ich werde schon gut auf Eure Tochter aufpassen. Schließlich wird sie die Herzogin von Farminster.«

Calandra sprang auf und klatschte begeistert in die Hände. »O ja, Mama! Stell dir doch bloß mal vor! Eine ganz neue Garderobe für mich und auch eine für Aurora! Und zwar nach der neuesten Londoner Mode!« Dann wandte sie sich an den Herzog. »Werde ich auch wunderschöne Juwelen haben, Sir? Und eine Kutsche mit vier Pferden? Und eine Magd, die meiner Sally zur Hand geht? Werden wir auch zum Pferderennen gehen? Und bekomme ich ein bisschen Geld zum Wetten?«

»Calandra!« Entsetzt über den Ausbruch ihrer Tochter, deren sonst so blasse Wangen vor Aufregung rosa verfärbt waren, brachte Oralia kaum ein Wort heraus.

Auch Aurora und George, die Calandra noch nie so begeistert gesehen hatten, waren überrascht und wussten nicht, ob sie nun lachen oder weinen sollten.

Aber da erfüllte schon Valerian Hawkesworths tiefes kehliges Lachen den Raum, während er dachte, was für ein bezauberndes Mädchen nun bald seine Gattin würde. Dass sich sein verstorbener Vater derart in sein Leben eingemischt hatte, war vielleicht doch nicht so verkehrt gewesen.

Valerian erhob sich vom Sofa, nahm Calandras Hände und lächelte nachsichtig zu ihr hinunter. »Ja, meine teure Calandra«, sagte er dann, sie die Etikette vernachlässigend beim Vornamen nennend. »Ihr sollt alles von mir haben, was Euer kleines Herz begehrt, und noch mehr. Das verspreche ich Euch!«

Er hat Calandra zu mir gesagt, dachte Calandra und flüsterte entzückt: »Oh, Valerian!« Dann sah sie einen Augenblick zu ihm auf, bevor sie die dicht bewimperten Lider wieder über ihre leicht erröteten Wangen senkte und erklärte: »Solange Ihr nur bei mir seid, werde ich vor nichts Angst haben.«

George musste schwer an sich halten, um nicht in schallendes Gelächter auszubrechen, während Aurora ungläubig die Augen verdrehte.

Dann hob Calandra erneut die Lider, und der Blick ihrer haselnussbraunen Augen ruhte glänzend auf dem Herzog, während sie ihn fragte: »Möchtet Ihr jetzt vielleicht unseren Garten sehen?«

»Was für eine wundervolle Idee!«, griff Oralia den Vorschlag ihrer Tochter auf. »Ich rufe sogleich Sally herbei, damit sie dir einen Hut und deine Handschuhe bringt, mein Kind.« Sie erhob sich, sagte: »Kommt, Aurora, George, wir wollen die beiden allein lassen.«

Daraufhin eilte sie aus dem Salon, dicht gefolgt von ihrem Sohn und ihrer Stieftochter. Als sie außer Hörweite waren, äffte Aurora Calandra nach: »Oh, Sir, Ihr habt mein

Herz gestohlen!«, und klimperte zu George gewandt wie wild mit den Wimpern.

»Durchaus, Miss Kimberly, durchaus!«, antwortete George, gab Aurora geräuschvoll schmatzend einen Handkuss und ließ sie sich einmal um sich selbst drehen.

»Hört auf damit!«, schimpfte Oralia.

»Aber Cally benimmt sich so albern!«

»Sie ist ein junges unerfahrenes Ding, Aurora, und folgt nur ihrem Herzen. Der Herzog hat sie überwältigt, und ich glaube, dass auch er Gefallen an ihr gefunden hat, wofür ich dem lieben Gott sehr dankbar bin. Besonders«, und an dieser Stelle senkte sie die Stimme, »wenn ich bedenke, was ihr getan habt. Ich kann nur hoffen, Aurora, dass du es nicht schon bereust.«

»Keineswegs, Mama. Dem Herzog gefällt Cally ganz gut, und ich finde ihn arrogant und abstoßend.«

»In England wird er dein Gastgeber sein, dann musst du dich mit ihm arrangieren«, wandte Oralia ein und rief gleich darauf entsetzt aus: »Oje, du kannst ja gar nicht allein nach England reisen!«

»Martha wird doch bei mir sein, Mama.«

»Nein, nein! Das reicht nicht, mein Kind. Martha ist eine Dienerin. Keine ehrenwerte junge Frau aus guter Familie reist nur in Begleitung ihrer Zofe.«

»Ich würde mich genauso glücklich schätzen, hier zu bleiben, Mama.«

Aber Oralia schüttelte den Kopf. »Auch du musst irgendwann einen Gatten finden, Aurora. Die meisten Pflanzersöhne hier in der Gegend sind zügellos und poussieren mit ihren Sklavinnen. Wenn du auf St. Timothy bleibst, hast du selbst bei deiner Mitgift und Apanage nur eine geringe Auswahl. Auch die männlichen Erben der anderen Inseln gehen in England und Frankreich auf Brautschau. Dort ist ihr ausschweifender Lebenswandel nicht bekannt. Nein, Aurora, du *musst* nach England, um einen Gatten zu finden. Dort wird es schon einen gut erzogenen

Baronet geben, dem dein kleines Vermögen akzeptabel genug erscheint.« Oralia hielt einen Augenblick inne, um nachzudenken, bevor sie fortfuhr: »George wird dich begleiten! Das ist die Lösung! Es ist schicklich genug, in Gesellschaft seines älteren Bruders zu reisen. Und vielleicht findet ja auch George in England eine nette junge Frau. Wir müssen den Herzog fragen, ob er weiß, welches Schiff nach der *Royal George* nach England segelt, und dafür sorgen, dass die Überfahrt für euch beide gebucht wird.«

»Wenn ich so früh abreise, ist die Ernte noch nicht eingebracht«, wandte George ein. »Und wer, zum Teufel, überwacht dann das Pflanzen der Setzlinge? Ich kann jetzt nicht weg, Mama! Außerdem hat mich Valerian gebeten, als sein Geschäftsführer und Aufseher hier zu bleiben. Ich habe Verpflichtungen ihm gegenüber.«

»Du hast eine größere Verpflichtung deiner Stiefschwester gegenüber«, antwortete seine Mutter. »Auch sie verdient ihre Chance!«

»Ich muss Cally doch nicht auf dem Fuß nach England folgen, Mama«, gab Aurora nun zu bedenken. »Lass sie und den Herzog sich doch erst einmal an ihr Eheleben gewöhnen. Dann kann George auch die Ernte einbringen und das Pflanzen überwachen. Wir können im Spätherbst immer noch nach England reisen. Es dauert dann mehr als ein Jahr, bevor die nächste Ernte ansteht, und George hat genug Zeit, in London dem Müßiggang zu frönen. Und ich werde wunderbare Wochen bei Cally verbringen, bevor wir zur nächsten Ernte nach St. Timothy zurückmüssen«, erklärte Aurora und fügte lächelnd hinzu: »Ist diese Idee nicht viel besser, Mama? Lass den Herzog Cally erst einmal nach England mitnehmen und in ihr neues Leben einführen, ohne dass wir uns da einmischen. Er wird seinen neuen Verwandten kaum wohlgesinnt sein, wenn wir ihn gleich überfallen.«

»Aber bis dahin bist du schon fast achtzehn!«, kam Oralias schwacher Einwand.

Aurora lachte. »Oh, Mama, ich bin sicher, dass auch dann noch jemand bereit ist, über mein hohes Alter hinwegzusehen, wenn er dafür meine Mitgift haben kann.«

»Du bist einfach unmöglich! Ich frage mich, ob du jemals einen Mann findest, der es mit dir aushält«, schimpfte Oralia, lächelte aber dabei.

»Ich würde ohnehin lieber bei dir auf St. Timothy bleiben.«

»Das geht nicht«, sagte Oralia und wandte sich dann an ihren Sohn: »Wie gefällt dir denn Auroras Idee, George?«

»Ganz gut, Mama, ganz gut.«

»Dann ist es also beschlossene Sache?«, wollte Aurora wissen, und die beiden nickten.

3. Kapitel

Am nächsten Morgen weckte Browne, der Kammerdiener des Herzogs, seinen Herrn ziemlich früh, weil dieser es so angeordnet hatte.

Obwohl es draußen schon hell wurde, konnte man die Sonne noch nicht sehen. Doch bereits um diese Uhrzeit war es recht warm und zur Abwechslung ging kein Wind. Rasch nahm der Herzog ein Bad und zog sich an. Er wollte mit George und Aurora ausreiten, um die Insel zu inspizieren, bevor die Sonne zu stark brannte. George hatte ihm erklärt, dass es bereits um zehn Uhr morgens zu heiß für ihn würde, weil er die Hitze nicht gewöhnt war.

»Ein bisschen Tee, Sir?« Browne reichte dem Herzog eine Tasse. »Der Koch war so freundlich, ihn nach meinen Anweisungen zuzubereiten. Die Teevorräte der Familie sind recht schmackhaft. Wir mögen hier zwar fernab jeglicher Zivilisation sein, aber es ist eigentlich gar nicht so schlecht, von der Hitze einmal abgesehen. Ich habe die ganze Nacht kaum ein Auge zugetan.«

»Bis wir wieder abreisen, hast du dich daran gewöhnt, Browne«, sagte Valerian Hawkesworth lächelnd, trank in großen Schlucken das aromatische Getränk und stellte die leere Tasse dann auf einen kleinen Tisch.

»Master George hat Euch diese Kopfbedeckung heraufschicken lassen, Sir.« Browne reichte seinem Herrn einen breitkrempigen Strohhut und bemerkte: »Nicht besonders kleidsam, Milord.«

Achselzuckend stülpte Valerian den Hut über, nahm seine Gerte und verließ das Schlafzimmer. In der luftigen Eingangshalle erwarteten George und Aurora ihn bereits. Er war ein wenig überrascht, Miss Spencer-Kimberly in

Hosen zu sehen, und fragte: »Reitet Ihr denn nicht im Damensattel?«

»Natürlich nicht, Euer Gnaden! Das Gelände auf der Insel ist wild und rau und kein künstlich angelegter Londoner Park. Reiten denn alle feinen englischen Ladys im Damensattel und lassen dabei die Beine in einem merkwürdigen Winkel über dem Sattelknauf baumeln? Das ist doch äußerst unbequem. Ich glaube fest, dass Cally aus diesem Grund niemals Gefallen am Reiten gefunden hat. Sie ist sehr empfindlich und fühlt sich bei diesem unnatürlichen Sitz einfach unsicher. Trotzdem konnte ich sie nie dazu überreden, rittlings auf einem Pferd zu sitzen. Das war ihr nicht damenhaft genug«, fügte Aurora noch hinzu und sah den Herzog herausfordernd an.

Dabei war er geneigt, ihrer Stiefschwester beizupflichten, sagte aber geschickt das Thema wechselnd: »Ich denke, Ihr solltet mich nicht länger Euer Gnaden nennen, Miss Spencer-Kimberly, wo wir doch bald verschwägert sind. Ich werde Euch jedenfalls Aurora nennen, und Ihr dürft Valerian zu mir sagen.«

»Oh, darf ich das wirklich?«, fragte Aurora übertrieben freundlich und ahmte Calandras Augenaufschlag nach.

»Benimm dich Schwester!«, schimpfte George. »Valerian ist deine scharfe Zunge und neckende Art nicht gewohnt.« Entschuldigend lächelnd wandte er sich dann an den Herzog. »Ich fürchte, sie ist eine ziemliche Furie. Papa wusste auch nie, was er dagegen unternehmen sollte. Er war mit beiden Mädchen viel zu nachsichtig, entsprechend verzogen sind sie.«

»Ich wüsste schon, was ich mit ihr getan hätte«, sagte der Herzog, und seine dunkelblauen Augen blickten unnachgiebig. »Ich gehe einmal davon aus, dass Aurora noch nie eine starke Hand auf ihrem Hinterteil verspürt hat. Das kuriert störrische Stuten und zänkische Weibsbilder gleichermaßen.«

George sah Auroras Augen wütend aufblitzen und erklärte schnell: »Wir müssen jetzt los! Bevor wir's uns versehen, steht die Sonne hoch am Himmel!«

Während die drei zu den Stallungen hinübergingen, sagte Valerian: »Ich weiß vom Zuckerrohranbau nur, dass nachher Zucker dabei herauskommt. Ihr müsst mir unterwegs unbedingt mehr davon erzählen, George.«

»Der Zuckerrohranbau ist mit sehr viel Arbeit verbunden«, fing George an, nachdem sie aufgesessen waren. »Auf dieser Seite der Insel haben wir vier große Felder und auf der anderen ebenfalls, die einst den Merediths gehörten. Wir bepflanzen sie abwechselnd und ernten alle achtzehn Monate. Bevor die eine Seite erntereif ist, pflanzen wir auf der anderen neu. In der Zwischenzeit müssen die brach liegenden Felder vom Unkraut befreit und gedüngt werden. Zuckerrohr entzieht dem Boden reichlich Nährstoffe. Während der Regenzeit, üblicherweise zwischen Mai und Dezember, wird gepflanzt, während der trockenen Jahreszeit, gewöhnlich zwischen Januar und Mai, geerntet. Wir haben immer zu tun.«

»Und woher bekommt Ihr die Setzlinge?«, wollte der Herzog nun wissen.

»Wir vermehren selbst und benutzen dazu Ableger aus der Spitze der ausgereiften Pflanze. Unser Großvater pflanzte noch in langen Gräben, aber mittlerweile werden auf allen Plantagen Löcher für die einzelnen Pflanzen gegraben. Dadurch bleibt die Feuchtigkeit länger im Boden, und die Erde trocknet nicht so schnell aus. Wenn das Zuckerrohr erst einmal gesetzt ist, muss es ständig gedüngt werden. Das geschieht mit den Rückständen aus dem Zuckerherstellungsprozess der Vorernte. Auch regelmäßiges Ausschneiden ist notwendig, wenn man einen guten Ertrag erzielen will.«

»Wie viele Sklaven habt Ihr?«

George dachte einen Augenblick nach und sagte dann lächelnd: »Ich weiß es nicht, auf jeden Fall genug, um die Arbeit zu machen.«

»Und wie viele Sklaven müsst Ihr jedes Jahr zukaufen?« Sie näherten sich gerade den Feldern, auf denen bereits schwarze Männer und Frauen das Zuckerrohr schnitten und bündelten. »Man hat mir erzählt, die Sterblichkeitsrate der Schwarzen auf Zuckerrohrplantagen sei wegen der außerordentlich harten Arbeitsbedingungen sehr hoch.«

»Auf St. Timothy ist sie relativ niedrig«, meldete sich nun Aurora zu Wort, »von altersbedingten Todes- und Unfällen einmal abgesehen. Papa verabscheute es, Sklaven zu halten. Wäre es ihm möglich gewesen, hätte er die Plantage mit Saisonkräften geführt. Aber das war nun einmal nicht realistisch. Also tat er das nahe Liegendste, ernährte seine Leute gut und sorgte für ordentliche Unterkünfte. Einen der ihren haben wir zum Doktor ausbilden lassen. Unsere Feldsklaven arbeiten hart, aber sie sind nicht überarbeitet, und sonntags können sich alle auf St. Timothy ausruhen – Freie, Leibeigene und Sklaven.

Folglich bringen unsere schwarzen Frauen ihre Kinder lebend zur Welt, und die Kleinen lernen von ihren Eltern die Feldarbeit. Ich kann mich gar nicht mehr erinnern, wann hier das letzte Mal ein Sklave gekauft wurde. Auf den benachbarten Inseln und Plantagen ist das ganz anders. Nach dem englischen Gesetz hat ein Sklave überhaupt keine Rechte. Sein Herr kann ihn grundlos töten und begeht damit offiziell noch nicht einmal eine Straftat. Das ist furchtbar! Die armen Menschen müssen rund um die Uhr schuften, bis sie tot umfallen, und ihren Besitzern ist das völlig egal. Die Sklavenhändler kommen ja auch regelmäßig von Afrika herüber und bringen neue Ladungen Unglücklicher, die dann genauso aufgerieben werden, bis man sich ihrer, ohne einen Gedanken darüber zu verlieren, entledigt. Das ist einfach skandalös! *Aber so etwas gibt es auf St. Timothy nicht.*«

Aurora hatte ihre kleine Rede so leidenschaftlich geführt, dass es den Herzog richtig überraschte. Er war bisher nur davon ausgegangen, dass seine zukünftige

Schwägerin eine spitze Zunge hatte und verzogen war. Aber anscheinend schlug in ihrer Brust auch ein gutes Herz. Da er ebenfalls kein Freund der Sklaverei war, gefiel ihm das.

»Letztlich gereicht es uns auch zum Vorteil, unsere Leute menschlich zu behandeln«, fuhr nun George fort. »Sie sind gewöhnt, zusammenzuarbeiten und haben sich in verschiedene Mannschaften aufgeteilt, die bei der Ernte zu ihrer eigenen Belustigung gegeneinander antreten. Wenn das Zuckerrohr eingebracht ist, bekommen alle eine Belohnung, aber die fleißigste Mannschaft erhält den Löwenanteil. Das ist bestimmt besser, als die Leute sich zu Tode arbeiten zu lassen, um dann neue Sklaven anlernen und in die Gemeinschaft integrieren zu müssen. Ein weiterer Vorteil unserer Art, mit Sklaven umzugehen, liegt darin, dass wenigstens schon die dritte Generation auf St. Timothy geboren wurde. Dadurch sehnen sie sich nicht nach Afrika zurück, so wie ihre Vorfahren, und haben keinen Anlass mehr zur Rebellion. Mittlerweile ist St. Timothy unser aller Zuhause, ob schwarz oder weiß.«

Nachdem sie einen Augenblick angehalten hatten, um über ein halb abgeerntetes Feld zu blicken, fragte Valerian seinen Schwager in spe: »Wie viele Stunden wird täglich auf den Feldern gearbeitet?«

»Von sechs Uhr morgens bis mittags, weil die Sonne dann zu heiß brennt. Danach wieder so etwa ab zwei Uhr bis Sonnenuntergang.«

»Gibt es viele, die vorgeben, krank zu sein?«

George schüttelte den Kopf. »Wenn einer der Feldarbeiter den Doktor aufsucht, dann nur, weil er sich verletzt hat oder ernstlich erkrankt ist. Unsere Leute sind ehrlich, und ihre Familien würden ihnen auch nicht erlauben, zu simulieren.«

»Und laufen viele davon?«

Aurora schüttelte den Kopf. »Wo sollten sie auch hin? Wenn ein Schwarzer keine Papiere vorzeigen kann, die beweisen, dass er freigekauft wurde, geht man davon aus, es handele sich um einen entlaufenen Sklaven. Er wird ins Gefängnis geworfen, bis man seinen Besitzer gefunden hat, und wenn das nicht möglich ist, wird er weiterverkauft. So lange ich zurückdenken kann, ist noch keiner von St. Timothy fortgelaufen. Die Menschen wissen, dass sie hier viel sicherer sind und auch besser behandelt werden als anderswo auf den Kolonien.«

Mittlerweile ritten sie über die Felder, auf denen ihnen die Arbeiter zuwinkten, und näherten sich einer kreisförmig angeordneten Häusergruppe.

»In diesen Gebäuden befindet sich die Zuckerrohrpresse, das Sudhaus und die Raffinerie«, erklärte George. »Das Zuckerrohr wird so kurz wie möglich oberhalb des Bodens gekappt, und dann in etwa meterlange Stücke geschnitten, gebündelt und zur Presse gebracht – nachdem vorher die Blätter abgezogen wurden selbstverständlich. In der Presse zerhacken die Sklaven das Zuckerrohr, um ihm den Saft zu entziehen. Dann wird der Saft gekocht und gefiltert, bevor man ihn kristallisieren lässt. Einen Teil der Melasse, die beim Ausfiltern des Saftes entsteht, brennen wir zu Rum. Das ist ein besonders langwieriger und heißer Arbeitsvorgang, den nur die stärksten Männer bewältigen können.«

»Ihr stellt Rum nur für Euren Eigenbedarf her?«

George nickte.

»Wäre es denn möglich, mehr zu machen?«

»O ja, das war immer mein Ziel!«, erklärte George begeistert. »Jenseits der Inseln gibt es einen hervorragenden Absatzmarkt dafür. Wir müssten dazu nur eine Abfüllanlage errichten, aber Papa wollte das nie. Doch ich glaube, wir benötigen dringend ein zweites Standbein, um Rücklagen zu bilden. Es braucht uns nur eine Ernte wegen des Hurrikans auszufallen, und wir können nicht mehr neu pflanzen, weil uns die geldlichen Mittel fehlen, um Ableger zuzukaufen. Wenn ich das Papa gegenüber ansprach, sagte er immer, um die Abfüllanlage bauen zu können, müssten wir ein Stück Land beleihen. Und er wollte nicht, dass auch nur ein Teil der Insel in die Hände von Geldeintreibern geriet.«

»Hättet Ihr denn genug Sklaven, George, um im großen Stil Rum zu brennen und abzufüllen? Oder müsste man welche hinzukaufen?«

»Wir könnten einige der Männer dazu ausbilden, den Herstellungsprozess zu überwachen, und das Abfüllen in Flaschen könnten junge Frauen und Mädchen übernehmen. Neue Sklaven auf die Insel zu bringen, birgt zu viele Probleme, Valerian.«

»Ich glaube, ich bin bei Eurer Unterhaltung ziemlich überflüssig«, warf nun Aurora ein. »Ich gehe lieber schwimmen, George, bevor die Sonne zu hoch am Himmel steht.«

»Ihr schwimmt?«, fragte der Herzog entgeistert.

»Ja, im Meer«, antwortete Aurora frech, riss die Zügel ihres Pferdes herum und galoppierte über die Felder zurück.

»Kann Eure Schwester wirklich schwimmen?«

George nickte. »Wie ein Fisch und sogar noch besser als ich, wie ich zu meinem Leidwesen gestehen muss. Aurora ist ein kräftiges und gesundes Mädchen, Valerian, und eine wunderbare Kameradin, wenn ich das als Bruder so sagen darf. Sie kann auch mit Pistolen umgehen.«

»Gütiger Gott!«, rief der Herzog. »Ist Calandra auch so?«

George lachte. »Nein, nein. Calandra hasst schwimmen beinahe genauso wie reiten, und wenn sie eine Pistole sieht, ist sie der Ohnmacht nahe. Aber sonst ist sie für alles zu haben und hat Aurora und mir in all den Jahren in nichts nachgestanden. Zudem spielt sie Klavier und singt wie ein Vögelchen. Sie hat ein wundervolles Augenmaß und malt ganz herrliche Landschaftsminiaturen. Diese Talente stehen einer zukünftigen Herzogin auch viel besser an, als schwimmen und schießen, würde ich sagen. Aber meine Schwestern sind beide prächtige Mädchen!«

»Ich hatte auch einmal eine Schwester«, sagte Valerian nun, während sie weiterritten. »Sie hieß Sophia und ertrank auf der Rückreise von Frankreich mit meinen Eltern im Ärmelkanal. Meine Mutter war Halbfranzösin. Als ihr Vater starb und sie meinen Vater heiratete, kehrte ihre Mutter nach Frankreich zurück. Meine Eltern hatten Sophia zu einem Besuch dorthin mitgenommen, aber auf der Rückreise, als sie schon in Küstennähe waren, zog ein furchtbarer Sturm auf. Das Schiff sank, und alle an Bord fanden den Tod. Sophia war erst acht. Aber ich erinnere mich trotzdem noch ganz genau an sie.« Er lächelte. »Allerdings auch nur, weil ich ihr Porträt in der Ahnengalerie so oft betrachtet habe. Sie war ein hübsches Mädchen und, soweit ich mich erinnere, ganz schön aufgeweckt. Einmal ließ sie alle Hühner frei, weil sie den Gedanken nicht ertragen konnte, dass sie irgendwann im Kochtopf landeten. Sie hatte ein gutes Herz.«

George nickte verständnisvoll. »Cally und Aurora haben einmal einen Truthahn, der in den Ofen sollte, aus denselben Gründen befreit.«

Die beiden Männer ritten weiter, und George führte seinen Begleiter die hügelige Bergkette hinauf, die inmitten der Insel verlief. Dann zeigte er Valerian die Felder auf der anderen Seite und das alte Plantagenhaus der Merediths, das nun Aurora gehörte. Von ihrem Aussichtspunkt aus konnte Valerian über die ganze Insel und aufs Meer hinaus sehen.

»Welche Insel ist das dort drüben?«, fragte er dann. »Sie sieht noch ziemlich unberührt aus.«

»St. Vincent. Dort leben ausschließlich Karibikindianer. Sie lassen uns in Ruhe und wir sie. Sie haben schon so viel an die Briten, Franzosen, Spanier und Holländer verloren, dass sie nun einfach nur in Ruhe gelassen werden wollen.«

»Und wo liegt Barbados?«

George drehte sich um und wies aufs Meer hinaus. »Heute kann man es nur schwach erkennen, weil es ein bisschen diesig ist. St. Timothy liegt zwischen den beiden Inseln.«

Valerian Hawkesworth ließ den Blick über die Insel schweifen, die bei Sonnenschein aussah wie ein Smaragd auf einem glitzernden blaugrünen Tuch. So etwas Schönes hatte er noch nie gesehen, geschweige denn, sich vorstellen können. Auf einem nahe stehenden Baum machte er dann mehrere mittelgroße Vögel aus, die ein leuchtend grünes Gefieder mit saphirblauen Schwanzfedern und Flügelspitzen aufwiesen. Jeder Vogel verfügte zudem über ein hellorangenes Federkrönchen und einen gekrümmten beigefarbenen Schnabel.

Der Herzog deutete auf den kleinen Schwarm. »Was sind das für Vögel, George?«

»Es handelt sich um eine Papageienart. Sie sind hübsch, nicht wahr?«

»Solche Vögel gibt es bei uns nicht. Oh, natürlich weiß ich, was Papageien sind. Aber die, die man in England hält, haben üblicherweise ein blau-gelbes oder weißes Gefieder. So bunte habe ich noch nie gesehen.«

»Es scheint sie tatsächlich nur hier zu geben«, sagte George. »Aber sie gehen nicht an die Zuckerrohrpflanzen und richten auch sonst keinen Schaden an. Deshalb lassen wir sie in Frieden.«

Als sie die Hügel wieder hinabritten und die Felder erreichten, kam ein groß gewachsener, ordentlich gekleideter Schwarzer auf sie zu und rief etwas.

»Was gibt's denn, Isaac?«

»Ihr werdet im Büro gebraucht, Sir. Man hat mich geschickt, um Euch zu suchen. Könnt Ihr gleich mitkommen?«

George wandte sich Valerian zu. »Ich muss gehen. Wenn Ihr wollt, sehen wir morgen die Bücher durch.«

»Können wir das nicht heute Nachmittag machen?«

»Ich glaube, Cally wäre dann beleidigt«, entgegnete George augenzwinkernd, und Valerian lachte.

»Ihr habt Recht. Ich muss mich immer erst wieder daran erinnern, dass ich bald ein verheirateter Mann bin, und nicht länger nur an mich denken kann.«

George nickte. »Folgt einfach dem Weg, um zum Haus zurückzukehren. Ihr könnt es gar nicht verfehlen. Es gibt nur eine einzige Abzweigung, und die führt zum Strand. Ihr haltet Euch einfach weiter geradeaus.«

»Ich werde mich schon zurechtfinden«, sagte der Herzog noch und ritt davon. Doch als er an einen schmalen Pfad kam, der rechts abging, lenkte er sein Pferd dort entlang. St. Timothy war so faszinierend, dass er Lust hatte, die Insel ein bisschen auf eigene Faust zu erkunden, so wie er früher als kleiner Junge durch die Wälder und über die Wiesen Englands gestreift war. Er wollte ein bisschen am Strand entlangreiten und ging davon aus, dass er sich schon nicht verirrte.

Eine Zeit lang wurde der Wald um ihn herum immer dichter, lichtete sich dann aber wieder, und Valerian konnte bereits leise die Brandung hören. Als er gerade auf den weißen Strand hinausreiten wollte, fiel sein Blick auf etwas im Wasser. Ein Kopf. Dann entdeckte er Auroras angepflocktes Pferd und einen Stapel Kleider neben einer Decke.

Badete dieses Mädchen etwa nackt? Das würde ihn überraschen und vielleicht sogar schockieren, obwohl sich Valerian da nicht sicher war. Er wusste, dass er nun eigentlich kehrtmachen und zum Hauptweg zurückreiten sollte, aber das wollte er nicht. Stattdessen hielt er sich weiter im Schatten der Bäume und beobachtete, wie sich Aurora dem Strand näherte.

Schließlich stellte sie sich hin, und seine Frage, ihre Badekleidung betreffend, war beantwortet. Sie stand bis zu den Knien im kristallklaren Wasser, war völlig nackt und wohl das schönste Geschöpf, das Valerian so gesehen hatte. Während sie auf den Strand zulief, nahm sie das Haar zusammen, um es auszuwringen. Dann legte sie sich bäuchlings auf die Decke und breitete es zum Trocknen aus.

Valerian saß ganz still im Sattel, wagte kaum zu atmen und hoffte, dass sein Pferd nicht schnaubte und ihn verriet. Nach einer Weile drehte sich Aurora auf den Rücken und breitete wieder das Haar aus. So blieb sie eine Zeit lang liegen.

Was tue ich hier eigentlich?, dachte Valerian. *Ich benehme mich wie ein kleiner Junge, der den Milchmägden beim Baden zusieht.*

Und doch war es ihm unmöglich, Aurora aus den Augen zu lassen. Sie hatte wunderbar lange Beine und war am ganzen Körper leicht gebräunt. Zwischen ihren Schenkeln kräuselten sich verlockend goldbraune Löckchen. Wie gerne hätte Valerian seine Finger da hineingegraben und Auroras weiblichste aller Stellen erforscht.

Jetzt stand sie auf, und Valerian maß begierig ihre Brüste. Sie waren klein und vollkommen und ihre Knospen standen keck hervor. Auroras schmale Taille ging in überraschend wohl geformte Hüften über, die vielleicht eine Idee üppiger waren, als er es unter ihren weiten Röcken vermutet hätte. Nun drehte sie sich um und bückte sich nach ihrem Unterhemd. Ihre Pobacken waren so herrlich geformt, dass Valerian sie am liebsten gestreichelt hätte.

Auf einmal wurde ihm irgendwie unbehaglich im Sattel, und erst da bemerkte er, wie eng ihm die Hose saß. Er war so erregt, dass es beinahe wehtat, und dachte verärgert: *Gütiger Gott! Dieses junge Weib ist bald meine Schwägerin, und trotzdem sitze ich hier und beobachte es heimlich wie ein verderbter Bastard. Wie kann ich Aurora jemals wieder in die Augen sehen?*

Mittlerweile hatte sie die Kniebundhosen angezogen und war gerade dabei, auch noch Strümpfe und Schuhe überzuziehen.

Plötzlich wurde Valerian richtig böse auf sie. Dieses liederliche kleine Frauenzimmer! Das war ganz allein ihre Schuld! Welche ehrbare Frau badete schon für aller Augen sichtbar nackt im Meer? Er konnte nur hoffen, dass sie in England keinen Skandal hervorrief. Er würde dieser Landpomeranze so schnell wie möglich einen ehrbaren Gatten besorgen müssen.

Aber irgendwie machte es ihn noch wütender, sich Aurora mit einem anderen Mann vorzustellen. Valerian wendete nun schnell sein Pferd, bevor Aurora noch entdeckte, dass er sie beobachtete und womöglich Calandra davon erzählte. Er wollte nicht, dass sich seine Braut aufregte, nur weil er für ein paar Minuten schwach geworden war.

Die Zeit verging wie im Flug. Die Morgende verbrachte Valerian mit George, erfuhr von ihm, wie man eine Zuckerrohrplantage leitete und sah die Bücher durch. Dabei stellte er fest, dass die Mitgift seiner Braut äußerst gewinnträchtig war. Die Kimberlys, und Robert im Besonderen, waren sehr vorsichtig mit ihrem Geld umgegangen. Den mit dem Zucker erwirtschaftete Erlös hatten sie auf mehrere Londoner Konten verteilt angelegt. Robert Kimberly hatte großzügig für seine Witwe und seine beiden Stiefkinder gesorgt.

Sowohl George als auch Aurora gaben eine gute Partie ab, und Valerian ging davon aus, dass es ihm nicht schwer fallen würde, einen geeigneten Gatten für seine zukünftige Schwägerin zu finden. Vorausgesetzt natürlich, sie benahm sich. Aber abgesehen von ihrem Hang zum Nacktbaden, konnte er kaum weitere Fehler an ihr entdecken, höchstens vielleicht noch ihre spitze Zunge. Ohnehin war das Meer, das England umgab, im Allgemeinen viel zu kalt zum Schwimmen.

Valerian verbrachte die Nachmittage und Abende mit Calandra, ihrer Mutter und Schwester und begann allmählich, sich wie Hans im Glück vorzukommen. Seine zukünftige Gattin war äußerst liebreizend, wenn auch manchmal ein wenig einfältig. Aber das war ja zu erwarten gewesen. Sie hatte ihr ganzes Leben auf St. Timothy verbracht. Die Insel war zwar sehr schön, bot aber keinerlei kulturelle Anreize. Calandra konnte natürlich lesen und schreiben, aber sie hatte ihm eingestanden, dass ihr das Rechnen schwer fiel. Sie sprach ein wenig Französisch, stickte und malte wunderbar. Wie George gesagt hatte, verfügte sie zudem über ein ganz liebliches Stimmchen und spielte gut Klavier. Alles in allem wäre sie ein Gewinn für Farminster. Seine Großmutter würde ihr den letzten Schliff verpassen, und dann wäre Calandra in seinen Kreisen durchaus vorzeigbar, auch wenn er sich krampfhaft bemühen musste, ein gemeinsames Gesprächsthema zu finden.

Dagegen war es wesentlich interessanter, mit seiner zukünftigen Schwägerin zu plaudern. Jedes Buch in der Bibliothek ihres Vaters hatte sie wenigstens zweimal gelesen. Sie sprach fließend Spanisch und Französisch, da sie zusammen mit George mehrere Jahre von einem Privatlehrer unterrichtet worden war. Latein hatte sie sich selbst beigebracht. Zudem konnte sie eine Bilanz lesen. Ihre Reit- und Schwimmkünste hatte Valerian ja schon beobachten dürfen, und eines Nachmittags hatte sie sogar ihren Bruder beim Zielschießen ausgestochen.

Aurora verfügte aber über keine der typisch weiblichen Fähigkeiten und konnte weder singen, noch Klavier spielen wie ihre Stiefschwester, geschweige denn malen oder sticken. Sicherlich hätte sie Calandras Gefühle niemals verletzt, indem sie darüber die Nase rümpfte, aber es war offensichtlich, dass sie weder Zeit noch Geduld für derlei Zeitvertreibe aufbrachte. Doch obwohl Aurora und Calandra unterschiedlicher nicht hätten sein können, mochten sie einander sehr.

Mittlerweile war Calandras Brautkleid fertig geworden, und die Dienerinnen nähten nun emsig an den Gewändern, die sie tragen sollte, bis ihre schicke Londoner Garderobe so weit war. Aurora und George wollten dem Brautpaar erst in acht Monaten folgen. Wenn sie in England ankamen, wäre es dort bereits Winter, und sie würden beide warme, modische Kleidung brauchen. Valerian hatte sich Auroras Maße geben lassen und versprochen, ihr ihre Garderobe für die Überfahrt nach England rechtzeitig zukommen zu lassen. Auch George sollte von seinem zukünftigen Schwager großzügig ausgestattet werden.

»Schickt mir Nachricht, sobald Ihr wisst, mit welchem Schiff Ihr nach England kommt«, sagte Valerian eines Nachmittags beim Tee. »Ich empfehle die *Royal George* oder ihr Schwesterschiff die *Queen Caroline.* Bei Eurer Ankunft in England lasse ich Euch dann mit meiner Kutsche abholen.«

»Ihr seid so freundlich zu meinen Kindern, Valerian«, sagte Oralia, und Valerian schlug ihr zum wiederholten Male vor: »Wollt Ihr nicht mitkommen, Ma'am? Wir würden uns glücklich schätzen, Euch auf Hawkes Hill willkommen zu heißen. Mit ein bisschen Glück ist Calandra bis dahin guter Hoffnung und würde ihre Mutter gewiss gerne um sich haben.«

Aber Oralia schüttelte den Kopf. »Weder steht mir der Sinn nach einer langen Seereise, noch habe ich den Magen dafür«, sagte sie lachend.

»Dann müssen wir Euch oft besuchen kommen, damit Ihr Eure Enkel seht«, erklärte Valerian großzügig, woraufhin Oralia strahlte und Calandra kicherte.

Mittlerweile machte sich Valerian ein wenig Sorgen wegen Calandra. Wie oft waren sie nun schon im Garten des Plantagenhauses spazieren gegangen? Zehn Mal? Zwanzig Mal? Und Calandra hatte ihm höchstens gestattet, ihr die Hand zu halten. Sobald er versucht hatte, seine Verlobte zu küssen, waren seine Lippen bestenfalls mit ihren Wangen in Berührung gekommen, weil sie immer gleich den Kopf abgewandt hatte.

Wenn sie ihm schon einen unschuldigen Kuss verwehrte, was würde dann erst geschehen, wenn er sein Recht als Gatte einforderte? Valerian ging davon aus, dass Aurora seinem Werben längst erlegen wäre. Er wusste auch nicht, warum er darüber nachdachte, aber es war nun einmal so. Gleich darauf schob er den Gedanken allerdings beschämt von sich. Sicherlich würde Oralia ihrer Tochter über kurz oder lang die ehelichen Pflichten einer Frau erklären, und dann wäre es an ihm, seiner Braut den praktischen Gesichtspunkt dessen darzulegen.

Am Abend vor der Hochzeit erschien Oralia denn auch in Calandras Schlafzimmer. Da Aurora zugegen war, sagte sie: »Ich denke, es ist das Beste, wenn du uns jetzt allein lässt, mein Kind.«

»Ach, lass mich doch bleiben, Mama! Bestimmt willst du mit Cally über den körperlichen Aspekt ihrer bevorstehenden Heirat sprechen. Da du wahrscheinlich nicht bei mir bist, wenn ich heirate, sollte ich es mir vielleicht jetzt anhören.«

»Aber du reist doch erst in einigen Monaten nach England«, entgegnete Oralia, »da haben wir noch Zeit genug, um darüber zu reden.«

»Ich würde es aber lieber jetzt zusammen mit Cally hören, Mama.«

»Oh, bitte, lass sie dableiben«, bettelte nun auch Calandra, und Oralia zuckte unschlüssig mit den Schultern. Das Thema war unangenehm genug. Eigentlich gar keine schlechte Idee, es ein für alle Mal abzuhandeln.

»Nun gut«, sagte sie schließlich und fing an zu erzählen: »Die Ehe hat viele Facetten. Eine gute Frau respektiert ihren Mann, sie führt ihm den Haushalt und steht ihm, wenn er es wünscht, mit Rat und Tat zur Seite. Aber ihre vorrangigste Pflicht ist es, ihrem Gatten Kinder zu gebären. Dazu muss sie ihren Körper mit dem seinen vereinen und seinen Samen in ihrem Leib aufnehmen. Für manche Frau ist das eine angenehme Pflicht, und sie genießt es vielleicht sogar, wenn ihr Mann zudringlich wird.«

»War es bei dir so?«, fragte Aurora geradeheraus, und Oralia errötete, bevor sie leise erklärte: »Mit deinem Vater schon.«

»Und mit meinem nicht?«

Verlegen biss sich Oralia auf die Lippe, bevor sie ihrer Tochter eingestand: »Dein Vater war später nicht mehr so nett zu mir wie Robert Kimberly.«

»Warum nicht?«

»Nun, auch wenn der liebe Gott die Männer grundsätzlich gleich erschaffen hat, gibt es die unterschiedlichsten Möglichkeiten, ihrer Gattin beizuwohnen. Darauf müsst ihr gefasst sein, meine Kinder. Aber, Cally, ich glaube, dein Herzog ist freundlich und geduldig. Du musst dich ihm nur vorbehaltlos hingeben und darfst ihn nicht zurückweisen. Er hat ein Anrecht auf deinen Körper.«

»Und was macht er dann mit mir?« Callys Neugierde war geweckt.

»Jeder Mann hat ein … äh … äh … ein …«

»Glied?«, kam Aurora ihr zu Hilfe.

»Woher, um alles in der Welt, weißt denn *du* das?« Ihre Stiefmutter rang nach Atem.

»Als George und ich als Kinder nackt im Meer badeten, habe ich es bei ihm gesehen«, sagte Aurora gelassen. »Es war allerdings ein bisschen klein.«

»Es wird größer, wenn ein Junge zum Mann heranreift«, erklärte Oralia und dachte, dass das wohl die unangenehmste Unterhaltung war, die sie in ihrem ganzen Leben hatte führen müssen.

»Was hat es jetzt mit diesem … äh … Glied auf sich, Mama?«

»Damit schläft ein Mann seiner Frau bei, Cally.«

»Und wie soll das gehen?«

»Der weibliche Körper verfügt über eine entsprechende Öffnung«, fuhr ihre Mutter umständlich fort. »Sie befindet sich zwischen euren Beinen. Während die Lust des Mannes steigt, schwillt sein Fortsatz an und wird ... äh ... steif. Dann kann er damit in euren Körper eindringen, den er, wenn er ein umsichtiger Mann ist, zuvor dafür vorbereitet hat.«

»Und wie?« Callys Wissensdurst war verständlicherweise unersättlich.

»Er streichelt dich«, sagte Oralia, und Cally fragte ungläubig: »Wie eine Katze?«

»Du weißt jetzt, was du wissen musst«, erklärte Oralia schnell, um das ihr unangenehme Thema endlich abzuschließen. »Valerian wird dir alle weiteren Fragen beantworten.«

Aber Calandra ließ nicht locker. »Und wie kommt ein Baby in meinen Bauch?«

»Dein Gatte gibt mittels seines Gliedes seinen Samen in deinen Körper ab. Wenn du zu diesem Zeitpunkt fruchtbar bist, was nicht immer der Fall ist, geht der Samen auf und entwickelt sich zu einem Säugling. Es dauert üblicherweise neun Monate, bis ein Kind auf die Welt kommt. Wenn es so weit ist, gelangt es auf dem gleichen Weg aus deinem Körper, auf dem es hineingekommen ist.«

Aber Calandra war immer noch nicht zufrieden. »Und woher weiß ich, ob es ein Junge oder Mädchen wird?«

»Das weiß man erst, wenn das Kind auf die Welt kommt«, sagte ihre Mutter. »So, ich glaube, das reicht jetzt! Calandra, Aurora, es wird Zeit fürs Bett. Morgen ist ein sehr wichtiger Tag für dich, Calandra. Du heiratest und verlässt St. Timothy als Herzogin von Farminster. Du brauchst deinen Schlaf.«

»Bitte lass Aurora noch ein wenig bleiben, Mama«, bettelte Calandra. »Für lange Zeit ist es der letzte Abend, den wir gemeinsam verbringen können, und wenn wir uns wieder sehen, wird alles ganz anders sein.«

Oralia nickte verständnisvoll, stand auf und verließ das Zimmer.

Nachdem ihre Mutter gegangen war, sagte Calandra

nervös kichernd: »Ich frage mich, wo er mich wohl streicheln wird. Das hört sich alles so lächerlich an.«

»Ich glaube, dass Männer die Brüste einer Frau am liebsten haben. Wahrscheinlich wird er dich dort streicheln«, sagte Aurora und fragte dann: »Hast du dich schon einmal selbst berührt, Cally?«

»Nein! Du etwa?«

Aurora nickte, öffnete die Schleifen ihres Nachtgewandes und stand bald mit bloßem Oberkörper vor ihrer Schwester. »Mach du auch deine Schleifen auf!«, wies sie sie dann an.

Widerwillig leistete Calandra ihr Folge und flüsterte: »So etwas habe ich noch nie getan. Ist das nicht ungehörig?«

»Kann schon sein«, entgegnete Aurora, die mittlerweile ihre kleinen festen Brüste umfasst hielt. »Mach es mir nach, Cally.«

Calandras Brüste waren ein wenig größer, leicht kegelförmig und verfügten über große Brustwarzen. Schüchtern wog sie ihre Brüste in Händen, während sie Aurora zusah, die angefangen hatte, sich die Brustwarzen mit den Daumen zu reiben.

Calandra tat es ihr gleich, und unter der Berührung richteten sich ihre Brustwarzen auf. Aber es kitzelte eher als alles andere, und Calandra konnte dem Ganzen nichts abgewinnen. Aurora dagegen, schloss die Augen, schob das Nachthemd hoch und vergrub die Finger in den dichten Löckchen ihrer Schambehaarung. Dabei steckte sie einen Finger zwischen die Schamlippen und fing an, die Hand hin und her zu bewegen.

Mit großen Augen sah Calandra ihr zu und fragte schließlich erschrocken: »Was tust du denn da?«

»Mach es mir nach«, flüsterte Aurora nur und seufzte leise. »Mh, das ist ein wunderbares Gefühl. Wenn ein Mann das mit mir macht, kann ich es kaum erwarten, zu heiraten!«

»Es widerstrebt mir, das zu tun!«, sagte Calandra. »Ich kann das nicht.«

»Doch ... doch ...«, murmelte Aurora, fing an zu stöhnen und schien einen Moment kaum ansprechbar. Dann seufzte sie laut auf und sagte: »War das schön! Komm schon, Cally, versuch es auch. Danach fühlst du dich wunderbar.«

Nervös befolgte Calandra Auroras Anweisung, und schon bald durchlief ihren Körper ein ungeahntes Kribbeln, das ihr aber nicht besonders gefiel. Ihre Finger benetzte eine feucht-klebrige Flüssigkeit, die aus ihrem Körperinneren zu kommen schien. Dann erschauderte sie ein wenig, rief: »Oh, oh!«, und Aurora fragte keck: »Und, wie war's?«

»Ich glaube nicht, dass mir das gefallen hat«, sagte Calandra und stand vom Bett auf, um zur Waschschüssel hinüberzugehen und sich die Finger zu schrubben. »Wo hast du das überhaupt gelernt?«, fragte sie dann angewidert.

Aurora zuckte die Schultern. »Das weiß ich eigentlich auch nicht so genau. Eines Tages hab' ich's einfach gemacht, und es hat mir gefallen. Valerian wird dich wahrscheinlich auch so anfassen. Ich glaube, diese klebrige Flüssigkeit, die dann austritt, ist das, was Mama meinte, als sie sagte, er würde deinen Körper vorbereiten, bevor er dir beiwohnt. Wenn du da unten feucht bist, kann das Glied wahrscheinlich leichter eintreten, weil es dann besser rutscht.«

»Ich finde das ganz eklig und werde es bestimmt nicht tun!«, rief Calandra aus.

»Oh, jetzt stell dich doch nicht so an, Cally! Natürlich wirst du es tun. Das musst du sogar, wenn du ein Baby bekommen willst, und das ist, wie Mama schon gesagt hat, deine vorrangige Pflicht. Die Hawkesworths erwarten einen Erben. Wahrscheinlich gefällt es dir besser, wenn Valerian dich streichelt, als wenn du es dir selbst machst. Hat er dich schon einmal geküsst?«

»Das würde ich niemals zulassen!«

»Nun, nach der Heirat wird dir wohl nichts anderes übrig bleiben«, erklärte die praktisch veranlagte Aurora, stand ebenfalls auf und band sich das Nachthemd wieder zu. »Ich gehe jetzt schlafen, Herzchen. Träum schön, kleine Schwester. Bis morgen dann.«

»Aurora!«

An der Tür wandte sich Aurora noch einmal um, und Calandra sagte: »Ich hab' dich so lieb!«

»Ich dich auch«, erwiderte Aurora und fügte hinzu: »Ich werde dich vermissen«, bevor sie das Zimmer verließ, um noch einmal hinunter auf die Terrasse zu gehen.

In der Eingangshalle standen bereits Calandras Koffer. Die Hochzeit sollte gleich als Erstes am nächsten Morgen stattfinden, sobald die *Royal George* eingelaufen war. Nach einem Hochzeitsfrühstück würden die Neuvermählten und ihre beiden Diener dann ihre Reise nach England antreten. Der Pfarrer sollte mit dem Boot nach Barbados zurückgebracht werden, und der Tag würde weitergehen wie jeder andere, nur dass Cally dann nicht mehr auf der Insel wäre. Aurora seufzte und atmete tief die im Vergleich zum Tag frische Abendluft ein, bevor auch sie sich in ihr Schlafzimmer zurückzog.

Am nächsten Morgen waren alle schon sehr früh auf den Beinen. Die Badewannen wurden gefüllt und alle an der Hochzeit Beteiligten nahmen ein Bad. Man servierte den Tee in den Schlafzimmern, und Calandras Kammerzofe war vor Aufregung so schlecht, dass sie sich zweimal übergeben musste.

»Was ist denn mit dir los?«, fragte Martha, die ein wenig älter war als Sally.

»Ich fahre heim!«, rief Sally. »Ich seh' England wieder und werd' Zofe bei 'ner Herzogin!« Sallys Leibeigenschaft, die der Preis für ihre Überfahrt gewesen war, hatte schon vor einigen Jahren geendet. Sie hatte immer Heimweh nach England gehabt, aber nie die Mittel für eine Rückreise besessen. Nun bot sich ihr mit Calandra diese Möglichkeit und sie war furchtbar aufgeregt. »Erzähl mir nich', Massa 'enry, dass du nich' auch froh wär's, England wieder zu sehen.«

»Du bleibst bestimmt nicht lange Kammerzofe einer Herzogin, wenn du nicht ordentlich sprechen lernst, Mädchen«, entgegnete Martha streng. »Ich dachte, in den letzten zehn Jahren hätten wir dir beigebracht, richtig zu reden. Die Dienerin einer Herzogin muss sich fast genauso gewählt ausdrücken können wie ihre Herrin. Oder willst du in London wieder in dem gleichen Sumpf landen, aus dem du gekommen bist?«

»Jesus und Maria, nein!«, rief Sally entsetzt und blickte richtig panisch drein. »Vielleicht wär's besser, ich blieb gleich da, auf St. Timothy.«

»Jetzt sei nicht blöd!«, sagte Martha energisch. »Denk einfach nur daran, ordentlich zu sprechen, und guck dir von den Dienern der Hawkesworths so viel ab, wie du kannst. Auf See hast du Zeit genug, dich mit Browne, dem Kammerdiener des Herzogs, gut zu stellen. Damit meine ich aber nicht, dass du ihm schöne Augen machen sollst. Hast du verstanden?«

Sally nickte.

»Und wenn in England irgendjemand deine Autorität infrage stellt und versucht, dir deine Stellung streitig zu machen, sei unnachgiebig und erinnere sie daran, dass du *Euer Gnaden* schon umsorgt hast, als sie noch ein Kind war. Es wird kaum jemand wagen, dagegen anzugehen. Sei freundlich zu den anderen Bediensteten, aber traue keinem, bevor du nicht ganz genau weißt, wie der Hase läuft. Die Großmutter des Herzogs wird eine ihrer Dienerinnen bevorzugen. Stell dich gut mit der Frau und behandle sie mit Respekt. Mit einer so starken Verbündeten hast du dann nichts mehr zu befürchten.«

»Oh, Martha, ich werde dich vermissen!« In Sallys grauen Augen standen Tränen.

»Stell dich nicht so an!«, sagte Martha barsch, aber auch ihr war ein wenig nach Heulen zu Mute. Wenn Sally abreiste, hätte sie niemanden mehr, mit dem sie reden konnte. Aber sie würden sich ja in einige Monaten wieder sehen. Martha blickte zum Fenster hinaus und rief: »Sieh nur, da kommt die *Royal George!* Gleich wird sie im Hafen festmachen, und die Braut ist noch nicht fertig!«

Rasch holten sie Calandras Hochzeitsgewand aus der Kleiderkammer. Es bestand aus herrlich fallendem cremefarbenem Satin. Der großzügige Ausschnitt war mit einer kleinen Spitzenbordüre besetzt, die sich in breiterer Ausführung auch an den Dreiviertelärmeln wiederfand. Der Rock teilte sich vorn und gab den Blick auf ein Brokatunterkleid frei, das mit einem winzigen Blumenmuster aus Goldfäden bestickt war. Auf Hüfthöhe erhielt der Rock Volumen durch Volants und Rüschen und sprang dann über dem Brokatunterkleid und den zahlreichen gestärkten Unterröcken auf. Calandras dunkles Haar war zu einem Knoten zusammengenommen, und eine lange Locke fiel ihr seitlich über Gesicht und Schulter.

Außer tropfenförmigen Perlenohrringen und einem kleinen Goldkreuz an einer feinen Kette trug sie keinen Schmuck. Vorsichtig steckte sie nun ihre bestrumpften Füße in cremefarbene Brokatpantöffelchen, die mit kleinen goldfarbenen Seidenrosen besetzt waren, und betrachtete sich im Spiegel.

Calandra Hawkesworth, Herzogin von Farminster – das klang mächtig nobel, dachte sie und drehte sich. Ja, sie sah aus wie eine Herzogin. In England würde sie ein großer Erfolg werden. »Ich bin schön«, erklärte sie nun laut, aber mehr zu sich selbst.

»Das seid Ihr, Missy, und das sage ich nicht nur einfach so.« Martha, die Sally beim Ankleiden der Braut zur Hand gegangen war, lächelte. »Aber vergesst in England nicht, dass nur schön ist, wer Gutes tut, Miss Calandra. Dass mir keine Klagen kommen!«

Oralia, die in diesem Augenblick das Zimmer betrat, blieb unvermittelt stehen, als sie ihre Tochter sah, und griff sich gerührt ans Herz. »Oh, mein Gott, mein Liebling, du siehst ganz wunderbar aus, richtig edel!«, rief sie und drückte Calandra einen kleinen Strauß weißer Orchideen in die Hand. Dann fragte sie: »Wo ist Aurora?«

»Hier bin ich, Mama.« Aurora war gerade durch die Verbindungstür zwischen ihrem und Calandras Schlafzimmer hereingekommen. Ihr Kleid sah fast genauso aus wie das ihrer Schwester, nur dass es aus roséfarbener Seide bestand. Das vorn sichtbare Unterkleid war aus cremefarbenem Brokat und mit winzigen Vergissmeinnicht bestickt. Die dazu passenden Schuhe zierten rosa Stoffröschen. Auroras goldbraunes Haar war aufgesteckt und zu beiden Seiten des Gesichts baumelte ihr eine Locke. Auch Aurora trug nur ein Goldkreuz, das gleiche wie ihre Schwester.

»Wie schön ihr ausseht!«, sagte Oralia zufrieden und reichte ihrer Stieftochter einen Strauß rosa Hibiskusblüten mit Farnblättern.

Da steckte George den Kopf zur Tür herein und verkündete: »Kapitän Conway und Reverend Edwardes sind eingetroffen, und der Bräutigam wartet ungeduldig, dass die Damen fertig werden.«

»Du kannst mich schon einmal hinunterbegleiten, George«, sagte seine Mutter, »dann kommst du zurück und holst deine Schwestern.« Sie bedeutete Sally und Martha, mit ihr das Zimmer zu verlassen, und die beiden Mädchen waren für einen Augenblick allein.

»Bist du sicher, Aurora, dass es dir nicht Leid tut, mir den Herzog abgetreten zu haben?«, fragte Calandra. »Das war wirklich ganz lieb von dir und so großzügig. Aber Papa wäre damit sicher nicht einverstanden gewesen.«

»Nein, es tut mir nicht Leid«, versicherte ihr Aurora, »und Papa würde vor allem wollen, dass ich glücklich bin.

Das weißt du auch. Aber nun werde erst einmal du glücklich, Cally.«

»Oh, da mache ich mir keine Sorgen! Ich werde Herzogin sein und in England leben und kann's kaum erwarten, dort hinzukommen und in die feine Gesellschaft aufgenommen zu werden!«

»Und was ist mit Valerian? Denkst du gar nicht an ihn?«, fragte Aurora ein wenig besorgt wegen Calandras kindlicher Einstellung.

»Valerian? Nun, er wird mein Gatte sein. Was sollte es da sonst noch geben?«, entgegnete Calandra. »Wir kommen bestimmt gut miteinander aus.«

George kam wieder herein. »Kommt, Kinder! Es wird Zeit«, sagte er, und die drei verließen Calandras Schlafzimmer. Aurora ging ganz langsam voran, damit alle genug Zeit hatten, die Braut zu bewundern. Natürlich waren nur die Diener, der Kapitän und der anglikanische Priester zugegen. In seiner schwarzen Robe stand er mit dem Rücken der geöffneten Haustür zugewandt; links von ihm der Herzog, einfach, aber elegant in hellbeige Kniebundhosen nach Reitermanier gekleidet. Dazu trug er weiße Strümpfe, einen schwarzsamtenen Gehrock und eine helle, schwarz bestickte Brokatweste. Seine Schuhe schmückten silberne Schnallen, den Hemdkragen und die Manschetten üppige Spitzenvolants.

Als Aurora bei dem Geistlichen ankam, trat sie einen Schritt nach links und drehte sich um, damit sie ihre Stiefschwester sehen konnte.

Cally bewegte sich äußerst anmutig, ihre kleine Hand ruhte auf Georges Arm. Als sie Reverend Edwardes erreichten, trat Valerian vor, und George legte Calandras Hand in die seines zukünftigen Schwagers. Daraufhin stellte er sich an den Platz, den Valerian zuvor eingenommen hatte, da ihm nicht nur die Aufgabe des Brautführers zukam, sondern zusammen mit Aurora auch die des Trauzeugen.

»Liebes Brautpaar, wir haben uns heute im Angesicht Gottes und der Christen hier versammelt, um euch zu vermählen«, fing Reverend Edwardes auf die für Geistliche typische Art an zu sprechen, und Aurora überlegte, wie lange es her war, dass sie eine Kirche von innen gesehen hatte.

Zur Beerdigung ihres Vaters war Reverend Edwardes von Barbados herübergekommen, und davor? Aurora konnte sich nicht mehr erinnern. Ihr Vater hätte auf St. Timothy gerne ständig einen Pfarrer gehabt, aber die Sklaven hatten ihre eigene Religion, und es wäre vermessen gewesen, den Pfarrer nur für die eigene fünfköpfige Familie und ihre Diener anzustellen. Deshalb schickte man eben nach dem Geistlichen, wenn man ihn wirklich brauchte. Nicht gerade ideal, dachte Aurora nun und beschloss, in England jeden Sonntag in die Kirche zu gehen.

England! Was mochte sie dort wohl erwarten?

Die nächsten Minuten schweiften Auroras Gedanken hierhin und dorthin, bis sie schließlich Reverend Edwardes sagen hörte: »Und hiermit erkläre ich Euch zu Mann und Frau.« Dann legte er Valerians und Auroras Hände aufeinander und fuhr fort: »Was Gott zusammengefügt hat, soll der Mensch nicht scheiden. Amen.« Lächelnd wandte er sich daraufhin an Valerian: »Ihr dürft die Braut jetzt küssen, Euer Gnaden.«

Mit Rücksicht auf Calandras Schüchternheit streifte Valerian nur ganz sacht ihre Lippen. Aber auch darüber schien sie sehr erschrocken.

Doch dann wurde sie schon von ihrer Mutter umarmt, die gleich darauf auch den Herzog in die Arme schloss und mit Tränen in den Augen sagte: »Ich freue mich so für euch beide!«

Danach gratulierten George, Aurora, Kapitän Conway und die Diener den Neuvermählten, bevor man sich zum Hochzeitsfrühstück ins angrenzende Esszimmer begab. Während man zu Tisch saß, wurden die Koffer aus dem

Haus auf einen Karren geladen und zum Hafen hinuntergebracht.

Als auch der letzte Koffer an Bord war, erhob sich Kapitän Conway und erklärte zu Valerian gewandt: »Ich möchte Euch nicht drängen, Euer Gnaden, aber je früher wir Anker lichten, desto eher erreichen wir England.«

»Gewiss doch«, pflichtete ihm der Herzog bei, erhob sich ebenfalls und zog auch Cally mit sich hoch. »Du wirst dich sicher noch umziehen wollen, meine Liebe«, erklärte er dann und fuhr zu Sally gewandt fort: »Bring deine Herrin nach oben, und dass du mir nicht herumtrödelst!«

»Bestimmt nicht, Euer Gnaden«, sagte Sally, die man zusammen mit Martha ebenfalls zu Tisch gebeten hatte, da die beiden Frauen der Familie schon so viele Jahre treue Dienste geleistet hatten.

Die frisch gebackene Herzogin von Farminster kehrte in erstaunlich kurzer Zeit zurück und erklärte atemlos: »Ich bin fertig!« Sie trug ein elegantes Reisekleid aus Seidentaft, der mit einem fröhlichen Blumenmuster bedruckt war. Dazu passten die blauen Bänder ihres breitkrempigen Strohhuts genauso wie die Spitzenhandschuhe.

Oralia fing an zu weinen, und sowohl ihre Tochter als auch ihre Stieftochter eilten zu ihr, um sie zu trösten. »Ich weiß, dass ich mich ganz kindisch benehme«, sagte sie schluchzend, »aber …«

»Nein, Mama«, widersprach Calandra, »du musst deine Entscheidung einfach noch einmal überdenken, und George und Aurora im Herbst nach England begleiten.«

Oralia schüttelte den Kopf. »Ich fahre doch nicht gerne mit dem Schiff, und schon gar nicht so weit. Wenn du Kinder bekommen hast, Cally, bringst du sie einfach einmal nach St. Timothy, damit ich sie sehen kann, bevor ich sterbe.«

»Aber, Mama«, wandte nun auch Aurora ein, bemüht, sich ein Lächeln zu verbeißen, »zum Sterben bist du doch noch viel zu jung. Du hast bestimmt noch viele Jahr vor dir. So, und nun gib Cally deinen Segen und einen Kuss, damit sie aufbrechen kann!«

Oralia seufzte, befolgte aber den Rat ihrer Stieftochter, und küsste zuerst Calandra und dann ihren neuen Schwiegersohn, zu dem sie noch sagte: »Passt mir gut auf meinen Schatz auf!«

»Das werde ich, Ma'am«, versprach er.

Calandra umarmte ihre Geschwister und schließlich auch Martha, bevor sie zu allen gewandt erklärte: »Ich freue mich schon, wenn ihr kommt.«

Grinsend hielt George ihr die Hand hin. »Zusammen«, sagte er dann, woraufhin Calandra erwiderte: »Für immer«, und Aurora hinzufügte: »Wie ein Mann«, und da mit ihren Treueschwur aus Kindertagen besiegelte.

Verwundert sah Valerian Hawkesworth sie an, und die drei lachten.

»Eure Gattin wird Euch erklären, was es damit auf sich hat«, kam Oralia ihm zu Hilfe. »Und nun geht, bevor ich Euch nicht mehr fortlasse!« Dabei hielt sie sich das Taschentuch an den Mund.

Der Herzog geleitete seine Braut hinaus und half ihr in die offene Karosse. Sie winkten noch einmal, und dann ging es auch schon hinunter zum Hafen. Kapitän Conway, Browne und Sally folgten in einer anderen Kutsche.

»Ich weiß nicht, ob ich das ertrage«, sagte Oralia leise.

»Grämt Euch nicht, Ma'am«, sagte Reverend Edwardes. »Es ist Gottes Wille, dass eine Tochter ihr Elternhaus verlässt, um zu ihrem Gatten zu gehen. Und Eure Tochter hat es unglaublich gut getroffen. Dafür solltet Ihr dem Herrgott dankbar sein!«

Oralia nickte und tupfte sich eine Träne weg, während Aurora schnell sagte: »George, wärst du so freundlich, unseren Gast hinunter zum Boot zu bringen, damit Franklin ihn nach Barbados zurücksegeln kann? Der Wind ist heute ziemlich kräftig.« Zum Reverend gewandt, fuhr sie fort: »Wahrscheinlich könnt Ihr noch zum Mittagessen zu

Hause sein. Es war sehr freundlich von Euch, nach St. Timothy zu kommen, um meine Schwester mit dem Herzog von Farminster zu vermählen. Aber wir wollen Euch nicht länger von Euren anderen Pflichten abhalten, Reverend Edwardes.« Dabei lächelte sie honigsüß.

»Ich bin sehr froh, dass ich kommen durfte, Miss Aurora«, entgegnete er. »Ich hoffe, dass ich auch Euch bald mit einem netten jungen Mann vermählen kann. In meiner Gemeinde befinden sich mehrere geeignete Kandidaten, unter denen womöglich einer ist, der Euch zusagt.«

»Wenn mein Bruder und ich nächstes Jahr von England zurück sind, komme ich vielleicht einmal nach Barbados und besuche Euch.«

»Ihre verehrte Frau Mutter wird die Trennung von Eurer Schwester doch verkraften?«, fragte der Geistliche noch, aber Aurora versicherte ihm: »Mama kommt darüber hinweg.«

»Es ist hart, eine Tochter zu verlieren, das weiß ich aus eigener Erfahrung. Meine gute Gattin und ich haben in den vergangenen vier Jahren vier Töchter verheiratet.«

»Kommt, Sir«, sagte George nun lächelnd, dem längst klar war, dass Aurora den Reverend so schnell wie möglich loswerden wollte, damit Oralia nicht noch etwas sagte, das sie verraten könnte. Deshalb nahm er den anglikanischen Geistlichen nun beim Arm, raunte seiner Stiefschwester zu: »Ich kümmere mich darum, dass er für seine Mühen entlohnt wird«, und schob den Mann zur Tür hinaus.

Zweiter Teil: England, 1761

1. Kapitel

»Ist es in England immer so kalt?« Während die *Royal George* in den Hafen von Dover einlief, stand Aurora neben Kapitän Conway an der Reling und zog frierend ihren Kapuzenmantel enger um sich. Das dunkelgrüne bodenlange Wollcape war mit Kaninchenfell gefüttert und die Kapuze mit Luchs verbrämt. Unter ihrem Kleid trug Aurora mehrere Flanellunterröcke und wollene Strümpfe, trotzdem zitterte sie am ganzen Körper und ihr war kalt bis auf die Knochen.

»Es ist Januar, Miss Aurora«, sagte der Kapitän, »und in England pflegt das immer ein besonders kalter Monat zu sein. Zudem ist es hier draußen auf dem Wasser natürlich noch eisiger. Es wird besser, wenn Ihr an Land seid, und bestimmt gewöhnt Ihr Euch bald an die Kälte. Dann spürt Ihr sie kaum noch.«

»Das hoffe ich sehr!«, entgegnete Aurora und dachte, dass England ja wohl der farbloseste Flecken Erde war, den sie jemals gesehen hatte. Das Meer war genauso düster wie die Häuser an der Küste, der Himmel grau, und überall lag Schnee. Davon hatte sie zwar schon gehört, aber heute sah sie ihn zum ersten Mal.

Als sich George zu ihnen gesellte, entschuldigte sich der Kapitän, und George fragte seine Schwester: »Ist dir auch so kalt?«

Aurora nickte und verkündete: »Hier gibt es überhaupt nichts Buntes, alles ist so düster! Ich kann mir gar nicht vorstellen, dass es Cally hier wirklich gefällt, obgleich ihren Briefen – wenn sie denn einmal schreibt – nichts Gegenteiliges zu entnehmen ist.«

»Mama lebt dafür. Wir müssen dafür sorgen, dass Cally ihr öfter schreibt. So viel können ihr ihre Pflichten als Herzogin doch nicht abverlangen, dass sie keine Zeit mehr hat, ihrer Mutter ein paar Zeilen zu schicken!«

Aurora zuckte mit den Schultern und fragte dann: »Haben Wickenham und Martha schon alles gepackt, damit wir gleich von Bord gehen können?«

»Ja, die Koffer sind fertig.«

»Glaubst du, dass der Herzog uns persönlich abholt?«

»Er hat wahrscheinlich eine Kutsche geschickt, die uns nach London bringt«, sagte George. »Aber lass uns wieder ins Kasino gehen, dort können wir uns noch einmal aufwärmen.«

Kurz darauf legte die *Royal George* an und wurde mit schweren Seilen vertäut. Danach ließ man die Laufplanke herab, und die ersten Passagiere gingen von Bord. Es waren ohnehin nicht viele auf dem Schiff gewesen: Ein Privatlehrer, der nach England zurückkehrte, weil seine Mutter gestorben war; zwei junge Frauen von Barbados, die hier zur Schule gehen sollten, sowie ihre Anstandsdame. Dabei handelte es sich um eine ziemlich stille ältere Frau, die ihre Tochter besuchen wollte, welche einen Angestellten in Oxfordshire geheiratet hatte. Alle waren sie sehr beeindruckt von den St. Timothy-Geschwistern gewesen, die, wie ihnen der Kapitän mitgeteilt hatte, nach England segelten, um ihrer Schwester, der Herzogin von Farminster, einen Besuch abzustatten.

Als Aurora und George oben auf der Laufplanke standen, sahen sie Calandra, die ihnen wild zuwinkte und laut ihre Namen rief. Sie stand neben einer prunkvollen Reisekarosse und wurde von einem Herrn begleitet, bei dem es sich allerdings nicht um ihren Gatten handelte. Gefolgt von Wickenham und Martha eilten die Geschwister von Bord, und Calandra stürzte sich begeistert auf sie.

Sie roch überwältigend gut und rief: »Darlings, ich dachte schon, ihr würdet niemals ankommen!« Dann umarmte sie die beiden stürmisch und gab jedem einen Kuss auf die Wange.

»Wo ist Valerian?«, fragte George, als ihr Gepäck auf eine etwas kleinere Kutsche geladen wurde, mit der die Dienstboten reisen sollten. »Ich dachte, dass er dich begleiten würde.«

»Valerian doch nicht!«, rief Calandra und fügte dann erstaunlich unbekümmert hinzu: »Ich weiß überhaupt nicht, wo er sich aufhält. Wahrscheinlich immer noch auf dem Land. Lieber Bruder, wir sind da wirklich getäuscht worden. Mag schon sein, dass er den Titel eines Herzogs trägt, aber der Mann ist einfach nur ein Bauer! Stell dir das bloß mal vor! Ein Bauer! Er verbringt seine Zeit lieber mit seinen Pferden, Kühen und Schafen anstatt in der Gesellschaft feiner Leute.«

»Ganz egal, Cally«, wies Aurora sie zurecht. »Durch ihn bist du Herzogin geworden, und dir scheint es an nichts zu fehlen.«

»Ach, Aurora, wie schön, dass du dich gar nicht verändert hast!«, stellte Calandra spöttisch fest und wandte sich dann ihrem Begleiter zu. »Hab ich's Euch nicht gesagt, Trahern! Sie hat eine unglaublich spitze Zunge. Darf ich übrigens vorstellen? Das ist meine Schwester Aurora, und das, Aurora-Darling, ist Charles Lord Trahern, den ich extra für dich mitgebracht habe.«

»Wie peinlich für uns, mich und Lord Trahern, meine ich«, antwortete Aurora verärgert. »Ich dachte eigentlich, Cally, du wüsstest, wie sehr es mir missfällt, wenn man mir einen Herrn vorsetzt.« Es war ganz eindeutig, was sie damit meinte, und für einen Augenblick schien selbst Calandra das Ganze unangenehm zu sein. Aber dann kicherte sie wieder, rief: »Oh, du bist einfach unmöglich!«, und lächelte selbstgefällig.

Während Aurora ihre Schwester zurechtgewiesen hatte, hatte Lord Trahern belustigt die schmalen Lippen verzogen. Nun nahm er Auroras behandschuhte Hand in seine, hob sie an den Mund und küsste sie. »Miss Spencer-Kimberly, ich bin entzückt, Eure werte Bekanntschaft zu machen, selbst wenn Ihr nicht genauso erfreut seid, mich kennen zu lernen.« Calandra hatte ihm schon wochenlang von ihrer Schwester vorgeschwärmt und immer wieder betont, was für eine gute Partie das Mädchen sei. Der Himmel wusste, wie dringend er eine vermögende Gattin brauchte, aber diese junge Frau war viel zu intelligent, um sich über seine finanzielle Lage täuschen zu lassen. Ganz anders als die kleine Calandra, deren einziges Interesse ihrem Vergnügen und der Erfüllung ihrer zahlreichen Wünsche galt.

Schließlich gab Lord Trahern Auroras Hand frei, und Calandra machte ihn mit ihrem Bruder bekannt.

»Cally«, sagte dieser, nachdem die Männer einander begrüßt hatten, »du magst an dieses Wetter gewöhnt sein, wir aber nicht. Lass uns schnell in die Kutsche steigen. Wo bringst du uns überhaupt hin?«

»Nach London natürlich!« Calandra lächelte. »Es ist eine lange Fahrt, aber wir fahren durch. Trahern war so freundlich, dafür zu sorgen, dass uns unterwegs frische Pferde zur Verfügung gestellt werden. Kommt jetzt!«

Bis London waren es gut fünfzig Meilen, und unterwegs machten sie dreimal Halt, um die Pferde zu wechseln, zu essen und sich am Kamin eines Gasthofs aufzuwärmen. Kurz nach Sonnenaufgang hatte die *Royal George* in Dover angelegt, sie erreichten London aber erst, als es schon dunkel war. Aurora fror immer noch, doch nun fühlte sie sich auch erschöpft. Fast die ganze Zeit über hatte Calandra wie ein Wasserfall geplaudert, über die Gesellschaft, Mode und den neuesten Tratsch und Klatsch.

»Der König wird dieses Jahr heiraten«, sagte sie nun, während sie durch die Stadt fuhren, und George fragte erstaunt: »Was? Dazu ist er doch viel zu alt!«

»Oh, das wisst ihr ja noch gar nicht, oder? Nun, wie auch?«, beantwortete sich Calandra die Frage gleich selbst. »Ihr wart ja auf See. Der alte König ist vergangenen Oktober gestorben, und der Thronfolger heiratet demnächst eine deutsche Prinzessin, eine gewisse Charlotte von Mecklenburg-Strelitz. Er ist sehr nett und wirklich gut aussehend.« Sie kicherte. »Gut aussehend, aber ein wenig langweilig und einfältig.«

George und Aurora sahen sich an, während Calandra die Stimme senkte und fragte: »Wollt ihr wissen, wo der alte König, sein Großvater, gestorben ist?«

»Nicht im Bett?«

»Nein, *auf seinem Nachtstuhl!«*, rief Calandra und kicherte wieder wie wild. »Selbstverständlich haben sie das nur unter vorgehaltener Hand erzählt, damit das gemeine Volk nichts davon mitbekommt und sich darüber lustig macht. Aber natürlich kam es trotzdem heraus. Jetzt weiß ganz Europa, dass der alte König George auf dem Topf gestorben ist!«

»Wie unanständig von dir, Cally, so etwas zu erzählen!«, schalt Aurora ihre Stiefschwester, die sogleich protestierte: »Ach, Aurora, du bist immer so ernst! Wenn du einen Mann finden willst, musst du viel *nonchalanter* werden. Männer der feinen Gesellschaft mögen keine nachdenklichen Frauen.«

Aurora kam es unendlich lang vor, bis die Kutsche endlich beim Londoner Herrenhaus der Herrschaft von Farminster vorfuhr. Sogleich eilten Bedienstete herbei, um die Stufen der Kutsche herabzulassen, den Schlag zu öffnen und den Insassen beim Aussteigen behilflich zu sein.

Aurora seufzte dankbar, als sie das warme Haus betrat. Hinter ihr gab ihre Stiefschwester den Dienstboten Anweisung, das Gepäck in die vorgesehenen Gästezimmer zu bringen. Während sich Aurora die Handschuhe auszog, hörte sie plötzlich eine Stimme sagen: »Willkommen in England, Aurora.«

Sie sah auf, und da kam der Herzog gerade die Treppe herunter auf sie zu. »Danke, Euer Gnaden!«

»Ich dachte, wir wären schon vor Monaten übereingekommen, uns beim Vornamen zu nennen.« Der Herzog hatte ihre kalten Hände ergriffen und rief nun aus: »Meine Güte, Ihr seid ja völlig durchgefroren! Kommt mit in den Salon, und ich lasse uns Tee bringen. Meine Großmutter ist mit mir von Hawks Hill angereist, um Euch zu begrüßen. Sie wartet schon.«

Gemeinsam gingen sie die Treppe hinauf und betraten gleich darauf einen prunkvoll eingerichteten, holzgetäfelten Salon, dessen hohe Wände mit einem reich verzierten goldenen Fries abschlossen. Die Teppiche waren dick und farbenprächtig und die Mahagonisitzgelegenheiten, im Gegensatz zu ihresgleichen auf den Westindischen Inseln, dick gepolstert. Die Wände schmückten herrliche Gemälde, und an den Fenstern hingen schwere Samtvorhänge. Im riesigen, von zwei großen steinernen Löwen flankierten Kamin prasselte ein anheimelndes Feuer.

Eine alte Dame mit schlohweißem Haar saß davor, wandte ihnen nun den Kopf zu und erhob sich gleich darauf, um sie zu begrüßen.

»Großmama, darf ich Euch Miss Aurora Spencer-Kimberly vorstellen?«, fragte der Herzog und erklärte dann, zu Aurora gewandt: »Das ist meine Großmutter, die verwitwete Herzogin von Farminster.«

Höflich knickste Aurora vor der alten Dame. »Welche Ehre, Euer Gnaden kennen zu lernen.«

Mary Rose Hawkesworth nickte dem Mädchen zu und überlegte, woher ihr sein Gesicht bloß so bekannt vorkam. »Wie geht es Ihnen, Miss Spencer-Kimberly?«, fragte sie dann und fügte, als sie Aurora zittern sah, hinzu: »Kommt mit ans Feuer, meine Liebe. Ihr seid das englische Wetter natürlich überhaupt nicht gewöhnt.«

»Ich fürchte, nicht, Ma'am, obgleich Kapitän Conway mir versichert hat, ich würde mich schon noch daran gewöhnen, und dann wäre mir auch nicht mehr so kalt.«

Die alte Dame lächelte und geleitete das junge Mädchen zu einem Sessel am Feuer. Ihr Enkel zog an einem samtenen Klingelzug und trug dem wenig später eintretenden Diener auf, in der Küche Bescheid zu sagen, damit man ihnen Tee brachte. Draußen in der Eingangshalle hörte man Calandra lachen und gleich darauf nach ihrer Stiefschwester rufen.

»Wir sind im östlichen Salon!«, rief der Herzog.

Wenige Augenblicke später kam Calandra ins Zimmer – George und Lord Trahern im Gefolge – und rief überrascht: »Hawkesworth, was hat Euch denn nach London verschlagen?« Als sie Mary Rose Hawkesworth entdeckte, fügte sie hinzu: »Oh, Großmama ist auch mitgekommen!« Dann knickste sie rasch vor der alten Dame und sagte artig: »Guten Abend, Ma'am«, woraufhin Lady Mary Rose ein frostiges »Calandra« hören ließ.

»Wir haben überhaupt nicht mit Euch gerechnet, Hawkesworth«, wandte Calandra sich nun wieder an ihren Gemahl.

»Offensichtlich nicht, meine Liebe«, entgegnete dieser und Aurora dachte, dass irgendetwas bei Cally und ihrem Gatten nicht stimmte. Die beiden waren zwar höflich zueinander, aber es herrschte eine geradezu spürbare Kälte zwischen ihnen.

Aus unbestimmtem Grund tat Aurora der Herzog dabei mehr Leid als ihre Stiefschwester. Die junge Frau, die übertrieben süß lächelnd und ohne Unterlass plaudernd neben ihr stand, hatte nichts mehr mit dem Mädchen gemein, das Aurora in Erinnerung hatte. Und George war anzusehen, dass er das Gleiche dachte.

»Guten Abend, Trahern«, wandte sich Valerian nun den beiden Männern zu, »und willkommen in England, George.« Die Schwager schüttelten einander die Hand, während der Lord leer ausging. »Kommt und begrüßt meine Großmutter!«, forderte Valerian George dann auf.

Kurze Zeit später kam der Butler mit einem großen silbernen Tablett herein, auf dem eine Platte mit köstlich belegten Toastscheiben und Fruchtkuchenstückchen sowie eine Teekanne und Teetassen standen. Alle Anwesenden waren entzückt darüber, bis auf eine: Calandra.

»Tee, Manners?«, fragte sie verwundert und fügte, wie es mittlerweile ihre Art zu sein schien, in einem merkwürdigen Singsang hinzu: »O nein, nein, nein, wir trinken doch keinen Tee zur Ankunft meiner Geschwister! Holen Sie Champagner aus dem Keller, damit wir gebührend feiern können.«

»Mir ist kalt, Cally«, wandte Aurora ein, »ich trinke lieber Tee.«

»Wie du willst, aber die anderen bekommen Champagner! Ich hoffe nur, Aurora, dein Verhalten rührt daher, dass dich die Fahrt hierher erschöpft hat. Ich hasse nämlich langweilige Gäste!«

»Ich dachte eigentlich nicht, dass George und ich den weiten Weg von St. Timothy hergekommen sind, um für deine Belustigung zu sorgen, Cally.«

»Da tut Ihr auch gut daran, Mädchen«, sagte Lady Mary Rose leise, und Valerian wandte sich unvermittelt an Trahern. »Danke, dass Ihr meine Gattin nach Dover begleitet habt, aber sicherlich habt Ihr heute Abend noch etwas vor. Wir wollen Eure Dienste nicht über Gebühr in Anspruch nehmen und verstehen, wenn Ihr Euch jetzt verabschiedet, *Lord* Trahern.«

Der Lord hatte den Wink verstanden und verbeugte sich sogleich vor dem Herzog. »Dann wünsche ich Euch noch einen *schönen* Abend, Euer Gnaden«, sagte er, während ein teuflisches Lächeln seinen Mund umspielte. Gleich darauf hatte er den Raum verlassen, und Calandra stampfte wütend mit dem Fuß auf. »Ich wollte aber, dass er bleibt!«

»Er hat meine Geduld überstrapaziert«, kam sogleich die Antwort ihres Gatten.

»Ihr verderbt mir aber auch jede Freude!«, jammerte Calandra. »Jetzt habe ich Euretwegen Migräne und muss sofort ins Bett. Ich will auch nicht gestört werden. Von niemandem. Habt Ihr gehört, Hawkesworth?«

»Ganz wie Ihr wollt, meine Liebe«, entgegnete der Herzog scheinbar gelassen und verneigte sich vor seiner Frau. »Soll ich Euch auf Euer Zimmer geleiten?«

»Nein!«, sagte Calandra entschieden und rauschte aus dem Salon, ohne den anderen eine gute Nacht zu wünschen.

Daraufhin herrschte geraume Zeit angestrengtes Schweigen im Zimmer, während dessen George extrem unbehaglich dreinsah, Valerians Großmutter verärgert schien und Valerian Hawkesworth einen, Auroras Meinung nach, nicht näher bestimmbaren Gesichtsausdruck zur Schau trug.

Schließlich hielt Aurora es nicht länger aus und fragte geradeheraus: »Was ist denn mit Calandra geschehen? Ich kenne sie ja kaum wieder.«

»Ihr ist, wie ich fürchte, die feine Gesellschaft zu Kopf gestiegen«, erklärte Valerians Großmutter. »Das habe ich bei jungen Mädchen schon öfter erlebt.« Sie füllte eine der Teetassen und reichte sie Aurora. »Aber bei Calandra ist es schlimmer, weil sie vor London noch nie Kontakt zu unseren Kreisen hatte. Sie erzählte mir, sie habe ihr ganzes Leben auf St. Timothy verbracht und nicht einmal Barbados besucht. Warum, um alles in der Welt, hat ihr Vater sie denn nicht wenigstens dorthin mitgenommen?«

»Ich glaube, Papa wollte einfach nicht wahr haben, dass Cally und ich erwachsen werden«, entgegnete Aurora und trank von ihrem Tee. Er war schön heiß und tat gut. Sie nippte noch einmal an der Tasse und stellte sie dann auf einen kleinen Beistelltisch. »Wir erfuhren von diesem Heiratsarrangement erst durch Euren Brief, Ma'am. Daraufhin öffnete mein Bruder Papas Metallkassette, und wir entdeckten die Urkunde. Hättet Ihr uns nicht vorgewarnt, wären wir über Valerians Ankunft ziemlich erstaunt gewesen.«

Des Herzogs Großmutter nickte. »Wie mir scheint, waren mein verstorbener Gatte und Euer Vater wohl aus dem gleichen Holz geschnitzt. Mein James pflegte immer zu sagen: ›Bloß den Damen keinen Kummer bereiten, solange es nicht unbedingt notwendig ist‹.« Sie schüttelte den Kopf. »Als ob wir Frauen nichts aushielten!« Dann sah sie Aurora tief in die Augen. »Ihr macht mir einen sehr viel vernünftigeren Eindruck als Eure Schwester, Miss.«

»Wir sind nun einmal verschieden, Ma'am, das will ich gar nicht leugnen. Aber auch wenn wir nur Stiefschwestern sind, haben wir uns sehr lieb. Cally nennt mich immer eine Leseratte. Nun, wenn einen die Lust am Lernen dazu macht, bin ich wohl eine.«

»Und seid Ihr auch so begierig, der Gesellschaft Euren Stempel aufzudrücken wie Eure Schwester?«, wollte die alte Dame nun wissen.

»Ich weiß nicht recht. Ich denke, ich fürchte mich ein wenig vor der Gesellschaft. Die Fahrt von Dover hierher war äußerst interessant, aber als wir London erreichten, wurde mir beinahe ein wenig mulmig. Ich schätze mal, das liegt daran, dass ich die vielen Menschen und Gebäude nicht gewöhnt bin. Wahrscheinlich wird es mir auf Hawkes Hill besser gefallen als in London«, schloss Aurora.

»Ich habe mein ganzes Leben in England verbracht«, entgegnete Valerians Großmutter nun, »aber auch ich ziehe Hawkes Hill den vermeintlichen Vergnügungen Londons vor.« Sie lächelte und wieder ließ sie den Blick nachdenklich auf Auroras Gesicht ruhen. Warum kam ihr das Mädchen nur so bekannt vor?, fragte sie sich und rief dann: »Valerian, bring Mr. Spencer-Kimberly zu mir, damit ich ihn besser sehen kann.«

Der Herzog kam ihrer Aufforderung nach und raunte George mit einem verschmitzten Lächeln zu: »Jetzt seid Ihr dran.«

Die verwitwete Herzogin von Farminster sah sich den jungen Mann genau an. Er hatte mittelbraunes Haar, haselnussbraune Augen, war ein wenig untersetzt und mittelgroß. Er verfügte über keine herausragenden Merkmale, machte aber eine ganz passable Figur und hatte ansprechende, wenn auch nur durchschnittliche Gesichtszüge.

»Ich glaube«, sagte sie schließlich, »dass wir für Euch schon die passende Gemahlin finden werden, Mr. Spencer-Kimberly. Natürlich nicht hier in London. In dieser Stadt gibt es viel zu viele Klatschbasen und Glücksritterinnen. Aber auf Hawks Hill findet sich bestimmt ein vernünftiges Mädchen vom Land, das keine Probleme damit hat, Kinder zu bekommen, selbst in der Hitze der Westindischen Inseln nicht.«

»Wenn Ihr mir bei meiner Brautschau mit Rat und Tat zur Seite stehen könntet, wäre ich Euch sehr verbunden, Ma'am«, entgegnete George aufrichtig, und die alte Dame stellte zufrieden fest: »Auch noch wohlerzogen, der Junge! Ihr seid eindeutig von ganz anderem Kaliber als Eure Stiefschwester. Ich kann gar nicht glauben, dass Ihr bei der gleichen Frau aufgewachsen seid. Calandras Unartigkeit muss ihr wohl im Blut liegen.« Sie erhob sich, wandte sich an ihren Enkel und erklärte: »Ich bringe Miss Aurora jetzt zu ihrem Schlafzimmer, Valerian. Das Kind schläft ja bald im Sitzen ein. Das war auch ein langer Tag.« Dann wandte sie sich direkt an Aurora. »Kommt, meine Liebe!«

Nachdem Lady Mary Rose und Aurora, die sich wirklich kaum noch auf den Beinen halten konnte, das Zimmer verlassen hatten, erschien der Butler, um das Teegeschirr abzutragen, und der Herzog wies ihn an, Whiskey zu bringen.

Als Valerian und George schließlich gemütlich am Feuer saßen, jeder mit einem schweren Kristallglas in der Hand, fragte George seinen Schwager unverwandt: »Was ist zwischen Euch und Cally eigentlich vorgefallen? Ich habe noch nie erlebt, dass sich meine Stiefschwester so benimmt wie heute. Zudem sieht ein Blinder, dass da etwas nicht stimmt, so wie ihr beide miteinander umgeht.«

Einen Augenblick wollte Valerian George zu verstehen geben, dass ihn das Ganze nichts anging, aber dann sagte er: »Ich allein bin schuld daran. Es war ein Fehler, ein Mädchen zu heiraten, das ich überhaupt nicht kannte. Hätte ich zuvor einige Monate auf St. Timothy verbracht, wäre mir schon aufgefallen, dass Eure Schwester noch viel zu kindlich ist. Aber ich musste ja unbedingt zur Jagdsaison zurück in England sein. Calandra hat mir erst hier gestattet, unsere Ehe zu vollziehen. Sie sagte, sie habe Angst, dass uns bei den beengten Räumlichkeiten auf dem Schiff jemand hören könne. Ich gab ihr nach, aber trotzdem mag Calandra *den Akt*, wie sie es nennt, überhaupt nicht. Und ich schwöre Euch, George, dass ich kein grausamer oder gedankenloser Liebhaber bin.

Außerdem hasst Calandra das Landleben und ist vor drei Monaten ohne meine Erlaubnis nach London gereist. Ich dachte, wenn ich sie gewähren ließe, bis Ihr und Aurora hier eintrefft, würde sich ihre ständige Amüsierleidenschaft schon verlieren. Aber ich fürchte, das war ein Trugschluss. Ihre Schneiderrechnungen sind astronomisch. Sie hat sich eine neue Kutsche bauen lassen, die komplett mit scharlachrotem Samt ausgeschlagen ist und silberne Beschläge hat. Dann ist sie, obgleich wir ein Gestüt besitzen!, zu Tattersall's gegangen und hat zwei schneeweiße und zwei rabenschwarze Pferde gekauft, die das verdammte Ding ziehen sollen. Und die hat sie auf der Fahrt hierher nun einfach gegen ganz normale Leihpferde eingetauscht.

Könnt Ihr Euch vorstellen, wie viel mich das gekostet hat, George? Aber ich wäre nur allzu bereit, diese Summen zu bestreiten, wenn Calandra im Gegenzug ihrer Pflicht den Farminsters gegenüber nachkommen und mir einen Erben schenken würde. Aber das will sie einfach nicht! Es liegt mir fern, Euch zu schockieren oder taktlos zu sein, aber bei den wenigen Gelegenheiten, da ich Calandra beiwohnen durfte, lag sie stocksteif da und hatte den Kopf abgewandt, als könne sie es nicht ertragen, ihren Gatten anzusehen. Und glaubt mir, George, das kam nicht öfter als ein halbes dutzend Mal vor, in all den Monaten, die wir nun schon miteinander verheiratet sind. Es ist nicht gerade einfach, leidenschaftlich zu sein, wenn einem solche Kälte entgegenschlägt. Und das von der eigenen Frau! Ganz ehrlich, am liebsten würde ich sie in Ruhe lassen. Aber ich habe doch keine andere Wahl! Immerhin ist sie meine Gattin.«

Verwundert über die Offenbarungen des Herzogs schüttelte George den Kopf. »Valerian, ich weiß gar nicht, was ich dazu sagen soll. Ich hätte nie geglaubt, dass sich Cally Euch gegenüber so verhalten würde. Es tut mir aufrichtig Leid.«

Valerian Hawkesworth seufzte. »Ihr könnt ja nichts dafür, George, und ich bin froh, dass Ihr und Aurora endlich hier seid. Wir werden ein paar Wochen in London bleiben, bevor wir auf unseren Landsitz Hawkes Hill fahren. Calandra wird uns begleiten, und wenn ich sie an den Haaren dorthin zerren muss. Ich habe jetzt genug von ihren Kindereien und so genannten Freunden! Männer wie Trahern, deren Ruf nun wirklich nicht der Beste ist. Calandra scheint in Bezug auf ihren Umgang nicht besonders wählerisch zu sein. Ohnehin ist für sie nun die Zeit gekommen, meiner Familie gegenüber ihre Pflicht zu tun und mir einen Erben zu gebären. Vorher lasse ich sie nicht wieder nach London!«

Die beiden Männer unterhielten sich noch eine Weile am Kaminfeuer und nippten hin und wieder an ihrem Whiskey. Nachdem sie ihre Gläser geleert hatten, begleitete der Herzog seinen Schwager zu dessen Schlafgemach und wünschte ihm eine gute Nacht.

Sobald George mit seinem Kammerdiener allein war, fragte er ihn: »Wickenham, weißt du, wo Miss Auroras Zimmer ist?«

Der Mann nickte.

»Geh hin und erkundige dich bei Martha, ob meine Schwester noch wach ist.«

Wickenham eilte hinaus und kehrte wenig später mit

der Nachricht zurück: »Sie ist immer noch auf, Sir. Wenn Ihr mir bitte folgen wollt?« Dann führte er seinen Herrn den Flur entlang zu Auroras Schlafgemach, klopfte an und öffnete seinem Herrn auf Auroras »Herein« die Tür.

Als George das Zimmer betrat, saß seine Schwester mit Nachthemd und Schlafhaube auf dem Bett, die Daunendecke über die Knie gebreitet, und nippte an einer Tasse Tee. »Ist dir denn immer noch kalt?«, fragte er.

»Langsam wird's besser … Aber, was ist bloß mit Cally los? Hat der Herzog irgendetwas gesagt?«

George nickte.

»Martha, hol meinem Bruder einen Stuhl und setz dich zu uns. Dich interessiert bestimmt auch, was er zu erzählen hat.«

George setzte sich auf den Stuhl, den Martha ihm hinschob, und berichtete den beiden Frauen von seiner Unterhaltung mit Valerian, wobei er mit den Worten schloss: »Er ist sehr geduldig gewesen und auch äußerst verständnisvoll, denke ich.«

»Wir sollten uns erst einmal anhören, was Cally dazu zu sagen hat«, wandte Aurora ein.

»Sie wird uns nur vorjammern, dass sie sich falsch behandelt fühlt. Aber das hat nichts mit der Sache an sich zu tun«, entgegnete George. »Selbst du, Aurora, warst doch schockiert über ihr Betragen.«

Aurora nickte seufzend. »Das hört sich alles gar nicht nach Cally an, und doch bestätigt das, was du sagst, die Worte von Valerians Großmutter. Auch wenn die alte Dame natürlich nicht so direkt war. Was für eine Tragödie!«

»Ihr hättet ihn eben heiraten sollen, Miss Aurora, so wie Euer Vater es gewollt hat«, wandte Martha ein. »Aber Ihr musstet ja Euren Kopf durchsetzen. Nun haben wir die Bescherung.«

»Jetzt ist es zu spät, noch etwas daran zu ändern«, sagte Aurora. »Lasst uns einfach darüber schlafen, und morgen sehen wir weiter, wie wir Cally und dem Herzog helfen können. Wir finden bestimmt einen Weg.«

»Das letzte Mal, als ihr drei etwas ausgeheckt habt …«, setzte Martha an, aber George unterbrach sie unwirsch. »Schimpf nicht mit uns, Martha!«

Dann stand er auf, gab Aurora einen Gutenachtkuss und ging zur Tür, die Martha ihm aufhielt. Im Hinausgehen hauchte er auch ihr einen Kuss auf die Wange und strebte den Flur hinunter.

»Kleiner Teufel!«, murmelte Martha, war ihm aber nicht mehr böse.

Am nächsten Morgen in der Küche setzte Sally Martha davon in Kenntnis, dass Miss Calandra ihre Gewohnheit, lange zu schlafen, nicht abgelegt hatte und nach wie vor bis Mittag im Bett blieb. Die Zofe trug zum grauen Kleid ein weißes Spitzenhäubchen und sah sehr adrett aus. Aber auch sie hatte sich zu ihrem Nachteil verändert. Sie verhielt sich Martha gegenüber hochnäsig und unfreundlich, was der älteren Frau verständlicherweise nicht gefiel.

Als Martha Aurora wenig später das Frühstück ans Bett brachte, erklärte sie finster: »Auch Sally ist das Ganze ein wenig zu Kopf gestiegen, fürchte ich.«

Auf dem Tablett stand edelstes Porzellan, und unter einer Haube aus schwerem Silber befanden sich mit Sahne angemachte verlorene Eier, die man mit geriebenem Pfeffer bestreut hatte, köstlich aussehender rosa Rauchschinken, frisches Brot, Butter und Honig. »Den Tee habe ich auf den Beistelltisch gestellt, Missy.«

Aurora aß wider Erwarten mit großem Appetit. Alles schmeckte ganz köstlich und war genau richtig zubereitet. Nachdem sie auch noch den letzten Krümel aufgepickt hatte und an ihrer Teetasse nippte, klopfte es an der Tür. Draußen stand Browne, der Kammerdiener des Herzogs.

»Mein Herr lässt fragen, ob Miss Aurora Lust hat, eine Kutschfahrt durch die Stadt zu unternehmen?«, erklärte er ernst. »Ihr Bruder wäre selbstverständlich auch mit von der Partie.«

»Sag ihm, dass mir das sehr angenehm ist«, teilte Aurora dem Butler über ihre Zofe mit, die ihr gleich darauf ein Bad einließ.

Nachdem sich Aurora mit Marthas Hilfe angekleidet hatte, richtete Martha ihr sorgfältig das Haar, das zum ersten Mal seit Wochen ganz frei von Meersalz war. Daraufhin legte sie ihrer Herrin ein pelzgefüttertes Cape um die Schultern und zog ihr vorsichtig die Kapuze über die Frisur, bevor sie ihr die ebenfalls pelzgefütterten Handschuhe reichte.

»Nun, wird Euch bestimmt nicht mehr kalt sein«, sagte sie, als auch schon George an die Tür klopfte, um Aurora in die großzügige Eingangshalle hinunterzubegleiten.

»Guten Morgen«, begrüßte sie der Herzog, der bereits auf die beiden gewartet hatte. »Die Kutsche steht schon vorm Haus. Ich habe mir erlaubt, heute Morgen diese kleine Ausfahrt zu organisieren, da Ihr den Nachmittag sicherlich mit Calandra verbringen wollt. Wir fahren durch den Hyde Park. Gibt es sonst noch etwas, das Ihr gerne von London sehen möchtet?«

»Das Britische Museum!«, rief Aurora. »Meint Ihr, das ließe sich einrichten?«

»Natürlich«, entgegnete der Herzog, wohlwissend, dass das Museum nur drei Stunden am Tag geöffnet hatte und man sich schon Wochen vorher schriftlich um Eintrittskarten bemühen musste. Aber sicherlich konnte er seine Beziehungen spielen lassen, um seinen Verwandten diese neue Sehenswürdigkeit zu zeigen.

Das Haus der Farminsters lag auf der westlichen Seite des Grosvenor Squares und war erst vor zwanzig Jahren erbaut worden. Es bestand aus roten Ziegelsteinen und verfügte über drei Stockwerke, unter deren Dach sich die Kammern der Dienerschaft befanden. Die Fassade schmückten hübsche, ebenfalls aus Ziegelstein bestehende Verzierungen.

»Wenn es wärmer wäre«, sagte der Herzog, nachdem sie in der Kutsche Platz genommen hatten, »könnten wir in einem offenen Wagen fahren. Aber ich hoffe, Ihr bekommt auch durch die Fenster einen ersten Eindruck.«

Die Pferde schienen den Weg zu kennen, liefen ein halbes Karree um den Platz und dann hinaus auf die Grosvenor Street, die in die Upper Grosvenor Street mündete und direkt auf den Hyde Park zuführte. Dort angekommen, bogen sie in die Park Lane ein, und Aurora war entzückt, wie nah das Haus der Farminsters an den wunderschönen Grünflächen mit ihren Wasserläufen lag.

Der Park sei ehemals königliches Jagdgebiet gewesen, erklärte der Herzog nun, aber im vergangenen Jahrhundert der Öffentlichkeit zugänglich gemacht worden. Immer noch gäbe es alle möglichen Wildarten innerhalb der den Park umgebenden Ziegelsteinmauern. Die verstorbene Königin Caroline habe sich sehr für Landschaftsgärtnerei interessiert und mit den besten Gartenbauarchitekten ihrer Zeit zusammengearbeitet, um die Anlage zu verschönern. Ihr sei zu verdanken, dass man den Westbourne River zu einem hübschen See aufstauen ließ: die Serpentine.

»Heute fahren wir nur ein bisschen im Park herum«, sagte Valerian. »Ihr müsst Euch erst an die Kälte gewöhnen, bevor wir einen Spaziergang wagen können. Meine Großmutter wäre ziemlich ungehalten, wenn Ihr Euch meinetwegen eine Erkältung zuzöget. Von Calandras Unmut ganz zu schweigen. Denn sie plant bestimmt, ganz wichtige und elegante Einladungen mit Euch wahrzunehmen.«

»Ich glaube nicht, dass es mir bei den Geselligkeiten so gut gefallen wird wie im Museum«, entgegnete Aurora und fuhr dann fort: »George hat mir erzählt, Ihr und meine Schwester hättet gewisse Zwistigkeiten. Ich werde mein Bestes tun, um Cally klarzumachen, dass sie im Unrecht ist.«

Valerian Hawkesworth schüttelte den Kopf. »Das ist sehr freundlich von Euch, Aurora, aber ich fürchte, diese Aufgabe werdet Ihr nicht bewältigen können. Ich kenne Euch zwar immer noch genauso wenig wie Calandra als wir heirateten, doch glaube ich, dass Ihr mir eine viel bessere Gattin gewesen wäret als Eure Schwester. Wie schade, dass Ihr nicht die mir versprochene Erbin wart.«

Daraufhin errötete Aurora verständlicherweise zutiefst, und der Herzog, der nichts von dem eigentlichen Grund ihrer Beschämnis wissen konnte, beeilte sich zu sagen: »Oh, bitte vergebt mir! Ich bin Euch mit meinen offenen Worten sicher zu nahe getreten. Das war durchaus nicht meine Absicht.« Er nahm ihre Hand. »Könnt Ihr mir noch einmal verzeihen?«

Aurora nickte nur, unfähig, ein Wort zu sagen. Insgeheim flehte sie zu Gott, dass der Herzog niemals erfahren möge, wie sie ihn hintergangen hatten. Das würde er ihr gewiss nicht verzeihen und, was noch schlimmer war, seinen Ärger bestimmt gegen George und ihre Mutter richten.

»Ich finde, Eure Großmutter ist eine entzückende alte Dame«, sagte George nun, um das Thema zu wechseln. »Ich wünschte, Mama und sie könnten sich kennen lernen.«

Als sie zurückkehrten, war Calandra wach und ließ ihre Schwester zu sich bitten. Aurora entschuldigte sich bei den Männern und suchte Calandra in ihrem Schlafgemach auf. Sie saß im Bett und nippte an einer Tasse Tee. Eine Nachthaube aus erlesener Spitze bedeckte ihr dunkles Haar. »Wo bist du gewesen, Aurora?«, wollte sie sogleich wissen.

»Valerian hat George und mich auf eine Fahrt durch den Hyde Park eingeladen.«

»Wie langweilig!«

»Er kümmert sich auch um Karten fürs Britische Museum«, fuhr Aurora unbeirrt fort. »Ich kann es gar nicht erwarten, all die Ausstellungsstücke zu sehen.«

Calandra verdrehte die Augen. »Aurora, was soll ich bloß mit dir machen? Wenn du einen Ehemann ergattern willst, darfst du nicht so viel Intellekt zeigen. Männer mögen das nicht. Außerdem verdirbst du dir in einem langweiligen Museum nur die Augen. Du musst dich wie eine Dame benehmen und kokett sein. *Das* mögen sie. Ich bin mittlerweile bei den Herren von Stand sehr beliebt. Das wird dir sicher auch gelingen.«

Aurora lachte. »Du bist hier wirklich in deinem Element, Cally, mh? Aber was ist mit deiner Pflicht Valerian gegenüber? Du musst ihm einen Erben schenken, am besten zwei, bevor du deine ganze Zeit mit diesen Nichtigkeiten vertust.«

»Wenn ich ein Kind bekomme, ruiniert das meine Figur«, sagte Calandra. »Lady Standish hat mir erzählt, dass ihre Taille nach jedem Kind um zweieinhalb Zentimeter zugenommen hat. In meinem Alter hatte sie einen Umfang von fünfundvierzig und heute von sechzig Zentimetern!«

»Ein Mann erwartet aber von seiner Frau, dass sie ihm Kinder schenkt«, fuhr Aurora geduldig fort. »Bekomme welche, dann hast du es hinter dir. Valerian scheint mir ein guter Mensch zu sein, und ich mag seine Großmutter. Du hast mit deiner neuen Familie wirklich Glück gehabt, Cally.«

»Valerian ist langweilig und seine Großmutter eine furchtbare alte Hexe. Sie hasst mich, Aurora! Ich kann ihr überhaupt nichts recht machen. Aber das ist mir egal.«

»Das ändert sich schlagartig, wenn du ihrem Enkel einen Erben geschenkt hast«, entgegnete Aurora. »Die Hawkesworths sind eine alte Adelsfamilie und wollen bestimmt nicht aussterben, weil du so selbstsüchtig bist. Du musst damit aufhören, Schwesterchen, und deine Pflicht tun.«

»Heute Abend gibt die Herzogin von Devonshire einen Ball«, versuchte Calandra nun, das Thema zu wechseln. »Wir sind alle eingeladen. Trahern wird dein Tischnachbar sein. Ist er nicht ganz wunderbar?«

»Ich finde ihn *ganz* abstoßend«, sagte Aurora und kam wieder auf ihr eigentliches Anliegen zurück. »Du wirst doch über das, was ich dir soeben gesagt habe, nachdenken, nicht wahr? Mama wäre sehr ungehalten über dein Betragen, und das weißt du auch. Was soll ich ihr bloß schreiben? Lange kann ich sie jedenfalls nicht zum Narren halten, auch wenn ein ganzer Ozean zwischen uns liegt. Nach einem belanglosen Brief über die Sehenswürdigkeiten Londons wird mir nichts anderes übrig bleiben, als ihr mitzuteilen, dass du ein ganz anderer Mensch geworden bist. Aber nun bist du ja gewarnt.«

»Oh, sei doch nicht so gemein zu mir!«, rief Calandra und presste sich mit Mühe eine Träne ab.

»Du konntest noch nie richtig auf die Tränendrüse drücken«, sagte Aurora lachend. »Ich habe auch überhaupt kein Mitleid mit dir. Du hast dich furchtbar benommen, Cally, und musst nun damit aufhören.«

»Mit dir werde ich überhaupt keinen Spaß haben, das ist mir jetzt klar geworden«, murrte Calandra. »Ich weiß sowieso nicht, warum du dich überhaupt herbemüht hast.«

»Ich glaube, dass ich gut daran getan habe, herzukommen. Und vergiss nie, ohne mich wärst du heute keine Herzogin!«

»Warum sagst du das, Aurora?«

»Weil es die Wahrheit ist.«

»Jetzt tut es dir wohl Leid, dass du Valerian nicht geheiratet hast, so wie Papa es wollte?«, entgegnete Calandra schnippisch. »Nun, du hattest deine Chance. Jetzt bin ich die Herzogin von Farminster und beabsichtige, es auch zu bleiben!«

»Wann habe ich dich jemals darum gebeten, mir ein Geschenk zurückzugeben, Cally? Das war diese Ehe nämlich: ein Geschenk von mir an dich. Aber ich will es nicht zurück. Ich habe den Herzog nie heiraten wollen, doch du hast ihm gegenüber nun eine Pflicht zu erfüllen. Erst dann kannst du dich ganz deinen Wünschen hingeben und benehmen wie ein verzogenes Gör!« Aurora erhob sich, sagte noch: »Ich will nicht auf deinen verfluchten Ball!«, und stob aus dem Zimmer.

»Besser, Ihr vertragt Euch wieder mit ihr, Euer Gnaden«, mischte sich nun Sally ein, die dem Streit der beiden beigewohnt hatte. »Sie hat die Macht, Euch zu entthronen.«

»Wir redest du eigentlich mit mir?«, fuhr Calandra ihre Zofe an und hielt ihr die Teetasse hin. Dann lehnte sie sich in die Kissen zurück und kniff nachdenklich die Augen zusammen. Schließlich sagte sie: »Das neue Ballkleid – das türkisfarbene mit der Goldlitze – bring es meiner Schwester und richte ihr aus, dass ich mich entschuldige. Sag ihr, ich würde mich freuen, sie heute Abend darin zu sehen.«

»Aber, Euer Gnaden«, entgegnete Sally, »das Kleid ist doch viel zu verführerisch für eine Jungfrau auf Männerfang.«

»Du hast Recht«, sagte Calandra. »Was habe ich noch für Sachen, die geeigneter wären?«

»Etwa das Seidenkleid mit den aufgestickten Apfelblüten, Euer Gnaden. Den Ausschnitt zieren hübsche kleine Seidenblumen und eine Spitzenbordüre.«

Calandra nickte. »Bring es ihr, es ist sowieso viel zu niedlich für mich. Ich weiß eigentlich überhaupt nicht, warum ich es mir habe nähen lassen.«

Sally holte das Kleid und brachte es zu Auroras Schlafgemach. Als Martha die Tür öffnete, sagte Sally: »Die Herzogin dachte, dass Miss Aurora darin sehr hübsch aussehen würde, und hofft, sie trägt es heute Abend bei dem Ball der Herzogin von Devonshire. Sorge dafür, dass deine Herrin um zehn Uhr fertig ist.«

»Um zehn!«, rief Martha erstaunt. »Anständige Leute sind um diese Zeit doch längst im Bett.«

»In London beginnen alle Bälle der feinen Gesellschaft so spät. Du wirst dich schon daran gewöhnen müssen, bis drei, vier Uhr morgens auf deine Herrin zu warten. Ich habe es jedenfalls getan.«

Martha nahm das Kleid entgegen und sah Sally, die gleich darauf wieder den Flur entlangeilte, kopfschüttelnd nach. »Fast bis zum Morgengrauen zu tanzen, kann doch nicht richtig sein!«, murmelte sie dann, nachdem Sally um die Ecke gebogen war.

»Ich habe Cally schon gesagt, dass ich nicht mitgehe«, erklärte Aurora ihrer Zofe, als diese ihr das Kleid zeigte. »Oh, Martha, Cally ist so selbstsüchtig geworden!«

»Das war sie immer schon. Nur gab es auf St. Timothy nicht so viele Möglichkeiten, diesen Zug auszuleben. Aber jetzt grämt Euch nicht länger, Miss. Das ist das hübscheste Kleid, das ich je gesehen habe, und wurde, wie mir scheint, noch nie getragen. Ihr werdet wunderbar darin aussehen, und ich will nichts mehr von diesem Unsinn hören, dass Ihr nicht auf den Ball mitkommt. Natürlich geht Ihr!«, fügte sie noch hinzu und hängte das Ballkleid ins Ankleidezimmer. »Eure Mama wäre sehr erzürnt, wenn Ihr nicht jede Möglichkeit wahrnehmt, die sich Euch in England bietet, unter die Leute zu kommen.«

»Bist du froh, wieder in England zu sein, Martha?«, rief Aurora ihr nach.

»Das kann ich jetzt noch nicht sagen, Miss«, sagte Martha beim Zurückkommen. »Ich war fünfundzwanzig, als meine Eltern starben und ich England verließ. Nun bin ich über vierzig. Die schönste Zeit meines Lebens habe ich im Dienst Eurer Familie verbracht, Miss. Ich denke, ich bin dort am glücklichsten, wo Ihr seid.«

»Oh, Martha, ich hab dich wirklich lieb!« Aurora umarmte ihre Zofe, die gerührt errötete und dann beinahe schimpfte: »Nun werdet meinetwegen bloß nicht gefühlsduselig, Miss Aurora.«

In diesem Augenblick schlug die Kaminuhr ein Mal.

»Oh, ich muss ins Esszimmer. Die Großmutter des Herzogs hat mir gestern Abend gesagt, dass immer um eins zu Mittag gegessen wird! Kann ich denn so gehen, Martha? Sind meine Haare in Ordnung?«

»Sie sehen wunderbar aus«, entgegnete Martha. »Und nun beeilt Euch!«

Aurora kam gerade ins Esszimmer, als die Diener der Herrschaft beim Platznehmen behilflich waren. Aurora knickste vor Valerians Großmutter und entschuldigte sich für die Verspätung.

»Unsinn, mein Kind, Ihr seid pünktlich auf die Minute. Valerian erzählte mir soeben, dass er Euch heute Morgen auf eine Fahrt durch den Hyde Park mitgenommen habe. Hat es Euch gefallen?«

»Sehr, sogar. Ehrlich gesagt, war ich richtiggehend erleichtert, so ein nettes Plätzchen ganz in der Nähe von Farminster House zu wissen.«

»Ja, der Hyde Park bietet noch ein bisschen ländliche Beschaulichkeit in dieser sonst so hektischen Stadt.« Mary Rose Hawkesworth lächelte. »Deshalb habe ich meinen Gatten damals auch dazu gedrängt, ein Haus am Grosvenor Square zu kaufen. Wenn ich schon in London sein muss, will ich wenigstens in der Nähe eines Parks wohnen. Natürlich bin ich immer nur so selten wie möglich hergekommen«, fügte sie noch hinzu und lachte leise.

»Calandra erwähnte, wir gingen heute Abend alle zum Ball der Herzogin von Devonshire«, erklärte Aurora nun.

»So, davon weiß ich ja gar nichts!« Die alte Dame war sichtlich erstaunt. »Eure Schwester hat offensichtlich vergessen, mich davon in Kenntnis zu setzen. Sie ist zwar eine verheiratete Frau, aber nicht alt genug, Eure Anstandsdame zu sein. Ich werde nach dem Mittagessen mit ihr sprechen. Ihr müsst dort in Begleitung einer ehrenwerten älteren Dame erscheinen, damit niemand ein falsches Bild von Euch bekommt.«

»Heißt das, Ihr begleitet uns, Ma'am?«

Des Herzogs Großmutter nickte.

»Da bin ich aber erleichtert!«, gab Aurora offen zu. »Cally scheint mich mit ihrem Freund Lord Trahern verkuppeln zu wollen, aber ich kann ihn nicht ausstehen. Mit Euch an meiner Seite wird es mir gewiss gelingen, ihn in die Flucht zu schlagen.«

Die alte Dame lachte. »Vernünftig, Euch nicht von Trahern blenden zu lassen. Er ist ein verteufelt gut aussehender Kerl, das will ich gerne zugeben, aber ständig auf der Suche nach einer Gattin, die ihm sein Auskommen sichert.«

»Meine Mitgift bekommt er gewiss nicht«, sagte Aurora. »Ich werde Euch nicht von der Seite weichen, Ma'am.«

»Aber, Mädchen, das müsst Ihr sogar, wenn ihr mit einem unserer akzeptableren Herren tanzen wollt!«

»Nur mit Eurer Zustimmung. Ich verlasse mich ganz auf Eure Einschätzung der Kavaliere, die sich in mein Tanzbuch eintragen.«

Mary Rose Hawkesworth nickte und begann, ihre Suppe zu löffeln, während sie bestimmt zum fünfzigsten Mal seit dem vergangenen Abend überlegte, warum ihr Aurora so bekannt vorkam und wo sie ihr Gesicht schon einmal gesehen hatte. Wie schade, dass Valerian nicht dieses vernünftige Mädchen geheiratet hatte, sondern die naive Calandra, deren Freundschaft mit Lord Trahern einfach skandalös war.

Lady Mary Rose war nicht zu alt, um nicht von dem Klatsch und Tratsch um Trahern gehört zu haben. Sie wusste zwar, dass Calandra ihrem Enkel mit diesem Flegel keine Hörner aufsetzen würde – dazu war die junge Frau viel zu gefühlskalt und damit ganz und gar nicht nach Traherns Geschmack –, aber trotzdem war die ganze Sache äußerst unerquicklich. Natürlich konnte er zuvorkommend und amüsant sein, und davon fühlte sich Calandra angezogen. Bestimmt beabsichtigte sie, ihn bei

Laune zu halten, zumal Trahern jeden kannte und in den besten Häusern der Stadt verkehrte. Er hatte nie wirklich einen Skandal heraufbeschworen und galt vielen immer noch als vertretbarer Heiratskandidat. Calandra war dumm genug, anzunehmen, ihr bliebe die Freundschaft dieses Schwerenöters erhalten, wenn sie ihn mit ihrer Stiefschwester verheiratete.

Nun, aber dazu würde es nicht kommen, dafür wollte sie schon sorgen, dachte Lady Mary Rose jetzt. Ohnehin war Aurora viel zu intelligent, um sich von einem Lord Trahern blenden zu lassen. Dann überlegte die alte Dame, welche jungen heiratsfähigen Männer in London für Aurora noch infrage kamen. Doch da wollte ihr keiner einfallen. Vielleicht änderte sich das, wenn sie wieder auf dem Land waren.

Eigentlich wäre ihr Enkel der perfekte Gemahl für Aurora gewesen, und sie die perfekte Gattin für ihn. Wie schade, dass das Schicksal es anders gewollt hatte, dachte Lady Mary Rose. Hätte sie ihren Enkel vor einem Jahr nicht nach St. Timothy geschickt, sondern Calandra und ihre Familie nach England eingeladen, wäre vielleicht noch etwas an der Heiratsvereinbarung zu ändern gewesen. Auf jeden Fall hätten sie erkannt, dass Calandra für die Stellung einer Herzogin ungeeignet war, Aurora hingegen ideal.

»Worüber grübelt Ihr denn nach, Großmama?«, fragte nun der Herzog.

»Ach, über nichts Wichtiges, Valerian.«

2. Kapitel

Aurora wusste nicht, ob die Zeit in London nun der schönste oder der schlimmste Monat ihres Lebens gewesen war. Die Stadt hatte sich als ebenso aufregend wie anstrengend erwiesen. Dem Herzog war es gelungen, zwei Eintrittskarten fürs Britische Museum zu ergattern, das im Montagu House in Bloomsbury untergebracht war. George hatte bereitwillig auf einen Besuch verzichtet, da er sich nicht so sehr für Prachtstücke der Antike und Kunstgegenstände im Allgemeinen interessierte wie seine Stiefschwester. Aus diesem Grund hatte der Herzog sie begleitet. Das Museum war begründet worden, als Sir Hans Sloane, ein Arzt und Sammler, dem Parlament vorschlug, ihm seine Sammlung von Mineralien, Korallen, Insektenpräparaten, Muscheln, Vögeln, Münzen und Orden zu weniger als dem halben Preis dessen zu überlassen, den sie ihn gekostet hatten. Erfreut war das Parlament auf diesen Vorschlag eingegangen und hatte den Foundation Act verabschiedet, ein Gesetz, das regelte, wie die Anschaffungs- und Unterhaltskosten des Museums gedeckt werden sollten. Im gleichen Jahr erwarb die Herzogin von Portland die Manuskriptsammlung von Robert und Edward Harley. Das Museum war vor zwei Jahren, im Jahre 1759, eröffnet worden und sehr beliebt.

Aurora genoss ihren Besuch dort sehr, aber zu ihrer Überraschung ging es ihr bei der Schlüsselzeremonie, die seit Jahrhunderten jeden Abend im Londoner Tower stattfand, genauso. Zu diesem Ritual begleiteten sie ihr Stiefbruder, der Herzog und seine Großmutter. Danach wollte man gemeinsam einen Ball besuchen. Als das Thema aufkam, hatte Calandra die Augen verdreht, sich über Auroras Interesse am Besichtigen alter Gemäuer beklagt und es vorgezogen, nicht mit zum Tower zu kommen. Natürlich nicht, ohne festzustellen, dass Aurora sie immer mehr langweile und sich schon einige ihrer, Calandras, Freunde äußerst negativ über Auroras Intellekt geäußert hätten. Aber Aurora hatte nur gelacht und war mit den anderen nach Tower Hill aufgebrochen.

Von einem Dachbalkon aus hatten sie beobachtet, wie der Hauptmann der königlichen Leibwache in seinem roten Umhang, mit Tudor-Mütze, weißen Handschuhen und Laterne, die Schlüssel zur ehemaligen Festung in der Hand, auf den Byward Tower zumarschierte.

»Eine Eskorte für die Schlüssel«, hatte er laut gerufen, und vier königliche Leibwächter hatten sich ihm angeschlossen und waren mit ihm durch die Tore des Byward Tower und über den Mittelgang marschiert, der zum Eingangstor des Middle Towers führte. Der Hauptmann der königlichen Leibgarde verschloss das Tor, tat das Gleiche mit den Toren des Byward Tower und ging zum Bloody Tower. Dort trat der Wachposten vor, rief: »Halt!«, und fragte: »Wer da?«

»Die Schlüssel«, hatte der Hauptmann der königlichen Leibgarde geantwortet.

»Wessen Schlüssel?«

»Königin Elizabeths Schlüssel.«

Die Wachtposten präsentierten das Gewehr, während der Hauptmann seine Kopfbedeckung abnahm und laut rief: »Gott schütze Königin Elizabeth!«

»Amen!«, hatten die ihn begleitenden Wachleute und der Posten geantwortet.

»Wie aufregend es damals gewesen sein muss«, sagte Aurora später in der Kutsche, als sie zu einem der scheinbar ewig aufeinander folgenden Bälle fuhren. Wie Aurora von Anfang an vermutet hatte, konnte sie dem Karussell gesellschaftlicher Ereignisse, das Calandra so liebte, nichts abgewinnen. Sie wusste, dass ihre Stiefschwester darüber sehr enttäuscht war, konnte es aber nicht ändern.

Keinem der jungen Männer, die man Aurora vorgestellt hatte, war es auch nur im Entferntesten gelungen, sie für sich zu interessieren. Die meisten waren nicht nur ungeduldig, sondern auch entsetzlich ungebildet für Mitglieder des Hochadels. Darüber hinaus gab es Herren, die nur eins im Sinn hatten oder schon älter waren und sich nach einer zweiten oder dritten Frau umsahen. Auroras Apanage machte sie zu einer guten Partie, aber eigentlich blickten die meisten auf sie herab, weil sie nicht im Mutterland geboren war, sondern von den Kolonien kam. Doch am schlimmsten waren die Gecken – in sich selbst verliebte, besonders modisch gekleidete junge Männer. Sie benahmen sich unmöglich und zeigten Aurora ganz deutlich, dass sie der Ansicht waren, ihr einen großen Dienst zu erweisen, weil sie überhaupt mit ihr sprachen.

Aurora gefielen die Herren der so genannten feinen Gesellschaft genauso wenig, wie deren weibliche Mitglieder. Von den Mädchen ihres Alters wurde sie geschnitten, weil sie sie als Rivalin betrachteten. Deren Mütter erinnerten jeden, der es hören wollte, dass sie, Aurora, die Schwester der törichten und womöglich nicht ganz ehrbaren Herzogin von Farminster war. Sie begründeten ihre Anschuldigung mit der Art und Weise, wie sich Calandra Lord Trahern gegenüber verhielt, und fanden es äußerst verwerflich, dass Calandra das auch noch vor den Augen ihres Gatten tat. Daraus schlossen sie, dass womöglich auch der Schein bei ihrer Schwester trog, die vielleicht gar nicht so unschuldig war, wie sie aussah und womöglich auch nicht über das ansehnliche Einkommen verfügte, das man ihr nachsagte.

Welche ehrbare Familie würde schon ein solches Mädchen als Braut für ihren Sohn in Betracht ziehen? Da könne man nicht vorsichtig genug sein, stellten die Mütter abschließend immer fest, in der Hoffnung, dadurch die Aufmerksamkeit auf ihren eigenen Nachwuchs zu lenken.

Valerian Hawkesworth war länger in London geblieben, als ursprünglich geplant, nun allerdings reif für eine Rückkehr nach Hereford. Dabei machte er ganz deutlich, dass er beabsichtigte, zusammen mit seiner Gattin dahin zurückzukehren. Darüber war Calandra außer sich. Sie wollte nicht weg, fand aber auch in ihrem Bruder und ihrer Stiefschwester keine Verbündeten. Die beiden waren London überdrüssig und froh, die Stadt verlassen zu können. Calandra schmollte, aber Valerian blieb unnachgiebig, und um allen Eventualitäten vorzubeugen, passte er eines Tages im Flur die Zofe seiner Frau ab und verstellte ihr den Weg.

»Bist du mit deiner Stellung zufrieden, Sally?«

»Oh, ja, Herr«, antwortete die Zofe und knickste verlegen.

»Dann möchtest du sie sicherlich behalten, mh?«

»Ja, Euer Gnaden«, entgegnete Sally und trat nervös von einem Bein aufs andere.

»In wessen Dienst stehst du?«, fragte Valerian nun und beugte sich bedrohlich zu der jungen Frau hinunter.

»In … in dem meiner Herrin«, hauchte Sally, die plötzlich große Angst hatte.

»Nein, Sally, das tust du nicht. Du magst ihr dienen, aber du stehst in *meinem* Dienst. Du bekommst deinen Lohn von mir, lebst unter meinem Dach und isst von meinem Brot. Selbst deine Kleider werden von mir bezahlt, weil ich so großzügig bin. Verstehst du nun den Unterschied zwischen *jemandem dienen* und *in jemandens Dienst stehen?«*

»J … j … ja, Euer Gnaden«, stammelte Sally.

»Da du mit deinem Los zufrieden zu sein scheinst, kann ich wohl davon ausgehen, dass du auch weiterhin in meinem Dienst stehen möchtest. Dazu musst du mir aber jede Dummheit melden, die deine Herrin womöglich wieder ausheckt, Sally. Morgen brechen wir nach Hawkes Hill auf und bleiben dort, bis *ich* entscheide, dass wir nach London zurückkehren. Das wird allerdings erst der Fall sein, wenn deine Herrin mir einen Erben geboren hat. Sollte sie wieder versuchen, wegzulaufen, wirst du mich rechtzeitig warnen. Tust du das nicht, Sally, findest du dich im gleichen Sumpf wieder, aus dem du hervorgekrochen bist. Hast du das verstanden, Mädchen?«

»Ja! Aber wenn die Herrin herausbekommt, dass ich ihr hinterherspioniere, bringt sie mich um! Sie kann richtig wütend werden, wenn sie böse ist.«

»Dann stellst du dich eben nicht dumm an. Du bist doch nicht auf den Kopf gefallen, mh? Und solange du mir gehorchst, ist in meinem Haushalt immer Platz für dich. Ich bin mächtiger als deine Herrin, und das weißt du auch.«

Sally nickte, und der Herzog gab ihr den Weg frei. Bisher hatte er mit Calandra Geduld bewiesen, aber die war nun zu Ende. Hawkes Hill Hals über Kopf zu verlassen und nach London zu gehen, war an sich schon eine Unverschämtheit gewesen. Nun glaubte sie aber tatsächlich, sie sei ihn damit los. Calandra hatte seine Zurückhaltung immer als Schwäche ausgelegt, doch da irrte sie sich. Er hatte sie die ganze Zeit über am Zügel gehalten – wenn auch an einem sehr lockeren. Doch nun war die Zeit gekommen, ihn anzuziehen und Calandra Gehorsam beizubringen.

Sobald sie zu Hause waren, würde er jede Nacht mit ihr das Bett teilen und sein Recht als Gatte einfordern, bis die Saat aufging. Schließlich hatte er Calandra geheiratet, damit sie ihm Kinder gebar. Mit George und Aurora als Verbündete würde es ihm schon gelingen, ihr Vernunft beizubringen.

Aurora! Er dachte weit öfter an sie, als er sollte. Aber sie hatte nun einmal all das, was er sich von einer Gattin immer erhofft hatte. Sie verfügte über ein freundliches Wesen, besaß Verstand und Schönheit und kannte ihre Pflichten, was er von Calandra nicht behaupten konnte. Er war froh, nein, erleichtert, dass bisher keiner der Herren in

London ein Auge auf Aurora geworfen hatte. Es würde schwierig für ihn werden, wenn seine Großmutter den Richtigen für sie gefunden hatte.

Valerian seufzte laut. Es wurde höchste Zeit, nach Hause zurückzukehren.

Von London nach Hawkes Hill in Hereford benötigte man zwei Tage und mehrere Kutschen, um sämtliche Angehörigen des herzöglichen Haushalts zu transportieren. Valerians Großmutter würde zusammen mit ihrer Kammerzofe Jane reisen, Martha, Sally und deren Gehilfin Molly sich eine Kutsche mit Browne und Wickenham teilen. Calandra und Aurora sollten ebenfalls in einer eigenen Kutsche fahren, in der auch George und Valerian Platz finden würden, wenn sie des Reitens überdrüssig waren. Außerdem gab es drei Wagen fürs Gepäck. Unterwegs würden frische Pferde bereitstehen, die man zuvor vom Gestüt des Herzogs dorthin gebracht hatte. Im Londoner Haus der Farminsters sollten nur einige wenige Bedienstete zurückbleiben, und die anderen würden einen Tag vor ihrer Herrschaft nach Hereford aufbrechen.

Am Morgen der Abreise kam Molly aufgeregt zu Martha. »Sally lässt ausrichten, Ihre Ladyschaft habe einen Wutanfall und sei dabei, etwas Furchtbares auszubrüten. Könnte deine Herrin bitte herüberkommen?« Molly knickste artig vor Martha, die das Mädchen ganz nett fand und ihm entgegnete: »Wir kommen beide. Geh jetzt und gib Sally Bescheid.«

»Ich wusste, dass sie das tun würde«, sagte Aurora zu Martha. »Gestern hat sie schon so etwas angedeutet. Was sollen wir jetzt nur machen, Martha? Ich habe schon darüber nachgedacht, ob wir nicht meiner Mutter schreiben und sie bitten herzukommen.«

»Eure Mutter würde vor der Seereise zurückschrecken, Miss, sie hasst das Meer. Aber ich habe eine Idee! Ihr erzählt *Euer Hochwohlgeboren,* wenn sie sich nicht benimmt, berichtet Ihr dem Herzog von dem Streich, den ihr ihm gespielt habt. Er könnte die Ehe dann annullieren lassen oder eine Scheidung erwirken. Ich weiß nicht, welchen Weg er vorziehen würde, aber in jedem Fall hätte Miss Cally ein Problem.«

»Sie würde lieber sterben, als ihren Titel aufzugeben«, erklärte Aurora mit glänzenden Augen. »Eine solche Verschlagenheit hätte ich dir ja gar nicht zugetraut, Martha!«

Die Zofe lächelte. »Ich bin immer für eine Überraschung gut, Miss.«

Als sie sich Calandras Räumlichkeiten näherten, konnten sie sie schon schreien hören: »Ich gehe hier nicht weg! Das habe ich dir doch schon gesagt, Sally! Ich bleibe hier! Der König gibt heute Abend einen Ball, und den will ich nicht verpassen! Alle werden da sein.«

»Aber, wir, meine Liebe, nicht«, sagte Aurora entschieden, als sie das Schlafzimmer ihrer Stiefschwester betrat. »Bevor auch nur ein Geiger dort sein Instrument stimmt, um zum Tanz aufzuspielen, liegen wir schon längst in den Federn in irgendeinem Gasthaus auf dem Weg nach Hawkes Hill. Wieso bist du eigentlich noch nicht angezogen, Cally? In weniger als einer Stunde reisen wir ab. Du bist wirklich ganz unmöglich, meine Liebe.« Dann wandte sie sich an Molly und Sally. »Kommt und helft eurer Herrin. Sally, sind die Koffer schon gepackt? Alle anderen sind bereits aufgeladen.«

»Ich gehe nicht mit!«, kreischte Calandra, deren haselnussbraune Augen sich bedrohlich verfinsterten. Sie griff nach einem Ziergegenstand, in der Absicht, damit um sich zu werfen, und stöhnte laut auf, als Aurora sie beim Handgelenk packte.

»Lasst uns einen Augenblick allein«, sagte Aurora zu den Dienerinnen, nahm Calandra den Ziergegenstand weg und gab ihr Handgelenk frei. »Meine Schwester und ich müssen unter vier Augen miteinander reden.«

»Warum bist du eigentlich auf *seiner* Seite?«, fragte Calandra, nachdem die Dienerinnen den Raum verlassen hatten.

»Weil er im Recht ist«, erklärte Aurora. »Du bist nicht mit einem Herzog verheiratet, um den Rest deines Lebens endlosen Vergnügungen nachzujagen, sondern um ihm Kinder zu gebären, Cally. Das ist deine Pflicht!«

»Es wäre *deine* Pflicht gewesen, ihn zu heiraten, nicht meine. Aber das wolltest du ja nicht«, entgegnete Calandra und rieb sich das Handgelenk.

»Aber er hat nun einmal dich zum Traualtar geführt«, entgegnete Aurora seelenruhig. »Damit hat er seinen Teil des Abkommens erfüllt, jetzt bist du an der Reihe.«

»Ich habe dir schon gesagt, dass ich keine Lust habe, meine Figur zu ruinieren! Und du kannst gar nicht so schön reden, dass ich meine Meinung ändere, Aurora. *Ich* bin die Herzogin von Farminster«, glaubte Calandra nun auftrumpfen zu können, »und du nur meine Stiefschwester. Du hast mir gar nichts zu sagen!«

»Dass du dich da mal nicht täuscht, meine Kleine!«, entgegnete Aurora leise. »Wenn du nicht ganz friedlich mit uns nach Hereford kommst, erzähle ich Valerian, dass wir ihn hintergangen haben.«

»Das würdest du doch nicht tun?«, flüsterte Calandra ungläubig.

»Du lässt mir ja keine andere Wahl. Wenn du deiner Pflicht als Valerians Gattin nicht nachkommst, muss ich ihm von dem Betrug erzählen, den wir an ihm begangen haben. Dann kann er eure Ehe annullieren oder sich von dir scheiden lassen – wozu er auch so schon Grund genug hätte. Du bist ihm weder gehorsam, noch bereit, ihm einen Erben zu schenken. Was soll er da noch mit dir?«

»Er hat immerhin die Plantage!«

»Eben, und dadurch hast du uns in eine äußerst peinliche Lage gebracht. Wenn Mama nicht so weit weg wäre, hätte ich sie längst von deinem unmöglichen Betragen unterrichtet. Sie würde nicht wollen, dass du uns alle ruinierst. Sicherlich wäre sie einverstanden, dass ich dir den Kopf zurechtsetze. So schlimm ist Valerian schließlich auch nicht! Außerdem musst du an deine Familie denken. Hast du mich verstanden, Cally?«

»Ich hasse dich!«, stieß Calandra wütend hervor.

»Nein, Schwesterchen, das tust du nicht. Du bist nur böse auf mich, weil ich einen Weg gefunden habe, deine Halsstarrigkeit zu brechen. Du warst immer schon eine schlechte Verliererin, aber dieses Spiel hier ist das wichtigste von allen.«

»Kein Wunder, dass dich die Männer nicht mögen«, erklärte Calandra nun böse. »Meine Freunde haben gesagt, du seist ganz schön überheblich für eine so unbedeutende Frau von den Kolonien. Und Trahern hat mir erzählt, die Leute fänden dich viel zu intellektuell.«

»Lord Traherns Geschwätz interessiert mich nicht, Cally. Ich finde übrigens alle deine Freunde flach, langweilig und viel zu direkt. Auch das schöne Geschlecht macht da keine Ausnahme. Die meisten Mädchen in meinem Alter sind uninteressant und dumm, und du bist leider auch nicht mehr weit davon entfernt.«

»Pah!«

»Ohnehin wäre ein netter Landadliger sehr viel mehr nach meinem Geschmack, auch wenn er kein Herzog ist. Wenn du allerdings deinen Titel behalten möchtest, Schwesterchen, solltest du dir jetzt von Molly beim Anziehen helfen lassen. Wie mir Valerians Großmutter sagte, haben wir eine lange Fahrt vor uns. Wir wollen sie uns doch so angenehm wie möglich machen und uns vertragen.« Aurora lächelte versöhnlich und fragte dann: »Soll ich deine Dienerinnen wieder hereinrufen?«

Calandra überlegte noch, was Aurora wohl täte, wenn sie ihr sagte, sie solle sich zum Teufel scheren. Vielleicht bluffte ihre Stiefschwester ja nur. Aber eigentlich wusste Calandra genau, dass Aurora noch nie eine leere Drohung ausgesprochen hatte oder vor irgendeiner Offenbarung zurückschrecken würde – wenn es denn vernünftig war, sie zu äußern. *Sie wird mich ans Messer liefern!*, dachte Calandra verzweifelt. Ihre Stiefschwester würde ihr kleines Täuschungsmanöver offen legen, auch wenn sie dadurch alle ruinierte. Aurora hätte immerhin ihre Mitgift und die Apanage, aber ihr, Calandra, bliebe nichts, wenn sie nicht mehr Herzogin von Farminster war. Sie müsste zurück nach St. Timothy und mit ihrer Mutter in dem alten Plantagenhaus der Merediths leben. *Allein und tausende von Meilen von London entfernt.* Bei diesem Gedanken lief es Calandra eiskalt den Rücken hinunter.

»Cally?«

»Meinetwegen, ruf meine Dienerinnen! Diesmal hast du gewonnen, Aurora, aber ich finde schon einen Weg, dir heimzuzahlen, dass du mir in den Rücken gefallen bist. Das verspreche ich dir!«

»Wenn wir erst einmal in Hawkes Hill sind, wirst du dich schon wieder beruhigen«, sagte Aurora beschwichtigend. »Deine ganzen gesellschaftlichen Aktivitäten haben dich erschöpft.«

»Oh, zum Teufel mit dir!«

Unterwegs sprach Calandra zwar kaum ein Wort, aber die Fahrt war trotzdem nicht unangenehm. Aurora tröstete sich mit der Betrachtung der wunderschönen Winterlandschaft, die draußen an ihr vorbeizog. Die Kutsche war bequem – warm und sehr gut gefedert. Mittags wurden die Pferde gewechselt, während die Reisenden sich frisch machten und eine Kleinigkeit zu sich nahmen. Auch das Gasthaus, in dem sie übernachteten, war sauber und recht behaglich. Das Essen mundete, die Betten waren warm. Man stellte ihnen sogar eine zweite Daunendecke zur Verfügung und brachte abends und morgens heißes Wasser zum Waschen.

Da sich Calandras Laune auch am zweiten Tag der Reise nicht besserte, bat Aurora Valerians Großmutter, in ihrer Kutsche mitfahren zu dürfen. Die alte Dame unterhielt sich wenigstens mit ihr und wusste gut über die Gegend Bescheid.

»Die Straße, auf der wir fahren, wurde noch von den Römern angelegt. Sagen Euch die Römer etwas, Mädchen?«

»Ein bisschen, Ma'am. Es handelte sich dabei um ein Volk der Antike, das ziemlich kriegerisch und für die damalige Zeit weit entwickelt war. Ich wusste allerdings nicht, dass sie auch schon Straßen bauten.«

Valerians Großmutter lächelte. »Doch, und zwar in ganz England. Wie kommt es, dass Ihr überhaupt etwas von den Römern wisst? Ich bezweifle, dass Eure törichte Schwester je davon gehört hat. Ohnehin scheint sie mir ziemlich unbelesen.«

»Cally hat nicht so gerne gelernt wie George und ich, aber sie kann wunderbar Klavier spielen«, verteidigte Aurora ihre Schwester. »Hat sie Euch schon einmal vorgespielt, Milady?«

»Nein, in diesen Genuss bin ich noch nicht gekommen.«

»Sie singt auch und malt.«

»Wie ist es Euch überhaupt gelungen, sie zum Mitkommen zu bewegen, ohne dass es eine Szene gab? Calandra schmollt zwar, seitdem wir London verlassen haben, aber sie ist immerhin in die Kutsche gestiegen.«

»Das war ganz einfach, Ma'am.« Aurora lachte, als sei das Ganze nicht von Bedeutung. »Ich habe ihr gesagt, dass sich der Herzog von ihr scheiden ließe, wenn sie nicht mitkäme, und dass sie dann keine Herzogin mehr wäre.«

Die alte Dame lachte laut. »Ihr kennt wirklich die Schwachstellen dieses Dummchens, was? Das war ein guter Schachzug, Mädchen. Calandra ist nämlich sehr gerne Herzogin von Farminster.« Dann sah sie Aurora durchdringend an. »Ich werde ziemlich vorsichtig bei der Wahl eines Gatten für Euch sein müssen. Ist er zu schwach, habt

Ihr keinen Respekt vor ihm, und ist er zu stark, bringt ihr euch später gegenseitig um. Das Ganze stellt eine beträchtliche Herausforderung für mich dar.«

»Meiner Familie habe ich schon gesagt, dass ich nur aus Liebe heirate. Ein Titel und Reichtum bedeuten mir nichts. Nichtsdestotrotz bin ich in dieser Angelegenheit froh für Euren Beistand, Ma'am. Zusammen werden wir schon einen geeigneten Gemahl für mich finden.«

Bei diesen Worten hatte Aurora die Hände brav im Schoß gefaltet, aber Mary Rose Hawkesworth konnte man nicht so leicht hinters Licht führen.

»Seid Ihr etwa genauso starrköpfig wie Eure Schwester, Miss?«

»Das will ich gerne zugeben«, entgegnete Aurora, »aber ich denke, ich bin wesentlich vernünftiger als Cally.«

Wieder lachte die alte Dame. Es war schon lange her, dass ihr jemand so gut gefallen hatte wie Aurora. Schade nur, dass ihr geliebter Enkel nicht Aurora, sondern diese törichte Calandra geheiratet hatte.

Das Thema wechselnd, sagte Lady Hawkesworth nun: »Ich glaube, für George habe ich schon die perfekte Gattin. Obgleich ich ihm natürlich mehrere mir geeignet erscheinende junge Damen vorstellen werde, habe ich selbstverständlich meine Favoritin. Ich erzähle Euch von ihr, wenn Ihr mir versprecht, Eurem Bruder gegenüber Stillschweigen zu bewahren. Er muss sich schließlich seine eigene Meinung bilden können.«

»Ich werde ihm gewiss nichts sagen, Ma'am.«

»Sie heißt Elizabeth Bowen und ist die älteste Tochter von Sir Ronald und Lady Elsie. Bei Sir Ronald handelt es sich um einen Baronet mit einem kleinen, an unsere Ländereien angrenzenden Landsitz. Zudem ist er Vikar im Dorf von Farminster.«

»Werden die Eltern der jungen Dame denn nichts dagegen haben, dass man ihre Tochter so weit fortschickt, Ma'am? Ihr wisst doch, dass Valerian George dazu ausersehen hat, seine Stellung als Leiter der Plantage von St. Timothy beizubehalten.«

»Die Bowens werden dem Herrgott danken, wenn Betsy und George einander mögen. Lady Elsie ist eine sehr fruchtbare Frau, aber sie hat ihrem Mann fünf Töchter geboren, bevor der lang ersehnte Sohn kam. Fünf Mädchen mit einer Mitgift auszustatten, während der Sohn das Land erbt, ist nicht so einfach. Die armen Dinger bekommen nur ganz bescheidene Aussteuern und dürfen keine zu hochfliegenden Ansprüche stellen. Ein junger Mann mit dem Einkommen Eures Bruders ist für sie wie ein Geschenk des Himmels.«

»Wo soll er diese Elizabeth denn kennen lernen, Ma' am?«

»Sobald wir uns wieder in Hawkes Hill eingerichtet haben, geben wir einen Ball. Das wird auch Eurer Schwester gefallen.« Die alte Dame gähnte. »Diese Reiserei macht einen wirklich müde. Ich bin froh, dass ich heute Nacht wieder in meinem eigenen Bett schlafen kann.« Sie schloss die Augen und war kurz darauf eingedöst.

Aurora sah aus dem Fenster, während die Kutsche über die Straße polterte. Ihr Weg hatte sie schon über viele Rinnsale, Bäche und Flüsse geführt. Die Landschaft war wellig und stark bewaldet. Aber immer wieder wetteiferten Eichen-, Ulmen- und Buchenhaine mit Obstgärten, die im Frühjahr wunderhübsch blühen und im Spätsommer üppig Äpfel und Birnen tragen würden. Hier und da unterbrachen einzelne Hügel das gleichmäßige Bild, und es ging weiter, vorbei an Feldern, deren Ackerfurchen jetzt noch gefroren waren, aber bis in die Sommermonate goldgelbe Weizenähren hervorbringen würden.

Doch Herefordshires größter Reichtum lag in seinen Schaf- und Kuhherden, die nun die letzten grünen Hälmchen von den Wiesen zupften. Die Rinder dienten der Fleischgewinnung, und die meisten Tiere landeten früher oder später in einem der Londoner Schlachthöfe. Die

Schafe hingegen wurden regelmäßig geschoren, und die Wolle in einer der hier zahlreich vorhandenen, von Wasserkraft unterstützten Manufakturen zu feinem Garn versponnen, das man zu edlem Tuch verwob.

Die meisten Häuser der Gehöfte und Städtchen, an denen sie vorbeikamen, bestanden aus Holz und waren strohgedeckt. Doch selbst die Kirche des kleinsten Dorfes war aus Stein, ebenso wie die Burgen und Herrenhäuser.

Die Hawkesworths herrschten schon so lange über das Land, dass sich keiner mehr erinnern konnte, wann sie in den Rang von Baronen gelangt waren. In den Grafenstand hatte sie der erste Tudor-König, Heinrich VII., erhoben, der sich dadurch bei einem ihrer Ahnen für einen erwiesenen Dienst erkenntlich zeigen wollte. Heinrich VII. war für seinen Geiz bekannt, und einen Mann im Rang zu heben, war nicht mit einer Geldgabe verbunden, besonders da der so Gelobte bereits über ein großes Anwesen verfügte. Die Herzogenwürde der Hawkesworth ging jedoch auf Charles II. zurück. Das hatte Aurora von Lady Mary Rose erfahren.

Plötzlich drosselte der Kutscher die Geschwindigkeit, und kurz bevor das Gefährt zum Stehen kam, verließen sie die Hauptstraße und bogen auf einen schmalen Waldweg ein. Die Kutsche wurde nun wesentlich mehr erschüttert, aber Lady Mary Rose schlief selig weiter. Lächelnd zog Aurora der alten Dame die Decke noch ein wenig höher, damit sie sich nicht erkältete. Als die Kutsche schließlich den Wald verließ, sah man, dass der Pfad durch eine Grünanlage und dann einen Hügel hinaufführte. Darauf stand ein großes Herrenhaus, das mit seinen dunklen Steinen, Türmchen und Türmen stark an eine Burg erinnerte. Offensichtlich näherten sie sich Hawkes Hill.

Calandra hatte sich Aurora gegenüber beklagt, dass der Landsitz der Hawkesworths ein großer altmodisches Kasten mit einem Schieferdach sei und nichts Nennenswertes zu bieten habe. Valerians Großmutter hingegen hatte Aurora erklärt, dass das Haus auf die Zeiten der Tudors zurückginge und auf den Ruinen eines noch älteren, abgebrannten Gebäudes errichteten worden war.

Sanft rüttelte Aurora nun Valerians Großmutter wach und sagte: »Ma'am, ich glaube, wir sind gleich da.«

»Äh? Wie bitte?« Lady Mary Rose hatte die Augen bereits aufgeschlagen, brauchte aber einen Augenblick, um scharf zu sehen. »Ja, das ist Hawkes Hill«, erklärte sie dann. »Ich hoffe, Ihr werdet bei uns sehr glücklich sein, Aurora, wenigstens so lange, bis Ihr uns als Braut eines ehrenwerten Gentleman wieder verlasst.«

»Oder bis ich nach St. Timothy zurückkehre«, wandte Aurora ein.

»Sagt doch nicht so etwas! Wenn ich Euch keinen guten Ehemann verschaffen kann, müsste ich ja denken, ich habe völlig versagt und könnte Eurer Mama nie wieder guten Gewissens schreiben, mein Kind.«

Als sie vor dem Haus vorfuhren, warteten auf den Stufen der großen Freitreppe bereits Bedienstete, um sie willkommen zu heißen und das Gepäck abzuladen. Hoch erhobenen Hauptes marschierte Calandra an den anderen vorbei und verschwand sogleich im Haus, dicht gefolgt von Sally und Molly, während der Herzog seine Großmutter und seine Gäste hineingeleitete.

»Willkommen in Hawkes Hill«, sagte er zu George und Aurora, während sie die riesige Eingangshalle durchquerten. In einem der Salons angelangt, wollte der Herzog dann von seiner Großmutter wissen: »Werdet Ihr uns heute Abend beim Essen Gesellschaft leisten?«

Die alte Dame wärmte sich gerade die Hände am Kaminfeuer. »Ich glaube nicht. Es war denn doch eine anstrengende Fahrt. Ich speise lieber in meinen Räumen. Das verstehst du doch sicher, mein Junge?«

Der Herzog nickte und wandte sich Molly zu, die soeben an der Türschwelle erschienen war. Er bedeutete ihr zu sprechen, und das Mädchen errötete.

»Meine Herrin sagt, sie wird das Dinner auch in ihrem Zimmer zu sich nehmen und will nicht gestört werden. Sie hat mir aufgetragen, Euer Gnaden das auszurichten, Sir.« Die junge Dienerin knickste.

»Sag deiner Herrin, dass ich ihr das heute Abend noch einmal durchgehen lasse, aber morgen werden andere Seiten aufgezogen. Und sag ihr das genau so, Molly, hörst du?«, wies Valerian die Kleine ernst an. »Mit meinen Worten, verstanden?«

»Ja, Euer Gnaden«, stammelte Molly, knickste noch einmal und rannte dann beinahe davon, während Valerians Großmutter murmelte: »Diese Calandra ist einfach ein verzogenes Gör! Und dann auch noch das arme Ding zu schicken, um dir die Nachricht zu überbringen. Valerian, du musst etwas dagegen tun!«

»Das habe ich auch vor, Großmama.« Dann wandte sich der Herzog an George und Aurora. »Hier auf dem Land pflegen wir um sieben Uhr zu Abend zu speisen.« Er verneigte sich und fügte hinzu: »Peters zeigt Euch jetzt Eure Räumlichkeiten.«

Lady Mary Rose war schon vorausgegangen, und George und Aurora folgten dem Butler von Hawkes Hill, der in die Eingangshalle zurückkehrte und dann die breite Treppe hinaufstieg. Unterdessen hatten Martha und Wickenham sich ihnen angeschlossen.

Dem Treppenabsatz gegenüber befand sich ein großer Raum, bei dem es sich wahrscheinlich um die alte Empfangshalle oder den Ballsaal handelte, dachte Aurora und freute sich schon darauf, das wunderschöne alte Haus zu erkunden. *Es hätte dir gehören können,* sagte da eine innere Stimme, aber Aurora schob den Gedanken rasch beiseite. Sie hatte ihre Wahl getroffen und musste sich nun damit zufrieden geben. Schließlich war alles so gekommen, wie sie es gewollt hatte, oder etwa nicht? Doch da riss George sie aus ihren Gedanken.

»Cally ist wohl immer noch verstimmt, was?«, raunte er

ihr zu, während er Peters folgend neben ihr herging. »Du und die alte Dame scheinen ja gut miteinander auszukommen. Du bist fast die ganze Zeit bei ihr mitgefahren.«

»Sie war wesentlich unterhaltsamer als unsere Schwester«, sagte Aurora. »Abgesehen davon, mag ich Valerians Großmutter. Sie ist intelligent und hat Charme.«

Aber George ließ sich nicht vom Thema abbringen. »Was sollen wir denn nun wegen Cally unternehmen?«

»Das ist jetzt nicht mehr unsere Sache, George. Wir haben dafür gesorgt, dass sie mit hierher kommt. Nun liegt es am Herzog, alles Weitere in die Wege zu leiten. Schließlich ist er ihr Gatte! A propos, Lady Mary Rose hat auch schon Pläne für deine Vermählung geschmiedet, George, und dabei eine ganze Schar heiratsfähiger junger Damen ins Auge gefasst, von denen du dir eine aussuchen darfst.« Aurora lachte verschmitzt. »Ich kann's kaum erwarten, das Mädchen kennen zu lernen, das dich mit schmachtendem Blick und jungfräulichem Seufzer umgarnt.«

»Und was ist mit deinen Heiratsplänen?«

»Du zuerst, Bruderherz! Wir sehen uns dann beim Dinner!« Aurora lachte und warf ihm eine Kusshand zu, während sie mit Martha das Zimmer betrat, das Peters ihr angewiesen hatte.

»Da wären wir also endlich, Miss«, sagte Martha, nachdem sie die Tür hinter sich zugezogen hatte. »Dieses Hawkes Hill ist wirklich ganz schön weitläufig für ein Haus und so feudal eingerichtet. Seht Euch doch nur einmal diesen Raum an! Ist er nicht schön?«

Aurora blickte sich um und musste ihrer Zofe Recht geben. Die Wände hatte man mit einem cremefarbenen Seidenstoff bespannt, die Holzvertäfelung war blassgrün gestrichen. Den Eichenfußboden bedeckte ein in Rosa und Grün gehaltener Orientteppich, und zu beiden Seiten des Kamins stand ein marmorner Engel. Die cremefarbenen und grün-gelb gestreiften Vorhänge bestanden aus schwerer Seide und wurden von dicken golddurchwirkten Kordeln zurückgehalten. Die Himmelbettpfosten waren gedrechselt und der Baldachin mit cremefarbenem Satin bespannt. Die dazu passenden Betttücher zierten aufgestickte Rosenknopsen. An einer Wand lehnte eine wunderbare Mahagonikommode, und vor den Fenstern hatte man gepolsterte Stühle um einen runden, mit Intarsien verzierten Tisch angeordnet. Neben dem Bett stand das hübscheste Beistelltischchen, das Aurora jemals gesehen hatte, darauf ein kristallener Kerzenständer mit Bienenwachskerze und kleiner silberner Dochtschere.

»Und es gibt einen extra Ankleideraum«, sagte Martha und fuhr sehr zufrieden fort, »sowie eine kleine Kammer für mich, Miss. Da muss ich nicht immer die ganzen Stufen bis unters Dach hinaufsteigen.«

»Du glaubst also, dass wir hier glücklich sein werden?«, neckte Aurora ihre Dienerin, die sogleich entgegnete: »Na, dazu fehlt uns schon noch ein bisschen was, wenn Ihr wisst, was ich meine. Seitdem wir London verlassen haben, hat Miss Calandra ja kaum ein Wort mit Euch gesprochen.«

»Ich fürchte, meine Schwester ist mir immer noch böse, weil ich ihr gedroht habe«, sagte Aurora und seufzte.

»Ihre Räumlichkeiten befinden sich übrigens am anderen Ende des Flurs.«

»Es ist gar nicht typisch für sie, so lange zu schmollen. Aber sie kommt schon darüber hinweg. Schließlich bin ich alles, was sie hier hat. Es sei denn, sie schließt Freundschaft mit den Ortsansässigen.«

»Die sind für den Geschmack unserer Herzogin bestimmt nicht fein genug.« Martha lächelte und fragte ihre Herrin dann: »Würdet Ihr gerne ein Bad nehmen, Miss?«

Aurora nickte. »Bei Tisch werden zwar nur der Herzog und mein Bruder anwesend sein, aber auch sie sind es wert, dass gut dufte – was meinst du?«

Martha pflichtete ihr lachend bei, ging zur Wand und zog am Klingelzug. Kurz darauf klopfte es an der Tür.

»Meine Herrin will baden«, erklärte Martha dem Hausmädchen. »Wärst du so freundlich, heißes Wasser bringen zu lassen?«

»Ja, Ma'am«, erwiderte das Hausmädchen höflich, da eine Zofe ihr im Rang übergeordnet war.

Fünf Minuten vor sieben ging Aurora die breite Treppe hinunter, durchquerte die Empfangshalle und betrat den Salon, wo der Herzog sich mit ihr und George vor dem Essen verabredet hatte. Sie trug eine lavendelfarbenes Kleid mit breit gestreiftem lavendel- und cremefarbenem Unterkleid. Der weite Ausschnitt war mit winzigen violetten Seidenröschen besetzt und die Ärmel mit langen Spitzenbordüren.

»Guten Abend, Valerian«, sagte sie und knickste, während der Herzog sich verbeugte. Er trug eine weiße Kniebundhose, ein schwarzes Samtjacket und eine schwarzweiß gestreifte Seidenweste.

»Wie hübsch Ihr ausseht, Aurora!«

Aurora lächelte. »Ist George denn noch nicht da?«

»Nein, noch nicht.«

»Dann bin ich wohl zu früh. Mein Bruder ist immer pünktlich.«

Der Herzog zuckte die Achseln. »Ist Euer Zimmer zu Eurer Zufriedenheit, Aurora?«

»Oh, ja! Und meine Zofe ist ganz glücklich, ihre eigene kleine Kammer nebenan zu haben.«

In diesem Augenblick erschien Georges Kammerdiener Wickenham an der Türschwelle und wandte sich höflichst an den Herzog. »Entschuldigt bitte, Euer Gnaden.«

»Ja, Wickenham?«

»Master George lässt Euer Gnaden um Verzeihung bitten, aber er hat ganz fürchterliche Kopfschmerzen, er kann nichts bei sich behalten und auch nicht zum Dinner herunterkommen. Nicht, dass ich ihn nicht gewarnt hätte, beim Reiten einen Hut aufzusetzen. Aber er wollte ja nicht hören.«

»Sieh zu, dass der arme Kerl wieder auf den Damm kommt«, sagte der Herzog. »Ich hoffe, es geht ihm morgen besser.«

»Danke, Euer Gnaden«, erwiderte Wickenham und zog sich zurück.

»Armer George!«, sagte Aurora »Diese Kopfschmerzen bekommt er manchmal aus heiterem Himmel. Teilweise sind sie so schlimm, dass sein Magen rebelliert wie bei einem Mädchen, das zu eng geschnürt wurde. Seitdem er erwachsen ist, ist es ein wenig besser geworden. Aber als wir noch Kinder waren, hatte er diese fürchterlichen Kopfschmerzen alle paar Monate. Mama saß dann immer stundenlang an seinem Bett und rieb ihm die Stirn.«

»Erzählt mir mehr von Eurer Kindheit«, sagte der Herzog, bevor er Aurora in ein prächtig ausgestattetes Esszimmer geleitete und sie zu seiner Rechten Platz nehmen hieß. »Peters, entfernen Sie das dritte Gedeck! Master George fühlt sich nicht wohl und wird uns keine Gesellschaft leisten.« Er wandte sich wieder an Aurora. »Nun, wie ist es, auf einer so kleinen Insel aufzuwachsen?«

»Gewiss hat Calandra Euch schon lang und breit von unseren Kindertagen auf St. Timothy berichtet. Ihr langweilt Euch sicherlich zu Tode, wenn ich Euch auch noch davon erzähle.« Aurora lachte, aber Valerian entgegnete verbittert: »Eure Schwester spricht nur über die feine Gesellschaft, ihren Platz darin, über Mode und den letzten Klatsch und Tratsch.«

»Aber während Eurer Reise … Ich meine, Ihr wart immerhin mehrere Wochen zusammen auf See …«

»Unsere Hochzeitsreise war ziemlich öde, um es einmal milde auszudrücken. Eure Schwester verbrachte die meiste Zeit damit, die anderen Passagiere zu langweilen oder zu beeindrucken – je nachdem wie anspruchsvoll die Herrschaften waren. Sie plapperte ständig über ihren Titel, die Garderobe, die sie kaufen wollte und die erhabene Stellung, die sie in der englischen Gesellschaft einnehmen würde. Die meisten Nächte übermannte sie die Seekrankheit, zumindest hat sie mir das gesagt. Ich habe in Sallys Kabine geschlafen und Sally auf Calandras Sofa.«

»Oh, Valerian, das tut mir so Leid.« Ohne darüber nachzudenken, tätschelte ihm Aurora die Hand, woraufhin er die ihre ergriff und erklärte: »Das konntet Ihr ja nicht wissen, Aurora. Bitte vergebt mir, das ich so offen zu Euch gesprochen habe.«

Aurora errötete ob der Berührung, und ihr Herz fing an, wie wild zu schlagen. »Ich verstehe Cally überhaupt nicht. Sie ist ganz anders, als das Mädchen, mit dem ich aufgewachsen bin«, sagte sie dann, wobei sie Valerian vorsichtig die Hand entzog und hoffte, dass ihm ihre Beklemmung entgangen war. Im Gegensatz zu Calandra fand sie ihn nämlich äußerst attraktiv und interessant und hatte bisher alle Männer, die ihr in London vorgestellt worden waren, mit ihm verglichen. Doch keiner konnte ihm das Wasser reichen.

Aber es war falsch, sich zu Valerian hingezogen zu fühlen. So würde sie nie einen Gatten finden, den sie lieben konnte. Außerdem war er Callys Ehemann.

Als habe er ihre Gedanken gelesen, sagte Valerian nun: »Vergessen wir meine Gattin für einen Augenblick. Erzählt mir nun endlich, wie es war, auf St. Timothy aufzuwachsen.«

»Einfach herrlich«, erklärte Aurora und dachte, möglicherweise würden ihre Kindheitserinnerungen dazu beitragen, dass Valerian Cally besser verstand und ein tieferes Gefühl – vielleicht sogar Liebe – zu ihr entwickeln konnte. »Ich kann mich nur noch an St. Timothy erinnern. George dagegen behauptet immer, auch noch etwas von Jamaika zu wissen. Robert Kimberly hat uns bei der Heirat mit unserer Mutter sofort an Kindes statt angenommen und die Unterlagen noch in Barbados ausgefüllt. Er ist der einzige Vater, an den ich mich erinnere«, sagte sie und dachte, dass das wenigstens der Wahrheit entsprach.

»Meine Geschwister und ich haben uns nie gestritten, wie es in anderen Familien so häufig der Fall ist. Als wir noch klein waren, haben wir uns einen Treueschwur ausgedacht, den wir heute noch verwenden. Ihr habt ihn uns am Tag Eurer Abreise von St. Timothy sagen hören. *Gemeinsam. Für immer. Wie ein Mann.*«

Der Herzog nickte. »Wie nett. Calandra hat mir das nie erklärt. Aber erzählt doch weiter.«

»Da gibt es nicht mehr viel zu sagen. Wir hatten ein liebevolles Elternhaus. Mama war die Sanftere von beiden, und es war leicht, sie um den Finger zu wickeln. Papa war da viel strenger, aber niemals ungerecht oder grausam. Er hat uns auch nie geschlagen. Ihm ein Schnippchen zu schlagen, war ein richtiger Sieg.«

Die Erinnerung daran brachte Aurora jetzt noch zum Lachen. »Wir hatten einen Privatlehrer. George und mir machte das Lernen viel Spaß und wir wetteiferten miteinander. Aber Cally hat nicht besonders gerne gelernt. Typisch weibliche Zeitvertreibe, wie Sticken, Malen und Musizieren, lagen ihr viel besser. Mein Bruder und ich sind häufig geritten, während Cally Pferden nie etwas abgewinnen konnte. Wir sind auch gerne zusammen geschwommen. Als wir noch klein waren, haben wir drei immer unter Marthas wachsamen Augen im flachen Wasser geplantscht. Aber als Cally so ungefähr sechs Jahre alt war, mochte sie nicht mehr nackt baden und weigerte sich, mit uns Schwimmen zu gehen. Als ich acht wurde, beschloss Martha, dass George und ich nur noch zusammen baden dürften, wenn er eine Unterhose und ich ein Hemdchen trug. Damals verstanden wir noch nicht, warum, aber wir gehorchten. Martha kann ganz schön streng sein, und Mama hat auch gesagt, dass wir ihr Folge leisten müssten.«

»Habt Ihr Euer Inselkönigreich denn nie verlassen?«, wollte Valerian nun wissen, und Aurora schüttelte den Kopf.

»Nein, dafür gab es keinen Grund. Alles, was wir brauchten, war ja da.«

»Kam Euch denn niemand besuchen?«

»Selten. Mama war von ihrer Familie, die auf Jamaika lebte, enterbt worden, als sie mit meinem leiblichen Vater davonlief. Er kam zwar aus guter Familie, war aber das schwarze Schaf. Mama hat immer gedacht, sie könnte ihn ändern, aber daraus wurde nichts. Er kam bei einem Duell ums Leben. Er hat ihr so gut wie nichts hinterlassen und war bereits ein Jahr tot, als Mama meinen Stiefvater kennen lernte. Eine ihrer Cousinen hatte Mitleid mit ihr und hatte die beiden eines Abends zusammen zum Essen eingeladen. Mama sagt immer, es sei Liebe auf den ersten Blick gewesen. Einen Monat später haben sie geheiratet und Mamas Familie damit ein zweites Mal vor den Kopf gestoßen. Ihre Eltern und Geschwister weigerten sich, zur Hochzeit zu kommen und taten ihre Meinung kund, dass Mama wegen ihres impulsiven Verhaltens nun schon wieder leiden müsste. Ich glaube nicht, dass ihre Familie danach auf St. Timothy noch willkommen war. Nein, alles in allem hatten wir nur wenig Besuch. Hin und wieder einen benachbarten Pflanzer oder Kapitän.«

Während Aurora von früher erzählte, wurde ein einfaches Mahl aufgetragen, bestehend aus klarer Brühe, Seezunge, Roastbeef mit Yorkshire-Pudding, einer Schüssel Karotten und einer mit Steckrüben. Aurora aß mit gesundem Appetit, was der Herzog bei ihrer schlanken Gestalt gar nicht vermutet hätte.

In London hatten sie nur ganz selten gemeinsam am Tisch gesessen. Calandra war es lieber, ihren Gästen vor dem Besuch eines Balls das Essen auf dem Zimmer servieren zu lassen. Und wenn sie zum Dinner eingeladen waren, hatte Valerian nie neben Aurora gesessen, um zu sehen, mit wie viel Appetit sie aß. *Wo lässt sie das nur alles?*, überlegte er gerade, als sie auch noch den letzten Rest Sherry-Gebäck-Nachtisch mit Sahne von ihrem Wedgewood-Teller löffelte.

»Jetzt erzählt mir aber von Euch!«, sagte Aurora dann. »Ihr habt Eure Eltern verloren, als ihr noch klein wart, nicht wahr?«

»Wie Ihr Euren Vater«, entgegnete Valerian und geleitete Aurora zurück in den Salon. »Ich hatte eine glückliche Kindheit, die nur allzu rasch endete, als meine Eltern und meine Schwester Sophia bei der Rückkehr von einem Aufenthalt in Frankreich ertranken. Daraufhin nahmen sich meine Großeltern meiner an. Ich wurde von einem Privatlehrer unterrichtet, bis ich nach Oxford kam. Bereits zwei Jahre später kehrte ich nach Hawkes Hill Hall zurück, weil ich lieber auf dem Land bei meinen Pferden, Rindern und Schafen bin. Ich besitze auch eigene Manufakturen, und Hawkes-Garne haben mittlerweile in ganz England einen guten Namen. Ich habe eine kleine Handelsgesellschaft gegründet und vermarkte die Garne selbst. Eure Schwester war ziemlich schockiert, als sie davon erfuhr. Ihrer Meinung nach liegt das Führen eines Guts und das Handeln mit Waren unter der Würde eines Gentlemans. Aber selbst der König ist gerne auf seinen Ländereien.«

Mittlerweile hatten sie gemeinsam auf einem Gobelinsofa Platz genommen, und Valerian wollte wissen: »Vermisst Ihr London auch so wie Calandra?«

»Nein, gewiss nicht! Wie Euch gefällt mir das Landleben viel besser«, sagte Aurora, während ihr bewusst wurde, dass der von Valerian ausgehende Wohlgeruch sie ganz benommen machte.

»Dann habt Ihr vielleicht Lust, morgen früh mit mir auszureiten?«, fragte er und fügte spöttisch lächelnd hinzu: »Wenn sich Eure Schwester an ihren üblichen Tagesplan hält, wird sie vor zwei Uhr nachmittags nicht auf der Bildfläche erscheinen.«

Aber Aurora entgegnete: »Es war eine lange Reise, und ich würde morgen gerne auch etwas länger schlafen.«

»Natürlich, wir können ja immer noch zusammen ausreiten. Dann zeige ich Euch eine meiner Manufakturen«, erklärte Valerian. »Vielleicht ist George bis dahin auch wieder hergestellt und begleitet uns«, fügte er noch hinzu, während er überlegte, wonach Aurora eigentlich so gut roch? Irgendwie frisch und sauber.

»Das wäre schön«, murmelte Aurora, die den Blick gar nicht von Valerians großer Hand wenden konnte, die er ganz dicht neben ihren Rockschößen auf dem Oberschenkel liegen hatte. Aurora spürte förmlich Valerians Körperwärme, und wohlige Schauer liefen ihr über den Rücken. Doch dann sagte sie sich, dass sie sich unbedingt zusammenreißen musste!

Da Valerian fürchtete, den Zauber zwischen ihnen zu zerstören, wenn er etwas Belangloses sagte, folgte ein langes Stillschweigen.

Schließlich zwang sich Aurora aufzustehen. »Es war ein anstrengender Tag, Valerian. Ich glaube, ich gehe jetzt lieber auf mein Zimmer.«

»Lasst mich Euch begleiten!«, rief Valerian und sprang auf.

Wie er so vor ihr stand, hatte Aurora das Gefühl, die Knie versagten ihr jeden Augenblick den Dienst. Sie wollte ihm eigentlich sagen, dass er sie nicht zu begleiten brauchte, weil sie durchaus in der Lage sei, allein den Weg hinaus in die Halle und die Treppe hinauf zu finden. Auch im Aufsuchen ihres Schlafgemachs lag keine Gefahr, da Martha sie dort erwartete. Aber irgendwie brachte sie nur heraus: »Danke, gerne, Valerian.«

Fest, aber nicht grob nahm er sie nun beim Arm, und Aurora fühlte sich geborgen und peinlich berührt zugleich, obschon nichts Anstößiges an Valerians freundlicher Geste war. Das Problem lag einzig und allein bei ihr. Sie ließ es zu, dass er Gefühle in ihr wachrief, die sie in dieser Form nie zuvor erfahren hatte und so schnell wie möglich wieder unter Kontrolle bekommen musste. Immerhin handelte es sich bei ihm um den Gatten ihrer Schwester; auch wenn die Ehe der beiden bisher nicht glücklich war.

Aber Cally würde irgendwann ein Kind bekommen, und dann wäre alles in Ordnung, so hoffte Aurora zumindest.

Gemeinsam gingen Aurora und Valerian die Treppe hinauf, während die Diener hinter ihnen die Kerzen löschten. An der Tür zu ihrem Schlafzimmer blieb Valerian stehen, gab Auroras Arm frei und beugte sich zu ihr hinunter. Aurora dachte schon, sie müsste jeden Augenblick ohnmächtig werden, weil er sie küssen wollte. Aber dann berührten seine Lippen nur ihre Stirn, worüber Aurora nun wieder beinahe enttäuscht war. Sie wusste, dass sie sich deshalb schämen sollte, konnte sich aber nicht dazu bringen.

»Gute Nacht, Aurora«, sagte Valerian schließlich, fügte noch hinzu: »Träumt schön!«, und ging den Korridor entlang zu seinen Räumen.

Wie im Traum überschritt Aurora die Schwelle zu ihrem Schlafgemach, während ihr das Herz immer noch wie wild klopfte. *Ich darf nie wieder mit ihm allein sein,* dachte sie. *Das ist viel zu gefährlich. Er ist unglücklich, und ich bin schuld, aber jetzt ist nichts mehr daran zu ändern.*

»Ihr seid ja weiß wie ein Laken!«, empfing Martha sie und ergriff ihre Hände. »Und Euch ist eiskalt. Was ist denn passiert?«

»Nichts«, log Aurora. »Gar nichts. Ich spüre nur so langsam die Auswirkungen der Reise und bin erschöpft. Ich werde sofort zu Bett gehen.«

»Wie Ihr wollt, Miss«, sagte Martha, glaubte aber kein Wort, von dem, was ihr ihre junge Herrin soeben erzählt hatte.

3. Kapitel

Es war schon nach zehn Uhr, als Martha ihre Herrin am nächsten Morgen weckte. Sanft rüttelte sie das Mädchen an den Schultern, bis es endlich die Augen aufschlug.

»Ich habe Euch Frühstück gebracht, Miss.« Martha schüttelte die Kopfkissen auf, damit Aurora sich bequem dagegen lehnen konnte, und stellte ihr das Tablett auf den Schoß. »Der Herzog ließ heute Morgen ganz früh fragen, ob Ihr mit ihm ausreiten wolltet. Aber ich habe ihm gesagt, Ihr würdet noch schlafen und wäret auch danach gewiss zu erschöpft von der Reise, um heute all zu viel zu unternehmen. Ich hoffe, das war in Eurem Sinne, Miss.«

Bei Aurora mischte sich Enttäuschung mit Erleichterung, aber sie sagte doch: »Ja, Martha, das war es. Ich bin immer noch recht abgespannt und werde mir heute ein Beispiel an Cally nehmen, und den ganzen Morgen im Bett bleiben.«

»Eine ausgezeichnete Idee, Miss! Jane, die Zofe von Lady Hawkesworth hat mir gesagt, ihre Herrin hielte es ebenso.«

»Hast du auch mit Wickenham gesprochen? Geht es George besser?«

»Besser? Er hat ein riesiges Frühstück vertilgt und ist mit dem Herzog fortgeritten.« Martha lächelte. »So, und jetzt esst Eure Hafergrütze. Ich habe sie extra nachgesüßt und noch etwas Sahne dazugetan. Das weich gekochte Ei müsst Ihr auch aufessen, Miss, damit Ihr bei Kräften bleibt.«

Es war ein gutes Gefühl, so umsorgt zu werden, dachte Aurora, während sie die Grütze löffelte. Dann überlegte sie, dass sie sich die Vorkommnisse des vergangenen Abends bestimmt nur eingebildet hatte. Valerian Hawkesworth war viel zu sehr Gentleman, um der Schwester seiner Gattin Avancen zu machen. Sie, Aurora, war einfach nur übermüdet gewesen.

Kein Wunder! Zuerst hatte sie die Seereise von St. Timothy nach London hinter sich gebracht und danach keine ruhige Minute mehr gehabt. Cally hatte nichts von Ausruhen hören wollen und war in London ständig mit ihr und George unterwegs gewesen. Das Landleben wäre eine willkommene, erholsame Abwechslung.

Aurora blieb fast den ganzen Morgen im Bett. Von Calandra war nichts zu hören und zu sehen, und George und der Herzog kehrten auch am späten Vormittag nicht zurück. Die Herzogenwitwe war ebenfalls im Bett geblieben, und so begab sich Aurora nach dem Aufstehen auf die Suche nach der herzöglichen Bibliothek. Sie entdeckte ein Buch über die Geschichte der Familie von Hawkesworth und machte es sich in einem Sessel am Kamin gemütlich.

Irgendwann fragte Peters, ob er ihr ein Tablett mit dem Mittagessen bringen solle.

»Wie spät ist es denn?«

»Schon fast ein Uhr, Miss«, entgegnete der Butler.

»Isst außer mir denn niemand?«

»Die Herzogin und Lady Mary Rose lassen sich entschuldigen. Sie speisen auf ihren Zimmern und der Herzog und Master George sind noch nicht zurückgekehrt. Sie wollten nach Malvern Mill hinüber. Das ist schon ein Stück zu reiten. Bestimmt haben sie unterwegs bei einem Bauernhof Rast gemacht. Ihr seid die Einzige der Herrschaft, die bereits auf und noch im Haus ist, Miss.«

»Mh, ich könnte schon etwas vertragen.«

»Wie wär's mit einer schönen Kanne Tee zum Essen, Miss?«

»Ja, bitte«, entgegnete Aurora, »und danke, Peters.«

Der Butler verneigte sich leicht und dachte beim Verlassen der Bibliothek, dass wenigsten Miss Aurora über gute Manieren verfügte. Wie schade, dass ihre Schwester so gar nichts davon hatte. Die junge Herzogin war das anspruchsvollste und undankbarste Frauenzimmer, das ihm in seiner gesamten Dienstzeit untergekommen war; und ihre Zofe war nicht viel besser. Er hoffte nur, dass die beiden ihm seine Enkelin, die junge Molly, nicht verdarben, denn dann wäre das Mädchen für den Dienst bei einer anderen Herrschaft nicht mehr zu gebrauchen.

Nachdem Peters Aurora das Mittagessen gebracht hatte, las sie weiter. Ein Diener legte zweimal Holz nach, und als die Abenddämmerung hereinbrach, kam ein Hausmädchen ins Zimmer, um die Leuchter anzuzünden. Falls der Herzog und George inzwischen zurückgekehrt sein sollten, hatte Aurora sie nicht hereinkommen hören. Auch Calandra hatte nicht nach ihr schicken lassen, sonst hätte Peters ihr Bescheid gesagt. Aurora fragte sich, wie lange ihre Schwester wohl noch schmollen wollte. Schließlich stellte sie das Buch zurück ins Regal und eilte die Treppe hinauf, um sich fürs Abendessen umzukleiden.

Als sie danach den Salon betrat, erwarteten George und der Herzog sie bereits. Calandra und Lady Mary Rose mussten sich immer noch von der Reise erholen, aber George ging es prächtig, und er erzählte begeistert, was er den Tag über gesehen hatte.

»Ich glaube, wir können beim Bau der Abfüllanlage auf St. Timothy einiges übernehmen, das bei den von Wasserkraft unterstützten Manufakturen hier bereits berücksichtigt wurde«, sagte er. »Zunächst brauchen wir aber einen Frachtvertrag für den Rum. Kennt Ihr jemanden bei der Königlichen Marine, Valerian, der uns da weiterhelfen könnte?«

Aurora ließ die beiden reden und wandte ihre Aufmerksamkeit dem Essen zu. Gegen Ende der Mahlzeit geriet das Gespräch der Männer ins Stocken, und der Herzog wandte sich mit der Frage an sie: »Habt Ihr Calandra heute schon gesehen, Aurora?«

Verwundert, ihren Namen zu hören, sah Aurora auf.

»Wie bitte? Entschuldigt, Valerian, aber ich glaube, ich war mit meinen Gedanken ganz woanders.«

»Habt Ihr Calandra heute schon gesehen?«, wiederholte er seine Frage.

»Nein, ich war den ganzen Vormittag im Bett und den Nachmittag über in der Bibliothek«, entgegnete Aurora und wich seinem Blick aus.

»Gefällt Euch meine Bibliothek?«

»Ob sie mir gefällt? Ich habe noch nie eine beeindruckendere gesehen!«, rief Aurora begeistert und fügte dann ein wenig kleinlaut hinzu: »Ich hoffe, Ihr habt nichts dagegen, dass ich dort ohne Euer Wissen eingedrungen bin.«

»Mitnichten. Was habt Ihr denn gelesen?« Wieder versuchte der Herzog, ihren Blick zu halten, aber Aurora wollte ihm nicht länger als nötig in die Augen sehen.

»Ich habe einen Band über die Geschichte der Hawkesworths entdeckt. Das war ja alles ganz schön spannend damals«, erklärte sie, während sie seinen Blick begehrlich auf sich spürte und sich rasch ihrem Bruder zuwandte. »Du musst dir die Bibliothek unbedingt auch einmal ansehen, George! Da gibt es ganze Regalwände über griechische Geschichte, und ich weiß ja, wie sehr dich das interessiert.«

»Ja, ich würde mir die Bibliothek gerne einmal ansehen!«, sagte George freudig.

»Warum zeigt Ihr sie ihm nicht gleich?«, schlug Valerian vor. »Ich muss Euch ohnehin verlassen, um mich um Calandra zu kümmern.« Er hatte sich bereits erhoben und verbeugte sich nun höflich. »Euch beiden eine gute Nacht.«

Mit der festen Absicht, seiner Gattin einen Besuch abzustatten, ging Valerian die Treppe hinauf. Doch anstatt sofort ihre Räumlichkeiten aufzusuchen, zog er sich erst einmal in seine Gemächer zurück. Dort entkleidete er sich mit Brownes Hilfe, wusch sich, putzte sich die Zähne und gurgelte. Er lehnte das seidene Nachthemd ab, das Browne ihm reichte, und hüllte sich stattdessen in seinen Lieblingsmorgenrock aus weinrot-kariertem Satin. Dann entließ er seinen Kammerdiener für die Nacht.

Browne, der wusste, was nun kommen würde, entfernte sich, ohne mit der Wimper zu zucken. Ohnehin war seinem alterslosen Gesicht nie eine Regung zu entnehmen, und selbstverständlich würde er auch in der Gesindestube mit keiner Silbe erwähnen, was sein Herr diesen Abend ausnahmsweise einmal im Begriff zu tun war. Sollten die Frauen ruhig darüber tratschen. Er nicht.

Als der Herzog durch eine Verbindungstür das Schlafgemach seiner Gattin betrat, saß sie an ihrem Frisiertisch, und Sally bürstete ihr das lange schwarze Haar, wobei sie jeden Bürstenstrich zählte. Valerian durchquerte den Raum und nahm der Zofe die silberne Bürste aus der Hand. »Für den Rest des Abends bist du entlassen, Sally, und Molly auch.« Dann übernahm er das Kämmen von Calandra, wobei er dort weiterzählte, wo Sally aufgehört hatte. »Wie viele Bürstenstriche sollen es denn sein, meine Liebe?«

»Zweihundert«, entgegnete Calandra, nachdem sich die Tür hinter ihren Dienerinnen geschlossen hatte.

Valerian beabsichtigte, seine Gattin weiterzukämmen, bis die erforderliche Bürstenstrichzahl erreicht war. Er wollte ihr keine Angst machen, indem er gleich zärtlich wurde. Und vielleicht würde sie ja – jetzt, wo sie zu Hause waren – verstehen, dass er sich von ihr keine Dummheiten mehr bieten lassen konnte, und sich ihm freiwillig hingeben, um ihm die Kinder zu gebären, die er sich so sehnlichst wünschte.

»Zweihundert«, sagte er schließlich, legte die Bürste auf den Frisiertisch und fasste Calandra bei den Armen, um sie zu sich hochzuziehen und umzudrehen. Sie ließ es geschehen. Aber als er sich zu ihr hinunterbeugte, um sie zu küssen, sah sie ihn angeekelt an, zog sich von ihm zurück und fragte kalt: »Also wirklich, Valerian, muss das denn sein?«

»Ihr seid schließlich meine Gattin«, entgegnete er ruhig.

»Und das gibt Euch das Recht, mir Eure animalische Natur aufzudrängen? Wie ungerecht!«

Was war bloß mit ihr los?, überlegte Valerian. Bei den seltenen Gelegenheiten, da er sein Recht als Ehemann eingefordert hatte, war er niemals brutal vorgegangen, sondern immer besonders zärtlich gewesen. Nun atmete er erst einmal tief durch und fragte dann, sich zur Geduld zwingend: »Warum beunruhigt es Euch so sehr, Calandra, wenn wir uns vereinigen? Findet Ihr mich denn so unattraktiv? Wenn ja, was kann ich tun, um Euch zu gefallen, meine Liebe?«

»Wenn Ihr mir wirklich einen Gefallen tun wollt, Valerian, dann lasst mich in Ruhe und erlaubt mir, zu meinen Freunden nach London zurückzukehren.«

Die Antwort machte ihn richtig wütend, aber nicht etwa, weil er das oberflächliche Mädchen mochte, das er nun einmal zur Frau genommen hatte, sondern weil es hier um seine Ehre ging. Er packte Calandra bei den Schultern und sagte ärgerlich: »Ist es Trahern? Findet Ihr ihn attraktiv? Ist er Euer Liebhaber?«

»*Trahern?*« Calandra klang aufrichtig überrascht, bevor sie lachend fortfuhr: »Ich halte ihn schon für recht ansprechend, aber mein Liebhaber ist er nicht.«

»Ihr werdet Euch auch keinen mehr zulegen.«

»Ihr seid ohnehin der einzige Mann, der jemals im biblischen Sinne bei mir gelegen hat. Ich hasse es, wenn Ihr Euer Ding in mich hineinsteckt und stöhnt und schnaubt wie ein Tier, bis Ihr Euch endlich dieses unangenehmen, klebrigen Sekrets entledigt habt. Ich wäre die glücklichste Frau der Welt, wenn ich das nie mehr erdulden müsste und nach London zurückkehren könnte.«

»Bis Ihr mir nicht meinen Erben geboren habt, Calandra, geht Ihr mir nirgendwo mehr hin!«

»Ich dachte mir schon, dass Ihr heute Abend deswegen hergekommen seid.«

Valerian war verblüfft, seine Gattin so offen sprechen zu hören, und erlaubte sich nun die Frage: »Liegt es nur an mir oder verabscheut Ihr alle Männer auf diese Weise?«

»Alle«, sagte sie ohne Umschweife. »Ich kann *dem Geschlechtsakt* einfach nichts abgewinnen. Ich mag es nicht, unter einem Mann begraben zu sein, seinen Schweißgeruch zu atmen und hören zu müssen, wenn er grunzt wie ein Tier. Der ganze Vorgang ist äußerst Ekel erregend, ich kann nichts Schönes daran finden und will es nie wieder tun müssen. Wenn Ihr versuchen solltet, Euch mir zu nähern, Valerian, schreie ich das Haus zusammen. So, und nun, da Ihr Bescheid wisst, hoffe ich, Ihr verlasst sofort meine Räumlichkeiten und kommt mir auch künftig nicht mehr mit diesem Anliegen.«

Nach diesen offenen Worten seiner Gattin brauchte Valerian dringend einen Whiskey. Aber in Calandras Gemächern gab es keinen Alkohol. Also atmete er noch einmal tief durch und sagte dann mit einer Stimme, die viel ruhiger klang, als er sich fühlte: »Seit wann wisst Ihr, dass es Euch mit Männern so geht, Calandra?«

»Seitdem Ihr mich das erste Mal angefasst habt«, entgegnete Calandra so spontan, dass Valerian ihr nicht glaubte und ihr sofort widersprach.

»Nein, Ihr lügt!« Sein Griff verstärkte sich. »Sagt mir die Wahrheit, Calandra!«

»Ich war noch Jungfrau, als wir heirateten!«, schrie sie nun. *»Ich war es bestimmt!«*

»Das weiß ich.« Er klang schon wieder ein wenig gelassener. »Erzählt mir, was geschehen ist, dass Ihr dem Akt, wie Ihr es nennt, so gar nichts abgewinnen könnt!«

»Als ich noch ein kleines Mädchen war, vielleicht so etwa acht Jahre alt, hat uns mehrmals im Jahr ein Pflanzer von Barbados besucht, wenn er auf seinem Weg nach Jamaika an St. Timothy vorbeikam. Er erzählte Mama dann den neuesten Klatsch von ihrer Familie und ihren früheren Freunden. Denn, obwohl sie sich von ihnen entfremdet hatte, wollte sie doch gerne wissen, was bei ihnen los war.

Der Pflanzer war ein großer, kräftiger Mann und konnte mich von Anfang an besser leiden als Aurora. Er nahm mich immer auf den Schoß, drückte mich, kniff mir in die Wangen und sagte, ich sei das hübscheste Mädchen der Welt. Irgendwann fing er dann an, mir aufzulauern, nahm mich auch auf den Schoß und schob mir die Hand unters Kleid. Er berührte mich an Stellen, an denen ich mich selbst nicht einmal anfassen würde. Ich habe das gehasst und geweint, aber er hat mich immer mit einem Kuss und einem Bonbon getröstet und erst freigelassen, wenn ich ihm versprach, unser *kleines Geheimnis*, wie er es nannte, für mich zu behalten.

Einmal hat er mich zwischen seine Beine gestellt und sein Glied aus der Hose genommen. Ich sollte es anfassen. Dabei hat Martha uns überrascht und mich von dem Mann weggezogen. Sie hat ihm gesagt, dass sie nur den Mund halten würde, wenn er verspräche, sofort zu gehen und niemals wieder zu kommen. Dann zog sie mich mit sich fort und fragte, was passiert sei und wie lange das schon so ginge. Sie sagte auch, ich dürfe niemals jemandem davon erzählen, da man mich sonst als *schadhafte Ware* ansehen würde und kein Mann mich mehr zur Frau haben wollte.«

Calandra lachte verbittert. »Doch schon damals wusste ich, dass ich mich niemals mehr von einem Mann anfassen lassen würde, wenn ich es irgendwie vermeiden könnte.«

»Eure Frau Mama hat Euch doch sicher erklärt, dass der Geschlechtsakt zwischen den Ehegatten notwendig ist, um Kinder zu zeugen?«

Calandra nickte.

»Also wusstest Ihr, was zu einer Ehe gehört, und habt mich trotzdem geheiratet, Calandra, warum?«

»Weil ich Herzogin werden wollte«, kam ihre einfache

Antwort. »Außerdem habt Ihr, als ich Euch zum ersten Mal sah, so gut ausgesehen, dass ich dachte, ich könnte meine Abneigung überwinden – zumindest so lange, bis ich Euch Kinder geboren hätte. Dann, glaubte ich, würdet Ihr Euch eine Geliebte nehmen, und ich müsste mich nicht für den Rest meines Lebens mit Eurer Aufmerksamkeit herumschlagen. Ich habe wirklich gedacht, Valerian, dass ich es so lange ertragen könnte. Doch ich kann nicht.«

»Aber Ihr werdet Euch dazu überwinden müssen, Calandra«, sagte er nun. »Entweder das, oder ich muss die Ehe annullieren lassen, weil Ihr Euch weigert, mir Kinder zu gebären. Es tut mir Leid, aber ich brauche unbedingt einen Erben.«

»Ihr könnt mich doch nicht einfach so wegschicken!«, rief Calandra nun. »Ich bin gerne Herzogin! Ich finde, Ihr seid sehr, sehr grausam zu mir. Wenn Ihr versuchen solltet, unsere Ehe annullieren zu lassen, erzähle ich allen, dass Ihr merkwürdige Dinge mit mir angestellt und widerliche Stellungen von mir verlangt habt. Ich sorge schon dafür, dass ehrbare Leute Euch ihre Tochter nie mehr anvertrauen. Auch dann werdet Ihr niemals Kinder haben, Valerian! *Niemals, niemals, niemals!*«

Valerian Hawkesworth konnte sehr wütend werden, aber er gestattete sich nur selten, aus der Haut zu fahren. Nun allerdings war es ihm unmöglich, sich noch länger zurückzuhalten, und er schrie ungehalten: »Du wagst es, mir zu drohen, du kaltherzige, steinerne Venus?«

Erschrocken über seinen Wutausbruch und das gefährliche Funkeln in den Augen, wich Calandra zurück. Aber der Herzog packte sie bei ihrem langen Haar, wickelte es sich um die Faust und zog sie so nah an sich heran, dass sie gezwungen war, ihn anzusehen. Dann sagte: *»Du wirst mir einen Erben schenken, Calandra!* Da du ja Herzogin bleiben möchtest, musst du meiner Familie gegenüber deine Pflicht tun.« Dabei riss er ihr mit der freien Hand das Nachthemd vom Leib.

Sie kreischte, aber bevor sie richtig laut schreien konnte, hatte er sie aufs Bett geworfen, ein Taschentuch aus seinem Morgenmantel genommen und ihr damit den Mund zugebunden. Dann stand er auf und legte den Morgenmantel ab.

Mittlerweile war Valerian auch wütend auf sich selbst. Noch nie hatte er sich einer Frau gegenüber so verhalten. Aber Calandras Drohung war einfach zu viel gewesen. Selbst, wenn es ihm gelingen sollte, ihre Verbindung annullieren zu lassen, konnte sie mit ihren Verleumdungen seine Chancen auf eine zweite Ehe tatsächlich zunichte machen. Auch wenn er Aurora heiraten wollte, würden Calandras Lügenmärchen einen unglaublichen Skandal verursachen und seine Familie infolgedessen womöglich vom Hofe ausgeschlossen werden. Der neue König war ein moralischer junger Mann, der beabsichtigte, eine ehrbare Prinzessin zu heiraten. Ein Skandal, wie Calandra ihn heraufzubeschwören beabsichtigte, fiele auch auf ihn zurück.

Aber, schalt sich Valerian nun, die Schuld an der Misere mit Calandra lag ausschließlich bei ihm selbst. Er hätte schon hellhörig werden müssen, als sie ihm bei ihren Spaziergängen im Garten von St. Timothy einen harmlosen Kuss verwehrte. *Da schon hätte er wissen müssen, dass etwas mit ihr nicht stimmte!* Calandra war ihm schließlich als Gattin versprochen gewesen, und nicht irgendeine Debütantin, die er, weil ihm gerade danach war, verführen wollte. Aber nun musste sie ihm einfach zu Willen sein, ob es ihr nun gefiel oder nicht.

»Sobald du guter Hoffnung bist«, erklärte er schließlich, »wirst du meine Zuneigungsbekundungen nicht länger erdulden müssen.« Er sah zu ihr hinunter. Sie war sehr schön, aber er fühlte absolut nichts. Auch sein Glied hing schlaff herab.

Calandra, die das ebenfalls bemerkt hatte, blickte höhnisch zu ihm auf und schien sich über ihn lustig zu machen. Er hätte schwören können, dass sie unter dem Taschentuch verächtlich zu lächeln versuchte. In diesem Augenblick begriff er, dass er sie hasste, und zwar so sehr, wie er Aurora liebte.

Aurora! Wieder dachte er an jenen Vormittag auf St. Timothy, als er seine Schwägerin zufällig vom Strand aus im blaugrünen Meer hatte baden sehen. Dann war sie an Land gekommen und am ganzen Körper goldbraun gewesen, so warm wie der Sonnenschein selbst. Er erinnerte sich auch an ihre langen Beine, ihre vollendeten kleinen Brüste, die die Größe reifer Pfirsiche hatten, an das hübsche gelockte Dreieck zwischen ihren Schenkeln, in dem Wassertröpfchen im Sonnenschein glitzerten wie kleine Glasperlen. *Damals hatte er sich vor Lust kaum halten können, genauso wie jetzt. Er brauchte nur an Aurora zu denken, und seine Manneskraft kehrte zurück.*

Mit schreckgeweiteten Augen starrte Calandra mittlerweile auf seine Hüften und fing an zu wimmern, als sich sein Glied zu heben begann und bald darauf stark wie ein Eisenpfahl hervorstand, bereit, ihre Furche zu beackern. Unlustig blickte Valerian nun erst auf Calandra und dann auf seine Männlichkeit. Kalt spreizte er daraufhin die Schenkel seiner Gattin auseinander, drückte ihr die Arme aufs Bett und brachte sich in sie ein, wobei er wieder an Aurora dachte.

Seine Begierde nach ihr war so groß, dass sich sein Samen in kürzester Zeit in Calandra ergoss. Valerian blieb lang genug in ihr, damit sie sich das Sperma nicht aus dem Körper spülte.

Schließlich nahm er ihr das Taschentuch vom Mund, stand auf und erklärte schonungslos: »Das werden wir nun jeden Abend wiederholen, Calandra, bis ich sicher bin, dass Ihr ein Kind von mir erwartet. Und wenn Ihr beim nächsten Mal wieder wagen solltet, zu schreien, knebele ich Euch eben noch einmal. Und Ihr werdet in meinem Haus auch nicht für Aufruhr sorgen, verstanden?«

Mit Tränen in den Augen hatte sich Calandra abgewandt.

»Sobald Ihr mir einen gesunden Sohn geschenkt habt, lasse ich Euch in Ruhe, und Ihr könnt nach London, Paris oder meinetwegen auch zur Hölle fahren. Aber bevor Ihr mir keinen Erben geboren habt, geht Ihr nirgendwohin, verstanden?«

Erschrocken über seine Entschlossenheit, nickte Calandra.

»Und morgen Abend erscheint Ihr bei Tisch! Ich toleriere nicht länger, dass Ihr schmollt. Habt Ihr auch das verstanden?«

»Ja«, flüsterte Calandra.

Daraufhin hob der Herzog seinen Morgenrock auf, hängte sich ihn um die Schultern und verließ das Schlafzimmer seiner Gattin durch die Verbindungstür. In der Abgeschiedenheit seiner Privaträume ließ er sich gegen eine Kommode sinken. Er fühlte sich völlig ausgelaugt und ekelte sich vor sich selbst. Aber ihm war doch keine andere Wahl geblieben, oder?

Natürlich hatte er schon von Frauen gehört, die dem Geschlechtsakt so gar nichts abgewinnen konnten. Es gab auch solche, die ihresgleichen jedem männlichen Liebhaber vorzogen, genauso wie es Männer geben sollte, die an einer Frau nichts finden konnten. Und dann wieder wandelten Menschen auf Gottes Erdboden, die Liebhaber beiderlei Geschlechts hatten. Nur ganz wenigen ging es so wie seiner Gattin, die körperliche Liebe abstoßend fand.

Was für eine Tragödie, dass Calandra als Kind von diesem Pflanzer von Barbados missbraucht worden war. Womöglich hätte dieses Ungeheuer sie am Ende noch vergewaltigt, wäre die aufmerksame Martha ihm nicht auf die Schliche gekommen.

Dann überlegte Valerian, ob Calandra diese Erfahrung in ihrer Kindheit so erschreckt hatte oder ob sie mit einer inneren Ablehnung gegen alles Fleischliche auf die Welt gekommen war, so dass sie keine Lust verspüren konnte?

Ob er sie wohl die Freuden des Ehelebens hätte lehren

können, wenn er sich heute Abend nicht so verhalten hätte?

Doch tief im Herz wusste Valerian, dass es vergebene Liebesmüh gewesen wäre, seine Gattin in die Geheimnisse der körperlichen Liebe einzuweihen. Vor dem heutigen Abend war er niemals grob mit ihr umgegangen, sondern geduldig und zärtlich gewesen. Auch nachdem sie ihn endlich in ihr Bett gelassen hatte, hatte er noch drei Abende gewartet, bevor er ihr die Jungfräulichkeit nahm.

Valerian wusste einfach nicht, was er sonst noch hätte tun können. Außerdem hatten weder er noch Calandra in dieser Angelegenheit eine andere Wahl. Er brauchte einen Erben, und sie wollte Herzogin von Farminster bleiben. Er hatte eine schwere Last zu tragen und würde damit ganz allein zurechtkommen müssen.

Seufzend legte er nun den Morgenmantel ab und zog das seidene Nachtgewand über, das Browne ihm am Fuße des Bettes zurechtgelegt hatte. Dann schlüpfte er zwischen die nach Lavendel duftenden Laken.

Aber er konnte nicht schlafen. Ihm ging einfach nicht aus dem Kopf, wie erschrocken Calandra gewesen war, als sich seine Männlichkeit bei den Gedanken an Aurora aufgerichtet hatte. Nun fragte sich Valerian, was seine Gattin wohl denken würde, wenn sie erfuhr, dass das Objekt seiner Begierde ihre eigene Schwester war. Höllenfeuer und Verdammnis, wie sehr er diese Frau begehrte! Aber er würde sie nie haben können, außer in seinen geheimsten Träumen. Er müsste seiner Großmutter sogar dabei behilflich sein, ihr einen Ehemann zu verschaffen, und dabeistehen, wenn sie einen anderen heiratete. Einen Fremden, dem dann gestattet würde, was er sich mehr als alles andere in der Welt wünschte – fast noch mehr als einen Erben –, was ihm aber niemals vergönnt wäre: Aurora die Unschuld zu nehmen. Valerian hasste die Vorstellung, dass dies einem anderen gestattet sein sollte, schloss die Augen und versuchte zu schlafen.

Jeden Morgen pflegten die Damen des Hauses ihr Frühstück im Bett einzunehmen, und da Calandra immer spät aufstand, ließ sie das Mittagessen gewöhnlich ausfallen. Aber heute überraschte sie den Herzog damit, dass sie bei Tisch erschien. Sie sah ein wenig blasser aus als gewöhnlich, doch nicht etwa schlecht. Sie grüßte ihren Gatten höflich, nahm Platz und lächelte in die Runde.

»Ich habe mich fast schon wieder ganz von der Reise erholt«, sagte sie dann und wandte sich Valerians Großmutter zu. »Und Ihr Ma'am? Ihr seht heute besonders gut aus.«

Mary Rose Hawkesworths dünne Augenbrauen hoben sich kaum merklich, bevor sie erwiderte: »Ich fühle mich immer noch ein wenig erschöpft, aber ich bin ja auch ein ganzes Stück älter als Ihr, meine Liebe. Doch ich konnte es allein auf meinem Zimmer einfach nicht mehr aushalten.« Daraufhin wandte sich die alte Dame Aurora zu. »Ich habe gehört, Ihr habt Euch in der Zwischenzeit unsere Bibliothek angesehen.«

»Ihr habt eine wundervolle Sammlung«, entgegnete Aurora, aber Calandra wandte ein: »Typisch für dich, deine ganze Zeit über den Büchern zu verbringen! Du verdirbst dir damit noch die Augen und bekommst Falten vom vielen Lesen.«

Aber Aurora ging nicht darauf ein, sondern erklärte: »Wie hübsch du aussiehst, Cally! Ich habe mir schon Sorgen um dich gemacht.«

»Das hättest du aber nicht tun brauchen«, erwiderte Calandra und wandte sich wieder an Valerians Großmutter. »Wenn meine Schwester und mein Bruder irgendwann auch in den Hafen der Ehe einlaufen sollen, müssen wir unbedingt einen Ball geben, Ma'am.«

»In der Tat. Ich dachte, der erste Mai wäre ein ausgezeichnetes Datum dafür. In allen Dörfern wird dann gefeiert und getanzt, Maibäume werden aufgestellt und Freudenfeuer angezündet.«

»Können wir nicht schon früher einen Ball geben?«, fragte Calandra.

»Ich fürchte nicht«, erklärte die alte Dame kopfschüttelnd. »Es muss so viel dafür vorbereitet werden. Ihr werdet schon sehen, Calandra. Ich hoffe doch, dass Ihr mir bei der Planung behilflich seid? Irgendwann einmal gebt Ihr Eure Bälle allein, aber da dies Euer erstes Fest in Hawkes Hill ist, helfe ich Euch.«

»Was ist da zu machen?«, fragte Calandra interessiert.

»Nun, zunächst muss der Ballsaal auf Vordermann gebracht werden. Dazu bohnern die Diener das Parkett auf Hochglanz, lassen die Kristalllüster herab, polieren sie und bestücken sie mit frischen Kerzen. Eine von uns sollte dabei bleiben, um die Arbeit zu überwachen. Wir müssen auch überlegen, wen wir schon vorher zum Dinner einladen, da nur fünfzig Personen an der großen Tafel Platz finden. Dann muss das Menü zusammengestellt und dessen Umsetzung geplant werden. Bleibt noch, die Einladungen zu schreiben – was erfahrungsgemäß am aufwändigsten ist. Ganz wichtig ist, darauf zu achten, dass alle Gäste die Schreiben am gleichen Tag bekommen, damit sich keiner benachteiligt fühlt.«

»Die Aufstellung der Gästeliste übernehmt am besten Ihr, Ma'am. Ihr wisst, wen der hier Ansässigen man einladen muss. Woran sollten wir sonst noch denken?«

»Die Gärtner müssen rechtzeitig informiert werden, damit in den Gewächshäusern bis zum Balltag ausreichend frische Blumen herangezogen werden können, um damit die Eingangshalle, den Salon, das Speisezimmer und den Ballsaal zu schmücken. Was unsere Gewächshäuser nicht hergeben, muss bei Nachbarn nachgefragt werden. Wir brauchen junge Männer und Frauen aus dem Dorf, die im Haus und in der Küche aushelfen. Einige der Gäste werden sicher über Nacht bleiben wollen. Für sie müssen Zimmer hergerichtet werden. Und dann benötigen wir natürlich noch Musiker!«

»Das ist ja alles ganz schön viel Arbeit!«, erklärte Calandra und klang schon nicht mehr so begeistert. »Können wir nicht jemanden kommen lassen, der uns das abnimmt? Dabei fällt mir ein, ich brauche unbedingt ein neues Ballkleid. Ich kann meine Gäste unmöglich in einem Kleid, das ich schon einmal getragen habe, begrüßen.«

»Aber keiner unserer Gäste hat Euch je in einem der Londoner Kleider gesehen, Calandra!«, wandte Valerian spöttisch ein.

Doch Calandra fuhr ihn sofort an: »Jetzt seid doch nicht so knauserig! Ich stelle mich doch nicht bloß, indem ich auf meinem eigenen Ball in einem bereits getragenen Kleid erscheine.«

»Dann müsst Ihr das natürlich auch nicht«, lenkte Valerian rasch ein, »und auch keine der anderen Damen am Tisch. Wir lassen eine Näherin kommen, die Euch, Aurora und Großmama neue Ballkleider schneidert.«

»Eine wundervolle Idee!«, sagte seine Großmutter augenzwinkernd, und Aurora meinte: »Ich brauche eigentlich kein neues Kleid, aber ich werde Euer freundliches Angebot nicht ablehnen, Valerian. Vielleicht kann ich mich ja für diese großzügige Geste erkenntlich zeigen, indem ich Cally und Eurer Großmutter bei den Ballvorbereitungen zur Hand gehe.«

»O ja!«, rief Calandra erfreut darüber, dass ihre Schwester freiwillig ihre Dienste anbot. Vielleicht würde sie, Calandra, nun auch aufhören, ärgerlich auf Aurora zu sein. »Mama hat immer gesagt, dass du beim Planen von Gesellschaften bestimmt sehr gut sein würdest.«

Auch Valerians Großmutter war froh über Auroras Angebot. Denn nun hatte sie wenigstens eine Hilfe. Ihr war von Anfang an klar gewesen, dass Calandra nur ihr Vergnügen suchte und vor der Arbeit, die ein Ball mit sich brachte, zurückschreckte. Aber Aurora ging ihr sicherlich gerne zur Hand und hatte bestimmt einen Sinn fürs Detail.

Der nächste Tag war ein Sonntag, und man begab sich gemeinsam in die Kirche ins Dorf von Farminster. Es war März und eine frische Brise blies über die Felder. Einige Bäume schlugen bereits aus und hier und da blühten in kleinen Gruppen Narzissen am Wegesrand. Die Kutschpferde kannten ihren Weg und blieben vor der Kirche St. Anne von allein stehen. Ein Bediensteter sprang vom Bock, öffnete den Schlag und ließ die Stufen herab. Dann half er den Damen auszusteigen. Die Herren waren geritten und gerade beim Absitzen.

Lady Mary Rose ging voran. Während die Dorfbewohner sie grüßten – die Frauen mit einem Knicks, die Männer, indem sie die Kappen abnahmen –, nickte die alte Dame mal nach links, mal nach rechts. Ab und zu blieb sie stehen, um jemanden persönlich zu begrüßen. Aurora, Calandra und die beiden Männer folgten ihr in einigem Abstand.

Als Lady Mary Rose am Eingang der Steinkirche angelangt war, entdeckte sie die Frauen, nach denen sie Ausschau gehalten hatte, und rief freundlich lächelnd: »Ah, meine liebe Lady Bowen! Wie geht es Euch? Und da sind ja auch Eure hübschen Töchter. Wie ich sehe, ist Master William auch mitgekommen. Ein schöner Tag, nicht wahr?«

Lady Bowen war ein zierliches Persönchen mit blassblauen Augen und sandbraunen Locken. Sie knickste ehrfürchtig und flötete: »Wie schön, Eure Ladyschaft einmal wieder zu sehen.«

»Habt Ihr schon die Gattin meines Enkels kennen gelernt? Die junge Herzogin?«

»Nein, ich hatte noch nicht die Ehre.« Fragend sah Lady Bowen zwischen den beiden Mädchen in Lady Hawkesworths Gefolge hin und her.

Valerians Großmutter nahm Calandra beim Arm und stellte die Damen einander vor. »Calandra, Herzogin von Farminster, Lady Elsie Bowen, die Gattin des Vikars.«

Lady Bowen knickste höflich, während Calandra ihr

nur kühl zunickte, so wie sie es bei ihren Londoner Freunden gesehen hatte, wenn sie jemandem vorgestellt wurden, der rangniederer war.

»Und das ist die Schwester der Herzogin, Miss Aurora Spencer-Kimberly«, fuhr Lady Mary Rose fort und war wesentlich zufriedener mit Auroras Art, Lady Bowen zu begrüßen. Das Mädchen hielt ihr höflich die Hand hin und knickste.

Dann drehte sich Lady Hawkesworth um und rief ihren Enkel herbei: »Komm, mein Junge, und entbiete Lady Bowen einen Guten Morgen, bevor der Gottesdienst beginnt, und bring George mit.«

Nachdem die beiden Männer sich zu ihnen gesellt hatten, stellte die alte Dame auch George den Bowens vor. Zuerst Lady Bowen, dann ihrem Sohn William, einem sommersprossigen Knirps, der es faustdick hinter den Ohren haben sollte und seine Mutter damit beinahe zur Verzweiflung brachte. Schließlich sagte Valerians Großmutter: »Und hier, mein lieber George, haben wir Miss Elizabeth, Miss Isabelle, Miss Suzanne, Miss Caroline und Miss Maryanne Bowen.«

George gab jedem Mädchen die Hand und wiederholte dabei die Namen.

»Was für hübsche Töchter Ihr doch habt, Lady Bowen«, fuhr Lady Hawkesworth daraufhin fort, »und alle so gebildet, wie man hört. Ihr könnt Euch wirklich glücklich schätzen und werdet sicher rasch einen Ehemann für sie finden, wenn sie alt genug sind.«

»Oh«, flötete Lady Bowen, »Betsy ist jetzt schon alt genug dafür!«

»Tatsächlich?«, fragte Valerians Großmutter, als käme das für sie ganz überraschend. Dann bedeutete sie ihrer Familie, ihr in die Kirche zu folgen.

»Also wirklich, Mama!«, rief Elizabeth Bowen aufgebracht, als die Hawkesworths außer Hörweite waren. »Wie konntest du mich nur so anpreisen?«

»Na, es stimmt doch, dass du alt genug zum Heiraten bist«, verteidigte sich ihre Mutter, »und man hat mir erzählt, dass Mr. Spencer-Kimberly auf der Suche nach einer Gattin sei. Sobald er eine geeignete Frau gefunden hat, kehrt er auf die Westindischen Inseln zurück – wo er herkommt –, um weiterhin die Plantage auf St. Timothy zu leiten. Er hat ein Erbe *und* ein Einkommen, sagte man mir. Wäre es denn da so schlimm, wenn er dich anziehend fände und um deine Hand anhielte, Betsy?«

»Wo hast du nur so schnell all die Information herbekommen, Mama? Der Herzog und seine Familie sind doch erst diese Woche nach Farminster zurückgekehrt.«

»Ich habe da so meine Quellen«, erwiderte ihre Mutter geziert. »Und denk immer daran, Betsy, du bist nicht das einzige Mädchen im heiratsfähigen Alter. Ich habe läuten hören, im Mai fände ein Ball auf Hawkes Hill statt. Ein fescher junger Mann wie Mr. Spencer-Kimberly ist im Handumdrehen vergeben und deine Mitgift nicht so groß, als dass du allzu wählerisch sein könntest, mein liebes Kind.«

»Mama, Mama«, rief da ihr Sohn aufgeregt, »der Organist hat schon angefangen zu spielen!«

»Gütiger Gott, vielen Dank, Willie. Kommt, Mädchen! Wir sind spät dran!« Mit wehenden Rockschößen eilte Lady Bowen gefolgt von ihren Kindern in die Kirche. Schnell nahmen sie ihre Plätze auf den vorderen Kirchenbänken ein, ergriffen ihre Gesangbücher und fingen an zu singen.

Elizabeth Bowen konnte nicht widerstehen, zur Bank des Herzogs hinüberzusehen und einen Blick auf George zu werfen. Er sah nett aus und hatte sie und jede ihrer Schwestern höflich mit Namen begrüßt. Er schien überhaupt nicht eingebildet und überkandidelt zu sein. Wenn ihre Mutter sie nur nicht noch einmal so in Verlegenheit brachte, indem sie sie ihm regelrecht aufdrängte. *Am besten nehme ich die Sache selbst in die Hand,* dachte Elizabeth nun.

Als der Gottesdienst vorüber war, gelang es ihr, beim Verlassen der Kirche neben George Spencer-Kimberly zu gehen. Freimütig fragte sie ihn: »Reitet Ihr? Unsere Gegend hier ist wundervoll dafür geeignet.«

»Vielleicht wäret Ihr so freundlich, sie mir einmal zu zeigen«, entgegnete er. »Natürlich nur, wenn es Eure Eltern erlauben, Miss Elizabeth.« Schon jetzt mochte er dieses Mädchen. Sie war weder kindisch, noch übertrieben kokett oder eingebildet wie die Mädchen, die er in London getroffen hatte. Nein, Elizabeth Bowen war geradeheraus und machte einen ganz vernünftigen Eindruck.

»Mama, Mr. Spencer-Kimberly würde gerne einmal mit mir ausreiten, wenn du es erlaubst«, rief Elizabeth ihrer Mutter zu.

Lady Bowen war erstaunt, wie schnell die Dinge vorangingen, und dachte: *Gütiger Gott, wie hat Betsy es nur zu dieser Einladung gebracht?* Hoffentlich war sie nicht zu direkt gewesen, und Mr. Spencer-Kimberly wäre nun der Meinung, sie sei leicht zu haben.

»Darüber muss ich erst mit deinem Vater sprechen, Betsy«, sagte sie schließlich, bevor sie sich an George wandte: »Aber vielleicht würdet Ihr ja heute Nachmittag gerne zum Tee kommen, Mr. Spencer-Kimberly? Es wäre uns eine große Ehre, Euch bei uns begrüßen zu dürfen. Um fünf Uhr im Pfarrhaus?«

»Es wird mir ein Vergnügen sein, Ma'am.«

»Du meine Güte!«, murmelte Elizabeth, sodass es ihre Mutter nicht hören konnte.

George hingegen hatte es sehr wohl vernommen und erwiderte augenzwinkernd: »Ich verspreche Euch, Euch das Verhalten Eurer Mama nicht übel zu nehmen, Miss Elizabeth.«

Erschrocken sah Elizabeth ihn an und errötete, bevor sie ihn fragte: »Ihr versteht das also?«

Er nickte. »Ich habe auch eine in ihre Kinder vernarrte und auf Anstand und Sitte bedachte, ängstliche Mama.«

Dann verneigte er sich vor Elizabeth und tippte sich an den Hut. »Also dann bis heute Nachmittag, Miss Elizabeth.«

Elizabeth konnte ihr Glück kaum fassen, einen Mann wie George getroffen zu haben, und dachte: *Wenn er wirklich so wunderbar ist, wie es den Anschein hat, sind wir bis Mai vielleicht schon verlobt, sonst verliere ich ihn während des Balls womöglich an ein anderes Mädchen!* Dann blieb sie stehen, um George nachzusehen, der nun mit dem Herzog davonritt.

»Wie hast du ihn bloß dazu gebracht, dich zum Ausreiten einzuladen?«, fragte ihre Schwester Isabelle, als sie sich zu ihr gesellte. »Mama ist kurz davor, einen Migräneanfall zu bekommen, weil Mr. Spencer-Kimberly denken könnte, du hättest zu lockere Manieren.«

»Ich habe ihn nur gefragt, ob er reitet, und gesagt, dass wir hier eine schöne Gegend dafür hätten«, erklärte Elizabeth und hakte sich bei Isabell unter. Dann schlenderten sie gemeinsam zum Pfarrhaus hinüber.

»Glaubst du, ich werde auch zum Ball des Herzogs eingeladen, Betsy? Ich würde so gerne daran teilnehmen. Ich war doch noch nie auf einem Ball, und es soll dort ganz elegant zugehen.«

»Nun«, überlegte Elizabeth laut, »am dreizehnten April wirst du sechzehn, Herzchen. Wenn du auf der Gästeliste stehst, sorge ich bei Mama dafür, dass du mitdarfst. Papa ist ja ohnehin leicht zu überreden.«

»Oh, Betsy, du bist die beste Schwester der Welt!«, rief Isabelle begeistert und winkte Lady Mary Rose zu, deren Kutsche gerade an ihnen vorüberfuhr.

Mary Rose Hawkesworth winkte zurück und sagte zu Calandra und Aurora: »Sind das nicht hübsche Dinger? Natürlich ist Isabelle zu jung für George, aber Elizabeth wäre gerade richtig, und ich glaube, sie mag ihn. Habt Ihr bemerkt, wie geschickt sie es eingefädelt hat, dass er sie bat, mit ihr auszureiten? Und nun geht er heute Nachmittag zum Tee ins Pfarrhaus! Ich bin sehr zufrieden«, fügte sie noch hinzu und lehnte sich lächelnd zurück.

»Die Kirche war ganz schön klein«, beschwerte sich Calandra, und Aurora entgegnete: »Es ist eine Kirche auf dem Land, Cally. Ich fand sie recht hübsch. Die Kirchen auf Barbados sind bestimmt auch nicht größer.«

»Wer redet denn von Barbados? Wir waren sowieso noch nie dort und können es gar nicht beurteilen. Die Kirchen in London, allerdings, sind viel größer als St. Anne und auch prächtiger.«

»Warst du je in einer zum Gottesdienst?«, neckte Aurora sie nun. »Ich meine, bevor George und ich angekommen sind. Wenn ich es mir recht überlege, hast du uns während unseres Aufenthalts in London kein einziges Mal zur Messe begleitet.«

»Du erwartest ja wohl nicht, dass ich früh aufstehe, um zur Kirche zu gehen, nachdem ich fast die ganze Nacht durchgetanzt habe«, entgegnete Calandra ärgerlich, und Lady Mary Rose warf ein: »Was für ein glücklicher Zufall, dass Ihr dieses Problem auf dem Land nicht mehr habt, Calandra. Es gibt nur ganz selten einen Ball, und auch dann besuchen wir sonntags in der Regel die Kirche. Schließlich müssen wir den Leuten mit gutem Beispiel vorangehen.«

»Mir hat die Predigt ganz gut gefallen«, erklärte Aurora nun, und Lady Hawkesworth pflichtete ihr bei: »Ja, Mr. Bowen predigt nicht schlecht.«

»Ich fand die Predigt ein bisschen kurz«, sagte Calandra, und Aurora biss sich auf die Lippe, um nicht darüber zu schmunzeln, dass ihre Schwester an nichts, was mit dem Land zu tun hatte, ein gutes Haar lassen konnte.

Die Tage vergingen wie im Flug, und der Frühling kam mit all seiner Pracht übers Land. George war bei den Bowens erfolgreich gewesen und ritt nun jeden Tag mit Elizabeth aus. Woche für Woche war er ein bisschen seltener auf Hawkes Hill und dafür etwas länger im Pfarrhaus. Da war ganz offensichtlich Liebe mit im Spiel, dachten Aurora und Calandra, auch wenn ihr Bruder bisher nichts gesagt hatte, das ihre Vermutung bestätigen konnte.

»Ich glaube, er wird um ihre Hand anhalten«, sagte Aurora eines Nachmittags zu Calandra, als sie die Einladungen für den Ball schrieben. »Ich werde ihn vermissen, wenn er nach St. Timothy zurückkehrt. Du nicht?«

Calandra nickte. »Wir sind unser ganzes Leben zusammen gewesen, bis auf die wenigen Monate nach meiner Hochzeit, als ich vor euch nach England kam. Es wird komisch sein, George nicht mehr um sich zu haben. Gehst du mit ihm, Aurora?«

Aurora zuckte mit den Schultern.

»Bitte nicht! Nicht gerade jetzt. Ich könnte es nicht ertragen, jetzt ganz allein hier zu bleiben.«

»Warum bist du eigentlich so unglücklich?«, fragte Aurora, und Calandra flüsterte: »Wegen Valerian. Er benimmt sich wie ein Tier! Ich will zurück nach London, aber er lässt mich nicht. Jede Nacht zwingt er mich, *den Akt* zu vollziehen. Ich habe ihm schon gesagt, dass ich keine Kinder haben will, sondern zu meinen Freunden zurück und mich amüsieren möchte.«

»Aber, Cally«, wandte ihre Schwester nun ein, »Kinder sind die Krönung einer jeden Ehe. Wenn du keine willst, hättest du Valerian nicht heiraten dürfen. Ich weiß, dass dein Mann ein guter Mensch ist. Gib ihm, was er sich wünscht, und er lässt dich zur nächsten Ballsaison nach London zurückkehren.«

»Aber ich will immer dort leben, und wenn ich ihn nicht geheiratet hätte, hättest du ihm Kinder gebären müssen. Andererseits wollte ich Herzogin werden, Aurora, und du nicht! Warum rede ich überhaupt mit dir darüber? Du bist ja noch eine unerfahrene kleine Jungfrau. Aber eines Tages wirst du verstehen, wie schrecklich es ist, einen Mann in deinem Bett zu haben, der dich überall betatscht und in dich dringt. Ich hasse es!«

Während Calandra das sagte, spiegelten sich auf ihrem Gesicht Widerwille und Ekel, und Aurora war kurz davor, zu erschauern. Aber dann fiel ihr ein: »Mama schien nichts dagegen zu haben, wenn Papa zu ihr kam.«

»Manche Frauen mögen es«, sagte Calandra düster, »aber ich nicht. Wenn ich diesem Horror nicht bald entfliehen kann, werde ich noch verrückt.«

»Wenn du bloß erst ein Kind hättest, Cally, würdest du dich besser fühlen. Ein eigenes Kind ändert alles.«

Die Einladungen zum Ball wurden aufgegeben, und es gab keine einzige Absage. Alle in der Gegend waren begierig, am ersten Mai zum Ball nach Hawkes Hill Hall zu kommen, den der Herzog und die Herzogin von Farminster ausrichteten. Viele der Nachbarn hatten die Gattin des Herzogs noch gar nicht kennen gelernt, weil Calandra kurz nach ihrer Ankunft auf Hawkes Hill allein nach London zurückgekehrt war. Natürlich hatten alle davon gehört, da jeder Verwandte oder Freunde in der Londoner Gesellschaft hatte.

Desweiteren war mittlerweile allseits bekannt, dass die Herzogin auch noch über einen älteren Bruder und eine jüngere Schwester verfügte, die beide im heiratsfähigen Alter waren und, wenn man den Gerüchten glauben konnte, über ein ganz ordentliches Einkommen verfügten. Es sei allerdings erstaunlich, hörte man böse Zungen munkeln, dass keines der Geschwister in London fündig geworden sei. Offensichtlich waren sie nicht attraktiv genug oder ein wenig zu kolonial für die feine Londoner Gesellschaft. Aber darüber konnte man auf dem Land hinwegsehen.

Calandra hatte zu den Ballvorbereitungen kaum mehr beigetragen, als beim Schreiben der Einladungskarten zu helfen. Ihr einziges Interesse galt dem Kleid, das sie zu dem Ereignis tragen würde. Aurora war Valerians Großmutter bei all den großen und kleinen Dingen zur Hand gegangen, die bei einem Ball erledigt werden mussten. Sie hatte das Herrichten des Ballsaals überwacht, bei der Auswahl der Blumen geholfen und zusammen mit der Haushälterin und Valerians Großmutter die Blumengestecke arrangiert. Die Musiker waren in London verpflichtet worden und würden einen Tag vor dem großen Ereignis anreisen.

George hatte seine Wohltäterin darüber informiert, dass er beabsichtigte, Miss Elizabeth Bowen zu bitten, seine Frau zu werden. Daraufhin hatte Valerians Großmutter in Erfahrung gebracht, dass die Bowens dem zustimmen würden, sofern ihre älteste Tochter einverstanden war. Am Nachmittag des Balltages wollte George offiziell mit ihnen reden. Aus diesem Grund hatte Valerians Großmutter schließlich nur den Vikar, Lady Elsie und ihre beiden ältesten Töchter gebeten, schon zum Abendessen zu erscheinen und auch über Nacht zu bleiben.

Während der erste Mai näher rückte, wurde Calandra immer aufgeregter. Ihr Kleid war fertig, und sie erklärte, dass sie damit zum strahlenden Mittelpunkt des Festes würde und alle weiblichen Gäste sie darum beneiden mussten. Das Kleid bestand aus rosafarbener Seide, hatte einen besonders tiefen Ausschnitt, wodurch Calandras alabasterfarbenes Dekolleté aufreizend zur Geltung kam. Das Unterkleid war aus goldschimmerndem Organza gefertigt und mit Seidenrosen bestickt. Goldspitze und Seidenrosen umgaben auch den Ausschnitt. Selbst die Ärmel waren mit Goldspitze besetzt, die dazu passenden goldenen Glacé-Pantöffelchen mit rosa Rosetten geschmückt und die Seidenstrümpfe gold- und rosafarben gestreift.

Calandras dunkles Haar, das sie nach wie vor im Nacken aufgesteckt und mit einer einzigen elegant gedrehten Locke zu tragen pflegte, würde zu dem Ereignis noch mit frischen rosa Rosen geschmückt. Dazu wollte sie die tropfenförmigen Perlenohrringe tragen wie zu ihrer Hochzeit, und ein Halsband aus großen rosa Perlen, die auf die Zeiten Königin Elizabeths zurückgingen und während der Republik unter Cromwell weggelegt worden waren. Auch heutzutage hatten sie noch etwas Angeberisches, da die Frauen nach wie vor nur wenig Schmuck trugen. Doch das war Calandra egal. Wofür waren Juwelen schließlich da, wenn nicht zum Tragen? Doch wohl nicht, um sie in irgendeinen dunklen Tresor zu sperren?

»Ist dein Kleid nicht ein bisschen kurz?«, fragte Aurora bei der Anprobe, und Calandra rief glücklich: »Das ist der letzte Schrei! Ein Ballkleid sollte nur bis zu den Knöcheln reichen, damit man bequem darin tanzen kann. Wir werden viel modischer sein als die anderen Damen.«

»Praktisch ist es allemal«, sagte Valerians Großmutter nachdenklich, »aber eine Dame sollte ihren Gästen niemals ein ungutes Gefühl vermitteln, Calandra. Auch nicht, indem sie modischer erscheinen möchte.«

»Nein, Ma'am«, erwiderte Calandra und errötete, verärgert über die Zurechtweisung der alten Frau. Verlegen nestelte sie daraufhin am Seidenstoff ihres Kleides.

»Und was ist mit Eurem Kleid, Aurora?«, wollte Valerians Großmutter nun wissen.

Aurora entfernte das Laken von der Schneiderpuppe, und es kam ein Traum aus türkisfarbener Seide zum Vorschein, dessen Chiffon-Unterkleid mit silbernen Sternen bestickt war. Kleine silberne Spitzensterne schmückten auch den Ausschnitt und die blaugrünen Ärmel aus Chiffon und Spitze.

»Das Kleid passt ja zu Euren Augen!«, erklärte die alte Dame entzückt. »Es ist ganz reizend. Ihr beide werdet die hübschesten Damen des Balls sein. Habt Ihr denn auch die passenden Unterröcke und Fächer dazu?«

»Ja, Ma'am«, antwortete Calandra. »Die Schneiderin hat von beidem eine hervorragende Auswahl mitgebracht, und wir haben uns schon das Passende ausgesucht.«

»Und welchen Schmuck werdet Ihr tragen, Aurora?«

»Nur meine kleine Goldkette, Ma'am.«

»Ich habe ein Paar türkisfarbene Ohrgehänge, die perfekt zu dem Kleid passen würden«, erklärte Valerians Großmutter. »Wenn Calandra schon herausgeputzt ist wie ein Pfau, sollt Ihr ihr nicht nachstehen. Schließlich wollen wir für Euch doch einen passenden Gemahl finden. Nicht wahr, Calandra?«

»Sicherlich, Ma'am«, antwortete Calandra, mühsam ihre Eifersucht verbergend, weil Valerians Großmutter Aurora Familienschmuck leihen wollte. Aber irgendetwas außer dem Goldkreuz musste ihre Schwester ja tragen.

Wieder lächelnd fragte Calandra schließlich: »Und was habt Ihr Euch machen lassen, Ma'am?«

»Nichts, das so fein wäre, wie Eure beiden Kleider, Mädchen«, entgegnete die alte Dame. »Meines ist aus nachtblauer marokkanischer Seide. Ich muss mich ja auch nicht mehr so herausputzen, schließlich bin ich eine alte Frau und habe nicht vor, mir noch einen Gatten zu angeln.«

Die Bowens und ihre beiden Töchter trafen am Balltag gegen Mittag auf Hawkes Hill ein. Ihrer jüngeren Tochter Isabelle war vor Aufregung ganz schlecht.

Aurora nahm das Mädchen beiseite und beruhigte es, indem sie sagte: »Es ist doch nur ein Tanzabend. Als wir in London waren, sind wir jeden Abend zu einer solchen Veranstaltung gegangen. Irgendwann war ich es leid. Aber du wirst einen wunderbaren Abend haben, das verspreche ich dir.«

»Meint Ihr?«

»Sicher, und so hübsch wie du aussiehst, werden sich alle Männer den Hals nach dir verrenken.«

»Oh«, sagte Isabelle nun, »aber ich bin nicht annähernd so hübsch wie Ihr, Miss Spencer-Kimberly.«

Aurora lächelte und erklärte dann verschmitzt: »Aber ich bin schon achtzehn und praktisch eine alte Jungfer!«

»Werdet Ihr heute Abend bei mir bleiben?«

»Natürlich«, erwiderte Aurora und tätschelte dem Mädchen die Hand, das sich daraufhin zu der Frage veranlasst sah: »Glaubt Ihr, Euer Bruder wird um die Hand meiner Schwester anhalten? Meine Eltern haben in letzter Zeit viel getuschelt und sind sofort verstummt, wenn eines von uns Mädchen ins Zimmer kam. Betsy ist ziemlich verrückt nach George, wisst Ihr, Miss Spencer-Kimberly? Ich finde ihn auch ganz wundervoll und wünschte, ich wäre nicht erst fünfzehn.«

»Aber das bist du nun einmal«, sagte Aurora, »und du hast noch viel Zeit, damit dir ein gut aussehender Gentleman den Hof macht, Isabelle. So, und nun sagst du einfach Aurora zu mir.« Mit gesenkter Stimme fügte sie erklärend hinzu: »Wir sind ja schon fast verwandt.«

»*Sind wir das?*«, quietschte Isabelle und fuhr dann auch im Flüsterton fort: »Wirklich? Bist du sicher? Oh, das wäre ja wunderbar!«

»Wir müssen der Natur einfach ihren Lauf lassen und dürfen Betsy nichts verraten, damit es eine Überraschung für sie ist«, schlug Aurora nun vor. »Komm, du musst dir unbedingt den Garten ansehen! Er ist jetzt ganz besonders hübsch, zwar nicht so exotisch wie unserer auf St. Timothy, aber auf seine Art doch schön.«

Aurora hakte sich bei Isabelle unter, und die beiden Mädchen verließen das Haus.

»Was für ein nettes junges Fräulein diese Miss Spencer-Kimberly ist!«, sagte Lady Elsie, die neben Valerians Großmutter stand und die beiden beobachtet hatte. »Es ist ihr doch tatsächlich gelungen, Isabelle zu beruhigen. Was immer sie zu ihr gesagt hat! Wie schade, dass unser Willie noch so jung ist. Miss Spencer-Kimberly wird sicherlich eine wunderbare Gattin abgeben. Habt Ihr schon jemanden für sie im Auge, Lady Hawkesworth?«

»Nein«, kam sofort die Antwort. »Aurora ist eine junge Frau mit ganz eigenem Geschmack. Aber sie hat ein gutes Gespür. Ich werde ihr gestatten, sich ihren zukünftigen

Gemahl selbst auszuwählen; und sie wird – da bin ich mir ganz sicher –, dabei ein gutes Händchen beweisen.«

Daraufhin gingen die Frauen gemeinsam in den Salon hinüber, wo sie von George und dem Vikar bereits erwartet wurden.

Sir Ronald war ein großer, stark untersetzter Mann mit sandfarbenem Haar, der nun breit grinsend zu seiner Frau sagte: »Meine Liebe, Mr. Spencer-Kimberly hat soeben um die Hand unserer Tochter Elizabeth angehalten, und ich habe ihm natürlich meine Einwilligung gegeben. Ich glaube, unsere Betsy wird ihm seinen Wunsch schon nicht abschlagen, mh?« Er lachte.

»Oh, mein lieber Junge!«, rief Lady Elsie an George gewandt und tupfte sich mit ihrem Spitzentaschentuch die Augen, woraufhin Valerians Großmutter anordnete: »George, macht Euch umgehend auf die Suche nach dem Mädchen und bringt die Sache hinter Euch, bevor wir hier noch alle vor Rührung zerfließen.«

Grinsend verneigte sich George vor den Bowens und Valerians Großmutter und eilte hinaus, um seine Angebetete zu suchen.

Elizabeth war in der Eingangshalle damit beschäftigt, das Abladen des Familiengepäcks zu überwachen, wobei sie besonderes Augenmerk auf die Koffer mit den Ballkleidern legte.

»Kommt mit mir, Betsy!«, sagte George. »Peters kümmert sich schon darum, dass alles zu Eurer Zufriedenheit erledigt wird. Nicht wahr, Peters?«

»Gewiss, Sir«, kam die Antwort. »Ich werde die Ballkleider auch sofort auspacken und plätten lassen, Miss Bowen.«

»Danke«, rief Elizabeth dem Butler noch zu, während George sie mit sich zur Tür hinaus- und ins Sonnenlicht zog. »Wo gehen wir denn hin?«, fragte sie aufgeregt.

»Ihr werdet schon sehen«, entgegnete George geheimnisvoll, führte seine Angebetete durch den herrlichen rückwärtigen Garten des Hauses, am Teich vorbei und in ein wunderhübsches Teehäuschen, von dem aus man das Wasser überblicken konnte. George hieß Elizabeth auf einer Marmorbank Platz nehmen und kniete sich dann vor sie hin.

»Miss Bowen«, setzte er an, »äh, Betsy, würdet Ihr mir die Ehre erweisen … die außerordentliche Ehre, meine Frau zu werden?«

»Ja«, sagte Elizabeth ohne Umschweife.

»Aber wir können nicht in England bleiben«, fuhr George fort, »ich muss noch im Laufe des Jahres nach St. Timothy zurück. Wir werden auf den Westindischen Inseln leben. Das heißt natürlich nicht, dass wir England nicht hin und wieder besuchen können.«

Wieder antwortete Elizabeth mit »Ja!«

»Aber man lebt dort sehr isoliert, wie ich Euch schon erzählt habe. Ihr werdet nur wenig weibliche Gesellschaft haben, von meiner Mutter und den Dienerinnen einmal abgesehen. Natürlich können wir nach Barbados und Jamaika segeln, wann immer es meine Zeit erlaubt, und an gesellschaftlichen Ereignissen teilnehmen.«

»George, jetzt steht schon wieder auf!«, sagte Elizabeth. »Ich liebe Euch und werde Euch ganz bestimmt heiraten. Es ist mir bewusst, dass das Leben auf St. Timothy ganz anders ist als hier in Herefordshire. Aber ich weiß, dass wir glücklich sein werden, weil wir dort zusammen sind.«

Ein wenig unbeholfen kam George wieder auf die Beine. »Du wirst mich also heiraten?«

»Ja, George, dass werde ich«, antwortete Elizabeth und dachte, wie begriffstutzig Männer doch manchmal waren! »Wo ist mein Verlobungsring?«, fragte sie dann aufgeregt. »Ich möchte ihn heute Abend tragen und alle Mädchen damit blenden, die hergekommen sind, um ihre Netze nach dir auszuwerfen. Sie werden ganz schön enttäuscht sein, wenn sie feststellen, dass du bereits vergeben bist.«

George lachte.

»Soll Papa unsere Verlobung offiziell bekannt geben? Wann werden wir überhaupt heiraten? Wahrscheinlich schon ziemlich bald, nehme ich an?«

»So eilig ist es nicht. Vor dem Spätherbst brauchen wir nicht nach St. Timothy zurückzukehren«, entgegnete George. »Von Juni bis Ende Oktober besteht immer die Gefahr heftiger Stürme. Wahrscheinlich werden wir England im November verlassen, so können wir rechtzeitig zu Weihnachten zu Hause sein. Das wird meine Mutter sicher freuen.«

»Glaubst du, sie mag mich?«, fragte Elizabeth nun doch ein wenig unsicher.

»Gewiss doch«, sagte George glücklich, zog einen Ring aus der Tasche und steckte ihn Elizabeth an den Finger.

Elizabeth blickte auf die runde rosa Perle, die mit zahlreichen funkelnden Diamanten umgeben war. Dann hielt sie die Hand ein wenig von sich ab und bewunderte den Ring.

»Er ist nicht sehr groß, weil ich kein reicher Mann bin«, sagte George.

Aber Elizabeth sah lächelnd zu ihm auf und erwiderte mit Tränen in den Augen: »Er ist wunderschön!«

»Aber du weinst ja!«, rief George, setzte sich rasch zu ihr und legte ihr tröstend einen Arm um die Schultern. »Warum denn?«

»Weil ich so glücklich bin«, erklärte sie. »Willst du mich nicht küssen, George? Ich glaube das macht man so unter diesen Umständen.«

Vorsichtig wischte George Elizabeth die Tränen von den Wangen und gab ihr einen zärtlichen Kuss auf die geschürzten rosa Lippen. Es war nicht das erste Mal, dass sie sich küssten, aber George genoss es immer außerordentlich, wenn ihre Münder miteinander verschmolzen. Diese zierliche junge Frau mit ihren dunkelblonden Locken und den großen graublauen Augen hatte eine erstaunliche Wirkung auf ihn. Sie schmeckte süß wie Limonade und war warm wie Whiskey, der einem die Kehle hinunterrann. George wusste, dass er eine gute Wahl getroffen hatte. Betsy wäre ihm bestimmt eine fürsorgliche, liebevolle Gattin.

Nun stand er auf und zog auch Elizabeth mit sich hoch. »Lass uns ins Haus gehen und deinen Eltern und meinen Schwestern von unserem Glück berichten«, sagte er.

Sie nickte, und Hand in Hand kehrten sie zum Haus zurück.

Valerians Großmutter hatte bereits alle um sich versammelt. Valerian, Aurora, Calandra, das Ehepaar Bowen und Isabelle warteten schon gespannt im Salon auf die bevorstehende Ankündigung. Mary Rose Hawkesworth war sehr zufrieden mit sich. Sie hatte Georges Bekanntmachung mit Elizabeth Bowen geschickt eingefädelt, und es war alles so gekommen, wie sie es gehofft hatte. Und nun beabsichtigte sie, obwohl sie es Lady Bowen gegenüber abgestritten hatte, auch bei der Auswahl eines Gatten für Aurora behilflich zu sein. Aber sie würde es so geschickt anstellen, dass das Mädchen nicht mitbekam, dass sie die Hand im Spiel hatte.

Die Tür des Salons öffnete sich, und George und Elizabeth kamen herein.

»Wir haben Euch etwas mitzuteilen«, fing George an und lächelte breit. Dabei legte er Elizabeth einen Arm um die Taille, sodass offensichtlich war, was nun kommen würde.

4. Kapitel

Eine Kutsche nach der anderen fuhr die mit Fackeln beleuchtete Auffahrt nach Hawkes Hill Hall hinauf und hielt vor dem Haupteingang des Herrenhauses. Bedienstete mit weißen Handschuhen eilten herbei, um die Schläge der Kutschen zu öffnen und die Stufen herabzulassen. Den Insassen eines jeden Wagens streckten sich hilfreich Hände entgegen, damit die Herrschaften Halt hatten, wenn sie die winzigen Kutschenstufen hinabstiegen. Ballkleider wurden geschüttelt, um etwaig entstandene Falten zu beseitigen. Die Damen betasteten ihre Frisuren, um sich zu vergewissern, dass sie unterwegs nicht gelitten hatten.

Dann schritten die Gäste die Freitreppe zum Portal hinauf, wo der Herzog und die Herzogin von Farminster sie bereits erwarteten, zusammen mit Lady Mary Rose, Aurora und George. Zwischen dem Portal und der großen Eingangshalle eilten geschäftig Diener mit Umhängen und Mänteln hin und her. Nachdem die Besucher am Empfangskomitee vorbeigezogen waren und abgelegt hatten, erreichten sie schließlich den Ballsaal und bestaunten dessen Schönheit. Die Kristalllüster funkelten und glänzten um die Wette, und überall standen Blumen in großen steinernen Vasen.

Üblicherweise waren die Ecken eines Ballsaals mit bemalten Paravents abgeteilt, hinter denen sich stille Örtchen befanden, sollte die Natur ihr Recht fordern. Aber Calandra hatte erklärt: »Nicht in meinem Ballsaal! Wenn der Abend sich dem Ende neigt, stinkt der ganze Raum zum Himmel.«

»Ihr müsst aber für die Bequemlichkeit Eurer Gäste sorgen«, hatte Valerians Großmutter eingewandt, woraufhin

Calandra erklärt hatte: »Auf jeder Seite des Ballsaals befinden sich zwei große Garderobenräume. Ich habe sie eingehend inspiziert, und beide sind bestens geeignet, um dort ein stilles Örtchen unterzubringen. So haben wir eines für die Herren und eines für die Damen. Bedienstete werden unseren Gästen den Weg weisen, und der Ballsaal bleibt frei von unangenehmen Gerüchen.«

»Eine hervorragende Idee!« Valerians Großmutter war sofort einverstanden gewesen. »Die Umhänge und Mäntel können wir auch in der Hauptgarderobe im Eingangsbereich unterbringen lassen. Sehr gut, Mädchen! Wirklich ausgezeichnet! Diese Art des Denkens erwartet man von einer Herzogin.«

Und so war alles entsprechend in die Wege geleitet worden. Diener und Dienerinnen würden sich in geeigneten zeitlichen Abständen diskret an den Ausgängen platzieren, sodass sich die Gäste bei Bedarf nach den Toiletten erkundigen konnten. An einem Ende des Ballsaals hatte man für die Musiker ein Podest errichtet. Im Augenblick spielten sie allerdings noch leichte unterhaltende Weisen, da man erst zu tanzen anfangen würde, nachdem der Herzog und die Herzogin den Ball offiziell für eröffnet erklärt hatten.

Calandra war ganz in ihrem Element. Sie hatte zwar noch nie zuvor einen Ball gegeben, aber ihre Gastgeberinnen in London aufmerksam beobachtet und heimlich beneidet. Nun war *sie* diejenige, die den Ball ausrichtete, und die Gäste sagten *ihr*, wie schön alles geworden sei und wie elegant es aussähe. Natürlich ließen sich diese Landedelleute sehr leicht beeindrucken. In London hätte sie sich wesentlich mehr Mühe geben müssen, dafür wäre alles aber noch viel schöner geworden.

Mit einem Mal überkam Calandra eine leichte Übelkeit, und sie schloss für einen Moment die Augen. Sie hätte die Garnelen, die es zuvor bei Tisch gegeben hatte, einfach nicht essen sollen.

»Ich glaube, mittlerweile sind all unsere Gäste eingetroffen, meine Liebe«, sagte da der Herzog. »Es ist an der Zeit, den Ball zu eröffnen.« Er nahm seine Gattin beim Arm und geleitete sie in den Ballsaal.

»Lasst den Vikar zuvor seine Mitteilung machen, Valerian. Wenn nicht, wird es ein Riesengetuschel geben, weil George Betsy so viel Aufmerksamkeit schenkt.«

Der Herzog nickte und sprach leise mit Sir Ronald. Daraufhin bahnten sich Valerian und Calandra in Begleitung des Vikars ihren Weg zum Podium. Der Dirigent ließ einen Tusch spielen, um die Aufmerksamkeit der Gäste zu erlangen.

Dann hob der Herzog die Hand und erklärte: »Meine Freunde, bevor wir mit dem Tanzen beginnen, hat der Vikar Euch noch etwas mitzuteilen.«

Sir Ronald räusperte sich und sagte dann ohne große Umschweife: »Lady Elsie und ich sind entzückt, die Verlobung unserer ältesten Tochter Elizabeth mit Mr. George Spencer-Kimberly, dem älteren Bruder Euer Gnaden, der Herzogin von Farminster, bekannt zu geben. Die Hochzeit wird Ende Oktober stattfinden, da Mr. Spencer-Kimberly kurz darauf zu den Westindischen Inseln zurückkehren muss. Ich hoffe, Ihr freut Euch genauso für das glückliche Paar wie meine Gattin und ich.« Dann verneigte er sich vor den versammelten Gästen und verließ das Podium.

Beinahe umgehend waren Elizabeth, George und Lady Elsie von Gratulanten umgeben, auch wenn es vielen Müttern schwer fiel, gute Miene zum bösen Spiel zu zeigen. Sie waren alle in der Hoffnung gekommen, dass ihr Liebling die Aufmerksamkeit von Mr. Spencer-Kimberly auf sich ziehen würde. Und nun war ihnen dieses Bowen-Mädchen mit seiner bescheidenen Mitgift einfach zuvorgekommen und hatte ihnen den viel versprechendsten jungen Mann, der seit Jahren in die Gegend gekommen war, vor der Nase weggeschnappt. Und das, bevor noch irgendein anderes Mädchen die Chance gehabt hätte, ihn kennen zu lernen!

Kurz danach spielte die Musik auf, und der Herzog und die Herzogin eröffneten den Ball mit einem Menuett, wobei es sich um den kultiviertesten Tanz des ganzen Abends handeln sollte. Danach würden vor allem forschfröhliche Weisen vom Lande gespielt. Calandra hatte einen Tanzlehrer kommen lassen, der ihr, George und Aurora die Menuettschritte beibrachte, damit sie nicht als rückständig galten. Aber nun stolzierte sie strahlend im Dreivierteltakt an der Seite ihres Gatten durch den Saal, und für einen Augenblick war sie wieder glücklich und zufrieden wie einst in London.

Valerian blickte zu ihr hinunter und dachte, dass sie ganz reizend aussähe. Wäre ihr Herz nur nicht so kalt gewesen, hätte er sie lieben können. Dann fiel sein Blick auf George und Elizabeth, die ebenfalls miteinander tanzten und richtig glücklich aussahen. Da war auch Aurora in dem Ballkleid, das zu ihrer Augenfarbe passte. Sie tanzte mit Justin St. John, einem entfernten Cousin Valerians. Selbst seine Großmutter wiegte sich mit dem alten General Tremayne im Takt, der nun der örtlichen Jagdgesellschaft vorstand.

Es war mittlerweile etwa anderthalb Jahre her, dass Valerians Großvater gestorben war und an der Zeit, dass seine Großmutter wieder unter die Leute ging.

Der Abend schritt voran, und alle schienen sich gut zu unterhalten, wenn man einmal von der Enttäuschung absah, die Georges Verlobung bei der Damenwelt ausgelöst hatte. Im Esszimmer wurde ein Büfett aufgetragen, und die Gäste schlenderten zwischen Esszimmer und Ballsaal hin und her.

Die älteren Herrschaften setzten sich auf die verfügbaren Stühle und Sofas und überließen den Tanzboden den Jüngeren. Calandra war bei den Herren außerordentlich beliebt und ließ keinen Tanz aus, genauso wenig wie

Aurora, die sich gerade mit dem Herzog im Kreis drehte.

»Ihr seid heute Abend das hübscheste Mädchen hier im Saal«, sagte er. »Wie raffiniert von Euch, den Stoff Eures Ballkleides Euren lieblichen türkisfarbenen Augen entsprechend auszuwählen.«

»Danke für das Kompliment«, entgegnete Aurora leise, »aber ich bin ganz sicher, dass Ihr nicht so mit mir sprechen solltet, Valerian. Abgesehen davon, ist meiner Meinung nach Eure Gattin heute Abend die schönste Frau hier im Saal.«

»Ja, sie ist die schönste *Frau*«, pflichtete der Herzog ihr bei, »aber Ihr seid das hübscheste *Mädchen.*« Dann lächelte er und sah ihr tief in die Augen.

Verdammter Mistkerl, dachte Aurora, während ihr ein wenig schwindelig wurde, sodass sie stolperte. Sofort verstärkte Valerian den Griff um ihre Taille und schwenkte sie weiter im Takt des Romp, einem für die Gegend typischen folkloristischen Tanz. Als Aurora das Gleichgewicht wiedergefunden hatte, funkelte sie Valerian böse an. »Ihr seid ganz schön clever, aber passt lieber auf, dass Ihr Euch mit Eurem scharfen Verstand nicht ins eigene Fleisch schneidet!«

Bevor er ihr noch eine passende Antwort darauf geben konnte, war das Lied verklungen, und Justin St. John erschien an ihrer Seite. »Ich glaube, der nächste Tanz gehört uns«, sagte er mit einem schelmischen Grinsen zu Aurora. Er war groß und schlank, hatte haselnussbraunes Haar und goldbraune Augen, deren Farbe an hervorragenden Sherry erinnerte. Er sah zwar bei weitem nicht so gut aus wie Valerian, war aber auch nicht unattraktiv.

»Es scheint mir, St. John, als hättet Ihr heute Abend schon mehrmals mit meiner Schwägerin getanzt«, knurrte der Herzog, dessen Blick sich ärgerlich verfinstert hatte. »Wenn Ihr so weitermacht, fürchte ich, gefährdet Ihr noch ihren guten Ruf.«

»Aber, aber, Hawkesworth!«, mokierte sich da sein Verwandter, »Ihr hört Euch ja an wie ein übervorsichtiger Herr Papa oder ein Rivale. Aber da Ihr ja bereits verheiratet seid, wird das Letztere wohl kaum zutreffen, nicht wahr?« Herausfordernd sah er den Herzog an.

»Also, meine Herren«, schaltete sich nun Aurora ein, »ich muss schon sehr bitten! Sie beide beleidigen mich mit Ihrem Gezänk, und in aller Öffentlichkeit ist es zudem auch noch peinlich.« Damit drehte sie sich auf dem Absatz um, ließ die beiden stehen und eilte mit hochrotem Kopf an die Seite von Valerians Großmutter.

»Seit ihrer Geburt sind die beiden Rivalen«, stellte die alte Dame seufzend fest. »Bei Familientreffen und in der Schule. Wer hat denn diesmal angefangen, mein Mädchen?«

»Ich würde sagen, beide«, entgegnete Aurora. »Valerian beschuldigte Justin, zu oft mit mir zu tanzen, und Justin sagte zu Valerian, dass er sich anhören würde wie ein übervorsichtiger Vater oder eifersüchtiger Verehrer. Wie können die beiden es überhaupt wagen, sich zu benehmen, als sei ich eine Ware, über deren Besitz man sich streiten kann. Ich habe sie beide gerügt, weil sie es nicht anders verdient haben!«

»Es war richtig von Euch, Aurora, die jungen Männer in ihre Schranken zu weisen.«

»Wie sind sie eigentlich miteinander verwandt?«

»Sie haben den gleichen Urgroßvater auf Hawkesworth'scher Seite«, erklärte Lady Mary Rose, als sich plötzlich am anderen Ende des Ballsaals ein Tumult erhob und sie jemanden rufen hörten: »Die Herzogin ist ohnmächtig geworden!«

Sofort sprang Aurora auf, raffte ihre Röcke und durchquerte rasch den Ballsaal, wobei sie beinahe mit dem Herzog zusammengestoßen wäre, der ebenfalls zu Calandra eilte. Und da lag sie nun in einem knittrigen Berg rosa- und goldfarbener Seide auf dem polierten Parkett. Der

Herzog hob seine Gattin auf und trug sie zu einem nahe stehenden Sofa.

»Ist Dr. Michaels noch da?«, fragte er die Umstehenden, während Aurora sich neben ihre Schwester kniete, ihr die Hand tätschelte und leise ihren Namen rief: »Calandra! Calandra! Ist mit dir alles in Ordnung?«

Langsam schlug Calandra die Augen auf. »Was … was ist denn geschehen?«

Inzwischen hatte sich ein rotgesichtiger Mann den Weg durch die umstehenden Gäste gebahnt. »Nun, was macht Euer Gnaden denn für Sachen?«, fragte er, sich beinahe im Ton vergreifend, nahm Calandras andere Hand und fühlte ihr den Puls. »Jemand soll ihre Zofe holen!«, sagte er dann.

»Das waren die Garnelen, Doktor«, erklärte Calandra. »Ich wusste gleich, dass ich sie nicht hätte essen sollen, schon vorher beim Dinner. In letzter Zeit bekommt mir sowieso kaum etwas. Aber sie haben so köstlich ausgesehen, und ich hatte so großen Hunger, dass ich beim Büfett gleich noch einmal zugeschlagen habe.«

»Auch mir entging nicht, wie sehr Euer Gnaden heute Abend dem Essen zugesprochen haben«, antwortete der Doktor und befühlte Calandra die Stirn.

»Ich weiß, dass ich eigentlich nicht darüber sprechen sollte, aber in letzter Zeit kann ich gar nicht genug zu essen bekommen und habe trotzdem immer das Gefühl, nichts im Magen zu haben. Und dann ist da auch dieses beständige Unwohlsein.«

Man hatte Sally geholt, die sich nun hinter das Sofa stellte, auf dem ihre Herrin lag. Die Zofe sah sehr besorgt drein und wollte von Aurora wissen: »Ist mit Euer Gnaden alles in Ordnung?«

Aurora zuckte mit den Schultern und erklärte dem Doktor: »Das ist die Kammerzofe der Herzogin.«

Der Doktor wandte sich der jungen Frau zu und winkte sie zu sich heran. Als Sally neben ihm stand, raunte er ihr etwas ins Ohr. Sally schien einen Augenblick nachzudenken und antwortete dem Doktor dann ebenfalls in Flüsterlautstärke.

Daraufhin wandte sich der Arzt dem Herzog zu und erklärte: »Es verhält sich zweifellos, wie ich erwartet habe. Euer Gnaden ist guter Hoffnung, und Eure Lordschaft wird, wie ich die Ehre habe, Euch mitzuteilen, noch vor Jahresende Vater werden. Darf ich Ihnen beiden meine Gratulation aussprechen?«

Der Herzog nickte und Calandra fing leise an zu weinen.

»Freudentränen!«, verkündete Dr. Michaels. »Das habe ich schon oft erlebt. Trocknet Eure Augen, Milady, Eure Gebete sind erhört worden.«

Nun neigte sich Aurora zu Calandra hinüber und raunte ihr zu: »Wenn du ein Wort sagst, das Valerian beleidigen könnte, bringe ich dich um.«

»*Verlass mich nicht!*«, bettelte Calandra.

»Ich bleibe auf Hawkes Hill, solange du möchtest«, versicherte Aurora ihr. »Und nun lächele deinen Gatten an!«

Calandra gehorchte und lächelte angstvoll zum Herzog hinauf, dessen schöne Gesichtszüge nicht etwa Freude, sondern beinahe Bestürzung zeigten.

Nachdem Aurora aufgestanden war, sagte sie leise zu ihm: »Meine Schwester schenkt Euch einen Erben, Valerian. Ist das nicht, was Ihr wolltet?

»Doch, doch!«, erwiderte er schnell und wandte sich rasch den Gästen zu, um ihnen die Neuigkeit mitzuteilen. »Die Herzogin ist ohnmächtig geworden, da sie mir, gemäß Dr. Michaels Befund, bis Jahresende einen Erben schenken wird!«

Sofort riefen ihnen alle durcheinander ihre Glückwünsche zu.

»Nun«, sagte die verwitwete Herzogin von Kempe zu Valerians Großmutter, »das war ja ein äußerst aufregender und zukunftsträchtiger Abend für Eure Familie, meine liebe Mary Rose. Eine Verlobung und die bevorstehende Ankunft eines Hawkesworth-Erben! Gewiss seid Ihr unheimlich glücklich.«

»In der Tat.« Lady Mary Rose strahlte. »Ich bin entzückt, dass ich lange genug leben durfte, um meinen Urenkel zu sehen.« Dann fügte sie lächelnd hinzu: »Nun ja, es wird wohl noch ein wenig dauern, bis es so weit ist.« Daraufhin rief sie Valerian herbei. »Ich denke, es ist an der Zeit, unsere Gäste nach Hause zu schicken, damit Calandra sich zurückziehen kann.«

Der Herzog brauchte gar nichts zu sagen, da die Gäste bereits dabei waren, sich zu verabschieden. Calandra saß mittlerweile erhobenen Hauptes auf dem Sofa und nahm die Komplimente und Danksagungen für den wundervollen Abend entgegen, und Valerian gesellte sich wieder zu ihr.

George und Elizabeth hatten gar nicht mitbekommen, dass Calandra ohnmächtig geworden war, weil sie draußen auf der Terrasse unter den Sternen gesessen und Zukunftspläne geschmiedet hatten. Aurora setzte sie schnell über das Geschehene in Kenntnis, und auch die beiden gratulierten Calandra und Valerian.

»Mama wird absolut entzückt sein, wenn sie erfährt, dass sie Großmutter wird«, sagte George, und Calandra bat ihn: »Bitte bleib bei mir, George, bis das Kind auf die Welt kommt!«

»Ich kann nicht, Herzchen. Ich muss nach Hause, um das Pflanzen des Zuckerrohrs zu überwachen. Ich hätte England schon früher verlassen, Cally, aber die stürmische Jahreszeit liegt direkt vor uns. Ich will nicht, dass Betsy eine unangenehme Überfahrt erlebt, wenn es nicht unbedingt sein muss. Ich habe schon kein gutes Gefühl dabei gehabt, das Bepflanzen der Kimberly-Felder allein den Vorarbeitern und Mutters Aufsicht zu überlassen. Zudem sollte Mama nicht länger als notwendig allein sein. Auf St. Timothy hat sie ja als Gesellschaft nur die Diener. Aber du hast Valerian, Lady Hawkesworth, und vor allem bleibt Aurora bei dir. Es wird dir an nichts fehlen, Schwesterchen.«

Mittlerweile waren alle Gäste gegangen, und Valerian trug seine Gattin die Treppe hinauf in ihr Schlafgemach. Nachdem er sie auf einen Stuhl beim Kamin abgesetzt hatte, sagte er: »Ich werde Euch von nun an in Ruhe lassen, Calandra. Seid meiner Dankbarkeit für Eure Dienste versichert. Bringt Ihr mir einen gesunden Erben zur Welt, kennt meine Großzügigkeit und Toleranz fast keine Grenzen.«

»*Fast keine?*« Calandras Augen blickten ernst.

»Was immer Ihr danach tut, Madam, ich dulde keinen Skandal. Was die weiteren Bedingungen unseres Arrangements betrifft, können wir darüber reden, *nachdem* unser Kind geboren wurde. Wir sind doch zivilisierte Menschen, nicht wahr?«

»Was, wenn es ein Mädchen wird?«, fragte Calandra nervös.

»Dann – nach einer Ballsaison in London, zu der ich Euch begleiten werde – kehren wir nach Hawkes Hill zurück und versuchen es noch einmal.«

Calandra erschauerte.

»Den meisten Frauen unserer Familie wurde zuerst ein Junge geboren«, versuchte Valerian sie nun zu beruhigen. »Ich glaube, Ihr seid vor meinen Euch unwillkommenen Zuneigungsbekundungen ziemlich sicher.« Er verneigte sich höflich und verließ die Räumlichkeiten seiner Gattin.

Wieder in der Eingangshalle angekommen, stellte er fest, dass sich George und die Bowens bereits zurückgezogen hatten. Aber seine Großmutter war noch auf und Aurora wünschte gerade Justin St. John eine gute Nacht.

»Werdet Ihr morgen mit mir ausreiten?«, fragte St. John und lächelte dabei zu Aurora hinunter, als hätte er Besitzansprüche zu vermelden, worüber der Herzog äußerst verärgert war.

»Wir haben doch schon morgen!«, sagte Aurora lachend. »Ich bin erschöpft und werde wohl den größten Teil des Vormittags im Bett verbringen. Vielleicht übermorgen.« Sie wandte sich Valerians Großmutter zu. »Darf ich, Ma'am? Wäre das genehm?«

»Natürlich, meine Liebe!«, sagte die alte Dame und fuhr zu St. John gewandt fort: »Aber nicht zu früh! Neun Uhr reicht doch, nicht wahr? Und bestellt Eurer Mama Grüße von mir, Justin. Schade, dass sie heute Abend nicht kommen konnte. Ihr müsst sie demnächst unbedingt einmal zum Tee herbringen. Vielleicht, wenn es ein bisschen wärmer ist?«

»Sehr gerne, Ma'am, und danke für die Erlaubnis, mit Miss Spencer-Kimberly ausreiten zu dürfen«, entgegnete er, gab ihr einen Handkuss und dann auch Aurora, über deren Hand er ein wenig länger verweilte als angebracht. »Gute Nacht meine liebliche Göttin der Morgenröte«, sagte er leise, aber immer noch laut genug, dass die Umstehenden es hören konnten.

Aurora errötete über das unerwartete Kompliment und Lady Mary Rose schimpfte: »Nun aber raus mit Euch, Ihr Strolch!«

Auroras Hand freigebend, wandte sich St. John noch einmal an Valerian. »Gute Nacht, Cousin. Ich habe bei Euch einen wunderbaren Abend verbracht. Mein Kompliment zur in Aussicht stehenden Geburt Eures Erben. Ihr richtet der Herzogin doch meine besten Wünsche aus?« Dann verneigte er sich noch einmal, und war zur Tür hinaus.

»Unverschämter Kerl!«, stieß der Herzog hervor. »Seid Ihr sicher, Großmama, dass es sich für Aurora geziemt, allein mit diesem Teufel auszureiten? Ich halte es keineswegs für angebracht. Zwei Reitknechte müssen sie begleiten.«

»Zwei?«, fragte Aurora überrascht.

»Ich finde auch, dass einer völlig ausreichend ist«, erklärte seine Großmutter scharf und sah ihren Enkel warnend an.

»Ich bin viel zu müde, um zu streiten«, sagte Aurora. »Ich gehe zu Bett. Ist Cally noch auf, Valerian?«

»Das war sie jedenfalls, bevor ich herunterkam.«

»Dann sehe ich noch bei ihr herein und sage gute Nacht.« Daraufhin eilte Aurora die Treppe hinauf.

»Komm einen Moment mit mir in den Salon, Valerian! Ich habe mit dir zu reden.«

Die Kerzen im Salon waren bereits gelöscht, aber im Kamin brannte noch ein Feuer, das genügend Licht warf. Direkt hinter der geschlossenen Tür blieb Mary Rose Hawkesworth stehen und erklärte ihrem Enkel: »Aurora muss unter die Haube, und St. John ist ein durchaus geeigneter Heiratskandidat, falls er ihr gefallen sollte. Ich erlaube nicht, Valerian, dass deine und Justins Jugendstreitigkeiten mir dabei einen Strich durch die Rechnung machen. Habe ich mich klar ausgedrückt?«

»Ihr habt Euch wohl schon für St. John entschieden, was, Großmama?«

»Das liegt nicht bei mir, sondern bei Aurora«, antwortete die alte Dame steif.

»Großmama, spielt keine Spielchen mit mir! Ich kenne Euch doch. Ihr habt auch Georges und Betsys Verlobung sehr geschickt in die Wege geleitet.«

»Aber –«

»Das braucht Ihr gar nicht abzustreiten. Oh, keine Sorge, ich verrate Euch nicht! Die beiden passen ja auch ausgezeichnet zusammen, aber ich bezweifle, dass das bei Justin St. John und Aurora ebenso wäre.« Der Herzog ging zu einer Anrichte hinüber und schenkte sich großzügig ein Glas Whiskey ein.

»Du hast bereits eine Gattin, Valerian«, sagte Mary Rose Hawkesworth nun ganz ruhig, trotzdem wirbelte ihr Enkel herum und sah sie erschrocken an. Aber die alte Dame fuhr unbeirrt fort: »Du brauchst gar nicht abzustreiten, dass du dich zu Aurora hingezogen fühlst. Oh, du bist meist ganz diskret, aber ich habe bemerkt, wie du sie ansiehst, wenn du dich unbeobachtet fühlst. Auch ich bin der Meinung, Aurora wäre dir die bessere Frau gewesen. Aber du hast nun einmal ihr Stiefschwester geheiratet, die jetzt ein Kind von dir erwartet. Das besiegelt die Sache, mein lieber Junge. Ich weiß, Calandra ist kalt wie eine Hundeschnauze, umso mehr erstaunt mich, dass es dir gelungen ist, sie zu schwängern. Doch da du nun einmal nicht beide Mädchen haben kannst, muss Aurora so schnell wie möglich mit einem anderen verheiratet werden. Und ich dulde nicht, dass du mir dabei in die Quere kommst, Valerian!«, warnte die Herzogenwitwe ihren Enkel noch einmal.

»Und mischt Ihr Euch nicht in meine Angelegenheiten, Großmama«, entgegnete Valerian. »Ich bin das Oberhaupt der Familie und der Meinung, dass ein gewisser Herr Aurora nicht heiraten sollte.«

»Und wenn sie ihn liebt, Valerian? Was dann?«

»Aurora verliebt sich bestimmt nicht in einen St. John!«

»Vielleicht nicht in ihn. Aber in den kommenden Monaten begegnet ihr sicher jemand, der ihr gefällt. Du wirst keine andere Wahl haben, als dabeizustehen und zuzusehen, wie sie sich einen Gatten auswählt, Valerian.«

»Warten wir's ab«, antwortete der Herzog.

»Wenn du einen Skandal heraufbeschwörst oder einem der Mädchen wehtust, verzeihe ich dir das niemals«, drohte die Herzogenwitwe.

»Gewiss kennt Ihr mich gut genug, Madam, um zu wissen, dass ich das nie tun würde.«

»Ich bin mir nicht sicher, ob ich dich überhaupt noch kenne, Valerian«, erwiderte die alte Dame kopfschüttelnd. »Es gibt keine Möglichkeit für dich, dieser Ehe zu entkommen. Vielleicht hättest du einen Weg finden können, wenn sich Calandra als unfruchtbar erwiesen hätte. Aber jetzt, da sie *dein Kind* unter dem Herzen trägt, scheidet diese

Möglichkeit aus. Noch vor Jahreswechsel wird der fünfte Herzog von Farminster das Licht der Welt erblicken.«

Da Valerian ihr nicht antwortete, wandte sich die Herzogenwitwe ab und verließ den Salon, um ihre Gemächer aufzusuchen. Als sie an Calandras Räumlichkeiten vorbeikam, hörte sie leises Lachen und lächelte. Gott sei Dank gab es Aurora! Sie würde dieses unberechenbare Gör, mit dem ihr Enkel verheiratet war, während der Schwangerschaft bei Laune halten, und Calandra würde ein gesundes Kind zu Welt bringen. Aber was käme danach? Wer wusste schon, welches Arrangement Valerian mit seiner Gattin getroffen hatte, um sich ihrer Kooperation zu vergewissern – falls sie ihm tatsächlich freiwillig entgegengekommen sein sollte. Diese ganze Liaison war so unsäglich furchtbar!

Nachdem seine Großmutter ihn allein gelassen hatte, stand Valerian noch eine Weile vor dem Kamin. Nachdenklich starrte er ins Feuer und schwenkte dabei sein Whiskeyglas. Was machte es schon aus, dass Calandra und er wenig miteinander anfangen konnten? Sie würden ein gemeinsames Kind haben, einen Erben, der ihm nachfolgen konnte. War das nicht, was er wollte? Diese Frage stellte er sich nun selbst, konnte sie aber genauso wenig beantworten wie noch vor wenigen Stunden, als Aurora ihn das Gleiche gefragt hatte.

Es war Valerian einerlei, dass Calandra nach der Geburt ihr frivoles Londoner Leben weiterführte und von Einladung zu Einladung schwebte, wie eine Biene von Blume zu Blume. Er hätte ja dann seinen Sohn. Das war zwar nur das halbe Glück, aber seine Großmutter und Aurora wären ja auch noch da.

Aurora! Seine Großmutter hatte Recht. Sicherlich wäre sie seinem Sohn eine liebevoll Tante, aber er würde sie nicht haben können. Sie würde sich irgendwann einen Gatten suchen und ihm, Valerian, blieb nur zu hoffen, dass sie sich in der Nähe niederließ und er sie nicht ganz aufgeben musste. Vielleicht durfte er auch danach noch auf ihre Freundschaft zählen, doch er wollte mehr: *Er wollte sie!*

Warum musste sie ihm auch das Herz brechen? Und warum hatte Calandra so gar nichts für ihn übrig? Wenn seine Frau ihn geliebt hätte, sähe alles anders aus.

Aber nein, sagte sich Valerian jetzt. Auch das würde nichts ändern! Er hatte sich unsterblich in Aurora Spencer-Kimberly verliebt. Doch auch ihr Herz würde er niemals gewinnen. Da hatte sein Cousin schon bessere Chancen. Allerdings fragte sich Valerian, ob St. John sich wirklich zu Aurora hingezogen fühlte oder nur mit ihr spielte, um ihn zu ärgern. Valerian wollte nicht, dass Auroras Gefühle verletzt wurden. Aber den Umgang mit St. John konnte er ihr wohl schlecht verbieten. Die Vorstellung, dass es seinem Cousin vergönnt sein sollte, mit Aurora zu schlafen, brachte ihn beinahe um den Verstand. Er nahm sich vor, St. John ganz genau zu beobachten, um dessen eigentliche Beweggründe zu erfahren. Darin würde ihm seine Großmutter sicherlich behilflich sein. Sie würde auch nicht wollen, dass Aurora von einem Flegel das Herz gebrochen wurde, selbst wenn es sich dabei um einen Verwandten handelte.

Und wenn St. John es doch ehrlich meinte?

Der Herzog wandte sich vom Feuer ab, stellte den Whiskeyschwenker auf ein Silbertablett und verließ seufzend den Salon, um sich ebenfalls zurückzuziehen. *Einsam und allein in ein kaltes Bett.*

Aurora kannte seinen Schritt mittlerweile ganz genau und hörte Valerian an ihrer Schlafzimmertür vorbeigehen. Sie war verärgert, dass Valerian Cally so unglücklich gemacht hatte, obwohl sie wusste, dass ihrer Schwester der Hauptteil der Schuld zukam. Zudem beunruhigte sie, dass ein Kompliment aus Valerians Mund ihr Herz zum Rasen brachte und ein bedeutungsvoller Blick aus seinen tiefblauen Augen ihr die Knie weich werden ließ. Unwillkürlich stellte sie sich nun die Frage, wie es wohl gewesen wäre, wenn sie ihn an Calandras statt geheiratet hätte?

Ob sie mit ihm auch so unglücklich gewesen wäre? *Nein!* Callys Probleme rührten allein daher, dass sie unfähig war, die körperlichen Leidenschaften, die das Eheleben mit sich brachte, zu genießen. Sie, Aurora, mochte eine unerfahrene Jungfrau sein, aber sie wusste, dass sie die Aufmerksamkeiten ihres Gatten genießen würde.

Besonders, wenn es sich bei ihm um Valerian Hawkesworth handelte, sagte da eine innere Stimme, und Aurora erschrak über ihre eigenen Gedanken. Doch sie hatte die Chance verpasst, den Herzog zu heiraten, weil sie wieder einmal ihren Kopf durchsetzen musste. Sie hatte Valerian, ohne mit der Wimper zu zucken, weisgemacht, Calandra sei die ihm versprochene Braut, und sich damit über die Wünsche ihres verstorbenen Vaters hinweggesetzt. Niemand hatte sie dazu gezwungen. Es war ganz allein ihre Idee gewesen.

Sie hatte auch ihre Mutter dazu gebracht, mitzuspielen. Ihr Bruder George kannte sie gut genug, um zu wissen, dass man sie zu nichts zwingen konnte, und hatte seinerseits nur getan, was seiner Meinung nach für die Familie am besten war. Rückblickend betrachtet hatten sie und Calandra sich in dieser Angelegenheit völlig kindisch verhalten, mussten nun aber mit dem Ergebnis ihres Verwirrspiels leben – was gar nicht so leicht war.

Calandra fürchtete sich davor, ein Kind zu bekommen. Sie hatte nicht nur Angst um ihre Figur, sondern auch vor der Geburt. Wenn sie nicht noch größere Angst vor Valerian gehabt hätte, würde sie sicherlich einen Weg finden, sich des werdenden Lebens in ihrem Leib zu entledigen. Zudem war ihre Abscheu vor der Erfüllung ihrer ehelichen Pflichten so groß, dass sie sich in ihr Schicksal fügte. Sollte sie das Kind verlieren, wäre sie gezwungen, die energischen Zuneigungsbekundungen ihres Gatten noch länger zu erdulden. Wenn sie es allerdings gesund zur Welt brachte und es ein Junge wurde, würde sie die, wie sie es nannte »tierische Lust Hawkesworths« nie wieder ertragen müssen.

Tierische Lust? Irgendwie klang das auf ganz unerhörte Weise prickelnd erotisch. Unter der Zudecke begann Aurora nun, ihre kleinen, festen Brüste zu streicheln und öffnete schließlich die Schleifen, die die Vorderteile ihres Nachthemds zusammenhielten. Sie ließ eine Hand unter den Stoff gleiten und überlegte, wie es wohl wäre, wenn ein Mann das tat? Dabei dachte sie zunächst an Justin St. John, aber beinahe sofort wurde sein Gesicht von dem des Herzogs überlagert.

Für einen Augenblick empfand Aurora Schuldgefühle, die sie aber sogleich beiseite schob. Das Ganze geschah ja nur in ihren Gedanken. Dabei richteten sich vor Erregung ihre Brustwarzen auf. Sie befeuchtete ihren Zeigefinger und begann, damit an einer der bereits hervorstehenden kleinen Nippel zu reiben. Als das bekannte Kribbeln zwischen den Beinen einsetzte, lächelte Aurora sehnsüchtig, ließ die andere Hand an ihrem Körper hinabgleiten und schob einen Finger zwischen die vor Lust pulsierenden Schamlippen. Sie war schon ganz feucht und schloss die Augen. Ihr Atem ging stoßweise, und sie bemühte sich, leise zu sein, um Martha nicht aufzuwecken.

Nun stellte sie sich einen dunkelhaarigen Schopf über ihren Brüsten vor, dessen Lippen lasziv an ihren Brustwarzen saugten. Würde es sich genauso anfühlen, wenn Valerian mit dem Mund ihre Brüste liebkoste, oder wäre es mit ihm noch schöner?

Aurora stellte sich vor, nackt mit einem Mann auf einem Bett zu liegen und sich von ihm lieben zu lassen, sein Gewicht auf sich zu spüren, die Brüste an seinen muskulösen Oberkörper zu drücken und ihn in sich zu fühlen. Rhythmisch bewegte sie nun den Zeigefinger auf und ab, und plötzlich überkam sie das wunderbar befreiende Gefühl, bei dem sie jedes Mal wieder dahinschmolz und das sie atemlos zurückließ. Aber heute Nacht reichte ihr das nicht, und sie konnte sich gar nicht erklären warum. Auch der Schlaf ließ auf sich warten.

Was war denn bloß mit ihr los?

Wahrscheinlich lag es an der Aufregung, die der Ball mit sich gebracht hatte. Es war ein wundervoller Abend gewesen, den Aurora umso mehr genossen hatte, als sie entscheidend zu dessen Gelingen beigetragen hatte. Sie war Valerians Großmutter bei den Vorbereitungen gerne behilflich gewesen und hatte dabei vieles gelernt, was man von der Gattin eines wohlhabenden Herrn mit großem Haushalt erwartete.

Auf St. Timothy hatte es keine Festivitäten gegeben. Ihr Vater hatte sich vor seiner Heirat und während der kurzen Zeitspanne zwischen dem Tod ihrer Mutter und seiner neuerlichen Heirat mit Oralia auf Jamaika und Barbados vergnügt. Wenn man allein auf einer Westindischen Inseln lebte, hatte man nicht viel Gesellschaft.

In England war das ganz anders. Die Leute hier waren äußerst gesellig, und Aurora musste zugeben, dass ihr das sehr entgegenkam. Nicht die Londoner Gesellschaft, so wie Cally, aber das Landleben. Die Familien hier waren zwar auch stolz auf ihre Herkunft, aber freundlich und nicht hochnäsig und eingebildet wie die Leute, mit denen sie in London Kontakt gehabt hatte. Seitdem Aurora vor gut einem Monat auf Hawkes Hill eingetroffen war, hatte sie häufig mit ihrem Bruder und Betsy Ausritte unternommen, auf dem Rasen Tennis gespielt und war von den Bowen-Schwestern und ihren Freundinnen zu Picknicks eingeladen worden.

Wenn ich hier einen Mann finde, den ich liebe und der mich heiraten will, werde ich immer auf dem Land bleiben, beschloss Aurora nun und dachte gleich: *Wenn ich denn einen finde!*

Immerhin hatte sie an diesem Abend die Bekanntschaft

mehrerer netter Herren gemacht, die begierig schienen, sie näher kennen zu lernen. *Mich oder meine Mitgift?*

Was das anging, brauchte sie sich bei Justin St. John keine Gedanken zu machen. Die Herzogenwitwe hatte ihr erzählt, er verfüge selbst über ein beträchtliches Einkommen und sei auf ihre Mitgift nicht angewiesen.

»Schafe«, hatte Valerians Großmutter gesagt. »Die Familie besitzt die größte Herde in der ganzen Gegend. Das war schon immer so. Sie verkaufen die Wolle auf dem offenen Markt, und der arme Valerian muss einen viel höheren Preis dafür zahlen, als wenn St. John ein privates Abkommen mit ihm träfe. Natürlich macht der Lümmel das absichtlich, um meinen Enkel zu ärgern!« Sie hatte leise gelacht. »Ich sage Valerian immer wieder, dass er St. John am besten austrickst, wenn er die eigene Herde vergrößert, damit er für seine Manufakturen keine Wolle zukaufen muss. Aber der Junge will ja nicht auf mich hören.«

Also waren St. Johns Motive eindeutig. Wenn er ein Interesse an ihr zeigte, dann, weil er sie anziehend fand. Er selbst war es ganz bestimmt. Nicht auf die schwer lastende Weise wie Valerian, sondern auf eine hübschere. Nein, das war der falsche Ausdruck bei einem Mann, dachte Aurora und überlegte dann, ob das Wort »weicher« angemessener wäre. Schließlich kam sie zu dem Schluss, dass St. John einfach nicht den wilden Ausdruck des Verlangens hatte wie der Herzog. Er lachte auch viel öfter, was die Fältchen um Augen und Mund bewiesen. Es wäre sicherlich aufregend, ihn näher kennen zu lernen, vorausgesetzt, er interessierte sich auch weiterhin für sie. Aber davon schien Valerians Großmutter auszugehen.

Aurora drehte sich nach links, dem Fenster zu. Sie hatte Martha gebeten, die Vorhänge offen zu lassen, und draußen wurde es schon hell. Nun versuchte sie wieder, an Justin St. John zu denken, aber jedes Mal, wenn es ihr gelang, sich sein Gesicht vorzustellen, wurde dieses von Valerian Hawkesworths gut geschnittenen Zügen überlagert. Es war geradezu beunruhigend, und schließlich konnte sich Aurora überhaupt nicht mehr auf das Gesicht seines Cousins konzentrieren. Unterdessen waren ihr die Lider schwer geworden, und sie musste mehrmals tief gähnen. Gleich darauf schlief sie ein und ihr Atem ging regelmäßig und ruhig.

Aurora erwachte erst kurz nach Mittag, und auch nur, weil draußen vor dem Fenster ein Vogel aus Leibeskräften trällerte. Ganz ruhig lag sie im Bett und genoss das fröhliche Gezwitscher. Offensichtlich hatte da jemand seinen Partner gefunden und war bereit, ein Nest zu bauen. Bei dem Gedanken musste Aurora lächeln und griff träge nach dem Klingelzug neben dem Bett.

»Seid Ihr also endlich wach!«, rief Martha, als sie geschäftig ins Zimmer kam. »Ihr seid überhaupt die Erste von der Herrschaft, die auf ist. Jane hat gesagt, die alte Dame schnarche immer noch, was das Zeug hält, und die junge Herzogin habe auch noch kein Auge aufgetan. Erzählt mir vom Ball, Miss Aurora, und von diesem Mr. St. John, den Ihr kennen gelernt habt! Ist er nett?«

»Es scheint so«, sagte Aurora und dann: »Ich hätte gerne Tee, Martha, und etwas zu essen. Ich bin wahnsinnig hungrig!«

»Kommt sofort, Miss!«, erklärte Martha, musste dann aber noch loswerden: »Man erzählt sich, Mr. St. John sei sehr reich und hätte niemanden außer seiner Mutter. Sie macht sich schon Sorgen, dass er immer noch keine zur Frau genommen hat. Das Mädchen, das ihn einmal kriegt, hat wahnsinniges Glück – bei dem großen Haus und Anwesen. Hab ich gehört.«

»Mir scheint, Martha, du hast viel mehr über ihn erfahren als ich«, sagte Aurora lachend. »Hat er eine Geliebte?«

»Aber Miss Aurora, was für ein ungehöriger Ausdruck für ein Mädchen in Eurem Alter!«, schimpfte Martha. »Wohlerzogene Damen sollten überhaupt nicht wissen, dass es solche Frauen gibt, oder solche Arrangements. Eure Mama würde in Ohnmacht fallen, wenn Sie Euch so reden hörte! Ich glaube, die junge Herzogin hat einen schlechten Einfluss auf Euch.«

»Cally? Nein, Martha, gewiss nicht. Ich lege alles, was sie sagt, auf die Goldwaage. Ich mache mir einfach nur Gedanken, warum ein Mann wie Mr. St. John bisher nicht geheiratet hat. Das ist doch eine berechtigte Frage. Wenn es da irgendwo eine Dame gibt, der sein Herz gehört, wäre es doch töricht von mir, meine Zeit mit ihm zu vergeuden und mich womöglich auch noch in ihn zu verlieben. Andererseits hat mich neugierig gemacht, dass die Großmutter des Herzogs Mr. St. John durchaus für akzeptabel hält, während der Herzog der Meinung ist, sein Cousin sei ein Schurke.«

»Ich glaube, ich würde auf die alte Dame hören, Miss. Sie zieht Euch der jungen Herzogin vor – vergebt mir, dass ich das sage –, und sie will nur Euer Bestes. Sie sorgt schon dafür, dass Euch keiner ein Leid zufügt.«

Daraufhin eilte Martha aus dem Zimmer und kehrte eine halbe Stunde später mit einem großen Tablett zurück, das sie auf den mit Einlegearbeiten verzierten Tisch an der Fensterseite stellte. Sie half Aurora in ihren hübschen pfirsichfarbenen Morgenmantel und rückte ihr den Stuhl zurecht. Als sie die silbernen Abdeckhauben von den Servierplatten nahm, kamen darunter eine Schüssel mit in Sherry und Sahne poschierten Eiern, eine dicke Scheibe Landschinken, locker gebackene kleine Croissants, eine Schale mit süßer Butter, eine Schüssel Erbsen, ein Honigtopf, eine silberne Schale frisch gepflückter Erdbeeren mit Schlagsahne und eine Kanne Tee zum Vorschein.

Aurora fiel über das Essen her, als sei sie am Verhungern. In kürzester Zeit hatte sie alles aufgegessen, dann lehnte sie sich zurück und nippte, ein zufriedenes Lächeln auf dem wunderschönen Gesicht, an ihrer Teetasse. »Köstlich«, sagte sie dann. »Richte das bitte der Köchin aus, wenn du das Tablett zurückbringst, Martha.«

»Mach' ich. Sie wird sich über ein Kompliment gewiss freuen. Von der jungen Herzogin hört sie nämlich nie ein Wort des Lobes. Sie beschwert sich immer nur, dass die Speisen nicht so raffiniert zubereitet sind wie in London«, sagte Martha und fügte vorwurfsvoll hinzu: »Ich weiß überhaupt nicht, wo Miss Calandra ihre Manieren gelassen hat.«

»Sie ist einfach nur sehr beeindruckt von dem, was sie für die feine Gesellschaft hält, und versucht, sich so zu benehmen wie die so genannten Damen in London«, verteidigte Aurora ihre Schwester. »Irgendwann wird sie schon erfahren, dass sie damit falsch liegt.«

»Mh«, machte Martha. »Sie sollte dankbar für das sein, was Ihr für sie getan habt, Miss, und sich ordentlich aufführen, so wie man es ihr beigebracht hat, anstatt all diese überkandidelten Umgangsformen zu übernehmen. Und Sally ist schon genauso schlimm.«

Aurora zuckte mit den Schultern. »Ich glaube, ich gehe wieder ins Bett. Ich bin immer noch recht müde. Frag Peters, ob heute Abend im Esszimmer gespeist wird oder ob man uns das Essen auf den Zimmern serviert, was mir sehr entgegenkäme. Es wäre schön, sich einmal nicht anziehen zu müssen und einfach so im Bett herumzulümmeln. Dann könnte ich auch endlich das Buch über die Familiengeschichte der Hawkesworths zu Ende lesen. Bei all dem, was ich in den letzten Wochen zu tun hatte, um Lady Hawkesworth beim Vorbereiten des Balls zu helfen, hatte ich für mich selbst überhaupt keine Zeit mehr.«

»Ich weiß gar nicht, warum Ihr etwas über diese Familie lest. Ihr werdet doch immer nur mit ihr verschwägert sein«, stellte Martha nüchtern fest.

»Du weißt doch, wie sehr ich mich für Geschichte interessiere, Martha«, erklärte Aurora unschuldig, »und diese Familienchronik ist einfach unheimlich aufschlussreich. Abgesehen davon, sind der Herzog und Mr. St. John über einen gemeinsamen Urgroßvater miteinander verwandt.«

»Das wusste ich ja gar nicht!«, rief Martha verwundert.

»Nun«, neckte Aurora ihre Zofe, »und ich kann gar nicht glauben, dass die Gerüchteküche der Bediensteten so nachlässig ist, dass sie dich nicht über eine derart wichtige Tatsache Mr. St. John betreffend in Kenntnis gesetzt hat, der übrigens ganz bestimmt nicht *mein* Mr. St. John ist.«

»Noch nicht«, erwiderte Martha grinsend und nahm das Tablett mit den leeren Schüsseln auf. »Ich bring' das mal nach unten. Seid Ihr für die Herzogin zu sprechen, wenn Sally mich fragt?«

»Nicht, wenn es sich irgendwie vermeiden lässt, Martha. Ich glaube kaum, dass ich Callys Gejammere und ihre Unzufriedenheit heute ertrage. Nun, da sie guter Hoffnung ist, wird keiner von uns eine ruhige Minute mehr haben, bis das Kind geboren wurde. Du erinnerst dich bestimmt noch, wie sich Cally immer angestellt hat, wenn sie krank war.«

Martha verdrehte die Augen. Offensichtlich wusste sie genau, wovon Aurora sprach. »Gott steh uns bei!«, sagte sie, während sie mit dem Silbertablett auf die Tür zuging. »Miss Calandra wird sich anstellen, als sei sie die erste Frau der Welt, die ein Kind bekommt, und aus jedem kleinen Unwohlsein eine Staatsaffäre machen.«

Nachdem sich die Tür hinter Martha geschlossen hatte, lachte Aurora leise über deren scharfsinnige Einschätzung der Lage und dachte, dass die kommenden Monate ganz gewiss nicht langweilig würden.

5. Kapitel

»Das ist so ungerecht!«, jammerte Calandra, Herzogin von Farminster. »Einfach ungerecht! Ich sehe aus wie ein Hängebauchschwein, das reif für die Schlachtbank ist. Ich halte das einfach nicht mehr aus. Ich will, dass dieses Kind endlich auf die Welt kommt!«

Es war ein herrlicher Frühherbsttag, und Calandra saß zusammen mit Valerians Großmutter draußen auf dem Rasen und beobachtete Aurora, die mit St. John Tennis spielte. Calandra gehörte zu den wenigen Frauen, denen eine Schwangerschaft nicht gut zu Gesicht stand. Ihre alabasterfarbene Haut wirkte fahl, das rabenschwarze Haar stumpf, Gesicht und Hände waren aufgedunsen. Obgleich sie einen Großteil des Tages im Bett verbrachte, neigten auch ihre Beine dazu, anzuschwellen. Hinzu kam, dass ihr Bauch schon beträchtlich gewölbt war, obgleich es noch fast drei Monate bis zur Geburt dauern würde.

Unzufrieden ließ sie ihre Hand nun über ein kleines Tablett mit Konfekt wandern, konnte sich aber nicht entscheiden. Bereits eine Praline in Händen, legte sie sie wieder weg, wählte eine andere und steckte schließlich eine dritte in den Mund. Als sie daraufhin wieder zu ihrer Schwester hinüberblickte, zog sie unwillkürlich die Augenbrauen zusammen. Aurora sah einfach umwerfend aus, in ihrem einfachen Kleid aus bedruckter weißer Baumwolle. Eigentlich handelte es sich dabei um ein Hauskleid, aber es eignete sich genauso für dieses wilde Tennisspiel. Und wie schlank Auroras Taille war! Einen Augenblick lang hasste Calandra ihre Schwester dafür und fühlte sich gleich darauf schuldig.

Sie war sich bewusst, dass Aurora den ganzen Sommer über besonders geduldig und freundlich zu ihr gewesen war. Trotzdem ärgerte es sie, ihre Schwester dabei zu beobachten, wie sie sich amüsierte, während sie selbst sich so elend fühlte.

Nicht, dass sich Calandra mit den gleichen Dingen hätte amüsieren wollen. Nein, darauf war sie ganz und gar nicht aus. Und auf die schönen jungen Herren, die ihrer Schwester den Hof machten, auch nicht. Aurora hatte mit vielen geflirtet und schließlich jedem einen Korb gegeben. Einer kam allerdings immer wieder: Justin St. John. Er war wohl noch nicht abgewiesen worden, und Calandra bezweifelte auch, dass er dann gehen würde. Es war ziemlich offensichtlich, dass er Aurora unter allen Umständen zur Frau nehmen wollte.

Calandra verstand die Beweggründe ihrer Schwester, sich nicht jetzt schon auf einen Mann zu beschränken, sondern sich Zeit zu nehmen, bevor sie in eine Ehe einwilligte. *Wenn ich nur gewusst hätte, was es bedeutet, verheiratet zu sein,* dachte Calandra nun, *wäre ich auch nicht so begierig darauf gewesen. Und dann würde Aurora jetzt an meiner statt mit einem dicken Bauch hier liegen und ich mich amüsieren. Aber,* fiel ihr gleich darauf ein, *dann wäre ich natürlich auch nicht Herzogin!*

Allerdings fragte sie sich langsam, ob es das alles wirklich wert war. Rückblickend betrachtet, hätte sie nur einen reichen, in sie vernarrten und vor allem *alten* Gatten gebraucht, der sie in London leben und eine der gefeierten Gastgeberinnen werden ließ. Ein Mann mit erwachsenen oder halb erwachsenen Kindern, der keine unangenehmen Anforderungen an ihre Person stellte und sich damit zufrieden gab, eine schöne junge Frau zu haben, die von all seinen Freunden begehrt wurde. So einen Mann könnte sie bestimmt leicht lieben, dachte Calandra nun, und verwünschte, dass sie damals auf Aurora gehört hatte.

Wieder zogen sich Calandras Augenbrauen zusammen. Aurora war schuld an ihrer ganzen Misere, aber ihre Schwester würde schon bald am eigenen Leib erfahren, wie furchtbar Männer sein konnten. Justin St. John sah aus, als steckte in ihm das gleiche wilde Tier wie in Hawkesworth. Er würde gewiss ähnliche Anforderungen an seine Gattin stellen und Aurora unter ihren ehelichen Pflichten leiden. *Hoffentlich noch mehr als ich,* dachte Calandra. Er würde Aurora auch nicht mit nach London nehmen, sondern sie hier auf dem Land halten und ihr ein Kind nach dem anderen machen, bis ihre Schönheit dahin war. Und St. John hatte nicht einmal einen Titel! So wie Aurora ihr erzählt hatte, war er einfach nur ein reicher Mann mit guten, aber auch irgendwie nebulösen Verbindungen zur Hawkesworth'schen Familie. *Aber bis Aurora ihr erstes Kind bekommt, werde ich längst wieder in London sein und eine wunderbare Zeit verbringen,* dachte Calandra. *Ja, dann habe ich endlich meine Rache.*

»Geht es Euch gut?«, fragte Valerians Großmutter, als Calandra plötzlich anfing zu stöhnen.

»Das kleine Miststück hat sich schon wieder bewegt!«, stieß Calandra hervor. »Ich hasse es, wenn es das tut. Glücklicherweise geschieht das nicht allzu oft. Ich fühle mich dann immer, als hätte ich einen ganzen Rollbraten verschluckt, Ma'am.«

»*Enceinte* zu sein, kann einen manchmal auf eine harte Probe stellen«, sagte die alte Dame mitfühlend, obwohl Calandras ewiges Gejammere ihr allmählich auf die Nerven fiel. Außerdem zählte dieses kleine Luder ganz offen die Tage, bis es Hawkes Hill verlassen und nach London zurückkehren konnte. Auch Valerian machte keinen Hehl daraus, dass seine Gattin, sobald sie sich vom Kindbett erholt hatte, gehen konnte. Farminster House würde ihr dann zur Verfügung stehen, zusammen mit einer angemessenen Zahl Bediensteter. Sie würde eine monatliche Zuwendung erhalten, mit der sie hoffentlich auskam, und brauchte nur noch nach Hawkes Hill zurückkehren, wenn sie es wollte – vorausgesetzt, das Kind wurde ein Junge. Man hatte auch schon eine Amme für das Kleine gefunden.

In diesem Augenblick kam Aurora zu ihnen herübergelaufen und ließ sich vor Lady Hawkesworth, die ihre übliche Rolle als Anstandsdame erfüllte, im Gras nieder. Das Mädchen war vom Tennisspielen erhitzt und machte sich über St. John lustig, der sich neben sie gesetzt hatte. »Ihr seid wirklich ein schlechter Verlierer, St. John!«

»Kein weibliches Wesen sollte so gut Tennis spielen können wie Ihr, Aurora«, verteidigte er sich. »Ihr spielt wie ein Mann.«

»Und wenn ich einer wäre, würdet Ihr dann auch von mir erwarten, dass ich Euch gewinnen lasse?«

»Lady Mary Rose, in diesem Fall wende ich mich vertrauensvoll an Euch. Was soll ich auf diese Frage antworten?«

»O nein, St. John!« Valerians Großmutter hob abwehrend die Hand. »Ihr bekommt mich nicht dazu, Partei für Euch zu ergreifen. Ihr seid bei einem fairen Spiel geschlagen worden, weil Eure Rückhand bejammernswert ist. Sogar ich hätte Euch besiegen können, wäre mir heute nach Tennisspielen zu Mute gewesen.«

Mit scheinbar schmerzverzerrtem Gesicht griff sich St. John an die Brust und erklärte theatralisch: »Ma'am, Ihr habt mich zutiefst verletzt!«

Woraufhin Valerians Großmutter ihm heftig mit dem Fächer auf die Schulter schlug und schimpfte: »Jetzt tut doch nicht so mimosenhaft, St. John! Ach, übrigens, bleibt Ihr heute zum Abendessen? Valerian wird sicher auch bald von seinen Manufakturen zurück sein.«

»Danke für die Einladung, Ma'am, ich würde gerne bleiben.«

»Cally leistest du uns auch Gesellschaft?« Erwartungsvoll sah Aurora ihre Schwester an, die allerdings den Kopf schüttelte und gleich darauf wieder zu jammern anfing.

»Gerade zu sitzen fällt mir immer schwerer. Du kannst dir ja nicht vorstellen, wie unangenehm es ist, ein Ungeborenes mit sich herumzutragen, Schwester.«

Aurora tätschelte Calandras dickliche Hand und fragte tröstend: »Soll ich dir heute Abend vor dem Zubettgehen Schultern und Füße massieren?«

»Oh, würdest du das wirklich tun?« Calandra strahlte. »Das wäre nett. Du bist die Einzige im Haus, die sich wirklich um mich kümmert. Gott sei Dank habe ich dich, sonst würde ich vor Einsamkeit umkommen.«

Mary Rose Hawkesworth biss sich auf die Zunge, um Calandra keine passende Antwort darauf zu geben. Der ganze Haushalt stand Kopf, um Calandras Ansprüche an Bequemlichkeit zu erfüllen und auf jede ihrer Launen einzugehen. Aber sie bemerkte es nicht einmal und nutzte auch Auroras Freundlichkeit weitlich aus.

Wenn ich noch eine Sekunde länger hier bleibe, dachte die alte Dame nun, *sage ich bestimmt etwas, das ich später bereue.* Sie erhob sich und erfand eine Ausrede. »Für mich ist es hier draußen ein bisschen kühl geworden. Ich gehe lieber ins Haus, meine Lieben. Bleibt ruhig noch und genießt den schönen Nachmittag. Vielleicht lege ich mich ein wenig hin.«

Um sich wieder zu beruhigen, schritt sie betont langsam über den Rasen. Als sie jedoch beim Haus angelangt war, war sie immer noch aufgebracht über Calandras Selbstsucht und sicher, dass sie keinen Schlaf finden würde. Deshalb beschloss sie, der Ahnengalerie einen Besuch abzustatten. Es war immer unterhaltsam, die Gesichter derer zu sehen, die vor ihr da gewesen waren, und sich an die Familiengeschichte zu erinnern.

Lady Hawkesworth nahm sich vor, Aurora bald einmal mit dorthin zu nehmen, wenn es ihr gelingen sollte, sie von Calandra loszueisen. Aurora hatte so interessiert ihre Familiengeschichte gelesen, dass sie den Namen aus dem Buch sicher gerne Gesichter zuordnen können würde.

Die alte Dame lächelte, als sie die Galerie betrat. Der Raum war lang und dem Haus vor mehreren Jahrhunderten hinzugefügt worden. Ursprünglich hatte es sich dabei um einen Fenstergang gehandelt, der einen Flügel des

Hauses mit dem anderen verband. Auf der einen Seite befanden sich immer noch hohe Fenster, die nach Südwesten gingen. Die gegenüberliegende Wand hatte man später mit Holz vertäfelt. Die Böden waren frisch gebohnert und mit schönen rot-blauen Perserteppichen bedeckt. Nun fiel das Licht der Nachmittagssonne herein und zeigte die Porträts von ihrer besten Seite.

Da war ihr verstorbener Mann und wirkte besonders schneidig und gut aussehend. Neben ihm hing das Porträt ihres Sohnes Charles und seiner süßen Gattin Henrietta. Von Valerian und seiner Schwester Sophia gab es sogar mehrere Kinderporträts.

Die alte Dame schlenderte von Bild zu Bild und betrachtete aufmerksam jeden der darauf dargestellten Lords und jede der Ladys. Mittlerweile war sie beim ersten Herzog von Farminster angelangt, auf dessen Bildnis das seiner Frau und ihrer Kinder folgten. Da waren auch seine Eltern, der letzte Graf, dessen Gräfin und deren Kinder. Ihre Töchter – die Schwestern des ersten Herzogs – waren als junge Frauen sehr hübsch gewesen.

Lady Hawkesworth lächelte beim Betrachten der Bilder und blieb plötzlich erstaunt stehen. Ungläubig las sie das Namensschild auf dem Porträt. Da stand zwar: CATHERINE HAWKESWORTH KIMBERLY, 3. Mai 1630 – 28. Oktober 1700, aber die junge Frau sah aus wie Aurora! Bei Catherine Hawkesworth handelte es sich um das Mädchen, das mit jenem Kimberly vermählt worden war, dem König Charles II. St. Timothy vermacht hatte.

Deshalb ist mir Aurora die ganze Zeit so bekannt vorgekommen, dachte Lady Hawkesworth nun. Wie oft war sie in den vergangenen Jahren wohl schon an diesem Porträt vorbeigegangen? Dann betrachtete sie das Gemälde neben dem von Catherine Hawkesworth Kimberly. Es handelte sich um das ihrer älteren Schwester Anne Hawkesworth Meredith, die Catherine – und damit auch Aurora – sehr ähnlich sah.

Gütiger Gott, was hatte das alles zu bedeuten?, überlegte die alte Dame, obwohl sie es eigentlich schon wusste. Valerian war mit dem falschen Mädchen verheiratet! Aber sie durfte ihrem Enkel nicht die Wahrheit sagen, zumindest jetzt noch nicht. Wenn es denn die Wahrheit war …

Aber es musste so sein. Eine derartige Ähnlichkeit war schließlich kein Zufall. Doch wer könnte ihr das bestätigen?

Auroras Zofe Martha! Sie würde zwar nicht wollen, dass man ihrer jungen Herrin wehtat, ihr, Lady Hawkesworth, aber sicherlich Rede und Antwort stehen. Dazu brauchte sie die Zofe nur unter Druck zu setzen.

Rasch verließ die alte Dame nun die Ahnengalerie, um ihr Schlafgemach aufzusuchen. Nachdem sie sich davon überzeugt hatte, dass Aurora noch draußen im Garten war, schickte sie ihre Zofe Jane, um Martha zu holen.

Wenig später erschienen die beiden Bediensteten wieder bei ihr im Zimmer. »Ja, Milady«, sagte Martha und knickste höflich, »Ihr habt mich rufen lassen?«

»Du kannst jetzt gehen, Jane«, entließ Lady Hawkesworth zunächst einmal ihre Zofe. »Und gib mir wie besprochen Bescheid, sobald Miss Aurora ins Haus kommt.«

Jane nickte und eilte aus dem Raum.

Lady Hawkesworth wandte sich Martha zu und hoffte, dabei streng, aber nicht zu angriffslustig zu wirken. »Sag mir die Wahrheit!«, forderte sie Martha auf. »Ist deine Herrin das Mädchen, das meinem Enkel in Wirklichkeit versprochen war?«

Martha zögerte einen Augenblick und erklärte dann seufzend: »Ja, Milady. Eigentlich hätte sie Herzogin werden sollen und nicht Miss Calandra. Ich habe Miss Aurora gleich gesagt, dass Lügen kurze Beine haben, aber sie wollte ja nicht hören.«

»Erzähl mir, was passiert ist!«, verlangte Lady Hawkesworth. »Warum, um alles in der Welt, hat man uns dieses Täuschungsmanöver vorgespielt? War das die Idee der Stiefmutter?«

»O nein, Milady! Mistress Oralia wollte nichts davon hören. Erst in letzter Minute, als ganz eindeutig war, dass Miss Aurora ihren Kopf durchsetzen würde, hat Mistress Oralia nachgegeben. Aber sie hat es weder gewollt, noch freiwillig zugestimmt.«

Dann erzählte Martha Valerians Großmutter die ganze Wahrheit und schloss mit der Frage: »Wie, um alles in der Welt, haben Eure Ladyschaft das herausbekommen?«

Die alte Dame lächelte. »Als ich Aurora zum ersten Mal sah, kam sie mir gleich so bekannt vor. Dann bin ich heute Nachmittag in der Ahnengalerie gewesen und dabei auf das Porträt der jüngeren Schwester des ersten Herzogs von Farminster gestoßen. Aurora ist dieser Frau und deren Schwester, die einen Meredith heiratete, wie aus dem Gesicht geschnitten. Calandra weist nicht einmal die geringste Ähnlichkeit mit irgendwelchen der Hawkesworth'schen Vorfahren auf. Die Hawkesworth hatten nie dunkle Haare. Valerian bildet darin eine Ausnahme. Er hat das dunkle Haar von seiner französischen Mutter geerbt.«

»Vergebt mir, Lady, aber werdet Ihr nun alles erzählen?«, fragte Martha nervös.

»Wie könnte ich, Martha? Calandra ist ganz legal mit meinem Enkel verheiratet. Wenn sie allerdings nicht guter Hoffnung wäre, würde ich ihn drängen, die Ehe annullieren zu lassen, da sie auf Grund einer arglistigen Täuschung zu Stande kam. Aber Calandra erwartet nun einmal ein Kind von ihm, und das Kleine ist unschuldig und kann nichts für den Betrug seiner Mutter. Nein, ich werde meinem Enkel nichts davon erzählen, und auch Aurora soll nicht wissen, dass ich Bescheid weiß, obwohl ich sie wegen ihres Verhaltens gerne einmal zur Rede stellen würde. Und du wirst von unserer Unterhaltung auch nichts verlauten lassen, Martha!«

»Oh, Milady, ich wusste, dass es falsch war. Aber was hätte ich denn tun können? Ich bin doch nur eine Dienerin, und selbst Mistress Oralia und Master George wurden von meiner Herrin dazu gezwungen. Sie kann furchtbar halsstarrig sein!«

Die alte Dame tätschelte Martha die Hand. »Vielleicht wird das Päckchen, das du zu tragen hast, ja dadurch leichter, dass du es nun mit mir teilen kannst, mh? Irgendwie kommt das alles schon wieder ins Lot.« Aufmunternd lächelte die alte Dame Auroras Zofe zu und sagte dann: »Du kannst jetzt gehen!«

Martha knickste und verließ den Raum.

Nun, dachte Valerians Großmutter, *dadurch, dass sich mein Verdacht bestätigt hat, ist nichts erreicht worden.* Ihr neu erworbenes Wissen war nicht mehr als ein Ärgernis. Was für eine Närrin sie doch gewesen war! Sie hätte Mistress Kimberly und deren Familie vor der Heirat nach England kommen lassen sollen. Doch sie war über den Tod ihres geliebten James so bestürzt gewesen, dass sie gar nicht mehr klar hatte denken können. Vielleicht hätte man Aurora in England überzeugen können, dass es kein todeswürdiges Schicksal war, mit Valerian verheiratet zu sein.

Aber nein, in die Enge getrieben, hatte sich das Mädchen einen raffinierten Plan zurechtgelegt, und er wäre auch aufgegangen, wäre sie, Lady Mary Rose, heute nicht zufällig durch die Ahnengalerie geschlendert. Wenn Calandra und Aurora ihnen vor der Heirat einen Besuch abgestattet hätten, wäre ihr die Ähnlichkeit zwischen Aurora und dem Porträt in der Ahnengalerie vielleicht noch rechtzeitig aufgefallen und sie hätte verhindern können, dass man sie täuschte. *Aber nun werde ich mit diesem Geheimnis leben müssen,* dachte Lady Mary Rose verärgert, *bis Valerian selbst darauf kommt.* Sie konnte nur hoffen, dass das Kind, das Calandra erwartete, vorher geboren wurde. Was für ein Drama!

Bei Tisch wurde Lady Hawkesworths Verstimmung allerdings kaum bemerkt, da sich Valerian und St. John wegen

Aurora in den Haaren lagen. *Gütiger Gott,* dachte die alte Dame verärgert, *die beiden benehmen sich wie zwei Hunde, die sich um einen Knochen reißen, und Aurora stachelt sie allein dadurch an, dass sie dabeisitzt.* Das Mädchen musste so schnell als möglich verheiratet werden, bevor Valerian es noch verführte und dadurch einen Skandal heraufbeschwor!

Für Lady Mary Rose war ganz offensichtlich, warum sich ihr Enkel zu Aurora hingezogen fühlte, obwohl er verheiratet war. Das Mädchen war blitzgescheit und amüsant. Es reizte ihn nicht nur durch seine Schönheit, sondern auch mit seinem Verstand. Ganz anders als die arme Calandra, die tatsächlich glaubte, Schönheit sei alles. Und St. John war von Aurora genauso hingerissen. Auch er wollte sie besitzen und wurde, das Interesse des Herzogs spürend, in seinem Werben um Aurora nur noch beflügelt; genau wie früher, wenn sich die beiden um etwas stritten, nur weil es der andere haben wollte.

Anders als Valerian hatte St. John zwar einen sehr ausgeprägten Humor, aber den gleichen starken Willen. Ja, dachte die alte Dame nun, es würde definitiv einen Skandal geben, wenn sie nicht etwas dagegen unternahm.

Unversehens war die Mahlzeit vorüber, und Lady Mary Rose wandte sich mit der Frage an St. John: »Warum nehmt Ihr Aurora nicht mit hinaus auf einen Spaziergang durch den Garten?«, womit sie ihm indirekt zu verstehen gab, dass er ihr Einverständnis hatte, Aurora den Hof zu machen.

»Aber«, wandte Valerian sogleich ein, obwohl Lady Hawkesworth ihren Enkel zuvor streng angesehen hatte, »es ist draußen gewiss frisch geworden. Vielleicht will Aurora ja gar nicht durch die kühle Abendluft schlendern.«

»Ich mag, wenn es abends abkühlt«, sagte Aurora. »Mir wird schon nicht kalt. Ich nehme mir einfach eine Stola mit«, fügte sie noch hinzu und erhob sich.

»Und im Bedarfsfall bin ich ja auch noch da, um Euch zu wärmen«, merkte St. John an, wobei es in seinen bernsteinfarbenen Augen verwegen aufblitzte.

»Benehmt Euch, mein Junge! Ich dulde keine Ungezogenheiten!« Spielerisch hieb die alte Dame mit ihrem elfenbeinernen Fächer auf St. Johns Handrücken und fuhr lächelnd fort: »Wenn Eure Absichten allerdings ehrbar sind, mein Lieber, ist das eine ganz andere Sache.« Daraufhin beobachtete sie zufrieden, wie St. John die errötende Aurora aus dem Esszimmer geleitete.

»Höllenfeuer und Verdammnis, Großmama!«, fluchte der Herzog, nachdem die beiden außer Hörweite waren. »Warum ermutigt Ihr ihn auch noch? Genauso gut könntet Ihr mit Auroras Jungfräulichkeit auf der London-Bridge hausieren gehen. Aurora ist viel zu gut für meinen Cousin.«

»Nimm dich zusammen, Valerian!«, sagte sie streng. »Dein Interesse an deiner Schwägerin ist viel zu augenscheinlich. Du kannst sie nicht haben. Du hast bereits eine Gattin, und ich weiß, dass du den guten Namen der Hawkesworths nicht in den Schmutz ziehen würdest. Sicher willst du Aurora auch nicht dadurch entehren, dass du ihr eine Stellung zuweist, die unter der deiner Gattin liegt.«

»Aber, ich liebe sie!«, sagte Valerian mit schmerzlich verzerrtem Gesicht.

»Ich weiß«, entgegnete seine Großmutter. »Das ist ja die Tragödie, mein lieber Junge. Du liebst sie, und sie wäre dir gewiss eine bessere Frau gewesen als ihre Schwester. Aber das Schicksal hatte andere Pläne für euch beide. Trotz all ihrer Fehler erwartet Calandra deinen Erben, und, um dich vor dir selbst zu schützen, Valerian, muss Aurora so schnell wie möglich verheiratet werden. St. John ist dafür der ideale Kandidat. Auroras Mitgift ist zwar recht gut, aber, wie ich fürchte, nicht ausreichend für einen Gatten mit Adelstitel. St. John hat keinen, ist aber bereits Mitglied unserer Familie und ein wohlhabender Mann. Wenn Aurora ihn heiratet, wird sie in der Nähe ihrer Schwester bleiben, und das kommt uns allen, wie ich glaube, zugute.«

»Calandra verlässt Hawkes Hill, sobald sie sich von der

Geburt erholt hat«, erinnerte Valerian seine Großmutter. »Du weißt, dass das unsere Abmachung ist, und ich werde sie einhalten.«

»Vielleicht will Calandra gar nicht mehr gehen, wenn Aurora in der Nähe ist«, sagte die alte Dame hoffnungsvoll. »Aber unabhängig davon, ob deine Gattin nun hier bleibt oder nach London zurückkehrt, muss ihre Schwester verheiratet werden.«

»Ich glaube nicht, dass ich es ertragen könnte, Aurora mit einem anderen Mann verheiratet zu sehen«, gestand der Herzog seiner Großmutter nun ein und fügte noch hinzu: »Gott, was bin ich bloß für ein Schwächling!«

»Wenn du es wirklich nicht ertragen kannst«, sagte die alte Dame mit fester Stimme, »muss Aurora eben mit ihrem Bruder und seiner Braut Anfang November nach St. Timothy zurückkehren.«

»Nein!« Heftig schüttelte Valerian den Kopf. »Wenn du sie nach St. Timothy zurückschickst, sehe ich sie womöglich nie wieder! Da wäre mir doch lieber, sie heiratet St. John und bleibt wenigstens hier.«

»Du wirst bald ein Kind haben, mein Junge«, sagte Lady Mary Rose nun leise. »Es wird dich brauchen, da sich seine Mutter, wie ich annehme, nicht darum kümmern wird. Lass das Kind zu deiner Welt werden, und du wirst glücklich sein. Das verspreche ich dir!«

Valerian Hawkesworth seufzte traurig, womit er seiner Großmutter beinahe das Herz brach, besonders, da sie nun dank des Porträts in der Ahnengalerie und Marthas Geständnis die Wahrheit kannte. Aber insgeheim beschloss die alte Dame, zu vergessen, dass sie jemals von dem Täuschungsmanöver erfahren hatte.

Dann wandte sie den Kopf zum Fenster und sah hinaus auf den Garten, wo Aurora und Justin St. John spazieren gingen. Die beiden waren im Zwielicht nur noch als Schatten wahrzunehmen, und Lady Mary Rose hoffte, St. John möge Aurora dazu bringen, ihn zu heiraten. Die alte

Dame wünschte inständig, sie könnte hören, was die beiden sagten. Aber dann lächelte sie über ihre eigene Neugierde.

»Habt Ihr auch das Gefühl, dass wir beobachtet werden?«, fragte Aurora St. John belustigt. »Ich kann Lady Hawkesworths Blick beinahe im Rücken spüren.« Sie lachte. »Aber ich mag sie wirklich gerne!«

»Sie hat Euch auch lieb gewonnen«, erklärte St. John, »genau wie ich.«

»Wollt Ihr mir etwa schon wieder einen Antrag machen?«, neckte sie ihn. »Das wie vielte Mal wäre das dann, St. John? Das fünfte oder sechste?«

»Das siebte Mal, Aurora, und sieben war immer meine Glückszahl.« Er blieb stehen und zog Aurora an sich. »Diesmal will ich aber kein Nein hören, meine Liebe.« Zärtlich strich er ihr dabei mit einem Finger über die Wange, bevor er ihr Kinn zwischen Zeigefinger und Daumen nahm. »Ich will dich, Aurora. Verstehst du, was ich damit meine? *Ich will dich!*«

Seine bernsteinfarbenen Augen glitzerten sehnsüchtig, und der plötzlich so drängende St. John weckte Auroras Neugierde. Was war bloß mit dem leicht gelangweilten, immer ein wenig blasierten Gentleman geschehen, der er kurz zuvor noch gewesen war? Jetzt schien er irgendwie gefährlich, und das faszinierte Aurora.

»Ihr wollt mich? Meint Ihr damit, Ihr wollt mit mir das Bett teilen, St. John?«, antwortete sie ihm spöttisch. »Wie könnt Ihr es wagen, einem ehrbaren Mädchen einen derart ungehörigen Vorschlag zu unterbreiten?«

Er lachte leise. »Mir macht Ihr nichts vor, Miss Spencer-Kimberly. Hinter dieser eleganten und ehrbaren Fassade des Fräuleintums verbirgt sich glutvolle Leidenschaft, die bisher nur noch nicht geweckt wurde. Aber wenn das erst einmal geschehen ist, wird sie uns beide verschlingen. Ja, Aurora, ich will dir beiwohnen, und du willst es auch.«

Dabei drückte er sie noch ein wenig fester an sich. »Oder etwa nicht?«

Plötzlich schlug Aurora das Herz wie wild und die Beine drohten ihr den Dienst zu versagen. Und das alles nur wegen St. Johns Worten und dem Nachdruck, mit dem er sie geäußert hatte?

Wie aufregend! Aurora war immer auf ihren guten Ruf bedacht gewesen und hatte keinem Gentleman je gestattet, ihr die Hand zu halten, geschweige denn, sie zu küssen. Aber nun fragte sie sich, wieso eigentlich. Frauen sollten doch sinnlich sein, oder etwa nicht? Sie war es auf jeden Fall.

Langsam hob Aurora die Lider, sah St. John mit ihren türkisfarbenen Augen an und antwortete: »Ja, St. John, ich will, dass Ihr mit mir schlaft. Schockiert Euch das?«

Er schüttelte den Kopf. »Nein, das wusste ich, als ich Euch das erste Mal sah. Ich erkenne sofort, ob eine Jungfrau leidenschaftlich ist, oder nicht, Aurora.«

Wie konnte er es wagen, sie auf diese Weise zu beleidigen? Wütend machte sich Aurora von ihm los. »Lump!«, rief sie aufgebracht und verpasste ihm eine schallende Ohrfeige.

»Biest!«, entgegnete er, riss sie wieder an sich und küsste sie, wobei er ihr die Handgelenke auf dem Rücken festhielt, sodass jeder Befreiungsversuch ihrerseits sinnlos war.

Mein erster Kuss!, dachte Aurora. Daran würde sie sich ihr Leben lang erinnern. Aber er fiel nicht so sanft und zärtlich aus, wie sie es sich vorgestellt hatte, sondern hart, wild und fordernd. Einen Augenblick schwelgte sie in dieser Wildheit, aber dann trat sie St. John vors Schienbein.

»Autsch!«, rief er, ohne Aurora jedoch loszulassen. Stattdessen stellte er ihr ein Bein, sodass sie beide auf dem rasenbewachsenen Pfad landeten. Dabei hielt er Aurora immer noch fest, grinste und sagte beinahe anerkennend: »Du bist ja eine echte Furie!«, bevor er sich zu ihr hinunterbeugte, um sie erneut zu küssen.

Doch Aurora wandte den Kopf ab und fauchte: »Lasst mich! Lasst mich auf der Stelle aufstehen, St. John, oder ich schreie so laut, dass alle denken, hier geschieht ein Mord!«

Aber St. John drehte ihr Gesicht wieder zu sich und küsste sie erneut. Diesmal war es tatsächlich ein unsäglich zärtlicher Kuss, und Auroras Kehle entrang sich ein winziges leidenschaftliches Stöhnen.

Da wusste St. John, dass sie nicht in der Lage wäre, ihm zu widerstehen und gegen die eigene Sinnlichkeit anzukämpfen. Aurora war zwar noch Jungfrau, aber begierig, ihre Sehnsüchte auszuleben.

St. John ließ ihr gerade genug Raum, um zu atmen, bevor er den Mund erneut auf den ihren drückte. Dann fuhr er mit der Zunge so lange über ihre entzückenden rosa Lippen, bis sie unter seinem Einfluss nachgaben. Begierig drängte er sich hinein ins feuchtwarme Innere ihres Mundes, suchte Auroras Zunge und ließ die seine hungrig darüber gleiten, bis sich ihm das Mädchen willig entgegenbrachte.

Dabei wurde Aurora von einer derartigen Welle der Leidenschaft erfasst, dass sie verwirrt glaubte, gleich zum Höhepunkt zu kommen und sich überwältigt fragte, wie das Verschmelzen zweier Münder bloß derartige Freuden mit sich bringen konnte. Warum, überlegte sie gleich darauf, hatte sie es bisher bloß immer vermieden, jemanden zu küssen? Und warum hatte Calandra ihr nicht gesagt, wie wundervoll es war? Dagegen konnte ihre Schwester doch nicht auch etwas haben! Von einem Mann geküsst zu werden, war doch wie der Himmel auf Erden! Begierig erwiderte Aurora nun St. Johns Zärtlichkeiten, der, zu ihrer Überraschung, heftig erschauerte, sich gleich darauf von ihr zurückzog und stöhnend nach Luft rang.

»Bitte hört nicht auf!«, flehte Aurora, und St. John streifte neckend mit dem Mund ihre Lippen und küsste ihr die Augenlider. Dann drehte er ihr den Kopf sanft zur Seite und setzte einen Kuss neben den anderen, wobei er seine Lippen langsam von ihrer Wange zu ihrem Hals hinunterwandern ließ.

Warm fühlte Aurora seinen Atem an Halsbeuge und Schultern und bog den Kopf noch weiter zurück, damit St. John es einfacher hatte, ihr Dekolleté zu liebkosen. *»Herrlich! Herrlich!«*, flüsterte sie dabei atemlos, während sich St. John zu ihren kleinen runden Brüsten vorarbeitete. Dann schob er ihr eine Hand unter den Rücken und löste die Schlaufen und Ösen ihres Kleides, was ihm rasch und geradezu meisterhaft gelang.

Aurora trug kein Korsett, und er konnte sich sogleich wieder neben sie ins Gras legen und sie in die Arme schließen. Zärtlich zog er nun an ihrem gelösten Oberteil und dem Unterkleid, sodass ihre kleinen, wohlgeformten Brüste zum Vorschein kamen. Einen Augenblick lang blickte er geradezu ehrfürchtig auf die verheißenden Jungmädchenbrüste, bevor er deren schwellende Rundungen zärtlich küsste, während er sie mit der anderen Hand umfasst hielt und dabei flüsterte: »Gott, wie schön du bist, Aurora!«

Wie gebannt beobachtete Aurora, wie St. John ihre Brüste liebkoste, bis er sich schließlich darüberbeugte, um die Brustwarzen zu küssen. Um nicht vor Lust laut aufzuschreien, musste sich Aurora schwer zusammennehmen. Dennoch entwich ihr ein kleines »Oh!«. Dabei wurde ihr bewusst, dass sie St. John diese Intimitäten eigentlich nicht gestatten sollte, und stieß stöhnend hervor: »St. John, ah, St. John, ich glaube nicht, dass Ihr das tun solltet. Oh! Oh! Oh! St. John, so quält mich doch nicht so!«

Seine Lippen hatten sich um einen ihrer Nippel geschlossen und sogen nun daran. Aurora brannte lichterloh und zwischen ihren Schenkeln fing es an zu kribbeln. »St. John, in Gottes Namen, hört auf! Es ist ein unglaublich schönes Gefühl, aber ich will meine Jungfräulichkeit nicht hier im Garten der Hawkesworths verlieren!« Als er dennoch weitermachte, sagte sie ein wenig lauter: »*Hört auf!*«, und versuchte, sich aus seiner Umarmung zu befreien.

»Verdammt, Weib, du bist viel zu aufregend für einen Sterblichen!« Mit einem unterdrückten Stöhnen, gefolgt von einem tiefen Seufzer gab er sie frei. »Ich verzehre mich nach dir, Aurora. Bitte sag, dass du mich heiraten wirst!«

»Ich denke darüber nach, St. John«, antwortete sie leise und zog das erste Mal überhaupt ernsthaft in Betracht, mit St. John vor den Traualtar zu treten. Wenn dieses Liebesspiel ein Vorgeschmack auf die Freuden war, die eine Ehe für sie bereithielt, dann wollte sie seinen Antrag vielleicht annehmen. Anscheinend brachte St. John die richtigen Voraussetzungen für einen Ehemann mit: Sie genoss es, mit ihm zusammen zu sein, und wenn er ihre Leidenschaft so rasch entfachen konnte, war sie offensichtlich gerade dabei, sich in ihn zu verlieben.

Aber, was war die Liebe eigentlich? Bisher hatte ihr noch niemand eine vernünftige Erklärung dafür geben können. Da musste sie sich wohl auf sich selbst verlassen!

Noch einmal stöhnte St. John und rollte sich dann auf den Rücken, während sein Gesicht körperlichen Schmerz ausdrückte.

»Tut Euch irgendetwas weh?«

»Allerdings.«

»Was denn? Meint Ihr es hilft, wenn ich die Stelle ein wenig reibe? Ich massiere auch Callys Schultern und Füße, wenn sie sie schmerzen.«

Ein schelmisches Grinsen breitete sich auf St. Johns Gesicht aus, bevor er ihr darauf antwortete: »Ich bin nicht sicher, Aurora, ob Ihr meinen schmerzenden Körperteil auch noch massieren wollt, wenn Ihr sehen könnt, in welchem Zustand er sich befindet; und ich bin auch nicht sicher, ob ich Euch das gestatten sollte, bevor wir nicht miteinander verlobt sind.«

»Oh, St. John, jetzt stellt Euch doch nicht so an!«, schimpfte Aurora, die gar nicht begriff, was er meinte.

»Zeigt mir jetzt sofort, wo es Euch wehtut, und ich sorge dafür, dass Ihr Euch besser fühlt.«

Anstatt zu antworten, fingerte St. John nun an den Knöpfen seiner Hose herum, öffnete sie, zog sein Glied aus der schmerzhaften Enge der Hose hervor und rief befreit: »Ah!«

Verwundert blickte Aurora auf den mächtigen rosa Phallus. Sie erinnerte sich, Georges Glied gesehen zu haben, als sie als Kinder nackt im Meer badeten. Aber es war keineswegs so beeindruckend gewesen wie dieses. Furchtlos jedoch streckte Aurora nun die Hand danach aus.

Aber St. John ergriff ihr Handgelenk und hielt es fest. »Nein«, sagte er dann, »wenn Ihr mich berührt, Aurora, verliere ich die Beherrschung. Es ist mir zu eng in der Hose geworden, deshalb fühlte ich mich ein wenig unwohl. Es geht mir gleich besser, wenn Ihr mich nur nicht wieder anfasst. Sobald wir verheiratet sind, werde ich entzückt sein, wenn Ihr meinen kleinen Freund hier streicheln wollt. Aber dafür ist es jetzt noch zu früh. Also, wendet die Augen ab und dreht Euch um, damit ich Euch schnüren kann.«

Es war nicht leicht für Aurora, ihm Folge zu leisten, aber schließlich wandte sie den Blick ab und kehrte St. John den Rücken zu. Ohne ein Wort zu sagen, saß sie da, während St. John mit geschickten Fingern ihr Kleid schloss. Dabei gingen ihr tausenderlei Fragen durch den Kopf.

Das Schweigen brechend, fragte sie schließlich: »Ist es normal, dass es so aussieht?«

»Ihr meint, was die Größe angeht?«

Sie nickte.

»Ich denke doch. Hawkesworths bestes Stück ist vielleicht eine Idee größer als meines, aber es kommt viel mehr darauf an, wie ein Mann es einsetzt«, erklärte St. John, legte ihr die Arme um die Taille und küsste ihr den Nacken.

Aurora konnte nicht umhin, sich an ihn zu lehnen, und dachte: *Ich glaube, ich werde Justin heiraten, aber ich sollte noch ein bisschen warten, bis ich es ihm sage.* Dann fragte sie: »Werdet Ihr mir damit wehtun?«

»Wenn ich Euch die Unschuld nehme, fühlt Ihr es sicherlich«, erklärte er. »Bei manchen Mädchen ist es ein kleiner, stechender Schmerz, bei anderen nur ein leichtes Ziehen. Es kommt ganz darauf an, wie eng Ihr seid und wie dünn Euer Jungfernhäutchen ist.«

»Offensichtlich habt Ihr das schon öfter getan«, bemerkte Aurora trocken.

»Ja«, gestand er ihr ein, »aber nicht mit einer Frau, die ich heiraten wollte, Aurora.«

»Noch habe ich nicht gesagt, dass ich das will, St. John.« Sie schob seine Arme weg und rappelte sich auf. Dann strich sie ihr Kleid glatt und das Haar zurück, in der Hoffnung, wenigstens wieder ein wenig Ordnung in ihre Frisur zu bringen.

St. John, der ebenfalls aufgestanden war, nahm Aurora bei den Schultern und drehte sie zu sich um. Dann legte er ihr zwei Finger unters Kinn, richtete ihr Gesicht zu sich auf und sagte lächelnd: »Du wirst mich heiraten, Aurora. Du kannst nämlich dem Zauber nicht widerstehen, den ich in deinem kleinen verführerischen Körper hervorrufe, stimmt's?«

»Lump!« Halb spielerisch schlug sie nach ihm.

»Furie!«, gab er zurück und küsste sie noch einmal schnell.

Dann lachten beide.

»Knöpft Eure Hose wieder zu, St. John«, sagte Aurora daraufhin streng, »bevor noch der ganze Haushalt erfährt, was wir hier im Begriff zu tun waren.«

»Sie werden es ohnehin vermuten.« Er lachte leise, tat aber, wie ihm geheißen war.

»Ihr könnt mich jetzt noch zum Haus zurückbegleiten«, sagte Aurora gönnerhaft. »Aber dann müsst Ihr Euch verabschieden. Eure Mutter macht sich gewiss schon Sorgen. Ich bin sicher, sie hat keine Ahnung, dass Ihr es faustdick hinter den Ohren habt.«

»Ich fürchte, dass ihr das durchaus bewusst ist«, sagte St. John, während sie durch die Gartenanlage zum Haus zurückschlenderten. »Darf ich morgen wieder vorsprechen und Euch mit nach Hause zum Tee nehmen, damit meine Mutter ihre zukünftige Schwiegertochter kennen lernen kann?«

»St. John!«, rief Aurora ärgerlich. »Ich habe noch nicht Ja gesagt. Bis dahin dürft Ihr nicht davon ausgehen, dass ich Euren Antrag annehme.«

»Geduld gehört nun einmal nicht zu meinen Tugenden, Aurora«, sagte er entschuldigend, woraufhin sie ihm entgegnete: »Die Tugend selbst auch nicht, würde ich sagen«, und St. John brach in schallendes Gelächter aus. Aber dann musste er zugeben: »Wie wahr, wie wahr!«

Als sie das Haus betraten, sah Aurora unter der Tür der Bibliothek noch Licht brennen und wünschte St. John eine gute Nacht. Er zog sie noch einmal an sich und küsste sie zärtlich, bevor er ihr lächelnd in die Augen sah und dabei an ihrer Unterlippe knabberte.

»Gute Nacht, Aurora, mein Schatz. Wie sehr ich mich nach dem Abend sehne, da ich Euch nicht allein lassen muss.« Und dann raunte er ihr ganz leise ins Ohr: »Ich werde darauf bestehen, dass wir nackt schlafen und jeden Millimeter deines liebliches Körpers streicheln und küssen, bis du mich anflehst, dich zu nehmen. *Und das werde ich dann tun!*«

Fest hatte er ihr dabei die Hände um die schmale Taille gelegt und hielt Aurora gerade so weit von sich ab, dass ihre Brüste seinen Oberkörper berührten. »Jeden Tag werde ich herkommen und dich necken und in Versuchung führen, bis du mich heiratest, Darling. Ich weiß doch, dass die kleine Höhle da unten zwischen deinen Beinen jetzt schon pulsiert und ganz feucht ist, stimmt's nicht?«

Überrascht nickend flüsterte Aurora: »Ich glaube, dass Ihr ganz schön verwegen und draufgängerisch seid, St. John. Wenn Ihr mich neckt, dann necke ich Euch wieder, und dieser kleine Kerl da unten – wie Ihr Euer bestes Stück nennt – wird sich vor Sehnsucht nach mir verzehren, so wie jetzt, nicht wahr?« Dabei fuhr sie St. John aufreizend mit der Zunge über die Lippen. Doch in diesem Augenblick ging die Tür der Bibliothek auf, und der Herzog herrschte die beiden an: »Ich dulde keinen Skandal in meinem Haus!«

Lachend küsste Justin St. John Auroras Nasenspitze, gab das Mädchen frei und verbeugte sich im Hinausgehen vor seinem Cousin.

Als Valerian Hawkesworth sich an Aurora wandte, wirkte er äußerst verärgert: »Ihr erinnert Euch hoffentlich noch daran, Miss, dass ich für Euren Schutz zu sorgen habe, so lange Ihr in England weilt. Ihr benehmt Euch nicht noch einmal wie eine Straßendirne, oder ich lasse Euch bei Wasser und Brot in Eurem Zimmer einsperren. Habt Ihr mich verstanden, Aurora?«

»Ich entnehme dem, was Ihr sagt, dass Ihr ein sehr arroganter Mensch seid, *Milord*. Ihr mögt meine Schwester Eurem Willen unterworfen haben, aber das gelingt Euch bei mir nicht. Ich werde St. John wahrscheinlich heiraten, obwohl ich mich noch nicht endgültig dazu entschlossen habe. Und wenn Ihr glaubt, dass ich meinen guten Ruf gefährdet hätte, seid Ihr bedauerlicherweise auf dem Holzweg. Wünsche, wohl zu ruhen, *Milord!*« Damit rannte sie die Treppe hinauf und zu Lady Hawkesworths Räumlichkeiten.

Auf Auroras Klopfen hin, öffnete Jane die Tür und fragte: »Ja, Miss?«

»Wenn Eure Ladyschaft noch auf ist, würde ich gerne mit ihr sprechen«, erklärte Aurora höflich.

»Kommt rein, Miss, sie hat Euch schon erwartet.« Jane war eine zierliche Frau mit einem fröhlichen Lächeln und ihrer Herrin treu ergeben. Auf den grauen Locken trug sie immer ein ordentlich gestärktes weißes Spitzenhäubchen.

Mary Rose Hawkesworth saß bereits im Bett, eine Schlafhaube auf dem Kopf, die mit blauen Seidenbändern unter ihrem Kinn verschnürt war. »Und«, wollte sie gleich von Aurora wissen, »hat er Euch einen Antrag gemacht? Und habt Ihr ihn angenommen?«

»Es war schon das siebte Mal, dass er mich gebeten hat, seine Frau zu werden«, erklärte Aurora lächelnd. »Aber ich habe ihm immer einen Korb gegeben.«

»Was, er hat sieben Mal um Eure Hand angehalten, und Ihr habt jedes Mal abgelehnt?« Der alten Dame fehlten die Worte. »Gütiger Gott, Kind, was habt Ihr Euch nur dabei gedacht?«

»Heute Nacht habe ich seinen Antrag nicht abgelehnt, aber auch nicht angenommen, obwohl mir durchaus danach ist, Ma'am«, erklärte Aurora nun ihrer Wohltäterin, der soeben bewusst geworden war, dass man bei Aurora mit so mancher Überraschung rechnen musste.

»Woher der plötzliche Sinneswandel?«, fragte Lady Hawkesworth neugierig.

»Er hat mich geküsst«, entgegnete Aurora einfach, »und das hat mir gefallen, sogar sehr, Ma'am. Bis heute Abend war St. John immer so anständig, höflich und zurückhaltend. Aber soeben im Garten war er geradezu herrisch, und das hat mir sehr imponiert. Er ist ganz und gar nicht der eitle Fatzke, für den ich ihn immer hielt. Wahrscheinlich werde ich seinen Antrag annehmen, weil ich glaube, dass es äußerst interessant ist, St. John als Gatten zu haben. Vielleicht kann ich mich sogar in ihn verlieben.«

»Ahhh!«, machte die alte Dame und nickte Zustimmung bekundend, während sie den Blick ihrer Dienerin auffing. »Ihr werdet kein besseres Angebot bekommen, mein Kind. St. John ist auf Eure Mitgift nicht angewiesen und hat deshalb auch keine anderweitigen Motive, um um Eure Hand anzuhalten. Es ist überhaupt das erste Mal, dass er ins Auge fasst, sich zu vermählen, obwohl nur der Himmel weiß, wie viele junge Damen er schon hätte haben können. Ich nehme einmal an, er hat sich in Euch verliebt.«

»Auf jeden Fall wurde ich für morgen von ihm zum Tee eingeladen, damit ich seine Mutter kennen lernen kann.«

»Ausgezeichnet!«, rief die alte Dame begeistert. »Natürlich werde ich Euch begleiten. Das wird Mistress St. John beweisen, dass ich einer Verbindung zwischen ihrem Sohn und unserer Familie nur zustimme.« Auf dem hübschen Gesicht der alten Dame zeichnete sich höchste Zufriedenheit ab. Alles verlief wunderbar und würde genauso kommen, wie sie es sich erhofft hatte. »Habt Ihr schon darüber nachgedacht, mein Kind, wann die Hochzeit stattfinden soll?«

Aurora lachte. »Ich habe St. John meine eindeutige Zustimmung noch nicht gegeben, Ma'am.«

»Aber das werdet Ihr natürlich, und je früher desto besser«, riet die alte Damen ihrer Schutzbefohlenen.

»Wäre Ende kommenden Aprils zu früh?«, überlegte Aurora nun laut. »Ich nehme an, wir sollten etwa ein Jahr warten, damit es nicht unschicklich wirkt. Aber ich habe immer schon im Frühjahr heiraten wollen. Cally wird sich bis dahin auch von der Geburt erholt haben. Dann kann sie meine Trauzeugin sein, so wie ich bei ihr, als sie im vergangenen Winter den Herzog heiratete.«

»Das Frühjahr ist eine wunderbare Zeit zum Heiraten«, pflichtete ihr Lady Hawkesworth bei. »April oder Mai, mein Kind. Am besten wäre Mitte Mai! Und wen schert es schon, was die alten Klatschtanten so reden? St. John kann es sicher kaum noch erwarten, mit Euch die Ehe zu vollziehen, und Ihr jetzt wohl auch nicht mehr, mh?« Keck blitzten die Augen der alten Dame das junge Mädchen an. »Ich kann mich noch ganz gut an die betörenden Küsse meiner Jugend erinnern. Später waren sie nie wieder so süß.«

»Eure Erfahrung in allen Ehren, Milady«, entgegnete Aurora schmunzelnd, »aber ich gehe davon aus, dass Ihr Euch nun gerne hinlegen möchtet. Wünsche wohl zu ruhen, Ma'am.« Spontan beugte sich Aurora zu der alten Dame hinunter und küsste sie auf die faltige Wange. Dann noch ein kleiner Knicks, und sie hatte das Zimmer verlassen.

Mary Rose Hawkesworth berührte ihre Wange, und ihr lief eine Träne der Rührung übers Gesicht. »Ist das nicht ein süßes Mädchen, Jane?«, fragte sie leise.

»Ja, das ist es.« Die Zofe nickte. »Wie schade, dass sie nicht diejenige ist, die wir für Master Valerian bekommen haben.«

»Ja«, pflichtete ihr Lady Mary Rose bei, »das ist allerdings äußerst bedauernswert.«

6. Kapitel

»Haltet still, Miss!«, sagte Martha, während sie ihre junge Herrin sorgfältig schnürte. »Sonst seid Ihr doch auch nicht so zappelig!«

»Ich bin ja auch noch nie von einem Gentleman eingeladen worden, seine Mutter kennen zu lernen«, erklärte Aurora und gab ganz offen zu: »Natürlich bin ich da nervös.«

»Die Herzogenwitwe wird doch bei Euch sein«, entgegnete Martha. »Überlasst ihr einfach das Reden, antwortet nur, wenn Ihr gefragt seid, und gebt Euch wohl erzogen. Mistress St. John muss ja nicht wissen, dass Ihr reiten könnt wie ein Mann und nackt im Meer badet. Seid einfach so, wie jede Mama sich ihre Schwiegertochter wünscht: ein gut erzogenes, liebreizendes Mädchen, das ihrem Gatten treu ergeben ist.«

»Ich habe noch nicht eingewilligt, St. John zu heiraten«, widersprach ihr Aurora nun, und Martha drehte das Mädchen zu sich um, um sein Kleid in Augenschein zu nehmen. Es war ein Traum aus apfelgrüner Seide mit einem sichtbaren Unterkleid aus elfenbeinfarbenem Brokat, der mit vielfarbigen Schmetterlingen bestickt war. Die Ärmel lagen eng an und reichten Aurora gerade bis unter die Ellbogen. Daran schloss sich eine cremefarbene Spitzenbordüre an. Der Ausschnitt war hübsch gerundet und mit einer schmalen Rüschenspitze besetzt.

Zufrieden nickend sagte Martha nun: »Natürlich werdet Ihr Mr. St. John heiraten, Miss. Wir sind doch letzten Winter von St. Timothy nach England gekommen, um Euch unter die Haube zu bringen, und Mr. St. John wird einen besonders stattlichen Ehemann abgeben. So, hier habt Ihr Eure Stola. Einen Umhang werdet Ihr wohl nicht brauchen. Es ist ja nicht kalt.«

Martha drapierte die Stola um Auroras Schultern und gab ihrer jungen Herrin noch ein Paar Spitzenhandschuhe und ein Handtäschchen aus blassgrüner Seide. »Darin findet Ihr ein Taschentuch und einen kleinen bemalten Fächer, falls es zu warm werden sollte. So, und nun haltet einen Augenblick still, damit ich Euch den letzten Schliff verpassen kann.«

Martha steckte dem Mädchen ein Sträußchen cremefarbener Blumen ins Haar und trat einen Schritt zurück. »Ja«, sagte sie dann und nickte zufrieden. »Einfach perfekt. Nun geht zur Herzogenwitwe und denkt an meine Worte. Ein bescheidenes und wohl erzogenes Auftreten und eine freundliche Stimme werden am meisten Eindruck auf Mistress St. John machen.«

Als Aurora die Treppe herunterkam, stand Mary Rose Hawkesworth mit Valerian in der Halle und rief bewundernd aus: »Wie hübsch Ihr ausseht, mein Kind!«

»Vielen Dank, Ma'am«, antwortete Aurora, bevor sie sich an den Herzog wandte: »Findet Ihr mich auch hübsch, Valerian?«

Aber des Herzogs Antwort war eher enttäuschend. »Bewahrt Euch Euer Geflirte für meinen Cousin auf, Aurora! Ich bin sicher, er wird entzückt darüber sein, mit welchem Wagemut Ihr Euch für ihn zurechtgemacht habt.«

»Wie bitte? Was, um Himmels willen, ist an meinem Aufzug denn wagemutig?«, fragte Aurora verärgert, und Valerian brummte: »Euer Kleid ist unschicklich weit ausgeschnitten.«

»Der Ausschnitt ist mit einer Rüsche verbrämt, und Martha hat gesagt, dass das Kleid geschmackvoll und dezent ist«, entgegnete Aurora aufgebracht. »Ihr wollt Euch doch sicher nicht als Schiedsrichter in Sachen weiblicher Mode aufspielen, Sir?«

»Genug jetzt!« Die Herzogenwitwe hob Einhalt gebietend die Hand und warf ihrem Enkel einen gestrengen Blick zu. Dann nahm sie Aurora beim Arm und sagte:

»Wir müssen aufbrechen, meine Liebe, sonst kommen wir noch zu spät nach Primrose Court.«

Valerian beobachtete, wie die Kutsche davonfuhr. Aurora hatte anbetungswürdig ausgesehen, und der Gedanke, dass sie sich mit so viel Mühe angekleidet hatte, nur um St. John zu gefallen, machte ihn rasend. Liebte sein Cousin Aurora überhaupt? *So richtig, wie es sein sollte?* Würde er sie glücklich machen oder ihr vielmehr das Herz brechen, wenn sie herausfand, dass er sich sehr zum weiblichen Geschlecht hingezogen fühlte. St. John würde nur tun, was so viele ihrer Zeitgenossen taten: ein ehrbares Mädchen mit einer ordentlichen Mitgift heiraten, um des Erbes willen mehrere Kinder zeugen und insgeheim weiterhin seinen Spaß mit anderen Frauen haben.

Valerian Hawkesworth kannte die schlechten Angewohnheiten seines Cousins, auch wenn St. John immer äußerst diskret war. Fast niemand wusste, dass es der Junge faustdick hinter den Ohren hatte. Natürlich musste der Herzog sich jetzt eingestehen, dass auch er nur geheiratet hatte, um einen Nachfolger zu bekommen. Aber obwohl er Calandra nicht liebte, war er ihr doch nie untreu gewesen, außer vielleicht im tiefsten Inneren seines Herzens.

Seufzend kehrte Valerian schließlich in seine Bibliothek zurück, schenkte sich einen Whiskey ein und setzte sich in seinen Ledersessel.

Die herzögliche Kutsche ließ Hawkes Hill rasch hinter sich. Bis nach Primrose Court, dem Herrenhaus der St. Johns, brauchte man mit dem Pferd knapp eine halbe Stunde, mit der Kutsche ein wenig länger.

»Margaret St. John wird entzückt sein, dass sich Justin nun endlich verheiratet«, stellte die Herzogenwitwe fest, während das Gefährt dahinrollte. »Ihr habt großes Glück, mein Kind. Primrose Court verfügt über ein separates Haus für die verwitwete Mutter des Hausherrn, und Mistress St. John kann es kaum erwarten, dort einzuziehen.

Die letzten Jahre hat sie damit verbracht, es einzurichten. Also könnt Ihr in Eurem neuen Heim schalten und walten, ohne dass Euch Eure Schwiegermutter dazwischenredet.«

»Aber, Ma'am, ich habe mich doch noch gar nicht entschieden, St. John auch wirklich zu heiraten. Ich hoffe, die gute Dame geht nicht davon aus, dass ich einer Verbindung mit ihrem Sohn bereits zugestimmt habe.« Nervös rutschte Aurora auf ihrem Sitz hin und her.

»Mein liebes Kind«, sagte die Herzogenwitwe nun und tätschelte Auroras Hand, »Ihr müsst mit diesem mädchenhaften Gezaudere aufhören, das steht einer jungen Frau von Eurem Intellekt nicht gut zu Gesicht. Natürlich werdet Ihr Justin St. John heiraten. Er ist eine exzellente Partie, und Eure Mama wird über eine derartige Verbindung geradezu entzückt sein.« Ermutigend lächelte sie dem Mädchen zu. »Ich weiß, dass Ihr Euch ein wenig fürchtet, aber das müsst Ihr nicht, Aurora. Eure Mama ist zwar auf St. Timothy, aber der Rest Eurer Familie befindet sich doch hier bei Euch, und alles wird wunderbar werden.« Noch einmal tätschelte die alte Dame Auroras Hand mit dem Spitzenhandschuh.

Die Kutsche fuhr weiter an Obsthainen vorbei, deren Äpfel und Birnen mittlerweile reif waren und gepflückt wurden. Die Luft war gesättigt vom süßen Duft der Früchte. Schließlich bog die Kutsche von der Hauptstraße ab, rollte durch ein offenes Tor und eine schmale Allee entlang, die auf Primrose Court zuführte. Dabei handelte es sich um ein hübsches Herrenhaus aus rosa Ziegelsteinen, das zwar aus der Zeit der Tudor stammte, aber seitdem modernisiert worden war, und nun über große Fenster und eine runde, säulenumgebene Vorhalle verfügte. Die Kutschpferde trabten munter die geschotterte Auffahrt entlang und kamen schließlich direkt vor dem Haus zum Stehen. Sofort eilten Bedienstete herbei, um den Schlag zu öffnen und die Stufen herabzulassen, bevor sie den Reisenden beim Aussteigen behilflich waren und sie ins Haus geleiteten.

Justin St. John erwartete seine Gäste in der Eingangshalle. »Willkommen, Eure Ladyschaft«, sagte er und küsste der Herzogenwitwe die Hand. Dann wandte er sich an Aurora und sagte: »Willkommen zu Hause, mein Liebling«, woraufhin sie errötete und ihn freundlich schalt: »Oh, St. John, seid doch kein Narr!«

»Kommt in den Salon, um Bekanntschaft mit meiner Frau Mutter zu schließen«, erwiderte er lächelnd und dachte: *Wie hübsch Aurora aussieht!* Sie schien sich mächtig ins Zeug gelegt zu haben, um ihm heute zu gefallen. Sie würde bestimmt in eine Ehe mit ihm einwilligen. Jetzt wusste er, dass sie Ja sagen würde! Sein Herz raste, und für einen Moment fühlte er sich wieder wie damals als Schuljunge, wenn er Valerian etwas vor der Nase weggeschnappt hatte. Dann führte er die beiden Frauen in den Salon, und seine Mutter erhob sich, um Aurora und Lady Mary Rose zu begrüßen, wobei sie sich selbstverständlich zunächst an die ältere der beiden Damen wandte.

»Wie schön, dass Ihr mir einen Besuch abstattet, Ma'am«, sagte sie und knickste vor Mary Rose Hawkesworth. »Es tut mir so Leid, dass mich die Malaria letzten Mai davon abhielt, an dem großen Ball auf Hawkes Hill teilzunehmen. Die Nachbarn haben mir natürlich viel davon erzählt, und auch von dem dramatischen Höhepunkt, als die junge Herzogin in Ohnmacht fiel und jeder erfuhr, dass sie ein Kind erwartete. Geht es ihr gut?«

Die Herzogenwitwe lächelte angestrengt. »So gut wie jeder jungen Frau unter diesen Umständen, Margaret. Ich habe Euch heute die Schwester der Herzogin mitgebracht«, sagte sie dann und fuhr, sich an St. John wendend, fort: »Justin, stellt Aurora Eurer Mutter vor!«

»Mama, darf ich Euch mit Miss Aurora Spencer-Kimberly bekannt machen?« Er zog Aurora mit einem Lächeln zu sich heran.

»Wie geht es Euch, Ma'am?«, fragte Aurora leise und knickste höflich.

»Gut, danke, Miss Spencer-Kimberly«, entgegnete Margaret St. John. »So, Ihr seid also das Mädchen, das meinen Sohn heiraten will.« Ihre grauen Augen blitzend belustigt, als sie Auroras überraschten Gesichtsausdruck sah. »Ihr heiratet Justin doch, oder etwa nicht?«

Es entstand eine kurze Pause, bevor Aurora erklärte: »Ja, Mistress St. John, das werde ich. Ich hoffe nur, Ihr seid damit einverstanden.«

Anstelle einer Antwort umarmte Margaret St. John Aurora herzlich und sagte dann: »Meine Liebe, ich bin vollkommen hingerissen und erleichtert, dass so ein nettes junges Mädchen sich entschlossen hat, Justin die Zügel anzulegen. Kommt nun, wir wollen uns setzen und Tee trinken.«

Aurora glaubte zu träumen. Hatte sie soeben tatsächlich eingewilligt, St. John zu heiraten? Ja, das musste sie wohl. Die Herzogenwitwe sah unheimlich zufrieden aus. Auch Mistress St. John schien geradezu entzückt über die Verbindung, und während sie jedem eine Tasse Tee einschenkte, grinste St. John wie ein Honigkuchenpferd.

Warum habe ich überhaupt Ja gesagt?, überlegte Aurora nun. Liebe ich ihn denn? Will ich ihn wirklich heiraten? Wortlos nippte sie an ihrem Tee. *Martha wäre begeistert über mein schickliches Benehmen*, dachte Aurora, aber St. Johns Stimme holte sie sogleich in die Wirklichkeit zurück.

»Lasst uns Weihnachten heiraten!«, sagte er voller Enthusiasmus, woraufhin seine Mutter erschrocken aufblickte und zu bedenken gab: »Justin, man kann eine ordentliche Hochzeit nicht so schnell vorbereiten, und es wäre auch nicht schicklich, so überstürzt zu heiraten. Bei einer so raschen Vermählung würde es sofort Gerede geben, und das würde Aurora in ein negatives Licht setzen, fürchte ich. Die Leute würden an den Fingern abzählen … nun, Ihr wisst schon, was ich meine.«

»Aurora und ich haben schon über den Hochzeitstermin gesprochen, Margaret«, schaltete sich nun Lady Mary

Rose ein. »Auch wenn es immer noch ein wenig verfrüht ist, dachten wir, dass der kommende Mai ein ganz entzückender Termin wäre. Aurora wollte immer im Frühjahr heiraten.«

»Mai? Bis dahin sind es ja noch fast acht Monate hin!«, murrte St. John.

Aber seine Mutter pflichtete der Herzogenwitwe bereits bei. »O ja, Mai wäre einfach wunderbar, und bis dahin hat sich die Herzogin von der Niederkunft erholt und kann ihrer Schwester zur Seite stehen. Es ist wahrlich ein wenig früh, aber niemand würde schlecht von uns denken, wenn wir die Hochzeit für Mai arrangierten. Die Verlobung muss allerdings so schnell wie möglich bekannt gegeben werden.«

»Valerian ist hier in England Auroras Vormund«, erklärte die Herzogenwitwe. »Ich sorge dafür, dass er nächste Woche zum Dinner im kleinen Kreis bittet und dabei die Verlobung bekannt gibt. Da die Schwangerschaft der Herzogin ja allerorten bekannt ist, wird es niemand als merkwürdig erachten, wenn wir die Verlobungsfeier so einfach halten.«

»Wie schade, dass die anderen Umstände der Herzogin sie und den Herzog daran gehindert haben, der königlichen Hochzeit und der Krönung beizuwohnen, die diesen Monat in London stattgefunden haben«, merkte Mistress St. John nun an. »Wie ich gehört habe, war es ein ganz berauschendes Fest, und die Königin soll eine äußerst liebreizende junge Frau sein.«

»Calandra war in der Tat furchtbar enttäuscht darüber«, entgegnete Lady Mary Rose, die sich noch gut daran erinnerte, wie die Gattin ihres Enkels geschrien und getobt hatte, als sie erfuhr, dass sie in ihrem Zustand nicht reisen durfte. Drei Tage lang hatte sie geweint und war auch jetzt noch nicht über die Enttäuschung hinweg. *Und so wie ich sie kenne,* dachte die Herzogenwitwe, *wird sie es wohl nie ganz verwinden.*

Die beiden älteren Frauen machten sich nun daran, über dies und jenes zu plaudern. Obwohl St. Johns Mutter wenigstens fünfzehn Jahre jünger war als die Herzogenwitwe, hatten sie viele gemeinsame Interessen und Freunde.

»Ich zeige Aurora das Haus, wenn Ihr nichts dagegen habt, Mama?«, erklärte St. John schließlich, und seine Mutter bedeutete ihm, sich zu entfernen.

Hand in Hand verließen St. John und Aurora den Salon, und er zeigte ihr den hinteren Salon, den die Familie üblicherweise benutzte, das Esszimmer, den Ballsaal und die ursprüngliche alte Versammlungshalle, die spiegelblank geputzt war und an deren Wänden zahlreiche Banner hingen. Schließlich geleitete St. John Aurora die Treppe hinauf und führte sie durch eine Tür, hinter der sich ein großes Schlafzimmer befand.

»Und das ist mein Raum«, sagte er leise, zog sie in seine Arme und küsste sie langsam.

Einen Augenblick gab sich Aurora ganz dem Kuss hin, rückte dann aber ein wenig von St. John ab. »Ich glaube weder, dass wir hier sein, noch uns derartiger Tätigkeiten hingeben sollten.«

Aber er ging gar nicht darauf ein, sondern fragte: »Wann hast du dich dazu entschlossen, mich zu heiraten?«, während seine flinken Finger Auroras Mieder aufschnürten, bevor er sich zu ihr hinunterbeugte, um sie erneut zu küssen.

»In dem Augenblick, da deine Mutter mich gefragt hat«, gestand Aurora ihm ein, schlang ihm die Arme um den Hals und erwiderte seinen Kuss. »Wo ist mein Verlobungsring?«

St. John schob Aurora sanft aufs Bett, setzte sich vorsichtig rittlings auf sie und zog das Oberteil ihres Kleides herunter, um ihren, in Ermangelung der Nacktbademöglichkeiten, alabasterfarben gewordenen Busen zu enthüllen. Dann streckte er die Hand aus und streichelte die zarten Erhebungen. Schließlich beugte er den Kopf und begann zunächst, an den rosa Brustwarzen zu lecken und dann abwechselnd jede von Auroras runden, festen Brüsten zu liebkosen. Auroras Seufzer ermutigten ihn, weiterzumachen. So begann er, an den Brustwarzen zu saugen und auch ein wenig fester zu ziehen, bevor er sie so lange zärtlich biss, bis Aurora sich unter ihm hin- und herbewegte und ihn beinahe anflehte, fortzufahren.

Schließlich riss er sich von Auroras hinreißendem Körper los und fragte: »Willst du noch mehr wissen, mein Liebling?«

»Ja«, raunte sie ihm zu. Schon jetzt hatte die Liebkosung ihrer empfindlichen Brüste das Feuer der Leidenschaft in ihr entfacht, und sie hatte nichts dagegen, dass St. John ihre Röcke anhob. Unter dem grünen Seidenstoff des Oberkleides trug Aurora wenigstens ein halbes Dutzend Unterröcke, aber glücklicherweise keinen Reifrock. St. John schob den Stoff so weit beiseite, dass er bequem die Hand darunterlegen konnte, und begann, Auroras in Seidenstrümpfe gehüllte Beine zu streicheln.

»Das wird viel leichter sein, wenn du nicht so viel anhast«, sagte er nun und nahm sich vor, Aurora in ihrer Hochzeitsnacht selbst zu entkleiden, und zwar ganz langsam und zielsicher. Dabei beabsichtigte er, jeden Millimeter ihrer Haut, der unterdessen zum Vorschein kam, zu küssen, bis Aurora allein durch seine Liebkosungen lichterloh brannte. Nun tastete er sich an ihrem Strumpfband vorbei und berührte die ganz besonders zarte Haut der Innenseite ihres Schenkels. Ganz leicht nur, beinahe neckend, streichelte er darüber.

Aurora schwirrte der Kopf. St. Johns große Hände waren so zärtlich, und mit seinem Mund tat er so köstlich ungezogene Dinge. Dabei bewegte er die Hand weiter nach oben und strich schließlich vorsichtig über ihren kleinen gelockten Venushügel. Unwillkürlich spürte Aurora, dass sie damit gefährliches Terrain betraten. Als St. John einen Finger zwischen ihre Schamlippen legte, um ihren Lustpunkt auszumachen, bewegte sie sich unruhig hin und her, und er rieb aufreizend daran, bis Aurora kreischte: *»St. John!«*

»Gefällt es dir etwa nicht?«, raunte er ihr erregt ins Ohr, während sein Finger weiterhin lustvoll an ihrer Weiblichkeit rieb.

»Doch!« Oh, Gott, ja, und wie es ihr gefiel! Das war sogar noch besser, als es sich selbst zu machen. Sie wandt sich vor Begierde und keuchte, als sie zum Höhepunkt kam. »Hm! Hm! Oh, St. John, das ist einfach herrlich. Oh! Oh! Ohhh!«

St. John beugte sich zu ihr hinunter und küsste sie auf den Mund, während seine Zunge mit ihren Lippen spielte. Dann sagte er leise: »Eines Tages werde ich dich da unten mit meiner Zunge liebkosen, mein Schatz. Aber für solche Spielchen bist du jetzt noch nicht bereit.« Er zog den Finger von ihrem Lustpunkt zurück und führte ihn in Aurora ein. Überrascht rang sie nach Luft, aber St. John beruhigte sie: »Es ist alles gut, meine Teuerste. An dieser Stelle werde ich mit meinem besten Stück zu dir kommen, wenn wir erst einmal verheiratet sind.« Sanft schob er seinen Finger noch weiter zwischen Auroras Schamlippen und drang ganz, ganz langsam in den heißen Kern ihrer Weiblichkeit vor. Als er ihr Jungfernhäutchen spürte, hielt er inne, um es nicht zu beschädigen.

Aurora winselte vor Verlangen.

»Gedulde dich noch, mein Schatz«, beruhigte er sie, und fing an, den Finger in ihr vor und zurück zu bewegen. »Hier, ist das nicht schön, Aurora? Nein, Schatz, du musst ganz still liegen, sonst tue ich dir noch weh, ohne dass ich es will.« Nun bewegte er den Finger noch rascher, und innerhalb von wenigen Sekunden schrie Aurora erneut vor Lust.

Nachdem die Schauer der Erregung nachgelassen hatten, zog St. John seinen Finger zurück, steckte ihn sich in den Mund und lutschte daran. Seine Männlichkeit war hart wie Eisen und eng in die Hose gezwängt. Er öffnete sie, streckte sich neben Aurora aus, nahm ihre Hand und legte sie auf sein Glied. »Wenn du mich jetzt ein wenig dort streicheln könntest, würde mir das helfen, mein Schatz.«

»Aber gestern hast du noch gesagt, es täte weh«, murmelte sie, während sie durch den Stoff der Unterhose hindurch seine Männlichkeit mit den Fingern umschloss. Es fühlte sich warm an und pulsierte vor Leben.

»Das, mein Schatz, war gestern, im Garten der Hawkesworths. Heute sind wir hier, in meinem Haus. Aber sachte, Aurora!«, wies er sie an, als sie die Hand in seine Unterhose gleiten ließ und anfing, ihn zu streicheln. »Ah, ja, das ist genau richtig.«

Nach einer Weile fasste er in seine Jackentasche und zog ein seidenes Taschentuch hervor. »Nimm deine Hand nun weg und wende dich ab, Aurora. Meine Liebessäfte werden gleich fließen.«

Aber Aurora musste einfach zusehen, als aus seinem Glied eine cremige, dickliche Flüssigkeit hervorschoss. Er fing den Samenerguss mit dem Taschentuch auf, erschauerte lustvoll, bis es schließlich vorüber war. Dann wischte er die Überbleibsel ab, legte das durchfeuchtete Taschentuch zur Seite und wandte sich wieder Aurora zu. Er sah ihr tief in die Augen und küsste sie zärtlich, während sie nach seinem Hosenschlitz tastete und seine erschlaffende Männlichkeit erneut zu liebkosen begann.

St. John lächelte. »Du hattest doch keine Angst, nicht wahr?«

»Nein«, entgegnete Aurora und merkte an: »Das war ganz schön ungehörig, was wir gerade gemacht haben, nicht wahr, St. John?«

»Ich habe noch nicht einmal ansatzweise begonnen, mich dir gegenüber ungehörig zu verhalten, Aurora«, sagte er lachend und küsste sie noch einmal.

Sie murmelte ihre Zustimmung, aber plötzlich begann die Uhr auf dem Kaminsims zu schlagen. Aurora erstarrte und zog sich von St. John zurück. »Deine Frau Mutter und Lady Mary Rose fragen sich bestimmt schon, wo wir bleiben!« Sie schob ihre Röcke nach unten und setzte sich auf. »Oh, bitte, schnür mich wieder, St. John!«

Lächelnd tat er, wie ihm geheißen war, und schloss danach auch die Knöpfe seiner Hose.

Aurora warf einen Blick in den Spiegel über dem Kamin und rief entsetzt: »Ach, du meine Güte, mein Haar ist eine Katastrophe, und ich kriege es allein niemals wieder hin!«

Lauthals lachend griff St. John nun in die Nachttischschublade und zog eine kleine Bürste hervor, mit der er Auroras Frisur wieder in Ordnung brachte.

Nachdem er fertig war, sagte er: »Bitte schön! Kein Mensch wird jetzt noch auf die Idee kommen, dass wir mit deiner Jungfräulichkeit gespielt haben, mein Liebling.« Er zog sie zu sich hoch. »Komm, ich zeige dir jetzt den Safe, in dem der Verlobungsring der St. Johns aufbewahrt wird. Es ist ein zauberhafter gelber Diamant mit Ovalschliff und wird dir ganz hervorragend stehen, mein Liebling. Lass die anderen doch denken, was sie wollen, Aurora. Du wirst auf jeden Fall im Frühling meine Frau.«

»Ich nehme einmal an, ich sollte dich nicht fragen, woher du die Fähigkeit besitzt, die Frisur einer Dame so schnell wieder in Ordnung zu bringen«, sagte Aurora.

»Nein«, pflichtet er ihr bei, »das solltest du nicht.« Dann nahm er ihre Hand und gemeinsam verließen sie das Schlafzimmer.

Als sie in den Salon zurückkehrten, erging sich sowohl Mistress St. John als auch die Herzogenwitwe in Lobpreisungen über Auroras neuen Ring. Und zum ersten Mal spürte Aurora so etwas wie Aufregung.

»Ist das Liebe?«, fragte sie St. John leise.

»Das kann ich nicht sagen«, erwiderte er, »ich war bisher noch nie verliebt. Aber ich weiß, dass ich bei dir ein ganz anderes Gefühl habe, als bei jeder anderen Frau, die ich bisher gekannt habe. Vielleicht ist das Liebe.«

Als Aurora wieder in der Kutsche saß und mit Lady Mary Rose nach Hawkes Hill zurückfuhr, dachte sie über St. Johns Worte nach, die eigentlich ziemlich schmeichelhaft gewesen waren. Bevor er sie getroffen hatte, sei er noch nie verliebt gewesen, hatte er gesagt. Cally liebte den Herzog nicht, noch war es umgekehrt der Fall, und Aurora kam zu dem Schluss, dass sie sich äußerst glücklich schätzen konnte.

»Ein wunderbarer Stein«, sagte die Herzogenwitwe bestimmt schon zum vierten Mal, seitdem sie den Ring an Auroras Finger gesehen hatte. »Vielleicht ein bisschen auffällig, aber sonst makellos. So einen Diamanten gibt es auf der ganzen Welt nicht noch einmal. Er hat einem indischen Radscha gehört, sagte man mir, und der Stein hat einen Namen. Man nennt ihn *Die Jungfrau.* Ich freue mich so für Euch, mein liebes Kind«, fuhr die Herzogenwitwe nun fort. »Und ich weiß, dass Eure Familie das auch tun wird.«

George Spencer-Kimberly war in der Tat entzückt über die Neuigkeit. »Wann soll die Hochzeit denn stattfinden?«, fragte er, dessen eigene Vermählung mit Elizabeth Bowen für Ende Oktober anberaumt war. »Werden du und St. John uns nach St. Timothy begleiten?«

»Wir werden nicht vor kommendem Frühjahr heiraten«, erklärte ihm Aurora. »Die Herzogenwitwe und Mistress St. John haben schon alles ausgemacht. Oh, George, ich wünschte, du könntest Mama, davon überzeugen, die Insel zu verlassen und zu mir und Cally nach England zu kommen! Der Herzog hat zwar gesagt, Cally könne nach der Geburt des Kindes nach London zurückkehren. Aber wenn Mama hier wäre, würde sie es sich vielleicht noch einmal überlegen.«

»Ich werde mein Möglichstes tun«, sagte George. »Komm, lass uns zu Cally gehen! Ich will sehen, wie sie auf deinen Verlobungsring reagiert. Bestimmt wird sie furchtbar eifersüchtig sein. Du weißt ja, wie vernarrt sie in schönen Schmuck ist.«

»Gott stehe dir bei!«, rief Calandra entsetzt, als Aurora ihr die Neuigkeit überbrachte. Calandra saß auf ihrem Bett, trank Tee und aß Süßigkeiten. »Zeig mir den Ring!«, verlangte sie dann, nahm Auroras schlanke Hand und besah sich eingehend das Schmuckstück. »Immerhin ist St. John großzügig«, stellte sie daraufhin fest. »Aber ich habe dir ja schon gesagt, was er im Gegenzug für seine üppigen Geschenke erwartet. Wenn du klug bist, gibst du ihm den Ring zurück.«

Im Anschluss daran verließ George kopfschüttelnd das Zimmer. Seine Schwester wurde jeden Tag wunderlicher und machte keinen Hehl daraus, dass sie jegliche Intimität mit ihrem Gatten verabscheute.

Nachdem sich die Tür hinter ihrem Bruder geschlossen hatte, sagte Aurora: »St. John weist mich gerade in die Freuden der Fleischeslust ein, kleine Schwester. Er ist ziemlich leidenschaftlich.«

»Mein Gott!«, rief Calandra aus. »Er hat dir doch wohl noch nicht beigewohnt? Ich hoffe, du hast deine Jungfräulichkeit nicht leichtfertig aufs Spiel gesetzt? So töricht bist du doch bestimmt nicht gewesen!«

»Wir sind ein bisschen zärtlich zueinander«, sagte Aurora, »aber das ist alles.«

»Wie erträgst du das bloß?«, fragte Calandra müde.

»Es gefällt mir«, entgegnete Aurora. »Ich mag, wenn er mich küsst und mit seinen Lippen am ganzen Körper berührt, und ich genieße es richtig, wenn er mich streichelt, Cally.«

Calendra erschauderte sichtlich. »Das ist doch nur bei liederlichen Frauenzimmer der Fall«, sagte sie dann.

»Nur weil eine Frau die körperliche Aufmerksamkeit genießt, die ihr ein Mann entgegenbringt, heißt das noch lange nicht, dass sie lose Manieren haben muss. Natürlich meine ich damit nicht, dass sie jeden Mann dazu ermutigen sollte. Aber es kann keine Sünde sein, wenn sie es mit ihrem Ehemann tut oder mit dem ihr Versprochenen. Warum sollte sie nicht auch Gefallen an der körperlichen Liebe haben? Ich kann nichts Falsches daran finden.«

»Vielleicht liegt es ja an mir«, lenkte Calandra nun ein. »Ich mag es einfach nicht, von einem Mann bestürmt zu werden. Als ich in London war, haben sich mir einige Herren auf mehr als unsittliche Weise nähern wollen. Ich genieße es, Bewunderer und Neider zu haben, aber ich will von einem lüsternen Mann nicht betatscht werden. *Egal von wem.* Das liegt nicht nur an Valerian.«

»Dann erstaunt es mich umso mehr, dass du guter Hoffnung bist«, erklärte Aurora nun ganz freimütig und erwartete eigentlich keine Antwort.

Doch Calandra sagte: »Hawkesworth hat mich dazu gezwungen«, und überraschte Aurora mit ihrer Offenheit. »Er wollte unbedingt einen Erben. Dass ich nicht gewillt war, ihm beizuwohnen, war für ihn nicht von Belang.«

Aurora dachte über die Worte ihre Schwester nach. Wenn Cally ihren Ehemann nicht wollte, wie konnte er dann in einen solchen Erregungszustand gelangen, der es ihm erlaubte, einen Samenerguss zu haben? Sie musste St. John zu diesem Verhalten befragen. Vielleicht gefiel es dem Herzog, wenn eine Frau sich wehrte. Aber es war ein abstoßender und Furcht erregender Gedanke, dass ihm die eigene Begierde wichtiger war, als die Wünsche seiner Frau.

Aurora sollte keine Gelegenheit bekommen, ihren Schwager persönlich von ihrer bevorstehenden Heirat mit St. John in Kenntnis zu setzen. Als sie sich zum Dinner nach unten ins Esszimmer begab, musste sie feststellen, dass die Herzogenwitwe ihn bereits informiert hatte. Die alte Dame war über den Verlauf der Dinge so entzückt gewesen, dass sie sich nicht länger hatte zurückhalten können.

Der Herzog nahm die Neuigkeit scheinbar leidenschaftslos entgegen. »Ich wünsche Euch Glück«, sagte er nur.

»Und du wirst ein Dinner im kleinen Kreis ausrichten, Valerian«, ergänzte seine Großmutter. »Nur die direkten Familienangehörigen, und die Bowens, natürlich. Selbst das wird Calandra schwer fallen, aber wir müssen anstandshalber ein kleines Essen anlässlich der Verlobung geben. Elsie Bowen wird die Neuigkeit daraufhin sicherlich im ganzen Herzogtum verbreiten, und wir erreichen unser Ziel, ohne große Summen darauf zu verwenden.« Sie lachte leise in sich hinein, bevor sie sich entschuldigend an Aurora wandte. »Wenn es Eurer Schwester besser ginge, würden wir natürlich einen richtig großen Ball veranstalten, um Eure bevorstehende Heirat anzukündigen. Aber wir werden die Gemüter besänftigen, indem wir alle zur Hochzeit einladen. Es wird das größte Ereignis werden, dass die Gegend seit Jahren gesehen hat. Selbstverständlich wird Valerian die Kosten dafür übernehmen, nicht wahr, mein lieber Junge?«

»Natürlich, Großmama«, sagte der Herzog, allerdings ohne jegliche Begeisterung, und Aurora wollte wissen: »Freut Ihr Euch denn nicht für mich?«

»Wenn Ihr glücklich seid, Aurora, dann muss ich es wohl auch sein, selbst wenn ich glaube, dass Ihr es besser hättet treffen können.«

»*Besser?*«, stieß Aurora nun hervor. »Etwa mit einem dieser Gecken aus London, die Cally mir immer aufdrängen wollte? Ich bin erstaunt, dass Ihr mich für so oberflächlich haltet, Valerian. St. John gefällt mir sehr gut und wir passen ausgezeichnet zusammen. Er ist ein Gentleman vom Land, und ich ziehe es vor, als Lady über die Wiesen zu preschen, als mich auf irgendeiner Londoner Party zu Tode zu langweilen. Außerdem *ist er sehr leidenschaftlich!* Seine Küsse erwärmen mein Herz! Und ich bin das glücklichste Mädchen der Welt!« Sie funkelte Valerian an, der drauf und dran war, ihr zu widersprechen oder St. John zu kritisieren.

»Gott bewahre mich vor dieser schwärmerischen Jungfrau, die sich das erste Mal in ihrem Leben verliebt hat«, erklärte er schließlich spöttisch. »Ich gehe natürlich davon aus, dass Ihr immer noch Jungfrau seid und nicht so dumm wart, Euch von meinem Cousin verführen zu lassen. Er ist nämlich ein berüchtigter Wüstling, wisst Ihr? Oder vielleicht habt Ihr ja doch noch nicht davon gehört. Dann will ich es Euch erzählen: Er hat drei Bastarde gezeugt, und das sind nur die, von denen *ich* weiß.«

»*Valerian!*« Lady Mary Roses hübsches Gesicht war vor Verärgerung rot angelaufen. »Du bist absichtlich provozierend und kein bisschen zartfühlend.«

»Wie schön zu erfahren, dass St. John so potent ist«, sagte Aurora zuckersüß. »Ich kann es kaum erwarten, mit ihm eine Familie zu gründen. Hat er mehr männliche oder mehr weibliche Nachkommen gezeugt, Valerian?« Aurora lächelte ihn an, als sei nichts geschehen.

Ob der dreisten Bemerkung des Mädchens rang Mary Rose Hawkesworth nach Luft, während George Spencer-Kimberly sich ein Lachen nur mühsam verbeißen konnte. Der Herzog und dessen Großmutter würden schon noch feststellen, dass Aurora, wenn man sie herausforderte, ärgerte oder sonst wie neckte, eine ebenbürtige Gegnerin in einem Wortgefecht war. Seine Stiefschwester konnte man gewiss nicht als gehorsames Frauenzimmer bezeichnen. Er würde sie vermissen, wenn er mit seiner Braut nach St. Timothy zurückkehrte. Trotzdem war er froh, eine Frau wie Betsy Bowen zu heiraten. Sie war viel leichter einzuschätzen als Aurora und seiner Mutter vom Wesen her ein wenig ähnlich.

»Seid vorsichtig, meine liebe Aurora«, sagte der Herzog nun kalt, »sonst hält man Euch noch für eine gemeine Straßendirne.«

Aurora, die aufgesprungen war, warf ihr Weinglas nach ihm und stürmte aus dem Esszimmer. Der Herzog lachte nur, teils belustigt, teils überrascht von Auroras Ausbruch. Dann bedeutete er Peters, sich darum zu kümmern, dass die Scherben und die Weinlache entfernt wurden, woraufhin Valerian seine Aufmerksamkeit wieder seinem Teller zuwandte.

»Dein Betragen ist wirklich ganz unmöglich, Valerian«, stellte seine Großmutter fest, nachdem sich der Butler entfernt hatte. »Offen gestanden hätte ich dir die ganze Karaffe an den Kopf geworfen. Sie stand durchaus in Auroras Reichweite. Ich denke, das Mädchen hat sich noch mächtig zurückgehalten.«

Nun konnte George seine Heiterkeit nicht länger verbergen und brach in schallendes Gelächter aus. Das lockerte die angespannte Stimmung, und die drei setzten die Mahlzeit fort, während Aurora oben in ihrem Zimmer Martha in die Küche schickte, um ihr ein Tablett mit Essen heraufzubringen. Aurora kam beinahe um vor Hunger. Ihre Verärgerung und die Aufregung hatten ihren Appetit nur noch gesteigert.

Als George wenig später bei ihr hereinsah, um ihr eine gute Nacht zu wünschen, hatte Aurora gerade ihre Mahlzeit beendet.

»Er hat über dich gelacht, weißt du«, erklärte George, und Aurora murmelte: »Er kann zur Hölle fahren!«

»Du musst deine Antipathie Valerian gegenüber ein wenig besser im Zaum halten, Aurora, sonst bekommen die Leute noch einen falschen Eindruck«, lautete Georges freundschaftlicher Rat, und Aurora wollte wissen: »Was für einen Eindruck können sie denn bekommen, außer dass ich Valerians arrogantes Verhalten verabscheue?«

»Nun, Sie könnten denken, dass du in ihn verliebt seist«, entgegnete George mit schonungsloser Offenheit.

»*Wie bitte?*« Aurora errötete tief. »Wie kannst du nur so etwas sagen, George? Es ist lächerlich und schändlich! Ich bin in St. John verliebt!«

»Freut mich für dich«, entgegnete ihr Bruder mit ernster Miene. »Aber nun hör mir mal zu, Aurora. Du bist immer schon starrköpfig und eigensinnig gewesen, trotz deines Charmes und deines guten Herzens. Aber ich möchte dich an das Täuschungsmanöver erinnern, dass wir – Cally, du und ich – dem Herzog von Farminster gespielt haben. Ich wusste, dass es falsch war, und habe dir trotzdem erlaubt, die Sache voranzutreiben. Ich habe dir sogar dabei geholfen, und das Ergebnis ist für Valerian und Cally eine Katastrophe. Während ich Betsy liebe und eine glückliche Ehe mit ihr führen werde, und du St. John liebst und ebenfalls glücklich verheiratet sein wirst, verachten Valerian und Cally einander und sind völlig verzweifelt, und das ist zu einem Großteil unser Verschulden.«

Er nahm Auroras Hand und küsste ihr die Fingerspitzen. »Ich liebe Cally und dich wirklich, aber du hättest die Gattin des Herzogs werden sollen. Papa wäre sehr enttäuscht, dass ich dir erlaubt habe, mich zu manipulieren, Aurora. Hätte ich nur von Callys Abneigung der körperlichen Liebe gegenüber gewusst, hätte ich niemals zugelassen, dass sie Valerian an deiner statt heiratet.«

»Aber sie wollte doch Herzogin werden«, kam Auroras schwacher Einwand.

»Erinnerst du dich noch, als wir klein waren und die Gruppe spanischer Nonnen sich vor einem Wirbelsturm auf St. Timothy geflüchtet hat? Cally wollte noch Wochen später ins Kloster, wenn sie einmal groß wäre. Das war wahrscheinlich nicht nur eine Jungmädchenflause. Als du dich allerdings gegen eine Heirat mit dem Herzog gesträubt hast, entsprang das sicher nur deiner Unerfahrenheit. Doch ich war zu blind, um das zu erkennen, weil ich euch beide so lieb habe und will, dass ihr glücklich seid. Aber jetzt sieh dir nur an, wozu meine Nachsicht mit euch geführt hat, kleine Schwester! Ich will ganz offen mit dir sein, Aurora. Ob du nun bereit bist, es zuzugeben oder nicht, aber du fühlst dich zu Valerian hingezogen, und ich glaube, dass auch er dich attraktiv findet. Vielleicht ist dir das selbst gar nicht bewusst, aber ich sehe es und die Herzogenwitwe weiß es auch. Stell dich dem und weise es von dir, bevor es noch ein Unglück gibt! Valerian ist mit Cally verheiratet, ob es ihnen nun gefällt oder nicht, und sie erwarten ein Kind. Du wirst im Frühjahr heiraten, Aurora, und bis dahin muss die Sache zu Ende sein«, beschloss George seine kleine Rede.

»Ich fühle mich *nicht* zu Valerian hingezogen«, erklärte Aurora.

»Dann frag ihn auch nicht mehr, ob er dich in diesem oder jenem Kleid hübsch findet, und hör auf, ihn zu reizen und mit deiner *Leidenschaft* für St. John zu quälen. Valerian und sein Cousin sind von klein auf Rivalen gewesen, und keiner der beiden scheint sich davon freimachen zu können. Bist du dir überhaupt sicher, Aurora, dass St. John dich wirklich mag – richtig, meine ich – und sich nicht nur lustvoll nach dir verzehrt? Denn dass dem so ist, sieht ein Blinder. Sag mir, dass da noch mehr zwischen euch ist, als nur Verlangen. Ist dir überhaupt bewusst, warum die körperliche Sehnsucht nacheinander für eine gute Ehe nicht ausreicht?«

»Ja, natürlich!« Aurora machte sich von ihrem Bruder los und setzte sich auf einen Stuhl ans Feuer. »St. John und ich haben viel Spaß miteinander«, sagte sie dann. »Ich weiß, dass ich ihn mag, und ich glaube, dass er mich auch mag. Ist das nicht wichtig, wenn wir als Mann und Frau zusammenleben sollen?«

George ließ sich Aurora gegenüber nieder, während Martha, die gerade wieder hereingekommen war, sich in ihrer Nähe zu schaffen machte und zuhörte.

»Du und St. John habt schon jetzt mehr als Cally und der Herzog jemals haben werden«, sagte er anerkennend, »aber da muss noch mehr sein. Betsy und ich, zum Beispiel, sind in einigen Dingen, die unser Eheleben betreffen, gleicher Meinung. Wir sind uns einig, was die Erziehung unserer Kinder angeht. Wir wissen, dass wir gerne zwei Jungen und zwei Mädchen hätten. Wie haben beschlossen, auf St. Timothy eine anglikanische Kirche errichten zu lassen.

Selbst wenn die Sklaven weiterhin ihrer eigenen Religion anhängen, werden wir sie ermutigen, dem Gottesdienst beizuwohnen. Auf St. Timothy wird sich einiges ändern, Aurora. Mit der Abfüllanlage, die Valerian und ich planen, wird St. Timothys Stellenwert unter den Inseln steigen. Irgendwann werden auch bei uns regelmäßig Handelsschiffe anlegen, und wir müssen unseren Zucker nicht mehr nach Barbados liefern, damit er von dort aus nach England transportiert werden kann.

Betsy und ich beabsichtigen, zusammen daran zu arbeiten, dass St. Timothy eine Insel bleibt, auf der es sich gut leben lässt und auf der man glücklich sein kann. Es liegt an dir und St. John, euch Ziele zu setzen, die ihr in eurem Leben gemeinsam erreichen wollt. Heirate ihn nicht nur, weil du seine Küsse genießt und es gerne hast, wenn er dir unter den Rock fasst.«

»*Master George!*«, unterbrach Martha nun empört seinen Redefluss. »So etwas Schockierendes darf man seiner Schwester doch nicht sagen. Aurora ist ein gutes Mädchen. Wagt es bloß nicht, Zweifel an ihrer Reinheit oder ihrem guten Charakter aufkommen zu lassen!«

George lachte, ergriff Martha bei der Hand und zog sie zu sich auf den Schoß. »Ich weiß doch, Martha, dass Aurora ein gutes Mädchen ist. Aber ich wäre ihr kein guter älterer Bruder, wenn ich nicht versuchen würde, sicherzustellen, dass sie St. John aus den richtigen Gründen heiratet und mit ihrer Wahl glücklich wird. Denn, obwohl die arme Cally sich frei entscheiden konnte, ist sie schrecklich unglücklich«, fügte er noch hinzu und gab der Dienerin einen Kuss auf die Wange.

Martha beeilte sich, aufzustehen. »Jetzt versucht nicht auch noch, mich zu beschwatzen oder Eure Schwester kopfscheu zu machen. Sie hat beschlossen, Mr. St. John zu heiraten, der eine mächtig gute Partie darstellt. Sie wird glücklich sein, da gibt es kein Vertun, Master George. Und jetzt raus mit Euch, damit meine arme Herrin ein wenig

Schlaf bekommt. Es war ein sehr aufregender Tag für uns alle.« Daraufhin scheuchte Martha ihn aus dem Zimmer.

»Erinnere dich meiner Worte«, rief George seiner Schwester noch zu, bevor sich die Tür hinter ihm schloss.

»Schlingel«, murmelte Martha.

»Er will doch nur sichergehen, dass ich glücklich werde«, sagte Aurora.

»Nun, wie auch immer, aber er sollte nicht solche ungehörigen Sachen zu Euch sagen – Bruder hin oder her – und Euch auch nicht durcheinander bringen, was Mr. St. John angeht.«

»Ich bin deswegen nicht verwirrt«, beruhigte Aurora ihre Zofe, während Martha ihr beim Auskleiden und Anziehen des Nachthemds behilflich war. Dann wusch sich Aurora über der Schüssel mit warmem Wasser, die Martha ihr hingestellt hatte, Gesicht und Hände und putzte sich die Zähne. Nachdem sie schließlich ihre Nachtkappe aufgesetzt und die Bänder mit einer Schleife unterm Kinn geschlossen hatte, stieg sie ins Bett und bekräftigte noch einmal: »Ich bin keineswegs verwirrt, was St. John angeht. Er wird mir ein wundervoller Ehemann sein, Martha. Davon bin ich fest überzeugt.«

Zufrieden deckte Martha ihre Herrin zu, las deren im Raum verteilte Kleidungsstücke zusammen und blies die Kerze auf dem Nachttisch aus. Dann verließ sie das Zimmer mit einem lebhaften »Gute Nacht, Miss«.

Aurora lag ganz still unter der Daunendecke. Das Feuer im Kamin flackerte lustig und warf bizarre Schatten an die Wände und auf die zugezogenen Vorhänge. Aurora schloss die Augen und versuchte, ihre köstlichen Erinnerungen an den Nachmittag wieder aufleben zu lassen. Stundenlang hatte sie gewartet, bis sie endlich allein sein konnte, um ihr lustvolles kleines Abenteuer mit St. John gedanklich noch einmal durchzugehen. Er hatte wirklich ganz ungehörige Dinge mit ihr angestellt, und auch sie hatte Dinge getan, die man wohl als anständiges Mädchen nicht machte. Aber trotzdem fühlte sie sich deswegen kein bisschen schuldig. Bei dem Gedanken, wie sich sein Mund auf ihren Brüsten und seine Finger unter ihren Röcken angefühlt hatten, und in Erinnerung an den Ausdruck in seinen Augen, als seine Liebessäfte hervorgeschossen waren, musste Aurora unwillkürlich tief seufzen. Und wie er ihr dann den Kopf zugewandt und sie angesehen hatte!

Aber nun riss Aurora erschrocken die Augen auf. Es war Valerian Hawkesworths Gesicht, das sie sich soeben vorgestellt hatte! Was war denn bloß mit ihr los? Hatte ihr Bruder etwa Recht? Fühlte sie sich, ohne es zu wissen, zum Herzog hingezogen? Und wie war das überhaupt möglich?

Auf einmal zitterte Aurora am ganzen Körper. Sie wollte doch gar keine Herzogin sein, und Valerian Hawkesworth war gewiss der beunruhigendste Mann, den sie jemals kennen gelernt hatte, von seiner erschreckend arroganten Art ganz zu schweigen. Und was hatte er bloß ihrer Schwester angetan, dass sie die körperliche Liebe so verabscheute? Hatte Cally nicht gesagt, er hätte sich ihr aufgezwungen, damit er einen Erben bekam? Dieser schreckliche Mensch! Zu ihm konnte sie sich doch unmöglich hingezogen fühlen. *Auf keinen Fall!* Oder hatte Cally womöglich Recht? War sie, Aurora, ein liederliches Frauenzimmer, das heimliche Schäferstündchen mit dem ihr Versprochenen genoss, während es sich insgeheim nach dem Gatten ihrer Schwester verzehrte? *Was ist bloß mit mir los?*

Bedauerte sie jetzt etwa, den Herzog hintergangen zu haben? Spielte ihr ihr Gewissen deshalb einen Streich? Fühlte sie sich schuldig, weil Cally so unglücklich war? Ja, aber niemand hatte Cally die Ehe mit Valerian Hawkesworth aufgezwungen. Sie hatte einen Blick in sein gut aussehendes Gesicht geworfen, die gehobene Stellung in der Gesellschaft in Erwägung gezogen, die ihr bei einer Heirat mit ihm zukäme, und in eine Ehe mit ihm eingewilligt.

Aurora kam zu dem Schluss, dass sie die Verantwortung für das Unglück ihrer Schwester nicht auf sich zu nehmen brauchte. Damit hatte sie aber immer noch nicht geklärt, warum sie regelmäßig Hawkesworths Gesicht in ihren Tagträumen sah – selbst dann, wenn sie über die herrlichen Sinnesfreuden nachsann, die sie St. John zu verdanken hatte. Beide Männer waren groß gewachsen und schlank. Valerian war natürlich außerordentlich gut aussehend, aber auch St. John hatte angenehme Züge.

Das ist doch lächerlich, dachte Aurora nun, *sie sehen beide gut aus!* Das konnte nicht der Grund dafür sein, dass sie sich in ihren Träumen immer vorstellte, mit Valerian zusammen zu sein. *Trotzdem ist mir nicht bewusst, dass ich für den Herzog etwas empfinde, es sei denn, mich über ihn zu ärgern. Das ist doch keine Liebe! Trotz meiner Unerfahrenheit, bin ich ja wohl klug genug, das beurteilen zu können. Ich weiß auch nicht, warum ich ständig an ihn denken muss, aber das hört jetzt auf. Es ist meinem lieben St. John gegenüber nicht fair. Und George hat Unrecht. St. John liebt mich, da bin ich mir ganz sicher. Hat er nicht gesagt, dass er noch nie für eine andere Frau empfunden hat, was er für mich empfindet? Das muss doch Liebe sein, und ich werde nicht zulassen, dass Valerian Hawkesworth mein Glück zerstört. Bestimmt nicht!*

7. Kapitel

George Spencer-Kimberly und Miss Elizabeth Bowen wurden am dreißigsten Oktober getraut. Es war ein sonniger, aber eiskalter Herbstnachmittag. Die Dorfbewohner hatten sich vor der Kirche St. Anne versammelt, um einen Blick von der Hochzeitsgesellschaft zu erhaschen. Fast jeder der Gäste war ihnen bekannt. Den Menschen kam es beinahe so vor, als würde jemand aus ihrer Verwandtschaft heiraten, da die Bowens schon seit elf Generationen in ihrem Dorf lebten. Einige der in der Menge Anwesenden hatten nicht nur Elizabeth, sondern auch ihren Vater Sir Ronald aufwachsen sehen.

Es war keine große Hochzeit, nur die engsten Freunde und Familienmitglieder hatte man eingeladen. Der Bräutigam kam zu Pferd zur Kirche und wurde von Mr. St. John und dem Herzog begleitet. Die herzögliche Kutsche hielt direkt vor dem Pfad, der zum Gotteshaus führte. Die Herzogenwitwe entstieg dem Gefährt zuerst. In ihrem burgunderfarbenen, mit Biberpelz verbrämten Samtkleid sah sie sehr elegant aus. Das schneeweiße Haar war hoch aufgesteckt und mit zwei Federn geschmückt. Ihr folgte Miss Spencer-Kimberly, recht hübsch in dunkelgrünem Samt und mit den beiden Locken an den Schläfen. Aber dann wurde zum allgemeinen Erstaunen eine Sänfte zur Kutsche gebracht, und man war der jungen Herzogin behilflich, vom Gefährt in die Sänfte überzuwechseln, die gleich darauf in die Kirche getragen wurde.

»Die Herzogin sieht aber gar nicht gut aus«, ließ sich von irgendwoher eine Stimme vernehmen, und die scharfen Augen der Herzogenwitwe suchten die Menge nach dem Sprecher ab. Aber plötzlich waren alle verstummt.

Daraufhin hakte sich Lady Mary Rose bei Aurora unter, und sie betraten die Kirche.

Im Inneren des Gotteshauses herrschte gespanntes Warten. Die nachmittäglichen Sonnenstrahlen fielen durch die Butzenscheiben und überzogen die eichenen Kirchenbänke und den Steinboden mit vielfarbigen Schatten. Feines weißes Linnen und Herbstblumen schmückten den Altar, auf dem schwere Kandelaber mit spitz zulaufenden Bienenwachskerzen standen. Die beiden Frauen schritten auf die herzögliche Kirchenbank ganz vorn zu und ließen sich darauf nieder. Calandras Sänfte war ebenfalls vorne abgestellt worden, so dass sie den bestmöglichen Blick auf den Altar hatte. Auch St. John gesellte sich nun zu ihnen und lächelte Calandra, Aurora und der Herzogenwitwe zur Begrüßung zu. Der Herzog als Georges Trauzeuge war bereits in der Sakristei.

Lady Elsie nickte den Hawkesworth'schen Damen von der Kirchenbank auf der anderen Seite des Ganges zu. Ihre Augen waren rot gerändert vom Weinen, und sie hielt ein Spitzentaschentuch in Händen. Ihr Blick war so wehmütig, dass sich die Herzogenwitwe zu Aurora hinüberbeugte und ihr ins Ohr raunte: »Diese törichte Frau! Man könnte meinen, dass man ihre Tochter zwingen würde, ein Ungeheuer zu heiraten.«

Bevor Aurora jedoch etwas darauf erwidern konnte, begann der Organist, die vorgeschriebenen Weisen zu spielen, und die Anwesenden erhoben sich, um die Trauzeremonie besser beobachten zu können.

Aus der Sakristei traten nun der Bräutigam und der Trauzeuge hervor und erwarteten die Braut. Miss Isabelle, Miss Suzanne, Miss Caroline und Miss Maryanne Bowen in gelb-weiß gestreiften Kleidern und mit Kränzen aus spätblühenden gelben Rosen im Haar kamen den Gang entlanggetrippelt. Ihnen folgte Master William Bowen, der mit seinen zehn Jahren die Braut begleitete, die in ihrem cremefarbenen Taftkleid mit den aufgestickten

Vergissmeinnicht ganz entzückend aussah. Sie strahlte und hatte die mit Seidenblumen und Perlenschnüren geschmückten und leicht gepuderten Haare hoch aufgesteckt. Zusammen mit George und dem Herzog wurde sie vor dem Altar von ihrem Vater in seiner Funktion als Gemeindepriester erwartet, der das Paar trauen würde.

Die Zeremonie war von schlichter Eleganz. Als Aurora ihren Bruder und seine aufgeregte Braut beobachtete, dachte sie: *Das ist erst die zweite Hochzeit, der ich beiwohne.* Aber in der Kirche war es so friedlich, und alles ging so harmonisch zu. Wie sehr sich die Zeremonie doch von Callys Eheschließung in der Eingangshalle des Plantagenhauses auf St. Timothy unterschied, an jenem so weit zurückliegenden Frühlingsmorgen. Vielleicht wurde Georges Ehe mit Gottes Hilfe ja glücklicher als die von Cally. Das hoffte Aurora von ganzem Herzen, aber sie wusste eigentlich schon jetzt, dass Betsy und ihr Bruder glücklich sein würden. Denn das waren sie ja bereits, und über die Jahre konnte es nur besser werden, weil die beiden so gut zusammenpassten.

Schließlich kamen die Neuvermählten den Kirchengang entlang und lächelten, nun, nachdem der Gottesdienst vorbei und ihre Verbindung vor Gott und den Menschen bekräftigt worden war. Als sie die Kirche verließen, wurden sie von den Dorfbewohnern empfangen, die sie mit Glückwünschen überschütteten, während ihnen die Hochzeitsgesellschaft ins Vikariat folgte, das auf der anderen Seite des Kirchhofs lag.

Aurora ging direkt neben Calandra, die trotz der Sänfte äußerst unbehaglich dreinsah.

»Geht es dir nicht gut?«, fragte Aurora.

»Wie soll es mir gut gehen, wenn mich diese Kreatur in meinem Bauch plagt?«, brummelte Calandra verärgert. »In diesem Zustand sitzen zu müssen, ist einfach grauenhaft, und ich kann mir lebhaft vorstellen, dass ich zum Davonlaufen aussehe!«

Auf Calandras letzte Bemerkung ging Aurora gar nicht ein, sondern sagte besänftigend: »Du kannst im Pfarrhaus doch auf einem Sofa die Beine hochlegen. George und Betsy sind so glücklich, dass du die Mühe auf dich genommen hast, um ihrer Hochzeit beizuwohnen, Cally.«

»Warum muss George uns überhaupt verlassen?«, jammerte Calandra nun. »Ich will nicht, dass er geht, Aurora. Ich habe Angst ohne ihn.«

»Was redest du denn da für ein dummes Zeug, Cally? Die Monate vor unserer Ankunft bist du auch ganz allein in London gewesen. Außerdem weißt du doch, warum George uns verlässt. Er muss die Plantage führen. Abgesehen davon, willst du denn, dass Mama für immer allein auf St. Timothy bleibt?«

»Ich wünschte, ich könnte mit George gehen«, flüsterte Calandra nun. »Ich wünschte, es wäre zwei Jahre früher, Papa würde noch leben und wir hätten nie etwas von Valerian Hawkesworth gehört! Wenn ich geahnt hätte, was mit dieser Heirat auf mich zukommt, Aurora, hätte ich niemals in eine Ehe mit ihm eingewilligt. Was, wenn es sich bei dieser Kreatur in meinem Bauch nicht um den von ihm gewünschten Erben handelt? Dann geht das Ganze von vorne los. Und ich glaube nicht, dass ich das noch einmal ertragen könnte!«

Ihre Stimme hatte mittlerweile einen leicht hysterischen Klang bekommen und Aurora sagte streng: »Beruhige dich, Cally! Heute ist der Hochzeitstag unseres Bruders. Es ist ein Freudentag, und ich lasse nicht zu, dass du George das Fest mit einem Migräneanfall verdirbst! Du wirst jetzt lächeln und höflich zu den Leuten sein, die dich begrüßen. Wenn nicht, überrede ich St. John auf der Stelle, mit mir davonzulaufen – und ich bin sicher, dass er gerne darin einwilligt! Es wird dir nicht gefallen, niemanden mehr zu haben, dem du deine düsteren Gedanken mitteilen und an dem du deine schlechte Laune auslassen kannst.«

Angesichts der Drohung ihrer Schwester riss sich Calandra umgehend zusammen. »Du bist so hart zu mir«, murmelte sie nur noch.

Der hintere Salon des Pfarrhauses war mit Astern, Herbstlaub und Immergrün geschmückt. Hier empfingen Braut und Bräutigam ihre Gäste und nahmen die zahlreichen Glückwünsche entgegen. Auf dem Tisch im Esszimmer lag eine alte irische Spitzendecke, auf der sich als weiterer Schmuck silberne Kerzenleuchter und eine silberne Schale mit spätblühenden Rosen befanden. In der Mitte des Tisches stand der Hochzeitskuchen. Champagner aus den Kellern des Herzogs wurde herumgereicht, und Sir Ronald mit seinem bescheidenen Einkommen war äußerst dankbar, dass sich die Hawkesworths seiner Familie gegenüber so großzügig erwiesen hatten. Sonst eher ein zurückhaltender Mann war er heute geradezu entzückt über die exzellente Partie, die seine älteste Tochter gemacht hatte. Betsys Verbindung mit Mr. Spencer-Kimberly, einem entfernten Verwandten der Hawkesworths, brachte seine gesamte Familie gewissermaßen ein wenig näher in den Dunstkreis des herzöglichen Umfelds. Dadurch durfte er sich nun auch für seine anderen Töchter etwas besser betuchte Ehegatten erhoffen.

Der Hochzeitskuchen wurde angeschnitten, die Stücke serviert und aufgegessen. Man stieß auf das Glück des Paares an, bevor sich Elizabeth diskret zurückzog und die Treppe hinaufeilte, um ihr Brautkleid gegen das Reisekostüm zu tauschen. Dabei waren ihr ihre Schwestern und ihre immer noch weinende Mutter behilflich. Auch George verließ bald darauf seine Gäste, um die Reithosen aus Satin gegen etwas Praktischeres für die Fahrt nach London zu wechseln, von wo aus das Schiff zu den Westindischen Inseln ablegte.

Das junge Paar würde die folgenden beiden Tage unterwegs verbringen, und wieder einmal hatte Valerian seine Freigebigkeit bewiesen, indem er George und seiner Braut zunächst die großzügige herzögliche Kutsche zur Verfügung stellte. Ein Wagen mit Gepäck, um das sich Wickenham und Elizabeths Zofe kümmerten, würde später folgen. Die Neuvermählten beabsichtigten, drei Tage im Haus der Farminsters in London zu verbringen, bevor sie an Bord der *Royal George* gingen, um nach St. Timothy zu reisen. Der Herzog hatte auch für die Überfahrt erster Klasse bezahlt, sodass das Brautpaar mit höchstem Komfort und größtmöglicher Privatsphäre die Reise zu den Westindischen Inseln begehen konnte, die gleichzeitig auch seine Hochzeitsreise wäre.

Bereits für die Fahrt umgekleidet, gesellte sich George Spencer-Kimberly nun noch einmal zu seinen Schwestern, um sich von ihnen zu verabschieden, wobei Calandra nicht umhin konnte, zu weinen.

»Ich habe das Gefühl, dass ich dich nie wieder sehen werde«, schluchzte sie. Aber ihr Bruder nahm ihr die Angst, wie er es immer getan hatte, seitdem sie Kinder waren.

»In fünf Jahren kommen wir euch besuchen, Schwesterchen. Vielleicht können wir Mama bis dahin sogar überreden, uns zu begleiten.«

»Und dann werden unsere Kinder einander kennen lernen«, sagte Aurora heiter. »Mama wird im siebten Himmel sein, mit *all* ihren Enkelkindern um sich. Meinst du nicht auch, Cally?«

Calandra schnäuzte sich noch einmal und nickte dann langsam.

Nun wandte sich George an Aurora und legte ihr leicht die Hände auf die Schultern. »Bist du dir auch wirklich sicher, was St. John betrifft?« Besorgt sah er sie an, bevor er mit gedämpfter Stimme fortfuhr: »Ich will, dass du glücklich wirst und es dir nicht so geht, wie unserer armen Cally.«

»Ich bin mir so sicher, wie eine Frau sich nur sicher sein kann«, antwortete Aurora. »St. John ist eine hervorragende Partie, und ich glaube, dass wir gut zusammenpassen, George. Was kann man mehr erwarten? Wenigstens habe ich keine Angst vor den ehelichen Pflichten, so wie unsere Schwester.«

»Nein«, belustigt sah George Aurora mit seinen haselnussbraunen Augen an, »den Verdacht hatte ich schon länger. Aber mehr will ich jetzt auch gar nicht davon wissen.« Er lachte leise. Dann küsste er sie auf die Stirn und zog Aurora noch einmal an sich. »Werde glücklich, meine Liebe!«

»Das werde ich bestimmt, George«, versprach sie ihrem Bruder, der seine Aufmerksamkeit nun noch einmal Calandra zuwandte. Behutsam zog er seine leibliche Schwester von dem kleinen Sofa zu sich hoch, umarmte sie ebenfalls und küsste sie auf beide Wangen. »Versuch, dich mit deinem Schicksal zu arrangieren, Cally«, sagte er dann leise. »Am Ende wirst du sehen, dass eine Frau in ihrem Heim, umgeben von ihren Kindern, doch am glücklichsten ist.«

»Unsinn!«, entgegnete Calandra und ließ ein wenig ihres alten Selbsts durchscheinen, bevor sie wieder aufs Sofa sank. »Bestell Mama alles Liebe von mir.«

»Zusammen«, sagte George nun, und Calandra fügte hinzu: »Für immer«, woraufhin Aurora ergänzte: »Wie ein Mann!«

»Der Brautstrauß!«, erklang da eine aufgeregte Mädchenstimme aus der Eingangshalle. »Betsy wirft gleich ihren Brautstrauß. Kommt schnell mit, Mädchen!«

Sich kichernd voranschiebend, um den besten Platz zu ergattern, drängten alle unverheirateten Damen in die Eingangshalle, wo Elizabeth auf halber Höhe der Treppe stand und den mittlerweile schon leicht welken Brautstrauß in Händen hielt.

»Du auch, Aurora!«, sagte George, nahm sie bei der Hand und schob sie ins Gedränge.

»Eins, zwei, drei!«, riefen die anderen Gäste im Chor, und

die Braut warf ihren Strauß, der scheinbar wie von Zauberhand gelenkt, Aurora direkt in die Arme fiel. Lachend fing sie ihn auf und warf St. John eine Kusshand zu.

»Oh, das ist aber nicht gerecht!«, beschwerte sich Isabelle Bowen. »Wir wissen doch alle, dass Aurora bald heiratet! Sie trägt ja bereits den Verlobungsring der St. Johns.«

»Du bist sowieso noch zu jung, um dich jetzt schon zu binden, Bella«, sagte ihre frisch vermählte große Schwester lächelnd. »Wer immer den Strauß fängt, muss innerhalb eines Jahres vor den Traualtar treten, und vorher darf sich keine der anderen Anwesenden vermählen. So lautet die Regel. Willst du etwa, dass jedes Mädchen in der Gegend darauf warten muss, bis du geruhst, dich für einen jungen Mann zu entscheiden? Wo wir doch alle wissen, wie schwer es dir fällt, einen Entschluss zu treffen.«

Um sie herum wurde zustimmend genickt und gekichert, und bevor Isabelle noch widersprechen konnte, verabschiedete sich das Brautpaar von den Anwesenden, stieg in die bereit stehende Kutsche und fuhr los. Als das Gefährt die Auffahrt hinunterrollte, lehnten sich Elizabeth und George noch einmal aus dem Fenster und winkten den Zurückbleibenden glücklich lächelnd zu. Doch Lady Elsie brach erneut in Tränen aus, wobei ihr ihre Töchter alsbald Gesellschaft leisteten.

»Du meine Güte!«, murmelte die Herzogenwitwe. »Wo bleibt bloß unsere Kutsche? Ich gedenke nicht, hier stehen zu bleiben und mich von den Tränen dieser törichten Frau und der ihr verbleibenden vier Töchter mitreißen zu lassen. Valerian! Hol die Kutsche!« Dann wandte sie ihre Aufmerksamkeit Sir Ronald zu und murmelte: »Eine reizende Hochzeit. Darf ich Euch im Namen meiner ganzen Familie dafür danken? Aber jetzt müssen wir gehen. Der Herzogin ist einfach keine Aufregung mehr zuzumuten. Es hat für sie ohnehin schon eine beträchtliche Anstrengung bedeutet, herzukommen. Das versteht Ihr doch sicher? Auf Wiedersehen! Auf Wiedersehen!«

In Anbetracht ihres Alters war die Herzogenwitwe noch bemerkenswert rüstig und sprang geradezu in die Kutsche, gefolgt von Aurora. Calandra hatte man bereits hineingesetzt, als ihr Bruder und seine Gattin abgefahren waren. Jetzt wurde der Schlag geschlossen, und die Kutsche fuhr an.

»Dem Himmel sei Dank!«, machte Mary Rose Hawkesworth ihren Gefühlen Luft, sobald sie unter sich waren, und Aurora und sogar Calandra kicherten. Auch die Herzogenwitwe lächelte ein wenig, als sie fortfuhr: »Elsie Bowen ist sicherlich ein süßes Geschöpf, aber ebenso töricht und sentimental. Warum, um alles in der Welt, weint sie denn? Fünf Töchter mit bescheidener Mitgift verheiraten zu müssen, ist sicher nicht einfach. Aber jetzt hat Betsy doch einen adretten jungen Mann mit gutem Einkommen und exzellenten Aussichten geheiratet. Da frage ich Euch, was es da zu heulen gibt? Gar nicht davon zu reden, dass Mistress Bowens Tochter durch ihre Ehe jetzt mit uns verwandt ist. Das hilft der kleinen Isabelle bestimmt, wenn sie sich auf die Jagd nach einem Gatten begibt. Ich kenne da einen äußerst geeigneten jungen Baronet, der in ein, zwei Jahren gewiss bereit ist, sich häuslich niederzulassen«, schloss die Herzogenwitwe, während sich ihre Augenbrauen in Aussicht auf die neuerliche Verkupplungsmöglichkeit nachdenklich zusammenzogen.

»Gütiger Gott, Ma'am!«, rief Aurora lachend. »Ihr werdet die Töchter der armen Frau noch alle verheiratet haben, bevor sie weiß, wie ihr geschieht. Und dann wird sie sich erst recht in Tränen auflösen.«

»He, he, he!«, antwortete die Herzogenwitwe, während sie es sich mit einem zufriedenen Lächeln auf ihrem Platz bequem machte und die Kutsche weiter nach Hause rollte.

Als sie Hawkes Hill erreichten, beklagte sich Calandra, dass es ihr noch schlechter ginge als sonst, und zog sich sofort in ihre Gemächer zurück. Die Herzogenwitwe und Aurora begaben sich zum Tee in den Salon, den die Familie benutzte, wenn sie unter sich war und von dem aus man einen herrlichen Blick auf den Garten hatte.

»Mir gefällt ganz und gar nicht wie Calandra aussieht«, merkte die Herzogenwitwe nun an. »Ihre Hände und Füße sind beträchtlich aufgedunsen und sie ist ganz fahl im Gesicht. Vielleicht sollten wir morgen Dr. Michaels kommen lassen.«

Aurora nickte. »Ich halte es auch für eine gute Idee, lieber ein bisschen mehr Vorsicht walten zu lassen, Ma'am. Ich habe noch nie erlebt, dass sich Cally so häufig beschwert wie in den vergangenen Stunden.«

Alsbald neigte sich der Tag dem Ende zu, und im Haus wurde es still. Außergewöhnlich still, so schien es Aurora, jetzt, wo George nicht mehr da war. Aus irgendeinem Grund konnte sie nicht richtig einschlafen. Fast hätte man meinen können, sie wartete auf irgendetwas. Sie döste ein, wachte wieder auf und nickte wieder ein, nur um kurz darauf erneut hochzuschrecken. Als sie gerade dabei war, richtig einzuschlafen, klopfte jemand panisch an ihre Schlafzimmertür. Aurora setzte sich auf, obwohl Martha bereits aus der Kammer herbeigelaufen kam, um auf das Klopfen zu reagieren. Die Dienerin riss die Tür auf und draußen stand Molly.

»Es ist was mit Euer Gnaden«, stammelte die Kleine. »Sie sagt, sie habe schreckliche Schmerzen und will, dass Miss Aurora sofort zu ihr kommt.«

Rasch stand Aurora auf und zog sich ihren Morgenmantel über. »Hast du schon den Herzog gerufen? Und was ist mit Lady Hawkesworth? Vielleicht sollten wir auch jemanden zu Dr. Michaels schicken.« Dann stürmte sie aus dem Zimmer, wobei sie die beiden Dienerinnen zur Seite schob, die daraufhin kaum mit ihr Schritt halten konnten.

Als Aurora das Schlafzimmer ihrer Schwester betrat, sah sie sofort, dass Calandra noch blasser war als am Nachmittag. Ihr standen Schweißperlen auf der Stirn und sie atmete schwer.

»*Aurora!*«, schrie sie verzweifelt. »Ich habe furchtbare Schmerzen. Ich glaube, diese Kreatur kommt früher als angenommen.«

»Bist du sicher, Cally, dass du nicht etwas Falsches gegessen hast und es sich nur um eine Magenverstimmung handelt?«

Heftig schüttelte Calandra den Kopf. »Das kann nicht sein. Außer dem Schluck Champagner zum Anstoßen auf George und Betsy habe ich keinen Alkohol getrunken und auch nichts von dem Kuchen gegessen. Zu Abend hatte ich nur etwas Tee mit Zucker und Sahne, weil ich mich den ganzen Tag schon so elend gefühlt habe. Ah! Ah! Dieses Ding reißt mich noch in Stücke!«

»Sally, weck Peters«, wies Aurora nun Calandras Zofe an. »Er soll jemanden schicken, der Dr. Michaels holt. Dann gehst du zu Browne, damit er den Herzog weckt.«

»Und was ist mit der alten Dame?«

»Lass sie schlafen. Im Augenblick kann sie uns nicht weiterhelfen. Der Herzog zwar auch nicht, aber immerhin geht es hier um seinen Erben.« Sie tätschelte Calandras aufgedunsene kleine Hand. »Es wird alles gut, Cally. Bald ist dieses Kind auf der Welt – wenn auch ein bisschen früh –, und du bist Mutter! Wie wundervoll! Ich kann es gar nicht erwarten, bis St. John und ich Kinder haben.«

Calandra schnitt eine Grimasse. »Du wirst anders darüber denken, wenn du erst einmal in meinem Zustand bist.« Aber dann hellten sich ihre Züge auf. »Wenn das Kind tatsächlich jetzt kommt, bin ich vielleicht bis Weihnachten schon wieder in London. Vielleicht hat es doch sein Gutes. Ah! Ah! Ah! Ungezogenes kleines Biest! Du glaubst doch nicht etwa, Aurora, dass es ihm schadet, so früh geboren zu werden?«

»Aber, Euer Gnaden«, schaltete sich nun Martha ein, »wie soll Eure Schwester als Jungfrau denn so etwas wissen?« Doch dann fuhr sie lächelnd fort: »Viele Säuglinge kommen zu früh, und es schadet ihnen nicht. Abgesehen davon ist es gar nicht so verfrüht. Eure Schwangerschaft hätte ja nur noch wenige Wochen gedauert.«

Calandra schien das ein wenig zu beruhigen, aber dann jammerte sie wieder: »Bitte verlass mich nicht, Aurora. *Bitte nicht!* Ich habe solche Angst.«

»Ich bleibe bei dir, Schwesterchen«, sagte Aurora leise und setzte sich zu Calandra ans Bett. »Weißt du eigentlich, dass du in all den Monaten deiner Schwangerschaft nicht ein einziges Mal gesagt hast, wie du dein Kind nennen möchtest? Was ist denn dein Lieblingsname?«

»Ich nehme an, die Hawkesworths werden es nach seinem Vater nennen wollen«, entgegnete Calandra düster. »Es ist bei ihnen Tradition, den Titelerben James oder Charles zu nennen. Valerian ist nur der zweite Vorname des Herzogs. Sein erster Name ist James, wie es bei seinem Großvater der Fall war. Doch eigentlich ist es mir auch egal, wie das Kind heißt.«

»Aber, wenn es allein bei dir läge«, beharrte Aurora, »diesem Kind einen Namen zu geben, wie würdest du es nennen?«

»Robert, nach Papa«, sagte Calandra.

»Und wenn es ein Mädchen ist?«

»Gott bewahre!«, rief Calandra entsetzt und stöhnte dann wieder unter Schmerzen. »Warum muss es nur so wehtun? Ich wusste nicht, dass es so schlimm sein würde!«

Aurora nahm das feuchte Tuch, das Martha ihr reichte, und legte es Calandra auf die Stirn. »Ich bin sicher, dass es ein Junge wird! Aber nur einmal angenommen, es würde ein Mädchen, welchen Namen würdest du ihm geben? Das arme kleine Ding braucht doch einen, und es kann wohl schlecht Robert heißen.«

»Charlotte, nach der Königin«, flüsterte Calandra, die selbst jetzt noch an die gesellschaftlichen Vorteile dachte, die damit verbunden waren, eine Tochter nach der Braut des Königs zu benennen.

Die Verbindungstür ging auf, und der Herzog trat ein. Bekleidet mit seinem Morgenmantel kam er sogleich zum Bett und fragte Aurora aufgeregt: »Liegt sie in den Wehen?«

»Davon gehe ich aus, Euer Gnaden«, antwortete ihm Martha an Auroras Stelle. »Miss Aurora kann Euch auf derartige Fragen keine Antwort geben. Sie war ja noch nie bei einer Geburt dabei. Ich schon. Es ist ein bisschen früh, aber nicht zu früh.«

»Wir haben bereits nach Dr. Michaels schicken lassen«, versuchte Aurora, den Herzog zu beruhigen, und Valerian fragte freundlich: »Solltet Ihr überhaupt hier sein?«, woraufhin Martha mit fester Stimme entgegnete: »Nein, das sollte sie nicht.«

»Cally möchte, dass ich hier bleibe«, antwortete Aurora. »Bitte, Valerian, nur bis der Doktor da ist! Cally hat solche Angst. Es ist bestimmt nicht gut für sie oder das Kind, wenn sie in Panik gerät.« Flehentlich legte Aurora Valerian eine Hand auf den Arm, und so wie sie ihn dabei ansah, konnte er eigentlich nur Ja sagen.

»Ah! Ah! *Es tut so weh!*«, stöhnte Calandra und fing an zu weinen, woraufhin Valerian Aurora zugewandt tatsächlich nickte und erklärte: »Aber nur, bis der Doktor der Meinung ist, dass Ihr das Zimmer verlassen sollt. Ich werde unten auf den Arzt warten.« Dann beugte er sich zu Calandra hinunter. »Ihr seid sehr tapfer, meine Liebe, und ich danke Euch.« Er gab ihr einen Kuss auf die Stirn und verließ das Zimmer.

»*Ich hasse ihn!*«, rief Calandra, nachdem sich die Tür hinter ihm geschlossen hatte.

»Bitte, sag doch so etwas nicht, Cally, ich flehe dich an!«, entgegnete Aurora.

»Doch! Nur seinetwegen habe ich jetzt solche Schmerzen. Ich wollte kein Kind. Ich wollte nur Herzogin von Farminster sein, in London leben und herausragende Gesellschaften geben. Ich wusste nicht, dass man mir das hier zumuten würde.« Sie wies auf ihren Bauch und stöhnte gleich wieder: »Ah! Ah! Ah!«, bevor sie anklagend zu ihrer Schwester aufblickte. »Es ist alles deine Schuld, Aurora! Du hast mir nicht gesagt, dass es so werden würde!«

»Sprich nicht so laut!«, warnte Aurora. »Ich habe dir überhaupt nichts gesagt. Ich hatte doch keine Ahnung, wie es wäre, Herzogin von Farminster zu sein. Ich wusste nur, dass ich keinen mir völlig Fremden heiraten wollte. Du, hingegen, warst sofort dazu bereit, Cally, nur um Herzogin zu werden. Ich wäre durchaus gewillt, die Schuld mit dir zu teilen, wenn ich mir denn etwas vorzuwerfen hätte. Aber gewiss übernehme ich nicht die Verantwortung für dein Tun.«

Calandra wandte den Kopf ab, damit sie Auroras Blick nicht länger ertragen musste. Das daraufhin herrschende Stillschweigen wurde nur hin und wieder von Calandras Stöhnen unterbrochen, wenn eine neuerliche Wehe sie übermannte. Aber solange Dr. Michaels nicht da war, konnten weder Martha noch Aurora etwas tun. Man brachte einen Kessel mit Wasser aus der Küche herauf und stellte ihn auf die Kohlen im Kamin, um es zum Kochen zu bringen. Mehrere Stapel sauberer Handtücher und Laken wurden in Reichweite gelegt und die herzögliche Wiege vorbereitet und neben den Kamin gestellt, um das Kind aufzunehmen, wenn es denn auf der Welt wäre.

Unten im Salon ging der Herzog nervös auf und ab, während er auf das Eintreffen von Dr. Michaels wartete. Als einer seiner Diener schließlich einen ihm völlig Unbekannten hereinführte, war der Herzog sichtlich erstaunt. Bei dem Mann handelte es sich um einen groß gewachsenen, wohlbeleibten Herrn mittleren Alters.

»Euer Gnaden? Ich bin Doktor William Carstairs, Edward Michaels Cousin und neuer Partner. Sein Vater ist kränklich, deshalb ist mein Cousin nach York gereist. Wie mir mitgeteilt wurde, sollte Eure Gattin nicht vor Ende November niederkommen.«

»Wir wissen noch nicht einmal, ob sie tatsächlich in den Wehen liegt. Aber sie hat furchtbare Schmerzen«, sagte der Herzog und reichte dem Doktor die Hand. »Vielen Dank, dass Sie kommen konnten. Es ist unser erstes Kind, und keiner im Haus, mit Ausnahme meiner betagten Großmutter, weiß wirklich, was bei einer Geburt zu tun ist. Wir haben uns dazu entschlossen, Lady Hawkesworth nicht zu wecken, da sie einen turbulenten Tag hinter sich hat, nachdem mein Schwager heute Nachmittag Miss Bowen geheiratet hat. Aber morgen hatten wir Sie ohnehin rufen wollen, da es Calandra schon die ganzen letzten Tage nicht besonders gut ging.«

Dr. Carstairs nickte. »Dann lasst uns mal nach oben gehen, Euer Gnaden.«

Als der Arzt Calandras Schlafgemach betrat, weiteten sich Marthas Augen, und sie rief erstaunt: »Dr. Carstairs!«

»Martha? Martha Jones? Was, um alles in der Welt, tun Sie denn hier?« Dann entdeckte er Aurora. »Und Miss Aurora?«

Aurora erhob sich von der Bettkante. »Cally ist doch die Ehefrau des Herzogs. Aber es geht ihr gar nicht gut, Dr. Carstairs. Dieses Kind bereitet ihr schreckliche Schmerzen.«

Der Arzt nickte und wandte sich dann an den Herzog: »Nehmt Miss Aurora mit Euch aus dem Zimmer, während ich ihre Schwester untersuche.«

Calandra protestierte schwach dagegen, aber man achtete nicht weiter darauf, und der Arzt begann, ihr seine ganze Aufmerksamkeit zu widmen.

»Woher kennt Ihr Dr. Carstairs?«, wollte Valerian von Aurora wissen, während er sie aus dem Schlafzimmer gleitete.

»Er ist mit uns von Jamaika nach St. Timothy gekommen, als mein Stiefvater meine Mutter heiratete«, erklärte sie. »Mein Vater wollte nicht noch eine Ehefrau im Kindbett verlieren, weil es keine ordentliche medizinische Versorgung auf der Insel gab. Dr. Carstairs ist zehn Jahre bei uns geblieben, und in dieser Zeit hat er einigen der gescheiteren Sklaven und Leibeigenen seine Kunst beigebracht. So hatten wir auch danach immer jemanden, der uns betreuen konnte, wenn einer von uns krank wurde oder sich verletzte. Wo ist überhaupt Dr. Michaels? Warum ist nicht er gekommen?«

Der Herzog erklärte Aurora den Grund, und sie nickte. Einige Minuten standen sie schweigend auf dem Flur, bis sich der Arzt zu ihnen gesellte und an Valerian gewandt verkündete: »Eure Gemahlin liegt tatsächlich in den Wehen, Euer Gnaden. Obwohl es ziemlich heftige Krämpfe sind, hat sich das Kind noch nicht richtig gedreht. Deshalb gehe ich davon aus, dass es noch einige Stunden dauern wird, bis sie niederkommt.« Dann wandte er sich an Aurora. »Geht zu Bett, meine Liebe. Das hier ist nicht der richtige Ort für ein junges Mädchen, obwohl ich mich natürlich noch daran erinnere, wie kühn Ihr immer gewesen seid. Ich weiß, dass Ihr bleiben würdet, Aurora, wenn ich es zuließe. Aber das kommt gar nicht infrage. Eure Schwester ist bei mir in guten Händen, und ich behalte Martha und Sally da, um mir zu helfen. Ich lasse Euch Bescheid geben, sobald sich an Callys Zustand etwas ändert.«

»Ich will ihr wenigstens noch gute Nacht sagen«, bettelte Aurora.

Der Arzt nickte und begleitete sie zurück ins Schlafzimmer.

»Warum hast du mich verlassen?«, empfing Calandra ihre Schwester.

»Weil der Doktor es so wollte«, sagte Aurora. »Du erinnerst dich doch noch an Dr. Carstairs, Cally? Er hat St. Timothy erst verlassen, als wir schon zwölf Jahre alt waren. Dr. Michaels ist nicht da, und Dr. Carstairs wird dir helfen, dein Kind zur Welt zu bringen. Ich darf nicht hier bleiben, aber Martha und Sally sind ja da.«

»Ich werde sterben«, sagte Calandra merkwürdig ruhig.

»Unsinn!«, entgegnete Aurora. »Du hast einfach nur Angst, Kleines. Dr. Carstairs wird sich bestens um dich kümmern.«

Aber Calandra wiederholte noch einmal mit fester Stimme: *»Ich werde sterben«*, und Aurora flehte: »Sag doch so etwas nicht!«

»Ich mache dir ja gar keinen Vorwurf«, fuhr Calandra fort. »Ich wollte wirklich nur Herzogin sein, Aurora. Ich hätte Hawkesworth einfach nicht zu heiraten brauchen. Ich mache dir wirklich keinen Vorwurf.«

»Kommt jetzt, mein Kind.« Der Arzt hatte Aurora eine Hand auf die Schulter gelegt. »Es wird Zeit, Euch ein wenig auszuruhen.«

»Du stirbst nicht, Cally«, beharrte Aurora.

»Ich hab dich lieb«, entgegnete Calandra, während man ihre Schwester aus dem Zimmer führte. Mit traurigen Augen beobachtete sie, wie sich die Tür hinter Aurora schloss.

»Wie könnt Ihr Eurer Schwester nur so etwas Gemeines sagen?«, schimpfte Martha daraufhin. »Auch ein Kind zu bekommen, entschuldigt Euch nicht. Schämt Euch!«

Aber Calandra sagte nichts dazu. Sie wandte einfach nur den Kopf ab, so wie sie es zuvor auch bei Aurora getan hatte.

Am Anfang vergingen die Stunden ganz langsam, aber dann mit zunehmender Geschwindigkeit. Der Morgen graute und schon bald war es Mittag. Die Herzogenwitwe kam herein, um mit eigenen Augen zu sehen, wie es Calandra ging. Sie redete freundlich auf das Mädchen ein, verließ das Zimmer dann allerdings sichtlich verstört.

»Warum dauert es so lange?«, fragte sie den Arzt, der sie auf den Flur hinausbegleitet hatte. »Erst beschließt das Kind, früher zu kommen und dann weigert es sich, geboren zu werden. Was ist da los, Dr. Carstairs?«

Der Arzt schüttelte den Kopf. »Das weiß ich auch nicht,

Euer Gnaden. Aber obgleich ich mittlerweile ebenfalls ein wenig beunruhigt bin, dürfen wir doch nicht vergessen, dass die junge Herzogin erst seit zehn Stunden in den Wehen liegt. Das ist eigentlich nicht allzu lang. Noch sollten wir uns gedulden und ganz ruhig sein.«

Unterdessen hatte sich auch Aurora zu ihnen gesellt, und die Herzogenwitwe raunte ihr aufgebracht zu: »Glaubt mir, mein liebes Kind, wenn darin ein Mann in den Wehen läge, wäre man schon nach einer Stunde unruhig geworden. Geduld? Pah!«

»Cally sagt, dass sie sterben wird«, entgegnete Aurora leise.

»Na, na, na«, wehrte Lady Hawkesworth ab, »das liegt nur daran, dass Eure Schwester so viel Angst hat. Morgen ist ihr Kind auf der Welt, und sie wird sich allmählich besser fühlen und ihre triumphale Rückkehr nach London planen. Da bin ich mir ganz sicher.« Aber Mary Rose Hawkesworth war sich überhaupt nicht sicher. Calandra hatte schon einige Tage schlecht ausgesehen, und die zu früh einsetzenden Wehen verhießen nichts Gutes. Durchaus möglich, dass sie sterben würde. Ein Kind zur Welt zu bringen, war eine gefährliche Angelegenheit.

Der Nachmittag ging in den Abend über, und Aurora hatte schon zweimal darum gebeten, ihre Schwester besuchen zu dürfen, aber Dr. Carstairs ließ es nicht zu. Beim Dinner sprach kaum jemand ein Wort und danach suchte Aurora sofort ihr Schlafzimmer auf. Dort fand sie Martha vor, die am Kaminfeuer auf einem Stuhl saß und eingenickt war. Sie sah ziemlich erschöpft aus.

Sanft rüttelte Aurora sie an den Schultern. »Martha, was ist passiert? Wie geht es Cally? Und ist das Kind schon da?«

»Dr. Carstairs hat mich und Sally weggeschickt, damit wir uns ein bisschen ausruhen können, Miss«, antwortete die Zofe. »Aber es sieht gar nicht gut aus. Gar nicht gut. Die arme Miss Calandra wird von Minute zu Minute schwächer, und das Kind will einfach nicht auf die Welt kommen. Sie wird sterben, Miss. Es tut mir Leid, das sagen zu müssen. Aber sie stirbt.«

Daraufhin eilte Aurora sofort aus dem Schlafzimmer zu den Gemächern ihrer Schwester. Als sie die Tür aufriss, verstellte ihr der Arzt den Weg, aber mit erstaunlicher Kraft schob sie ihn beiseite, ging ans Bett ihrer Schwester und befahl ihr: »Cally! Cally! Mach jetzt sofort die Augen auf!«

Langsam öffneten sich die Lider über Calandras haselnussbraunen Augen. Mit einem schwachen Lächeln sah sie Aurora an. »Ich wusste, dass du kommen würdest, bevor es zu spät ist.« Dann überlief sie ein Zittern und gleich darauf ging ihr Blick ins Leere.

»Doktor!«, schrie Aurora so laut sie konnte.

Schnell kam er zu ihr ans Bett und nahm Calandras Handgelenk, um den Puls zu fühlen. Aber da war keiner mehr. Er horchte an ihrer Brust, aber auch das Herz der jungen Frau schlug nicht mehr. Betreten sah er zu Aurora auf: »Es tut mir Leid, Miss Aurora, aber Eure Schwester ist tot.«

»Und das Kind!«, schrie Aurora verzweifelt. »Ist das Kind auch tot? Oh, Gott, bitte lass Cally nicht umsonst gestorben sein! Was ist mit dem Kleinen?«

»Bringt mir meinen Arztkoffer, Miss Aurora! Werdet Ihr ohnmächtig, wenn Ihr Blut seht? Besser Ihr holt Martha! *Beeilt Euch!«*

Aurora warf dem Arzt den Koffer mit seinen Instrumenten förmlich zu und stürzte dann laut schluchzend aus dem Zimmer, um Martha zu holen. Die Dienerin hatte sich gerade vom Stuhl aufgerappelt und stieß beinahe mit ihrer jungen Herrin zusammen.

»Es ist was mit Cally«, kreischte Aurora hysterisch. »Sie ist tot! Oh, Martha! Meine Schwester ist tot, und es ist alles meine Schuld! Geh! Beeil dich! Der Doktor will, dass du ihm hilfst. Er versucht, das Kind zu retten.«

Martha spurtete ins Schlafgemach der Herzogin, wo der Arzt mit entsetztem Gesichtsausdruck aufs Bett starrte. »Was ist denn los, Sir?«, fragte Martha mit zittriger Stimme und versuchte, an seiner wohlbeleibten Gestalt vorbei etwas zu erkennen.

»Kommen Sie nicht näher!«, wies er sie scharf zurück.

»*Was ist denn los?*«, wiederholte Martha nervös.

Nun drehte er sich zu ihr um, wachsweiß im Gesicht. »Wenn Sie wollen, sehen Sie es sich an. Aber ich warne Sie, Martha Jones, es ist ein schrecklicher Anblick. Kein Wunder, dass die arme Calandra ihr Kind nicht zur Welt bringen konnte. Aber wir müssen Gott für seine Gnade danken, dass es tot ist.«

Ängstlich, aber trotzdem entschlossen, sah Martha auf Calandra hinunter, deren Bauch der Arzt in der verzweifelten Hoffnung geöffnet hatte, den Erben des Herzogs zu retten. »Das sind ja zwei Babys«, sagte sie leise. »Aber was haben sie denn da um den Hals, Doktor, und warum liegen sie so eng beisammen? Das sieht ja fast so aus, als seien ihre armen kleinen Körper zusammengewachsen.« Dann stieß sie einen kleinen Schrei aus. »Gott steh uns bei! Sie haben ja nur zwei Beine! Oh, Doktor! Was hat denn die arme Miss Cally da bloß die ganzen Monate mit sich herumgetragen?«

Auch der Arzt schüttelte nach wie vor verwundert über den Anblick, der sich ihm auf dem Wöchnerinnenbett bot, den Kopf. »Ich habe schon gehört, dass es so etwas gibt. Aber es kommt nur ganz selten vor. Wären sie normal gestaltet gewesen, wären es vielleicht Zwillinge geworden. Aber welchen Geschlechts, kann ich nicht sagen, weil sie so zusammengewachsen sind, dass man es unmöglich feststellen kann. Sie haben zwei Köpfe und Hälse, jedes hat ein Paar Schultern und einen Brustkorb, aber vom Bauchnabel ab sind sie wie ein Mensch, deshalb gibt es nur zwei Beine. Gott sei Dank, hat sie die Nabelschnur erdrosselt. Ich werde die Herzogin jetzt wieder zunähen,

Martha Jones, und wir sagen dem Herzog, dass das Kind im Mutterleib verstorben ist. Es besteht kein Grund, herumzuerzählen, was wir gesehen haben. Der Familie ist durch den Tod der jungen Frau schon genug Leid zugefügt worden. Da Miss Aurora in wenigen Monaten selbst heiratet, sollten wir ihr mit dem Unglück ihrer Schwester auch keine Angst machen, was meinen Sie, Martha?«

Die Zofe nickte. Der Anblick von Calandras missgebildetem Kind würde sie ihren Lebtag nicht vergessen. Es war grauenhaft. Doch dann kam ihr ein Gedanke. »Die Herrschaft wird wissen wollen, ob es ein Junge oder Mädchen war, Doktor. Sagen Sie ihnen, es war ein zu schwaches Mädchen. Alle werden auch so traurig genug sein. Der Herzog war sehr gut zu uns. Er soll nicht denken müssen, dass er sowohl seine Gattin als auch seinen Sohn verloren hat.«

»Das da war kein Junge«, sagte der Arzt leise, »aber ich glaube auch nicht, dass es ein Mädchen gewesen ist. Allerdings muss ich der Familie mitteilen, dass ich den Bauch geöffnet habe.« Dann schüttelte er sich und sagte: »Gehen Sie jetzt zum Herzog und sagen Sie ihm, dass ich gleich zu ihm komme. Ich will auf keinen Fall, dass er einen Fuß in das Zimmer setzt. Bitten Sie ihn, mich in der Bibliothek zu erwarten, Martha. Und kümmern Sie sich um Ihre Herrin. Sie war hier, als ihre Schwester verstarb. Calandras letzte Worte galten ihr.«

Nachdem Martha das Zimmer verlassen hatte, begann der Arzt, den Bauch der Toten zuzunähen. Er war immer noch sehr verwundert, über das, was er gesehen hatte, und fragte sich, woran es wohl gelegen haben mochte, dass Calandra ein derartiges Wesen empfangen hatte. Kopfschüttelnd setzte er rasch einen Stich neben den anderen. Er wollte nicht, dass außer ihm und Martha noch jemand die Wahrheit erfuhr. *Arme Cally,* dachte er, *aber vielleicht hattest du ja Glück im Unglück.* Wenn sie und das Geschöpf überlebt hätten, was wäre dann bloß aus ihnen geworden? Keine Mutter konnte doch mit liebenden Augen ein solches Ungeheuer betrachten. Womöglich hätte es sie in den Wahnsinn getrieben.

Derweil eilte Martha den Flur entlang. Nun galt ihre Hauptsorge ihrer Herrin. Der Herzog konnte warten. Sie konnten alle warten. Ihr war wieder eingefallen, was Aurora zuvor zu ihr gesagt hatte. Sie musste ihrer Herrin unbedingt klar machen, dass sie nicht für den Tod ihrer Schwester verantwortlich war. Calandra hatte frei wählen können, und sie war nur allzu bereit – nein, geradezu begierig – gewesen, Valerian Hawkesworths Gattin zu werden. Nein, nicht seine Gattin, seine Herzogin. Denn Calandra war ihm keineswegs eine gute, treu sorgende Frau gewesen. Möge ihre arme Seele in Frieden ruhen!

Noch bevor Martha das Schlafzimmer ihrer Herrin betrat, konnte sie sie bitterlich weinen hören. Das Mädchen lag bäuchlings ausgestreckt auf dem Bett und schluchzte, als habe man ihr das Herz gebrochen, und dem war ja auch so. Martha ging zum Bett hinüber, nahm Aurora in die Arme und versuchte, ihren Kummer zu lindern. »Aber, aber, Miss, es war Gottes Wille, und man soll sich nicht dagegen auflehnen, nicht wahr?«

»Da ... da ... das K ... Kind?«, stammelte Aurora.

»Es ist auch tot«, erwiderte Martha knapp, und Aurora weinte nur noch heftiger.

»Es war alles umsonst«, schluchzte sie. »Alles umsonst, Martha. Oh, meine arme Cally.« Sie sah zu ihrer Dienerin auf, das hübsche Gesicht rot verquollen und tränennass. »Ich bin schuld an Callys Tod, Martha. Es ist alles meine Schuld! Habt du und Mama mich nicht gewarnt, dass aus einem Täuschungsmanöver nichts Gutes entstehen könnte? Aber ich wollte ja nicht hören! Und jetzt ist meine Schwester tot wegen meiner Eigensucht!« Aurora begann erneut zu weinen, wobei ihr ganzer Körper geschüttelt wurde.

Martha atmete tief ein, bevor sie Aurora bei den Schultern fasste und sie eindringlich ansah. »Es ist nicht Eure Schuld, Miss. Ihr habt Miss Cally nicht in diese Ehe getrieben. Sie hatte die Wahl. Aber das törichte Mädchen war so überwältigt von dem Gedanken, Herzogin zu werden, dass es sich beinahe genauso halsstarrig und eigensinnig verhalten hat wie Ihr. Alles was sich Miss Cally von ihrer Ehe erwartete, war, feine Kleider zu tragen, in prunkvollen Kutschen zu fahren und Gesellschaften zu geben, zu denen all die Mächtigen kamen, nachdem sie sich zuvor um eine Einladung gerissen hatten. Aber das konnten wir vorher doch nicht wissen, nicht wahr? Eure Eltern haben Euch beiden ein gutes Beispiel für eine christliche Eheführung vorgelebt. Miss Cally wusste, was man von ihr erwartete. Aber sie hat sich geweigert, dem Herzog eine gute Frau zu sein. Das alles ist durchaus nicht Eure Schuld, Miss Aurora, und ich lasse nicht zu, dass Ihr Euch deswegen Vorwürfe macht.«

»Aber mir kommt trotzdem Schuld an ihrem Tod zu«, sagte Aurora wehmütig. »Mein Vater hat für mich eine feine Ehe mit dem Sohn seines Freundes arrangiert, und als ich davon erfuhr, habe ich den Herzog verschmäht und mich meiner Pflicht entzogen. Ich habe Cally dazu verleitet, meinen Platz einzunehmen, weil ich davon ausging, dass ihr die Vorstellung, Herzogin zu sein, gefallen würde. Und ich hatte Recht. Sie hat mit mir getauscht. Das hat sie am Ende das Leben gekostet. Hätte ich getan, was mein Vater von mir erwartete und Valerian Hawkesworth geheiratet, wäre meine Schwester jetzt noch am Leben. Ich bin nicht schuld an Callys Verhalten, aber für das, was ich getan habe.«

»Nun, Miss«, sagte Martha jetzt kühl und pragmatisch, »Ihr könnt das Geschehene nicht rückgängig machen. Miss Cally ist von uns gegangen. Das ist nun einmal eine Tatsache.« Damit erhob sie sich vom Bett. »Ich muss jetzt zum Herzog. Trocknet Euch die Augen und wascht Euch das Gesicht. Dann geht zu Lady Hawkesworth. Sie kann bestimmt auch ein bisschen Trost gebrauchen, um über diesen Schock hinwegzukommen.« Mit diesen Worten stapfte Martha aus dem Zimmer und ließ Aurora wieder allein.

Die Zofe fand den Herzog [illegible]er Bibliothek und bat ihn, dort auf Dr. Carstairs zu warten. Dann verneigte sie sich rasch und eilte aus dem Zimmer, bevor der Herzog ihr noch unbequeme Fragen stellen konnte. Als sie wieder die Treppe hinaufeilte, kam ihr der Doktor bereits auf halbem Weg entgegen.

»Holt mir die Zofen der Herzogin, Martha, und tut, was ihr könnt, um Miss Cally ein wenig herzurichten, damit sie passabel aussieht.« Dann strebte er weiter die Treppe hinunter und betrat die Bibliothek.

Valerian Hawkesworth stand rasch auf und sah William Carstairs beunruhigt an. »Was ist mit meiner Gattin und meinem Kind?«, fragte er. Aber am Gesichtsausdruck des Arztes konnte er schon ablesen, dass der Mann keine guten Nachrichten für ihn hatte.

»Es tut mir sehr Leid, Euer Gnaden mitteilen zu müssen, dass beide verschieden sind. Die Wehen waren für Eure Gattin nur schwer zu ertragen. Sie konnte das Kind nicht auf die Welt bringen, und ihr armes kleines Herz hat einfach aufgehört zu schlagen. Ich habe ihr den Bauch geöffnet, um das Kind – ein Mädchen übrigens – zu retten. Aber es war schon tot. Die Nabelschnur hatte es erdrosselt. Ich habe den Schnitt bereits wieder verschlossen, und das Kind bei seiner Mutter gelassen. Ihr habt mein aufrichtiges Beileid.«

Der Herzog nickte stillschweigend und dachte: *Eitle, törichte Calandra. Jetzt ist sie tot und unsere Tochter mit ihr. Arme Calandra! Wenigstens wird sie nie wieder meine Aufmerksamkeit erdulden müssen.* Eine Tochter? Er hätte gerne eine Tochter gehabt, aber er brauchte doch einen Erben.

»Ich verstehe, Dr. Carstairs«, sagte er schließlich. »Wir haben alle gesehen, dass Calandra in den vergangenen

Monaten eine sehr schwere Zeit durchgemacht hat.« Er ging zur Mahagonianrichte hinüber und schenkte Whiskey in zwei Kristallgläser, von dem er eins dem Doktor reichte. »Ich hoffe, sie hat nicht allzu sehr leiden müssen. Setzt Euch doch, Dr. Carstairs. Ihr seht müde aus.«

»Das bin ich auch«, gestand der Arzt dem Herzog ein und ließ sich ihm gegenüber auf einen Stuhl neben dem Kamin nieder, in dem ein anheimelndes Feuer brannte. Nachdem er dem Whiskey ein wenig zugesprochen hatte, stellte er Valerian Hawkesworth die Frage, die ihm schon auf der Zunge lag, seitdem er das Wöchnerinnenzimmer betreten hatte. »Man hat mir immer zu verstehen gegeben, Euer Gnaden, dass Ihr die Erbin von St. Timothy heiraten solltet, und trotzdem ist Eure Gattin Calandra Spencer-Kimberly gewesen. Wie kam diese – wenn ich so vermessen sein darf, zu fragen – Verbindung überhaupt zu Stande?«

»Aber ich *habe* die Erbin von St. Timothy geheiratet«, entgegnete der Herzog und schob die Frage des Arztes dessen offensichtlichen Übermüdung zu.

»Nein, Sir, mit Verlaub, das habt Ihr nicht«, entgegnete der Arzt im Brustton der Überzeugung. »Aurora Kimberly ist die Erbin von St. Timothy. Ich habe fast zehn Jahre lang auf der Insel im Haus der Kimberlys gelebt. Ich war der einzige weiße Mann aus gutem Hause, mit dem Mr. Kimberly sich unterhalten konnte, und das haben wir jeden Abend nach dem Essen getan. Entweder saßen wir draußen auf der Veranda oder in seiner Bibliothek und haben dort Fruchtsaft mit Rum getrunken und über alles Mögliche gesprochen.

Er hat sich mir auch bezüglich des Heiratsversprechens anvertraut, das er und sein guter Freund Charles, Lord Hawkesworth, zwischen ihren Kindern arrangiert hatten, noch bevor Miss Aurora auf der Welt war. Er hatte seiner Gattin von der Angelegenheit nichts erzählt, da er hoffte, eines Tages auch für Calandra eine ähnlich gute Partie arrangieren zu können. Er wollte nicht, dass es vorher wegen Auroras hervorragender Zukunftsaussichten zu Zwistigkeiten zwischen den Mädchen kam.«

Der Herzog nickte, und Dr. Carstairs fuhr fort: »Ich bin mit Robert Kimberly von Jamaika nach St. Timothy gekommen, als er geheiratet hat. Damals hoffte man noch, seine dritte Gattin würde ihm den lang ersehnten männlichen Erben schenken. Deshalb wünschte er, für Notfälle einen Arzt auf der Insel zu haben. Denn als seine zweite Frau Emily Kimberly starb, war keiner zugegen gewesen. Ich habe Miss Calandra und Miss Aurora aufwachsen sehen. Erst vor fünf Jahren verließ ich die Insel, um nach England zurückzukehren. Ich kenne die beiden, als wären sie meine eigenen Töchter. Ihr habt Calandra Spencer-Kimberly geheiratet, Euer Gnaden, Roberts Stieftochter, und nicht Aurora, seine Tochter und Erbin. Dessen bin ich mir völlig sicher.«

Obwohl Valerian Hawkesworth von dem Schrecken über diese Neuigkeit ganz benommen war, fühlte er einen brennenden Zorn in sich aufsteigen. Warum hatte man ihm das angetan und ihn so getäuscht?

»Ich bin über diese Angelegenheit genauso verwirrt wie Ihr, Dr. Carstairs«, sagte er schließlich mit mühsam beherrschter Stimme. »Man hat mich glauben gemacht, Calandra sei die Erbin, und mir auch die zugehörige Mitgift überschrieben. Mr. Kimberly ist zwischenzeitlich verstorben, wie Ihr vielleicht wisst. Da ich so schnell wie möglich heiraten und nach England zurückkehren wollte, wurde ein Geistlicher von Barbados herübergebracht, der die Trauzeremonie vornahm. Noch am selben Tag sind meine Gattin und ich nach Hause aufgebrochen, und George und Aurora kamen neun Monate später nach. Mistress Kimberly wollte, dass sich ihre Geschwister in England einen Gatten suchen. Gestern hat mein Schwager Miss Bowen geheiratet, und in diesem Augenblick befinden sie sich bereits auf dem Weg zurück nach St. Timothy. Und Aurora wird im Frühling Mr. St. John heiraten.«

»Vom Tod Robert Kimberlys wusste ich nichts«, entgegnete der Doktor nun.

»Ich würde Sie auch bitten, keiner Menschenseele gegenüber etwas von dieser Unterhaltung zu erwähnen«, sagte der Herzog. »Ich möchte der Sache selbst auf den Grund gehen, und ganz bestimmt wünsche ich zu diesem Zeitpunkt keinen Skandal. Meine Gattin und das Kind müssen mit Würde und Ehre zu Grabe getragen werden. Davon darf uns nichts abhalten.«

»Selbstverständlich, Euer Gnaden«, sagte der Doktor, trank auch noch den letzten Schluck Whiskey und stand auf. »Ich muss zurück in die Praxis. Durch die Abwesenheit meines Cousins braucht vielleicht noch jemand meine Dienste.« Er verneigte sich höflich vor dem Herzog.

Valerian nickte und erhob sich ebenfalls, bevor er sich bei dem Arzt bedankte und ihn aus der Bibliothek in die Eingangshalle führte. Dort wartete Peters bereits mit dem langen dunklen Umhang des Doktors.

Als der Butler Dr. Carstairs beim Anziehen des Kleidungsstücks behilflich war, sagte er: »Eure Kutsche steht schon draußen, Sir. Die Pferde sind ausgeruht und gefüttert, und der Kutscher ist auch bereit.« Dann begleitete er den Arzt hinaus.

Unterdessen befand sich der Herzog bereits auf der Treppe zum ersten Stock, um seine Großmutter aufzusuchen. Aurora befand sich bei ihr und tröstete die alte Dame. Valerian war hin und her gerissen zwischen dem Zorn auf Aurora wegen ihres Verrats und der Freude über die freundlichen Worte, die sie trotz ihres eigenen Schmerzes für seine Großmutter fand. »Geht in Euer Zimmer, Aurora«, sagte er schließlich ganz gefasst. »Ihr seht erschöpft aus, und heute Nacht kann man ohnehin nichts mehr tun.«

»Was ist mit George und Betsy?«, fragte sie im Flüsterton. »Sollten wir ihnen nicht eine Mitteilung zukommen lassen, Valerian?«

»Ich denke nicht«, entgegnete der Herzog und sah zu seiner Großmutter hinüber, die zustimmend nickte. »Auch sie können nichts mehr für die arme Calandra tun, und ich will nicht, dass ihnen die Flitterwochen verdorben werden. Wir schicken eine Nachricht mit dem Schiff, das nach der *Royal George* die Westindischen Inseln anläuft. So haben Betsy und George Gelegenheit, unbeschwert nach Hause zu kommen, und auch Eure Mutter kann noch ein bisschen glücklich sein, bevor sie von der Tragödie erfährt. So, und nun geht auf Euer Zimmer.«

Aurora knickste vor den beiden und zog sich zurück.

»Was gibt's denn, Valerian?«, wollte seine Großmutter wissen, nachdem Aurora gegangen war. »Irgendetwas lastet dir doch auf der Seele, und das hat nicht nur mit den beiden Todesfällen zu tun, die sich heute Nacht in unserem Hause zugetragen haben. Was ist los?«

»Calandra war nicht die Erbin von St. Timothy«, sagte er und wiederholte, was der Arzt ihm zuvor erzählt hatte.

»Ich weiß«, entgegnete die Herzogenwitwe, nachdem ihr Enkel geendet hatte.

»Ihr habt davon gewusst?« Ungläubig sah Valerian seine Großmutter an. »Ihr wusstet von dem Täuschungsmanöver, das man mir gespielt hat, und habt nichts gesagt? Aber warum denn bloß, Großmama?«

»Ich habe die Wahrheit auch erst vor wenigen Monaten herausgefunden«, sagte Lady Mary Rose beschwichtigend. »Von Anfang an kam mir Aurora irgendwie bekannt vor, aber ich konnte mir nicht erklären, wieso. Dann war ich irgendwann in der Ahnengalerie und stieß auf die Porträts der jüngeren Schwestern des ersten Herzogs von Farminster. Catherine Hawkesworth ist mit dem Kimberly verheiratet worden, dem St. Timothy von König Charles II. aus Dankbarkeit vermacht wurde, und ihre Schwester Anne hat den Meredith geheiratet, mit dem sich die Kimberlys die Insel teilten. Aurora ist dieser Catherine wie aus dem Gesicht geschnitten und sieht auch Anne sehr ähnlich. Da wusste ich, warum mir das Mädchen so bekannt vorkam, und ließ mir den Verdacht von seiner Zofe bestätigen.«

»Aber warum hat Aurora mir das angetan?«, fragte Valerian betroffen.

»Sie wollte keinen Fremden heiraten, und es lag ihr nichts daran, Herzogin zu werden. Sie will aus Liebe heiraten«, sagte die Herzogenwitwe. »Calandra war da nicht so idealistisch, fürchte ich.«

»Aurora wollte keine Herzogin sein?« Verwundert schüttelte Valerian den Kopf. »Es ist später noch Zeit, sich um diese Angelegenheit zu kümmern. Aber zunächst müssen wir zusehen, dass die arme Calandra und ihre Tochter würdevoll im Familiengrab beigesetzt werden.«

»Lass die Sache mit Aurora auf sich beruhen, Valerian. Wenn Calandra ihr Kind zur Welt gebracht und überlebt hätte, wäre alles anders gekommen.«

»Aber das hat sie nun einmal nicht, Großmama«, entgegnete der Herzog.

»Es war einfach eine unglückliche Verbindung. Aber obwohl man dir die Falsche zur Frau gegeben hat, hast du die Mitgift der wahren Erbin bekommen, Valerian«, gab seine Großmutter zu bedenken. »Lass die Sache auf sich beruhen, mein Junge. Beerdige deine Gattin mit Würde und halte sie in Ehren.«

»Gewiss werden wir Calandra ein ehrenvolles Begräbnis zukommen lassen«, antwortete der Herzog seelenruhig, »aber dann kümmere ich mich um dieses verräterische kleine Biest, das eigentlich meine Gattin hätte sein sollen. Miss Aurora Kimberly wollte also keine Herzogin werden. Nun, sie wird bald feststellen, dass sie das nicht zu entscheiden hat.«

»Valerian«, sagte seine Großmutter jetzt streng, »Aurora ist mit St. John verlobt. Die Eheschließung ist für Mai anberaumt.«

Aber Valerian lachte nur, und es klang hart und unnachgiebig, als er sagte: »Ich fürchte, wenn mein Cousin im Mai heiraten möchte, muss er sich eine andere Braut suchen. *Aurora gehört mir!*«

8. Kapitel

Charlotte Calandra Hawkesworth, vierte Herzogin von Farminster, wurde in der Familiengruft der Hawkesworths beigesetzt. Die Gruft lag auf einem Hügel, von dem aus man den See des Anwesens überblicken konnte. Die Beerdigung fand im engsten Familienkreis statt, sodass nur der Gatte der jungen Herzogin, ihre Schwester, Lady Hawkesworth und drei Dienerinnen bei der Beisetzung zugegen waren. Sir Ronald hielt den anglikanischen Gottesdienst am Sarg der Toten, bevor man ihre sterblichen Überreste beisetzte. Daraufhin bat der Herzog den Geistlichen, der Kirchengemeinde und auch seiner Gattin und seinen Kindern zu erklären, dass der Schmerz der Familie zu groß sei, um eine Beisetzung im größeren Rahmen zu ertragen.

»Nur verständlich, nur verständlich«, murmelte Sir Ronald. »Ein schrecklicher Verlust, die junge Frau *und* das Kind.« Dann überließ er sie ihrer Trauer, dankbar dafür, dass man Betsy und ihren Gatten nicht zurückberufen und ihnen damit nicht die Flitterwochen verdorben hatte. Es war sehr umsichtig vom Herzog und seiner Schwägerin gewesen, in ihrem großen Schmerz und ihrer Trauer an die Jungvermählten zu denken.

»Ich muss Mama schreiben«, sagte Aurora, als sie nach der Beerdigung ins Haus zurückgekehrt waren.

»Ich werde ihr auch schreiben«, erklärte Lady Mary Rose.

»Und ich auch«, ergänzte der Herzog.

»Ich kann nicht mehr viel länger in Hawkes Hill bleiben«, sagte Aurora. »Es schickt sich nicht, nun, nachdem meine Schwester von uns gegangen ist.«

Aber Valerian entgegnete ihr mit fester Stimme: »Natürlich werdet Ihr bleiben!«

»Ich kann nicht!«, rief Aurora verzweifelt.

»Ihr könnt und Ihr werdet, und ich glaube, wir wissen beide, warum, Aurora«, fügte er dann kühl hinzu. »Abgesehen davon habt Ihr ja auch noch meine Großmutter als Anstandsdame. Keiner denkt schlecht von Euch, wenn Ihr hier bleibt.«

»St. John wird aber nicht glücklich darüber sein«, entgegnete Aurora.

»Das Befinden meines Cousins hat Euch jetzt nicht weiter zu interessieren, Aurora. Ich werde selbst sehr bald schon mit ihm über diese Angelegenheit sprechen.«

Entsetzt über die harschen Worte, war Aurora aufgesprungen. Sie floh nun regelrecht aus dem Salon und eilte die Treppe hinauf. In ihrem Schlafzimmer angelangt, warf sie die Tür hinter sich zu, als sei der Teufel persönlich hinter ihr her. *»Er weiß es!«*, sagte sie dann ganz blass und mit schreckgeweiteten Augen zu Martha. *»Der Herzog weiß es!«*

»Er weiß, was, Miss?«, fragte Martha verwirrt.

»Dass ich diejenige bin, die er hätte heiraten sollen!«, antwortete Aurora außer sich. »Oh, Martha, er sah aus, als wollte er mich umbringen!«

»Aber, Miss, woher soll er denn davon wissen?«, fragte Martha, als ihr einfiel: »Es sei denn ... oh, Gott steh uns bei! Der Doktor muss ihm etwas gesagt haben. Er und Euer Herr Papa waren ja gute Freunde. Der Doktor hat sicher gewusst, dass Ihr dem Herzog versprochen gewesen seid, und als er Miss Cally sah, fragte er sich, warum sie Herzogin geworden ist und nicht Ihr.«

»Der Herzog will mit St. John reden!«, rief Aurora immer noch panisch.

»Der Herzog wird Euch schon nicht dazu zwingen, seine Frau zu werden, wo er doch weiß, dass Ihr Mr. St. John liebt, Miss. Abgesehen davon würde das einen furchtbaren Skandal heraufbeschwören, und Miss Cally und ihr armes Kind sind doch gerade erst tot. Bestimmt habt Ihr da etwas falsch verstanden. Ihr seid übernächtigt, Miss.«

»Nein!« Aurora klammerte sich an den Arm ihrer Zofe. »Wir müssen Hawkes Hill verlassen. Es bleibt uns keine andere Wahl!«

»Und wo sollen wir hin?«, fragte die praktisch veranlagte Martha. »Nach Primrose Court könnt Ihr nicht gehen, selbst wenn Mr. St. Johns Mutter dort bei Euch wäre. Es würde ein schreckliches Gerede geben. Abgesehen davon muss Eure Hochzeit um ein Jahr verschoben werden, jetzt, wo Ihr in Trauer seid.«

»Ich könnte doch bei den Bowens Unterschlupf finden«, sagte Aurora in ihrer Verzweiflung.

»In diesem Kaninchenstall, und mit all den Mädchen um Euch? Von Master William, dem kleinen Teufel, gar nicht zu reden! Dort ist kein Platz für Euch, Miss. Aber jetzt kommt erst einmal her und legt Euch schön hin, Herzchen, während ich Euch ein bisschen Tee mache.«

»Ich will keinen Tee, Martha. Wir müssen sofort nach Hause, nach St. Timothy! Ich habe dort das Haus meiner Mutter! *Das* kann mir der Herzog nicht wegnehmen, und nach einem Jahr kommt St. John mich holen, und wir heiraten.«

Martha seufzte.

»Wir müssen sofort packen, Martha. Zwar werden wir London nicht mehr rechtzeitig erreichen, um noch an Bord der *Royal George* zu gehen, aber in wenigen Wochen setzt ein anderes Schiff Segel in Richtung Westindische Inseln. Das ist es! Das werden wir tun, Martha! Wir werden nach Hause gehen!«

»Ja, Miss, aber nun versucht erst einmal, Euch ein bisschen auszuruhen, während ich Euch Tee mache. Ihr seid von Miss Callys Tod noch ganz durcheinander.«

Martha gelang es schließlich, Aurora dazu zu bewegen, sich hinzulegen. Dann zog sie die Vorhänge zu und verließ eilig den Raum, um mit der Herzogenwitwe zu sprechen.

»Armes Kind«, sagte Lady Mary Rose mitfühlend.

»Mein Enkel hat sie aber auch ganz finster angesehen und ihr richtig Angst gemacht.«

»Weiß er Bescheid, Ma'am?«, wagte Martha nun die Frage zu stellen, die ihr schon die ganze Zeit auf der Seele brannte. »Entschuldigt meine Kühnheit, aber ich habe Miss Aurora wirklich sehr lieb. Ich kümmere mich um sie, seitdem sie auf die Welt gekommen ist.«

»Der Herzog weiß, dass man ihn getäuscht hat«, antwortete die Herzogenwitwe trotz des Standesunterschiedes. »Ich kann nicht sagen, was er nun vorhat, aber ich verspreche dir, mein Möglichstes zu tun, um Aurora vor seinem Zorn und seinen Launen zu schützen.«

»Der Doktor hat es ihm gesagt, nicht wahr?«, fragte Martha nun. »Als er ins Zimmer kam, war ich so froh, ihn zu sehen, dass ich gar nicht auf den Gedanken kam, er könnte unser falsches Spiel aufdecken. Aber wie bringe ich meine Herrin bloß dazu, sich ruhig zu verhalten, Ma'am? Wie verhindere ich, dass sie davonläuft, um nach St. Timothy zurückzukehren?«

Die Herzogenwitwe erhob sich und zog eine kleine Schublade ihres Sekretärs auf, der sie ein elfenbeinernes Döschen entnahm. Nachdem sie es geöffnet hatte, gab sie Martha eine kleine goldfarbene Pille. »Zermahl sie, und tu sie deiner Herrin in den Tee, Martha. Damit wird sie die Nacht durchschlafen. Wenn sie erst einmal wieder richtig ausgeruht ist, wird sie sicher wieder klarer denken können und diesen Unsinn mit dem Weglaufen vergessen. Dann spreche ich morgen selbst mit ihr, und wir überlegen, was wir tun können, damit sie ihre Angst verliert.«

»Oh, vielen Dank, Euer Gnaden!«, rief Martha dankbar und knickste. Rasch verließ sie das Zimmer der alten Dame und ging hinunter in die Küche. Dort machte sie ein kleines Tablett mit Brot und Butter, ein wenig dunklem, schweren Fruchtkuchen und einer kleinen Kanne Tee zurecht. Sie trug es nach oben in Auroras Zimmer und musste feststellen, dass ihre Herrin bereits wieder aufgestanden war und aufgeregt vor dem Fenster auf und ab ging.

Martha stellte das Tablett auf den kleinen, mit Einlegearbeiten verzierten Tisch am Fenster. »Nun setzt Euch aber hin und trinkt Euren Tee, Miss. Dann stecke ich Euch ins Bett, und nachdem Ihr schön geschlafen habt, planen wir morgen früh unsere Abreise, was?« Sie lächelte dem Mädchen aufmunternd zu und zog es mit sich an den Tisch.

Aurora setzte sich, nahm die Tasse Tee von Martha entgegen und nippte nervös daran. Dann knabberte sie ein bisschen am Butterbrot und aß ein winziges Stückchen Fruchtkuchen. Sanft ermutigte Martha sie daraufhin, ihre Tasse zu leeren, und schenkte ihr so lange nach, bis kein Tropfen Tee mehr in der kleinen Kanne war.

Schon bald wurden Aurora die Augenlider schwer, und sie widersprach nicht, als Martha ihr dabei behilflich war, sich auszukleiden und zu Bett zu gehen. Ihre Zofe breitete die Daunendecke über sie aus, und Aurora war eingeschlafen, noch bevor Martha die Kerzen auf dem Nachttisch ausgeblasen hatte. Die Zofe nahm das Tablett und brachte es zurück in die Küche, bevor sie wieder ins Zimmer ihrer Herrin eilte. Aber als sie dort ankam, und eine Gestalt über das Bett des Mädchens gebeugt sah, stieß sie einen spitzen Schrei aus.

»Ich bin's nur«, ließ sich da die Stimme des Herzogs vernehmen, und Martha war beruhigt.

Dann wandte er sich zu ihr um, und die Zofe dachte, wie außerordentlich gut er doch aussah, bevor sie ihn milde schalt: »Ihr solltet aber nicht hier sein, Euer Gnaden.«

Doch der Herzog entgegnete: »Sie sieht so hübsch aus. Aber warum schläft sie so tief, Martha? Ist mit ihr alles in Ordnung?«

»Eure Großmutter hat mir eine kleine Pille gegeben, die ich im Tee meiner Herrin aufgelöst habe, Euer Gnaden. Der Tod ihrer Schwester hat ihr das Herz gebrochen. Sie hat seitdem kaum noch geschlafen und kann im Augenblick keinen klaren Gedanken mehr fassen. Nun will sie nach Hause nach St. Timothy. Sicherlich hätte sie versucht, schon heute Abend aufzubrechen, wenn ich es zugelassen hätte.«

»Ihr Zuhause ist hier auf Hawkes Hill«, entgegnete der Herzog entschieden, und Martha fragte ganz offen: »Ihr werdet sie Mr. St. John nicht heiraten lassen, nicht wahr, Euer Gnaden?« Die Frage war ziemlich gewagt, aber Martha musste einfach wissen, was der Herzog vorhatte, damit sie entscheiden konnte, was jetzt zu tun war.

Valerian Hawkesworth schüttelte den Kopf. »Dem Gesetz nach, ist Aurora die mir versprochene Frau, Martha; dass sie und ihre Familie mich getäuscht haben, ändert nichts daran. Hätte die arme Calandra überlebt und mir einen Sohn geschenkt, wäre alles anders gekommen. Doch Dr. Carstairs hat die Scharade aufgedeckt und Calandra und unser Kind sind tot.«

»Aber, Euer Gnaden«, hielt Martha dagegen, »Ihr wart doch mit einer Charlotte Kimberly verheiratet und habt ihre Mitgift gemäß dem Vertrag, den Euer Vater und Robert Kimberly vor all den Jahren aufgesetzt haben, bekommen. Nichts ist Euch verwehrt worden.«

Valerian Hawkesworth lachte leise. »Wohl wahr, Martha, aber man hat mir die falsche Charlotte Kimberly zur Frau gegeben. Die Vereinbarung zwischen meinem und Auroras Vater wurde getroffen, noch bevor Aurora das Licht der Welt erblickte und Jahre, bevor Mr. Kimberly seine dritte Frau, Oralia Spencer, heiratete und ihren Sohn und ihre Tochter an Kindes statt annahm. Die Kimberlys haben mich betrogen, indem sie mich mit der falschen Braut vor den Altar treten ließen. Sollte mein Cousin St. John Aurora heiraten und davon erfahren, würde er versuchen, die Insel für sich zu beanspruchen. Nicht, weil er sie wirklich wollte, sondern aus reiner Boshaftigkeit und Missgunst. Das kann ich einfach nicht zulassen. Abgesehen davon gehört Eure Herrin dem Gesetz nach mir, und ich beabsichtige, mir zu Eigen zu machen, was mein ist.«

Dann schien er sich plötzlich seiner guten Manieren zu entsinnen, nickte Martha zu und verließ das Zimmer.

Die Zofe war ohnehin erstaunt, dass der Herzog so offen mit ihr gesprochen hatte. Immerhin war sie nur eine Dienerin, wenn auch die einer Dame der gehobenen Schicht. Trotzdem hatte sich der Herzog die Zeit genommen, ausführlich mit ihr zu reden und ihre Fragen zu beantworten, obwohl er dazu gewiss nicht verpflichtet war. Sie mochte ihn. Das hatte sie schon immer getan und Auroras Abneigung ihm gegenüber nie verstanden. Nun allerdings, würde es zwischen den beiden zum offenen Krieg kommen. Deshalb beschloss Martha, kein Wörtchen über ihre Unterhaltung mit dem Herzog zu verlieren. Das würde Miss Aurora nur zu unüberlegten Taten veranlassen. Auch ohne die Absichten des Herzogs zu kennen, würde ihre junge Herrin gewiss überstürzt und töricht handeln.

Der Herzog war der richtige Gatte für Aurora. Dieser Meinung war Martha nicht erst seit dem heutigen Tag. So wie George Spencer-Kimberly und seine Mutter, hatte auch sie von Anfang an gewusst, dass Aurora den Herzog heiraten sollte. Mr. St. John hatte natürlich eine gute zweite Wahl dargestellt, aber Martha vermutete, dass er häufig unüberlegt handelte und zu allen möglichen Abenteuern bereit war wie ihre Herrin selbst. Vielleicht hätten sie gut zusammengepasst, aber andererseits hätte sich die Ehe mit St. John auch leicht als Katastrophe erweisen können, wenn er Aurora gegen den Herzog aufgehetzt hätte. Außerdem verdiente Miss Aurora, Herzogin zu werden, selbst wenn sie es nicht wollte. Schließlich hatte sich Mr. Kimberly – möge er in Frieden ruhen – das für seine Tochter gewünscht.

In Anbetracht all dieser Gründe, kam Martha zu dem Schluss, dass sie der Herzogenwitwe und dem Herzog helfen würde, die Ehe zwischen ihm und Aurora zu Stande zu bringen. Es konnte doch kein Verrat an ihrer Herrin sein, wenn sie tat, was ihr Herz ihr sagte.

Als Aurora am nächsten Morgen erwachte, schien sie sich ein wenig beruhigt zu haben. Sie frühstückte brav, schrieb ihrer Mutter und beklagte sich über Kopfschmerzen. Aber sie verlor kein Wort mehr darüber, Hawkes Hill verlassen zu wollen, um nach St. Timothy zurückzukehren. Vielleicht, hoffte Martha nun insgeheim, war sie von der Idee ganz abgekommen. Das berichtete sie denn auch gleich der Herzogenwitwe.

Aurora blieb den ganzen Tag über in ihrem Schlafzimmer, behauptete müde zu sein und ließ sich sowohl das Mittagessen als auch das Abendessen auf einem Tablett bringen. Ihr Appetit war allerdings ziemlich gut. Doch sie ging früh ins Bett und las, bis sie einschlief.

»Armes Schäfchen«, sagte Martha leise, als sie die Kerzen ausblies und die Kohlen und Holzscheite im Kamin zusammenschob, bevor sie ihr eigenes kleines Zimmer aufsuchte.

Aurora erwachte, als es drei Uhr schlug. Einen Moment lag sie ganz still in ihrem Bett und lächelte. Seid ihrer Kindheit hatte sie immer exakt sieben Stunden geschlafen, außer wenn sie krank war. Sie hatte sich absichtlich so früh hingelegt, damit sie mitten in der Nacht aufwachte und ihre geplante Flucht von Hawkes Hill in die Tat umsetzen konnte. Leider hatte sie feststellen müssen, dass sie Martha nicht länger trauen konnte. Sie war sich ziemlich sicher, dass ihr ihre Zofe am Abend zuvor etwas in den Tee getan hatte. Offensichtlich hieß Martha ihre Pläne nicht gut, und auch das war sehr bedauerlich. Denn jetzt würde sie sie zurücklassen müssen. Aber Aurora wusste, dass die Herzogenwitwe ihre Dienerin gut behandeln und weiterhin in ihrem Haushalt beschäftigen würde.

Nun schlüpfte sie aus dem Bett. Das Feuer war ausgegangen, und sie zitterte in der Kälte, die die Novembernacht über das Zimmer gebracht hatte. Aurora wollte nach London. Wenn sie erst einmal dort war, würde sie schon eine respektable Unterkunft finden und eine Überfahrt auf dem nächsten Schiff buchen, das zu den Westindischen Inseln segelte. Sie hatte mehr als genug Geld. Das meiste von dem, was sie mit nach England genommen hatte, war noch übrig, weil der Herzog seit ihrer Ankunft all ihre Ausgaben bestritten hatte.

Einmal in der Woche fuhr ganz früh morgens eine öffentliche Kutsche auf der Hauptstraße am Anwesen der Hawkesworths vorbei. Das wäre heute der Fall. Mit dem Gefährt gedachte Aurora bis nach Hereford zu gelangen und von dort aus die Kutsche nach London zu nehmen. Damit möglichst keiner vor dem nächsten Tag auf die Idee kam, sie sei für immer fortgegangen, würde sie all ihre Besitztümer zurücklassen. Morgen wäre es schon zu spät, sie zu suchen. Sie wollte sich auch ganz schlicht anziehen, um keine Aufmerksamkeit zu erregen, und nur eine kleine Handtasche mit ihrem Geld und einer Bürste mitnehmen, um sich unterwegs ein bisschen zurechtmachen zu können.

Aurora wählte ein einfaches blaues Seidenkleid, das züchtig hochgeschlossen war und mit dem sie nicht auffiel. Darunter zog sie mehrere baumwollene Unterröcke und einen aus Flanell an sowie Wollstrümpfe. Was sie sonst noch brauchte, würde sie in London kaufen, bevor das Schiff in See stach. Schließlich steckte sie sich das Haar zu einem ordentlichen Knoten im Nacken zusammen, nahm ihren pelzbesetzten Umhang und schlich aus dem Schlafzimmer. Auf Zehenspitzen ging sie den Flur entlang und achtete auf der Treppe darauf, dass keine Stufe knarrte. Dann eilte sie durch die Eingangshalle zur Haustür und zog vorsichtig den Riegel zurück.

»*Wohin des Wegs, meine teuerste Verlobte*«, drang da plötzlich des Herzogs Stimme durch die Stille der Nacht.

Erschrocken wirbelte Aurora herum und sah ihn unter der schwach erleuchteten Tür der Bibliothek stehen. Verlobte? Er hatte sie seine Verlobte genannt. Also wusste er tatsächlich Bescheid. »Ich gehe nach Hause«, sagte Aurora schließlich. »Ihr könnt mich nicht aufhalten, Valerian!«

»Das glaube ich schon«, entgegnete er frostig, kam auf sie zu und entriss ihr den Umhang, den er quer durch die Eingangshalle feuerte. Daraufhin legte er Aurora einen Arm um die Taille und zog sie so eng an sich, dass Aurora gar nicht wusste, wie ihr geschah. »Hawkes Hill ist Euer Zuhause, Aurora. Das wurde schon beschlossen, noch bevor Ihr das Licht der Welt erblicktet. Damals, als unsere Väter uns eine gemeinsame Ehe zudachten, eine, der Ihr auszuweichen versuchtet, indem Ihr mich hintergangen und mir an Eurer statt Eure Schwester vorgesetzt habt.«

»Ihr habt bekommen, was Ihr wolltet!«, zischte Aurora. »St. Timothy *und* eine Gattin. Was wollt Ihr denn noch, Valerian? *Was denn noch?«*

»Euch, Aurora!«, sagte er grimmig und streichelte Auroras Wange, während sich der Blick seiner dunkelblauen Augen in die ihren brannte.

»Hat Euch meine Schwester denn nicht genügt?«, fragte Aurora außer sich, und in Erinnerung an Calandra stiegen ihr Tränen in die Augen. »Ihr habt sie misshandelt, Valerian! Sie hat mir alles erzählt.«

»Calandra hatte ein Herz aus Stein, meine liebe Aurora«, sagte er mit gestrenger Stimme. »Sie verabscheute es, von mir berührt zu werden, und ich musste mich ihr – meiner eigenen Gattin! – aufzwingen, damit sie endlich in andere Umstände kam. Jedes Mal, wenn ich sie genommen habe, lag sie da wie eine Tote, den Kopf abgewandt und ohne die geringste Regung zu zeigen.«

»Trotzdem ist es Euch gelungen, ihr beizuwohnen. Hat es Euch gefallen, meine Schwester zu vergewaltigen, Valerian?«, wollte Aurora nun wissen. »Wie konntet Ihr Eure Lust überhaupt so weit anstacheln?«

»Indem ich an Euch dachte«, sagte der Herzog mit entwaffnender Offenheit und schien über den erschreckten Ausdruck in Auroras türkisfarbenen Augen sehr zufrieden. »Ich habe meine niederen Instinkte ausgelebt – wie Calandra sich ausgedrückt hätte –, indem ich mich an Euren Anblick erinnerte, als Ihr eines Tages auf St. Timothy vom Nacktbaden an den Strand gekommen seid.«

»Oh, mein Gott!«

»Ich bin nicht stolz darauf, Aurora, und auch nicht auf mein Verhalten Calandra gegenüber. Aber ich musste es tun. Eure Schwester hasste die körperliche Seite der Liebe, und ich brauchte unbedingt einen Erben. Calandra war nun einmal meine Gattin, und es war ihre Pflicht, mir zu Willen zu sein. Ich hätte ihr jeden Wunsch erfüllt, wenn sie mir nur einen Erben geschenkt hätte. Ich habe mich schnell damit abgefunden, dass sie mich nicht liebte, weil ich feststellen musste, dass sie niemals einen anderen Mann lieben und mir somit auch keine Hörner aufsetzen würde. Sie war vernarrt in ihre Stellung und meinen Reichtum und die Dinge, die sie sich dadurch leisten konnte. Mehr wollte sie nicht. Aber sie war zu selbstsüchtig, um mir zu geben, was ich als Gegenleistung für meine Großzügigkeit erwartete. Ich bedaure ihren Tod.«

»Trotzdem seid Ihr froh, dass sie nicht länger unter uns weilt, um Euch Probleme zu machen!«, warf Aurora ihm nun vor. »Das braucht Ihr gar nicht abzustreiten, Valerian!«

»Ich habe Eurer Schwester nichts Böses gewünscht, Aurora, aber sie ist nun einmal tot, und ich will gar nicht leugnen, dass ich erleichtert bin, von dieser Ehe erlöst zu sein. Ihr würdet mich nur verachten, wenn ich es abstritte, denn dann hättet Ihr allen Grund, mich einen Lügner zu nennen. Aber das bin ich nicht.«

»Ich verachte Euch trotzdem«, erklärte Aurora zornig. »Ihr könnt mich nicht aufhalten, Valerian. Ich gehe nach Hause, um mit meiner Familie zusammen zu sein und mein Trauerjahr wegen Cally abzuwarten. Aber wenn diese Zeit vorüber ist, werde ich St. John heiraten, so wie wir es geplant haben.«

»Aber –«

»Ich hasse Euch, und das werde ich immer tun, für das, was Ihr meiner kleinen Schwester angetan habt!«

»Du verräterisches kleines Biest!«, fuhr Valerian sie nun an, als sei der seidene Faden, der ihn all die Monate vernünftig hatte sein lassen, zerrissen. »Du gehst nirgendwo hin, und was meinen Cousin St. John betrifft, wird er dich nicht mehr haben wollen, wenn ich mit dir fertig bin!« Dann fing er an, ihr das Oberteil herunterzureißen.

Mit einem Schrei machte sich Aurora von ihm los, drehte sich blitzschnell um und rannte zur Treppe. Aber auf halber Höhe holte er sie ein und zerrte wie wild an ihren Kleidern, bis sie tatsächlich nackt war, trotz ihres heftigen Bemühens, ihn abzuwehren und ihm noch einmal zu entkommen.

Schließlich versuchte Aurora zu schreien, aber er legte ihr eine Hand auf den Mund, hob sie hoch und trug Aurora die Treppe hinauf, den Flur entlang zu seinem Schlafzimmer. Er trat die Tür mit dem Fuß auf und schloss sie hinter sich, durchquerte den Raum und warf Aurora aufs Bett, wobei sich ihr Haar aus dem ordentlichen Knoten löste und ihr in sanften Wellen über die Schultern fiel.

Natürlich war ihr bewusst, dass sie sofort wieder aufstehen, sich an ihm vorbeischieben und um ihr Leben rennen musste. Trotzdem lag sie einfach nur da und beobachtete fasziniert, wie der Herzog sich die Kleider vom Leib riss. Die Schuhe trat er quer durch den Raum, legte dann Reithosen, Unterhose, Strümpfe und Hemd ab. Um nichts in der Welt hätte Aurora den Blick von ihm wenden wollen. Valerian war herrlich muskulös gebaut und sah wild entschlossen aus. Aber als er sich nun über sie beugte, dachte Aurora verzweifelt: *Ich muss aufstehen!* Doch ihre Beine fühlten sich ganz schwach an, als würden sie sie nicht mehr tragen. Aurora versuchte trotzdem, sich vom Bett zu erheben, aber der Herzog stieß sie wieder in die Kissen zurück. Dann kniete er sich mit einem Bein aufs Bett, nahm ihr Gesicht zwischen seine großen Hände und küsste sie.

Es war ein inniger Kuss, und Valerians Mund fühlte sich ganz warm an. Unwillkürlich reagierte Aurora auf seine Liebkosung. Sie seufzte tief, und ihre Münder vereinigten sich. Aurora schmeckte, dass Valerian Whiskey getrunken hatte, und das brachte sie für einen Augenblick wieder zur Vernunft. Sie versuchte, sich von ihm loszumachen, aber dann glitt seine Zunge zwischen ihre Lippen. Gefühle, die sie ohnehin nie wirklich verstanden hatte, breiteten sich mit einem Schlag in ihr aus. Zärtlich wanden sich ihre Zungen umeinander, bis Aurora ganz außer Atem und kurz davor war, in Ohnmacht zu fallen.

Valerian schien ihren Zustand zu spüren und gab ihren Mund frei, damit sie Atem schöpfen konnte. Dann begann er, ihr Gesicht zu küssen. Langsam und warm strichen seine Lippen über ihre Haut. Behutsam berührte er ihre Mundwinkel; nicht nur einmal, sondern mehrmals hintereinander. Daraufhin schob er mit der Innenfläche der Hand ihren Kopf zurück und fing an, warme Küsse auf ihren Hals zu setzen. Er verweilte einen Augenblick an der pulsierenden Kuhle an ihrem Halsansatz. Als Aurora seine heiße Zunge dort spürte, mit der er einmal an ihrem Hals hinauf- und wieder hinabstrich, hätte sie beinahe lustvoll geschrien. Dabei hatte sie den Eindruck, als durchtränkte Valerian sie mit Liebessäften.

»Oh, Gott!«, flüsterte Aurora. Wie konnte er ihr das antun? Wie konnte seine Leidenschaft nur eine so unglaubliche Wirkung auf sie haben? Sie liebte doch St. John, oder etwa nicht? Wusste sie denn überhaupt, was Liebe war? Allmählich dämmerte ihr, dass sie keine Ahnung davon hatte. Denn wie hätte sie Valerian Hawkesworth sonst derartige Gefühle entgegenbringen können, obwohl er sie

zum Liebesspiel zwang. *Aber das tut er doch gar nicht,* sagte da eine innere Stimme. *Du willst ihn doch auch. Das wolltest du von Anfang an.* Hatte sie nicht sein Gesicht in ihren Tagträumen gesehen?

»Nein!«, rief sie nun laut.

»Doch!«, antwortete Valerian mit leicht heiserer Stimme. *»Doch!«*

Er legte sich neben sie, nahm sie in die Arme und begann, zärtlich ihre Brüste zu streicheln. Aurora zitterte vor Erregung und wartete beinahe verzweifelt darauf, seinen Mund um ihre Brustknospen zu spüren. Aber stattdessen berührte Valerian weiterhin ausschließlich ihre runden, festen Brüste mit den Fingerspitzen, wobei er ganz leicht über die Haut strich und die kleinen Höfe reizte, bis sie sich mit Auroras gesteigertem Verlangen zusammenzogen und dunkler wurden. Als Aurora so erregt war, dass sie es kaum noch ertragen konnte, berührte Valerian endlich ihre Knospen mit der Zungenspitze, wobei er erst nur schnell darüberstrich und dann hingebungsvoll an jeder leckte. Schließlich nahm er eine der Brustwarzen in den Mund, sog fest daran, bis Aurora nach Luft rang und spürte, wie sie zwischen den Beinen feucht wurde.

Schüchtern berührte sie nun den dunkelhaarigen Schopf über ihrem Busen, wagte aber nicht, Valerian zu streicheln. Selbst wenn sie den Mut dazu aufgebracht hätte, wäre sie nicht sicher gewesen, ob sie es auch tun sollte. Was erwartete ein Mann von einer Frau, wenn er ihr beiwohnte?

Aurora erinnerte sich noch daran, wie verbittert Valerian geklungen hatte, als er ihr erzählt hatte, dass ihre Schwester immer wie tot dagelegen hatte, wenn er sein Recht als Ehemann einforderte. *Trotzdem,* dachte Aurora nun, *sollte ich ihn nicht auch noch ermutigen. Er hat kein Recht, mich zu nehmen. Überhaupt keins!*

Mit der Zunge ihre Konturen nachfahrend, bewegte sich Valerian nun an ihrem Oberkörper hinab, und Aurora verspürte ein nervöses Kribbeln im Bauch. »Du fühlst dich so weich an«, flüsterte er und sah einen Moment zu ihr auf, wobei der Ärger gänzlich aus seinem Blick gewichen war.

»Lasst mich gehen, Valerian!«, bettelte sie. »Warum müsst Ihr mich so beschämen?«

»Du schämst dich doch überhaupt nicht, kleine Lügnerin«, sagte er belustigt. »Du weißt ganz genau, dass ich dich heiraten werde. Abgesehen davon bist du warm und willig, wo deine Schwester kalt und abweisend war. Ich werde dich nie wieder gehen lassen, Aurora!«

»Warum nicht?«

»Weil du mir gehörst.« Er begann, ihren Bauch zu küssen und seine Zunge in ihren Nabel zu stecken, bis Aurora, ohne es zu wollen, sich unter seinen Zuneigungsbekundungen lustvoll hin und her zu bewegen begann. *Aber ich werde mich ihm nicht hingeben,* dachte sie dabei. *Auf gar keinen Fall!*

Doch dann fiel ihr ein, dass es unlogisch war, seine Umarmung und seine leidenschaftlichen Liebkosungen zu genießen, wenn sie sich ihm nicht auch zum Geschenk machen wollte. Cally hatte einmal gesagt, sie sei ein liederliches Frauenzimmer. War sie das wirklich? Andererseits hatte Cally auch behauptet, Valerian hätte sie, Cally, bei seinen Zuneigungsbekundungen missbraucht, aber so fühlte sich Aurora ganz und gar nicht. Trotzdem war es ihre Pflicht, sich gegen jede weitere Zärtlichkeit seinerseits zu verwehren. »Ihr wollt mich mit Eurem Tun nur für St. John uninteressant machen«, sagte sie leise.

»Willst du damit sagen, dass St. John dich noch nicht genommen hat?«, fragte Valerian spöttisch.

Aurora versuchte, ihn zu ohrfeigen, aber Valerian bekam ihr Handgelenk zu fassen und küsste ihre Handfläche.

»Ich bin noch Jungfrau!«, fuhr Aurora ihn daraufhin an.

»Dann werde ich dich allerdings für St. John uninteressant machen«, pflichtete er ihr bei.

»Aber wieso denn?«

»Weil du mir gehörst«, wiederholte er und schien sie mit seinem sehnsuchtsvollen Blick durchbohren zu wollen. »Du gehörst mir, Aurora, und fühlst die Anziehung zwischen uns genauso wie ich. Du willst es nur nicht zugeben. Aber St. John wird weder dich noch St. Timothy bekommen!«

»Euch gehört St. Timothy doch schon«, entgegnete Aurora verzweifelt.

»Nein, das tut es nicht, nicht wirklich. Erst, wenn seine Erbin meine Gattin geworden ist, und das bist du. Wenn du meinen Cousin heiraten und er von der Sache mit St. Timothy erfahren würde, würde er die Insel für sich beanspruchen.«

»Ich werde vorher schriftlich erklären, dass ich Euch hintergangen habe, und Euch mein Eigentum überschreiben!«, sagte Aurora verärgert. Hier ging es überhaupt nicht um sie, und es war dem Herzog auch nie um Cally gegangen. Das Einzige, was ihn interessierte, war Land.

»Nein«, sagte er.

»Warum nicht?«

»Weil ich dich will«, antwortete er. *»Ich begehre dich!«*

»Du wirst mich niemals besitzen!«, schrie sie. »Nicht wirklich!«

Aber er verlachte sie. »O doch, Aurora! Du kannst mich nicht ablehnen, weil in deinem Herzen das Feuer der Leidenschaft genauso lodert wie in meinen. Du bist nicht kalt und abweisend wie deine Schwester, sondern warm und liebevoll, und du wirst mir gehören! *Mit Haut und Haaren!«*

»Nein!«, widersprach sie ihm heftig. Aber sie wusste, dass sie damit nicht nur ihn, sondern auch sich selbst belog. Sie konnte seine Männlichkeit nun warm an ihrem Oberschenkel pulsieren fühlen und wimmerte; aber ob aus Furcht oder Begierde sollte sie niemals erfahren, denn Valerian schob sich nun mit seinem großen Körper auf sie und flüsterte: »Leg deine Arme um mich, Aurora. Halt mich fest, meine Teuerste, und ich entführe dich ins Paradies.«

Aurora hatte die Augen geschlossen, spürte, wie ihr Tränen unter die Lider traten, und musste einfach sagen, was sie auf dem Herzen hatte. »Ich fürchte mich davor, Valerian.«

»Das brauchst du nicht, meine Teuerste!«, beruhigte er sie. »Vertrau mir, Aurora. Weißt du denn nicht, dass ich dich liebe, du kleine Närrin?«

»Ich glaube dir nicht«, sagte sie und legte ihm trotzdem die Arme um den Nacken.

»Das wirst du schon noch«, versicherte er ihr, »mit der Zeit.«

Er führte nur die Spitze seiner Männlichkeit in sie ein, aber als Aurora das spürte, verkrampfte sie. Doch Valerian streichelte ihr übers Gesicht und raunte ihr leise etwas ins Ohr, das sie beruhigte, während er noch ein bisschen tiefer in sie eindrang. Aurora war so bereit für ihn. Sie spürte die Wände ihrer Weiblichkeit allmählich nachgeben und sich für ihn öffnen. Dann, plötzlich, hielt er inne, und Aurora hatte das Gefühl, als berührte er in ihrem Inneren etwas, das ihn an einem weiteren Vordringen hinderte. Er zog sich ein wenig zurück und stieß noch einmal dagegen. Aurora schrie auf. Wieder zog sich Valerian ein wenig zurück, kannte dann aber keine Gnade, sondern brachte sich mit aller Macht in sie ein, sodass Aurora ein unterdrückter Schrei entwich, während ihr Tränen in die Augen schossen.

Es tat weh! Höllisch weh! Der Schmerz stieg in ihr auf, schien ihr in die Brust zu dringen und sie zu ersticken. Dann fegte er hinunter zu ihren Schenkeln und gab ihnen eine bleierne Schwere, sodass Aurora unfähig war, sich zu bewegen. Aber jetzt konnte sie Valerian ganz tief in sich fühlen, hart und pulsierend. Sie schluchzte, und er küsste ihr die Tränen vom Gesicht, während er sich rhythmisch zu bewegen begann. *Und plötzlich war der Schmerz weg.* So grausam wie er sie übermannt hatte, war er nun völlig verschwunden und wurde von einer Woge der Leidenschaft ersetzt, die Aurora überrollte und überrascht nach Luft ringend zurückließ. Auch sie begann sich nun instinktiv zu bewegen und sich Valerian dabei entgegenzubringen, als geschähe es ganz ohne ihr Zutun.

»So ist es schön, meine Teuerste«, ermutigte Valerian sie weiterzumachen.

Aurora ließ die Hände an seinen Schultern hinabgleiten. Anfänglich knetete sie nur seine Rückenmuskulatur, aber dann konnte sie sich nicht länger zurückhalten, und grub ihm die Nägel ins Fleisch. Er stöhnte auf, als habe sie ihm wehgetan, aber dabei schien er auf etwas zu warten. Langsam spürte Aurora, wie sich etwas in ihr veränderte. Und dann war da nur noch ein unglaubliches Gefühl, das sie ganz und gar erfüllte. Sie ließ sich davon mitreißen und vergaß alles andere. Plötzlich zog sich etwas in ihr zusammen, und sie stöhnte laut auf, weil das Glücksgefühl, das sie dabei überkam, so intensiv war, dass sie glaubte, sterben zu müssen. Halb schluchzend klammerte sie sich an Valerian, während er seine Liebessäfte in ihr verströmte, bevor sie beide in einen Dämmerzustand hinüberglitten.

Nach einer Weile rollte sich Valerian von ihr hinunter, zog sie aber gleich darauf an sich. Auroras Kopf lag auf seiner Brust, und sie lauschte seinem Herzschlag. Sein Oberkörper fühlte sich weich und warm an. Die soeben erlebte Nähe zwischen ihnen war mehr gewesen, als Aurora jemals für möglich gehalten hätte. Nun wusste sie nicht, was sie sagen sollte, und empfand Valerian gegenüber eine enorme Schüchternheit.

»Hat es sehr wehgetan?«, fragte er leise, während seine Hand zärtlich über ihre Hüften strich, und Aurora fast den Eindruck hatte, als wollte er ein scheues Reh beruhigen.

»Am Anfang hat es furchtbar wehgetan, aber danach

war es wundervoll«, entgegnete sie. »Werde ich beim nächsten Mal auch Schmerzen haben?«

»Nein.«

»Wird es wieder so schön sein?«

»Wenn du es zulässt, schon«, antwortete er und lächelte im Schutz der Dunkelheit über die Frage. Dann sagte er: »Ich spreche gleich morgen mit dem Friedensrichter, um eine Sondergenehmigung zu erlangen, damit wir sofort heiraten können.«

»Ich werde nicht deine Frau, Valerian.«

»Doch, meine Liebe, das wirst du«, lautete seine Antwort. »Wir sind einander versprochen. Hast du das vergessen?«

»Ich kann deine Geliebte sein, wenn du willst, aber du kannst mich nicht an das Versprechen binden, dass unsere Väter einander gegeben haben, Valerian.«

»Ich kann, Aurora, und ich werde«, gab er ihr unmissverständlich zu verstehen.

»Du kannst mich nicht zwingen.«

»Und wie ich das kann! Ich könnte gleich mit dem nächsten Schiff einen neuen Aufseher und Geschäftsführer nach St. Timothy schicken, der Order hat, deine Mutter, deinen Bruder und seine Frau zu enteignen, Aurora.«

Weinend zog sie sich nun von ihm zurück. »So grausam wärst du doch bestimmt nicht!«

»Willst du meine Entschlossenheit auf die Probe stellen, meine Teuerste?«

»Aber du hast doch gesagt, dass du mich liebst!« Aurora fühlte sich hintergangen.

»Das tue ich auch, und genau aus diesem Grund lasse ich es nicht zu, dass du dich aufführst wie eine Närrin. Selbst nach diesem einen Mal könntest du mein Kind unter dem Herzen tragen, Aurora.« Valerian zwang sie nun, sich wieder hinzulegen und spielte mit den Fingern an ihren Lippen, bevor er einen ins warme Innere ihres Mundes steckte und ihr befahl: »Lutsch daran!«

Gegen ihren Willen tat Aurora, was er von ihr verlangte. Bald stellte sie fest, dass das Ganze etwas so Erotisches hatte, dass ihr vor Erregung ganz schwindelig wurde.

Schließlich zog Valerian den Finger zurück, küsste sie langsam und raunte ihr zu: »Du wirst mir eine ganz bezaubernde Frau sein, Aurora.«

»Ich hasse dich!«

Er lachte leise. »Nein, das tust du nicht. Aber wenn es dein Gewissen beruhigt, das zu glauben, tu es.«

»Mein Gewissen ist rein. Du hast mich vergewaltigt!«, schleuderte sie ihm nun ärgerlich entgegen. »Ich fühle mich für mein Tun in keinster Weise verantwortlich.«

Wieder lachte er. »Du bist hin und hergerissen zwischen dem Bewusstsein, wie sehr du es genossen hast, mit mir zu schlafen, und deinem Schuldgefühl St. John gegenüber. Aber, hab keine Angst, ich werde ihm alles erklären. Es wird ihm nicht gefallen, dass er wieder einmal gegen mich verloren hat, doch er wird es überleben.«

»Du bist so herzlos, Valerian. St. John liebt mich.«

»Hat er dir das gesagt? Ich meine, mit diesen Worten?«

»Nun, ja …« Sie zögerte einen Moment und erklärte dann triumphierend: »Er sagte, er fühle für mich, was er noch für keine andere Frau empfunden habe. Wenn das keine Liebe ist, was ist es dann?«

»Mein Cousin hat erkannt, dass ich mich zu dir hingezogen fühlte, obwohl ich eine Gattin hatte. Es hat ihm große Freude bereitet, dich mir wegzunehmen und mich mit dem Wissen zu quälen, dass er dich haben könnte, während es mir nicht vergönnt sein würde. Das muss für ihn ein ganz neues, außergewöhnliches Gefühl gewesen sein. Oh, auf seine Weise mag er dich bestimmt. St. John wird bei Frauen immer schwach, aber er ist nicht absichtlich grausam zu ihnen. Doch Liebe? Nein, ich glaube nicht, dass St. John einer Frau jemals sein Herz schenken würde. Einen Teil von sich einem anderen Menschen zu geben – wenn auch nur im übertragenen Sinne –, wäre seiner Meinung nach gleich bedeutend damit, sich einen Nachteil zu verschaffen. Er wird wütend und enttäuscht sein, aber er wird akzeptieren, dass du mir gehörst, Aurora.«

»Ist eigentlich alles zwischen euch ein Spiel?«

Der Herzog dachte einen Augenblick darüber nach. »So habe ich das noch nie betrachtet, aber ich nehme einmal an, dass dem so ist. Ich kann dir nicht sagen, warum, Aurora. Doch von klein auf haben St. John und ich uns aneinander gerieben. Er sich allerdings mehr an mir als ich mich an ihm, glaube ich.«

Valerian strich ihr eine Strähne aus dem Gesicht. »So, und nun will ich nicht länger über meinen Cousin reden, Aurora. Weißt du überhaupt, wie schön du bist? Deine Haut fühlt sich an wie Samt und Seide, und deine Augen sehen aus wie wunderhübsche Aquamarine. Unter dem Familienschmuck befindet sich eine Halskette, die genau dazu passen würde. Ich weiß natürlich, dass es nicht mehr Mode ist, so große Steine zu tragen, aber sie würden dir hervorragend stehen.« Er lächelte verschlagen. »Vielleicht werde ich sie dir einmal umlegen, wenn du ganz nackt bist und mich daran ergötzen und niemandem sonst diesen Anblick gestatten.« Er beugte sich nach vorn und knabberte zärtlich an ihrem Ohrläppchen.

Unwillkürlich biss sich Aurora auf die Unterlippe. Eigentlich müsste sie vor Scham im Erdboden versinken, in Anbetracht dessen, was in der vergangenen Stunde geschehen war. Aber irgendwie gelang es ihr nicht, derartige Gefühle in sich wach zu rufen. Stattdessen kicherte sie zu ihrem Entsetzen, während Valerian weiterhin zärtlich an ihrem Ohr spielte.

»Hör auf damit!«, brachte sie schließlich heraus und hoffte, dabei einigermaßen ernst zu klingen. »Du bist ein Narr, Valerian. So, und nun leih mir bitte einen Morgenmantel, damit ich meine zerfetzten Kleider zusammensuchen kann, die du über die ganze Treppe und die Eingangshalle verstreut hast. Dann werde ich auf mein Zimmer gehen. Da ich die öffentliche Kutsche nach Hereford nun nicht mehr erreiche, um danach nach London weiterzufahren, musst du mich mit deinem eigenen Gefährt dorthin schicken. Ich werde mit dem nächsten Schiff nach St. Timothy zurückkehren und keine Nacht länger in diesem Haus bleiben.« Sie schob ihn von sich und versuchte, sich aufzusetzen.

»Dann werde ich dich wohl in deinem Schlafzimmer einsperren müssen, was?«, sagte er müde und drückte sie zurück in die Kissen. »Du gehst mir nirgends hin, meine teuerste Aurora, außer in die Kirche St. Anne, um mich zu heiraten.« Er beugte sich nun ganz über sie und begrub sie wieder unter sich.

»Nein! Nein! Nein!«, beharrte sie und trommelte mit ihren kleinen Fäusten gegen seine breite Brust. »Ich werde dich nicht heiraten, Valerian! Ich will nicht!«

»Dann schicke ich einen Mann nach St. Timothy, der Georges Platz einnimmt. Er, Betsy und deine Mutter werden dir bestimmt sehr dankbar dafür sein, dass du so selbstsüchtig bist, Aurora. Aber das warst du ja auch, als du mir an deiner statt Calandra vorgesetzt hast, nicht wahr? Denk doch mal daran, was deine Selbstsucht uns alle gekostet hat. Warum beharrst du denn noch darauf?«

Seine Entschlossenheit löste sich beinahe in Wohlgefallen auf, als er sah, dass sich Auroras Augen bei der Erwähnung ihrer Schwester erneut mit Tränen gefüllt hatten. »Oh, meine Liebe, es tut mir so Leid«, versuchte er seine harschen Worte abzuschwächen und küsste sanft Auroras weichen Mund – erst ein Mal, dann noch ein Mal, und beim dritten Mal wurde sein Kuss so leidenschaftlich, dass sie erneut lichterloh füreinander entbrannten.

Aurora wusste sofort, was nun gleich wieder zwischen ihnen geschehen würde. Aber sie musste sich eingestehen, dass sie es, um nichts in der Welt, verhindern wollte. *Warum wehre ich mich eigentlich dagegen, dass er mich heiraten will?*, fragte sie sich nun, kannte die Antwort aber eigentlich schon. Sie wollte selbst entscheiden, ob sie ihm gehören wollte. *Ich lasse mich zu nichts zwingen,* dachte sie. Aber als er erneut zu ihr kam, wusste sie ganz genau, dass er sie nicht nötigte.

Einen Augenblick dachte sie, es würde wieder wehtun, und verkrampfte. Aber dann stellte sie erstaunt fest, dass Valerian ihr die Wahrheit gesagt hatte. Da war kein Schmerz, nur ein unglaublich schönes Gefühl des Ausgefülltseins, während Valerian sich in ihr auf- und abbewegte – immer wieder. Schließlich wurde ihr ganz schwindelig, und bei dem überwältigenden Gefühl vorübergehender absoluter Erfüllung, das ihre Vereinigung in ihr hervorrief, musste sie erneut nach Atem ringen.

Als Aurora am nächsten Morgen erwachte, stellte sie erstaunt fest, dass sie in ihrem eigenen Bett lag. Das Nachthemd war züchtig am Hals geschlossen, während die Sonne zwischen den Vorhängen hindurchblinzelte. Hatte sie sich alles nur eingebildet? Hatte es sich um einen Traum gehandelt, der auf irgendwelche Drogen zurückzuführen war, die Martha ihr mal wieder in den Tee getan hatte? Aber nein, sie hatte gestern Abend ja gar keinen Tee getrunken.

Aurora bewegte sich ein wenig unter der Bettdecke und stöhnte auf, als sie spürte, dass sie zwischen den Beinen wund war. *Sie hatte nicht geträumt!* Valerian Hawkesworth war ihr auf die Schliche gekommen, als sie davonlaufen wollte, und dann hatte er sie gezwungen … verführt … bei ihr gelegen … und es war ein unglaublich schönes Gefühl gewesen! Jetzt wollte er sie dazu bringen, ihn zu heiraten. Aurora zog die Decke ein wenig höher.

Sie hatte es genossen. Fast glaubte sie, ihr ganzes Leben darauf gewartet zu haben, mit ihm schlafen zu können. Sie hatte sich ganz und gar liederlich benommen und Valerian in seinem Tun praktisch noch bestärkt. Seine Lippen waren im Vergleich zu den ihren so erfahren gewesen. Seine Hände hatten sie so zärtlich berührt, und sie hatte es zugelassen. Sie hatte ihm eigentlich überhaupt keinen Widerstand geleistet. Er hatte sie seine *Teuerste* genannt und gesagt, dass er sie liebte. Und sie hatten es *zwei Mal* getan! Ihr war gar nicht bewusst gewesen, dass das zweimal in einer Nacht möglich war. Der Schuft! Ob er irgendjemandem davon erzählen würde? Ob man ihr ansah, was zwischen ihnen geschehen war? *Wenn dem so sein sollte, würde sie vor Scham im Erdboden versinken!*

Langsam öffnete sich die Schlafzimmertür, und Martha kam herein. »Guten Morgen, Miss«, sagte die Zofe aufgeräumt und ging zum Fenster, um die Vorhänge zur Seite zu ziehen. Dann stellte sie die Spanische Wand vor Auroras Bett. »Die Diener bringen jetzt die Badewanne herauf, Miss. Euer Gnaden hat befohlen, dass Ihr um elf Uhr fertig sein sollt.«

»Wofür denn?«, wollte Aurora wissen, aber Martha hatte ihre Frage offensichtlich nicht verstanden. Aurora konnte hören, wie die Diener die Badewanne ins Zimmer schleppten und am Kamin absetzten. Daraufhin wurden mehrere Eimer heißes Wasser hereingebracht und in die Wanne gossen. Aurora stieg der Duft von Geißblatt und Rosenholz – ihren Lieblingsdüften – in die Nase, der alsbald das ganze Zimmer erfüllte. Martha eilte geschäftig umher und gab den Dienern Anweisungen. Dann war es wieder still, und die Spanische Wand wurde zusammengeschoben.

»Jetzt aber aus den Federn, Miss! Es bleiben uns nur zwei Stunden, und Ich muss Euch auch noch das Haar richten.«

»Warum denn dieses Aufhebens, Martha?«, fragte Aurora, als sie aus dem Bett stieg. »Was ist denn los?«

»Ich weiß es selbst nicht. Der Herzog wird sich bestimmt keiner Dienerin anvertrauen, Miss. Da müsst Ihr ihn schon selber fragen. Ich weiß nur, was Ihr tragen und dass Ihr um elf fertig sein sollt.« Sie zog ihrer Herrin das Nachthemd über den Kopf und legte es zur Seite, um ihr in die Wanne zu helfen.

Falls Martha das getrocknete Blut zwischen Auroras

Schenkeln bemerkt haben sollte, ließ sie es sich nicht anmerken. Stattdessen machte sie sich daran, das goldbraune Haar des Mädchens gründlich zu waschen, auszuspülen und durchzurubbeln. Schließlich wickelte sie Aurora ein großes Handtuch um den Kopf und reichte ihr einen Schwamm, einen Waschlappen und ein Stück Seife. »Nun trödelt nicht herum, Miss. Wir müssen Euer Haar auch noch trocknen und ordentlich frisieren.«

Stillschweigend badete Aurora und überlegt dabei, was Valerian Hawkesworth wohl vorhatte, und warum sonst niemand davon zu wissen schien. Nachdem sie aus der Wanne gestiegen war, ließ sie sich von Martha abtrocknen und in ein großes Badehandtuch wickeln. Dann setzte sie sich ans Feuer, während ihre Dienerin ihr das Haar bürstete, bis es trocken war, und danach mit einem Stück Seide abrieb, dass es glänzte. Die Tür ging auf, und Sally und Molly kamen herein, die Arme voll mit Kleidern.

Martha zog ihrer Herrin das Handtuch vom Körper und schnappte sich ein Kleidungsstück von Mollys Stapel. Es handelte sich um ein kleines Korsett. Normalerweise trug Aurora keine Corsagen, aber sie war so verwundert von all dem, dass sie nicht widersprach, als Martha es ihr über die Arme streifte. Die Zofe schnürte es gerade so fest, um die Taille ihrer Herrin noch besser zur Geltung zu bringen. Allerdings drohten ihre Brüste nun bald aus dem Kleidungsstück zu fallen. Aurora hatte Frauen in London gesehen, die so eng geschnürt waren, dass sie bei der kleinsten Aufregung ohnmächtig wurden.

Daraufhin zerrten die drei Dienerinnen Aurora mal hierhin und mal dorthin, während sie ihr Seidenstrümpfe mit rosenbesetzten Strumpfhaltern und einen mit Holzstäben verstärkten Reifrock anzogen, über dem ein Unterrock aus Flanell und darüber zwei leinene und zwei seidene Unterröcke getragen wurden.

»Lasst mich ihr erst das Haar richten, bevor wir ihr das Kleid anziehen«, sagte Martha.

Die beiden jungen Dienerinnen hoben den Reifrock an, sodass Aurora sich setzen konnte. Martha nahm die Bürste und fing an, das Haar ihrer Herrin zu frisieren. Heute gab es keine koketten Locken, die von den Schläfen herabbaumelten. Stattdessen legte Martha ihr einen eleganten Knoten, den sie mit Schnüren aus winzigen Perlen und Seidenblumen schmückte. Danach besah sie sich ihre Arbeit und steckte noch hier und da eine vorwitzige Locke fest, bevor sie vollkommen zufrieden war. Dann nickte sie den beiden anderen Dienerinnen zu, und das Kleid wurde hereingebracht.

Aurora blickte starr darauf. »Es sieht aus wie ein Hochzeitskleid.«

»Das stimmt«, pflichtete Martha ihr bei.

»Das ziehe ich nicht an!«, sagte Aurora aufrührerisch.

»Nun, Miss, es hat überhaupt keinen Wert, Euren Ärger an mir auszulassen. Ich tue nur, was der Herzog und die Herzogenwitwe mir aufgetragen haben. Der Herr kann sehr gestreng sein, wisst Ihr? Wenn Ihr nicht sofort das Kleid anzieht, muss ich zu ihm gehen und ihm Bescheid sagen, und wir drei werden wahrscheinlich entlassen. Nun, seid ein braves Mädchen, Miss. Wo sollten Sally und ich denn hin, ohne Referenzen? Das werdet Ihr uns doch nach all den Jahren, die wir Eurer Familie treu gedient haben, nicht antun wollen, nicht wahr?«

»Oh, verdammt Martha, dann zieh mir das blöde Ding eben an«, grummelte Aurora, und die Dienerinnen hoben das cremefarbene mit Hermelin verbrämte Samtkleid über sie, sodass Aurora hineinschlüpfen konnte. Der Ausschnitt des Kleides sah für ihre Begriffe trotz des Pelzbesatzes unzüchtig aus, weil das Korsett ihre Brüste so aufreizend nach oben drückte.

Molly kniete sich vor Aurora hin und zog ihr die Schuhe mit den Seidenröschen an, die sie auch schon zu Calandras Hochzeit getragen hatte. Dann stand sie auf und trat einen Schritt zurück. »Oh, Miss, Ihr seht großartig aus!«

Sally kam näher. »Euer Gnaden lässt bitten, das hier zu tragen.« Sie hielt Aurora eine Schmuckschatulle hin.

Als Aurora das leicht abgegriffene Lederetui geöffnet hatte, rang sie nach Luft. Darin lag auf einem Bett aus gelb gewordener ehemals weißer Seide eine Halskette, die so unglaublich schön war, wie Aurora noch keine zuvor gesehen hatte. Jeder Stein war in Form eines Herzens geschliffen und mit Roségold eingefasst. Von der Mitte der Kette hing eine wunderschöne tropfenförmige Perle.

»Aber diese Steine haben ja die gleiche Farbe wie Eure Augen!«, stellte Martha fest, als sie Aurora die Kette umlegte.

Gebannt sah Aurora in den Spiegel. Die Kette lag auf ihrem Dekolleté, und die Perle deutete auf den Spalt zwischen ihren Brüsten. Aurora errötete, als sie sich an Valerians Bemerkung bezüglich der Kette erinnerte. Sie konnte sich gar nicht vorstellen, so ein Schmuckstück in der Öffentlichkeit zu tragen. Es war so sinnlich und dekadent.

Martha legte ihr nun ein dunkelblaues Samtcape um die Schultern und reichte ihr ein Paar lange cremefarbene Glacéhandschuhe, die Aurora langsam anzog. »Jetzt kommt, Miss. Die Uhr schlägt gleich elf.«

Unten in der Eingangshalle nickte Peters Aurora höflich zu. »Die Kutsche wartet schon auf Euch, Miss. Martha wird Euch begleiten.« Er reichte der Dienerin ihren Umhang und schob die beiden hinaus, wo die Burschen ihnen dabei behilflich waren, in das Gefährt zu steigen.

Die Kutsche fuhr davon, und Aurora brauchte gar nicht zu fragen, wo es hinging. Nur eine Närrin hätte auch jetzt noch nicht gewusst, was der Bestimmungsort war. Und tatsächlich hielt das Gespann kurze Zeit später vor der Kirche St. Anne. Die Stallburschen sprangen vom Kutschbock, öffneten den Schlag, zogen die Stufen herunter und halfen den beiden Insassen beim Aussteigen.

Die Herzogenwitwe und Lady Elsie warteten bereits unter dem steinernen Kirchenportal, und Lady Mary Rose sagte zu Aurora: »Ich bin erfreut über diese Verbindung, aber schockiert über die Eile, mit der mein Enkel die Ereignisse vorantreibt.«

»Er hat mir in der Angelegenheit keine Wahl gelassen«, entgegnete Aurora. »Meine Schwester ist kaum im Grab und er zwingt mich vor den Altar. Ihr wisst, dass ich mich des Betruges an ihm schuldig gemacht habe, Ma'am. Wenn ich Valerian hätte heiraten wollen, hätte ich es schon damals auf St. Timothy getan.«

»Oh, meine Liebe«, flötete nun Lady Elsie, »Sir Ronald wird Euch nicht trauen, wenn man Euch genötigt hat. Das wäre gegen christliches Recht.«

»Da der Herzog mir bereits die Unschuld geraubt und gedroht hat, George St. Timothy fortzunehmen, Lady Elsie, glaube ich, mich dem Verlangen des Herzogs unterwerfen zu müssen. Abgesehen davon existiert da noch ein Heiratsvertrag! Es ist, wie ich fürchte, alles ziemlich gesetzeskonform. Der Herzog hat das Recht auf seiner Seite.«

Lady Bowen war bei den wenig delikaten Enthüllungen der Braut dunkelrot angelaufen. »Nun denn«, brachte sie schließlich heraus und hoffte, dass der Himmel ihre Betsy und deren lieben Gatten vor den Folgen des unmöglichen Betragens dieses Mädchen bewahren möge!

Die blauen Augen der Herzogenwitwe glitzerten herausfordernd, bevor sie Lady Bowen bat: »Wäret Ihr so freundlich, Sir Ronald mitzuteilen, dass wir so weit sind?«

Als die gute Frau in die Kirche eilte, konnte sich Lady Mary Rose endlich unter vier Augen an Aurora wenden. »Lasst Euch nicht weiter von ihm einschüchtern, mein Kind. Durch die Heirat mit ihm, macht Ihr wieder gut, was Ihr ihm zuvor angetan habt. Alle Schulden wären damit beglichen, besonders, nachdem, was ich da soeben von Euch gehört habe.«

Leise lächelnd fügte sie hinzu: »Aber Ihr seht eigentlich gar nicht mitgenommen aus, wenn Ihr versteht, was ich meine. Ich stelle auch keine Fragen, denn, wenn Valerian so ist wie die anderen Männer der Familie, handelt es sich bei ihm um einen sehr energischen Liebhaber. So, und jetzt lasst uns die Sache hinter uns bringen, damit wir zum Alltag zurückkehren können. Und denkt immer daran, Aurora Kimberly, ich bin in fast allen Angelegenheiten Eure Verbündete. Männer sind sehr charmant und unbedingt notwendig, aber sie sind nicht immer besonders intelligent.« Sie hakte sich bei Aurora unter und geleitete sie in die Kirche.

Im Innern des Gotteshauses eilte ein Ministrant herbei, um Aurora den Umhang abzunehmen und ihr ein Sträußchen weißer Rosen zu reichen, das mit einem goldfarbenen Band zusammengehalten wurde. Lächelnd nahm sie die Blumen entgegen und setzte gemeinsam mit der Herzogenwitwe ihren Weg zum Altar fort. Martha folgte ihnen in gebührendem Abstand.

Die Kirche sah fast genauso aus wie noch vor einigen Tagen, als George und Elizabeth getraut worden waren. Mit Spitzenbordüren versehene weiße Tücher schmückten den Altar, in dessen goldenen Kandelabern Bienenwachskerzen brannten. Der Herzog erwartete Aurora in cremefarbenen Reithosen, einer geblümten Weste und einem hellbraunen Jackett mit silbernen Knöpfen. Lange Spitzenbordüren hingen von Ärmelbündchen und Ausschnitt seines feinen Batisthemdes. Er trug eine Perücke, die genauso dunkel war wie sein eigenes Haar und die man im Nacken mit einer Schleife zu einem kleinen Pferdeschwanz zusammengebunden hatte. Er wirkte sehr zufrieden.

Sir Ronald schien allerdings nicht besonders glücklich über die Rolle zu sein, die ihm bei dem Ganzen zufiel. Der Herzog war um zehn Uhr morgens in der Pfarrei erschienen und hatte eine Sondergenehmigung vorgelegt, die er bei Tagesanbruch vom örtlichen Friedensrichters erhalten hatte. Valerian hatte Sir Ronald kurz von dem Betrug erzählt und gesagt, dass für ihn die Angelegenheit erledigt sei, wenn er umgehend mit Aurora Kimberly vermählt würde.

Als sich der Geistliche gegen die ungebührende Eile auflehnen wollte und den Skandal zu bedenken gab, der dadurch verursacht würde, hatte der Herzog nur mit den Schultern gezuckt. Dann hatte er zu bedenken gegeben, dass, falls Sir Ronald nicht gewillt sei, die Trauung zu vollziehen, das Leben seiner ältesten Tochter sich zum Schlechteren wenden könnte. Darüber war der Geistliche außer sich gewesen. Nie hätte er gedacht, dass Valerian Hawkesworth anderen gegenüber zu solch harschen Mitteln greifen würde. Aber es war dem guten Mann rasch bewusst geworden, dass er in dieser Angelegenheit keine andere Wahl hatte.

Die Braut trat nun mit der Herzogenwitwe und ihrer Dienerin, die gemeinsam mit Lady Elsie als Trauzeugen fungieren sollten, vor den Altar. Sir Ronald nahm die Zeremonie vor, die Valerian Hawkesworth und Aurora Kimberly zu Ehegatten machte. Nachdem sie vorbei war und der Herzog die Braut geküsst hatte, besserte sich Sir Ronalds Laune ein wenig. Schließlich war es nicht die Schuld der Braut, dass der ihr soeben Angetraute ein derartiger Hitzkopf war. Zudem hatte der Herzog trotz der ungebührenden Eile nur sein Recht eingefordert, und schließlich waren sie jetzt eine Familie. Sir Ronald schüttelte dem Herzog die Hand und entbot seine aufrichtigen Glückwünsche.

»Es wird keine weitere Feier geben«, sagte Valerian, »da wir nach wie vor um die Schwester meiner Gattin trauern.« Er nickte Lady Elsie zu und geleitete seine Braut aus der Kirche und zur Kutsche.

»Bis Sonntag solltet Ihr besser nicht über dieses Ereignis klatschen«, gemahnte die Herzogenwitwe Lady Bowen streng. »Nicht einmal Euren Mädchen gegenüber. Ach, was sage ich? Ganz besonders nicht Euren Töchtern oder Euren Dienerinnen gegenüber. Erst muss St. John davon erfahren, habt Ihr verstanden?«

»Ja, Euer Gn … Gnaden«, stammelte Lady Bowen.

»Wenn mir nur eine Andeutung darüber zu Ohren kommt, weiß ich sofort woher sie stammt, meine Liebe, und dann stelle ich Eure Isabelle nicht dem netten jungen Baronet vor, den ich für sie im Auge habe. So ein gut aussehender Mann mit zweitausend Pfund im Jahr und einem Herrenhaus und hundert Morgen Land.« Sie lächelte Lady Bowen übertrieben freundlich zu und wünschte ihr noch einen schönen Tag, bevor auch sie gemessenen Schrittes der Kutsche zustrebte.

Das Brautpaar, Lady Mary Rose und Martha kehrten umgehend nach Hawkes Hill Hall zurück. Die Zofe tupfte sich die ganze Fahrt über die Augen, und die Herzogenwitwe hatte sich mit einem zufriedenen Lächeln zurückgelehnt. Aurora und Valerian waren eine Weile ganz schweigsam, bis der Herzog sagte: »Ich habe St. John nach dem Mittagessen zu uns gebeten.«

»Ich wünsche bei Eurer Unterredung dabei zu sein«, sagte Aurora, doch der Herzog antwortete: »Das halte ich aber nicht für klug.«

»Trotzdem, werde ich dabei sein, sonst bekommt er noch einen falschen Eindruck von der Angelegenheit«, entgegnete Aurora bestimmt.

»Aber –«

»Bitte versteht doch, Valerian, Ihr mögt jetzt mein Gatte sein, aber nicht mein Herr und Meister. Ich lasse mich weder wie ein Kind behandeln, noch von Euch herumkommandieren. Ihr wolltet mich, also müsst Ihr mich so nehmen, wie ich bin. St. John hat das Recht, unter diesen Umständen mit uns beiden zu sprechen, und das wird er auch.«

Als Mary Rose Hawkesworth den überraschten Gesichtsausdruck ihres Enkels sah, konnte sie nicht umhin, lauthals zu lachen. »Nun, mein Junge«, neckte sie ihn dann, »du wolltest sie unbedingt haben und hast nur bekommen, was du verdienst. Oh, meine Lieben, man hätte mich nicht glücklicher machen können! Ihr seid das perfekte Paar!«

Martha in ihrer Ecke neben der Herzogenwitwe fiel in das Lachen der alten Dame ein.

9. Kapitel

Die herzögliche Kutsche hielt vor der großen Freitreppe von Hawkes Hill Hall, und einige Diener eilten herbei, um ihrer Herrschaft beim Aussteigen behilflich zu sein. In der Eingangshalle hatte sich der gesamte Haushalt in Reih und Glied aufgestellt.

»Die Dienerschaft möchte Euch und der Herzogin die besten Glückwünsche entbieten, Milord«, erklärte Peters feierlich, und die Diener riefen im Chor: »Gott schütze Euch und die Herzogin!«

Die beiden bedankten sich für die guten Wünsche, und die Bediensteten gingen wieder ihren täglichen Pflichten nach.

»Ist das Mittagessen fertig, Peters?«

»Es wird umgehend serviert, Milord.«

»Wir erwarten Mr. St. John gegen zwei Uhr heute Nachmittag. Kümmert Euch darum, dass er in den großen Salon gebeten wird.«

»Selbstverständlich, Milord.«

Martha war schon nach oben gegangen, um Sally und Molly über die Heirat in Kenntnis zu setzen. Ein Diener kam herbei, der den Damen beim Ablegen behilflich war.

Danach begab man sich ins Esszimmer, und Peters erklärte: »Ich hoffe, es ist Euer Gnaden recht, dass ich den Tisch *en famille* habe decken lassen, mit der Herzogin zu Eurer Rechten und Lady Mary Rose zu Eurer Linken.«

Der Herzog nickte und Peters war ihnen beim Hinsetzen behilflich. Valerian nahm am Kopfende der langen Mahagonitafel Platz und die beiden Damen links und rechts von ihm. Der Tisch war mit schweren leinenen Platzdeckchen, schönem Silber und feinem Kristall gedeckt worden. Die Platzteller waren schneeweiß und verfügten über einen

Goldrand. Suppenteller wurden gebracht, und die heiße klare Consommé serviert, auf der ein Kranz aus hauchdünnen Zitronenscheiben schwamm. Aurora legte ihren Rosenstrauß neben sich auf den Tisch und stellte fest, dass die Gestecke ebenfalls aus weißen Rosen bestanden.

Eine Weile herrschte scheinbar eisiges Schweigen.

»Ein herrlicher Tag für eine Hochzeit, nicht wahr?«, versuchte die Herzogenwitwe schließlich, so etwas wie eine Unterhaltung aufkommen zu lassen.

»Das Wetter habe ich überhaupt nicht bemerkt«, sagte Aurora und kostete die Fleischbrühe. Sie schmeckte wunderbar und wärmte schön auf. Ein Diener schenkte Aurora gekühlten Weißwein ein, und sie nippte daran, wodurch ein ausgezeichneter Kontrast zur warmen Suppe entstand.

»Es ist ganz ungewöhnlich, im November hier einen so herrlich sonnigen Tag zu haben, ohne jede Wolke am Himmel«, fuhr die Herzogenwitwe fort.

»Ich weiß nicht einmal, was für ein Tag heute ist«, entgegnete Aurora scheinbar kurz angebunden und nippte noch einmal an ihrem Wein.

»Aber, meine Liebe, wir haben den vierten November. Gewiss werdet Ihr Euch zukünftig an dieses Datum erinnern.«

Nun konnte sich Aurora ein Kichern nicht länger verbeißen, und sie sagte: »Da sich bestimmt alle Leute hier in der Gegend daran erinnern werden, brauche ich es wohl nicht. Denn es wird immer jemanden geben, der mich darauf hinweist. Man wird sich an das heutige Datum als den Tag erinnern, an dem der schreckliche Herzog von Farminster seine zweite Frau genommen hat. Nachdem seine erste noch keine Woche unter der Erde lag! Kaum, dass sie erkaltet war! Und natürlich ist die Herzogin auch nicht besser, werden sich die Leute zuflüstern, weil sie diesen netten Mr. St. John wegen eines Titels hat fallen lassen. Das ehrgeizige Weibsstück!« Während Aurora diese ebenso spöttischen wie kühnen Worte sprach, sah sie ihren Gatten herausfordernd an.

Aber davon ließ sich der Herzog nicht beirren und kam Aurora mit einer ähnlich deutlichen Bemerkung. »Und, meine Teuerste, wenn Ihr in weniger als zehn Monaten von einem Kind entbunden werden solltet, werden wir wahrscheinlich beschuldigt, noch zu Lebzeiten der armen Calandra eine leidenschaftliche Liebesaffäre unterhalten zu haben. Aber ich glaube, das würde mir gefallen, Euch nicht auch?«

»Valerian«, rief seine Großmutter nun aus, »das geht zu weit!«

»Ist das so, meine Teuerste?«, wollte er nun von Aurora wissen.

»Vielleicht«, sagte sie ausweichend und wandte ihre Aufmerksamkeit den besonders fleischigen Garnelen zu, die man ihr gerade auf einem neuen Teller serviert hatte. Sie waren in Zitronenbutter und Wein gebraten und auf einem kleinen Kressebett angerichtet worden.

»Die Aquamarine stehen Euch wirklich hervorragend«, sagte Valerian nun leise und stellte zufrieden fest, wie Aurora errötete.

Daraufhin wandten die drei ihre volle Aufmerksamkeit der Mahlzeit zu. Nach dem Fischgang wurde Rindfleisch mit gerösteten Kartoffeln, Steckrüben und Erbsen serviert. Es folgte ein fetter Kapaun, Kürbispüree sowie Brot und Butter. Aurora aß mit gewohnt gutem Appetit. Nachdem die Teller abgeräumt worden waren, brachte Peters einen kleinen Hochzeitskuchen, der mit weißer Zuckerglasur überzogen und einer voll erblühten weißen Rose gekrönt war. Er stellte ihn vor Aurora hin und reichte ihr ein silbernes Kuchenmesser. »Wenn Euer Gnaden die Güte hätten?«, sagte er dann.

»Wie, um alles in der Welt, hat die Köchin denn das schon wieder hinbekommen?«, fragte die Herzogenwitwe erstaunt.

»In der Speisekammer war noch ein kleiner, nicht angeschnittener Fruchtkuchen, Eure Ladyschaft«, antwortete der Butler. »Da hatten wir ganz schön Glück, denn es war der letzte aus dem Jahresvorrat, den die Köchin immer anlegt. Es wird Zeit, wieder neue zu backen.«

»Bitte dankt der guten Frau in meinem Namen«, erklärte Aurora, »und sagt ihr, die Mahlzeit war vorzüglich, besonders, wenn man bedenkt, dass ihr nur so wenig Zeit für die Vorbereitung blieb.«

»Ich werde es ausrichten, Euer Gnaden«, antwortete Peters und dachte, dass das eine Herzogin nach seinem Geschmack war. Nicht wie die andere Dame, die niemals auch nur ein freundliches Wort für die Dienerschaft übrig gehabt oder sich wenigstens für irgendetwas bedankt hatte. Und dabei brauchte er sich nicht nur auf seine eigenen Beobachtungen zu verlassen. Seine Enkelin Molly hatte ihm über ihre letzte Herrin so manches berichtet. Nun ging Peters gemessenen Schrittes um die Tafel herum und schenkte Champagner in die bereitstehenden Gläser.

Die Herzogenwitwe hob ihr Glas und stieß mit ihrem Enkel und dessen Braut an. »Auf Euch beide«, sagte sie, »ein langes Leben, Glück und gesunde Kinder!«

Sie tranken, und dann prostete Valerian Hawkesworth Aurora zu. »Auf Euch, meine Teuerste«, sagte er und fügte augenzwinkernd hinzu: »und auf die Wahrheit, die Ihr mir von nun an immer erzählen werdet!«

»Kann schon sein«, entgegnete Aurora, hob ihr Glas und sagte: »Auf Calandra!«

Die beiden anderen prosteten ihr zu und wiederholten feierlich: »Auf Calandra!«

Dann schnitt Aurora den Hochzeitskuchen an und gab jedem ein schmales Stück. Nachdem sie gegessen hatten, entschuldigte sich die Herzogenwitwe damit, müde zu sein. Aber Aurora wusste, dass die alte Dame nur nicht zugegen sein wollte, wenn St. John auftauchte.

Die Uhr in der Eingangshalle schlug zwei, als Aurora

und ihr Gatte in den großen Salon hinübergingen. Peters eilte bereits auf die Haustür zu, da St. John immer pünktlich war. Aurora ließ sich auf einem kleinen Sofa nieder und drapierte ihre Röcke um sich.

»Ihr seht vollkommen aus und seid die schönste Frau, die mir jemals begegnet ist«, sagte der Herzog und fügte hinzu: »St. John wird ziemlich verärgert sein, fürchte ich.«

Er lachte verschlagen und Aurora entgegnete ihm: »Seid froh, dass ich meine Kleidung nicht in Unordnung bringen möchte, Valerian, denn sonst würde ich Euch dafür eine Ohrfeige verpassen! Wenn Ihr von St. John erwartet, dass er sich wie ein Erwachsener benimmt, müsst Ihr aufhören, Euch wie ein ungezogener Junge aufzuführen!«

Der Herzog lachte immer noch, als die Flügeltüren des großen Salons aufgingen und Peters ankündigte: »Mr. St. John, Milord.« Der Butler ließ den Gast eintreten und zog die Türen wieder hinter sich zu.

Justin St. John sah sofort zu Aurora hinüber. Einen Augenblick ließ er den Blick auf ihrem Kleid und der Kette verweilen, bevor er feststellte: »Habt Ihr sie also geheiratet, Hawkesworth!«

Der Herzog nickte.

»*Mistkerl!*«, erwiderte St. John und wandte sich ärgerlich zum Gehen.

»So wartet doch!«, rief der Herzog.

St. John drehte sich um. »Wieso sollte ich? Was gibt es denn dazu noch zu sagen?«

»*Aurora* ist die Erbin von St. Timothy, nicht Calandra«, teilte Valerian seinem Cousin nun mit. Dann erzählte er ihm von dem Betrug und wie Dr. Carstairs, der anstelle von Dr. Michaels ins Haus gekommen war, die Wahrheit ans Licht gebracht hatte.

»Verdammt will ich sein!«, rief St. John, dessen Stimmung sich mit einem Schlag gebessert hatte. »Aurora war also die Euch Versprochene, und nicht Calandra. Und wenn ich Aurora geheiratet hätte, wäre ich in der Lage gewesen, meine Ansprüche auf St. Timothy geltend zu machen! Gut gespielt, Cousin!«

Entgeistert sah Aurora die beiden Männer an, die einander nun freundschaftlich auf die Schultern klopften und sich daraufhin umarmten.

»*Gut gespielt?*«, wiederholte sie und erhob sich von ihrem Platz auf dem Sofa. »Verdammt, St. John. Ihr sagtet doch, Ihr hegtet Gefühle für mich, die Ihr noch bei keiner anderen Frau empfunden habt!«

»Aber, was ist denn, meine Liebe? Ich habe Euch doch gar nicht belogen. Ich habe für Euch tatsächlich etwas empfunden, das ich noch bei keiner anderen Frau so gefühlt habe. Aber das lag eben daran, dass Ihr ganz anders seid als all die anderen Frauen, die ich kenne. Jedes Mädchen ist anders, und deshalb fühle ich natürlich auch für jedes etwas anderes.«

»Dann habt Ihr mich nicht wirklich geliebt!«, antwortete Aurora.

»Doch, auf meine Art schon«, widersprach er.

»St. John, Ihr seid ein elender Verführer und Narr, und ich weiß nicht, was schlimmer ist«, antwortete Aurora. »Warum, um alles in der Welt, wolltet Ihr mich denn überhaupt heiraten? Um Valerian aus der Fassung zu bringen?«

»Teilweise, ja«, gestand er ihr ein. »Konntet Ihr denn nicht sehen, wie sehr er Euch begehrt hat, Aurora? Aber er durfte Euch nicht haben! Das war eine zu verlockende Gelegenheit für mich, um sie nicht wahrzunehmen. Die Herzogenwitwe sah bereits einen Skandal heraufziehen, wenn es mit Valerian so weiter gegangen wäre, und war deshalb ganz auf meiner Seite. Abgesehen davon wurde es Zeit für mich, mich um den Fortbestand meines Geschlechts zu kümmern. Meine Mutter wird ziemlich enttäuscht sein, weil sie sich nichts sehnlicher wünscht als Enkelkinder.«

Unterdessen hatte Aurora eine kleine Vase ergriffen, die

auf einem Tischchen neben dem Sofa stand. Nachdem St. John mit einem entschuldigenden Lächeln geendet hatte, warf sie sie mit aller Kraft nach ihm. Erstaunt duckte sich St. John, aber die Vase berührte ihn noch leicht an der Schläfe, bevor sie zu Boden fiel und in Scherben ging. Der Herzog brach in schallendes Gelächter aus und sprang rasch zu seiner Gattin hinüber, die bereits das zweite Geschoss ergriffen hatte und kurz davor war, es auch auf St. John zu werfen.

»Aber, aber, meine Teuerste«, sagte er beruhigend, »Ihr dürft doch nicht so unhöflich zu unserem armen St. John sein. Er hat Eure Fragen doch so wahrheitsgetreu wie möglich beantwortet. Kommt schon, Aurora, lasst uns Frieden mit ihm schließen.« Er entwandt seiner Gattin die Porzellanfigur und legte Aurora fest den Arm um die Schultern.

Daraufhin trat Aurora ihm mit aller Macht auf den Fuß. Als Valerian vor Schmerz aufschrie, entzog sie sich ihm, rief: »Ihr beide könnt meinetwegen zur Hölle fahren!«, und stob aus dem Salon.

»Ein feuriges Mädchen«, merkte St. John an. »Vielleicht habt Ihr mir ja sogar einen Gefallen erwiesen, verehrter Cousin, indem Ihr mich vor ihm bewahrt habt. Ich glaube nicht, dass ich mit einer solchen Furie umgehen könnte. Obwohl ich zugeben muss«, fügte er schelmisch grinsend hinzu, »dass sie wie ein Engel küsst und herrliche kleine Brüste hat.«

»Bitte erspart mir weitere Enthüllungen, Euren Kenntnisstand die Dame betreffend, die nun meine Gattin ist, Cousin. Ich könnte mich sonst gezwungen sehen, Euch zum Duell zu fordern«, sagte der Herzog mit einem Lächeln, obwohl seine Stimme keinen Zweifel daran ließ, dass er es ernst meinte. »Lasst uns noch einen Whiskey trinken, bevor Ihr nach Hause reitet und Eurer Mutter die Neuigkeit überbringt.«

»Nun«, entgegnete St. John ein wenig missgestimmt,

»immerhin habe ich ihre Jungfräulichkeit nicht angetastet. Wenigstens könntet Ihr mir dafür dankbar sein, Hawkesworth. Aurora und ich wollten schließlich heiraten, und niemand hätte mir einen Vorwurf machen können, wenn ich sie besprungen hätte.« Er ergriff das Glas, das der Herzog ihm reichte, und roch anerkennend an dem guten Tropfen.

Der Herzog lachte. »Wie Ihr meint, St. John, ich danke Euch, dass Ihr mir gestattet habt, der mir Versprochenen vergangene Nacht höchstpersönlich die Jungfräulichkeit zu rauben.«

St. John lachte ebenfalls. »Ihr Teufel habt aber auch nichts dem Zufall überlassen, was?« Er hob sein Glas. »Auf Aurora!«

Valerian Hawkesworth erwiderte den Trinkspruch und fügte hinzu: »Und auf Euch, St. John! Ihr seid gewiss der ehrenhafteste Gentleman, der mir jemals untergekommen ist. Und das sage ich nicht nur, weil Ihr mit mir verwandt seid.«

Eine Weile saßen die beiden Cousins in friedlichem Einvernehmen beieinander und genossen ihr Glas Whiskey, bevor St. John fragte: »Wen, zum Teufel, soll ich denn jetzt heiraten? Mama wird außer sich sein. Wie kann ich das nur wieder gutmachen? Ah, da fällt mir etwas ein! Was ist denn mit der verlockenden kleinen Isabelle Bowen?«

»Meine Großmutter hat sie bereits für irgendeinen Baronet vorgesehen, aber bisher hat sie die beiden einander noch nicht vorgestellt. Ich sehe keinen Grund, warum Ihr es bei dem Mädchen nicht versuchen solltet. Sie ist ein hübsches Ding. Hat nur eine bescheidene Mitgift, aber die Bowens sind eine ziemlich ehrbare und sehr alte Familie. Das Mädchen wäre eine hervorragende Wahl, und es ist unschuldig genug, um sich von Eurem schmierigen Charme umwerfen zu lassen, St. John. Eure Mutter wäre es sicher zufrieden, wenn Ihr ihr Isabelle als neue Schwiegertochter vorstelltet. Aber am besten angelt Ihr Euch Miss

Bowen jetzt gleich, bevor sie älter wird und herausfindet, was für ein Schurke Ihr in Wirklichkeit seid, Cousin«, endete er mit einem leisen Lachen.

»Ich werde den Liebhaber spielen, dem das Herz gebrochen wurde«, sagte St. John nachdenklich. »Junge Mädchen lieben es, einen Mann zu trösten, dessen Gefühle von irgendeinem zänkischen Weib verletzt wurden. Ihr habt doch nichts dagegen, wenn ich Aurora als hinterhältiges Frauenzimmer darstelle, Hawkesworth? Natürlich kein bösartiges, nur ein bisschen verschlagen. Sich meiner Zuneigung ergebend, wusste sie die ganze Zeit, dass sie Euch hintergangen hat und wollte mir das Gleiche antun.« Nun sah er wirklich wie ein betrogener Liebhaber drein und der Herzog brach abermals in schallendes Gelächter aus.

»Spielt den Verlassenen, wenn Ihr wollt, St. John, aber macht aus meiner Gattin keine Schurkin. Die Wahrheit wird Euch genauso hilfreich sein. Ihr müsst Euch in Eurem verzehrenden Schmerz großzügig zeigen. Das funktioniert besser, nehme ich an. Allerdings werdet Ihr Euch mächtig ins Zeug legen müssen, um die Bowens glauben zu machen, Ihr wäret trotz der Vorbehalte, die sie gegen Euch hegen, der geeignete Schwiegersohn. Ich halte es für das Beste, erst einmal Isabelle für Euch zu gewinnen. Sir Ronald wird es nicht gefallen, dass seine Tochter nun nicht die Gattin eines Baronet wird. Und ich werde die Enttäuschung meiner Großmutter darüber lindern, indem ich sie daran erinnere, dass die nächste kleine Bowen in drei, vier Jahren zum Verkuppeln ansteht. Wenn der Baronet sich jetzt ohnehin noch nicht gerne die Zügel anlegen lässt, kommt es ihm auf das eine oder andere Jahr sicher nicht an.«

»Warum, um alles in der Welt, sollten die Bowens etwas gegen mich haben?«, fragte St. John. »Ich bin jung, gesund, äußerst gut aussehend und reich. Was kann man denn von einem Schwiegersohn mehr verlagen, Hawkesworth?«

»Mein lieber St. John«, entgegnete ihm nun sein Cousin, »Ihr erfüllt natürlich all diese Kriterien, aber Ihr seid auch ein unbestreitbarer Schuft. Ihr habt unzählige Frauenherzen gebrochen, und wenn man den Gerüchten Glauben schenken darf, gehen einige Bastarde auf Euer Konto.«

»Drei, um genau zu sein«, sagte St. John leise, aber keineswegs niedergeschlagen. »Die Tochter des Wirts vom Weißen Schwan hat mir erst kürzlich eine Tochter präsentiert. Ich habe alle drei anerkannt und zahle ihren Müttern eine großzügige jährliche Unterstützung. Außerdem habe ich die Kinder taufen lassen.«

Jetzt lachte Hawkesworth umso lauter. »Ich bin sicher, dass Sir Ronald und Lady Elsie von Eurer christlichen Güte mehr als beeindruckt sein werden. Aber wir eilen dem Geschehen voraus. Zunächst einmal müsst Ihr Miss Isabelle Bowen in Euer Liebesnetz verstricken. Wenn Euch das gelungen ist, habt Ihr die Schlacht schon halb gewonnen.«

»Und wenn nicht, werde ich nach London gehen und sehen, ob ich dort nicht eine hübsche kleine Debütantin aus wahrlich alteingesessener, aber abgebrannter Familie finde, die nicht über meinen Ruf nachdenkt, weil sie so geblendet von meinem Reichtum und Landbesitz ist.« Er stellte sein Whiskeyglas auf den Kaminsims und grinste den Herzog an. »Ich wünsche Euch diesmal mehr Glück, Hawkesworth, als bei Eurer letzten Ehe. Trotz unserer Rivalität sind wir doch verwandt und beste Freunde.«

Die beiden schüttelten einander die Hand und umarmten sich noch einmal, bevor der Herzog seinen Cousin hinausbegleitete, wo einer der Stallburschen bereits mit dessen Pferd am Zügel wartete. Nachdem St. John aufgesessen war, winkte er seinem Cousin noch einmal zu und ritt in Richtung Primrose Court davon. Hawkesworth sah ihm eine Weile nach, bevor er ins Haus zurückkehrte. Es wurde Zeit, dass er und seine Frau sich richtig bekannt machten.

Peters empfing ihn mit den Worten: »Eure neue Gattin erlaubt uns nicht, ihre Besitztümer in die Gemächer der Herzogin zu verfrachten, Milord.«

»Und das solltet ihr auch nicht, Peters, zumindest so lange nicht, bis die Räumlichkeiten völlig renoviert wurden. Ihr versteht doch sicher, dass meine Gattin nicht an einem Ort schlafen will, an dem ihre Schwester erst vor kurzem verstarb. Die Dienerinnen sollen die Besitztümer der Herzogin lassen, wo sie sind. Ich werde die Renovierung und das neue Mobiliar für die Räume in Kürze mit meiner Gattin besprechen.«

»Selbstverständlich, Milord«, sagte der Butler. »Wie gedankenlos von uns, unter diesen Umständen versuchen zu wollen, die Herzogin in anderen Räumlichkeiten unterzubringen.«

Daraufhin eilte der Herzog die Treppe zu Auroras Zimmer hinauf, aber sie war nicht da. Dann ging er zum Zimmer seiner Großmutter, doch die alte Dame war allein und schlief selig. Wo, zum Teufel, mochte Aurora bloß hingegangen sein?, überlegte Valerian, als er sein eigenes Schlafgemach betrat. Dann hielt er überrascht den Atem an. Aurora lag der Tür zugewandt auf seinem Bett. Sie hatte den Kopf abgestützt, wodurch ihr herzförmiges Gesicht scheinbar in ihrer Hand zu liegen kam. Bis auf die Halskette mit den Aquamarinen war sie splitterfasernackt. Im Kamin brannte ein knisterndes Feuer, dessen Lichtschein sich mit den Strahlen der untergehenden Sonne mischte.

»Ich habe beschlossen, dir zu vergeben, Valerian«, sagte sie und brach damit das Schweigen. »Du hattest absolut Recht mit deinen Vorbehalten St. John gegenüber. Er ist ein Lump.« Sie spreizte ein wenig die Beine und gestattete ihrem Gatten damit einen Blick auf ihren goldbraunen Venusflaum. Dann fuhr sie sich aufreizend mit der Zunge über die Oberlippe, und Valerian wollte wissen: »Wie, in Gottes Namen, ist es dir bloß gelungen, so lange Jungfrau zu bleiben?«

Dann zog er seine Jacke aus, knöpfte sich die Weste auf und legte beide Kleidungsstücke auf einen Stuhl. Während er das Batisthemd aus der Hose zog, ging er noch einmal zur Tür und drehte den Schlüssel um. Daraufhin wirbelte er herum, riss sich das Hemd herunter und sagte: »Bei den Stiefeln werde ich deine Hilfe brauchen, Aurora.«

Mit Wohlgefallen beobachtete er, wie Aurora vom Bett glitt und auf ihn zukam. »Was soll ich tun, Milord?«, flüsterte sie.

Valerian setzte sich auf einen Stuhl. »Nimm eines meiner Beine zwischen deine und zieh den Stiefel aus, meine Teuerste.« Dann grinste er, entzückt über den Anblick, den Auroras hübsches Hinterteil ihm bot. Es war geformt wie ein Pfirsich, und als sie den rechten Stiefel ergriff und daran zu ziehen begann, konnte Valerian nicht umhin, sich mit dem anderen Fuß an ihrem Po abzudrücken.

»Uff!«, stöhnte Aurora, als der Stiefel herunter war und sie ihn auf den Boden stellte. Dann nahm sie Valerians anderes Bein zwischen ihre Knie und befreite es von dem zweiten Stiefel.

Valerian zog sich die Strümpfe aus und stand auf. Sofort machte sich Aurora daran, ihm die Hosen aufzuknöpfen, und Valerian erklärte kopfschüttelnd: »Wenn ich dich nicht selbst entjungfert hätte, hätte ich jetzt ernsthafte Zweifel an deiner Keuschheit vor der Vereinigung mit mir gehabt.«

»Willst du denn nicht mit mir schlafen?«, fragte sie leise.

»Doch, und wie!«, gestand er ihr ein, während sie ihm die Reithosen von den Hüften zog und dann an den Unterhosen zerrte.

»Sag mir, meine Liebe, hat St. John dieses Feuer in dir entfacht?«

Aurora schüttelte den Kopf. »Schon als ganz junges Mädchen wusste ich, wie ich mich selbst befriedigen konnte. Aber ich bin klug genug gewesen, diesen Teil meines Wesens für mich zu behalten, damit mein Ruf nicht litt. Doch die Sehnsucht nach Leidenschaft ist immer in mir gewesen. Letzte Nacht hast du sie das erste Mal richtig befriedigt, Valerian. Ich will, dass du es wieder tust!« Nackt wie sie war, drängte sie sich an ihn und schlang ihm die Arme um den Hals. »Schockiere ich dich? Ich weiß, dass Calandra das ganze Gegenteil von mir war. Sie hat mir gesagt, dass sie *den Akt* nicht mochte. Aber ich mag ihn, Valerian, sogar sehr. Können wir es wieder zweimal machen? Ich war so überrascht, dass das in einer Nacht überhaupt möglich ist!«

Am liebsten hätte Valerian vor Glück geweint. Aurora war einfach wundervoll! Originell, unschuldig und doch im selben Augenblick allwissend. Nach der Heirat mit ihrer kaltherzigen Schwester war sie ein Geschenk des Himmels. »Deine Leidenschaft«, sagte er nun leise und legte ihr die Arme um die Taille, »darf aber nur mir vorbehalten sein, meine Teuerste. Das verstehst du doch, nicht wahr?«

Sie nickte und ließ eine Hand nach unten gleiten, die sie zwischen sich und Valerian schob. »Er ist so hart«, stellte sie fest und begann, Valerian an seiner intimsten Stelle zu streicheln. »Magst du das so gerne wie ich, wenn du meine Brüste liebkost? Es macht dir doch nichts aus, wenn ich dir derartige Fragen stelle, oder? Ich möchte dich beglücken, wie du mich beglückt hast.«

»Ja«, sagte er leise, »ich mag es, wenn du mich berührst. Aber da gibt es noch andere Möglichkeiten, wie du meinen kleinen Freund hier glücklich machen kannst. Aber wenn du Angst davor hast oder dich abgestoßen fühlst, würde ich es verstehen.«

»Was meinst du?«, fragte Aurora neugierig.

»Knie dich vor mich hin«, flüsterte er.

»*Wie bitte?*«, fragte Aurora überrascht.

»Knie dich vor mich hin«, wiederholte er, und als sie seiner Bitte nachkam, nahm er seine Männlichkeit in die Hand und strich vorsichtig damit über Auroras Lippen. »Du kannst deine Zunge daran spielen lassen oder daran lutschen.«

Aurora klopfte das Herz wie wild. Da war etwas so Aufregendes an den verbotenen Dingen, und das hier gehörte bestimmt dazu. Sie berührte Valerians Glied mit der Zungenspitze. Er sagte nichts. Mutiger geworden, leckte sie nun wild an der leicht rötlichen Spitze seiner Lanze, und als Valerian die Hand wegnahm, neigte Aurora ein wenig den Kopf und strich mehrmals mit der Zunge daran auf und ab. Dann musste sie ihn einfach in den Mund nehmen. Mit jeder Bewegung ihrer Zunge stieg nicht nur Valerians Erregung von Sekunde zu Sekunde. Er fühlte sich warm und hart und trotzdem weich an, er schmeckte ein wenig nach Moschus und Salz. Sie saugte an ihm und spürte, wie er in ihrem Haar wühlte und sie ermutigte. Aber dann gab er ihr zu verstehen, dass sie aufhören sollte.

Als sie diesem Wunsch nicht nachkam, zog er sie zu sich hoch und fragte belustigt: »Willst du mich denn ganz verschlingen, meine Teuerste?«

»Ja!«, sagte sie und sah ihn leidenschaftlich an.

Er lachte, erstaunt über ihre Fähigkeit, Lust zu zeigen. »Sich abzuwechseln gehört zum Liebesspiel dazu, Aurora. Ich zeig's dir.« Er nahm sie bei der Hand und zog sie mit sich zum Bett. »Setz dich auf die Kante und leg dich zurück.« Als sie dieser Bitte nachgekommen war, kniete er sich vor sie hin, hob ihre Beine an und legte sie sich über die Schultern.

»Was hast du vor?«, rief Aurora nervös.

Aber er antwortete nicht, sondern barg stattdessen das Gesicht in dem weichen Nest ihrer Scham und küsste ihren warmen Venushügel. Aurora hatte nichts dagegen einzuwenden, sondern seufzte lustvoll. Nun spreizte Valerian ihre Schamlippen mit den Daumen auseinander und berührte ihren kleinen Lustpunkt mit der Zungenspitze. Er hörte wie Aurora die Luft anhielt, und lächelte. Mit der ganzen Zunge leckte er dann langsam den korallroten Eingang zu ihrer Liebesgrotte aus, schob die Zunge schließlich ganz hinein und zog sie wieder heraus, um sich danach erneut Auroras Lustpunkt zuzuwenden, den er einer süßen Folter unterzog.

Aurora konnte sich nicht länger zurückhalten und stöhnte ihre Erregung heraus. »Oh! Oh! Oh! Valerian, das ist absolut ungehörig! *Oh! Oh! Oh!*«

Sie wurde feucht und Valerian leckte gierig an ihrer Liebesöffnung. »Das gefällt dir also«, knurrte er dann, bevor er sich auf sie schob und in sie einbrachte. »Gefällt dir das auch, meine Teuerste?« Er stieß hart zu und Aurora fing vor Glück beinahe an zu schluchzen. »Ja! Ja!«

Als er das hörte, beschleunigte Valerian seinen Rhythmus, bis Aurora den Kopf wild hin- und herwarf.

»Leg deine Beine um mich«, sagte Valerian mit heiserer Stimme, und als sie ihm gehorchte, konnte er noch tiefer in sie eindringen.

Aurora spürte ihn pulsierend und heiß in sich und wollte, dass er ewig so weitermachte. Er war ein so draufgängerischer und zugleich zärtlicher Liebhaber, dass sie bettelte: »Hör nicht auf! Bitte, mach weiter!« Dann begann sie, ihm mit den Fingernägeln am Rücken hinauf- und hinunterzufahren, während ihn die Leidenschaft überkam. Er stöhnte, die Lippen ganz dicht an ihrem Mund. Er schmeckte nach ihrer Scham, und das erregte Aurora auf eine Weise, die sie bisher nicht für möglich gehalten hätte. Die Beine hatte sie fest um seinen Oberkörper geschlungen und brachte sich Valerian entgegen, sobald er erneut tief in ihre Weiblichkeit vordrang.

Gleich sterbe ich, dachte sie, als sie fühlte, wie sie die Kontrolle über sich verlor. Sonne, Mond und Sterne schienen in ihrem Kopf wild durcheinander zu wirbeln, und man hätte meinen können, der Höhepunkt zerrisse Aurora, so laut schrie sie.

Aber auch danach konnte Valerian noch nicht aufhören. Aurora war die aufregendste Frau, die ihm jemals begegnet war. Er begehrte sie mehr als jede andere. Er wollte sie so verzweifelt, dass selbst jetzt, da er sie besaß, seine Lenden sich vor Verlangen nach ihr verzehrten. Er war der Erschöpfung nah, aber das war ihm egal. Das war es wert. Alles war es wert gewesen, nur um dieses unglaubliche Geschöpf besitzen zu dürfen, das jetzt seine Frau war.

Schließlich hatte Valerian den Eindruck, sich in einem dunklen Raum zu verlieren und doch spürte er, wie er kam und seine Liebessäfte Auroras geheimen Lustgarten mit Leben erweckten. Dann sank er zusammen.

Keuchend lagen sie nebeneinander und rangen nach Luft. Als es ihnen schließlich gelungen war, ihren rasenden Herzschlag ein wenig zu beruhigen, nahm Valerian Aurora in die Arme und zog müde die Bettdecke über sich. Gleich darauf waren beide eingeschlafen.

Valerian und Aurora erwachten von einem leisen Klopfen an der Tür, und hörten dann Browne rufen: »Milord, Milord!«

»Ja, was gibt's?«, fragte der Herzog schläfrig.

»Es ist schon nach neun. Wünschen Euer Gnaden und Eure Ladyschaft zu Abend zu essen, bevor sich die Diener zurückziehen?«

»Bring ein Tablett mit dem, was verfügbar ist«, antwortete Valerian Hawkesworth seinem Kammerdiener. »Und Champagner. Du kannst es draußen vor der Tür abstellen, Browne. Klopf einfach nur, damit wir Bescheid wissen.«

»Ja, Milord.« Sie hörten ihn davongehen, und Aurora fragte: »Glaubst du, die Diener sind schockiert, dass wir nicht zum Essen hinunterkommen?«

»Wahrscheinlich nicht. Warum auch? Schließlich ist heute unsere Hochzeitsnacht, und du, meine liebe Herzogin, bist so köstlich, dass ich einfach nicht von dir lassen kann!« Er gab ihr einen langen Zungenkuss, bevor er ihr ins Ohr flüsterte: »Ich glaube, heute Nacht schaffen wir es noch öfter als zweimal, meine Teuerste. Würde dir das gefallen?«

Kokett lächelte Aurora ihn an und sagte dann neckend: »Ich glaube, dass Ihr ganz unersättlich seid, Milord.«

»So wie Ihr, Madam«, stimmte er ihr gelassen zu, beugte sich über sie und begann, an ihrem Ohr zu knabbern. »Du musst dich allerdings mit mir zufrieden geben, Aurora. Ich dulde nicht, dass du dir Liebhaber nimmst wie so viele Damen heutzutage.«

»Gütiger Gott, Valerian, wofür hältst du mich denn? Warum, um alles in der Welt, sollte ich mir einen Liebhaber nehmen? Ich bin nicht mit solch losen Moralvorstellungen aufgewachsen. Eine Frau ist ihrem Gatten treu ergeben, es sei denn, er stellt sich als unmöglicher Kerl heraus. In diesem Fall vergiftet sie ihn schnell und wird eine lustige Witwe.« Sie lächelte verwegen. Dann nahm sie seine Hand, spreizte seine Finger und fing an, daran zu lutschen. Hingebungsvoll ließ sie die Zunge um jeden Finger kreisen. Dann saugte sie so fest an einem, dass Valerian schon dachte, sie wollte ihn verschlingen.

»Frauen heutzutage«, murmelte er, »nehmen sich und verwerfen Liebhaber so wie ihre Ehemänner Geliebte, ohne sich groß Gedanken darüber zu machen. Wäre Calandra nicht so gefühlskalt gewesen, wäre sie dieser Unsitte in London gewiss mit Vergnügen nachgekommen.«

»Ich bin nicht meine Schwester, wie du sicher schon bemerkt hast«, sagte Aurora, »und ich brauche keinen anderen Mann in meinem Bett, so lange du auch weiterhin so aufmerksam zu mir bist. Und du nimmst dir besser auch keine Geliebte. Abgesehen davon, würde ich am liebsten nie wieder nach London gehen. Ich lebe gerne auf dem Land und wäre rundherum glücklich, den Rest meines Lebens auf Hawkes Hill zu verbringen.« Nachdem sie mit Valerians Fingern fertig war, wandte sie sich seinen Knöcheln zu.

Aber da warf sich Valerian mit erschreckender Wendigkeit auf sie, drückte ihre Handgelenke gegen das Laken und küsste sie, bis sie lachend nach Luft rang. »Du Hexe«, sagte er lächelnd und barg das Gesicht zwischen ihren kleinen runden Brüsten.

Aurora spürte, wie sich seine neuerlich zum Leben erwachte Männlichkeit gegen ihren Schenkel drückte, und sagte: »Du bist so ungeduldig, Valerian! Eine solche Gier hätte ich dir gar nicht zugetraut.«

»Aber ich kann nun einmal nicht länger warten, meine Teuerste«, entschuldigte er sich und brachte sich in ihren feuchtwarmen Spalt ein. »Kannst du mir noch einmal vergeben?«, fragte er dann und begann, sich über ihr auf- und abzubewegen.

Aurora stöhnte lustvoll und schlang erneut die Beine um seine Taille. »Bring mich wieder zum Fliegen, Valerian, und ich entschuldige diese ungeziemende Eile und deinen Mangel an Raffinesse. *Oh! Oh! Ja! Ja!*«

»Kleine Hure«, stöhnte er, den Mund ganz dicht an ihren Lippen. »Ich kann gar nicht genug von dir bekommen, *ich kann es einfach nicht!*«

Er war ein Hexer, dachte sie. Bei jeder seiner Berührungen brannte sie lichterloh. Sein gestählter Körper erregte sie mehr als alles andere. Einen Liebhaber nehmen? Du, lieber Himmel, welcher Mann konnte sie denn noch so großartig befriedigen? Aber das war nicht nur auf das Körperliche zurückzuführen. Valerian berührte sie tief in ihrem Innersten und rief eine Vielzahl von Gefühlen in ihr hervor, die sie kaum verstand und die sie zu überwältigen drohten. Sie würde sich niemals einen Liebhaber nehmen. Ehemänner konnten solche Narren sein, dachte sie noch bevor sie erneut zum Höhepunkt kam.

Erschöpft und nach Luft ringend, lag Valerian auf ihr. Ihre Süße und intensive Leidenschaft würden eines Tages sicherlich seinen Tod bedeuten. Auroras himmlischer Duft umgab ihn, und er seufzte zufrieden. Sich eine Geliebte nehmen, also wirklich! Innerhalb eines Tages hatte Aurora ihn auf ewig für andere Frauen verdorben. Sie bewegte sich unter ihm und er rollte sofort von ihr hinunter.

»Wie konntest du uns mit deiner Sturheit nur so viel Zeit stehlen«, sagte er dann leise. Er nahm ihre Hand und drückte sie zärtlich. »Ich glaube, ich habe mich schon in dich verliebt, als ich dich damals auf St. Timothy am Strand aus dem Wasser kommen sah. Aber ich wollte es nicht wahrhaben. Nach deiner Ankunft in England quälte mich der Gedanke, dass du einen anderen heiraten würdest und ich dich niemals haben könnte. Und als du St. John wähltest, hätte ich ihn am liebsten umgebracht!«

»Schh, Valerian.« Mit einem Kuss hinderte ihn Aurora am Weitersprechen. »Ich werde mir niemals verzeihen, dass meine Selbstsucht Cally so viel Schmerz zugefügt und sie das Leben gekostet hat. Damit muss ich für den Rest meiner Tage leben, auch wenn sich mir nun in deinen Armen die Freuden der Liebe erschließen. Es scheint mir so ungerecht, dass ich glücklich sein darf, während Cally so unglücklich gewesen ist.«

»Dann liebst du mich also, so wie ich dich?«, fragte Valerian mit bebender Stimme, und Aurora entgegnete ihm: »Natürlich liebe ich dich, du Narr. Wenn ich früher in den Tag hineinträumte, sah ich dein Gesicht und niemals St. Johns. Erst jetzt verstehe ich, warum, und weiß, dass ich mich nach dir verzehrte, obwohl ich es mir aus Angst, meiner Schwester gegenüber unloyal zu sein, nicht eingestehen wollte. Schließlich war es Unrecht, Callys Ehemann zu lieben, aber wenn es der meine ist, darf ich das sicherlich, oder was meinst du, Valerian?«

Es klopfte leise an der Schlafzimmertür und Browne verkündete: »Das Abendessen ist serviert, Euer Gnaden.« Dann hörten sie, wie er sich wieder entfernte und schließlich die Treppe in die Eingangshalle hinunterging.

»Bist du hungrig?«, fragte Valerian, der sein Glück kaum fassen konnte, dass Aurora seine Liebe erwiderte.

»Ich sterbe vor Hunger, Milord«, versicherte sie ihm. Dann begannen ihre Augen scheinbar zu glühen, und sie fügte hinzu: »Und auch nach etwas zu essen, mein Liebling!«

Lachend erhob sich Valerian und durchquerte den Raum, um die Tür zu öffnen. Gleich darauf trug er ein riesiges Tablett ins Zimmer, das er auf einen großen rechteckigen Tisch stellte, der an einer der holzvertäfelten Wände stand. Valerian warf noch zwei weitere Scheite ins Feuer, sodass Funken sprühten und die Flammen erneut emporloderten. Dann nahm er die Kerze vom Nachttisch und entzündete damit noch einige andere Lichtquellen im Raum sowie auf dem Tisch mit dem Tablett. »Was darf ich dir bringen?«, wollte er dann von Aurora wissen.

»Was gibt's denn?«

Nachdem Valerian die silbernen Abdeckhauben von Tellern und Schüsseln genommen hatte, sagte er: »Rohe Austern, Kapaun, eingelegten Spargel, Brot, Käse, Butter und Früchte, den Champagner nicht zu vergessen.«

»Von allem etwas!«, sagte sie hungrig.

Er belegte ihren Teller und brachte ihn zu ihr. Sie hatte die Kissen am Kopfende zusammengeschoben und sich die Bettdecke züchtig über die Brüste gezogen. Sie nahm den Teller von ihm entgegen und begann, mit großem Appetit zu essen. Sie schlürfte sechs rohe Austern und machte sich dann an ein Stück Kapaunbrust. Valerian gesellte sich mit seinem Teller zu ihr und stellte fest, dass es ihn erregte, Aurora zuzusehen, wie sie Spargel aß, sich geschickt die Vinaigrette von den Fingern leckte und dann mit der Zunge über die Lippen fuhr. Rasch wandte er den Blick ab und konzentrierte sich auf das Vertilgen von zwölf Austern, deren stärkende Wirkung er offensichtlich brauchen konnte.

»Wir haben ja gar keinen Champagner!«, rief Aurora mit einem Mal, stellte ihren Teller auf die Steppdecke und kletterte aus dem Bett. Barfuß ging sie zum rechteckigen

Tisch hinüber, um zwei langstielige Kristallgläser vom Tablett zu nehmen und zu füllen. Als sie Valerian eines brachte, beugte sie sich nach vorn und tauchte eine ihrer Brustwarzen in den perlenden Wein, die sie Valerian gleich darauf frech darbot und scheinbar unschuldig fragte: »Ist das nach Euer Gnadens Geschmack?«

»Das wird es wohl sein müssen«, antwortete er und leckte begierig an der mit Champagner benetzten Brust, bevor er das Kristallglas von Aurora entgegennahm.

Sie kletterte zurück ins Bett und nippte an ihrem langstieligen schmalen Glas. »Köstlich!« rief sie dann aus. »Glaubst du, wir könnten dein ...«, sie deutete auf seine Lenden, »auch da hineintauchen?«

»Nein!«, entgegnete er und fing wieder an zu lachen.

»Warum nicht? Hast du das schon einmal gemacht?«

Er schüttelte den Kopf. »Aber das wäre nicht ratsam, Aurora. Du weißt, was passiert, wenn wir damit anfangen. Danach sind überall auf dem Laken Champagnerflecken und Muschelschalen.«

»Wie du meinst, Valerian. Aber eines Tages, wenn uns derartige Hindernisse nicht im Weg stehen, müssen wir es versuchen. Vielleicht werde ich dann in einer Wanne voll Champagner baden und du darfst mich trocken lecken.«

»Wie kann ein Mädchen, das gestern noch Jungfrau war, nur solch laszive Gedanken hegen?«

»Dürfen sich Frauen denn *darüber* keine Gedanken machen? Auch nicht, nachdem sie verheiratet sind? Das ist nicht fair! Bestimmt denken Männer ständig an das Eine und dürfen es auch noch tun, bevor sie verheiratet sind, ohne dass man sie dafür kritisiert. Selbst danach machen sie es oft noch ungestraft mit anderen Frauen.«

»Aber wir werden es nicht mit anderen tun«, sagte Valerian, »nur miteinander, Aurora.« Dann erhob er sich vom Bett, stellte ihre Teller weg und brachte Aurora ein mit Zitronenwasser befeuchtetes Tuch, mit dem sie sich Gesicht und Hände abwischen konnte, bevor er damit das

Gleiche tat. »Hättest du gerne einen Nachtisch? Die Köchin hat uns einige verlockend aussehende Weintrauben heraufgeschickt, und kleine Meringe.«

»Bring einfach die Flasche Champagner mit, dann machen wir uns unseren eigenen Nachtisch«, entgegnete Aurora. »Ich habe noch viel mehr liederliche und schlüpfrige Fantasien, die ich gerne mit dir teilen würde, mein lieber Gemahl. Vielleicht kann ich dich ja auch dazu überreden, sie auszuprobieren, *oder ich probiere sie selbst aus.*« Verschmitzt lächelte sie ihn an.

»Du hast wohl wirklich vor, mich umzubringen, was?«

Aurora lachte leise. »Nur mit Liebe, Valerian, und auch nur, wenn du mir versprichst, mich mit deiner Liebe ebenfalls zu überschütten.«

Kopfschüttelnd füllte Valerian die Champagnergläser wieder nach und kam zu Aurora ins Bett, wobei der Blick seiner dunkelbraunen Augen die Leidenschaft in ihren türkisfarbenen widerspiegelte.

Teil III
England, 1762

1. Kapitel

»Ihr werdet Hawkes Hill für einige Zeit verlassen müssen«, sagte die Herzogenwitwe zu Valerian und Aurora, nachdem ihnen niemand zu Weihnachten seine Aufwartung gemacht hatte. »Der Skandal ist noch zu frisch und wird sich nicht beilegen lassen, wenn ihr hier bleibt und die Leute beständig an euer Tun erinnert.«

»Vergesst nicht, dass wir noch in Trauer ...«, fing der Herzog an, aber seine Großmutter schnitt ihm mit einer Handbewegung das Wort ab. »Die Leute wünschen einem trotzdem ein frohes Fest. Sie sind nur nicht nach Hawkes Hill gekommen, weil du es so ungebührend eilig hattest, Aurora zu heiraten. Der offensichtliche Mangel an Anstand, den du an den Tag gelegt und damit in den Augen der Leute Calandras Andenken beschmutzt hast, wird als unerhört schockierend empfunden. Ich werde einige Zeit brauchen, um unseren Nachbarn diese Haltung wieder auszutreiben. Das kann ich allerdings nicht, wenn ihr hier bleibt und ihnen auch noch tagtäglich vorlebt, wie unerhört ihr euch verhalten habt.«

»Es interessiert mich nicht die Spur, wie unsere Nachbarn über uns denken«, sagte Valerian stur.

Aber Aurora lachte über die Einstellung ihres Gemahls und sagte dann: »Mich schon, und das sollte es Euch auch. Wenn uns unsere Nachbarn auch weiterhin ächten, mit wem sollen unsere zukünftigen Kinder dann spielen? Und wie sollen wir sie eines Tages angemessen verheiraten? Nicht nur, dass die Wahrheit verfälscht wird, je mehr Zeit wir darüber verstreichen lassen, nein, wir müssen die Klatschmäuler auch in ihre Schranken weisen, bevor uns das Gewäsch der Leute außer Kontrolle gerät. Womöglich breitet es sich noch über das Herzogtum hinaus aus, und dann wird man uns in ganz England meiden. Nein, mein Liebling, Eure Großmutter hat Recht. Wir müssen von hier fortgehen, bis das Getratsche ein Ende hat, weil es von der Wahrheit ersetzt wurde.«

Düster sah Valerian zu den beiden Frauen hinüber, aber keine der beiden schien sich von seinem finsteren Gesichtsausdruck einschüchtern zu lassen. Ganz im Gegenteil, die beiden sahen eher belustigt drein. »Nun gut«, stimmte er ihnen schließlich zu, »obwohl es mir ganz und gar nicht passt, mich von einer Schar aufgeschreckter, gackernder Hühner aus den eigenen vier Wänden vertreiben zu lassen. Ich denke wir könnten Farminster House zu neuem Leben erwecken und für eine paar Monate nach London gehen.«

»Eine hervorragende Idee«, stimmte ihm seine Großmutter zu. »Du hast ja bisher auch noch nicht die Möglichkeit gehabt, dem König deine Ehrerbietung zu erweisen. Ich halte es für eine sehr gute Sache, wenn du eine Zeit lang in London verbringst.«

»Werden uns der König und die Königin denn überhaupt empfangen?«, wollte Aurora nun wissen.

»Aber natürlich, mein Kind!«, versicherte ihr die Herzogenwitwe. »Ich war gut mit der Mutter des Grafen von Bute – dem engsten Berater des Königs – befreundet und kannte ihn schon, als er noch ein kleiner Junge gewesen ist. Valerian hat ihn ebenfalls kennen gelernt und ihm auch einige Zuchtbullen für seine Herden verkauft, glaube ich. War es nicht so, mein Junge?«

»Ja, etwa vor drei Jahren«, entgegnete Valerian, und seine Großmutter fuhr fort: »Der Graf steht hoch in der Gunst Seiner Majestät. Er war der Tutor des Königs und dessen Mutter sehr zugetan, nachdem ihr Gemahl verstorben war. Er wird sicherlich ein Treffen zwischen euch und Ihren Majestäten arrangieren können. Ich werde ihm gleich morgen schreiben.«

»Ihr müsst mir noch sagen, wie viele Diener wir brauchen, um Farminster House ordentlich zu führen«, sagte Aurora, und die beiden Frauen steckten die Köpfe zusammen und verloren sich zum Leidwesen des Herzogs ganz in diesem Thema.

Er wollte nicht nach London und hätte wetten können, dass es Aurora genauso ging. Sie zeigte einfach nur gute Miene zum bösen Spiel, was ihre doch recht knifflige gesellschaftliche Lage anging. Zum Teufel mit seinen neugierigen Nachbarn! Was wussten sie denn von seinem Leid oder dem Calandras, während ihrer Ehe? Und mit ziemlicher Sicherheit hatten sie keine Ahnung davon, dass Aurora die ihm versprochene Braut war, und nicht ihre Schwester. Doch seine Großmutter würde mit der bereitwilligen Hilfe der törichten Lady Bowen schließlich alles wieder ins Lot bringen.

»Aber am ersten Mai sind wir wieder zu Hause!«, verkündete er nun den beiden Frauen, woraufhin seine Großmutter erklärte: »Du lässt mir aber nicht viel Zeit, Valerian. Ich nehme aber an, dass es mir gelingen wird, bis dahin einen Großteil deiner Sünden wieder auszumerzen. Und da Aurora nur dein unschuldiges Opfer war, denke ich, dass wir mit dem ersten Mai hinkommen«, fügte sie noch hinzu und lachte dann leise über den aufgebrachten Gesichtsausdruck ihres Enkels.

Am nächsten Tag wurden entsprechende Mitteilungen an den Grafen von Bute und nach Farminster House aufgegeben, die Koffer gepackt und der Gepäckwagen mit allem bestückt, was der Herzog und die Herzogin für ihren Aufenthalt in London benötigten. Es wurden zwei Kutschen vorbereitet: eine für Valerian und Aurora und eine für ihre Diener. Mehrere Reitpferde sollten ebenfalls mitgeführt werden, damit Valerian und Aurora unterwegs die Möglichkeit hatten, der Enge der Kutsche zu entfliehen. Ein Reiter war bereits vorausgeschickt worden, um in den jeweiligen Gasthäusern ihre Ankunft anzukündigen, damit man dort für ausreichende Bequemlichkeit sorgen konnte. Eine bewaffnete Wache würde sie begleiten, um sie vor Wegelagerern zu schützen.

»Ihr spielt dieses Spiel ziemlich überzeugend«, sagte die Herzogenwitwe am Abend vor der Abreise zu Aurora.

Die junge Frau lächelte wehmütig. »Wie gut Ihr mich doch kennt, Großmama! Ja, ich würde auch lieber hier bleiben. Aber ich weiß, dass wir eine Zeit lang nach London gehen müssen, wenn wir unseren Ruf retten wollen. Viele Leute dort kannten Cally und ich werde einfach ganz aufrichtig zu ihnen sein, in Bezug auf den erschreckenden Wandel der Person der Herzogin.« Sie lachte leise. »Wenn ich das nicht wäre, würden wir nur noch tiefer in diesen Schlamassel geraten.«

»Ja, seid ehrlich«, stimmte ihr die Herzogenwitwe zu, »aber auch klug, mein Kind. Ihr braucht nur zu sagen, das Eure Schwester im Kindbett starb, und als Valerian erfuhr, dass er eigentlich Euch hätte heiraten sollen, es nur so eilig hatte, damit Ihr ihm nicht noch einmal entwischt. Sagt es leichthin und macht eine nette Anekdote daraus. Sicherlich werden einige der Herrschaften darüber schockiert sein, aber die meisten werden die Situation mit einem lachenden und einem weinenden Auge akzeptieren. Die Leute haben schon viel schlimmere Geschichten gehört und schließlich ist ja niemandem von ihnen Schaden zugefügt worden. Ihr werdet sicher mit offenen Armen aufgenommen und auch bald von Ihren Majestäten empfangen werden. Und dann, nachdem Ihr Euch einige Monate in London vergnügt habt, kehrt Ihr nach Hawkes Hill zurück. Bis dahin ist gewiss ein anderer Skandal aufgetaucht, der diesen in den Schatten stellt und allmählich in Vergessenheit geraten lässt.« Sie küsste Aurora auf beide Wangen. »Oh, ich werde Euch vermissen, mein liebes Kind!«

»Kommt doch mit uns!«

Aber die Herzogenwitwe schüttelte lächelnd den Kopf. »Nein, ich muss hier bleiben, um für Euch und meinen Enkel alles wieder gerade zu biegen. Abgesehen davon glaube ich, dass es Zeit für Eure Flitterwochen ist, meint Ihr nicht auch? Und Großmütter gehören nun einmal nicht auf eine Hochzeitsreise mit ihren Enkeln«, fügte sie kichernd hinzu und winkte ihnen am nächsten Morgen tapfer nach, obwohl sie genau wusste, dass ihr nun einige sehr einsame Monate bevorstanden.

Die Reise nach London verlief ereignislos. Die Straßen blieben zum Erstaunen aller trocken. Die Gasthäuser waren bequem, wenn auch ein wenig düster. Irgendwann tauchten die Türme und Zinnen Londons zwischen dem gelblich grauen Dunstschleier auf, der während der kalten Monate über der Stadt hing und auf die Kohlefeuer zurückzuführen war, die in jedem Haus brannten, um die Bewohner zu wärmen. Schließlich bogen die Kutschen und Gepäckwagen auf den Grosvenor Square ein und fuhren zur westlichen Seite des Platzes, an dem Farminster House lag. Nachdem die Kutschen gehalten hatten, ging die Tür zum ziegelsteinernen Herrenhaus auf, und eine ganze Schar von Dienern eilte herbei, um ihrer Herrschaft beim Aussteigen behilflich zu sein und das Gepäck ins Haus zu bringen.

»Willkommen in London, Euer Gnaden, und die besten Wünsche der Dienerschaft anlässlich Eurer Vermählung«, sagte Manners, der Butler, und verbeugte sich galant. »Auch Euch ein herzliches Willkommen, Euer Gnaden«, fügte er hinzu und zeigte Aurora gegenüber die gleiche Ehrerbietung.

»Habt unseren Dank«, sagte der Herzog lächelnd. »Ist das Abendessen fertig?«

»In wenigen Minuten, Milord«, entgegnete der Butler.

»Ich glaube, die Herzogin und ich würden jetzt gerne etwas essen und dann zu Bett gehen. Es war ein langer Tag und die Reise denn doch sehr ermüdend.«

»In den vergangenen beiden Tagen sind einige Mitteilungen für Euch gekommen.«

»Und, habt Ihr auch meine Anweisungen ausgeführt?«, wollte der Herzog dann wissen.

»Selbstverständlich, Milord«, antwortete Manners ein wenig indigniert darüber, dass sein Herr daran zu zweifeln schien, dass er einen Auftrag wie gewünscht ausführte. »Soll ich Euer Gnaden die Mitteilungen gleich bringen?«

Der Herzog nickte und wandte sich an Aurora. »Ich habe eine Überraschung für Euch, meine Liebe, wenn Ihr hier einen Augenblick auf mich warten wollt.« Dann wandte er sich wieder dem Butler zu, der ihm die angekündigten Mitteilungen auf einem Silbertablett reichte. »Von von Bute«, sagte Valerian zu Aurora, als er das Siegel auf dem ersten Umschlag erkannte. Er brach es, öffnete das Schreiben und überflog rasch dessen Inhalt. »Der Graf heißt uns in London willkommen und wird ein Treffen zwischen Ihren Majestäten und uns arrangieren.« Er legte die Mitteilung beiseite und griff nach der anderen. »Die hier ist an Euch gerichtet«, sagte er dann und reichte sie Aurora.

Aurora besah sich das Siegel auf dem Papier, das ihr aber nichts sagte. Nachdem sie das Schreiben geöffnete hatte, rief sie erschrocken aus: »Gütiger Gott, es ist von Trahern für Cally! Er weiß nicht, dass sie verstorben ist, und will ihr einen Besuch abstatten.«

»Wie gerne würde ich ihm das ermöglichen«, sagte Valerian verschlagen.

»Das ist nicht witzig, Valerian! Was soll ich denn jetzt tun?«

»Ich schicke einen Diener zu Traherns Unterkunft, der ihm ausrichten lässt, dass die Herzogin von Farminster ihn morgen früh empfängt. Genau das hätte Calandra auch getan. Sie hätte sich nicht damit aufgehalten, ihm zu schreiben.«

»Und wenn er herkommt?«

»Werden wir ihn gemeinsam empfangen«, entgegnete

ihr Gemahl, »und ihm die Situation erklären. Trahern wird unsere Ankunft unter den Mitgliedern der feinen Gesellschaft herumposaunen, bevor der nächste Tag anbricht. Woher wusste er überhaupt, dass wir kommen würden?«, überlegte Valerian nun laut. »Ich muss ihn unbedingt danach fragen.«

»Höchstwahrscheinlich ist einer seiner Bediensteten mit einem der Diener hier im Haus befreundet«, gab Aurora zu bedenken. »Nun, aber worum handelt es sich bei der Überraschung für mich?«

»Ihr seid aber auch eine gierige Person!« Valerian lachte und gab ihr rasch einen Kuss auf den Mund, bevor er sich erneut an den Butler wandte. »Schicken Sie einen Reiter zu Lord Trahern, der ihm ausrichtet, dass wir ihn morgen früh um elf hier empfangen.« Daraufhin ergriff er Auroras Arm und geleitete sie die Treppe hinauf. »Da ich Eure Abneigung gegen die Sachen, die Eurer Schwester gehört haben, kenne, habe ich die Räumlichkeiten der Herzogin vor unserer Ankunft komplett renovieren lassen.« Er stieß die Flügeltüren auf, die in Calandras ehemalige Gemächer führten.

Als Aurora hineingegangen war, klatschte sie entzückt in die Hände. Nichts erinnerte mehr an die Räume, die Cally für sich hatte gestalten lassen. Die Holzarbeiten – Friese und Vertäfelungen – hatte man in einem blassgoldenen Cremeton gestrichen. Dazwischen waren die Wände mit apricotfarbener Seide bespannt, die mit Kolibris und Schmetterlingen bemalt war. Nur das Deckengemälde war unverändert, aber das machte Aurora nichts aus. Sie hatte die Darstellung, die Venus in einer Schar von Putten angeführt von Amor zeigte, immer entzückend gefunden.

Das Mobiliar bestand aus poliertem Mahagoni und die Polster waren mit Brokat-, Seiden- und Samtstoffen bezogen. Der Kronleuchter, die Wandleuchter und die Kandelaber im Raum bestanden aus glitzerndem Waterford-

Kristall. Korallrote, mit goldenen Kordeln zurückgebundene Samtvorhänge umrahmten die hohen Fenster. Der auf Hochglanz polierte Parkettboden des Salons war zu weiten Teilen mit einem herrlichen gold-blauen Perserteppich bedeckt.

Aurora eilte weiter in ihr Schlafgemach und seufzte vor Begeisterung. Hier waren die Wände mit goldenem Seidenstoff bespannt, in den cremefarbene Schmetterlinge und Lilien eingewebt waren, deren Blätter man nachträglich mit einem zarten Graugrün betupft hatte. Auch die Vertäfelungen waren cremefarben, und die Decke überzogen rosa, zartlila und weiße Wölkchen, die an einem hellblauen Himmel zwischen zahlreichen fetten Putten schwebten. Die seidenen Vorhänge schimmerten grünblau wie das Meer vor St. Timothy und wurden ebenfalls von Goldkordeln zurückgehalten.

An der einen Wand stand eine Chippendale-Kommode mit einem dazu passenden geschnitzten und vergoldeten Wandspiegel, der von zwei Pfauen gekrönt wurde. Im Erker befand sich ein mit Blattgold versehenes Holzsofa, dessen Polsterstoff das gleiche Blaugrün aufwies wie die Vorhänge.

Das Bett, das dem Kamin gegenüber aufgestellt worden war, stammte ebenfalls aus Mr. Chippendales Laden. Es war mit üppigen Schnitzereien in Form von sich emporwindenden Farnen und Bärenklaublättern verziert, der Rahmen mit denen für Chippendale so typischen Schnörkeln und zahlreichen Rosetten versehen. Den Betthimmel bevölkerten Figuren aus der griechischen Mythologie, die Bettfüße waren ausladend und ebenfalls mit zahlreichen Schnitzereien verziert. Die Laken und Vorhänge bestanden aus creme- und goldfarbener Seide.

Auf beiden Seiten des Bettes standen kleine Mahagoninachttische mit silbernen Kerzenständern und eben solchen Dochtscheren. In der Nähe der Tür zum Ankleidezimmer fand sich ein großer Drehspiegel aus Mahagoni mit einem erlesenst gearbeiteten Panel. Auf beiden Seiten des Spiegels waren silberne Kerzenhalter angebracht. Ebenfalls in diesem Zimmer stand ein hübscher, mit Einlegearbeiten verzierter Tisch und zwei Ohrensessel, die mit einem breit gestreiften Seidenstoff bezogen waren, dessen Creme und Meeresblau sich überall im Zimmer wiederfand.

Aurora wirbelte herum und sagte zu ihrem Gatten: »Wie, um alles in der Welt, konntet Ihr dieses Wunder vollbringen? Das sind überhaupt nicht mehr Callys Räumlichkeiten! Oh, ich werde hier sehr glücklich sein, Valerian!«

»Ich fürchte nur, die Farbe ist an manchen Stellen noch nicht ganz trocken«, sagte der Herzog lächelnd. »Als ich Manners die Mitteilung schickte, dass wir kommen würden, habe ich gleichzeitig auch Anweisung gegeben, diese Räume sofort renovieren zu lassen und sämtliche Möbel zu ersetzen. Ich wollte doch nicht, dass Ihr unglücklich seid, mein Liebling!«

»Oh, Valerian, ich bin eine solche Närrin gewesen, Euch nicht sofort zu heiraten!«, erklärte Aurora nun.

»Wir sind beide ziemlich töricht gewesen«, stimmte er ihr zu, »aber wir hatten mehr Glück als die meisten, denn wir haben eine zweite Chance bekommen. Lasst uns das Beste daraus machen, Aurora. Ich verspreche Euch, dass die wenigen Monate unseres Exils gute Monate sein werden, und dann gehen wir nach Hawkes Hill zurück und leben dort glücklich und in Frieden bis ans Ende unserer Tage.«

Aurora warf sich ihm in die Arme, zog ihn zu sich herunter und küsste ihn leidenschaftlich. »Ich hasse das Reisen«, flüsterte sie dann. »In diesen schäbigen kleinen Landgasthäusern ist man nie wirklich allein. Uns werden getrennte Räumlichkeiten zugewiesen, und die Diener schnarchen auf den Behelfsbetten bei uns im Zimmer. Es scheint mir eine Ewigkeit her zu sein, dass wir beieinander gelegen haben.« Sie knabberte an seinem Ohrläppchen, sagte: »Ich vermisse unsere Schäferstündchen«, und begann, die Knöpfe seiner geblümten Weste zu öffnen.

»Madam, Ihr lasst Eure Erziehung vermissen«, neckte er sie, während er sich daranmachte, die Bänder an ihrem Kleid zu lösen. »Leider ist das Abendessen schon fast fertig«, sagte er dann seufzend und barg das Gesicht an ihrem parfümierten Dekolleté.

»Seid Ihr denn hungrig?«, schnurrte sie.

»Ja«, entgegnete er, stieß sie aufs Bett und warf sich auf sie. Er zog ihr Oberteil herunter, und seine Lippen legten sich um eine ihrer kleinen Brustwarzen, bevor er zärtlich daran biss und saugte. »Mh! Mh!«, murmelte er dann. »Ein äußerst köstliches Horsd'œuvre, Madam. Ich kann gar nicht genug davon bekommen!« Wieder beugte er sich zu ihren Brüsten hinunter, leckte daran und knabberte an ihren Brustwarzen.

Sie hörten ein Hüsteln aus dem Salon jenseits des Schlafzimmers und Sallys Stimme. »Manners lässt ausrichten, das Dinner sei serviert, Euer Gnaden. Soll ich ihm sagen, dass Ihr herunterkommt?«

»Verdammnis«, grummelte der Herzog, weil man ihm einen Strich durch die Rechnung gemacht hatte, und Aurora kicherte, während sie ihn augenzwinkernd ansah.

»Wir kommen sofort!«, rief Valerian der Zofe zu.

Sally eilte aus dem Salon, die Treppe hinunter und teilte dem Butler mit: »Euer Gnaden sagt, dass sie nun herunterkommen.« Dann senkte sie die Stimme und vertraute ihm an: »Sie waren schon wieder dabei. Miss Calandra, die alte Herzogin, war nicht so sehr dafür, wenn der Herzog sich ihr näherte. Aber Miss Aurora, du meine Güte! Die beiden können kaum die Hände voneinander lassen. Sie tun es dauernd, wirklich. Es ist fast schon skandalös. Alle Diener in Hawkes Hill haben darüber gesprochen.«

»Man kann es wohl kaum als Skandal bezeichnen, wenn ein Mann seiner Gattin beiwohnt«, sagte der Butler in einem Ton, der sein Missfallen über Sallys Geplauder zum Ausdruck brachte. »Ich bin sehr überrascht, dass Mr. Peters euch derartige Freiheiten erlaubt hat. Aber ich lasse so etwas nicht zu. So, und nun geh deinen Pflichten nach, Mädchen, und sag Martha, dass ich sie heute Abend, nachdem sie fertig ist, zu sprechen wünsche.«

»Ja, Mr. Manners.« Sally spurtete davon und murmelte dabei leise vor sich hin: »Alter Meckerfritze.«

Der Butler sah ihr nach und dachte, dass Sally eindeutig zu den Unruhestiftern zählte. Das hatte er schon beim letzten Mal bemerkt, als sie mit nach Farminster House gekommen war. Aber die neue Herzogin schien ihm nicht die Frau zu sein, die so ein Mädchen bei sich behielt. Anderseits kam Sally ebenfalls von St. Timothy, und vielleicht fühlte sich die junge Herzogin diesem Weibsstück gegenüber verpflichtet. Sally würde sich bessern müssen, dachte er noch, dafür wollte er schon sorgen. Dann, als er Schritte auf der Treppe hörte, erinnerte er sich an seine Pflichten und grüßte den Herzog und die Herzogin, während sie die Treppe herunterschritten.

Das Haar ihrer Ladyschaft war nur ein ganz klein wenig in Unordnung, aber sie war hübsch errötet, stellte Manners eingedenk Sallys Worten fest. Aber der Herzog sah glücklicher aus denn je, und das war schließlich die Hauptsache.

Am folgenden Morgen öffnete der Butler Punkt elf Uhr die Haustür, um Lord Trahern hereinzulassen. Er trug einen Gehrock mit gestutzten Schwalbenschwanzschößen und eine hohe Perücke, auf der spätestens der Dreispitz ihn zu dem Gecken machte, der er war.

»Guten Morgen, Milord«, sagte Manners, und Trahern entgegnete: »Ich würde der Herzogin gerne einen Besuch abstatten.«

»Wenn Ihr mir bitte folgen wollt.« Der Butler wünschte sich nichts sehnlicher, als das Gesicht dieses geschwätzigen Kerls zu sehen, wenn er feststellen musste, dass die Herzogin von Farminster nicht die Frau war, die er erwartete. Aber, nahm sich Manners nun vor, er würde an der Tür lauschen, nachdem er Lord Trahern angekündigt hatte.

»Hat Euer Gnaden also den gewünschten Erben geboren?«, fragte Trahern, während sie auf das Frühstückszimmer zugingen.

»Euer Gnaden hat, wie ich bedauerlicherweise sagen muss, eine Fehlgeburt erlitten«, antwortete der Butler kühl.

»Und Hawkesworth hat sie nach London zurückkehren lassen?«, fragte Trahern ungläubig. »Ich nehme einmal an, dass er sie positiv stimmen will, damit er es dann noch einmal versuchen kann. Was meinen Sie, Manners?«

Der Butler überhörte die anzügliche Bemerkung und öffnete die Tür, die ins Frühstückszimmer führte. »Lord Trahern, Milord, Milady!«

Trahern rauschte an ihm vorbei und setzte überschwänglich an. »Calandra, mein Engel, oder wie sich der Franzose so trefflich ausdrückt, *mon ange*«, bevor er überrascht innehielt.

Manners schloss die Tür hinter ihm, vergewisserte sich, dass er auch nicht beobachtet wurde, und lauschte an der Tür, um zu erfahren, was im Zimmer vor sich ging.

Lord Trahern war so erstaunt, dass er eine Weile mit offenem Mund stehen blieb. Vor ihm stand der *Bauernherzog*, wie er Valerian Hawkesworth hinter seinem Rücken immer genannt hatte, und an seiner Seite war Calandras Schwester, die scharfzüngige Aurora.

»Wo ist Calandra?«, wollte er von den beiden wissen, als er seine Stimme endlich wiedergefunden hatte. »Man sagte mir, Lord Hawkesworth, die Herzogin von Farminster würde mich heute Morgen empfangen. Habt Ihr Calandra meine ach so gefährliche Gesellschaft etwa verboten? Gütiger Gott, Hawkesworth, deshalb werdet Ihr doch wohl nicht eifersüchtig sein! Und beabsichtigt Ihr mir nun, da Ihr auf dem Land kein Opfer gefunden habt, Eure Schwägerin unterzujubeln? Calandra hat ja immer gesagt, dass wir gut zusammenpassen.«

»Ich würde Euch selbst dann nicht heiraten, Trahern, wenn ihr der einzige zeugungsfähige Mann auf Gottes Erdboden wäret«, entgegnete Aurora, »und abgesehen davon bin ich bereits verheiratet. Ihr habt darum gebeten, die Herzogin von Farminster zu sehen, und ob Ihr es glaubt oder nicht, sie steht vor Euch. Also, Lord Trahern, was kann ich für Euch tun?«

Als der Lord nicht sogleich antwortete, wandte sich Aurora an ihren Gatten. »Valerian, mein Liebling, bitte schenkt unserem Gast ein Glas Whiskey ein. Er ist ein wenig blass um die Nase.«

Mit einer theatralischen Geste ließ sich Charles Trahern auf ein kleines Sofa sinken, bevor er nach Luft ringend rief: *»Wo ist Calandra?* Was habt Ihr mit ihr gemacht?«

Der Herzog drückte Lord Trahern ein Glas Whiskey in die Hand und setzte sich ihm gegenüber in einen Sessel, während Aurora sich neben dem erstaunten Mann niederließ.

»Calandra ist bei der Geburt unseres Kindes gestorben, Charles«, sagte Valerian dann leise. »Das Kind war zu groß, um auf natürliche Weise auf die Welt zu kommen. Als der Doktor versuchte, es auf chirurgischem Weg zu holen, stellte er fest, dass es im Mutterleib verstorben war. Die Nabelschnur hatte es erdrosselt. Es war ein Mädchen.«

»Wann ist das passiert?«, fragte Trahern.

»Am letzten Tag des Monats Oktober«, erwiderte der Herzog.

»Und dann habt Ihr Aurora geheiratet?« Nun war selbst Lord Trahern, den sonst nichts so schnell aus der Ruhe bringen konnte, schockiert. *»Wann?«*

»Am vierten November«, antwortete Valerian gelassen, und Lord Trahern rief entrüstet: »Bei meiner Seele, Hawkesworth! Das finde ja sogar ich skandalös! Selbst davon ausgehend, dass weder Ihr noch Calandra irgendwelche Gefühle füreinander hegtet, hätte ich das von Euch nicht erwartet. Sich nicht zu lieben, ist ja schließlich nichts Ungewöhnliches bei Ehepaaren Eures gesellschaftlichen Ranges.

Doch, dann ist Eure Gattin kaum unter der Erde, und Ihr dreht Euch einfach um und heiratet ihre Schwester? Das ist wirklich schockierend! Einfach schockierend!« Trahern stürzte den Whiskey hinunter und hielt das Kristallglas dem Herzog hin, damit er es noch einmal nachfüllte.

Aurora erhob sich, um die Whiskeykaraffe zu holen und mit zum Sofa zu nehmen, auf dem ihr Gast mehr lag als saß – so hatte ihn die Neuigkeit mitgenommen. »Fallt Ihr uns jetzt etwa gleich in Ohnmacht?«, fragte sie belustigt, während sie ihm noch einmal von der bernsteinfarbenen Flüssigkeit einschenkte, bevor sie sich wieder an Valerian wandte. »Bitte erklärt dem Lord, wie es wirklich gewesen ist, mein lieber Gemahl, bevor unser Ruf in der feinen Londoner Gesellschaft dahin ist.« Sie stellte die Karaffe auf einen Beistelltisch und setzte sich wieder zu Lord Trahern aufs Sofa.

»Es ist eigentlich alles ganz einfach, Trahern«, fing der Herzog an. »Calandra war nicht die Erbin von St. Timothy und auch keine geborene Kimberly, sondern eine Spencer. Sie war Robert Kimberlys Stieftochter. Aber sie wollte unbedingt Herzogin werden und Aurora, die die eigentliche Erbin ist, nicht. Da beide Mädchen auf den gleichen ersten Vornamen, Charlotte, getauft wurden, beschlossen sie, sich jeweils für die andere auszugeben. Immerhin hat Calandra praktisch ihr ganzes Leben auf St. Timothy verbracht. Da fiel es ihr nicht schwer, so zu tun, als sei sie Aurora.«

»Ihr wolltet keine Herzogin werden?«, fragte der arme Lord nun entgeistert, der immer angenommen hatte, dass das der Traum eines jeden Mädchens war.

»Nun, ich wollte keinen Fremden heiraten«, klärte Aurora ihn auf. »Wenn Valerian zuvor einige Zeit auf St. Timothy verbracht hätte, um mir den Hof zu machen, wäre es vielleicht anders gekommen.« Sie wandte den Kopf und lächelte ihrem Gatten zu.

»Mit Sicherheit wäre es das«, entgegnete er und erwiderte ihr Lächeln. »Aber das freche Ding hier, hat mir keine Chance gegeben. Also heiratete ich Calandra in dem Glauben, sie sei die mir versprochene Braut, was, wie selbst Ihr, Lord Trahern, werdet zugeben müssen, katastrophale Folgen hatte. Calandra liebte meinen Reichtum und meine Stellung in der Gesellschaft und all die Dinge, die das mit sich brachte. Für mich hatte sie allerdings nichts übrig.«

»Das musste sie ja auch nicht«, fiel ihm Trahern nun ins Wort, »solange sie Euch ein oder zwei Erben geschenkt hätte, Hawkesworth. Wie viele Frauen lieben ihre Ehemänner denn wirklich? Oh, die eine oder andere bringt ihrem Gatten vielleicht so etwas wie Zuneigung entgegen, aber die meisten Frauen unserer Schicht verabscheuen ihren Angetrauten. Wir heiraten, um unseren Landbesitz und unsere Macht auszuweiten, nicht aus Liebe. Es ist die Pflicht einer Gattin, ihrem Mann Kinder zu gebären, vorzugweise *seine* Kinder. Erst danach darf sie ihrem eigenen Vergnügen nachgehen.«

»Noch etwas Whiskey, Lord Trahern?«, fragte Aurora zuckersüß, aber der lehnte dankend ab und wollte dann wissen: »Wie, um alles in der Welt, habt Ihr denn von dem Betrug erfahren, den man an Euch begangen hat, Hawkesworth?«

Der Herzog erklärte es ihm, und als er geendet hatte, fragte Lord Trahern: »Aber warum dann diese skandalöse Eile mit der Heirat? Ihr seid doch hier in England Auroras Vormund gewesen. Dachtet Ihr, sie würde Euch entfliehen?«

Der Herzog lachte leise. »Das hat sie auf jeden Fall versucht. Aber noch wichtiger war, dass sie sich mit meinem Cousin St. John verlobt hatte. Sie war fest davon überzeugt, sich bis über beide Ohren in ihn verliebt zu haben. Sie wollte nur ihn und keinen anderen heiraten.«

»Nun, ich mag St. John ja auch«, erklärte Aurora offen. »Er ist außerordentlich charmant und witzig. Habt Ihr ihn je kennen gelernt, Trahern? Ich denke, Ihr würdet Euch ziemlich gut mit ihm verstehen. Vielleicht kommt er bald nach London, um auf Brautschau zu gehen. Er hat natürlich keinen Titel, aber er ist sehr reich und besitzt ein herrliches Anwesen. Ich glaube, ich werde ihn Eurer Obhut übergeben. Würdet Ihr mir den Gefallen tun, sich seiner anzunehmen?«

»Wäre das dem Herzog denn genehm?«, fragte Lord Trahern erstaunt.

»Nun, zwischen Valerian und St. John herrscht eine lächerliche Rivalität, und das schon, seitdem sie kleine Jungen waren. Ich glaube, dass sich mein Gatte erst zufrieden geben wird, wenn St. John eine Frau hat. Und ich habe doch niemanden in London außer Euch, der mir dabei helfen könnte, ein nettes Mädchen für ihn zu finden.« Schmeichlerisch fügte Aurora hinzu. »Ihr kennt doch alle Leute von Rang und Namen, Milord.«

»Wie wahr, wie wahr«, entgegnete Trahern selbstgefällig und stellte zum Herzog gewandt fest: »Und dann habt Ihr Aurora geheiratet, um sie davon abzuhalten, mit Eurem Cousin durchzubrennen, wobei er Euch auch noch St. Timothy weggeschnappt hätte. Eine außergewöhnliche Handlungsweise, aber unter den Umständen durchaus verständlich. Da keiner von Euch London wirklich etwas abgewinnen kann, nehme ich an, dass Ihr vom Land hierher gekommen seid, um den Skandal, den Euer Handeln dort heraufbeschworen hat, auszusitzen. Wirklich klug von Euch.«

»Oh, Trahern!«, rief Aurora überschwänglich. »Ich bin so froh, dass Ihr uns versteht und uns helfen wollt! Cally hatte Recht, Ihr seid wirklich ein feiner Kerl. Ich weiß, dass

Eure Freundschaft meiner armen Schwester viel bedeutet hat.«

»*Tatsächlich?*« Traherns Stimme bebte für einen Moment. »Sie war so eine hübsche junge Frau, hatte Stil und Eleganz. Ich glaube, sie wäre eine der berühmtesten Gastgeberinnen Londons geworden, wenn sie nur die Gelegenheit dazu bekommen hätte.«

»O ja, bestimmt«, pflichtete Aurora ihm bei. »Cally war in gesellschaftlichen Dingen blitzgescheit.«

»Ja, das war sie!« Trahern nickte, bevor er sich an den Herzog wandte. »Werdet Ihr auch das Privileg haben, Ihre Majestäten zu treffen? Die Königin ist ganz bezaubernd, wenn auch ein bisschen wenig weltgewandt für meinen Geschmack. Aber der König betet sie an. Heutzutage muss man bei Hofe wieder leise treten, fürchte ich. Anders als unter den vorangegangenen Regenten hat die Moral erneut Einzug gehalten.«

»Der Graf von Bute hat dafür gesorgt, dass wir Ihren Majestäten vorgestellt werden«, erklärte der Herzog.

»*Bute?* Aber, aber, Hawkesworth, Ihr überrascht mich! Neben der Königin steht er dem Monarchen wohl am nächsten. Woher, um alles in der Welt, kennt Ihr ihn denn?«

»Seine Mutter und meine Großmutter waren miteinander befreundet. Ich habe ihm vor wenigen Jahren einige Zuchtbullen verkauft und ihn dabei auch ein wenig kennen gelernt.«

»Er ist weder bei den Reformern, noch bei den Konservativen besonders beliebt, aber die Lords arrangieren sich mit ihm.«

»Eigentlich kam die Verbindung durch meine Großmutter zu Stande, die so freundlich war, dieses Arrangement für uns zu treffen«, erklärte Valerian nun.

Lord Trahern nickte. »Man muss jede Verbindung nutzen, die einen gesellschaftlich voranbringt. Aber verlasst Euch nicht allzu sehr auf Bute. Es ist unwahrscheinlich, dass er seinen Einfluss auf den König noch viel länger geltend machen kann.« Trahern stellte den kristallenen Whiskeyschwenker ab und erhob sich. »Aber jetzt muss ich wirklich gehen. Ich bin mit Freunden im Boodles verabredet.«

»Im Boodles?« Fragend neigte der Herzog den Kopf.

»Dabei handelt es sich um einen neuen Club, drüben auf der St.-James's-Straße, ganz in der Nähe des Königspalastes. Das Essen ist recht gut und das Glücksspiel macht viel Spaß. Ihr müsst dort unbedingt Mitglied werden, selbst wenn Ihr nur kurze Zeit in London bleibt, Hawkesworth. Ich kann mich gerne für Euch verwenden. Es gibt eine ganze Reihe anderer Landedelleute, die bereits Mitglied sind.« Er nahm seinen Dreispitz und setzte ihn sich aufs falsche Haar.

Auch Aurora hatte sich erhoben und reichte Lord Trahern zum Abschied die Hand. »Ihr seid wirklich sehr großzügig, Milord. Ich bin sicher, dass Valerian Euer Entgegenkommen ganz besonders zu schätzen weiß, nicht wahr, mein Liebling?«

»Oh ... äh ... ja«, antwortete der Herzog zögerlich und rang sich ein Lächeln ab.

Lord Trahern küsste Aurora die Hand. »Obwohl ich ganz erschüttert von der Neuigkeit Calandras Tod betreffend bin, freut es mich doch, dass wir beide Freundschaft geschlossen haben, Aurora.« Er lächelte breit.

Aurora erwiderte sein Lächeln und entzog ihm vorsichtig die Hand. »Es ist schön zu wissen, dass wir so gute Freunde haben, Milord. Ich bin sicher, dass auch meine liebe Cally glücklich darüber wäre.«

Gemeinsam begleitete das herzögliche Paar ihren Gast in die Eingangshalle. Manners öffnete die Haustür, und Lord Trahern entschwand, allerdings nicht, ohne Aurora vorher noch eine Kusshand zugeworfen zu haben. Offensichtlich hatte er es eilig, die soeben erfahrene Neuigkeit weiterzugeben.

Valerian Hawkesworth wandte sich seiner Gattin zu

und erklärte bewundernd: »Ihr habt Eure Berufung verfehlt, Aurora. Ihr wäret sicher eine hervorragende Schauspielerin geworden.«

»Aber das wäre kaum so respektabel gewesen wie Herzogin zu sein«, antwortete sie keck.

»Ich dachte, das wolltet Ihr nie«, erklärte er augenzwinkernd, während sie ins Frühstückszimmer zurückkehrten.

»Ich habe meine Meinung geändert. Mittlerweile genieße ich meinen Titel, solange er beinhaltet, auch Eure Gattin zu sein, Valerian.«

»Ihr habt das mit Trahern verdammt gut gedeichselt, mein Liebling. Wie konntet Ihr Euch nur dazu überwinden, so freundlich zu ihm zu sein? Er ist doch wirklich ein schrecklicher kleiner Speichellecker.«

»Und ein geschwätziger dazu«, entgegnete Aurora. »Da er so oder so alles ausplaudert, ist es mir lieber, ihn zum Freund als zum Feind zu haben. Er kennt tatsächlich all die wichtigen Leute, Valerian. Cally hat das sofort bemerkt und sich gut mit ihm gestellt, weil er ihr die Türen zu den gesellschaftlichen Kreisen geöffnet hat, denen sie so gerne angehörte. Er wird unsere Geschichte sinngemäß und mit Humor weitererzählen. Einige Herrschaften werden gewiss schockiert sein, aber die meisten werden sich belustigt über Eure Eile zeigen, mich zu heiraten und Euch meiner Mitgift zu versichern. Mit Trahern auf unserer Seite wird es keinen Skandal in London geben.«

»Aber wir wollen doch eigentlich auf Hawkes Hill wohnen, und dort ist der Skandal perfekt«, merkte der Herzog an.

Aber Aurora beruhigte ihn: »Das geht vorbei, mein Liebling. Sicherlich wird bald ein weiterer Skandal die Gemüter erhitzen. Ihr dürft nicht vergessen, dass St. John erneut auf Freiersfüßen wandelt. Nur der Himmel weiß, in welchen Schlamassel er dabei wieder gerät, bevor der Frühling übers Land kommt.« Und dann lachten sie beide.

2. Kapitel

Der Graf von Bute richtete im Königspalast einen Ball aus, und zu diesem Anlass sollten Valerian und Aurora den königlichen Majestäten vorgestellt werden.

»Ihr bringt mich mit Eurem extravaganten Geschmack noch um Haus und Hof«, grummelte der Herzog, als er Auroras Ballkleid sah. »Ihr seid keinen Deut besser als Eure Schwester, und ich ende garantiert im Armenhaus.«

»Aber, Milord, Ihr seid ein reicher Mann, und ich habe Euch eine ansehnliche Mitgift eingebracht!«, entgegnete Aurora mit spitzer Zunge. »Ihr könnt doch nicht allen Ernstes wollen, dass ich dem König und der Königin in Sackleinen gegenübertrete.«

»Eine Fräsmaschine hätte mich genauso viel gekostet wie Euer Ballkleid, aber bestimmt mehr eingebracht«, grummelte er immer noch schlecht gelaunt.

»Papperlapapp!«, giftete Aurora zurück und fügte dann hinzu: »Habt Ihr überhaupt schon meine Tanzschuhe gesehen, Valerian?« Sie hielt ihm einen Fuß hin, an dem ein spitz zulaufender Seidenschuh steckte, der mit einer Rosette geschmückt war, in deren Mitte ein Diamant glitzerte.

»Ist der Stein etwa echt?«, fragte der Herzog schockiert.

»Natürlich«, entgegnete sie seelenruhig, »ich würde doch keine falschen Juwelen tragen. Gefällt Euch die Länge meines Kleides? Das ist der letzte Schrei und auch so praktisch zum Tanzen.«

»In der Tat«, bemerkte er, als er feststellte, dass Aurora der Saum gerade einmal bis zum hübsch gebeugten Spann reichte. Dann gestattete er sich ein Lächeln.

Aurora sah einfach umwerfend aus. Ihr Kleid war aus lavendelfarbenem Satin, das cremefarbene Unterkleid mit apricotfarbenen, blauen und lavendelfarbenen Blumen bestickt, deren Stiele und Blätter blassgrün gehalten waren. Der tiefe Ausschnitt war mit erlesener Spitze abgesetzt und mit lavendelfarbenen Schleifchen versehen, die mit winzigen Perlen besetzt waren. Das Oberteil hatte gesteppte, in der Mitte zusammenlaufende, schräge Nähte. Sie brachten Auroras wundervolle Figur besonders gut zur Geltung. Von den eng anliegenden Ärmeln fiel ein silbriger Spitzenbesatz.

»Alle werden sich nach Euch umdrehen, Aurora«, gab Valerian nun gnädig zu. »Denkt nur immer daran, mein Liebling, dass ich ein eifersüchtiger Ehemann bin.«

»Ich kann auch eifersüchtig sein«, sagte sie und maß ihn. Er sah unglaublich gut aus und war vom Scheitel bis zur Sohle ein Herzog. Weil es sich bei dem Ball des Grafen von Bute um einen höchstoffiziellen Anlass handelte, trug er Reithosen aus cremefarbenem Satin, die mit silbernen Schnallen an den Knien befestigt waren. Die dazu passenden Strümpfe bestanden aus Seide, genau wie das Hemd. Seine Weste zierten schwarze und goldene Schlingen, die auf einen cremefarbenen Untergrund genäht waren. Sein Gehrock bestand aus dem gleichen lavendelfarbenen Satin wie Auroras Kleid, und seine Tanzschuhe schmückten juwelenbesetzte Schnallen.

»Sind die echt?«, neckte Aurora ihn nun ihrerseits.

»Natürlich«, sagte Valerian und erklärte, auf ihr Spiel eingehend: »Ihr werdet doch nicht von mir erwarten, dass ich falsche Juwelen trage.« Dann zog er ein samtenes Etui aus der Jackentasche. »Das hier ist für Euch, Aurora.«

Sie öffnete die schmale Schatulle, und es kam ein Paar tropfenförmige, in Gold gefasste Perlenohrringe zum Vorschein, mit passender kurzer Halskette, an der ein feinst gearbeitetes, mit Perlen besetztes Goldkreuz hing. »Wie hübsch!«, rief Aurora begeistert und reichte Martha, der anzusehen war, wie gut ihr der Schmuck gefiel, die Schachtel.

Aurora befestigte die Ohrringe an ihren Ohrläppchen und hielt Valerian die Kette hin. »Würdet Ihr sie mir bitte anlegen?«

Gerne kam er dieser Aufforderung nach und erklärte dabei: »Die Hawkesworth'sche Schatzkammer ist voll von Juwelen, und sie gehören alle Euch, Aurora. Aber die meisten stammen aus vergangenen Zeiten und sehen entsprechend altmodisch und für meine Begriffe auch ein wenig protzig aus. Diesen Schmuck hier habe ich speziell für Euch anfertigen lassen. Und nun dreht Euch um, damit ich mir Euch ansehen kann.«

Nachdem sie seiner Bitte nachgekommen war, fragte sie: »Habt Ihr Cally jemals Juwelen gekauft?«

»Nein«, antwortete er betrübt, woraufhin Aurora die Augen niederschlug.

»Ihr seht beide einfach großartig aus, Euer Gnaden!« Marthas Begeisterung half ihnen ein wenig über die Befangenheit hinweg, die durch Auroras Frage entstanden war. »So, Eure Ladyschaft, nun erinnert Ihr Euch schön an Eure gute Erziehung. Schließlich trefft Ihr heute Abend den König und die Königin.«

»Ja, Martha«, antwortete Aurora scheinbar gehorsam und fing an zu lachen, woraufhin Valerian und Martha mit einfielen.

Der Ball wurde im St.-James's-Palast, dem damaligen Londoner Königssitz, gegeben. Viele Nachbarn der Hawkesworths am Grosvenor Square waren ebenfalls eingeladen worden, und die herzögliche Kutsche reihte sich in die Schlange der anderen Gefährte ein.

Während sich ihr Gespann allmählich dem Palast näherte, hatte Aurora plötzlich das Gefühl, ein Schwarm Schmetterlinge ließe sich in ihrem Bauch nieder. Die wenigen Bälle, denen sie bisher beigewohnt hatte, würden im Vergleich zu diesem sicherlich erblassen. Und was, wenn der König und die Königin sie nicht mochten?

Valerian Hawkesworth hatte bemerkt, wie schweigsam

seine Gattin geworden war. Er nahm ihre behandschuhte Hand, drückte sie sanft und sagte tröstend: »Die beiden sind auch nur Menschen, Aurora. Ein junges, neu vermähltes Paar so wie wir.«

»Habt Ihr den König jemals getroffen, Valerian?«

»Nein, wir bewegen uns nicht in denselben Kreisen, weil ich ein Landedelmann bin, wie Ihr ja wisst. Ich habe allerdings gehört, dass er sich ebenfalls sehr für Landwirtschaft interessiert.«

»Trahern sagt, die Königin sei ein einfältiges Mädchen«, merkte Aurora nun an.

»Sie sind unsere Monarchen, und wir werden ihnen mit Ehrerbietung entgegenkommen.«

Bald darauf hielt ihre Karosse vor dem St.-James's-Palast. Sie stiegen aus und folgten der Menge prächtig gekleideter Damen und Herren, die die breite Freitreppe hinaufstrebte. Schließlich gelangten sie in den beeindruckenden Vorraum eines herrlichen Ballsaals. Der Herzog flüsterte dem Livree tragenden Haushofmeister etwas zu, und dieser rief in monotonem Singsang: »Euer Gnaden, der Herzog und die Herzogin von Farminster.«

Als sie den Ballsaal betraten, fragte sich Aurora, ob überhaupt jemand den Mann gehört hatte. Der Lärm, den die mehreren Hundert schwatzenden Menschen verursachten, war einfach unglaublich. Als sie sich umsah, ergriff sie für einen Augenblick regelrechte Panik, und sie wünschte, sie wäre niemals hergekommen. Kein einziges der Gesichter kam ihr bekannt vor. Sie hatte den Eindruck, sich in einem Meer von Fremden zu befinden. Nervös klammerte sie sich an Valerians Arm und konnte nur hoffen, dass man ihr die Aufregung nicht ansah.

»Hawkesworth! Wenn das nicht Hawkesworth ist!« Ein liebenswürdig aussehender junger Mann bahnte sich seinen Weg zu ihnen.

»Mottley«, antwortete der Herzog und erklärte dann zu Aurora gewandt: »Meine Liebe, das ist Lord Robert Mottley, ein ehemaliger Schulkamerad. Mottley, meine Gattin, Lady Aurora Hawkesworth.«

Lord Mottley verneigte sich höflich und küsste Aurora die Hand. »Euer Gnaden, es ist mir eine Ehre.« Doch bevor Aurora noch etwas darauf erwidern konnte, hatte er sich bereits wieder Valerian zugewandt. »Was, um alles in der Welt, tut Ihr denn hier, Hawkesworth? Euch hätte ich hier am wenigsten vermutet. Ich dachte immer, Ihr hättet es Euch zur Gewohnheit gemacht, London und seine feine Gesellschaft zu meiden.«

»Dem ist auch so.« Der Herzog lachte leise. »Aber es war mir nicht möglich, dem König anlässlich seiner Heirat und Krönung letzten Herbst meine Aufwartung zu machen. Deshalb erachte ich es als meine Pflicht, das heute nachzuholen.«

»Er wird Euch gefallen, Hawkesworth«, sagte Lord Mottley augenzwinkernd. Dann senkte er die Stimme. »Wir nennen ihn Bauer George, weil ihm alles Spaß macht, was mit dem Landleben zu tun hat. Bei der kleinen Königin ist es genauso. Die beiden passen sehr gut zusammen. Es geht auch das Gerücht – obwohl es natürlich noch nicht offiziell bestätigt wurde –, dass Ihre Majestät ein Kind erwartet. Allerdings ist ihre Taille noch genauso schlank wie an ihrem Hochzeitstag. Wer weiß schon, wie viel Wahrheit solch einem Gerücht anhaftet. Wer stellt Euch denn den Majestäten vor?«

»Der Graf von Bute«, antwortete der Herzog.

»*Bute?* Also wirklich, Hawkesworth, Ihr habt ja Verbindungen zu den höchsten Kreisen! Aber stützt nicht all Eure Hoffnung auf Bute. Er wird es nicht mehr lange machen. Die Reformer hassen ihn und die Konservativen tolerieren ihn nur. Wahrscheinlich ist er nicht für mehr gut, als Euch mit den Majestäten bekannt zu machen.«

»Aurora, *mon ange,* Ihr seht einfach göttlich aus!«, hörte Aurora da Charles Trahern ganz dicht an ihrem Ohr, und dann kam er um sie herum und wandte sich sogleich an

Valerians ehemaligen Schulkameraden. »Hallo, Mottley, wie geht es Euch? Haltet Ihr immer noch nach einer Gattin Ausschau?« Belustigt fügte er hinzu: »Aber heute Abend gibt es kaum Auswahl für einen Baronet mit solch bescheidenen Mitteln wie Euren. Ich wette allerdings, dass Aurora ein süßes Mädchen vom Land kennt, die Eure Kinderstube füllen wird.«

Sichtlich pikiert über diese unschöne Bemerkung, verneigte sich Lord Mottley und entfernte sich eilends, woraufhin Aurora verwundert erklärte: »Trahern, Ihr habt eine Zunge wie ein rostiges Messer. Sie schneidet nicht nur, sondern hinterlässt auch Entzündungen. Was, um alles in der Welt, habt Ihr denn gegen den armen Lord Mottley?«

»Der Mann ist ein Langweiler«, sagte Trahern spontan. »Wart Ihr mit ihm in der Schule, Hawkesworth?«

Der Herzog nickte belustigt. Robert Mottley war ein gutmütiger Kerl, aber Trahern hatte Recht. Er war ein Langweiler und glücklicherweise konnte Trahern denen genauso wenig abgewinnen wie er selbst. »Hat es Euch gefallen, unseren kleinen Skandal in London zu verbreiten, Trahern?«

»Ich habe ihn nur den Leuten mitgeteilt, die zählen«, entgegnete Trahern ein wenig beleidigt. »Es bringt nichts, wahllos Dinge herumzuerzählen, mein lieber Freund. Ich hätte eigentlich gedacht, das wüsstet Ihr.«

Valerian zuckte die Schultern.

»Hat Euch Bute bereits begrüßt?«

»Wir sind gerade erst angekommen, und in dem Gedränge konnte ich ihn bisher noch nicht ausmachen.«

»Das dürfte auch schwierig sein. Er ist im Blauen Salon mit Ihren Majestäten und stellt ihnen Neuankömmlinge vor. Kommt mit, ich zeige Euch, wo das ist.«

Sie folgten ihm und unterwegs sah sich Aurora alles ganz genau an. Der Ballsaal war äußerst prunkvoll ausgestattet. Wände und Decken zierten üppige Liebesszenen.

Vergoldete und versilberte Stuckornamente rahmten das Deckengemälde ein, auf dem vollbusige Göttinnen beim Spiel mit halb nackten Göttern dargestellt waren. In den Kristalllüstern und vergoldeten Wandleuchtern glitzerten Tausende spitz zulaufender Bienenwachskerzen. Zahlreiche, mit Blattgold versehene Stühle und ziegelsteinrote Samtsofas standen an einem Ende des Raumes, dem gegenüber ein Podium für die Musiker errichtet worden war. Alle Anwesenden trugen wunderhübsche Kleider, und Aurora dachte: *Wie gut es Cally hier gefallen hätte. Und ich will nur eins: so schnell wie möglich zurück nach Hawkes Hill. Ich mag London nicht. Es ist viel zu groß und laut.*

Sie verließen den Ballsaal und folgten Lord Trahern eine Bildergalerie entlang, an deren Ende sich der Blaue Salon befand. Er hieß so, weil die Samtvorhänge und Möbelbezüge in eben diesem Farbton gehalten waren. Die beidseitig der Flügeltüren postierten Diener gewährten ihnen Eintritt, und sofort kam ein großer Gentleman mit schmalem, aristokratisch geschnittenem Gesicht auf sie zu und reichte ihnen die Hand zum Gruß. Er lächelte nicht, aber seine Haltung verhieß, dass er ihnen wohl gesonnen war. »Hawkesworth, mein lieber Junge, ich bin entzückt darüber, dass Ihr uns heute Abend Gesellschaft leistet.«

»Und ich bin Eurer Lordschaft dankbar, dass Ihr Euch unser angenommen habt«, entgegnete der Herzog und zog Aurora ein wenig näher zu sicher heran. »Darf ich Euch meine Gattin vorstellen, Sir? Aurora, das ist John Stuart, der Graf von Bute.«

»Die wahre Erbin also?« Für einen Augenblick glitzerten die blauen Augen des Grafen schelmisch. »Madam, es ist mir eine Ehre, Eure Bekanntschaft zu machen. Ich hoffe, es wird Euch bald möglich sein, nach Hause zurückzukehren, obwohl dem Hof ohne Euch etwas fehlen wird.« Er küsste ihr die Hand und verbeugte sich galant.

Aurora knickste. »Ich danke Eurer Lordschaft für die Freundlichkeit, die Ihr mir und meinem Gemahl mit dieser Einladung erwiesen habt. Es ist eine große Ehre für uns, zusammen mit dem Herrscherpaar an diesem Ball teilzunehmen. Ich kann es gar nicht erwarten, meiner Mutter von diesem Abend zu schreiben.«

»Dann kommt mit, damit ich Euch Ihren Majestäten vorstellen kann«, sagte der Graf.

Bei George III. handelte es sich um einen gut aussehenden jungen Mann mit heller Haut, blondem Haar und leicht hervorquellenden Augen. Er war der Erste aus dem Hause Hannover, der in England geboren und aufgewachsen war – ein Umstand, der ihn mit großem Stolz erfüllte. Englisch stellte seine Muttersprache dar, und im Gegensatz zu seinem Großvater George II. und seinem Urgroßvater George I. hatte er keinen deutschen Akzent. Die junge Königin war zwar nicht gerade eine Schönheit, hatte aber ein hübsches Gesichtchen, glänzende blaue Augen und rötlich-blondes Haar. Sie zählte erst siebzehn Lenze, während der König bereits seinen zweiunddreißigsten Geburtstag gefeiert hatte.

»Eure Majestät«, sagte nun der Graf von Bute, »darf ich Euch Valerian Hawkesworth, den Herzog von Farminster vorstellen und seine Herzogin, Lady Aurora? Es war ihnen nicht möglich, der Hochzeit und der Krönung Eurer Majestäten im letzten Herbst beizuwohnen, und sie sind jetzt extra nach London gekommen, um Euch ihre Ehrerbietung zu erweisen. Wie Eure Majestät auch, liebt der Herzog die Landwirtschaft und verbringt seine Zeit damit, sein Anwesen zu führen. Er züchtet hervorragende Rinder und Pferde.«

Sofort hellte sich das Gesicht des Königs auf. »Ihr betreibt Landwirtschaft?«

»Ja, Eure Majestät«, antwortete Valerian und verneigte sich.

»Wo befinden sich Eure Ländereien?«

»In Herefordshire, Eure Majestät.«

»Wir müssen irgendwann einmal vorbeikommen und

sie uns ansehen«, sagte der König. »Glaubt mir, Hawkesworth, ich beneide Euch. Nichts täte ich lieber, als mein Land zu bestellen.«

»Aber England braucht Euch, Eure Majestät«, erklärte der Herzog. »Ihr werdet dieses Land unvoreingenommen und gerecht regieren und es damit in gewisser Weise auch bestellen.«

»Ihr seid wortgewandt wie ein Höfling, habt aber das Herz eines Landedelmanns.« Der König lachte leise. Dann deutete er auf seine Gattin. »Darf ich Euch Ihre Majestät, die Königin vorstellen, Hawkesworth? Meine Liebe, das ist der Herzog von Farminster.«

Valerian grüßte die Königin, während König George seine Aufmerksamkeit Aurora zuwandte, die sogleich vor ihm knickste.

»Man hat mir gesagt, Madam, Ihr wäret ein *petite cause célèbre.* Dabei scheint Ihr mir doch eine ganz ehrbare und vernünftige junge Frau zu sein.«

Eine hübsche Röte überzog Auroras Gesicht, die den König sofort von ihrer Ehrlichkeit überzeugte. In kurzen Worten erläuterte sie ihm dann die Angelegenheit und endete damit: »Das alles war sehr dumm von mir, Eure Majestät.«

»Das kann man wohl sagen«, pflichtete ihr der König bei, »aber der Herrgott hat Euch eine zweite Chance gegeben, und Ihr habt sie ergriffen und seid glücklich, wie ich sehe. Lebt Ihr gerne auf dem Land?«

»O ja, Eure Majestät! Ich liebe Hawkes Hill und vermisse es schrecklich! Es ist ein wundervoller Ort, um Kinder aufzuziehen. Sie gedeihen prächtig auf dem Land.«

»Wünscht Ihr Euch denn auch welche, Herzogin?«

»Oh ja!«

König George lächelte. Die junge Frau hatte offensichtlich Reue gezeigt und würde ihrem Gemahl eine treu sorgende Gattin und ihren Kindern eine gute Mutter sein. Solche Frauen gefielen ihm. Er wünschte sich, dass England voll davon wäre. »Lasst mich Euch der Königin vorstellen«, sagte er nun.

Aurora knickste vor der jungen Frau und wurde mit einem Lächeln belohnt. »Euer Gnaden!«

»Ihr seid aber nicht hier geboren«, stellte Königin Charlotte umgehend fest.

»Nein, Eure Majestät, ich stamme von St. Timothy, eine der Westindischen Inseln, auf der ich mein ganzes Leben verbracht habe, bevor ich vor etwas mehr als einem Jahr nach England kam. König Charles II. hat meiner Familie St. Timothy vermacht.«

»Wovon lebt man denn auf einer Insel?«

»Wir bauen Zuckerrohr an, Eure Majestät.«

»Habt Ihr Sklaven?«

»Der Zuckerrohranbau ist sehr arbeitsintensiv und schwierig. Ohne Sklaven wäre das gar nicht möglich. Aber wir misshandeln sie nicht, Eure Majestät. Sie sind uns genauso viel wert wie unsere Leibeigenen.«

»Ich habe mir erzählen lassen, dass dem auf den anderen Inseln nicht so ist«, trug der Graf von Bute nun zu ihrer Unterhaltung bei.

»Ja, das stimmt. Die meisten Pflanzer behandeln ihre Sklaven wie Vieh, weil man so leicht neue kaufen kann. Aber meine Familie empfand es als ihre Christenpflicht, menschlich mit den Leuten umzugehen. Abgesehen davon ist es weniger aufwendig, die Sklaven, die man bereits besitzt, ordentlich zu behandeln, als neue einzuarbeiten. Wir erzeugen genauso viel Zuckerrohr wie die anderen Plantagen gleicher Größe. Aber unser Kosteneinsatz ist geringer, weil wir unsere Arbeitskräfte nicht ständig erneuern müssen. Deshalb fallen natürlich auch die Gewinne höher aus.«

Wieder lachte der König leise. »Hawkesworth, ich glaube, Ihr habt Euch da eine mächtig praktisch veranlagte kleine Frau an Land gezogen. Ihr könnt Euch sehr glücklich schätzen.«

Valerian Hawkesworth grinste. »Ja, Eure Majestät, das tue ich auch, und ich nehme an, dass Ihr, Eure Majestät, die Königin betreffend, mein Glück teilt.« Er verbeugte sich galant vor Charlotte, deren Augen glänzten. Offensichtlich fühlte sie sich von Valerians Kompliment geschmeichelt.

Der Graf von Bute meldete sich noch einmal zu Wort. »Eure Majestäten, ich glaube, es ist an der Zeit, den Ball offiziell für eröffnet zu erklären.«

Der König nickte und sagte abschließend zu Valerian. »Geht direkt hinter uns, mein lieber Farminster. Ich würde in Bälde gerne einmal wieder mit Euch über einige die Landwirtschaft betreffende Themen sprechen. Ihr seid doch bis zum Frühling in London?«

»Ja, Eure Majestät.«

Im direkten Gefolge des Königspaares kehrten Aurora und Valerian in den Ballsaal zurück. Hinter ihnen ging der Graf von Bute zusammen mit Lord Trahern, der sich vor Entzücken über seinen vorübergehend erhobenen gesellschaftlichen Rang kaum halten konnte.

Die Musiker fingen an zu spielen, und der König führte die Königin auf die Tanzfläche und bedeutete dem Herzog, es ihm mit Aurora gleichzutun. Als das Menuett begann, gesellten sich auch die anderen Gäste zu ihnen. Der König tanzte den zweiten Tanz mit Aurora, während Valerian die Königin führte. »Euer Erfolg in der feinen Gesellschaft ist nun sicher«, sagte Lord Trahern später am Abend zu Aurora, als er sie zum Büfett begleitete, um sich ein Glas Champagner zu holen. »Während sie sich auf dem Land das Maul über Euch zerreißen, seid Ihr hier in London ein wahrer Erfolg, *mon ange.*«

»Und was genau, bedeutet es, *Erfolg* in London zu haben, Trahern? Schließlich kann man nicht die ganze Zeit an Bällen teilnehmen.«

»Du lieber Himmel, selbstverständlich nicht! Es gibt Teepartys und Pferderennen, Picknicks und Bootsfahrten,

Glücksspiel für die Herren und Kartenspiele für die Damen, und natürlich besucht man einander und hinterlässt seine Karte. Ihr habt doch Karten, meine Liebe?«

»Was denn für Karten?«, fragte Aurora verwundert.

»Ihr habt keine Visitenkarten?« Lord Trahern konnte es kaum glauben. »Oh, meine Liebe, das geht aber nicht! Ich komme morgen sofort bei Euch vorbei, und dann gehen wir zu Mr. Doves Laden. Er ist der beste Visitenkartendrucker Londons. Ach, was sage ich! Ganz Englands. Ihr müsst Euch unbedingt Karten von ihm anfertigen lassen, wenn Ihr Besuche machen wollt, *mon ange.«*

Aurora nippte an ihrem Champagner. »Wen soll ich denn in London besuchen? Ich kann mich doch nicht einfach so bei Leuten einladen, die ich gar nicht kenne, Trahern?«

»*Mon ange,* nach heute Abend werden sich die Leute darum reißen, Euch kennen zu lernen. Habe ich nicht gleich gesagt, dass Ihr ein Erfolg werdet? Ihr seid nicht nur eine der schönsten Frauen hier, sondern auch ganz erlesen gekleidet. Außerdem seid Ihr und Euer Gatte von Ihren Majestäten begrüßt worden, und Ihr habt mit dem König getanzt und Euer Gatte mit der Königin.

Für ein herzögliches Ehepaar vom Land ist das einfach herausragend. Deshalb werden alle ganz begierig sein, Euch kennen zu lernen, besonders in Anbetracht Eurer einzigartigen Vergangenheit.«

Trahern leerte in einem Zug sein Glas und fuhr fort: »Nachdem man Euch einen Besuch abgestattet hat, erwidert Ihr ihn und lasst Eure Karte da, um für alle sichtbar zu machen, dass Ihr in diesem Haus zu Gast gewesen seid.«

Aurora nahm sich noch eine zweite Champagnerflöte von einem Tablett, das ein Bediensteter herumreichte. Sie liebte dieses Getränk. »Warum muss ich meine Visitenkarte dalassen, wenn ich die Leute ohnehin besuche? Werden Sie mich denn nicht empfangen, Trahern?«

»Die meisten bestimmt, sobald sie Eure Karte gesehen haben. Aber andere sind vielleicht gerade nicht in der Stimmung, Gäste zu empfangen oder selbst dabei, Besuche abzustatten«, erklärte er. »Auch Ihr dürft nicht zu begierig erscheinen, das Wohlwollen der feinen Gesellschaft zu erlangen. Am besten sage ich Euch, *mon ange,* wen Ihr sofort empfangen solltet und wen nicht.«

»Wenn ich ehrlich sein soll, Trahern, ist mir das völlig egal. Wir sind nur den Winter über hier, und das auch nur, weil wir nicht auf Hawkes Hill bleiben konnten. Ich bezweifle stark, dass wir noch ein zweites Mal nach London kommen werden.«

»Wie dem auch sei. Solange Ihr hier seid, solltet Ihr Euch mit den Leuten treffen, auf die es ankommt. Denkt immer daran, dass Ihr eines Tages die richtige Verbindung für Euren Sohn finden wollt.«

»Aber ich habe doch gar kein Kind«, entgegnete Aurora lachend.

»Das kommt schon noch.«

Als sie an diesem Abend im Bett lagen, erzählte Aurora ihrem Gatten von der Unterhaltung mit Trahern, und Valerian lachte.

»Trahern ist ein Narr«, sagte er dann. »Beabsichtigst du etwa, auch weiterhin Umgang mit ihm zu pflegen?« Er nahm eine ihrer goldbraunen Locken und küsste sie.

»Er ist nicht so töricht, wie man zunächst meinen möchte, und er unterhält mich. Natürlich nicht so, wie ihm das bei Cally gelungen ist. Sie war beeindruckt von ihm. Das bin ich nicht. Aber immerhin können wir nicht mutterseelenallein in Farminster House herumsitzen, bis es Frühling wird, Valerian. Du bist bei Boodles aufgenommen worden und hast die Möglichkeit, in den Club zu entfliehen, wenn es die hier zu langweilig wird. Solch ein Luxus ist mir nicht vergönnt, und deshalb muss ich auf Charles Trahern zurückgreifen, damit er mich unterhält.«

»Ich werde dir die Zeit schon vertreiben, mein Liebling«, flüsterte Valerian nun verführerisch und knabberte an ihrem Ohrläppchen, bevor er eine Hand in ihren Nachthemdausschnitt schob und eine ihrer kleinen festen Brüste zu streicheln begann.

»Jetzt sei doch einmal ernst, Valerian!«

»Warum denn?« Nachdem er das Vorderteil des Nachthemds ganz zur Seite geklappt hatte, umschloss er mit den Lippen Auroras aufgerichtete Brustwarze und begann, daran zu saugen.

Seufzend streichelte Aurora Valerians Nacken. »Weil …«, setzte sie an, aber seine wachsende Erregung lenkte sie ab.

Er wollte ihr das Nachthemd über die Hüften schieben, doch sie hielt ihn zurück und zog es sich stattdessen aus. Daraufhin half sie ihm, sein Nachtgewand ebenfalls abzulegen. »Besser«, stöhnte er und nahm sie in die Arme. »Viel, viel besser.«

»Hm«, stimmte sie ihm zu. Sie spürte seine Haut gerne an ihrer. Er fühlte sich so warm und muskulös an und begann jetzt, ihren Hals und ihre Schultern zu küssen, ließ aber ihre Brüste aus. Er war ganz zärtlich, und die Berührung seiner Lippen auf ihrer zarten Haut erregte sie. Kein Wunder, dass es einer Frau nicht langweilig wurde, mit ihrem Mann zu schlafen. Zwar gab es nur noch wenige Überraschungen, wenn ein Ehepaar erst einmal einige Zeit das Bett geteilt hatte. Doch Aurora genoss Valerians Zuneigungsbekundungen wie am ersten Tag. Und nicht nur das, sie verzehrte sich regelrecht nach ihm.

Ihre Finger strichen über seinen Nacken, glitten dann über die Schultern und an seinem Rücken hinunter. *Er ist so schön,* dachte sie dabei. Sie konnte seine Muskeln fühlen, die sich wellenartig unter ihren Handflächen bewegten. Er barg den Kopf an ihrer Schulter, und sie begann, seinen Po zu streicheln, wobei sie mit den Fingerspitzen über den Ansatz seiner Männlichkeit strich. Er stöhnte lustvoll, und sie erschauerte in freudiger Erwartung des Bevorstehenden.

»Kleine Hexe«, raunte er ihr nun ins Ohr. »Ich lasse dich erst mit mir machen, was du gerne tun würdest, nachdem ich mit dir machen durfte, was ich gerne tun würde.« Er schlängelte sich ein wenig nach unten, barg das Gesicht zwischen ihren Brüsten und atmete ihren Duft ein. Dann begann er, an ihrem samtweichen Körper zu lecken; zuerst an ihren beiden Brüsten, dann an ihrem Bauch. Schließlich bewegte er sich weiter nach unten, bis ihre Erregung so groß war, dass sie dachte, das Gefühl würde sie zerreißen. Ihre Brüste fühlten sich ganz geschwollen an, und ihre Nippel kribbelten vor süßer Erregung, während sie selbst sich mittlerweile so sehr nach der Vereinigung sehnte, dass es beinahe wehtat.

»Bitte, nimm mich!«, flüsterte sie und atmete in ganz kurzen Abständen.

Als Valerians Gesicht über ihren mit goldbraunen Löckchen besetzten Venushügel fuhr, stöhnte sie wollüstig auf, und ihr Flehen wurde immer drängender. »Bitte, bitte!«, winselte sie nun beinahe, »nimm mich!«

Langsam fuhr Valerian mit der Zunge ihre Weiblichkeit nach. Er lächelte, als er bemerkte, dass der Eingang zu ihrer korallroten Liebesgrotte bereits mit einer cremigen Flüssigkeit überzogen war. Aurora atmete jetzt nur noch ganz abgehackt. Ihr Lustpunkt schien unter seinem lüsternen Blick zu pulsieren.

Valerian glitt zwischen ihre Schenkel, winkelte Auroras Beine an und legte sie sich über die Schultern. Dann spreizte er erneut ihre Schamlippen und berührte mit der Zunge ganz sanft Auroras pulsierende Weiblichkeit. Sie stöhnte begehrlich auf und wünschte sich viel mehr, als er ihr im Augenblick zu geben bereit war.

Er hob den Kopf und sagte leise: »Du bist so durch und durch lasterhaft, meine Teuerste, dass ich fürchte, dich eines Tages nicht mehr befriedigen zu können.«

»Niemals!«, stieß sie nun hervor und fügte dann hinzu: »Um Himmels willen, Valerian, hör jetzt nicht auf!«

Erneut beugte er den Kopf über Auroras Scham und atmete ihren herrlich weiblichen Duft ein, der seine Lust ins Unermessliche steigerte. Wild bewegte Valerian daraufhin die Zunge hin und her, bis Aurora vor Lust beinahe zu weinen begann. Ihre Sehnsucht nach Befriedigung war nun so groß, dass Valerian beschloss, sie in eine neue Liebesstellung einzuweihen. Er drehte sich so um die eigene Achse, dass sein Kopf auch weiterhin zwischen ihren Schenkeln lag. Dadurch bot er ihr die Möglichkeit, ihn an der gleichen Stelle zu liebkosen wie er sie. Entzückt stellte er fest, dass er sie nicht erst dazu anhalten musste. Sie verleckte seinen Lustspender mit der Begeisterung einer Verhungernden. Dann nahm sie ihn in den Mund und fing an, ihn mit Zunge und Zähnen zu bearbeiten.

Vor Erregung wäre Valerian beinahe sofort gekommen. Aber es gelang ihm, sich zu zügeln, und er begann stattdessen, Auroras feuchte Scham mit der Zunge zu liebkosen. Dabei schob er sie mehrmals in ihren heißen Liebestunnel und zog sie wieder heraus. Dann nahm er ihren kleinen Lustpunkt zwischen die Lippen und saugte so lange daran, bis Aurora vor Erregung schrie und nur noch fester an ihm lutschte, während ihren Körper ein Beben nach dem anderen überlief.

»Gib mich frei«, brachte er gerade noch heraus. Als sie dieser Bitte zögerlich nachgekommen war, drehte er sich wieder um und brachte sich mehrmals so tief in ihren orgiastisch zuckenden Körper ein, dass auch er sich nicht länger zurückhalten konnte. Seine Säfte flossen so üppig, dass sie ihren Leib fluteten und wieder herausliefen und das Laken tränkten, obwohl er noch in ihr war. Sie erbebte in seiner Umarmung, bis sie beide schließlich ganz erschöpft waren.

Dann legte sich Valerian neben sie und nahm ihre Hand in seine, die er gleich darauf an die Lippen führte und leidenschaftlich küsste. »Du bist ganz, ganz wunderbar«, sagte er dann.

Aurora drehte seine Hand um, hob sie ihrerseits an die Lippen und erwiderte den Kuss. Sie war immer noch sprachlos. Erst eine Weile später flüsterte sie leise: »Das war herrlich! Nie hätte ich mir träumen lassen, dass so etwas möglich ist. Können wir es noch einmal machen? Was hältst du noch vor mir verborgen, Geliebter?«

Er lachte erschöpft. »Ich sehe schon, es wird furchtbar schwierig werden, dich auch in Zukunft zufrieden zu stellen, meine Liebste. Aber ich werde es genießen, deinem lasterhaften Wesen entgegenzukommen. Hauptsache, du gestattest keinem anderen Mann derartige Freiheiten.«

»*Du* bist doch mein Ehemann, Valerian! Ich würde dich niemals betrügen! Derartiges darfst du nicht einmal denken. Aber das ist nicht das erste Mal, dass du mir gegenüber so eine Andeutung gemacht hast. Warum tust du das? Glaubst du mir nicht, dass ich dich liebe?«

Sie wandte sich ihm ein wenig mehr zu und nahm ihn in die Arme. Dabei kam sein dunkler Schopf auf ihren Brüsten zu liegen. »Von Männern wird erwartet, dass sie aufrecht und tapfer sind. Es ist ihnen nicht gestattet, Schmerz zu zeigen. Und doch war deine Ehe mit meiner Schwester nicht nur für sie schmerzhaft, sondern auch für dich, stimmt es nicht, Valerian? Ich glaube, du hattest Angst davor, Cally könnte dich eines Tages trotz ihrer Gefühlskälte mit einem Geliebten betrügen, weil es eben so Mode ist. Du weißt genauso gut wie ich, dass meine Schwester alles dafür getan hätte, um in der feinen Gesellschaft als modern zu erscheinen; selbst wenn das bedeutet hätte, etwas tun zu müssen, das sie verabscheute.

Aber ich bin nicht meine Schwester, Valerian. Ich habe dich anfänglich nur aus Angst vor dem Unbekannten abgelehnt, sowohl was dich als auch was England betraf. Mittlerweile lehne ich nichts mehr davon ab, weil ich dich lieben gelernt habe, so wie du mich liebst. Deutlicher kann ich es nicht ausdrücken, mein Geliebter. Aber, ob du mir nun glaubst oder nicht, unterstell mir nie wieder, dass ich dich mit einem anderen Mann betrügen könnte! Und dann auch noch nach einer so schönen Stunde wie der, die wir soeben gemeinsam verbracht haben.«

Er hob den Kopf und sah ihr tief in die Augen. »Ich entschuldige mich«, sagte er dann leise. »Ich fürchte, ich bin ein Narr, angetrieben von meiner Liebe zu dir.«

»So wie ich mich einst von meinen Ängsten leiten ließ«, entgegnete sie. »Lass uns beide damit aufhören, uns töricht zu benehmen, mein geliebter Gemahl.«

Er nickte, den Kopf an ihrem Busen, und dann spürte sie, wie er in den Schlaf sank. Aurora lächelte. Vor zwei Jahren hätte sie ein solches Glück nicht einmal für möglich gehalten. Wenn es nur nicht einen so hohen Preis gefordert hätte. Zärtlich strich sie Valerian übers dunkle Haar, und er murmelte etwas im Schlaf. Dann schloss sie die Augen und war bald selbst in Morpheus Armen.

Am nächsten Morgen erschien Trahern wie versprochen, um Aurora zu Mr. Doves Laden zu begleiten, damit sie sich Visitenkarten machen lassen konnte. Sie hatte zuvor mit ihrem Gatten gefrühstückt, der daraufhin zu einem Ritt durch den Park aufgebrochen war. Seine Einladung, ihn zu begleiten, hatte sie ausschlagen müssen, da sie wusste, dass Charles Trahern gekränkt wäre, wenn sie ihn versetzte.

Das elegante kleine Geschäft war eine wahre Fundgrube für Aurora. Unter Lord Traherns wachsamem Auge bestellte sie Visitenkarten aus elfenbeinfarbenem Velin – einem besonders feinen Pergamentpapier. Ihr Titel *Herzogin von Farminster* und das herzögliche Wappen sollten darauf gedruckt werden. Begeistert ließ sie auch noch Visitenkarten für Valerian und Briefbögen mit ihrem Monogramm hinzufügen und bat Mr. Dove, ihre Bestellung so bald wie möglich nach Farminster House zu liefern.

»Noch innerhalb dieser Woche, Euer Gnaden«, sagte Mr. Dove und verneigte sich tief.

»Das will ich aber auch hoffen!«, warf Trahern ein. »Die Herzogin kann ohne ihre Karten keine Besuche machen und lebt zu weit von London entfernt, um jemanden ihre anderen Karten holen zu lassen.«

»Ja«, sagte nun Aurora, »meine törichte zweite Zofe hat vergessen, die Schreibutensilien einzupacken.«

Und Trahern ergänzte: »Ein Mädchen vom Land eben, fleißig, aber nicht besonders helle.« Er tippte sich mit dem Finger an die Hutkrempe.

»Bis morgen früh habe ich wenigstens drei Dutzend Karten für Eure Ladyschaft fertig«, antwortete Mr. Dove daraufhin lächelnd. »Ihr müsst schließlich mitten in der Saison für Eure Freunde verfügbar sein, Euer Gnaden, nicht wahr? Und ohne Karten wäre das doch völlig undenkbar.« Wieder verneigte er sich.

Aurora nickte huldvoll, hakte sich bei Trahern unter und verließ den Laden. »Danke, Trahern«, sagte sie dann augenzwinkernd.

»Ihr habt recht schnell gemerkt, worauf ich hinauswollte, *mon ange*«, entgegnete er und dachte, dass Aurora zwar ganz hübsch war, aber nicht an Calandras Schönheit – mit ihrem hellen Teint und dem schwarzen Haar – heranreichte. Die kühle und elegante Calandra, an die er so große Hoffnungen geknüpft und die ihre Geldbörse immer so großzügig für ihn geöffnet hatte. Nicht nur, wenn ihm wieder einmal die Visitenkarten ausgegangen waren – was eigentlich fast immer der Fall war.

Ob Valerian Hawkesworth wirklich alles getan hatte, um ihr Leben zu retten, oder war ihm da sein Begehren für Aurora in die Quere gekommen? Besonders, nachdem er erfahren hatte, dass es sich bei ihr um die wahre Erbin von St. Timothy handelte. Bei Calandras Niederkunft sei ein Arzt zugegen gewesen, hatte man ihm erzählt. Und trotzdem war sie gestorben? Das kam ihm doch alles recht merkwürdig vor. Er war sich ziemlich sicher, dass Calandra nicht hätte sterben müssen.

»Trahern, Ihr seid mit Euren Gedanken ja ganz woanders«, sagte Aurora nun.

Sich an seine guten Manieren erinnernd, half er ihr in die Kutsche. »Ich habe nur überlegt, ob Ihr auch nicht zu viele Visitenkarten und Briefbögen bestellt habt, aber ich denke nicht. Schließlich bleibt Ihr ja noch eine Weile in London. Auch wenn Ihr schon viel zu bald zu den ländlichen Freuden zurückkehren werdet, *mon ange,* die ein Hawkes Hill zu bieten hat, nicht wahr? Ihr und Euer Bauernherzog! Obwohl ich zugeben muss, dass Euer Gatte kein schlechter Kerl ist.«

»Freut mich, dass Ihr Gefallen an ihm gefunden habt, Lord Trahern«, sagte Aurora und fügte neckend hinzu: »Ich muss unbedingt daran denken, ihm zu erzählen, wie Ihr ihn heimlich nennt. Und was meine Briefbögen angeht, die kann ich auch auf dem Land verwenden. Ich denke, von nun an werde ich sämtliches Briefpapier und andere Druckerzeugnisse bei Mr. Dove bestellen. Immerhin habt Ihr mich davon überzeugt, dass er die besten Schreibwaren in ganz London führt.«

»Das lässt doch hoffen!«, antwortete Lord Trahern lachend. »Ich glaube, Ihr werdet eine ganz viel versprechende Dame der Gesellschaft werden, *mon ange.*«

»Aber jetzt bringt mich bitte nach Hause, Trahern. Valerian ist inzwischen gewiss von seinem Ritt durch den Park zurückgekehrt und wird sich fragen, warum ein kleiner Ausflug in einen Schreibwarenladen so viel Zeit in Anspruch nimmt. Er ist ziemlich eifersüchtig, wisst Ihr?«

»Dann werde ich ihn zum Lunch in den Club bitten und ihm versichern, dass ich Euch betrachte, als wäre ich Euer lieber Bruder George. Hat er übrigens eine Gattin gefunden?«

»Allerdings«, sagte Aurora und erzählte Lord Trahern

die Einzelheiten, während sie durch die Londoner Straßen fuhren.

»Eine Pfarrerstochter!«, rief Trahern lachend. »Und auch noch mit guter Abstammung. Nun, ich nehme einmal an, dass sie, vom Lande kommend, besser auf eine Plantage auf den Westindischen Inseln passt als eines dieser Stadtfräuleins, die George in der vergangenen Saison nachgelaufen sind.«

»Betsy wird meinem Bruder eine wundervolle Frau sein«, antwortete Aurora. Doch dann fiel ihr ein: »Was tue ich denn, während Ihr mir Valerian ins Boodles entführt? Und bestimmt bleibt es nicht nur beim Mittagessen. Wie ich Euch kenne, spielt Ihr danach noch stundenlang Karten.«

»Aber, *mon ange,* so habt Ihr Zeit genug, Euch für die Festivitäten des heutigen Abends schön zu machen! Die Herzogin von Devonshire gibt einen großen Ball, und ich weiß, dass man Euch ebenfalls eingeladen hat. Ihr müsst mir einen Tanz versprechen. Wir werden viel Spaß haben! Und morgen Nachmittag findet im Tattersall's im Hyde Park eine großartige Pferdeauktion statt. Natürlich gehen wir drei dort zusammen hin. Ich bin sicher, dass Euer Gatte sehr interessiert sein wird.«

»Das hört sich alles ziemlich aufregend an, Trahern. Und ich dachte schon, ich müsste mir eine Gesellschafterin zulegen. Doch mit Euch an meiner Seite, wird das wohl nicht nötig sein«, neckte Aurora ihn lachend. »Aber wann ruht sich die feine Gesellschaft denn einmal von ihren Aktivitäten aus?«

»*Ausruhen?* Dazu hat man noch Zeit genug, wenn man alt ist oder im Grab liegt. Und wir sind doch alle noch jung und sollten das Leben genießen!«

Die herzögliche Kutsche erreichte Farminster House und ein Bediensteter eilte herbei, um Aurora aus dem Gefährt zu helfen. Trahern sprang hinter ihr heraus und folgte ihr ins Haus.

»Ist der Herzog schon von seinem Ausritt zurückgekehrt?«, fragte Aurora den Butler, als er ihr den pelzbesetzten Umhang abnahm.

»Er ist in der Bibliothek, Milady. Soll ich ihm sagen, dass Ihr wieder zu Hause seid?«

»Nein, das mache ich selbst«, entgegnete Aurora. »Bitte führen Sie Lord Trahern ins Frühstückszimmer, Manners.« Sie eilte auf die Bibliothek zu.

Nachdem sie eingetreten war und die Tür hinter sich zugezogen hatte, verkündete sie ihrem Gatten seufzend: »Charles Trahern ist unheimlich anstrengend. Nun seid Ihr an der Reihe, ihn bei Laune zu halten. Er will Euch zum Lunch ins Boodles mitnehmen.«

»Gütiger Gott!«, rief der Herzog. »Ich weiß schon, wie das endet. Ich werde schließlich die Zeche bezahlen, und nicht Trahern.«

»Morgen Nachmittag hat er uns zu Tattersall's auf eine Pferdeauktion eingeladen. Ich freue mich schon darauf. Ich war noch nie bei einer Auktion.«

»Habt Ihr bemerkt, dass er einen förmlich aussaugt? Ich könnte wetten, seine Begeisterung für Calandra lag zur Hälfte daran, dass sie ihm immer Geld zusteckte. Ich fand es ohnehin merkwürdig, dass sie ständig mehr brauchte. Es ist ihr nie gelungen, mit dem auszukommen, was ich ihr monatlich zukommen ließ. Und ich war dabei äußerst großzügig.«

»Aber, mein Liebling«, sagte Aurora, »wir sind doch reich genug, und es ist ziemlich offensichtlich, dass es dem armen Trahern nicht so gut geht. Außerdem ist er amüsant, und wir kennen doch nur so wenige Leute in London.«

Lächelnd ging der Herzog zu seiner Gattin hinüber und küsste sie sacht auf den Mund. »Ihr habt ein gutes Herz, und um Euch einen Gefallen zu tun, werde ich Trahern ins Boodles begleiten. Aber ich warne Euch, danach verstrickt er mich bestimmt ins Kartenspielen. Nur Gott weiß, wann ich in Eure liebenden Armen zurückkehren kann.«

»Hauptsache noch rechtzeitig, um Euch für den Ball der Herzogin von Devonshire umzukleiden«, erinnerte sie ihn lachend an den anstehenden gesellschaftlichen Termin. »Aber Trahern wird Euch schon rechtzeitig nach Hause schicken. Er geht auch auf den Ball. Und wenn Ihr ganz brav seid, beenden wir den Abend so wie gestern Nacht.«

Valerian Hawkesworth stöhnte. »Ich gebe mich geschlagen.«

Ihre türkisfarbenen Augen strahlten, während sie sich mit der rosa Zunge die Lippen leckte.

»Wir könnten doch auch den Nachmittag so verbringen, und Trahern allein ins Boodles schicken.«

Die Versuchung war groß, aber Aurora lehnte ab. »Danach wäre ich viel zu erschöpft, um noch am Ball der Herzogin teilzunehmen, mein Liebling.«

»Wollt Ihr wirklich dahin?« Seine Augen waren vor Lust ganz dunkel geworden.

»Ja!«, sagte Aurora und lachte wieder »Ich lasse mich von Euch nicht zur Einsiedelei zwingen, Valerian. Bevor unsere älteste Tochter in die Gesellschaft eingeführt wird, sehe ich keine Veranlassung, noch einmal herzukommen, und wir sollten die Zeit hier nutzen. Ich mag die Stadt auch nicht, doch ich will wenigstens all die wunderbaren Vergnügungen auskosten, die sie zu bieten hat, bevor wir nach Hawkes Hill zurückkehren.«

»Wenn wir den Nachmittag so verbringen würden, wie es mir vorschwebt«, versuchte es Valerian noch einmal, »könnten wir diese Tochter schon bald haben.«

»Zuerst brauchen wir einen Sohn«, entgegnete Aurora. »Und nun geht zu Trahern. Er ist im Frühstückszimmer und wartet schon sehnsüchtig auf Euch.«

»Das bezweifle ich nicht.« Der Herzog nahm sie in die Arme und barg das Gesicht in ihrem Haar. »Seid Ihr sicher, dass ich Eure Meinung nicht ändern kann, meine teuerste Aurora?«

»Nein, das bin ich nicht, deshalb müsst Ihr mich auch

sofort allein lassen«, antwortete sie lächelnd. »Ich weiß nicht, ob Trahern akzeptieren würde, dass Ihr lieber ein Schäferstündchen mit Eurer Gattin haltet, als mit ihm ins Boodles zu gehen. Wir haben doch schon einmal einen Skandal heraufbeschworen?«

Der Herzog lachte und drückte Aurora einen Kuss aufs Haar. »Nun gut, meine Liebe, um unseres guten Rufes willen werde ich mit Charles Trahern ins Boodles gehen. Aber ich würde wirklich lieber zu Hause bleiben und meine Frau beglücken!«

Lächelnd schob sie ihn zur Tür. »Und lasst ihn auch ein bisschen beim Kartenspiel gewinnen, Valerian! Ich glaube, in seiner Brieftasche herrscht im Augenblick ziemliche Leere.«

Grinsend wandte sich Valerian noch einmal zu ihr um. »Natürlich, mein Schatz. Ich halte Trahern für einen guten Schauspieler, aber dass es um seine Finanzen schlecht bestellt ist, habe ich längst bemerkt.« Er warf ihr noch eine Kusshand zu und verließ die Bibliothek.

3. Kapitel

»Ich verstehe überhaupt nicht, warum die Königin so viel Zeit mit der Herzogin von Farminster verbringt«, erklärte Lady Jarvis indigniert.

»Vielleicht, weil sie beide jung und frisch verheiratet sind«, gab die Herzogin von Hamilton zu bedenken. »Es ist nur natürlich, dass die Königin die Gesellschaft einer Gleichaltrigen sucht, und Aurora Hawkesworth ist nur ein Jahr älter als Ihre Majestät.«

»Aber sie ist eine von den Kolonien!«, entgegnete Lady Jarvis verächtlich.

»Wohl wahr, dass Ihre Wiege nicht in England stand«, antwortete die Herzogin daraufhin, »aber das tat die der Königin auch nicht. Sie müssen sich beide erst einmal an ihre neue Heimat gewöhnen. Lady Hawkesworths Gesellschaft hilft der Majestät, sich hier einzuleben, und jetzt, da sie ein Kind erwartet, wollen wir doch alle, dass sie besonders glücklich und zufrieden ist, nicht wahr? Es besteht auch kein Grund zur Eifersucht, Estella. Lady Hawkesworth wird schon bald wieder abreisen und auf absehbare Zeit nicht nach London zurückkehren. Sie sagt selbst, dass sie viel lieber auf dem Land lebt und es ihr bei Hofe eigentlich auch nicht richtig gefällt.«

»Nun, bei Hofe ist es ja auch viel langweiliger als unter dem alten König«, sagte Lady Jarvis. »Dieses ständige Gerede von Moral kann einem ganz schön auf die Nerven gehen, und die starke Betonung der Familie, die der König fördert, ist geradezu erstaunlich; besonders, wenn man seine Herkunft bedenkt. König George I. hatte sich unablässig mit seinem Sohn, dem späteren George II. in den Haaren; und dieser hinwiederum ließ auch kein gutes Haar an seinem ältesten Sohn, den wir immer den *Armen Fred* nannten.

Beide Georges taten sich mit ihren deutschen Mätressen groß. Aber, bei Gott, damals hat das Leben am Hof noch Spaß gemacht! Ich frage mich, ob der *Arme Fred* sich als König auch seine Damen gehalten hätte. Doch leider ist er ja verstorben, als sein eigener Sohn erst dreizehn Jahre alt war. Nun ist dieser Junge unser König und zu einem erwachsenen Mann geworden, der behauptet, dass die Familie und das Land alles seien, was ein guter Engländer braucht, um glücklich zu sein. Gütiger Gott! Wie kann ein König denn so etwas sagen?«

»Was habt Ihr da gerade über Eure Majestät verlauten lassen?«, fragte die junge Königin mit ihrem deutschen Akzent, die sehr wohl mitbekommen hatte, dass von ihrem Gatten die Rede war.

»Ich sagte, dass Ihre Majestät, der König, der Meinung sei, dass die Familie und das Land alles sind, was man zum Glück braucht, Eure Majestät«, antwortete Lady Jarvis rasch.

»Dem ist ja auch so«, entgegnete die Königin lächelnd und wandte sich an die neben ihr sitzende Aurora. »Ihr habt ein solches Glück, auf dem Land zu leben, Lady Hawkesworth. Ich liebe unser kleines Haus in Kew, aber man sagt, es sei nicht majestätisch genug. Der König beabsichtigt, Buckingham House in St. James's für uns zu kaufen, weil es Beschwerden gegeben hat, dass unser geliebtes Dutch House in Kew zu einfach sei.« Sie senkte die Stimme. »Ich mag so große Häuser nicht. Darin kann man es sich nie richtig gemütlich machen, und es gibt viel zu viele neugierige Blicke. Habt Ihr auch einen so großen Herrensitz, Lady Hawkesworth?«

»Hawkes Hill ist ein sehr geräumiges Zuhause, Eure Majestät, und liegt wunderhübsch in seinem eigenen Park mit angrenzenden Waldgebieten. Aber ich finde nicht, dass es palastartige Ausmaße hat, obwohl es viel größer ist als mein Zuhause auf St. Timothy.«

»Vermisst Ihr St. Timothy?«, wollte die Königin wissen.

»Meine Familie und das sonnige, warme Wetter fehlen mir«, sagte Aurora nachdenklich, »aber nun ist mein Zuhause da, wo sich Valerian aufhält.«

Die Königin nickte und fragte dann schüchtern: »Liebt Ihr ihn?«

»Ja«, antwortete Aurora ohne Umschweife.

»Gut! Das ist sehr gut. Ich habe meinen George auch lieben gelernt. Er ist ein feiner Mann, aber natürlich kennt ihn keiner so gut wie ich, weil er der König ist.« Sie seufzte. »Es ist nicht einfach, König zu sein. Jeder verlangt Eure Aufmerksamkeit, will einen Gefallen von Euch und vor allem, dass Ihr die Dinge so entscheidet, wie er es gerne hätte.« Ihre blauen Augen blitzten. Dann fuhr sie sich sacht über den Bauch. »Mein armer kleiner Liebling hier drin wird kein leichtes Leben haben. Wollt Ihr auch ...«, sie suchte nach dem passenden englischen Wort, »... Kinder?«

»Vielleicht erwarte ich bereits eines, Eure Majestät«, vertraute ihr Aurora an. »Ich bin mir noch nicht sicher, weil ich mich an niemanden wenden kann, der mir sagt, ob die Veränderungen, die mit mir vor sich gehen, auf eine Schwangerschaft zurückzuführen sind. Martha, meine Zofe, wüsste es vielleicht, aber sie kann nichts für sich behalten. Ich könnte auch die Großmutter meines Gatten fragen, doch sie ist auf Hawkes Hill.«

»Wurde Eure Verbindung mit dem Mond unterbrochen?«, fragte die Königin daraufhin in Flüsterlautstärke.

»Ja.«

»Fühlen sich Eure Brüste voller an als sonst? Und sind Eure Brustwarzen wund?«

»Ja.«

»Empfindet Ihr eine Abneigung gegen gewisse Speisen, wohingegen Euch bei anderen mehr als sonst das Wasser im Munde zusammenläuft?«

Aurora nickte. »Ja, dem ist so!«

»Dann erwartet Ihr höchstwahrscheinlich ein Kind. Soll

ich veranlassen, dass der Leibarzt des Königs Euch untersucht?«

»Das wäre zu gütig, Eure Majestät«, sagte Aurora. »Wir werden nicht vor dem ersten Mai nach Hause zurückkehren, und es wäre mir lieber, jetzt schon Gewissheit zu haben.«

»Ich werde eine Untersuchung für Euch arrangieren«, sagte die Königin. Dann kicherte sie. »Findet Ihr nicht auch, dass Lady Jarvis aussieht wie ihr Cockerspaniel?«

»Ja«, pflichtete Aurora ihr bei, und die beiden jungen Frauen konnten sich vor Lachen kaum halten.

»Was für törichte Geschöpfe«, raunte Lady Jarvis den anderen Hofdamen zu. »Ich hoffe, dass die Königin mit dem Alter auch ein wenig vornehmer wird. Junge Mädchen sind einfach unmöglich.«

»Ich finde die Königin und Lady Hawkesworth sehr charmant«, sagte die Herzogin von Hamilton. »Ihre gute Laune ist ansteckend, und wenn wir ihnen Gesellschaft leisten, hält uns das alle jünger!«

Die Türen zum Salon der Königin wurden geöffnet und der König trat mit Valerian Hawkesworth an seiner Seite ein. Nachdem sich die beiden vor den Damen verneigt hatten, sagte der König zu seiner Gattin: »Lotte, Hawkesworth hat mir äußerst interessante Dinge von seinen Mühlen erzählt. Von der Wolle, die er zum größten Teil mit eigenen Schafherden produziert, weben die Dorfbewohner nach seinen Anweisungen ihre eigenen Stoffe. Dann verkauft er den Stoff und beteiligt die Leute am Gewinn!«

»Warum behaltet Ihr nicht den ganzen Gewinn für Euch, Lord Hawkesworth?«, fragte die Königin neugierig.

»Weil sich die Leute mehr anstrengen, wenn ich sie am Profit, den ihre Arbeit einbringt, beteilige. Dadurch hat der Stoff eine bessere Qualität, und ich kann ihn teurer verkaufen, Eure Majestät«, erklärte der Herzog. »Das zusätzliche Einkommen ermöglicht ihnen ein besseres Leben. Ich habe sogar einigen der Familien gestattet, Geld zur Seite zu legen, um sich ihr Cottage eines Tages zu kaufen. Obgleich ich selbstverständlich das Land behalte, auf dem es steht.

Der Verkauf, hinwiederum, erspart mir, die Behausung in Schuss zu halten. Natürlich bestehe ich darauf, dass ein bestimmter Zustand des Cottages erhalten werden muss. Es wird Geld von denen einbehalten, die ihre Reparaturen nicht selbst durchführen und ihr Cottage nicht regelmäßig kalken.«

»Mir scheint«, sagte die Königin nun, »Ihr seid ein gestrenger, aber fairer Herr. Das ist gut, nicht wahr, George?«

»Ja«, pflichtete ihr der König bei, bevor er Valerian fragte: »Leistet Ihr mir später beim Kricket Gesellschaft, Lord Hawkesworth? Ich interessiere mich brennend für Eure Aufzuchtmethoden das Vieh betreffend. Bute sagt, Eure Zuchtbullen seien herausragend und führten zu widerstandsfähigen Herden.«

Der Herzog verneigte sich. »Es wird mir ein Vergnügen sein, mein Wissen mit Eurer Majestät zu teilen.«

»Der Bauernkönig und der Bauernherzog«, zischte Lady Jarvis den anderen Hofdamen zu. »Was wird wohl bei einem solchen Regenten aus unserem Land?«

»Ich glaube, in England wird es sich viel besser leben lassen, wenn der König eines Tages von uns geht, als zu Zeiten, da er sein Zepter aufnahm«, entgegnete die Herzogin von Hamilton leise.

»Viehzucht und Weberei«, schnaubte Lady Jarvis verächtlich. »Wo soll das nur hinführen?«

Vor Aufregung vergaß sie, die Stimme zu senken, und der König antwortete streng: »Ihr habt doch auch gerne ein gutes Stück Rindfleisch auf dem Teller, Milady, und ohne Weber wäret Ihr so nackt wie ein Neugeborenes. Ich kann Gott nur für alles danken, was das Land für uns hervorbringt, und auch Ihr solltet ihm für die braven Bauern dankbar sein!«

In aller Öffentlichkeit zurechtgewiesen zu werden, war

besonders unangenehm. Entsprechend unbehaglich sah Lady Jarvis drein, besonders, da die Königin und die Herzogin von Farminster bei der Bemerkung des Königs bezüglich des Nacktseins, angefangen hatten zu kichern. Lady Jarvis lief verärgert rot an, war aber klug genug, ihre Zunge für den Augenblick im Zaum zu halten.

Da Aurora ihren Gatten mit der bevorstehenden Ankunft eines möglichen Erben überraschen wollte, sorgte die Königin dafür, dass Aurora im Dutch House vom königlichen Leibarzt untersucht wurde, als er auch bei ihr die wöchentliche Visite machte.

Er bestätigte Auroras Vermutung mit einem Lächeln. »Tatsächlich, Euer Gnaden, Ihr erwartet ein Kind. Nach den Informationen, die Ihr mir gegeben habt, und meiner Untersuchung zu urteilen, würde ich sagen, dass der Erbe im November – so etwa um St. Martin – das Licht der Welt erblickt. Ihr seid eine gesunde junge Frau und die Schwangerschaft sollte Euch keine Schwierigkeiten bereiten.«

»Können wir denn überhaupt verantworten, Ende April nach Herefordshire zurückzureisen?«, fragte Aurora. »Oder wäre es besser, die Heimreise sofort anzutreten?«

»Das ist ja nur ein Unterschied von wenigen Wochen, Euer Gnaden«, sagte der Arzt. »Ich sehe keinen Grund, warum Ihr Eure Pläne ändern solltet. Ich nehme einmal an, dass Ihr über eine gut gefederte, bequeme Kutsche verfügt. Und natürlich muss die Reise in kleinen Etappen erfolgen.«

»Darf ich reiten? Die Kutsche ist so beengend und in letzter Zeit wird mir bei bestimmten Bewegungen rasch übel.«

»Solange Ihr sehr vorsichtig seid, könnt Ihr ruhig ein, zwei Stunden am Tag zu Pferd verbringen! Ihr dürft aber auf keinen Fall springreiten oder galoppieren, Madam, und Euch nicht überanstrengen. Auch das Unwohlsein geht wieder vorbei, Euer Gnaden. Das verspreche ich Euch. Sobald Ihr zu Hause seid, müsst Ihr Euren Hausarzt über Euren Zustand in Kenntnis setzen. Ihr habt doch einen Arzt in Eurer Nähe?«

Aurora nickte. »Aber bitte sagt niemandem, dass ich ein Kind erwarte, Sir. Ich möchte meinen Gatten überraschen. Seine erste Frau, meine Stiefschwester, starb während der Geburt. Ich will lieber warten, bis wir wieder zu Hause sind, um ihm meinen Zustand mitzuteilen. Sonst macht er sich nur unnötig Sorgen, und ich bin ganz anders als Cally, das spüre ich. Ich werde viele Kinder haben!«

Der königliche Leibarzt lächelte. »Eine gute Einstellung und Freude im Herzen sind das Wichtigste, wenn eine Frau in anderen Umständen ist, Euer Gnaden. Meine Lippen sind versiegelt.« Er verneigte sich vor ihr und ging.

Gleich darauf kam die Königin ins Zimmer geeilt. »Und?«, fragte sie mit ihrem deutschen Akzent.

Aurora nickte und strahlte.

Auch Königin Charlotte lächelte. »Wann soll es kommen?«

»Im November«, sagte Aurora. »Nur Ihr und der Doktor wisst davon, Lotte, und er hat mir versprochen, es für sich zu behalten. Ich hoffe, das tut Ihr auch. Ich will Valerian erst davon erzählen, wenn wir wieder in Hawkes Hill sind, sonst macht er mich nur nervös und denkt die ganze Zeit daran, welche Schwierigkeiten Cally hatte.«

»Bei mir ist Euer Geheimnis gut aufgehoben«, sagte die Königin.

»Meine Schwester hasste es, schwanger zu sein. Aber ich freue mich darüber!« Überschwänglich umarmte Aurora die Königin und küsste sie auf beide Wangen.

Als Aurora an diesem Nachmittag nach Hause zurückkehrte, erwartete Trahern sie bereits. »Ich möchte Euch gerne zu einem ganz besonderen Ort bringen«, sagte er. »Werdet Ihr mir gestatten, Euch heute Abend auszuführen?«

»Was ist mit Valerian?«

»Ich habe schon mit ihm gesprochen«, sagte Trahern. »Er isst mit dem König zu Abend, der ihn noch ein bisschen mehr über verschiedene die Landwirtschaft betreffende Themen aushorchen will.« Er seufzte übertrieben laut. »Ich bin sehr erstaunt, dass der König sich dermaßen für solche Dinge interessiert. Ich kann mir gar nicht vorstellen, woher er diese Neigung haben soll. Er täte besser daran, sich ein wenig mehr für Themen zu interessieren, die mit seiner Regierung zu tun haben. Bute ermutigt ihn in seiner Ansicht, dass er Gott allein Rechenschaft für sein Tun schuldig sei, anstatt ihm zu raten, zwischen den Whigs und den Torys zu vermitteln, deren verschiedene Haltungen sich bald zu einem handfesten Streit auswachsen werden. Gottgegebenes Recht hin oder her, ohne die Politiker kann ein König heutzutage nicht mehr regieren.«

»Ich werde Valerian fragen, ob er etwas dagegen hat, wenn ich allein mit Euch ausgehe«, sagte Aurora.

»Das wird er nicht«, versicherte ihr Trahern. »Ich hole Euch um neun Uhr ab, *mon ange.* Zieht etwas Spektakuläres an.« Er küsste ihr die Hand und ging.

Nichtsdestotrotz fragte Aurora ihren Gatten, ob er etwas dagegen einzuwenden hätte, wenn Lord Trahern sie an diesem Abend ausführte. »Er hat nicht gesagt, wo wir hingehen, aber, dass ich mich für eine offizielle Gelegenheit anziehen sollte. Habt Ihr eine Idee, was er mit mir vorhaben könnte?«

»Heute Abend finden mehrere Bälle gleichzeitig statt«, sagte der Herzog beiläufig. »Geht nur und amüsiert Euch. Ich spreche lieber mit dem König über Ackerbau und Viehzucht, als noch einmal an einem so langweiligen Ereignis wie einem Ball teilzunehmen. Nur noch wenige Wochen, mein Liebling, und wir kehren nach Hawkes Hill zurück. Meine Großmutter schreibt, dass der Skandal um unsere Hochzeit zwar noch nicht ganz vergessen sei, man uns aber mittlerweile wieder willkommen heißen würde.«

»Gott sei Dank!«, rief Aurora. »Von der Königin einmal abgesehen, habe ich hier in London keine richtigen Freundschaften geschlossen. Mit den anderen Hofdamen scheine ich nicht besonders viel gemeinsam zu haben. Lotte und ich sind gleichaltrig und beide nicht in England geboren. Sie ist ähnlich wie ich in einer Familie aufgewachsen, wo man sie liebte und es weniger formell zuging.«

»Ihr sagt *Lotte* zur Königin?«, fragte Valerian überrascht.

»Nur wenn wir ganz allein sind«, entgegnete Aurora. »Wenn die anderen Damen das hören würden, wären sie noch wütender auf mich, als sie es ohnehin schon sind. Besonders diese säuerliche Lady Jarvis. Lotte hat es gerne, wenn es nicht so formell zugeht, und mit mir fühlt sie sich wahrscheinlich unbefangener als mit den anderen.«

»Man hat es bestimmt nicht leicht als Königin«, überlegte der Herzog nun laut. »Mit ihrem Gatten hat sie allerdings richtig Glück gehabt. Er scheint sie mittlerweile wirklich innig zu lieben, was bei einer arrangierten Ehe einem Wunder gleichkommt.«

»Ihr habt Euch doch auch in mich verliebt, so wie ich mich in Euch«, gab Aurora zu bedenken.

»Noch ein Wunder!« Er küsste sie auf die Nasenspitze.

»Ich weiß nicht, ob ich wirklich Lust habe, heute Abend mit Trahern auszugehen«, sagte Aurora. »Ich würde lieber zu Hause bleiben und mich früh zurückziehen. Dieses beständige lange Aufbleiben ermüdet mich. Ich bin froh, dass wir bald wieder auf dem Land sind, wo wir zu vernünftigen Zeiten ins Bett gehen können, Valerian. Abgesehen davon, vermisse ich Eure Großmutter.«

»Geht mir genauso«, pflichtete er ihr bei und gab dann zu bedenken: »Wenn Ihr Trahern jetzt absagt, wird er beleidigt sein und sich morgen im Boodles bei mir ausheulen. Was das betrifft, ist er schlimmer als jede Frau, meine Teuerste. Geht um meinet willen mit ihm aus, ich flehe Euch an.«

»Schon gut, schon gut!«

»Was werdet Ihr anziehen? Nichts zu Verführerisches, hoffe ich. Ich will nicht, dass andere Männer zu viel von Euch zu Gesicht bekommen.«

»Ich glaube, das rosa Seidenkleid mit dem rosé- und goldfarben gestreiften Unterkleid. Ich habe es noch nie getragen. Ich bin mir zwar nicht sicher, ob es nicht vielleicht ein wenig zu auffällig ist, aber Trahern bat mich, etwas *Spektakuläres* anzuziehen, und dem entspricht dieses Kleid bestimmt. Ich frage mich, wohin er mich ausführen wird, Valerian. Aber ich lasse mich nicht zu spät nach Hause bringen.«

»Ich werde vor Euch das Haus verlassen und wahrscheinlich zurückkommen, wenn Ihr gerade gegangen seid. Ihr wisst doch, dass der König sich strikt an seinen Zeitplan hält. Auch wenn man mitten in einem Kartenspiel ist, verlässt er den Tisch Punkt zehn Uhr, um ins Bett zu gehen.«

»Ein glücklicher Mensch«, entgegnete Aurora.

Der Herzog lachte und neckte sie dann: »Ihr seid wirklich ein Schätzchen vom Lande. Ich nehme einmal an, wenn es nach Euch ginge, würdet Ihr mit den Hühnern aufstehen und zu Bett gehen, sobald die Sonne am Horizont verschwindet. Aber«, sagte er und legte die Arme um sie, »ich werde mich nicht beklagen, wenn wir uns in Hawkes Hill früh zurückziehen.« Daraufhin bedeckte er ihr Gesicht mit zahlreichen kleinen Küssen.

»Hm«, seufzte sie zufrieden. »Oh, Valerian, lasst uns heute Abend zu Hause bleiben! Ich schicke Trahern eine Mitteilung, und Ihr erklärt dem König Euer Bedauern. Sagt ihm, Ihr hättet Kopfschmerzen.«

Valerian hielt sie an sich gedrückt und atmete den herrlichen Duft ein, der ihrem Haar entströmte. »Das geht nicht«, sagte er dann bedauernd. »Dieses kleine freundschaftliche Band, das mich mit König George verbindet, wird eines Tages vielleicht sehr wertvoll für unsere Familie sein. Schon bald werden wir den Hof verlassen, meine

Teuerste, und wir wissen beide, wie unwahrscheinlich es ist, in naher Zukunft nach London zurückzukehren. Der König ist üblicherweise äußerst misstrauisch, was die Beweggründe der Leute angeht, die sich um ihn versammeln. Das hat mir zumindest Bute erzählt. Mir gegenüber legt er dieses Misstrauen allerdings nicht an den Tag. Ich will ihn auf keinen Fall enttäuschen, Aurora. Er ist wahrhaftig an meinem Wissen in Sachen Landwirtschaft interessiert und will dazulernen.
Ihr wisst ja, dass er sonst mit niemandem bei Hofe über derartige Themen reden kann. Sie haben schon angefangen, sich hinter seinem Rücken über ihn lustig zu machen, und nennen ihn den Bauernkönig, so wie sie zu mir Bauernherzog sagen. Aber am Ende zieht er sie schon noch auf seine Seite. Er mag ja ein ernster und sehr moralischer Mensch sein, aber er ist freundlich und hat ein gutes Herz. Eines Tages wird ganz England froh über seine Anständigkeit sein. Es bleiben uns allerdings nur noch wenige Tage hier in London, deshalb lasst mich dem König noch so lange gut dienen, wie es mir möglich ist.«

Sie nickte seufzend. »Ihr habt ja Recht.«

»Etwa in einer Stunde breche ich nach Kew auf. Nach meiner Rückkehr werde ich auf Euch warten, meine Teuerste.«

»Und ich komme so früh wie möglich wieder nach Hause«, entgegnete Aurora mit einem viel sagenden Lächeln und legte ihm kurzzeitig die Hand in den Schritt.

»Du bist ganz schön durchtrieben, du kleines Weibsstück!« Er küsste sie stürmisch.

»Ja, Sir, aber ich bin nur *Euer* kleines Weibsstück.« Sie erwiderte seinen Kuss und steckte ihm aufreizend die Zungenspitze zwischen die Lippen. Dann entglitt sie seiner Umarmung und eilte die Treppe hinauf.

»Nun, Milady«, empfing Martha sie, als Aurora ihre Räumlichkeiten betrat, »was werden wir denn heute Abend anziehen?«

»Valerian geht nach Kew, um sich mit dem König zu treffen, und ich besuche mit Trahern irgendeinen Ball«, erklärte Aurora.

»Ihr geht ohne Euren Gatten zu einem Tanzvergnügen?« Missbilligend schürzte Martha die Lippen.

»Valerian hat gesagt, dass sich Trahern morgen im Boodles nur bei ihm beschweren würde, wenn ich heute Abend nicht mit ihm ausginge«, entgegnete Aurora lachend. »Ich würde auch lieber zu Hause bleiben, Martha.«

»Das solltet Ihr auch, in Eurem Zustand!«, antwortete Martha streng. »Habt Ihr es dem Herrn schon gesagt, Milady?«

Überrascht sah Aurora ihre Zofe an. *»Woher weißt du davon?«*

»Sortiere ich nicht Eure Wäsche für die Wäscherin? Seit Wochen habe ich kein Tröpfchen Blut mehr entdecken können. Außerdem seid Ihr beim Essen in letzter Zeit ein bisschen wählerisch geworden, und Eure Kleider sitzen oben herum ein wenig enger. Es war also nicht allzu schwer, entsprechende Schlüsse daraus zu ziehen.«

»Du hast doch noch niemandem davon erzählt, oder?«, fragte Aurora gereizt.

Martha war ein wenig bestürzt, dass ihre Herrin auf eine solche Idee kam. Aber dann fragte sie einfach: »Seid Ihr denn schon sicher?«

»Der Leibarzt der Königin hat mich untersucht. Aber Valerian soll erst davon erfahren, wenn wir wieder auf Hawkes Hill sind. Er würde sich nur unnötig Sorgen machen. Der Arzt sagt, ich sei gesund, und dass es gut für mich sei, mich auf das Kind zu freuen. Oh, Martha, ich bin nicht wie Cally, und ich will nicht, dass Valerian Angst um mich hat. Ein Kind zu bekommen, ist die natürlichste Sache der Welt. Ich kann es kaum erwarten, das Kleine im Arm zu halten.«

»Eure Mama – die richtige, meine ich – war genauso«, sagte Martha. »Sie liebte Kinder über alles. Ich werde dem

Herrn nichts davon erzählen, Milady. Wir sind ohnehin bald wieder zu Hause, und dann erfährt er es noch früh genug. Aber Ihr dürft Euch jetzt nicht überanstrengen!«

»Das werde ich nicht«, versprach Aurora.

»Was wollen wir also heute Abend anziehen?«, wiederholte die Zofe ihre eingangs gestellte Frage.

»Das rosé- und goldfarbene Kleid, glaube ich.«

»Dieses überladene Ding? Ich weiß gar nicht, warum Ihr Euch das habt machen lassen«, grollte Martha. »Wollt Ihr Euch damit wirklich in der Öffentlichkeit zeigen?«

»Trahern sagte, ich solle etwas Spektakuläres tragen, und ich glaube, das Kleid entspricht seinen Vorstellungen. Es ist vielleicht die einzige Gelegenheit, es überhaupt anzuziehen. Ich weiß eigentlich auch nicht, warum ich es mir habe machen lassen. Aber der Stoff erschien mir so interessant, bevor er zu einem Kleid verarbeitet wurde.«

Martha nickte. »Nun, das kann schon mal vorkommen. Ich hol's heraus und lass es plätten, Milady. Wenigstens wird es so einmal getragen, bevor es für immer hinten im Schrank verschwindet.«

Gleich darauf brachten Bedienstete eine Wanne herein. Aurora hatte noch viel Zeit, bevor Trahern sie abholen kam, und genoss es, einmal wieder richtig lang und gemütlich zu baden. Die Temperatur des Wassers war genau richtig, und der Duft nach Geißblatt und Rosenholz erfüllte die Luft. Sally hatte einen sehr interessanten Drogisten entdeckt, der ganz in der Nähe war und Auroras Lieblingsduft als Badeöl liefern konnte. Es war ein frischer und doch sinnlicher Duft und Valerian mochte ihn. Dazu gab es sogar die passende Seife. Aurora nahm ihren Waschlappen, schäumte ihn ein und begann, sich damit abzureiben. Es war so erholsam, im warmen Wasser zu liegen, dass sie bald ganz schläfrig wurde.

»Ihr habt noch Zeit für ein Nickerchen und ein kleines Abendessen, bevor Ihr geht«, sagte Martha, als sie Aurora aus der Wanne half. »Wenn Ihr denn tatsächlich heute

Nacht aufbleiben müsst, anstatt in Eurem Bett zu liegen, braucht Ihr Eure Kräfte. Wie wär's mit etwas Hühnchen, Brot und Butter?«

Aurora nickte, legte sich hin und war sofort eingeschlafen. Martha weckte sie um acht Uhr und stellte ihr ein Tablett ans Bett. Nachdem Aurora ein wenig von den Köstlichkeiten und dem süßen gelbgoldenen Wein versucht hatte, wischte sie sich den Mund ab und wusch sich die Hände in der Schüssel, die Sally ihr hinhielt. Schließlich verließ sie das Bett und war bereit, sich ankleiden zu lassen. Ihre Zofen wuselten um sie herum, steckten sie in Unterwäsche, Strümpfe und Unterröcke, woraufhin Martha und Molly ihr das Kleid über den Kopf zogen und Sally sich vor sie hinkniete, um die rosé- und goldfarbenen Röcke über den Unterröcken glatt zu ziehen.

»Jetzt tief Luft holen«, sagte Martha und fing an, Auroras ohnehin schon schmale Taille mit geschickten Fingern zu schnüren. Dabei hatte sie ein Augenmerk darauf, die Bänder nicht zu fest anzuziehen. So manche Dame war schon in Ohnmacht gefallen, weil sie sich zu sehr dem Diktat der Mode unterworfen hatte.

Daraufhin betrachtete sich Aurora im Ankleidespiegel. Ihr Busen drohte beinahe aus dem mit Goldspitze verbrämten Ausschnitt zu platzen. Sie zerrte an der Spitze, in der Hoffnung, ihr Dekolleté ein wenig besser zu bedecken.

Kopfschüttelnd erklärte Martha: »Da lässt sich nichts machen.« Als Sally kicherte, wies sie sie mit einem finsteren Blick in ihre Schranken und sagte zu ihrer Herrin: »Ihr solltet besser ein anderes Kleid wählen, Milady.«

Aber da schlug die Uhr auf dem Kaminsims auch schon neun Mal.

»Dazu bleibt keine Zeit mehr. Du weißt doch, wie pünktlich Trahern immer ist, Martha.« Zu Molly gewandt sagte sie dann: »Hol mir den dunkelblauen Umhang«, bevor sie Martha erklärte: »Ich beabsichtige ohnehin nicht, allzu lang fortzubleiben. Ich bin wieder hier, bevor irgendjemand Zeit hatte, sich allzu viele Gedanken über mein Kleid zu machen.« Sie steckte sich ihre tropfenförmigen Perlenohrringe an und strich sich noch einmal übers Haar. »Glaubst du, meine Frisur sieht auch ohne die Locken an den Schläfen gut aus, Martha?«

»Mir gefällt der Knoten, Milady. Er lässt Euch sehr gediegen wirken, und abgesehen davon ist es gar nicht schlecht, das Haar hin und wieder ein wenig anders zu tragen.« Sie reichte Aurora ein Handtäschchen aus Goldlamé. »Darin findet Ihr ein Taschentuch und Euren bemalten Fächer.«

Aurora verließ ihre Räumlichkeiten, und Molly eilte ihr mit dem Samtumhang nach.

Trahern stand bereits am Fuße der Treppe und sah zu ihr hinauf. Bei ihrem Anblick weiteten sich seine Augen und er platzte heraus: »Was sage ich denn dazu?«

»Nun, Trahern, Ihr wolltet doch, dass ich etwas Spektakuläres trage«, erklärte sie belustigt.

Sein Blick verweilte ein wenig zu lang auf ihrem Dekolleté, bevor er ihr direkt in die Augen sah. »Ich hätte nie gedacht, dass ein derartiges Kleidungsstück in Eurem Schrank existiert, Aurora. In Calandras, ja, aber nicht in Eurem.«

»Die Farbe hätte Cally auch besser gestanden«, gab Aurora zu. »Ich weiß gar nicht, warum ich diesen Stoff ausgewählt habe. Doch das Kleid entspricht zumindest Eurer Anweisung.«

Molly legte ihrer Herrin den Umhang um die Schultern und schloss die silberne Schließe.

»Wohin gehen wir?«, fragte Aurora ihren Begleiter, als sie sich in dessen Kutsche niederließen.

»Da Ihr London nun bald verlasst, muss ich Euch noch eine ganz besondere Sehenswürdigkeit zeigen«, sagte er. »Ihr habt den Hof mit all seinem Pomp und geziertem Gehabe erlebt. Doch bevor dieser junge König mit seinen spießigen Ansichten den Thron bestieg, hatten wir zwei weniger affektierte Georges. Das waren Könige! Sie hielten sich öffentlich eine ganze Reihe von Mätressen und führten trotz ihres Beharrens auf eine gewisse königliche Etikette, einen weitaus unbeschwerteren Lebensstil. Diesen gibt es auch heute noch, wenn auch ein wenig versteckt vor neugierigen Augen und der Zensur dieser prüden Höflinge. Ich führe Euch in den Brimstone Club. Calandra ist mehrmals mit mir da gewesen und hat unsere Besuche dort immer außerordentlich genossen.«

Als Aurora das ein wenig außerhalb von St.-James's-Park gelegene Herrenhaus betrat, wusste sie sofort, dass Trahern sie belogen hatte. Cally, mit ihrer Abscheu vor allem Sinnlichen, hätte die zügellose Leidenschaft, die innerhalb der Mauern dieses äußerlich recht unscheinbaren Gebäudes herrschte, gehasst.

Bei den Dienern, die die Türen zum Club öffneten und den Gästen den Mantel abnahmen, handelte es sich in Wirklichkeit um attraktive junge Frauen. Sie trugen gepuderte Perücken, und ihre geblümten Westen waren so geschnitten, dass ihre Brüste freilagen. Als sie sich umdrehten, stellte Aurora erschrocken fest, dass ihre weißen Reithosen kein Hinterteil besaßen und man direkt auf die nackten Pobacken sah. Die männlichen Diener, die auf Silbertabletts Champagner herumreichten, waren auch nicht besser angezogen. Sie trugen weder Jacke, noch Hemd, und ihre bloße Haut glänzte, als sei sie eingeölt. Ihre eng anliegenden Reithosen waren im Schritt ausgeschnitten, sodass ihre Genitalien und die strammen Pobacken für aller Augen sichtbar waren. Die jungen Männer waren sehr gut aussehend, trugen aber eine unbeteiligte Miene zur Schau.

»Ich bin entsetzt, dass Ihr mich hierher gebracht habt«, sagte Aurora leise zu Trahern, aber ihre Verärgerung war unüberhörbar. »Schickt sofort nach Eurer Kutsche und bringt mich nach Hause!«

»Oh, jetzt seid doch nicht so puritanisch, *mon ange!*«, erwiderte Trahern. »Ihr müsst nicht bleiben, wenn Ihr nicht wollt. Aber lasst mich Euch wenigstens alles zeigen, bevor Ihr diesem so herrlich verrufenen Ort entflieht.« Er hielt ihren Arm ganz fest und zog sie mit sich in einen üppig ausgestatteten Salon. Darin saßen ordentlich gekleidete Musiker auf einem kleinen Podium und spielten leise Weisen. In dem Raum befanden sich ebenfalls ordentlich angezogene Frauen, einige davon maskiert, andere nicht.

»Hierher«, erklärte Trahern nun, »kommen Damen, die sich ein wenig außerhalb ihrer ehelichen Zwänge vergnügen wollen, und warten auf ihre Kavaliere. Seht nur, dort drüben, *mon ange!* Die Dame in Ziegelsteinrot mit der edelsteinbesetzten Maske. Seht genau hin, Aurora. Das ist Lady Estella Jarvis, und der Herr, der sie gerne in ein Séparée im oberen Stockwerk begleiten würde, ist Lord Bolton, der bekannte Whig-Politiker. Ah, sein Werben war erfolgreich. Kommt, wir wollen den beiden folgen. Es gibt Gucklöcher, wodurch wir sie beobachten können.«

»Seid Ihr verrückt, Trahern?« Aurora versuchte, sich von ihm loszumachen, aber er hielt sie nur noch fester, und sie bezweifelte, dass es ihr zum Vorteil gereichte, in diesem Etablissement um Hilfe zu schreien. Trotzdem war sie entsetzt über die Entgleisungen und Trunkenheit um sie herum.

Als sie die Treppe erreichten, gelang es ihr, sich aus Traherns Griff zu befreien. Sie machte auf dem Absatz kehrt und rannte förmlich zum Eingang zurück. »Mein Umhang!«, fuhr sie eine der halb bekleideten Frauen an, und man leistete ihrer Aufforderung umgehend Folge. Ein Diener stieß die Tür auf, und Aurora schritt hinaus in die kalte Nachtluft. »Bring auf der Stelle Lord Traherns Kutsche her!«, befahl sie dem livrierten Jungen, der mit einer Laterne in der Hand auf dem Bordstein auf Neuankömmlinge wartete.

»Gütiger Gott, *mon ange*, Ihr seid ja viel anständiger,

als ich es erwartet hätte! Ich dachte, Euer Getue sei alles nur Maskerade, wie es bei so vielen Damen der feinen Gesellschaft der Fall ist«, sagte Trahern und stellte sich neben sie.

»Wie könnt Ihr es wagen, mich an einen derartigen Ort zu bringen!«, rief Aurora außer sich. »Ich würde meinem Gatten davon erzählen, wenn er Euch dann nicht zum Duell forderte, und ich wünsche nicht, dass ein Skandal den guten Namen der Hawkesworths besudelt. Was, um alles in der Welt, hat Euch nur auf die Idee gebracht, ich könnte Gefallen an einer derart obszönen Unterhaltung finden?«

»Eurer Schwester hat es gefallen.«

Aurora stieg in die Kutsche und ordnete verärgert ihre Röcke um sich.

»Trahern, Ihr lügt«, sagte sie ganz offen, als er sich ihr feixend gegenübersetzte.

»Calandra war meine Geliebte«, fuhr er fort.

»Schon wieder eine Lüge!«, stieß Aurora hervor.

»Wie könnt Ihr Euch da so sicher sein?« Immer noch grinste er sie herausfordernd an, während das Gespann den Brimstone Club hinter sich ließ.

»Meine Schwester hasste die körperlichen Pflichten, die mit einer Ehe einhergehen«, erklärte Aurora mit erstaunlicher Offenheit. »Sich von einem Mann beiwohnen lassen zu müssen, war ihr ein Graus. Das stellte einen der Gründe dar, warum sie von Hawkes Hill weggelaufen und nach London gekommen ist. Sie weigerte sich, die Verantwortung zu übernehmen, die ihr als Herzogin von Farminster zukam. Valerian musste einen Tauschhandel mit ihr eingehen, um einen Erben zu bekommen. Hätte sie das Kind gesund zur Welt gebracht, hätte er ihr gestattet, nach London zurückzukehren. Die Ehe war für beide ein Albtraum, und daran bin zum Teil ich schuld. Hätte ich meine Schwester nicht mit der herzöglichen Krone in Versuchung geführt, wäre sie in ihrer Ehe nicht so unglücklich gewesen und auch nicht den Wehen erlegen. Valerian und ich hätten schon damals auf St. Timothy geheiratet und inzwischen wahrscheinlich einen Sohn.

Mag sein, dass es Euch nach Cally gelüstet hat, Trahern, aber Ihr habt bestimmt nicht mehr von ihr bekommen, als einen unschuldigen Kuss auf die Wange oder die Stirn. Das weiß ich genau, und ich verstehe überhaupt nicht, wie Ihr auf die Idee kommen konntet, mir würde es im Brimstone Club gefallen. Ich fürchte, da habt Ihr Euch mächtig in mir getäuscht. Ich werde Euch noch einmal vergeben, weil Ihr uns mit Eurer Freundschaft in den vergangen Monaten hier in London unschätzbare Dienste erwiesen habt. Ich möchte Euch allerdings ersuchen, in den nächsten Tagen von einem Besuch bei mir Abstand zu nehmen.«

Trahern hatte es die Sprache verschlagen – nicht etwa, weil Aurora so außer sich war, sondern weil er nie gedacht hätte, dass es sich bei der göttlich schönen Calandra nur um eine kalte, leere Hülle gehandelt hatte. Er kannte Aurora Hawkesworth mittlerweile gut genug, um zu wissen, dass sie ihn nicht angelogen hatte. Allmählich spürte er eisigen Zorn in sich aufsteigen. Er war von einer kleinen Schlampe aus den Kolonien an der Nase herumgeführt worden. Calandra war nicht mehr gewesen, als eine kokette Schauspielerin. Sie hatte, ohne mit der Wimper zu zucken, mit seinen Gefühlen gespielt, ihn auf grausamste Weise getäuscht und ihn glauben lassen, dass er sich bei ihr Hoffnungen machen könnte, obwohl es nie auch nur ein Fünkchen gegeben hatte.

Trahern wusste nun, dass das dramatische Szenario, in dem Hawkesworth Calandra aus Eifersucht ermordet hatte, lediglich seiner überhitzten Fantasie entsprang. Die kleine Schlampe war bei der Geburt gestorben, genauso wie man es ihm erzählt hatte, und Hawkesworth hatte Aurora tatsächlich nur vor den Traualtar gezerrt, aus Angst, St. Timothy zu verlieren. So einfach war das, und der hinterhältige Racheplan, den er sich ausgedacht hatte, um das vermeintliche Unrecht wieder gutzumachen, das man Calandra zugefügt hatte, war nun nutzlos.

Oder etwa nicht? Warum sollte er sich nicht rächen? Hatte Calandra ihn nicht benutzt? Hatten ihn nicht der Bauernherzog und seine scharfzüngige Frau auch nur ausgenutzt, um sich Zugang zur feinen Londoner Gesellschaft zu verschaffen? Sein Groll gegen die Hawkesworth war berechtigt. *Er würde sich rächen!*

»Ich muss mich bei Euch entschuldigen, *mon ange,* und werde Eurem Wunsch, Euch einige Tage lang keinen Besuch abzustatten, sicherlich nachkommen«, sagte er ruhig und dachte: *Du Schlampe!* Er würde sie nie wieder besuchen, aber das brauchte sie ja nicht zu wissen.

Sie erreichten Farminster House, und ein Diener war sofort zur Stelle, um den Schlag zu öffnen.

»Bitte bemüht Euch nicht, Trahern«, sagte Aurora kurz angebunden und ließ sich von ihrem Diener aus der Kutsche helfen. Sie wünschte Trahern noch eine gute Nacht, drehte sich dann aber auf dem Absatz um und eilte ins Haus, ohne sich noch einmal umzusehen.

»Ist Ihre Lordschaft schon zu Hause?«, wollte sie dann von Manners wissen.

»Ja, Euer Gnaden«, antwortete der Butler, der ihre Verärgerung sehr wohl bemerkte hatte.

»Dann gute Nacht«, entgegnete Aurora, stieg rasch die Treppe hinauf und eilte den Gang entlang zu ihren Gemächern.

Martha war auf einem Stuhl vor dem Kaminfeuer eingenickt. Als Aurora hereinkam, erwachte sie sofort. »Ihr seid aber früh zurück, Milady! Was ist denn passiert? Ihr seht ja ganz blass und verärgert aus.«

»Hilf mir aus diesem furchtbaren Kleid, Martha. Ich erzähl's dir beim Ausziehen.«

»Was für eine Dreistigkeit!«, rief Martha empört, als Aurora geendet hatte. »Ich hoffe, Ihr empfangt ihn nie wieder, Milady. Er ist ein Rüpel und ein ungehobelter Klotz, das ist mal sicher. Ich kann mir gut vorstellen, was Euer Gnaden, der Herzog dazu sagen wird.«

»Valerian darf nichts davon erfahren, Martha. Er würde sich nur furchtbar aufregen und Trahern zum Duell fordern. Dann haben wir noch einen Skandal. Ich war nicht länger als eine Viertelstunde im Brimstone. Das ist die ganze Aufregung einfach nicht wert. Es ist mir ja nichts geschehen, ich bin nur verärgert.«

»Und was erzählt Ihr Eurem Gatten, wenn Trahern schließlich doch wieder vorspricht?«

»Falls er es tatsächlich wagen sollte, in einigen Tagen wieder hereinzusehen, werde ich ihn empfangen. Aber was mich betrifft, ist meine Freundschaft mit ihm vorbei. Nicht nur wegen seines Verhaltens heute Abend, sondern wegen der Dinge, die er über Cally gesagt hat. Als ob sie seine Mätresse geworden wäre, also wirklich! Wenn er es jemals auch nur gewagt hätte, ihr sich auf diese Weise zu nähern, hätte sie ihn auf der Stelle hinauswerfen lassen.«

»Ja, das glaube ich auch«, sagte Martha. »Sie war verzogen und manchmal konnte sie recht arrogant sein, unsere Miss Calandra, aber sie war eine Dame wie ihre Mutter.« Martha half Aurora noch beim Anziehen des Nachthemds, hob das rosé-goldene Kleid auf und sagte: »Ich gebe es Sally und Molly zum Einmotten. Nachdem ich Euch das Haar gebürstet habe, können wir alle zu Bett gehen.«

»Geh ruhig sofort schlafen, Martha, ich kämme mich selbst«, sagte Aurora und verließ das Ankleidezimmer.

Daraufhin ließ sie sich im Schlafzimmer vor dem Frisiertisch nieder und nahm ihre silberne Haarbürste zur Hand. Im Spiegel sah sie, dass ihr Gatte in ihrem Bett lag und selig schlief. Sie lächelte und entfernte die Haarnadeln, bevor sie die Bürste durch ihre goldbraunen langen Haare gleiten ließ. Dabei dachte sie daran, wie schön es wäre, endlich wieder auf dem Land zu sein. Die Erfahrung, die sie an diesem Abend gemacht hatte, war äußerst widerwärtig gewesen. Was hatte sie bloß getan, dass Trahern davon ausging, es würde ihr im Brimstone Club gefallen?

Wütend zog sie die Bürste durchs Haar, kam dann aber zu dem Schluss, dass sie nichts getan hatte, um Trahern zu ermutigen. Er war einfach nur ein merkwürdiger Kauz.

»Ihr seid zurück, meine Teuerste?«, hörte sie da die schläfrige Stimme des Herzogs. »Wie spät ist es denn?«

»Kurz nach elf.«

»Das ist aber früh. Wo seid Ihr gewesen?«

»Trahern hat mich auf ein privates Fest nach St. James's mitgenommen. Ich kannte keinen Menschen und fand es dort schrecklich langweilig. Ich bin nur einige Minuten geblieben und habe dann darauf bestanden, dass er mich nach Hause bringt. Ihr wisst ja, dass ich eigentlich überhaupt nicht weggehen wollte. Ich bin recht verärgert, dass er mich wegen so etwas noch einmal aus dem Haus gelockt hat.« Sie legte die Bürste hin, durchquerte das Zimmer und zog das Nachthemd wieder aus, bevor sie zu ihrem Gatten ins Bett schlüpfte. »Hier bei Euch ist der einzige Ort, an dem ich sein möchte, Valerian.«

»Gut«, sagte er, nahm sie in die Arme und drückte sie an sich. »Denn hier möchte ich dich auch immer haben, Aurora.« Dann küsste er sie, und es war alles wieder gut – dachte Aurora zumindest.

4. Kapitel

»Das ist eine merkwürdige Frage, wenn ich ehrlich sein soll«, sagte John Stuart, der Graf von Bute zum Herzog von Farminster, »aber wisst Ihr, wo Eure Gattin letzte Nacht gewesen ist, Valerian?«

Der Graf schenkte für sich und seinen Gast Whiskey in zwei Kristallgläser, den er von seiner eigenen Brennerei im schottischen Hochland mitgebracht hatte. Er reichte eins dem Herzog, behielt das andere für sich und setzte sich Valerian Hawkesworth gegenüber auf einen Sessel. Sie befanden sich in des Grafen Privaträumen im St.-James's-Palast. Ein lustiges Feuer prasselte im gemauerten Kamin und vertrieb die frühlingshafte Frische aus dem Raum.

»Aurora war mit Trahern zusammen«, sagte der Herzog. »Wieso fragt Ihr?« Er nippte genüsslich an seinem Whiskey, bei dem es sich um einen ganz besonders edlen Tropfen handelte.

»Wisst Ihr, wohin sie gegangen sind, mein Lieber?«, wollte Bute nun wissen.

»Auf ein Fest irgendwo bei St. James's, sagte meine Gattin. Aber warum all diese Fragen, John? Seit wann, um alles in der Welt, interessiert Ihr Euch für Auroras gesellschaftliches Leben.«

»Heute Morgen macht ein schreckliches Gerücht die Runde, Valerian, und darin ist auch Eure Gattin verwickelt«, erklärte der Graf. »Dass sie mit Trahern zusammen war, bestätigt das Gerücht zum Teil, da ihm eine ganz besondere Rolle bei dem Gerede zufällt, das in aller Ohren klingt.«

»Eurer ernsten Miene nach zu urteilen, John, solltet Ihr mir wohl erzählen, was es damit auf sich hat.«

John Stuart blickte beinahe betreten in sein Glas und atmete tief durch, bevor er den Kopf wieder hob und sein

Gegenüber direkt ansah. »Eure Gattin war im Brimstone Club. Man erzählt sich, sie habe sich in aller Öffentlichkeit amüsiert, und zwar auf schockierend unzüchtige Weise.«

»Sie war im Brimstone? Ich wusste gar nicht, dass der Club immer noch existiert«, sagte der Herzog, »und bin erstaunt, dass man in diesem wunderlichen Bordell überhaupt irgendetwas für unzüchtig oder schockierend hält. Gütiger Gott, John, Ihr wisst doch, welch lüsterner Mummenschanz dort veranstaltet wird. Aurora würde niemals an derartigen Possen teilnehmen. Abgesehen davon war sie ziemlich früh zu Hause und sehr schlechter Laune wegen Trahern.«

»Man erzählt sich, Eure Gattin habe ihre Kleider Stück für Stück versteigert, bis sie völlig nackt war. Dann habe Trahern jedem Mann ihre Dienste angeboten, der bereit war, es ihr öffentlich zu besorgen. Mehrere Männer nahmen ihn beim Wort und bestiegen sie vor aller Augen. Daraufhin versohlte Trahern ihr den Hintern, bis er rot war, während sie Lord Bolton den Schwanz lutschte. Die Ausschweifung endete damit, dass Trahern sie von hinten nahm, als sei sie ein Jüngling. Nachdem er fertig war, bedankte sie sich bei den beteiligten Herren für den entzückenden Abend, bedeckte ihre Blöße mit einem Umhang und verließ das Brimstone.«

Valerian Hawkesworth pochten die Schläfen, aber es gelang ihm, äußerlich gelassen zu erscheinen. »Und wieso sind alle davon überzeugt, dass es sich bei diesem liederlichen Weibsstück um meine Frau handelte? Das kann ja wohl nicht nur daran liegen, dass sie in Traherns Gesellschaft gesehen wurde.«

»Die Frau war maskiert«, sagte der Graf von Bute, »aber viele haben Eure Gattin in einem ziemlich auffälligen Kleid in den Club kommen sehen. Sie hat die Maske wohl erst später aufgesetzt, in dem Versuch, ihre Identität zu verbergen. Aber dieses rosé- und goldfarbene Kleid verriet sie.«

»Meine Gattin ist gestern Abend mit Trahern ausgegangen«, sagte der Herzog, »und sie trug ein eben solches Kleid. Aber sie war ziemlich früh wieder zu Hause, und wir haben die Nacht gemeinsam verbracht. Das kann nicht Aurora gewesen sein, John. Die Frage ist, wer war die Frau, und warum versucht man, meinen Namen in den Schmutz zu ziehen?«

»Der Vorfall hat sich ziemlich spät ereignet«, sagte der Graf nachdenklich. »Ich weiß das, weil einige der in die Angelegenheit verstrickten Herren in der feinen Gesellschaft gut bekannt sind. Sie würden sich niemals vor Mitternacht im Brimstone sehen lassen. Wir können leicht herausbekommen, wann sich diese Sache zugetragen hat. Aber wir müssen den Skandal aufklären, bevor er dem König zu Ohren kommt. Denn wenn dem so sein sollte, wird man weder Euch noch Eure Gattin jemals wieder in der Nähe Ihrer Majestäten dulden. Ihr wisst ja, wie *er* ist, und die Königin wird seinen Anweisungen Folge leisten, selbst wenn sie nicht seiner Meinung sein sollte.«

»Was schlagt Ihr also vor?«, fragte der Herzog.

»Ich denke, ich werde damit beginnen, die beteiligten Herrschaften diskret zu befragen«, antwortetet der Graf. »Und Ihr solltet Eure Gattin bezüglich gestern Abend befragen, selbst wenn Ihr der Meinung seid, dass sie sich ein derartiges Verhalten nicht hat zu Schulden kommen lassen. Immerhin hat man sie das Brimstone am frühen Abend mit Trahern betreten sehen. Wir müssen zunächst sicher gehen, dass es sich bei besagter Frau nicht um Eure Gattin handelte. Dann werden wir versuchen, herauszubekommen, wer die Frau war und warum diese Maskerade, die sie als Eure Gattin ausgeben sollte. Und was das Wichtigste ist: Wir müssen in Erfahrung bringen, warum dieses Gerücht sich so schnell herumsprach. Es ist ziemlich ungewöhnlich, dass Mitglieder des Brimstone sich öffentlich mit ihren dortigen Abenteuern brüsten.«

Als Valerian Hawkesworth nach Farminster House zurückkehrte, fand er seine Gattin im Schreibzimmer vor.

»An wen schreibt Ihr?«, fragte er und setzte sich neben sie.

»An meine Mutter. Ich habe nichts mehr von ihr gehört, seitdem ich ihr von Callys Tod berichtete. Betsy hat mir geschrieben, dass es meiner Mutter das Herz gebrochen hätte. Aber Mama hat keine meiner folgenden Briefe beantwortet. Sie gibt mir bestimmt die Schuld an Callys Ableben. Ich weiß es! Trotzdem werde ich ihr auch weiterhin Briefe schicken, in der Hoffnung, dass sie mir irgendwann vergibt.«

»Seid Ihr gestern Abend im Brimstone Club gewesen?« Valerian hatte die Frage absichtlich so unumwunden gestellt, damit Aurora ihm nicht mit Ausflüchten kommen konnte.

»Ich hätte nie gedacht, dass es so einen Ort gibt. Es war schrecklich!«, antwortete Aurora. »Sobald ich erkannte, wo Trahern mich da hingeschleppt hat, bestand ich darauf, dass er mich unverzüglich nach Hause bringt.«

»Und warum habt Ihr mir gestern Abend nicht die Wahrheit gesagt, als ich Euch danach fragte?«

»Ihr wisst doch, was das für ein Ort ist, Valerian. Ich fürchtete, Ihr könntet deshalb böse auf Trahern sein und ihn zum Duell fordern. Ich wollte nicht, dass es schon wieder einen Skandal gibt. Mir ist ja auch nichts geschehen, da ich schnell wieder gegangen bin. Ich habe Trahern gesagt, dass er mich einige Tage nicht besuchen soll. Ich bin wirklich ziemlich verärgert, dass er davon ausgegangen ist, mir könnte eine derartige Unterhaltung gefallen.

Er hat behauptet, Cally dorthin gebracht zu haben, und ich weiß doch ganz genau, dass das eine Lüge ist. Sie hätte noch viel erschreckter reagiert als ich. Er besaß auch die Frechheit, zu behaupten, Cally sei seine Geliebte gewesen. Noch eine Lüge! Ich glaube, wir haben Lord Trahern völlig falsch eingeschätzt. Er ist kein Ehrenmann«, schloss Aurora. Dann legte sie ihre Hand auf Valerians. »Versprecht mir bitte, dass Ihr ihn nicht zum Duell fordert. Er ist die Aufregung nicht wert, mein Liebling.«

»Ich komme gerade von Lord Bute. Er hat mich darüber in Kenntnis gesetzt, dass ein furchtbares Gerücht Euch und Trahern betreffend die Runde macht.«

»Was denn für ein Gerücht?«, fragte Aurora ärgerlich, aber keineswegs schuldbewusst oder ängstlich.

Valerian erzählte ihr, was er von John Stuart gehört hatte und beobachtete dabei genau, ob sich auf ihrem Gesicht das geringste Zeichen von Schuld abzeichnete. Aber da war nichts.

Stattdessen wurde Aurora vor Empörung leichenblass. Angeekelt vergaß sie ihre Contenance und stieß wütend hervor: »Wie kann überhaupt jemand wagen, davon auszugehen, dass es sich bei irgendeiner maskierten Dirne in einem rosé- und goldfarbenen Kleid um mich handelt?«

»Wo ist das Kleid?«, wollte Valerian wissen, und Aurora ließ den Butler kommen.

»Manners! Holen Sie mir sofort Martha her.«

Als ihre Zofe vor ihr stand, fragte Aurora: »Wo ist das Kleid, Martha, das ich gestern Abend getragen habe?«

»Na, im Schrank, Milady. Erinnert Ihr Euch nicht, dass ich es Sally zum Weghängen gegeben habe?«

»Bitte zeig es mir«, sagte Aurora.

Alle drei gingen die Treppe zu ihren Räumlichkeiten hinauf, und Martha eilte ins Ankleidezimmer, um das gewünschte Kleidungsstück zu holen. Einige Minuten später kam sie mit verwundertem Gesichtsausdruck zurück. »Ich kann es nicht finden, Milady. Es ist nicht da, wo es sein soll, und auch sonst habe ich es nirgendwo entdecken können. Ich hatte es Sally mit ganz klarer Anweisung gegeben. Sie sollte es abbürsten und mit Mottenkugeln in den Schrank hängen.«

»Hol Sally!«, sagte nun der Herzog.

»Ich ziehe diesem Miststück das Fell über die Ohren, wenn sie dahinter steckt«, sagte Aurora wütend. »Ich habe sie nie wirklich gemocht und nur behalten, weil sie Callys Zofe war. Sie ist irgendwie hinterhältig.«

Der Herzog nickte. »Manners hat schon mehr als einmal mit mir darüber gesprochen.«

Martha kam mit Sally herein. »Ich habe ihr nichts gesagt, Milady.«

»Wo ist das Kleid, das ich gestern Abend getragen habe, Sally?«

»Im Schrank, Milady«, antwortete die Zofe eine Spur zu rasch.

»Nein«, entgegnete Aurora.

»Dann weiß ich auch nicht, wo es ist«, erwiderte Sally, wagte aber nicht, ihre Herrin anzusehen.

»Wem hast du das Kleid gegeben, Sally?«, fragte nun der Herzog und fügte streng hinzu: »Und lüg mich nicht an, Mädchen. Ich will jetzt die Wahrheit hören!«

Nervös trat Sally von einem Bein aufs andere und hielt den Blick weiterhin gesenkt. »Ich weiß nicht, was Ihr meint, Euer Gnaden.«

»Du lügst!« Valerian Hawkesworth packte sie am Arm.

»Au!« Sally versuchte, sich aus seinem Griff zu befreien. »Ihr tut mir weh, Euer Gnaden! Lasst mich los!«

»Nicht, bevor ich in dieser Sache nicht Klarheit habe«, fuhr er sie an. »Also, noch einmal, Mädchen, was hast du mit dem Kleid gemacht?« Er schüttelte sie und sah sie dabei böse an.

Sally fing an zu weinen. »Eure Ladyschaft, wie könnt Ihr zulassen, dass er mich so behandelt? Und das nach all den Jahren, die ich Eurer Familie treu gedient habe. Kennt Ihr denn keine Dankbarkeit?«

»Wenn es nach mir ginge, Sally«, sagte Aurora streng, »würdest du geschlagen, bis du nicht mehr laufen kannst! Du bist ein unverschämtes Luder und hast aus welchem Grund auch immer mein Kleid gestohlen. Ich will wissen, warum. Und wenn du es mir nichts sagst, lasse ich dir Arme und Beine zusammenbinden und dich in den Fluss werfen.«

»Oh, Gott, Eure Lordschaft, das würdet Ihr doch nicht zulassen, oder?«, jammerte Sally. »Das wäre doch Mord.«

»Du bist die Dienerin der Herzogin, Sally, und sie kann mit dir tun und lassen, was sie will. Abgesehen davon würde sich kein Mensch für dein Verschwinden interessieren. Was macht eine schlechte Zofe mehr oder weniger in London schon aus?«

»Die Diener sollen sie fesseln«, sagte Aurora.

»Oh, Gott, oh, Gott! Ich sag's ja! *Ich sag's!*«, kreischte Sally. »Bitte tötet mich nicht, bitte!«

»Nun gut«, entgegnete der Herzog und lockerte seinen Griff. »Dann sprich!«

»Es war Lord Trahern! Ich habe ihm das Kleid gegeben. Aber er hat versprochen, es mir wiederzubringen!« Sally schluchzte. »Ihr solltet nichts davon wissen, Milady. Er sagte, er bräuchte es, um jemandem einen Streich zu spielen.«

»Wann hat dich Trahern darum gebeten, Sally?«, wollte Aurora nun wissen.

»Vor ein paar Tagen, als ich zum Drogisten ging, um Eure Seife zu holen, Milady. Er hat mich auf der Straße angesprochen und mir gesagt, er wolle Euch Dienstagabend auf ein ganz besonderes Fest mitnehmen, aber dass es Euch dort sicher nicht gefallen würde. Deshalb würdet Ihr wahrscheinlich ziemlich früh nach Hause zurückkehren. Dann hat er gesagt, dass er gerne das Kleid hätte, das ihr an dem Abend tragt, um jemandem eine Streich zu spielen. Er wollte es auch gleich wieder zurückbringen.

Ich habe die ganze Nacht am Dienstboteneingang bei der Küche gewartet. Aber er ist nicht aufgetaucht. Da Ihr das Kleid doch eigentlich nicht mochtet, hätte ich nicht gedacht, dass es Euch auffallen würde, wenn es fort ist. Ich wollte ihn danach fragen, wenn er Eurer Ladyschaft das nächste Mal einen Besuch abgestattet hätte.« Sie schniefte und wischte sich die Nase am Ärmel ab. »Wie habt Ihr denn so schnell herausgefunden, dass es fehlt?«

»Lord Trahern hat in der Tat jemandem einen Streich damit gespielt, Sally, aber einen ziemlich üblen, der droht, meinen guten Ruf zu ruinieren«, sagte Aurora. »Wenn du deine Geschichte allerdings einer bestimmten Person gegenüber wiederholst, werde ich dich nicht aus meinen Diensten entlassen, obwohl du mir persönlich nicht weiter dienen wirst. Wenn du nicht mit mir zusammenarbeitest, schicke ich dich noch heute Nacht hinaus auf die Straße mit nichts als deinen Kleidern am Leib und natürlich ohne Referenzen.«

»Ich tue, was Ihr wollt, Eure Ladyschaft«, sagte Sally. »Ich wollte wirklich keine Unruhe stiften, aber Lord Trahern hat mir eine halbe Krone versprochen, wenn er das Kleid zurückbringt. Und wann sieht unsereins schon mal so viel Geld? Ich hätte allerdings nicht gedacht, dass ein Herr eine arme Dienerin hinters Licht führen würde«, schloss sie kleinlaut.

»Lass uns allein!«, befahl Aurora. »Martha, du begleitest sie und bleibst bei ihr, bis ich dich wieder brauche.«

»Ja, Milady«, sagte Martha, die überhaupt nicht wusste, worum es ging, und ihre Herrin fragend ansah.

Ihren Blick erwidernd, sagte Aurora: »Ich werde es dir später erklären.«

Martha nickte und führte die gemaßregelte Sally aus dem Zimmer, wobei sie ihr noch eine Ohrfeige verpasste.

»Nun wissen wir, wie Euer Kleid wieder in den Brimstone Club kam«, sagte der Herzog.

»Was tun wir als Nächstes?«

»Bute ist gerade dabei, die an den Vorfällen der gestrigen Nacht Beteiligten auszuhorchen. Wir müssen wissen, wann sich diese beschämende Szene zugetragen hat. Manners und die Diener wissen, um welche Uhrzeit Ihr mit Trahern das Haus verlassen habt und wann Ihr zurückgekehrt seid. Was mir nicht in den Kopf will: Wieso hat er uns diesen Schabernack gespielt? Ich werde ihn wohl doch zum Duell fordern müssen.«

»Bitte nicht, Valerian!«, flehte Aurora. »Bisher ist der Skandal ja noch nicht an die breite Öffentlichkeit gedrungen. Trahern hat sich vor aller Augen als unser Freund ausgegeben und manche sehen ihn sogar als unseren Förderer. Wenn Ihr Euch mit ihm duelliert, wird man sich fragen, warum, und alles kommt heraus.

Bestimmt würden mir viele ein solch schamloses Betragen zutrauen, weil sie gerne schlecht von anderen denken. Sie würden behaupten, dass unsere Diener gelogen haben, um sich ihren Platz in unserem Haushalt zu sichern. Man würde uns niemals glauben. Aber wenn es uns gelingt, diesem Gerücht rechtzeitig Einhalt zu gebieten, ist unser guter Name gerettet.

Bitte, ich flehe Euch an, lasst Eure Verärgerung nicht Euren gesunden Menschenverstand ausblenden. Fordert Trahern nicht zum Duell.«

»Nun gut«, versprach der Herzog seiner Gattin, »aber ich kann es einfach nicht ertragen, dass er ungeschoren davonkommen soll.«

»Mir ist auch nach Rache zumute«, sagte Aurora.

»Ich frage mich nur, was Trahern so peinlich wäre, dass es ihn zum unglücklichsten Mann der Welt machen würde?«, überlegte Valerian.

»Die Ehe mit einer Frau unter seinem Stand. Eine Ehe, der er sich nicht entziehen kann, und wodurch ihm der Zugang zum Hof und zur feinen Gesellschaft verwehrt würde. Charles Trahern ist so ein Snob«, sagte Aurora, »dass er es nicht ertragen könnte, nicht auch weiterhin Teil dieser Welt zu sein.«

»Ich will, dass Trahern leidet, und nicht irgendeine unschuldige Frau«, entgegnete Valerian.

»Es braucht ja kein schüchternes Mäuschen zu sein, das sich gegen Trahern nicht wehren kann«, sagte Aurora. »Wir müssen die Hure finden, die er angeheuert hat, um sich für mich auszugeben. Ich wette, dass sie liebend gerne *Lady* Tahern werden würde, und wenn sie so kühn ist, wie man behauptet, wird sie sich bestimmt verteidigen können, was meint Ihr?«

»Ein teuflischer Plan«, erklärte Valerian bewundernd. »Ja, ich glaube, das könnte funktionieren, meine Teuerste.«

»Ich bin sicher, dass uns der Graf von Bute hinter den Kulissen helfen wird. Die Öffentlichmachung einer derartigen Heirat würde Charles Trahern eindeutig zum Nachteil gereichen. Ein Mann, der eine solche Frau heiratet und es geheim hält, auf den kann man sich weder verlassen, noch ihn als ehrlich bezeichnen«, endete Aurora triumphierend.

»Einverstanden«, sagte ihr Ehemann. »Aber zuerst müssen wir sichergehen, dass Euer Ruf nicht angetastet wird. Ich werde sofort zum St.-James's-Palast zurückkehren und dem Grafen von Bute berichten, was wir herausgefunden haben.«

»Ich komme mit«, sagte Aurora.

»Nein, mein Schatz, das werdet Ihr nicht. Wenn Ihr in dieser Angelegenheit als unschuldig gelten wollt, dürft Ihr da nicht mit hineingezogen werden.« Der Herzog küsste seiner Gattin die Stirn.

»Falls es helfen sollte, Valerian, ich habe Lady Jarvis im Brimstone gesehen. Ich weiß nicht, ob sie mich auch erkannt hat, aber sie ging mit Lord Bolton nach oben, der, wie Ihr mir erzähltet, später in Zusammenhang mit der Dame in dem rosé- und goldfarbenen Kleid stand.«

»Ich erzähle dem Grafen davon«, sagte er und brach zum Königspalast auf.

»Es ist mir gelungen, den Zeitpunkt des Zwischenfalls abzustecken«, sagte John Stuart, als sich der Herzog wieder zu ihm gesellte. »Es war zwischen ein und zwei Uhr morgens. Zwei der beteiligten Herren erinnern sich, die Uhr auf dem Kaminsims im Raum zwei Mal schlagen gehört zu haben, als Trahern seinen perversen Akt an der Frau vollführte. Und beide behaupten, erst nach ein Uhr ins Brimstone gekommen zu sein.«

»Und ich habe herausgefunden, dass die zweite Zofe meiner Gattin von Trahern bestochen wurde, damit sie ihm das Kleid gab, das Aurora gestern Nacht getragen hat. Als wir danach suchten, war es verschwunden, und wir mussten dem Mädchen erst drohen, damit es gesteht. Es hat die ganze Nacht vergeblich auf Traherns Rückkehr und die versprochene halbe Krone gewartet.«

»Dann ist dieser unmögliche Mensch also nicht einmal seinen Schulden nachgekommen«, sagte John Stuart kopfschüttelnd. »Nun, als Nächstes müssen wir die Hure finden, die Trahern für diese Maskerade benutzt hat.«

»Wie, um alles in der Welt, sollen wir denn das anstellen?«

Der Graf von Bute lächelte verschlagen. »Wenn man sich mit Politik befasst, mein lieber Hawkesworth, ist es immer ratsam, ein, zwei Freunde in der Londoner Unterwelt zu haben. Sie unterscheiden sich eigentlich kaum von uns. Auch bei ihnen dreht sich alles um Macht und Reichtum. Wir spielen unsere Spielchen innerhalb der gesetzlichen Grenzen, und sie außerhalb. Während ich mich hier mit Euch unterhalte, ist man schon dabei, die Frau ausfindig zu machen. Sie wird bestimmt bei irgendjemandem mit ihrem kleinen Abenteuer prahlen, und wir kriegen sie, das verspreche ich Euch.«

»Aurora hat einen entzückenden kleinen Plan ausgeheckt, um uns an Trahern zu rächen«, sagte der Herzog nun und erzählte dem Grafen von ihrem Vorhaben.

John Stuart brach in schallendes Gelächter aus. »Eine wunderbare Idee, um uns ein für alle Mal dieses kriecherischen Speichelleckers zu entledigen! Beim Jupiter, das tun wir, Hawkesworth! Ich kenne einen nicht allzu ehrenwerten Kirchenmann, der des Priesteramtes noch nicht endgültig enthoben wurde und die Trauung bestimmt vornimmt. Ich werde Euch seinen Namen nennen, da ich als engster Berater des Königs natürlich in keinerlei Zusammenhang mit dieser Angelegenheit gebracht werden darf.«

»Wir müssen Trahern ordentlich betrunken machen«, sagte der Herzog. »Wird Euer Geistlicher unter diesen Bedingungen kooperieren?«

»Für ein Goldstück und eine Flasche Whiskey bekommt ihr von dem Mann alles«, versicherte ihm der Graf lachend.

Plötzlich öffnete sich eine Geheimtür in der vertäfelten Wand, und ein Mann betrat den Raum. Er war ordentlich gekleidet, aber so unscheinbar, dass der Herzog der Meinung war, ihn draußen auf der Straße nicht wieder zu erkennen. Der Mann verneigte sich und sagte bärbeißig: »N'Abend, Eure Lordschaft. Ich habe, was Ihr wolltet, und bin so schnell wie möglich gekommen, da Ihr sagtet, es sei eine Angelegenheit von höchster Wichtigkeit.«

»Ihnen auch einen Guten Abend, Mr. Wiggums. Darf ich Euch meinen Freund Valerian Hawkesworth, den Herzog von Farminster vorstellen?

Der Mann sah zu Valerian hinüber.

»Nehmen Sie einen Whiskey?« Der Graf goss bereits einen der Kristallschwenker voll.

»Ja, danke«, entgegnete Mr. Wiggums, nahm das Glas und stürzte den Inhalt hinunter. »Ihr habt den besten Whiskey in ganz London, Eure Lordschaft, und das ist keine Lüge. Ich glaube, selbst der Whiskey des Königs ist nicht so gut.« Anerkennend schmatzend setzte er das leere Glas auf den Tisch.

»Sie haben Recht, Mr. Wiggums, der Whiskey des Königs ist nicht so gut«, sagte der Graf von Bute. »Also, was haben Sie für mich?«

»Die Dirne, die Ihr sucht, nennt sich Merry Maybelle. Sie bildet sich ganz schön was ein, das kann ich Euch sagen. Sie hat keinen Luden und auch keine Madame, die sich vor sie stellt, und sie geht nicht auf der Straße anschaffen. Sie hat zwei winzige Zimmer in der Tanners Alley, in der Nähe des Flusses. Vor einigen Jahren hat sie irgendein junger Lord vom Land hierher gebracht. Als er sie sitzen ließ, war sie klug genug, sich einen anderen jungen Kerl mit Geld zu angeln. Man sagt, sie sei eine ziemlich clevere Dirne und spare ihr Geld, sodass sie ihre Herrenbesuche bei sich empfangen und bewirten kann. Sie verkauft auch Blumen am Theater, wodurch sie Gelegenheit hat, mit bedeutenden Männern anzubändeln«, erklärte Mr. Wiggums.

»Welche Hausnummer in der Tanners Alley?«, wollte der Graf nun wissen.

»Das dritte Haus auf der linken Seite. Merry Maybelle wohnt im zweiten Stock, ganz hinten, mit Blick auf den Fluss. Es gibt nur einen Ausgang, Sir, nämlich den, durch den Ihr hereingekommen seid.«

»Ich will das Mädchen innerhalb einer Stunde hier bei mir sehen, Mr. Wiggums. Können Sie das unauffällig bewerkstelligen?«

»Bin ich nicht immer diskret, Eure Lordschaft?«, fragte der Mann, drehte sich ohne ein weiteres Wort um und verschwand wieder durch die Geheimtür, die sich leise hinter ihm schloss.

»Jetzt bleibt uns nur, zu warten«, sagte der Graf gut gelaunt. »Was haltet Ihr von einem Kartenspiel, Hawkesworth?«

Als sich die Geheimtür exakt eine Stunde später wieder öffnete, kam Mr. Wiggums erneut ins Zimmer und zog eine junge Frau hinter sich her. Das Mädchen war viel größer als Aurora, dachte Valerian, aber sein dunkelblondes Haar hätte bei entsprechendem Licht und ordentlich frisiert dem seiner Frau entsprechen können. Ihre Proportionen standen im Verhältnis zu ihrer Größe. Sie hatte bernsteinfarbene Augen, mit denen sie rasch das Zimmer und die beiden Herren maß. Sie schien nicht unintelligent.

»Bitte wartet hier, Mr. Wiggums«, sagte der Graf, bevor er seine Aufmerksamkeit der jungen Frau zuwandte. »Nun, Mistress Maybelle, ich bin viel mächtiger und gefährlicher als der Herr, der Sie vergangene Nacht für die kleine Vorstellung im Brimstone Club angeheuert hat. Bitte beantworten Sie meine Fragen ehrlich, und Ihnen geschieht nichts. Vielleicht ist sogar etwas für Sie drin, wenn Sie die Wahrheit sagen. Haben Sie das verstanden?«

»Ja, Milord«, antwortete die junge Frau.

»Kennen Sie den Namen des Herrn, der Sie letzte Nacht ins Brimstone mitgenommen hat?«

»Ja, Milord, das war Lord Trahern.«

»Hat er Ihnen gesagt, warum er Sie angeheuert hat?«

»Nur, dass er einer Freundin einen Streich spielen wolle«, antwortete Maybelle. »Ich fand zwar, dass es ein ziemlich merkwürdiger Streich war, aber er hat nichts von mir verlangt, das ich nicht auch schon vorher getan hätte, und er versprach mir zwei Goldkronen, wenn ich mit ihm ginge. Er gab mir eine, als ich einwilligte. Aber nachdem es vorbei war, hat er mir die andere verweigert«, sagte Maybelle indigniert. »Er sagte, er würde sie mir wohl schuldig bleiben müssen! Doch ich gebe keinen Kredit, nich. Wenn ich das täte, stünde ich bald auf der Straße!«

Valerian Hawkesworth unterdrückte ein Lachen und sah an John Stuarts Gesicht, dass auch er mannhaft mit seiner Belustigung kämpfte. Aber sie wollten die Frau nicht beleidigen, die ihren eigenen Ehrenkodex hatte.

»Hat Euch Lord Trahern ein Kleid gegeben, das Ihr anziehen solltet?«, fuhr der Graf nun mit seinem freundlichen Verhör fort.

»O ja!«, rief Maybelle. »Ich war ganz außer mir, dass ich es stückweise versteigern sollte. Es war bei weitem das hübscheste Kleid, das ich jemals getragen habe. Ich hätte es ausgezogen, ohne es zu verkaufen, wenn er mich darum gebeten hätte«, sagte sie bedauernd.

»Kannten Sie irgendeinen der beteiligten Herren, von

Lord Trahern einmal abgesehen?«, wollte John Stuart nun wissen.

»Zwei von ihnen. Aber ich habe kein Wort mit ihnen gewechselt, abgesehen davon, dass ich ihnen am Ende freundlichst meinen Dank aussprach, so wie Lord Trahern mir befohlen hatte.«

»Wer waren die Herren?«

»Lord Shelley und Sir Roger Andrews«, erklärte Maybelle. »Lord Bolton habe ich einmal auf einem Fest gesehen, zu dem man mich eingeladen hatte. Aber ich bin ihm nie offiziell vorgestellt worden.«

»Haben Shelley oder Andrews Sie wieder erkannt?«, wollte der Graf nun wissen.

»Sir Roger vielleicht. Er hat mich die ganze Zeit so merkwürdig angesehen. Das hat sogar schon angefangen, mich nervös zu machen, das kann ich Euch flüstern.«

»Setzen Sie sich, Mistress Maybelle«, sagte der Graf nun und wandte sich an Wiggums. »Kennt Ihr Sir Roger Andrews?«

»Allerdings, Milord. Ich leihe ihm manchmal ein bisschen Geld. Er zahlt es immer pünktlich zurück. Ein echter Gentleman ist das.«

»Holen Sie ihn!«, stieß der Graf hervor, und Mr. Wiggums war schnell verschwunden.

»Möchten Sie etwas zu trinken, während wir warten, Mistress Maybelle?«, fragte der Graf.

»Gegen ein Schlückchen hätte ich nichts einzuwenden.«

»Whiskey oder Sherry?«

»Whiskey, Sir.«

»Valerian?«

Der Herzog schüttelte den Kopf.

Aus reiner Höflichkeit leistete der Graf seinem weiblichen Gast mit einer alkoholischen Erfrischung Gesellschaft, während sie stillschweigend auf das Eintreffen Sir Rogers warteten.

Als der junge Adlige mit Mr. Wiggums durch die Geheimtür ins Zimmer trat, blieb ihm vor Staunen der Mund offen stehen. Dann verbeugte er sich höflich vor den Herren, bevor er sich an Maybelle wandte. »Du warst das also vergangene Nacht! Das habe ich mir gleich gedacht! Und Trahern, dieser Außenseiter, bestand darauf, dass es die Herzogin von F. wäre. Bitte entschuldigt, Milord! Ich wollte Euch nicht beleidigen.«

»Genau deshalb sind wir hier, Andrews«, sagte der Graf. »Der gute Ruf einer Dame steht auf dem Spiel, genauso wie der gute Name ihrer Familie. Seid Ihr sicher, dass es sich bei der Frau nicht um die Dame handelte, wie von Trahern behauptet?«

»Gütiger Gott, ja! Anfänglich wusste ich es natürlich nicht, und dann war ich mir nicht sicher. Aber als ich heute Morgen erwachte, ging mir auf, dass es Maybelle gewesen sein muss. Sie trägt immer diesen Veilchenduft und ich kenne keine andere Frau mit dem gleichen Parfüm. Außerdem hat sie ein herzförmiges Muttermal auf der linken Brust, direkt über der Brustwarze. Das gibt es auf der ganzen Welt bestimmt nicht noch einmal!«

»Glaubt Ihr, dass irgendeiner der anderen Herren wusste, wer die Frau gewesen ist, Andrews?«, fragte der Graf.

»Lord Shelley war sich sicher, dass es sich nicht um die Herzogin handelte, obwohl Trahern etwas anderes behauptete. Shelley hat auf mehreren Bällen mit der Herzogin getanzt und gesagt, ihre Augen seien türkisfarben und nicht braun wie Maybelles. Außerdem habe das Haar der Frau einen ganz anderen Farbton gehabt und ihr Parfüm völlig anders gerochen. Mehr so wie Landluft und weniger exotisch als das der Herzogin. Wir wussten nicht, was Trahern vorhatte, aber wir haben uns gewiss gut amüsiert.«

Maybelle kicherte kokett. »Warum kommt Ihr mich nicht einmal besuchen, Sir Roger? Nummer drei, Tanners Alley, zweiter Stock ganz hinten.«

Der junge Mann grinste sie an.

»Seid Ihr bereit, diesbezüglich eine Erklärung zu unterzeichnen, Andrews?«, fragte der Graf. »Und Sie, Mistress Maybelle, wenn wir Ihre Geschichte niederschreiben, setzen Sie dann Ihr Zeichen darunter?«

»Ich kann lesen und schreiben«, sagte Maybelle stolz.

»Hervorragend, meine Liebe«, entgegnete Graf von Bute lächelnd. Dann betätigte er den Klingelzug. Einen Augenblick später trat ein junger Mann ins Zimmer. »Franklyn, ich hätte gerne, dass Sie mehrere Erklärungen aufnehmen. Bitte holen Sie Ihre Schreibutensilien.«

Die Erklärungen wurden aufgezeichnet und von Sir Roger Andrews und Maybelle durchgelesen und ohne Zögern unterschrieben. Mr. Wiggums hatte man noch einmal losgeschickt, um Lord Shelley und Lord Bolton zu holen. Sir Roger und das Mädchen wurden angewiesen, sich zu setzen und ruhig zu verhalten. Sie zogen sich in einen etwas abgedunkelten Teil des Zimmers zurück.

Lord Shelley erschien als Erster und erklärte, dass Mr. Wiggums ihm ausgerichtet habe, der Graf von Bute bräuchte ihn. Nachdem er gesehen hatte, dass der Herzog von Farminster ebenfalls zugegen war, wusste er sofort, worum es ging.

Lord Shelley verbeugte sich vor dem Grafen und dem Herzog. »Ich nehme an, hier geht es um letzte Nacht im Brimstone.«

Der Graf nickte. »Wir erlauben nicht, dass Hawkesworths guter Name oder der Ruf seiner Gattin von einem solch üblen Scherz besudelt werden. Sir Roger sagt, Ihr wüsstet, dass es sich bei der Frau nicht um die Herzogin gehandelt habe. Werdet Ihr mir diesbezüglich eine Erklärung unterzeichnen?«

»Natürlich«, entgegnete Lord Shelley. »Aber warum ist das denn notwendig? Bestimmt hat kein Mensch ernsthaft geglaubt, dass es sich bei der Frau um Lady Hawkesworth handelte, meine Lords. Es hat Spaß gemacht, die Dirne zu besteigen, aber ihre Haut war bei weitem nicht so zart wie die einer Lady. Darin hat sich bestimmt keiner der Herren täuschen lassen.«

»Trahern hat sich da in irgendetwas hineingesteigert«, sagte der Herzog kurz angebunden. »Er versucht, das Gerücht zu verbreiten, es sei meine Gattin gewesen. Wenn das dem König zu Ohren kommt, könnten sowohl ich als auch Lady Hawkesworth das Wohlwollen Ihrer Majestäten verlieren. Uns müssen Mittel an die Hand gegeben werden, diesem widerlichen Gerücht die Grundlage zu entziehen.«

»Der Mann ist nicht besser als einer aus dem Volk, ein unwürdiger Wurm und Schurke«, sagte Lord Shelley. »Wäre er ein Tier, würde ich ihn um unser aller willen von seinem Leid erlösen.«

»Lord Trahern wird auch so bedauern, die Sache angezettelt zu haben, das verspreche ich Euch«, entgegnete der Herzog grimmig.

Lord Shelley unterzeichnete seine Erklärung und gesellte sich zu Sir Roger und Merry Maybelle.

Plötzlich flog die Geheimtür auf und Lord Bolten wurde unter Protestrufen von Mr. Wiggums ins Zimmer gestoßen. »Bute!«, giftete der Lord sofort. »Das habe ich also Euch zu verdanken. Ihr solltet eine verdammt gute Erklärung dafür haben!«

Daraufhin setzte ihm der Graf ruhig auseinander, worum es ging.

»Ich habe nicht die leiseste Ahnung, wovon Ihr sprecht«, sagte der Whig-Politiker. »Ich würde nie ins Brimstone gehen.«

Ärgerlich knirschte Valerian Hawkesworth mit den Zähnen. Die Whigs waren derzeit nicht an der Macht und bemüht, dem König und dem Grafen von Bute bei jeder Gelegenheit einen Strich durch die Rechnung zu machen.

»Bolton, der gute Ruf einer Dame steht auf dem Spiel!«, sagte der Graf.

»Was habe ich damit zu schaffen?«

Lord Shelley und Sir Roger erhoben sich und kamen näher. »Percy und ich haben Euch gestern ziemlich deutlich gesehen«, sagte Sir Roger.

»Wenn Ihr das eingesteht, habt Ihr bei Eurer Majestät, dem König genauso verspielt wie ich«, entgegnete Bolton selbstgefällig. »Wir wissen doch alle, wie engstirnig der König in Sachen Moral ist. Außerdem ist es mir völlig egal, ob die Gattin des Bauernherzogs verleumdet wird. Wer sich mit diesem Schurken Trahern einlässt, verdient es nicht besser.«

Valerian wollte schon aufspringen, aber John Stuart legte ihm besänftigend eine Hand auf den Arm und erklärte dann zu Lord Bolton gewandt: »Wir können natürlich auch Lady Jarvis herbitten, Milord. Ich glaube nicht, dass sie ihre Stellung als Hofdame aufs Spiel setzen würde, um Euch vor einem Skandal zu bewahren.«

»La ... Lady Jarvis?«

»Ihr braucht es gar nicht abzustreiten, Bolton. Ihr seid beobachtet worden«, sagte der Graf. »Werdet Ihr nun mit uns kooperieren?«

»Aber der König wird es ohnehin erfahren«, wandte Bolton ein.

»Nein, das wird er nicht«, versprach ihm der Graf. »Wenn dem König diese Angelegenheit zu Ohren kommt und er sie ernst nehmen sollte, dann – und nur dann – werden ihm die Erklärungen vorgelegt; aber auch nur ihm allein. Es wird zwei Ausfertigungen geben. Eine mit Eurem vollen Namen und eine nur mit Euren Initialen. Die Letztere werde ich dem König zeigen. Die anderen Dokumente bleiben in meinem Safe und werden vernichtet, sobald der König von Lady Hawkesworth Unschuld überzeugt ist.«

»Wie Ihr meint«, brummte Lord Bolton. »Ich nehme einmal an, ich muss Euch in dieser Sache vertrauen, Bute, obwohl ich noch nie einem Tory mein Vertrauen geschenkt habe.«

»Einmal ist immer das erste Mal«, erwiderte der Graf spöttisch.

Als Lord Bolton seine Erklärung unterzeichnet hatte, sprach John Stuart den drei Herren seinen Dank aus. Bevor er sie allerdings entließ, nahm er ihnen noch das Versprechen ab, über die Ereignisse der vergangenen Nacht und des heutigen Abends Stillschweigen zu bewahren. Alle waren einverstanden.

Daraufhin wandten der Graf und der Herzog ihre Aufmerksamkeit Mistress Maybelle zu, die schon wieder ein wenig nervös wirkte, weil sie sich den beiden erneut allein gegenüber sah.

»Wie würde es Ihnen gefallen, *Lady* Trahern zu werden, meine Liebe?«, fing der Graf an. »Schließlich ist der Lump Ihnen das schuldig, oder nicht?«

Maybelle kam zum Erstaunen beider Männer aus dem Schatten heraus, schenkte sich noch ein Glas des gräflichen Whiskeys ein und setzte sich zu ihnen. »Nun, wenn ich ehrlich sein soll, würde ich sehr gerne eine Lady werden. Eine richtige Dame, nicht nur irgendeine Frau, die man, weil es Euch in den Kram passt, in eine Ehe manövriert hat.«

»Das dürfte allerdings keine leichte Ehe werden«, warf der Herzog nun rasch ein. »Es ist Ihnen doch sicherlich bewusst, dass Sie für ihn eigentlich als Gemahlin nicht akzeptabel sind. Er wird sehr verärgert sein, wenn er herausfindet, dass er auf höchst legale Weise mit Ihnen verheiratet ist.«

Daraufhin sah Maybelle die beiden an und fragte: »Was springt dabei für mich raus? Ihr wollt Euch doch auf diese Weise an ihm rächen, nicht war, Eure Lordschaften?«

»Was verlangen Sie?«, entgegnete der Graf.

»Nun, ich weiß, dass ich ganz gut aussehe. Mit den richtigen Kleidern würde ich wohl wie eine Dame wirken. Aber ich weiß überhaupt nicht, wie sich eine Lady benimmt. Doch nur weil ich eine Hure bin, heißt das noch lange nicht, dass ich mich nicht verbessern möchte. Ich bin schließlich nicht als Nutte auf die Welt gekommen, sondern als Tochter eines Bauern in Essex.

Leider war ich dumm genug, auf den jungen Sohn unseres Herrn zu hören, der behauptete, mich zu lieben. Aber als er mich verließ, bin ich daran nicht zerbrochen. Nachdem wir in London ankamen, hatte ich ziemlich schnell raus, wie die Sache enden würde, da er die Hochzeit immer wieder verschob. Ich habe sichergestellt, dass ich einige Zeit genug zu leben hätte, wenn er mich verließ. Danach habe ich mir die Männer selbst ausgesucht, aber das ist kein leichtes Leben. Ich bin jetzt fünfundzwanzig und schon seit zehn Jahren hier in London. Ich muss langsam mal an mein Alter denken. Ich helfe Euch, wenn Ihr mir auch helft. Ich will, dass auf meinen Namen ein bestimmter Geldbetrag bei einem Goldschmied meines Vertrauens hinterlegt wird, und dann will ich darin unterwiesen werden, wie sich eine Dame benimmt.«

»An wie viel Geld hatten Sie dabei gedacht?«, fragte der Graf.

»An fünfhundert Pfund, Eure Lordschaft. Davon kann ich den Rest meines Lebens gut leben und für Euch ist es, wie ich einmal annehmen möchte, kein Geld. Nennt es meine Mitgift«, sagte sie lächelnd, fügte dann aber ernst hinzu: »Doch der Bräutigam darf nichts davon wissen, weil er es mir sonst verspielt. Ich weiß, dass Lord Trahern nicht einmal das Schwarze unter dem Fingernagel gehört.«

»Warum wollen Sie denn im Betragen einer Lady unterrichtet werden?«, fragte nun der Graf, den ihr Wunsch neugierig gemacht hatte.

»Wenn Trahern mich erst einmal geheiratet hat, werden seinesgleichen nichts mehr mit ihm zu tun haben wollen. Am Ende wird unser kleines Lördchen sich wahrscheinlich ins Grab trinken oder mich sitzen lassen«, sagte Maybelle. »Nun, wenn er weg ist, kann ich ein hübsches kleines Kleidergeschäft aufmachen. Ich bin nämlich eine verdammt gute Näherin. Zwar werden die Leute der feinen Gesellschaft nicht bei mir einkaufen, aber die Kunden, die auf der sozialen Leiter eine Stufe tiefer stehen, sind mir gewiss. Allerdings nur, wenn ich mich ordentlich benehmen und reden kann, Eure Lordschaft«, endete die junge Frau.

»Ich übernehme Ihre Mitgift, Mistress Maybelle«, sagte der Herzog nun. »Aber ist es nur das Geld, dass Sie dazu bringt, uns zu helfen?«

»Nee, Eure Lordschaft. Ich habe es einfach satt, eine Hure zu sein. Aber wie, um alles in der Welt, soll ich denn aus diesem Leben herauskommen, wenn ich nicht etwas wage? Euer Angebot schickt mir der Himmel.«

»Trahern wird es Ihnen nicht leicht machen«, gab der Herzog zu bedenken.

»Das weiß ich«, entgegnete Maybelle und wollte dann wissen: »Hat er überhaupt irgendeinen Besitz? Ich meine einen Ort, den ich dann mein Zuhause nennen kann?«

»Irgendwo nordöstlich von London, in der Grafschaft Suffolk, besitzt er ein kleines Haus«, sagte der Herzog. »Und natürlich unterhält er hier in London einige Räume.«

Maybelle nickte. »Irgendwelche nahen Verwandten?«

»Eine jüngere Schwester, die mit einem Angestellten verheiratet ist und einen jüngeren Bruder in der Armee«, antwortete John Stuart. »Der Bruder ist in Indien stationiert und unverheiratet, glaube ich.«

»Dann bekommt er also, wenn mein Charlie eines Tages ins Gras beißt, den Titel«, überlegte Maybelle laut.

»Außer Sie schenken Trahern einen Erben«, sagte der Graf lächelnd.

»Ich will keine Gören, die mir mein Leben versauen«, antwortete sie, »außer, natürlich, dieses Haus in Suffolk ist an den Titel geknüpft. Die Räumlichkeiten hier in London hat Trahern gewiss gemietet.«

»Das Haus könnte verschuldet sein«, gab der Herzog zu bedenken.

»Das könnt Ihr doch sicher für mich herausfinden, Milord?« Maybelle wandte sich an den Grafen von Bute. »Ich heirate den Kerl wann immer Ihr wollt, aber ich muss so bald wie möglich wissen, ob mir das Haus eines Tages gehören kann, ohne dass ich dafür einen Balg bekommen muss. Versteht Ihr, ich muss auf mich selbst aufpassen. Sonst macht das nämlich keiner.«

»Sie brauchen diese Ehe nicht einzugehen«, sagte Valerian Hawkesworth, der sich jetzt schon schuldig fühlte. Aber die junge Frau beruhigte ihn.

»Wisst Ihr, Eure Lordschaft, für fünfhundert Pfund würde ich sogar den Teufel höchstpersönlich heiraten. Das muss Euch nicht Leid tun. Ich weiß, worauf ich mich damit einlasse, und ich kann mit seiner Lordschaft umgehen.«

»Wie Sie wollen, Mistress Maybelle«, sagte der Graf von Bute. »Hawkesworth habt Ihr einen Plan?«

»Ja«, erklärte dieser feierlich, »und was für einen!«

5. Kapitel

Charles Trahern war erstaunt, eine Einladung zum Abschiedsball des Herzogs und der Herzogin von Farminster zu erhalten.

Zunächst dachte er, dass es sich um ein Versehen handeln musste und man einfach vergessen hatte, seinen Namen von der Gästeliste zu streichen. Aber die Einladung wurde nicht zurückgenommen. Einige Tage später erhielt er dann eine Mitteilung von Aurora persönlich. Sie schrieb ihm, dass sie ihm vergeben würde, obwohl sie immer noch ziemlich verwundert darüber sei, dass er sie in diesen *furchtbaren* Club mitgenommen habe. Trotz allem würde sie sich freuen, ihn auf ihrem Ball begrüßen zu dürfen, worüber er mehr als erstaunt war.

Hatten die Hawkesworths denn nichts von den Gerüchten über Aurora gehört? Doch jetzt, wo er darüber nachdachte, wurde ihm bewusst, dass anscheinend niemand von dem Gerücht gehört hatte, das er zu verbreiten versucht hatte. Die an dieser herrlich ausschweifenden Nacht beteiligten Herren hatten sich dazu äußerst bedeckt gehalten.

Als er die Sache nun noch einmal überdachte, ging ihm auf, dass keiner von ihnen so richtig betrunken gewesen sein konnte, um sich von ihm hinters Licht führen zu lassen. Schließlich hatten sie alle noch ihren Mann gestanden. Wahrscheinlich waren sie wirklich davon ausgegangen, dass er sich nur einen schlechten Scherz erlaubt hatte, als er die Hure als Lady Hawkesworth vorstellte.
Einerseits war Trahern darüber erleichtert, andererseits aber auch ein wenig enttäuscht. Aber nun verließen die Hawkesworths London. Er wusste, dass es unwahrscheinlich war, sie danach noch einmal wieder zu sehen.

Also konnte er auch zu ihrem Ball gehen. Es sollte ein Maskenball werden und er liebte solche Spektakel!

»Ich werde mich als Romeo verkleiden«, sagte er zu sich selbst und setzte sich an seinen Schreibtisch, um Aurora zu schreiben, dass er die Einladung annahm, und ihr dabei von seinen Kostümplänen zu berichten.

Nachdem Aurora ihrem Gatten Traherns Zeilen vorgelesen hatte, sagte sie lachend: »Wir haben die ideale Julia für ihn, nicht wahr, mein Schatz? Ihr müsst im Boodles unbedingt ein paar Worte mit ihm wechseln, um Euch zu vergewissern, dass er seine Pläne nicht geändert hat.«

Der weiß-goldene Ballsaal in Farminster House wurde während der folgenden Tage auf Vordermann gebracht, die Wandfarbe und die Vergoldungen erneuert und das Parkett gewienert, bis es glänzte. Selbst die vergoldeten Gesimse und die bemalte Decke untersuchte man auf Schäden und besserte sie gegebenenfalls aus. Die Kristalllüster wurden vorsichtig herabgelassen, und jeder Arm, jede Wachsauffangschale und sämtliche Kristallelemente abgewaschen und sorgfältig poliert, genauso wie die dazu passenden kristallenen und silbernen Wandleuchter. Sämtliche Lichtquellen versah man daraufhin mit Bienenwachskerzen, weil sie gleichmäßig abbrennen und nicht so stark rußen würden wie Talkkerzen. Die Fenster wurden von innen und außen geputzt, die himmelblauen Vorhänge von Staub und Spinnweben befreit und ihre schweren goldenen Posamenten durch neue ersetzt.

An einem Ende des Raumes wurde für die Musiker ein Podium errichtet. Sie waren bereits sorgfältig in ihre Pflichten eingewiesen worden. Der Ball sollte mit einem Menuett eröffnet und beendet werden, aber dazwischen wollte Aurora lebhafte schottische Volkstänze und Kontertänze hören, bei denen immer vier Paare verschiedene Figuren tanzten. Das würde kein langweiliger und steifer Abend werden, wie es bei so vielen Bällen dieser Saison der Fall gewesen war. Ihre Gäste sollten sich amüsieren.

Der Ballsaal im Farminster House bot gerade einmal hundertfünfzig Personen bequem Platz, und es war schwierig, eine Einladung zu ergattern. Da König George und Königin Charlotte ihr Kommen zugesagt hatten, war der Abschiedsball der Hawkesworths zu einem der ganz großen Ereignisse des Saisonabschlusses geworden. Man hatte das Gefühl, an Ansehen zu verlieren, wenn man nicht eingeladen wurde. Folglich verließen viele der weniger hoch stehenden Adelsfamilien London, um ihre Sommerresidenzen aufzusuchen, damit es so aussah, als hätten sie anderswo Wichtigeres zu tun und könnten unmöglich noch an einem weiteren Ball teilnehmen.

Neben dem Ballsaal in Farminster House befand sich ein Raum, der Büfettzimmer genannt wurde. Auch ihn brachte man auf Vordermann und stellte einen riesigen, mit irischem Leinen bedeckten Mahagonitisch hinein, auf dem die Erfrischungen Platz finden würden, mit denen die Hawkesworths ihre Gäste zu erfreuen dachten. Natürlich sollte auch der Champagner in Strömen fließen. Überall im Ballsaal und beim Büfett wurden kleine vergoldete Stühle aufgestellt, die entweder mit rosa- und cremefarben gestreiftem Satin oder mit blassblauem Samt bezogen waren. Es würde eine Garderobe und zwei stille Örtchen geben. Kleine Aufmerksamkeiten wurden ausgewählt, die man den Gästen als Erinnerung mitgeben wollte. Silberne Schnupftabakdosen für die Herren und duftende Pomanderbälle, die mit goldenen Bändern befestigt werden konnten, für die Damen. Für das mitternächtliche Büfett wurde eine Speisenfolge bestimmt, Teller, Kerzenleuchter und Servierplatten poliert.

Schließlich war alles bereit für die Gäste. Am Balltag selbst würde man nur noch frische Blumen aufstellen und das Essen hereintragen.

Maybelle, die, wie sich herausstellte, mit Nachnamen

Monypenny hieß, wurde mehrmals diskret ins Haus gebracht, um ihr ein Kostüm anzupassen. Sie war ein recht hübsches Mädchen, von Natur aus eher zurückhaltend und wusste sich auch so schon ganz gut zu benehmen. Sie hatte bereits mit ihrem Benimmunterricht für höhere Töchter begonnen. Aufmerksam beobachtete sie, wie die Näherin ihr das Kostüm absteckte, und machte der Frau in höflichem Ton ein, zwei Verbesserungsvorschläge, die zunächst zwar auf Erstaunen stießen, dann aber dankbar angenommen wurden. Maybelle wusste offensichtlich mit Nadel und Faden umzugehen – was die Näherin auch anerkennend zugab.

Das Kleid der Julia bestand aus cremefarbenem Samt und wurde unterhalb des Busens geschnürt. Die Ärmel liefen in einer Spitze auf dem Handrücken aus, und die schmal geschnittenen Röcke umspielten elegant die Füße der Trägerin, die am Abend des Balls in flachen Satinschuhen stecken würden. Der Ausschnitt des Kleides war mit niedlichen lilafarbenen Seidenblumen besetzt, und Maybelle sollte außerdem noch einen Hüftgürtel aus Brokat tragen. Ihr dunkelblondes Haar würde unter einem goldenen Haarnetz zusammengenommen und ihre mit Schwanendaunen besetzte Maske zusätzlich mit winzigen Perlen und Strasssteinchen verziert sein. Bei der letzten Anprobe sah Maybelle ganz so aus wie die Dame, die sie einmal werden wollte.

Der König und die Königin beabsichtigten, sich als zwei ihrer königlichen Vorfahren aus dem 14. Jahrhundert zu verkleiden: König Edward III. und seine Königin, Philippa von Hainault. Valerian und Aurora hatten sich für einfachere Kostüme entschieden: die eines römischen Generals und seiner Gattin.

Als Aurora und Valerian am Ballabend ihre Gäste empfingen, waren beide entzückt über die bunte Vielfalt der Kostüme. Die neu ankommenden Gäste betraten Farminster House durch den Vordereingang, schritten die Treppe hinauf und stellten sich mit den anderen in eine Reihe, um das Gastgeberehepaar zu begrüßen. Da war ein Heinrich VIII. mit all seinen sechs Frauen; ein Richard Löwenherz sowie ein Robin Hood und seine Lady Marian; türkische Sultane und ihre Sultaninnen und viele andere Damen und Herren vergangener Zeitalter. Auch ein Ludwig XIV. in seinen roten Schuhen mit den hohen Absätzen durfte nicht fehlen. Hinzu kamen mehrere Teufel, zwei Kardinäle, sieben mittelalterliche Mönche, Piraten, Zigeunerinnen und einige britische Krieger vergangener Zeiten. Sir Roger Andrews kam als kolonialer Grenzbewohner, Lord Shelley als Harlekin und der Graf von Bute als schottischer Krieger mit kariertem Rock und blauer Gesichtsbemalung.

Da der König nur äußerst selten nach zehn schlafen ging, stand auf den handgeschriebenen Einladungen: »Acht Uhr.« Als das königliche Paar um Viertel vor neun erschien, wurde der Ball offiziell eröffnet, indem der Herzog von Farminster mit Königin Charlotte und Aurora an der Seite König Georges die Menuettschritte vollführten.

Beim Tanzen sagte der König: »Madam, ich habe kürzlich ein höchst unangenehmes Gerücht gehört, das sich, wie ich erleichtert feststellte, als unbegründet erwies. Wisst Ihr, wovon ich spreche?«

»Mein Gemahl erwähnte, dass Lord Trahern versucht haben soll, mir einen äußerst üblen Streich zu spielen, aber davon abgehalten wurde. Valerian wollte nicht ins Detail gehen, Eure Majestät, weil er der Meinung war, dass dieser Streich von so erbärmlichem und abstoßendem Geschmack gewesen sei, dass eine anständige Frau besser nichts davon hören sollte. Ich war natürlich ziemlich verärgert darüber, dass Trahern unsere Freundschaft auf so unziemliche Weise erwidert hat. Aber ich habe ihm vergeben, um meiner verstorbenen Schwester willen. Sie hat ihn immer sehr gemocht.«

»Eine äußerst großzügige und christliche Haltung, meine

liebe Dame«, sagte der König anerkennend. »Und der Herzog hatte durchaus Recht, nicht das ganze Ausmaß von Lord Traherns schamlosem Verhalten vor Euch auszubreiten. Trahern hat sich da ganz schön was geleistet. Ich werde ihn diesbezüglich höchstpersönlich verwarnen, Madam.«

»Ich danke Eurer Majestät für Eure Freundlichkeit und Freundschaft«, entgegnete Aurora zuckersüß, »aber vor allem bin ich dankbar dafür, dass Ihr bereit seid, meinen guten Namen zu schützen. Es ist sehr beruhigend zu wissen, dass sich zwei so aufrechte Ehrenmänner wie Ihr und mein Gatte um mich kümmern.«

»So muss es sein, Madam!«, sagte der König und verbeugte sich galant vor Aurora, als der Tanz zu Ende war.

»Großartig!«, rief der Herzog, nachdem seine Gattin ihm die Worte des König wiederholt hatte. »Er hat davon gehört, wurde davon überzeugt, dass es falsch ist, und hat jetzt Trahern auf dem Kieker. Nun wird Traherns Ehe seine Glaubwürdigkeit in den Augen der feinen Gesellschaft gewiss zerstören. Ich bin sehr zufrieden über die Wende, die die Ereignisse genommen haben.«

Der König und seine Gattin verließen den Ball genau eine Stunde, nachdem sie gekommen waren. Aber das Fest ging noch bis in die frühen Morgenstunden weiter. Immer mehr der vergnüglichen Tänze vom Lande wurden gespielt, und der Champagner floss großzügiger als auf jedem anderen Ball der Saison. Die Gastfreundschaft des Herzogs von Farminster ließ nichts zu wünschen übrig, stellte man fest.

Schließlich verabschiedeten sich die Gäste und dankten ihren Gastgebern herzlich für den äußerst vergnüglichen Abend. Die Musiker wurden bezahlt und packten ihre Instrumente zusammen. Am Ende blieben nur Sir Roger, Lord Shelley und Trahern.

»Mehr Champagner!«, rief Trahern einem vorbeigehenden Diener zu, der entsprechende Anweisungen hatte.

Charles Trahern war ziemlich betrunken und ein wenig verwundert, dass Aurora trotz des versöhnlichen Schreibens kein einziges Mal mit ihm getanzt hatte. Wenn er versucht hatte, sich ihr zu nähern, war sie entweder in der Menge verschwunden oder hatte darauf bestanden, dass er anstatt mit ihr mit einer ziemlich geheimnisvollen Dame tanzen sollte, die als Julia verkleidet war. Die Dame hatte jedes Mal geziert gelächelt und gekichert, ihm schließlich aber sogar erlaubt, einen Kuss zu erhaschen. Aber sie hatte kein Wort mit ihm gewechselt. Nun erschien sie plötzlich wieder wie aus dem Nichts im Ballsaal und ließ sich auf seinem Schoß nieder.

»Hallo, Charlie«, sagte sie und bewegte sich mit ihrem Po aufreizend auf seinem Schoß hin und her.

Er ließ seine Hand kühn an ihrem Ausschnitt hinabgleiten und drückte eine ihrer üppigen Brüste, bevor er ihr in die Brustwarze zwickte. »Du bist nett«, lallte er und barg das Gesicht an ihrem Nacken. »Wie heißt du?«

»Julia, natürlich, mein Romeo!«

»Willst du mit mir ins Bett gehen?«, fragte er dann ziemlich direkt.

Maybelle kicherte. »Ihr seid ja mächtig dreist! Trinkt noch ein wenig Champagner, Charlie. Julia ist eine Jungfrau und macht's nicht ohne Ehering.«

Lord Trahern erhob sich, wobei die Frau auf seinem Schoß beinahe auf den Boden gefallen wäre. »Dann lass uns heiraten«, lallte er. »Ich habe hier heute Abend viele Mönche gesehen. Ist noch einer da, der uns trauen könnte?«

Der einzig noch verbliebene Diener füllte Traherns Glas nach, und er stürzte den Champagner hinunter, um dem Mann das leere Glas gleich noch einmal hinzuhalten.

»Trahern ist ein Idiot«, murmelte Sir Roger. »Es ist fast zu einfach, die Falle zuschnappen zu lassen. So macht es überhaupt keinen Spaß!«

»Es wird schon noch lustig werden, wenn er begreift,

was er getan hat und dass er da nicht mehr herauskommt«, sagte Lord Shelley und lachte leise.

»Wo bleibt der Priester?«, rief Trahern. »Ich kann Julia erst zeigen, wo der Hammer hängt, wenn wir verheiratet sind!«

»Aber, Charles, Ihr Strolch«, sagte der Herzog, als er mit einem Geistlichen auf die beiden zukam. »Ihr wollt dieses hübsche Geschöpf also wirklich heiraten?«

»Ja, Euer Gnaden, ich heirate sie, und dann besorg ich's ihr richtig!«, rief Lord Trahern begeistert. »Wo ist denn Eure Gattin? Sie kann Julias Trauzeugin sein!«

»Hier bin ich, Charles«, sagte Aurora und trat zu ihm heran.

»Ihr wolltet heute Abend gar nicht mit mir tanzen«, lallte er. »Warum nicht, Aurora?«

»Armer Charles, es tut mir Leid, aber meine Pflichten als Gastgeberin haben mich einfach zu sehr in Anspruch genommen. Ich verspreche Euch dafür zwei Tänze auf dem nächsten Ball, den wir gemeinsam besuchen. Recht so?«

Trahern stürzte wieder sein Glas Champagner hinunter und sagte: »Lass uns heiraten, Julia!«

Die Trauzeremonie wurde vorgenommen, und dann unterzeichnete Trahern die Dokumente, die der Herzog ihm vorlegte. Valerian musste ihm dabei allerdings die Hand führen, da sich Traherns Alkoholexzesse bereits als Zittern niederzuschlagen begannen. Daraufhin unterzeichneten der Herzog und die Herzogin von Farminster sowie Lord Shelley und Sir Roger die Hochzeitspapiere als Zeugen. Der Geistliche wurde äußerst großzügig bezahlt und verließ den Saal mit einem Münzsäckchen und zwei Flaschen Champagner. Während Aurora Trahern ablenkte, nahm der Herzog die frisch gebackene Lady Trahern beiseite.

»Ich habe Euren Gatten zwei Ausfertigungen der Papiere unterzeichnen lassen. Wenn er jemals Eure Urkunde

findet und vernichtet, kommt zu mir. Ich bewahre eine Ausfertigung für Euch auf.«

»Er wird sie nicht finden. Nachdem er wieder nüchtern ist und sie gesehen hat, übergebe ich sie dem Goldschmied zur Aufbewahrung. Meine Trauzeugen werden doch für mich aussagen, nicht wahr?«

»Ja, Eure Ladyschaft«, sagte der Herzog und küsste Maybelle die Hand, wobei er überrascht feststellte, dass sie dabei keineswegs geziert kicherte, sondern ganz ruhig sagte: »Habt Dank für Eure Freundlichkeit, Euer Gnaden.«

Die drei Männer luden Trahern ins herzögliche Gespann, und Valerian gab seinem Kutscher und einem Diener Anweisung, der Dame dabei behilflich zu sein, ihren Gatten in seine Wohnung und ins Bett zu bringen. Als die Karosse davonrumpelte, kehrten die drei Männer ins Haus zurück, wo Aurora sie bereits mit vier Gläsern Champagner erwartete, um anzustoßen.

»Meine Herren«, sagte sie, sich an Sir Roger und Lord Shelley wendend, und hob ihr Glas, »ich danke Euch, dass Ihr mir dabei behilflich wart, meinen guten Namen zu schützen. Ihr werdet mir und meinem Gatten auf Hawkes Hill immer willkommen sein. Wir stehen in Eurer Schuld.«

»Ach, wisst Ihr, Madam«, entgegnete Sir Roger und grinste frech, »eigentlich hat es Spaß gemacht, obwohl es nicht besonders schwierig war, Trahern in die Falle zu locken.«

»Ich habe ihn sowieso nicht gemocht«, sagte Lord Shelley. »Der Kerl ist ein verdammter Schurke. Mir tut nur das Mädchen Leid.«

»Das braucht es nicht«, beruhigte ihn der Herzog. »Lady Maybelle Trahern ist ihrem Ehemann ganz gut gewachsen.«

»Ich kann's kaum erwarten, morgen den Jungs im Boodles davon zu erzählen«, prustete Sir Roger. »Ich schätze mal, wenn Trahern wagt, sich dort sehen zu lassen, wird er ganz schön Augen machen. Ha, ha, ha!«

»Wir verabschieden uns dann mal. Es war ein großartiges Fest, Ma'am.« Lord Shelley küsste Aurora die Hand.

Auch Sir Roger bedankte und verabschiedete sich bei ihr.

Als sich die Tür hinter den beiden geschlossen hatte, sahen Aurora und Valerian einander an und brachen in schallendes Gelächter aus.

»Ich kann kaum glauben, dass wir das wirklich gemacht haben!«, sagte sie, und Valerian entgegnete: »Shelley hatte Recht: Das war wirklich nicht besonders schwierig.«

Als sie Hand in Hand die Treppe hinaufstiegen, fragte Aurora: »Geht Ihr morgen Nachmittag auch ins Boodles?«

»Ja, schade, dass Ihr mich nicht begleiten könnt. Aber ich erzähle Euch alles ganz genau.«

»Natürlich komme ich mit«, sagte sie.

»Frauen sind im Boodles aber nicht zugelassen.«

»Ich verkleide mich als junger Mann, und Ihr gebt mich als Euren Cousin St. John aus.«

Der Herzog wollte ihr schon widersprechen, aber dann sagte er lachend: »In Ordnung, mein Schatz. Warum nicht? Ihr verdient dabei zu sein, wenn die Bombe platzt. Und wenn irgendjemand mitbekommen sollte, dass Ihr Euch verkleidet habt, wird er nichts sagen. Männern wir Trahern darf nicht erlaubt werden, den Ruf einer ehrbaren Frau zu ruinieren.« Als sie die herzöglichen Gemächer betraten, zog er sie in die Arme. »Rache kann so süß sein, Aurora, nicht wahr?« Zärtlich strich er ihr mit den Lippen über den Mund.

»Hmh«, machte sie und fuhr ihm ihrerseits mit der Zunge über die Lippen. »Sehr, sehr süß, Milord.«

»Mir gefällt dein Kostüm«, raunte er ihr ins Ohr und löste die Bänder, sodass es ihr vom Körper glitt.

»Und ich liebe deinen besitzergreifenden General«, entgegnete sie, löste seinen Schwertgürtel, der polternd zu Boden fiel, und schob eine Hand unter seine Tunika.

Valerian drängte Aurora gegen die geschlossenen Türen ihres Schlafgemachs, ließ die Hände unter ihre Pobacken gleiten und hob sie hoch. Sie legte ihm die Arme um den Hals, küsste ihn leidenschaftlich und gestattete ihm, mit seiner steinharten Lanze zu ihr zu kommen. Als die Wände ihres seidenen Liebestunnels ihn umschlossen, erregte ihn das nur noch mehr. Dann schlang sie die Beine um seine Taille und bewegte sich auf und ab, wobei Valerian schon jetzt beinahe zum glühenden Höhepunkt gekommen wäre.

Mit Aurora auf dem Arm, seine Männlichkeit tief in ihr, ging er langsam zum Bett und unterbrach ihre herrliche Zweisamkeit auch nicht, als er sich mit ihr auf die daunene Zudecke sinken ließ. Sie hatte die Beine nach wie vor fest um seine Taille geschlungen, und er drückte sie auf die Matratze und bewegte sich rhythmisch vor und zurück, wobei er nur noch tiefer in sie eindrang. Als er schließlich ihre köstlich kleinen Zuckungen spürte, brach sich auch seine eigene Lust Bahn.

»Du bist perfekt!«, raunte er ihr Minuten später ins Ohr, nachdem er wieder zu sich gekommen war.

»Genau wie du, mein Geliebter«, entgegnete sie zufrieden. Sie musste ihm wirklich bald von dem Kind erzählen. Übermorgen, dachte Aurora schläfrig und rollte sich zufrieden seufzend auf die Seite.

Lächelnd breitete Valerian die Bettdecke über Aurora aus. Was war sie doch für eine Frau! Nicht nur schön, sondern auch blitzgescheit und zärtlich. Weder sein noch ihr Vater konnten gewusst haben, wie gut sie zusammen passen würden. Aber es war tatsächlich die perfekte Ehe. Ihre Beziehung hatte schlecht begonnen, aber mit Gottes Hilfe waren sie jetzt auf dem rechten Weg. Er lächelte in sich hinein.

Nicht so Charles Trahern. Morgen früh, wenn er wieder nüchtern war, stand ihm ein gehöriger Schrecken bevor. Ob er wohl am Nachmittag ins Boodles kommen würde?

Sicherlich, beschloss der Herzog, weil Trahern Maybelle trotz der Heiratsurkunde nicht glauben würde. Er wäre sicher der Auffassung, es handelte sich um einen Scherz, mit dem man sich an ihm rächen wollte, weil er versucht hatte, Auroras guten Namen in den Schmutz zu ziehen. Und dann würde er ins Boodles kommen, um dort zu erfahren, dass er tatsächlich mit einer stadtbekannten Hure verheiratet war: Merry Maybelle Monypenny.

Um vier Uhr am nächsten Nachmittag hatten es sich der Herzog und sein vermeintlicher Cousin St. John auf der Bank im Erkerfenster des Boodles gemütlich gemacht und warteten. Lord Charles Trahern kam immer pünktlich um fünf nach vier in den Club, wenn er nicht ohnehin schon zum Mittagessen da gewesen und geblieben war. Lord Shelley und Sir Roger hatten bereits von Traherns überstürzter Eheschließung mit Merry Maybelle erzählt. So hielten sich viele der Clubmitglieder in der Nähe der Eingangstür und des Erkerfensters auf, von dem aus man die Straße einsehen konnte.

»Er kommt«, flüsterte der Herzog, als Trahern sich mit weit ausholenden Schritten näherte. Wie immer war er nach der neuesten Mode gekleidet. Er trug schwarze Kniebundhosen, die bereits oberhalb des Knies eng anlagen. In seinen Strümpfen war keine einzige Falte zu entdecken und auf seinen Schuhen glänzten rechteckige Silberschnallen. Sein Mantel war gelbbraun, die Weste darunter lilafarben und weiß gemustert. Er trug Jabot und Spitzenmanschetten am Hemd. Auf seiner gepuderten Perücke saß ein Dreispitz mit goldener Tresse, und er hatte einen langen Spazierstock mit Bernsteingriff dabei. Er wirkte noch ein wenig benommen, aber der Herzog wusste, dass Trahern nichts von seiner täglichen Routine abhalten konnte.

Als er den Club betrat, wurde er sofort von den anderen Mitgliedern umringt, die ihm zu seiner Eheschließung gratulierten.

»Unsinn!«, sagte er. »Ich hab' nicht geheiratet. Das war nur ein Streich, meine Herren.« Er erblickte den Herzog und fügte hinzu: »Nicht wahr, Hawkesworth? Da habt Ihr mir einen ganz schönen Schrecken eingejagt.«

»Ich habe Euch keinen Streich gespielt, Trahern«, sagte der Herzog gedehnt. »Ihr seid jetzt ...« Er hielt inne, zog eine runde silberne Uhr aus der Westentasche und klappte den Deckel auf, bevor er fortfuhr. »... zwölf Stunden und sechs Minuten verheiratet. Ja, so ist es. Ich hoffe, Eurer Gattin geht es gut? Da habt Ihr wirklich einen ganz außergewöhnlichen Geschmack bewiesen, Trahern.«

Um sie herum erhob sich tosendes Gelächter, woraufhin Trahern rot anlief und nachdrücklich sagte: *»Ich bin nicht mir ihr verheiratet!«*

»Aber, mein lieber Freund«, widersprach ihm Valerian Hawkesworth höflich, »ich fürchte, dass seid Ihr doch. Ich und meine Gattin waren Trauzeugen und Sir Roger Andrews und Lord Percival Shelley ebenfalls. Ihr wollt uns doch nicht etwa als Lügner bezeichnen?«

»Ich kann unmöglich mit ihr verheiratet sein!«, protestierte Trahern.

»Na, flattern dem Bräutigam jetzt die Nerven? Letzte Nacht konntet Ihr es kaum erwarten, Maybelle den Ring anzustecken.« Der Herzog lächelte, und die anderen Clubmitglieder, die sich um die beiden Männer geschart hatten, lachten laut.

»Das ist ein Trick!«, rief Trahern verzweifelt. »Ihr habt mich unter Vortäuschung falscher Tatsachen in diese Lage hineinmanövriert. Das ist nicht legal! Ich werde einen Anwalt damit beauftragen.«

»Da war kein Trick dabei«, sagte nun der Herzog. »Niemand initiierte die Ehe, außer Ihr selbst. Ihr habt darauf bestanden, die Dirne zu heiraten, weil Julia, wie Ihr Euch so trefflich ausdrücktet, ohne Ehering nicht mit Euch ins Bett gehen wollte. Der Ball war vorüber und die meisten Gäste gegangen, und Ihr habt darauf bestanden, dass wir einen Geistlichen holen, der Euch und Maybelle Monypenny traut. Wollt Ihr uns etwa einen Strick daraus drehen, dass wir Eure Anweisungen befolgt haben, mein lieber Trahern? Ihr seid jetzt ein verheirateter Mann, und dafür gibt es Zeugen.«

Wenn diese Ehe tatsächlich legal ist, bin ich ruiniert, dachte Trahern. Selbst wenn einige seiner männlichen Bekannten auch weiterhin Umgang mit ihm pflegen würden – falls Mr. Almack ihm erlauben sollte, seine Clubmitgliedschaft aufrechtzuerhalten –, würde ihn doch keine ehrbare Frau mehr zu ihren Gesellschaften einladen, und Ihre Majestäten genauso wenig. Nicht einen Mann, der mit einer berüchtigten Hure verheiratet war!

»Ich war betrunken!«, jammerte Trahern nun, dessen Leben plötzlich einem Albtraum glich.

»Das seid Ihr ziemlich häufig, Trahern«, erwiderte der Herzog gelassen. »Ich wusste gar nicht, dass das Eure Urteilsfähigkeit einschränkt.«

Trahern machte große Augen. Plötzlich sah er aus wie eine Maus in der Falle. Der Herzog hielt an seiner Behauptung fest, er, Trahern, sei verheiratet, und Andrews und Shelley, die ihm direkt gegenüber standen, grinsten ihn an wie zwei debile Idioten. Maybelle hatte ihm die Heiratsurkunde gezeigt. Und diese sauberen Herren gaben ihm gerade zu verstehen, dass sie auch vor Gericht beeiden würden, dass die Ehe gültig war. Sie würden bestimmt keinen Meineid schwören. Besonders nicht Valerian Hawkesworth, der so stolz auf seine ethischen Grundsätze war.

»Ihr Bastard!«, zischte er dem Herzog nun zu. »Das ist Euer Werk! Das weiß ich genau!«

Daraufhin sah Valerian Hawkesworth ihn verächtlich an, bedeutete ihm mit einer Handbewegung, dass er nicht weiter mit ihm zu sprechen gedenke, und sagte zu seinem Begleiter: »Kommt, Cousin St. John. Es ist Zeit, nach Hause zu gehen.« Valerian nickte Sir Roger, Lord Shelley und den anderen Herren zu, die zur Seite traten, um sie durchzulassen. An der Eingangstür des Boodles angekommen, lüftete Valerian zum Abschied noch einmal seinen Hut, bevor er hinaus auf die Straße trat, wo seine Kutsche schon auf ihn wartete. Sein Begleiter fing Sir Rogers Blick auf und blinzelte ihm frech zu.

Als Sir Roger aufging, dass es sich bei dem jungen Mann um Aurora handelte, brach er in schallendes Gelächter aus.

Aurora lächelte zufrieden und stieg zu ihrem Gatten in die Kutsche, die sich gleich darauf in den Londoner Verkehr Richtung Farminster House in Bewegung setzte.

Als sich die Hawkesworths am nächsten Morgen für ihre Reise nach Hawkes Hill fertig machten, erfuhren sie von Sir Roger, dass Trahern sich sinnlos betrunken hatte. Mr. Almack, der Gründer und Betreiber des Boodles, hatte beim Schließen des Clubs am vergangenen Abend mehrere Herren gebeten, Lord Trahern nach Hause zu begleiten, wo seine Gattin Lady Maybelle ihn mit harschen Worten empfangen hatte.
Sir Roger war noch einmal vorbeigekommen, um ihnen eine gute Reise zu wünschen, und erzählte bei dieser Gelegenheit auch, dass die Mitglieder der feinen Gesellschaft entweder erschrocken, fasziniert oder erzürnt über Charles Traherns Heirat seien. Viele ehrbare Familien hätten ihn bereits von ihrer Gästeliste gestrichen. Mr. Almack habe allerdings ein gütigeres Herz als die Londoner Gastgeberinnen bewiesen, und erlaubte Trahern, Mitglied des Boodles zu bleiben, solange er innerhalb einer vernünftigen Frist seine Rechnungen beglich.

»Almack sagt, ein Mann brauche einen Platz, wohin er sich vor Herd und Weib flüchten kann, selbst wenn es sich dabei um eine unziemliche Ehe handelt«, fügte Sir Roger noch hinzu, als er sich von Valerian und Aurora verabschiedete, wobei er kein einziges Mal auf Auroras Maskerade des Vortags anspielte. Er war der Meinung, dass es der jungen Herzogin durchaus zukam, den Sündenfall des Mannes zu erleben, der auf so hinterhältige Weise versucht hatte, ihren guten Namen zu beschmutzen.

Die Heimreise nach Hawkes Hill verlief angenehm, da England einige schöne Frühlingstage erlebte und der Straßenbelag hart und fest war, und nicht staubig von einer zu langen Trockenperiode oder matschig vom Regen. Ihre bewaffnete Eskorte schützte sie vor Übergriffen möglicher Wegelagerer, die sich von ihnen oder ihrem Gepäck reiche Beute erhofften. Als Hawkes Hill in Sicht kam, hielt die Kutsche zum Erstaunen des Herzogs plötzlich an. Ein Diener öffnete den Schlag und ließ die Stufen herunter, damit sein Herr und dessen Gattin aussteigen konnten.
Verwundert sah der Herzog zu Aurora hinüber. Aber bevor er noch etwas sagen konnte, erklärte sie: »Ich habe darum gebeten, die Kutsche hier anzuhalten. Macht es Euch etwas aus, den Rest des Weges zu laufen? Wir können das Haus ja schon sehen, und es ist nicht so weit, Valerian.«

»Wenn es Euch Freude bereitet«, sagte er, sprang, neugierig geworden, aus der Kutsche und war seiner Gattin beim Aussteigen behilflich. Als sie beide draußen waren, wandte er sich an den Kutscher. »Fahren Sie ruhig weiter, Mainwaring. Die Herzogin möchte den Rest des Weges zu Fuß gehen.«

Als ihre Kutsche an ihnen vorbei und über die Grünanlagen auf Hawkes Hill zufuhr, fasste Aurora Valerian bei der Hand, und sie liefen los. Die Luft war lau und roch süß, als sie an einem angrenzenden Feld vorbeikamen, das mit Sonnenröschen, Mohnblumen und Margeriten übersät war.

»Oh, es ist so schön, wieder zu Hause zu sein«, sagte Aurora und fügte mit Nachdruck hinzu: »Komme, was wolle, aber hier gehe ich nicht wieder weg.«

»Also, was gibt's, meine Teuerste?«, fragte nun der Herzog.

»Was meint Ihr?«, neckte sie ihn.

»Ihr wollt mir doch etwas erzählen, das spüre ich, mein Liebling. Ich bin derart auf Euch eingestellt, Aurora, dass es Euch niemals gelingen wird, etwas Wichtiges vor mir geheim zu halten.« Er blieb stehen und sah fragend zu ihr hinunter.

»Wir bekommen ein Kind«, sagte sie lachend. »Oh, Valerian, ich bin so glücklich! Unser erstes Kind! Bisher war ich mir gar nicht bewusst, wie sehr ich mich immer danach gesehnt habe, Euch einen Erben zu schenken. Martha hat es sofort gewusst. Und als ich Lotte davon erzählte, bestand sie darauf, dass mich ihr Leibarzt untersucht, und er sagte, dass ich tatsächlich schwanger sei!«

Valerian war vor Schreck ganz bleich geworden. *»Nein!«*, rief er mit erstickter Stimme. »Mein Gott, Aurora, was habe ich dir mit meiner Lust bloß angetan?«

Auch Aurora erschrak: »Willst du unser Kind denn nicht?«

»Nicht, wenn ich dich dadurch verliere«, rief er verzweifelt und zog sie an sich. »Ich liebe dich, Aurora, und ich will nicht, dass du stirbst so wie deine Schwester! Ich kann nicht mehr ohne dich leben, mein Liebling!«

Aber Aurora lachte nur und machte sich von ihm los. »Oh, Valerian, ich bin nicht Cally. Ich will dieses Kind und bin überglücklich, schwanger zu sein. Der Leibarzt der Königin sagte, ich sei in einem hervorragenden gesundheitlichen Zustand und könnte einen ganzen Stall voller Kinder bekommen, ohne dass es meine Gesundheit beeinträchtigt. *Ich bin nicht Cally!*«

»Aber deine Mutter starb bei der Geburt deines Bruders.«

»Das passiert vielen weißen Frauen auf den Westindischen Inseln, Valerian. Dort gibt es keine ärztliche Versorgung, und sie müssen sich auf ihre Dienerinnen verlassen, die genauso wenig Ahnung vom Kinderkriegen haben wie sie selbst. St. Timothy ist eine kleine Insel. Wenn wir auf Barbados oder Jamaika gelebt hätten, wäre meine Mutter vielleicht nicht gestorben. Außerdem bin ich nicht meine Mutter, und bei der Niederkunft wird ein Arzt zugegen sein. Ich will nicht, Valerian, dass du dir vor November noch einmal Sorgen deswegen machst, verstanden?«

Er küsste sie, wobei sein Mund zärtlich über ihre Lippen strich, und dann hob er sie hoch und begann, weiter in Richtung Haus zu laufen.

»Was, um alles in der Welt, tut Ihr da, Valerian Hawkesworth?«, quietschte Aurora. »Lasst mich auf der Stelle wieder herunter, Milord!«

»Ihr dürft Euch jetzt nicht überanstrengen, Milady«, entgegnete der Herzog ernst.

»Ihr seid so töricht.« Aurora lachte, bevor sich sich in seine Arme kuschelte und den Kopf an seine Schulter lehnte.

Als sie sich dem Haus näherten, kam ihnen die Herzogenwitwe bereits entgegengeeilt. »Was ist denn mit Aurora passiert? Ist mit ihr alles in Ordnung, Valerian? Warum trägst du sie?«

»Ich erwarte ein Kind, Madam, und dieser große Junge hier ist, glaube ich, verrückt geworden. Kommt, Milord, lasst mich herunter. Ich dulde nicht, dass Ihr noch einen Skandal vom Zaun brecht, jetzt wo ich glücklich wieder zu Hause bin.«

»Lass sie sofort herunter!«, befahl nun auch seine Großmutter, und der Herzog leistete ihr grinsend Folge. Dann wandte sich die alte Dame an Aurora. »Meine Liebe, ich bin so froh für Euch beide!« Sie küsste Aurora auf die leicht erröteten Wangen. »Und jetzt zu dir, mein lieber Junge, wie war es in London?«

»Voll, schmutzig, laut und skandalumwittert«, entgegnete der Herzog. »Ich bin nach Hause gekommen, um für immer hier zu bleiben, Großmama. Skandal hin oder her, keine zehn Pferde bringen uns mehr von hier weg.«

»Sind Ihre Majestäten wohl auf? Was ist die Königin für eine Frau?«, fragte die alte Dame.

»Sie ist entzückend«, sagte Aurora. »Ihr Leibarzt hat mir bestätigt, dass ich in anderen Umständen bin. Auch sie erwartet ein Kind und wird – so Gott will – dem nächsten König im August das Leben schenken, Madam.«

»Wie wundervoll!«, entgegnete die Herzogenwitwe.

Als sie das Haus betraten, eilte Peters herbei, um ihnen die Mäntel abzunehmen. »Willkommen, Euer Gnaden«, sagte der Butler und verneigte sich vor dem Herzog und der Herzogin. »Der Tee wird im Gelben Salon serviert.«

Arm in Arm schritten sie in den sonnendurchfluteten Raum und nahmen Platz.

»Und, ist der Skandal um unsere Ehe mittlerweile abgeflaut?«, fragte der Herzog seine Großmutter, während er sich ein Glas Sherry einschenkte, den er im Augenblick dem Tee, den die alte Dame gerade eingoss, vorzog.

»Natürlich«, sagte sie, »obwohl ich eine Weile glaubte, dass dem nicht so wäre, da weitere Gerüchte über euer zügelloses Leben in London hinzukamen.«

»Zügelloses Leben?« Aurora lachte laut auf. »Da muss ja jemand eine äußerst rege Fantasie gehabt haben, Großmama. Wir haben auf unseren Ruf geachtet und sehr zurückgezogen gelebt. Ich habe mich mit der Königin angefreundet, die wirklich eine ganz süße kleine *Hausfrau* ist. Ich glaube, dass sich jede andere Dame bei unseren Gesprächen zu Tode gelangweilt hätte, weil wir uns ständig darüber unterhalten haben, wie man Marmelade macht und Seife kocht. Ich fürchte ohnehin, dass ich den anderen Hofdamen nicht herrschaftlich genug war.«

Die Herzogenwitwe lächelte. »Nun, meine Lieben, es wird noch eine Weile dauern, bis euer Skandal abflaut, aber wenigstens ist er inzwischen von einer weitaus schockierenderen Ausschweifung übertrumpft worden. Und darüber bin ich ganz froh, denn im Vergleich dazu, geltet Ihr und Valerian mittlerweile als ordentlich verheiratetes

Paar. Besonders da ihr nun auch noch vor Jahresende einen Erben erwartet.« Wieder musste sie lachen, und ihre blauen Augen strahlten vor Glück.

»Nun, Großmama, wollt Ihr uns nicht endlich erzählen, worum es bei diesem neuerlichen und offensichtlich ganz besonders delikaten Skandal geht?« Valerian nippte an seinem Sherry.

»Es hat mit unserer Familie zu tun«, spannte ihn die Herzogenwitwe noch ein wenig auf die Folter.

»Etwa mit St. John?«, riet Aurora. »Es muss mit ihm zu tun haben. Nur er könnte einen noch größeren Skandal heraufbeschwören als wir.«

Die Herzogenwitwe lachte laut auf.

»Nun, Großmama, jetzt aber heraus mit der Sprache«, sagte der Herzog ein wenig verärgert. »Was hat mein Cousin getan? Ich bin erstaunt, dass er unserer übereilten Eheschließung noch eins draufgesetzt hat. Aber St. John muss ja immer das letzte Wort haben!«

Vor Lachen traten der Herzogenwitwe Tränen in die Augen. »Nun, liebster Valerian, er hat dich diesmal tatsächlich geschlagen, und das gesamte Herzogtum redet über ihn, und das wahrscheinlich noch für einige Monate. Dass unser St. John ein kleiner Schlingel ist, wussten wir ja schon immer. Aber diesmal hat er sich ein bisschen viel zugemutet, obwohl er es dabei besser getroffen hat, als er es verdient. Das kann ich euch flüstern.«

»Was hat er denn getan, Großmama?«, schrie der Herzog nun beinahe.

Es gelang der Herzogenwitwe, sich wieder unter Kontrolle zu bekommen, und sie sagte: »St. John ist vor zwei Tagen mit Miss Isabelle Bowen nach Gretna Green durchgebrannt!«

Epilog

England, 1770

Am sechsten Juni 1770 feierte die Herzogenwitwe von Farminster ihren achtzigsten Geburtstag im Kreise ihrer Familie. Die Rasenflächen auf der Rückseite von Hawkes Hill, von denen man einen Blick auf die wundervollen Rosengärten hatte, die nun in voller Blüte standen, waren perfekt getrimmt. Die Bediensteten deckten gerade einen Teetisch mit feinem weißen Linnen, dem silbernen Teeservice und den neuen Dessertschalen aus Worchester-Porzellan. Es sollte einen mit Zuckerglasur überzogenen und mit Schlagsahne und Kirschen gefüllten Kuchen geben.

Mary Rose Hawkesworth hatte es sich neben Isabelle St. John in einem Ohrensessel, den man vom Haus in den Garten getragen hatte, bequem gemacht. Aufmerksam beobachtete die geistig immer noch sehr rege alte Dame, wie ihre Urenkel mit dem Nachwuchs der St. Johns spielten. Bisher hatte sie schon fünf Urenkel, und Aurora würde bald ihr sechstes Kind bekommen. Isabelle St. John hatte vier Kinder und sollte im Juli von ihrem fünften entbunden werden. Die alte Dame lächelte zufrieden und dachte, dass die letzten Jahre wahrscheinlich ihre schönsten gewesen waren, auch wenn sie nicht mehr ganz so rüstig war.

Sie ließ den Blick zu ihrem Enkel wandern. Er hatte ein wenig zugelegt, aber er war nun ja auch schon siebenunddreißig. Sie hatten seinen Geburtstag erst vor zwei Tagen gefeiert. Er war ein glücklicher Mann, und sie dankte Gott dafür.

Valerian sprach gerade mit seinem ältesten Sohn und Titelerben, dem siebeneinhalbjährigen George. Georges Zwillingsschwester Charlotte wetteiferte um die Aufmerksamkeit ihres Vaters. Die Geburt der Zwillinge war eine große Überraschung gewesen, das hatte es in ihrer Familie zuvor noch nie gegeben. Dann waren Robert, James und die kleine Calandra gekommen. Aurora hielt mit der Königin recht gut Schritt oder versuchte es zumindest. Königin Charlotte hatte erst vor einem Monat von ihrem siebten Kind – einem Mädchen – entbunden. Es war ihre dritte Tochter und sollte auf den Namen Elizabeth getauft werden.

»Wie fühlt Ihr Euch, Großmama?«, fragte Aurora und ließ sich in einem Stuhl neben der Herzogenwitwe nieder.

»Ganz gut, in Anbetracht meines Alters«, entgegnete die alte Dame. »Und wie fühlt Ihr Euch mit Eurem dicken Bauch, meine Liebe? Wird es diesmal wohl ein Junge oder ein Mädchen?«

»Oh, ich hoffe, ein Mädchen, Großmama. Wir haben doch schon einen Titelerben und einen Sohn für die Marine und einen, der der Kirche dienen kann. Was sollten wir denn mit einem weiteren Jungen machen? Na, ich nehme einmal an, wir könnten ihm einen Posten in der Armee besorgen.« Sie seufzte. »Bei Töchtern ist das viel einfacher. Man muss nur einen geeigneten Ehemann für sie finden, und die Tochter eines Herzogs mit ihrer großzügigen Mitgift hat bestimmt keine Probleme, unter die Haube zu kommen.«

»Es sei denn, sie schlägt nach ihrer Mutter. Dann ist ihr nicht einmal ein Herzog gut genug«, erklärte Lady Mary Rose mit einem verschmitzten Lächeln.

Aurora lachte. »Ich war wirklich ganz schön töricht, nicht wahr? Ich fühle mich immer noch schuldig an Callys frühem Tod, auch wenn ich nur dadurch all dieses Glück erfahren durfte. Wenigstens hat meine Stiefmutter sich schließlich erweichen lassen und mir verziehen. Ich konnte nur schwer verwinden, Oralia wehgetan zu haben. Sie war immer gut zu mir und ist doch die einzige Mutter, die ich kennen gelernt habe. Schade, dass sie nicht nach

England kommt. Aber ihre Angst vor dem Meer ist größer, als ihr Wunsch, meine Kinder zu sehen.«

»Sie hat Betsys und Georges Kinder«, sagte die Herzogenwitwe tröstend. »Ich nehme einmal an, dass die drei kleinen Jungen sie ganz schön auf Trab halten.«

»Vielleicht fahren wir nächsten Winter nach St. Timothy«, sagte Aurora nachdenklich. »Ich würde es gerne einmal wieder sehen.«

»St. Timothy? Ist das nicht die Insel, die mir mein gieriger Cousin vor der Nase weggeschnappt hat?«, fragte St. John, der sich in diesem Augenblick zu ihnen gesellte. Er küsste seine Gattin, die zur Linken der Herzogenwitwe saß, auf die Wange.

Isabelle gab ihm einen leichten Klaps auf die Hand. »Benehmt Euch, St. John! Ihr seid ja schlimmer als die Kinder. Habt Ihr schon mit Frederick gesprochen, damit er aufhört, ständig seine Schwester Caroline zu necken? Das muss wirklich anders werden! Wenn Augustus und Edward sehen, dass er damit anfängt, machen sie sofort mit, und die arme Caroline kann gegen die drei nichts ausrichten.«

Aurora erhob sich stillschweigend und schritt über den Rasen auf ihren Gatten zu. Als St. John Isabelle Bowen geheiratet hatte, war sein Lotterleben ein für alle Mal vorbei gewesen. Aber mit der ihn liebenden, wenn auch äußerst gestrengen Isabelle, hatte er nur bekommen, was er verdient hatte. Sie vergötterte ihn, und zum Erstaunen aller war St. John ihr auf die gleiche Weise zugetan. Sie führte seinen Haushalt mit eiserner Hand und schenkte ihm wunderhübsche Kinder, aber sie erwartete absoluten Gehorsam von ihrem Mann, ihren Kindern und den Dienstboten.

Die Herzogenwitwe hatte gesagt, dass von Anfang an alles nach ihrem Kopf gegangen war. Selbst die Flucht nach Gretna Green war ihre Idee gewesen. Der arme St. John hatte erst begriffen, dass sie ihn am Gängelband hatte, als er ihr den Ehering auf den zierlichen Finger steckte.

Als Aurora bei ihrem Gatten angekommen war, hakte sie sich bei ihm unter und sagte: »Was für ein herrlicher Tag!«

Er lächelte zu ihr hinunter. »Es könnte nicht schöner sein.

»Mama!« Ihr ältester Sohn zog an ihren Röcken. »Mama, im Stall gibt es neue Welpen! Darf ich einen haben? *Bitte?*«

»Wie viele sind es denn, George?«

»Fünf, Mama, und noch ganz winzig! Sie sind schokoladenbraun und weiß. Ihre Augen sind noch nicht einmal offen, aber Franklin sagt, sie können in acht oder neun Wochen von ihrer Mutter weg. Ich darf doch einen haben, nicht wahr?«

Aurora sah zu ihrem Mann hinauf und gab zu bedenken: »Wenn George einen Welpen bekommt, werden die anderen auch einen wollen.« Dann lachte sie über Valerians Gesichtsausdruck. »Oh, schon in Ordnung.« Sie wandte sich ihrem Sohn wieder zu. »Ja, Georgie, du darfst einen Welpen haben, und deine Brüder und Schwestern auch.«

»Aber ich will mir meinen zuerst aussuchen, weil ich der Älteste bin, und der Titelerbe.«

»Ich bin fünf Minuten vor dir auf die Welt gekommen«, erklärte seine Zwillingsschwester. »Aber ich will gar keinen Welpen, Mama, ich will eines von Pusskins neuen Kätzchen, und Cally auch. Wenn George einen Welpen bekommt, kriege ich ein Kätzchen.«

»Cally ist für ein Kätzchen noch zu klein«, sagte George. »und für einen Welpen auch. Du willst doch nur zwei Kätzchen für dich, Lotte!«

»Und du bist nur eifersüchtig, weil ich vor dir auf die Welt gekommen bin!«, antwortete seine Schwester.

»Du magst vielleicht älter sein, aber ich werde einmal der Herzog von Farminster, und dann schicke ich dich in ein Konvent, Lotte.«

»Das kannst du gar nicht!«, rief Charlotte. »Stimmt doch, Mama! Was ist überhaupt ein Konvent?«

»In einem Konvent leben Damen, die sich dazu entschlossen haben, ihr Leben Gott zu widmen«, erklärte ihre Mutter. »Und, nein, Georgie darf dich nicht ins Kloster schicken. Eines Tages wirst du dich verlieben und heiraten.«

»Und zwar einen Herzog, der noch reicher ist als du, George«, erklärte Charlotte schnippisch.

»Das geht gar nicht!«, rief er.

»Geht wohl!«, antwortete sie.

»Schafsgesicht!«

»Großmaul!« Charlotte gab ihrem Zwillingsbruder einen Klaps und rannte davon. George folgte ihr auf dem Fuße.

Belustigt sah der Herzog zu seiner Frau hinunter, wobei seine tiefblauen Augen schelmisch funkelten. Zärtlich strich er ihr daraufhin über den Bauch. »Nichtsdestotrotz liebe ich Kinder, meine Teuerste, und dich liebe ich jetzt noch mehr als am Tag unserer Hochzeit. Manchmal kommt mir unser gemeinsames Leben vor wie ein Märchen.«

George Hawkesworth hatte seine Schwester eingeholt. Er zog sie an den Locken, und Charlotte schrie so laut, dass die Schafe auf dem angrenzenden Feld erschreckt durcheinander liefen. Der Herzog lachte.

»Und sie lebten glücklich und zufrieden bis ans Ende ihrer Tage«, sagte Aurora und fiel in das fröhliche Lachen ihres Gatten ein.